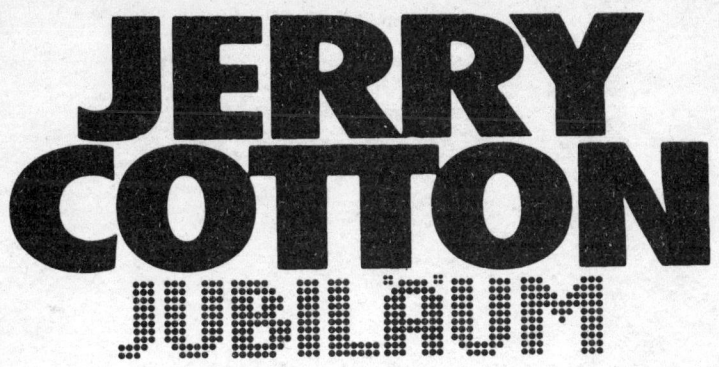

JERRY COTTON
JUBILÄUM

Rififi bei Tiffany

Mord nach Art des Hauses

Tödliches Dreieck

Drei Kriminalromane

BASTEI
LÜBBE

BASTEI-LÜBBE-TASCHENBUCH
Band 31 910

Erste Auflage: August 1997

**Rififi bei Tiffany
Mord nach Art des Hauses
Tödliches Dreieck**

© Copyright 1979/82/84 der einzelnen Taschenbücher
© Copyright der Gesamtausgabe 1997 by Bastei-Verlag
Gustav H. Lübbe GmbH & Co., Bergisch Gladbach
All rights reserved
Lektorat: Rainer Delfs
Titelbild: Warner Columbia
Umschlaggestaltung: Quadro Grafik, Bensberg
Satz: Fotosatz W. Steckstor, Rösrath
Druck und Verarbeitung: Elsner Druck, Berlin
Printed in Germany

ISBN 3-404-31910-9

Rififi bei Tiffany

New York – Manhattan 4 Uhr morgens.

Tom Barett, Fahrer des City-Police-Streifenwagens Zwo-Zero-Zwo, steuerte sein Fahrzeug aus der 59. Straße in die 5. Avenue. Er verzog das Gesicht, als er das häßliche Schleifgeräusch hörte. Seit acht Tagen gab der Wagen das Geräusch von sich, wenn Barett das Steuer einschlug.

»Dieser Schlitten ist überholungsbedürftig wie ein Barmädchen nach zwanzig Thekenjahren«, brummte Patrick Mills, der Streifenführer.

»Wir sind erst in zwei Monaten an der Reihe. Kein Geld in der Reparaturkasse.«

Beide Männer sahen die roten Schlußlichter des Wagens, der sich drei Blöcke straßenabwärts vom Fahrbahnrand löste und mit zunehmender Geschwindigkeit die 5. Avenue Richtung Downtown fuhr.

»Ein Lieferwagen!« sagte Mills.

»Scheint es eilig zu haben.«

»Wer liefern muß, hat es meistens eilig.«

Die Schlußlichter verschwanden. Das Fahrzeug war in eine Querstraße eingebogen.

Der Streifenwagen rollte vorbei an den Schaufenstern von F. A. O. Schwarz, noch immer trotz aller japanischen Anstrengungen der größte Spielzeugladen der Welt. Auch um vier Uhr morgens waren die Schaufenster von geheimnisvollem Leben erfüllt. Unermüdlich kreisten Mini-Eisenbahnen, tappen Roboter durch eine Mondlandschaft aus Pappmaché, nickten sich Puppen mit steifen Bewegungen zu. In einem Schaufenster, das zu einem wassergefüllten Aquarium ausgebaut worden war, schwamm fußtief unter der Oberfläche ein Spielzeugmodell des Atom-U-Bootes ›Revenger‹. Ein Schild verkündete: Raketenabschüsse um 11, 14, 16 und 18 Uhr. Der Streifenwagen kreuzte die 58. Straße.

Das Licht der Bogenlampen spiegelte sich in der silberglänzenden Fassade von Tiffany. Die Schaufenster glühten in Rot, Blau und Samtgrün wie geheimnisvolle Höhlen. Barett trat hart auf die Bremse.

Dicht am Fahrbahnrand lag ein Mann auf dem Gesicht.

Mills sprang aus dem Wagen, beugte sich zu dem Mann, der eine Glatze hatte und aus einer schrecklichen Kopfwunde blutete.

»Er lebt noch!«

Barett griff zum Hörer. Er rief die Zentrale.

»Zwo-Zero-Zwo. Schwerverletzter. 5. Avenue vor Eingang Tiffany. Ambulanz dringend!«

»Verbrechen? Unfall?« fragte die Zentrale.

Mills lief zum Wagen und nahm die Erste-Hilfe-Kiste vom Rücksitz.

»Irgendwer hat ihm einen harten Gegenstand auf den Schädel geschlagen.«

»Verbrechen!« teilte Barett der Zentrale mit. Dann stieg er aus, um Mills zu helfen.

Der Mann röchelte leise. Sein Gesicht hatte eine unnatürliche fahlgelbe Farbe angenommen. Vorsichtig schoben ihm die Polizisten ein hartes Stützkissen unter den Kopf und deckten die Wunde mit Mull ab.

»Glaubst du, daß der Lieferwagen damit zu tun hat?« fragte Barett.

Mills zuckte mit den Schultern. »Sieh nach, ob er Papiere besitzt!«

In der zugeknöpften Innentasche der Jacke fand Barett einen Paß mit dem Aufdruck: Königreich der Niederlande.

»Ein Dutchman.« Er buchstabierte den Namen. »Joop Seldebrock.« Er durchblätterte den Paß. Der Stempel der Immigrationskontrolle von Kennedy Airport trug das gestrige Datum.

»Den hat's schnell erwischt, Pat. Kaum vierundzwanzig Stunden im Land und schon . . .«

Ein Streifenwagen, von der Zentrale zur Unterstützung geschickt, näherte sich mit heulender Sirene. Ihm folgte knapp an der Geschwindigkeitsgrenze ein schmutziger, beulennarbiger Ford Pinto. Der Wagen eines Kriminalreporters.

Die Neuigkeitsjäger hörten den Sprechfunkverkehr mit und hängen sich an, wenn ihnen der Einsatz sensationsträchtig zu sein scheint.

8

Barett, Mills und die Polizisten aus dem zweiten Streifenwagen sahen zu, wie der Reporter Perdy Hill ein knappes Dutzend Aufnahmen von dem niedergestreckten Mann schoß.

»He, warum vergeudest du deinen Film?« fragte Mills. »Der arme Bursche ist nur ein Ausländer, den die Straßenhyänen angefallen haben. Davon gibt's vierzig Fälle pro Nacht.«

»Besteht ein Zusammenhang mit Tiffany?« fragte Hill gierig. »Leute, für einen Tip in dieser Richtung schicke ich euch drei Kästen Bier zur Weihnachtsfeier.«

»Tiffany?« Mills drehte sich um und betrachtete die Fassade und die geheimnisvoll glühenden Schaufensterhöhlen. »Glaubst du, er hätte versucht, ein Schaufenster zu knacken? Jedermann weiß, daß sie nachts nur Imitationen ausstellen.«

»Okay, aber sie planen die größte Diamantenshow der Welt! Und vielleicht hat der Mann . . .«

Das schrille Klingeln der Ambulanz war zu hören. Barett schob den Reporter zurück.

»Ich verstehe, daß du deine Fotos zum großen Gag machen willst, aber ich sage dir, er ist nur ein Ausländer, der glaubte, New Yorks Straßen wären so sicher wie die Straßen in seinem Dorf. Steh den Ambulanzleuten nicht im Weg! Die Ärzte beschweren sich schnell, und wir haben den Ärger, weil wir euch nicht auf Distanz halten.«

Der Ambulanzwagen kam aus der 58. Straße und stoppte vor den Streifenfahrzeugen. Ein Arzt stieg aus, kniete neben den Opfer des Überfalls nieder, hob ein Augenlid an und tastete nach dem Puls.

»Transfusion!« befahl er und öffnete seine Tasche. Während einer der Sanitäter die Serumfusion anlegte, injizierte der Arzt Adrenalin.

»Ich glaube nicht, daß er es schafft«, sagte er. Vorsichtig wurde der Bewußtlose auf die Bahre gelegt und in den Ambulanzwagen gebracht. Der zweite Streifenwagen setzte sich an die Spitze des kleinen Konvois. Seine Besatzung sorgte mit Sirene und Rotlicht für freie Straßen und leere

Kreuzungen. Alle Eile blieb vergeblich. Joop Seldebrock, 59 Jahre alt, holländischer Staatsbürger aus Amsterdam, starb während des Transports. Auch intensive Bemühungen eines Ärzteteams des Zion Medical Center vermochten nicht, ihn ins Leben zurückzuholen.

Um sechs Uhr morgens kam der leitende Arzt zu Detectiv Sergeant Heyer, der seit einer Stunde auf das Ergebnis wartete. »Er ist endgültig tot«, sagte der Arzt. »Sie können über die Leiche verfügen.«

Der Sergeant faltete die Zeitung zusammen. »Lassen Sie den Mann ins Leichenschauhaus bringen, Doc! Bevor wir uns für ein Obduktion entscheiden, möchten wir die Angehörigen benachrichtigen. Wo sind seine Sachen? Vielleicht finde ich einen Hinweis.«

Der Arzt geleitete den Detectiv in einen Aufbewahrungsraum. Anzug, Wäsche, Schuhe – alle Habseligkeiten des Toten waren in zwei Plastiksäcke gestopft worden.

Heyer studierte Paß und Brieftasche. Er fand eine Zimmerbestätigung des Hiltonhotels.

»Ich denke, das bringt uns weiter. Eine Suite im Hilton. Arm kann er nicht gewesen sein. Trug er viel Geld bei sich, Doc?«

Der Arzt, der sich eine Zigarette angezündet hatte, warf Heyer eine Blick zu, dessen Bedeutung der Sergeant verstand.

»Sorry, Doc! Ich wollte Ihnen nicht unterstellen, daß Sie in den Kleidern eines Patienten herumgewühlt hätten. In der Brieftasche sind nur zwanzig Dollar.«

Er fand einen kleinen Beutel aus weichem Leder, nicht größer als ein halber Handteller.

»Was ist das, Doc?«

»Keine Ahnung. Er trug es um den Hals.«

Der Beutel war mit einem Reißverschluß versehen. Heyer öffnete den Verschluß. Er sah eine kleine Menge kristallischer Steine. Sie glitzerten wie kalte, gelbliche Sterne. Vorsichtig schüttete er einen Teil davon in die hohle Hand.

»Sehen aus wie Brillanten.«

Der Arzt warf einen flüchtigen, wenig interessierten Blick auf die Kristalle.

»Sind Brillanten nicht immer weiß?«

»Ich glaube, es gibt auch gelbe und blaue Steine!« Vorsichtig schüttete Heyer alles in den Lederbeutel zurück. »Vielleicht sind sie aus Glas.«

Der Arzt drückte die Zigarette aus. »Brauchen Sie mich noch, Sergeant?«

Heyer antwortete nicht. Er überflog die Meldung der Streifenwagenbesatzung, die den Mann gefunden hatte.

»Er lag vor Tiffany«, murmelte er und griff noch einmal nach dem blauen Paß.

»Können Sie Holländisch, Doktor?«

»Nein, nur etwas Deutsch.«

Heyer hielt dem Arzt den Paß hin und wies mit dem Finger auf die Spalte mit der Berufseintragung.

»Was heißt es?« Er versuchte, das Wort auszusprechen: »Koopmanen . . .«

»Ich denke, es bedeutet soviel wie Juwelenhändler«, sagte der Arzt.

Joshua Nuggey, den seine Kumpel ›Nugget‹ (Goldklumpen) nannten, hatte auf einer Bank im Central Park geschlafen, obwohl der Park bei Nacht auch für Leute ohne jeden Cent – und zu ihnen gehörte Nuggey trotz seines schönen Spitznamens –, gefährlich war. Nuggey hatte die Nacht verhältnismäßig angenehm unter einer Schicht Zeitungen verbracht. Er hatte sich den Mund mit dem Wasser der Pulitzer Fountain ausgespült – seine übliche Morgentoilette. Jetzt hinkte und schlurfte er die Fifth Avenue downtown.

Zu dieser frühen Stunde war die Fifth Avenue noch nicht von den Strömen der Besucher, Touristen, Schaufensterbummler und Käufer belebt.

Nur die Angestellten der Luxusgeschäfte, die einen großen Teil des Ruhmes der Fifth ausmachen, strebten ihren Firmen zu. Viele von ihnen waren ungewöhnlich hübsche, gepflegte Mädchen, die als Verkäuferinnen in den Modege-schäften von Weltruf arbeiteten.

Joshua Nuggey interessierte sich längst nicht mehr für Frauen, egal ob hübsch oder häßlich. Er sah sie nicht einmal an. Beharrlich wie ein Vogel, der eine Wiese nach Würmern absucht, hielt er den Kopf gesenkt und ließ den Blick über die grauen Steinplatten des Bürgersteigs wandern. Er schlurfte dicht am Rand zur Fahrbahn entlang und überließ es Entgegenkommenden, ihm aus dem Weg zu gehen. Die eleganten Mädchen und die smarten Clerks schlugen um ›Nuggey‹ einen Bogen. Sie drehten den Kopf zur Seite, wenn sie zu nahe in seinen Dunstkreis gerieten. Im übrigen beachteten sie ihn nicht.

Die Fifth Avenue ist zwar die Straße der reichen Leute, aber sie ist für niemanden verboten, auch nicht für Tramps.

›Nugget‹ widmete die größte Aufmerksamkeit dem Rinn-stein. Vieljährige Erfahrung hatte ihn gelehrt, daß er hier auf Beute hoffen konnte.

Er fand zahlreiche Zigarettenkippen, hob aber nur die größten auf. An einer kaum angerauchten Zigarre roch er ausführlicher, bevor er sie in die Abgründe seiner Mantel-tasche versenkte. Ein billiges Wegwerf-Feuerzeug, dessen Stein noch Funken von sich gab, nahm er mit, weil er eine Methode kannte, die Dinger mit Benzin zu füllen.

Einige Schritte weiter bückte er sich nach einem bunten Magazin. Er hoffte auf ein Pornoheft, das sich für ein paar Cents an die Rocker von der Lower East Side verkaufen ließ. Das Magazin entpuppte sich als Modezeitschrift. Enttäuscht ließ Nuggey es fallen.

Dicht neben der Stelle, an der das verschmähte Modema-gazin lag, stach dem Tramp ein Glitzern ins Auge. Nuggey hockte sich an den Straßenrand und pulte mit dem Nagel des Zeigefingers ein kleinen, durchsichtigen Stein aus dem Gossenschmutz. Der Stein war so klein, daß er ihn verlor, als er ihn zwischen Daumen und Zeigefinger halten wollte. Er fand ihn wieder und dicht daneben einen zweiten, etwas größeren Stein gleicher Art.

Der Fund löste in Joshua nicht die geringste Erregung aus. Er hielt die Steine für Glas, für wertloses Zeug. Aber er wußte, daß gerissene Jungs davon lebten, daß sie Unechtes als echt verkaufen. Messing als Gold, schlechte Ramsch-Uhren als Präzisionschronometer. Warum nicht Glas als Diamanten, Brillanten oder wie immer der Glitzerkram heißen mochte, auf den die Weiber so scharf waren? Er riß ein Blatt aus der Modezeitung und packte seinen Fund ein. Dann setzte er seine Suche fort.

Viel Erfolg hatte er nicht. Zwar konnte er aus einer kaum angebrochenen Packung Kebby's Cakes etwas gegen seinen Hunger tun. Aber vergeblich hielt er nach ein paar verlorenen Dimes oder Nickels Ausschau, mit deren Hilfe er sich den ersten Schluck gegen den großen Durst hätte kaufen können.

Er wechselte die Straßenseite. Als das Ergebnis nicht besser wurde, verließ er Fifth Avenue und hinkte in die 47. Straße.

Das kurze Straßenstück der West 47. Straße zwischen 5. und 6. Avenue ist New Yorks Diamantengasse. In einem knappen Hundert schmaler Läden, oft auch in den Hauseingängen oder einfach auf der Straße werden Diamanten, Saphire und Smaragde im Werte von Dollarmillionen gehandelt. Keine großartigen, komplizierten Schmuckgebilde, sondern die nackten Steine, höchstens in einfachen Fassungen. Käufer sind Händler und Juweliere aus allen Städten der USA.

Joshua Nuggey ›Nugget‹ hatte, als er an den ersten Läden der 47. vorbeischlurfte, ernsthaft Durst. Die Sucht nach Alkohol schüttelte ihn wie ein Fieberanfall.

Vor einem winzigen vergitterten Schaufenster blieb er stehen. Brillanten in allen Größenordnungen lagen kunstlos nebeneinander aufgereiht. Die unterste Reihe bestand aus gelblichen Steinen. Ihre Farbe erinnerte Nuggey an seinen Fund.

Er grub das zusammengefaltete Zeitungsblatt aus der Manteltasche, öffnete er vorsichtig und tappte zu einem schmächtigen, schwarzbärtigen Mann, der im Eingang des Ladens stand.

»He, Mister, können Sie das brauchen?« fragte Nuggey und bot dem Mann die Steine im auseinandergefalteten Papier mit beiden Händen an.

Der Mann nahm einen Stein und hielt ihn zwischen Daumen und Zeigefinger ins Licht.

»Woher haben Sie ihn?« fragte er.

»Gefunden. Auf Ehre, ich habe ihn gefunden. Den anderen auch. Wieviel Dollar geben Sie mir?«

»Kommen Sie herein!« sagte der Händler, gab den Eingang frei, und Joshua Nuggey tappte in den halbdunklen Laden wie in eine Falle.

Die Füße zahlloser Passanten hatte die Kreidestriche, mit denen die Umrisse des Mannes festgehalten worden waren, längst verwischt.

Es war Lunchzeit. Einige tausend Angestellte, Steno-Mädchen und Sekretärinnen bevölkerten zusätzlich die Fifth Avenue, drängten sich vor den Schaufenstern von Cartier, Bonwit Teller's und Bergdorf Goodman's, die alle Sachen enthielten, die sie sich von ihren Gehältern nicht kaufen konnten.

Detectiv Sergeant Heyer machte Phil und mich mit den City-Polizisten Tom Barett und Patrick Mills bekannt.

»Sie haben den Mann gefunden.«

»Bitte zeigen Sie uns die Stelle!«

»Er lag hier!« Barett schob sich quer durch den Passantenstrom und beschrieb eine ungefähr körpergroße Stelle dicht am Fahrbahnrand.

»Könnte er aus einem Auto gestoßen worden sein?« fragte Phil.

»Dagegen spricht, daß wir seinen Hut am Haus unter einem Schaufenster fanden.«

»Sie erwähnten einen Lieferwagen, Officer?«

Mills wies mit dem Daumen auf seinen Kollegen.

»Tom glaubt, daß der Wagen von dem Platz abfuhr, an dem wir den Mann fanden. Ob es stimmt, wissen wir nicht, denn wir waren noch einige Blocks entfernt und sahen nur die Rücklichter.«

»Keine anderen Spuren, Officer?«

»Nichts, außer dem Hut.«

»Keine Zeugen?«

»Gemeldet hat sich niemand.«

»Danke, Officer! Ich denke, wir brauchen Sie hier nicht länger.«

Die Beamten tippten an die Mützenschirme und stiegen in ihren Streifenwagen.

Ich wandte mich an den Detectiv Sergeant.

»Halten Sie den Fall für mehr als einen nächtlichen Straßenraub?«

»Der Mann wurde nicht beraubt, G-man.«

»Okay, nennen wir es einen versuchten Straßenraub. Die Täter wurden gestört.«

Heyer übergab mir den Paß.

»Ich habe mich aus zwei Gründen an den FBI gewandt. Der Mann war Ausländer, und er trug das hier bei sich.« Aus einer Plastiktüte holte er einen kleinen Lederbeutel mit einem Reisverschluß.

»Ich möchte es nicht öffnen«, sagte er. »Wenn mich jemand aus Versehen anstößt, kullern ungefähr hunderttausend Dollar über die Straße.«

»Diamanten?«

Heyer nickte. »Ich habe sie einem Spezialisten aus dem Raubdezernat gezeigt. Sie sind echt. Er hält den Wert mit hunderttausend Dollar für nicht zu hoch geschätzt.«

Ich öffnete den Paß. Der Mann war Holländer gewesen. Der Name war mit Joop Seldebrock angegeben. Das Foto zeigte einen kahlköpfigen, freundlich wirkenden älteren Mann mit weißen Haarbüscheln über den Ohren.

»Er kam gestern auf Kennedy Airport an und bezog ein Apartment im Hilton, das von Amsterdam aus reserviert worden war«, erklärte Heyer. »Wann er am Abend oder während der Nacht das Hotel verlassen hat, war nicht festzustellen.«

»Glauben Sie, er hätte morgens um vier Uhr einen Besuch bei Tiffany machen wollen?«

Der City Police Detectiv hob die Schultern.

»Überfälle werden jede Nacht zu Hunderten verübt. Trotzdem finde ich es merkwürdig, daß ein Mann, der für hunderttausend Dollar Edelsteine bei sich hat, ausgerechnet vor New Yorks berühmtestem Juwelengeschäft getötet wird. Sie wissen, daß Tiffany die größte Juwelenshow der Welt plant?«

»Natürlich wissen wir es, Sergeant! Die Regierung macht sich eine Menge Sorgen, weil sich während der Show mehr millionenschwere Berühmtheiten auf ein paar hundert Quadratfuß der Fifth Avenue drängen werden, als die UNO während des ganzen Jahres anlockt. Niemand weiß, wie die Sicherheitsprobleme gelöst werden sollen. Von Taschendieben bis zu Entführern und Terroristen – die Tiffany Show bietet allen ungeahnte Möglichkeiten.« Ich machte eine Kopfbewegung zum Eingang. »Wir werden uns erkundigen, ob Joop Seldebrock bei Tiffany bekannt war.«

Der Eingang zu Tiffany ist schlicht. Aber wenn Sie ihn passiert haben, setzen Sie am besten Ihre Sonnenbrille auf, damit Sie nicht geblendet werden. Denn es glitzert und glänzt und funkelt und schimmert aus Vitrinen und gläsernen Schränken, von samtbezogenen Tabletts und aus edlen Lederetuis.

Sehr schöne, dezent gekleidete junge Damen, deren Fingernägel nie lackiert sein dürfen, damit die vulgäre Kunstfarbe des Nagellacks nicht den sanften Farbton der Edelsteine übertönt, stehen bereit, Ihnen Ringe, Ketten, Armreife vorzulegen, deren Preis Ihnen mit Sicherheit den Atem rauben wird. Unauffällige Gentlemen sorgen dafür, daß niemand auf den Gedanken verfällt, statt des Scheckbuchs einen Revolver zu zücken. Tiffanys Sicherheitseinrichtungen gelten als die besten der Welt und werden ständig vervollkommnet.

Ein Mädchen schwebte uns entgegen.

»Sir?«

»Wir möchten den Chef der Firma sprechen.«

»Wen darf ich melden?«

»Cotton und Decker vom FBI und Sergeant Heyer vom Homicide Department der City Police.«

Sie entschwebte zu einem Telefon, rief irgendwen an und bat uns um einige Minuten Geduld.

Wenig später verließen zwei Männer die Kabine des Innenfahrstuhls und traten auf uns zu. Der ältere war grauhaarig, hatte ein eckiges Gesicht mit tiefen Falten um den Mund und trug einen kurzen, dichten Schnurrbart.

»Stanley Deering«, stellte er sich vor. »Ich bin Tiffanys Sicherheitschef. Zeigen Sie mir bitte Ihre Ausweise!«

Er prüfte die Ausweise sorgfältig. Dann lächelte er.

»Nehmen Sie mein Mißtrauen nicht übel! So kurz vor der Show sind wir besonders vorsichtig. Wie kann ich Ihnen helfen?«

»In der letzten Nacht wurde ein Mann vor Tiffany überfallen. Der Mann ist an seinen Verletzungen gestorben. Er war ein holländischer Diamantenhändler, und er trug diese Diamanten bei sich.«

Heyer zeigte dem Sicherheitschef den kleinen Lederbeutel. Stanley Deering öffnete den Reißverschluß und warf einen Blick in den Beutel.

»Ich bringe Sie zu Mr. Jackson«, entschied er.

Über eine breite, mit roten Teppichen belegte Treppe führte er uns in die erste Etage. Wir durchschritten eine Vorhalle und gelangten in einen Saal, in dem an den Vorbereitungen zur Show gearbeitet wurde.

Ein Vorhang, der von der Decke bis zum Fußboden reichte, verkleidete die Stirnwand. Die Tische und Sessel waren so aufgestellt, daß drei Gänge freiblieben, die in der Mitte zu einem Kreis zusammenliefen. Von diesem Kreis führte ein vierter Gang durch die Länge des Saals.

An einem Tisch saß Lewis P. Jackson, Präsident der Tiffany Company, ein großer, schlanker Sechzigjähriger mit dem

Aussehen und Benehmen eines englischen Lords. Er lauschte den Erklärungen eines langhaarigen jungen Mannes, der ein berühmter Ballettstar war und die Choreographie der Diamantenshow übernommen hatte.

»Die Mannequins werden an vier verschiedenen Stellen aus dem großen Vorhang treten, Sir. Aber es soll nicht ein einfacher Auftritt sein, sondern eine Art Explosion von Schönheit, Eleganz und Kostbarkeit. Ich arbeite mit Spotscheinwerfern, die in schneller Folge ein- und abgeschaltet werden und bei jedem Einschalten ein anderes Mannequin erfassen. So entsteht der Eindruck, als würden die Mädchen aus den Falten des Vorhangs hervorgezaubert und . . .«

»Kann ich eine Probe sehen?« frage Jackson.

»Selbstverständlich, Sir!«

Der Ballettstar klatschte in die Hände.

»Bitte, die Mädchen auf ihre Plätze!«

Drei Mannequins, hochgewachsene, langbeinige Geschöpfe, zwei schwarzhaarige und eine blonde, tauchten aus den Vorhangfalten auf. Sie waren sportlich angezogen, trugen Hosen und lockere Blusen. Sie nahmen Plätze ein, die ihnen von dem jungen Mann angewiesen wurden.

»Die Scheinwerfer!« rief er. »In der Reihenfolge drei, eins, drei, zwo! Verstanden?«

»Verstanden!« kam das Echo von der Beleuchterbühne.

»Los!«

Der erste Scheinwerfer zuckte auf, erfaßte ein Mannequin, hielt es sekundenlang im weißen Licht, erlosch in der Sekunde, in der das blonde Mädchen von einem zweiten Scheinwerfer erfaßt wurde und blendete beim Erlöschen dieses Scheinwerfers wieder auf. Gleich darauf gab es eine Pause. Der mittlere Scheinwerfer verfehlte das Mannequin, das er anleuchten sollte. Der Ballettstar heulte auf, raufte sich das Haar und schrie: »Schluß! Von vorn! Alles noch einmal!«

Stanley Deering ging zu dem Tiffany-Chef und sagte ihm, daß wir ihn zu sprechen wünschten. Lewis P. Jackson stand auf.

»Ich glaube, Sie alle müssen den Auftritt noch etwas üben«, erklärte er in höflichem, aber bestimmtem Ton. Er kam zu uns und begrüßte uns mit einem Kopfnicken.

»Bitte, kommen Sie in mein Büro!«

Jacksons Büro lag am Ende des Verwaltungsflügels. Der große Raum enthielt zwei Schreibtische, von denen der kleinere in der Nähe des Eingangs stand. An ihm saß eine Frau, an der das ungewöhnlich schöne, tizianrote Haar auffiel.

»Vanessa, diese Gentlemen gehören zum FBI beziehungsweise zur City Police.«

Die Frau schob ihren Sessel zurück. Sie trug ein dunkelgrünes, elegantes Modellkleid und als Schmuck nur eine bescheidene Perlenkette. Ihr sorgfältiges, dezentes Make-up machte es schwierig, ihr Alter zu schätzen. Auf jeden Fall war sie kein Twen mehr. Sie hatte ein interessantes, nicht unbedingt schönes Gesicht. Ihre grünblauen Augen musterten uns mit kühler Neugier.

»Vanessa Carty arbeitet seit fünfzehn Jahren für Tiffany«, erklärte Jackson. »Sie ist einer unserer stellvertretenden Direktoren.«

Er bot uns Plätze am Besprechungstisch an, nahm selbst den Stuhl am Kopfende und sorgte dafür, daß der Sicherheitschef und Vanessa Carty links und rechts von ihm saßen.

Sergeant Heyer legte Jackson den Paß vor.

»Kennen Sie den Mann?«

»Selbstverständlich kenne ich Mr. Seldebrock.« Er gab den Paß an die rothaarige Frau weiter. »Tiffany kauft von Zeit zu Zeit Diamanten bei ihm. Seldebrock ist ein Spezialist für farbige Steine. Für welche Sorten, Vanessa?«

»Yellow Clears und alle Pink-Sorten«, antwortete sie. »Allerdings nur Besatzmaterial. Für Mehrkaräter fehlen ihm die flüssigen Mittel.«

Ihre Stimme hatte einen spröden, dunklen Klang, der zu ihrer Persönlichkeit paßte.

»Wir erwarten Mr. Seldebrock in den nächsten Tagen. Wir haben eine kleine Partie Yellow Clears bei ihm geordert. Er überbringt seine Steine immer selbst.«

»Diese Steine?«

Ich nickte Heyer zu. Er legte den Lederbeutel auf den Tisch.

»Ein Tablett, Stanley!« bat Jackson.

Deering holte ein samtbezogenes, mit einem Holzrahmen eingefaßtes Tablett. Jackson öffnete den Lederbeutel und schüttete den Inhalt auf den dunklen Samt.

Die Steine glitzerten in einem kalten, gelblich getönten Glanz.

Jackson wechselte einen Blick mit der Direktorin.

»Woher haben Sie die Steine?« fragte sie.

»Joop Seldebrock wurde in der vergangenen Nacht überfallen. Polizeibeamte fanden ihn gegen vier Uhr morgens mit Kopfverletzungen. Er starb auf dem Transport ins Hospital. Der Beutel mit den Diamanten wurde bei ihm gefunden. Er trug ihn unter der Kleidung.«

»Das ist üblich«, erklärte Jackson. »Edelsteinhändler trennen sich so gut wie niemals von ihrer Ware. Sie vertrauen darauf, daß niemand weiß, welche Schätze sie bei sich tragen.«

»Auch nachts in New York?« fragte Heyer ungläubig.

»Wahrscheinlich ja. Ich habe Mr. Seldebrock nicht sehr gut gekannt. Er war nur ein kleiner Lieferant für Tiffany.« Er wandte sich an Vanessa Carty. »Gewöhnlich haben Sie mit ihm verhandelt, Vanessa.«

»Seldebrock ließ seine Ware nie in einem Tresor verwahren«, antwortete sie. »Er war ein altmodischer Mann.«

»Wußten Sie, daß er in New York war? Hat er gestern angerufen?«

Sie schüttelte den Kopf. »Wir wußten nicht, wann er kommen wollte. Ein bestimmter Tag war nicht vereinbart worden.«

»Können Sie sich und uns erklären, aus welchem Grund er um vier Uhr zu Tiffany kam?«

»Mr. Seldebrock liebte es, in New York zu sein.« Sie zögerte, bevor sie fortfuhr: »Er besuchte gern Nachtclubs. Wenn Sie nachforschen, werden Sie vielleicht herausfinden, daß er auf dem Wege von oder zu einem Nachtclub bei Tiffany vorbeikam.«

»Hätte er nicht ein Taxi benutzt?«

Sie hob die Schultern. »Vielleicht konnte er kein Taxi finden, oder er hielt den Weg von der Fifth Avenue zum Hilton Hotel für sicher.«

»Woher wissen Sie, daß er im Hilton Hotel wohnte?«

Die Spur eines Lächelns huschte über ihren Mund.

»Er wohnte immer im Hilton, wenn er in New York war. Ich würde mich sehr wundern, wenn er seine Gewohnheiten geändert hätte.«

»Wie viele Diamanten haben Sie bei Seldebrock bestellt?«

»Eine genaue Anzahl wird nie festgelegt. Er bietet uns an, was er hat. Wir suchen aus, was uns gefällt.«

Ich wandte mich an den Sicherheitschef.

»Mr. Deering, der Überfall wurde unmittelbar vor Tiffany verübt. Sind während der Nacht Wächter im Haus, die etwas gehört haben könnten?«

»Keine Wächter. Unsere Geschäftsräume sind nach der Schließung menschenleer.«

»Sie lassen Ihre Juwelen unbewacht?«

»Alles Wertvolle liegt während der Nacht im Tiffany Tresor, der ebenso unknackbar ist wie die Tresore der großen Banken. Zusätzliche menschliche Bewachung würde nur eine Fehlerquelle ins System bringen. Außerdem sind die Zugänge zu den Räumen elektronisch gesichert und werden in gewissen Abständen durch einen privaten Wachdienst kontrolliert, aber nur von außen.«

»Sie glauben, ein Juwelenhändler, der Diamanten an Tiffany verkaufen wollte, wäre nur zufällig vor Tiffany überfallen und getötet worden?« fragte Heyer kopfschüttelnd.

»Sergeant, um vier Uhr morgens kann niemand bei Tiffany Edelsteine kaufen oder verkaufen«, sagte Jackson spitz. »Wir sind keine Straßenhändler.«

»Ich glaube nicht an einen Zufall«, knurrte Heyer.

Vanessa Carty strich eine Haarsträhne aus der Stirn.

»Armer Mr. Seldebrock«, sagte sie leise. »Ich bin überzeugt, daß er das Opfer eines unglücklichen Zufalls wurde. Gibt es nicht einen Beweis dafür? Sie haben seine Diamanten bei ihm gefunden. Hätte der Täter gewußt, daß Seldebrock ein Juwelenhändler war und Steine bei sich trug, hätte er ihn ausgeraubt.«

»Was Vanessa sagt, klingt logisch«, meinte Deering.

Lewis Jackson gab den Paß des ermordeten Juwelenhändlers an Sergeant Heyer zurück. Vanessa Carty holte eine Pinzette und praktizierte die Diamanten mit großer Geschicklichkeit in den Lederbeutel, zog den Reißverschluß zu und sah uns an.

»Wem muß ich die Steine zurückgeben?«

»Mir«, antwortete Heyer. »Noch liegt die Untersuchung in der Zuständigkeit der City Police.«

Jackson stand auf und gab damit das Zeichen, daß er die Unterredung als beendet betrachtete.

Stanley Deering begleitete uns die Treppe hinunter und durch die Verkaufshalle zum Ausgang. Wir sprachen nicht länger über Seldebrock, sondern über die Show und ihre Begleitumstände.

»Haben Sie nicht schlaflose Nächte, wenn Sie an die Tiffany Show denken?« fragte ich. »Die Presse schreibt, Tiffany würde für dreihundert Millionen Dollar Schmuck präsentieren.«

»Die Presse übertreibt immer. Natürlich zeigen wir Museumsstücke, die unverkäuflich sind und damit keinen Preis haben. Die Juwelen, die wir vorführen, um sie zu verkaufen, erreichen kaum die Hälfte der dreihundert Millionen, von denen die Presse schwafelt.«

»Um einhundertfünfzig Millionen Dollar würde ich mir auch noch Sorgen machen«, sagte Phil.

»Tiffany ist noch nie beraubt worden, und ich garantiere Ihnen, daß es auch im Zusammenhang mit der Show keinen Raub geben wird. Wir werden sehr wirkungsvoll vorbeugen.« Er tippte mir mit dem Zeigefinger auf die Jacke.

»Sie, zum Beispiel, G-man, würden während der Show nicht hereinkommen.«

»Kann ich mir denken. Warum sollten Sie einem Gehaltsempfänger eine Einladungskarte schicken, der seine Freundin bestenfalls mit ein paar Hotdogs verwöhnen kann?«

Der Sicherheitchef lachte. »Mag sein, daß Ihr Scheckbuch für einen Tiffany-Einkauf zu dünn ist, G-man, aber die Kanone unter Ihrer Achsel wäre auf jeden Fall zu dick. Wir richten ein elektronisches Sicherheitssystem ein, das doppelt so zuverlässig ist wie die Kontrollschranken an Flughäfen. Niemand würde mit einer Waffe durchkommen, nicht einmal, wenn er sie verschluckte. Während der Show wird es keine Waffe im Tiffany-Gebäude geben.«

»Außer dem Arsenal, das Sie und Ihre Leute unter den Jacken tragen.«

Er schüttelte den Kopf. »Auch meine Leute und ich werden unsere Revolver zu Hause lassen und die Schranke genauso passieren wie die Mannequins, die Angestellten und die Gäste. Zwar wurden unsere Leute auf Herz und Nieren getestet. Aber kein Mensch ist gegen Versuchung gefeit. Selbst das Risiko, daß jemand plötzlich überschnappt und mit seinem Revolver Unheil anrichtet, wollen wir ausschließen. Vergessen Sie nicht, daß wir einige Ölscheichs erwarten, für die latente Attentatsgefahr besteht. Außerdem sind die meistens untereinander verfeindet. Ich möchte vermeiden, daß meinen Leuten Zehntausend-Dollar-Angebote für das Ausleihen eines Revolvers gemacht werden.«

Wir hatten während des Gesprächs den Ausgang erreicht. Stanley Deering hob beide Hände und zeigte mit der linken nach draußen und der rechten nach drinnen.

»Eine friedliche, waffenlose Gesellschaft im Haus und ein waffenstarrendes Polizeiaufgebot zwischen Army Plaza und St. Patrick's Kathedrale. Solange die Wirtschaftskapitäne, die Industriemagnaten, die Fürsten und die Stars sich in den Mauern von Tiffany aufhalten, kann niemand ihnen ein Haar krümmen. Sobald sie Tiffany verlassen und die Welt, in der es Revolver, Gewehre mit Zielfernrohren und Bomben jeden Kalibers gibt, wieder betreten, liegt ihre Sicherheit in den Händen der Polizei, in Ihren Händen!«

»Machen Sie sich darüber keine Sorgen«, sagte Sergeant Heyer. »Die Verwaltung wird einen Doppelzaun aus Polizisten um Ihren Laden aufstellen, damit Ihre Kunden die gekauften Klunkerchen unbesorgt in der Einkaufstüte nach Hause tragen können. Was macht es schon aus, daß die Straßen, in denen die Cops nicht patrouillieren können, weil sie in der Fifth Avenue herumstehen müssen, noch um einige Grad unsicherer werden? Ein paar Überfälle mehr, eine leichte Steigerung in der Zahl der Vergewaltigungen, noch größere Angst der Alten . . .« Der Sergeant brach ab. Er tippte an den Hut. »Guten Tag, Mr. Deering.«

Wir folgten ihm auf die Straße. Er zog eine verbogene Zigarre aus der Brusttasche und klemmte sie zwischen die Zähne.

»Ich bin in South Brooklyn aufgewachsen«, knurrte er. »Der Anblick von zuviel Reichtum regt mich immer noch auf. Übernimmt der FBI den Fall?«

»Ich fürchte, er liegt außerhalb der FBI-Zuständigkeit. Ein Straßenüberfall. Das Opfer gehört nicht zum Kreis der Personen, für deren Sicherheit Bundesbeamte eingesetzt werden können.«

»Okay, G-man! Ich sorge dafür, daß der FBI offiziell unterrichtet wird, weil das Opfer Ausländer ist.« Er blickte auf seine Armbanduhr. »Höchste Zeit für mich! Um drei Uhr veranstaltet mein Chef die wöchentliche Einsatzbesprechung. Wer fehlt, kann die nächste Beförderung abschreiben.«

Wir trennten uns. Während der Sergeant zu seinem Wagen ging, überquerten Phil und ich die Fifth Avenue und betraten in der 57. Straße West eine italienische Cafeteria.

Wir parkten an der Theke und bestellten zweimal Pizza Napoli und Kaffee.

»Sergeant Heyer wittert ein Geheimnis hinter dem Überfall auf den Niederländer«, sagte Phil und nahm den ersten Schluck. »Den meisten Menschen fällt es schwer, einen Zufall als das zu nehmen, was er ist, als das Ereignis des Unwahrscheinlichen.«

Ich warf ihm einen unfreundlichen Blick zu.

»Verschon mich mit deinen College-Weisheiten! Ich verstehe, daß Heyer der Gedanke an einen Zufall nicht in den Kopf will. Schließlich wird ein Mord immer nur aus einem von drei möglichen Gründen begangen.«

»Ich weiß«, seufzte Phil. »Erstes Motiv wäre Rache. Dieses Motiv können wir vergessen. Seldebrock kam zehn Stunden vor seinem Tod in New York an. Zu wenig Zeit, um sich Feinde zu machen. Der zweite Grund für einen Mord wäre Raub, und ich halte diesen Grund für den wahrscheinlichsten. Jerry, du kennst die Situation nachts in unseren Straßen. Für einen gut gekleideten älteren Mann, der nach Geld aussieht, besteht eine 4:1-Chance, daß er überfallen wird.«

»Laß uns das dritte Motiv nicht vergessen, Phil! Das dritte Motiv für einen Mord hat viele Namen. Zum Beispiel: Verrat, Konkurrenz, Information und so weiter: Der Mörder fürchtet, durch eine Person, die irgend etwas über ihn weiß, in Schwierigkeiten zu geraten. Er entschließt sich zum Mord, um einen Zeugen, einen Mitwisser aus dem Weg zu räumen.«

»Joop Seldebrock kam nach New York, um einen kleinen, völlig legalen Diamantenhandel unter Dach und Fach zu bringen. Von welchem Verbrechen soll er gewußt haben? Jerry, das ist alles an den Haaren herbeigezogen. Ich sage dir, wie es sich abgespielt hat. Der arme, alte Bursche lief ein paar Straßenräubern in die Arme. Sie fielen über ihn her und schlugen ihn nieder. Bevor sie ihn ausrauben konnten, wurden sie durch den Streifenwagen der Cops gestört und flüchteten.«

Der Keeper holte die Pizza aus dem Ofen und brachte sie. Ich sah, wie er zum Eingang blickte und die Augen aufriß. Von einer Sekunde auf die andere wurde er so unkonzentriert, daß er die Teller schräg hielt und seine Meisterwerke hinunterzurutschen drohten.

Ein Hauch von Parfum traf uns, eine zarte, exotische Duftwolke. Kleiderstoff raschelte. Armreifen klirrten. Dicht an meinem Ohr, so daß ich den Atem spürte, sagte eine Frauenstimme: »Macht es Ihnen etwas aus, einen Hocker weiter nach rechts zu rücken, damit meine Freundin und ich nebeneinandersitzen können?«

Ich wandte den Kopf und blickte aus zwei Handspannen Abstand in das Gesicht der Sprecherin. Blaue Augen sahen mich aus einem Kranz nicht ganz echter Wimpern an. Die Augenbrauen wölbten sich in perfekten Bögen. Die Lider waren schattiert, der Mund sorgfältig geschminkt. Ihr schwarzes Haar war zu einer dichten Kappe zusammengeschnitten. Ihre Lippen teilten sich zu einem Lächeln, das weiße, makellose Zähne aufblitzen ließ.

Der Italiener hinter der Theke stammelte in seiner Muttersprache

»Madonna, che bellezza!«

Phil und ich rückten um je einen Hocker. Die schwarzhaarige Schönheit winkte einem zweiten Mädchen, das in der Nähe der Tür wartete. Das Mädchen durchquerte die Cafeteria.

Ihr Gang verriet sie, die abgemessenen Schritte, der sparsame Hüftschwung und der aufrecht gehaltene Oberkörper. So gekonnt gehen nur Mannequins.

»Haben wir Sie bei den Proben zur Diamanten-Show gesehen?«

Das zweite Mädchen war blond, noch ein oder zwei Zoll größer als die Schwarzhaarige. Das Haar trug sie zu einem Pferdeschwanz gebunden. Die tief ausgeschnittene Bluse wurde von einer dünnen Kette zusammengehalten.

Die Mädchen schwangen sich so leicht auf die Barhocker, wie Raubkatzen bei einer Dressurvorführung auf die Podeste springen. Meine Frage ließen sie unbeantwortet.

Der Keeper verneigte sich und begann heftig die Theke vor den Mädchen zu polieren.

»Orangensaft!« bestellte die Blonde. »Können Sie Omelette für uns machen?«

»Versuchen Sie seine Pizza!« schlug ich vor. »Sie ist sehr gut.«

Ich erntete ein doppeltes Lächeln.

»Zuviel Kalorien!« sagte die Schwarzhaarige.

Ich wiederholte meine Frage: »Arbeiten Sie in der Show bei Tiffany?«

Sie nickte. Der Italiener brachte den Orangensaft und verschüttete eine Menge davon, weil er seine Hände nicht ruhig halten konnte.

Wir wurden schnell warm mit ihnen. Phil wechselte seinen Platz und stellte sich neben die Blonde. Wir nannten unsere Namen und erfuhren, wie sie hießen. Phils Blonde hieß Mabel Holyhan und stammte aus Boston.

»Florine Armor«, sagte die Schwarzhaarige. »Alle Witze und Anspielungen, die sich mit meinem Namen machen lassen, sind irgendwann von irgendwem schon erzählt worden. Geben Sie sich also keine Mühe! Außerdem heiße ich nicht Amor, sonder Armor. Vergessen Sie nicht das ›R‹!«

»Ich werde mir Mühe geben! Wann wurden Sie für die Tiffany-Show engagiert?«

»Vor drei oder vier Monaten. Der Vertrag wurde von unserem Agenten abgeschlossen. Mit uns werden noch drei Mannequins die Juwelen vorführen.«

»Haben Sie so etwas schon einmal gemacht?«

»Mabel und ich leben davon. Allerdings führen wir meistens Kleider vor. Juwelen-Shows sind selten. Bei Tiffany werden wir große französische Mode zeigen und dazu echten Schmuck tragen.«

Die blonde Mabel nippte am Orangensaft.

»Diese Show wird die übelste Schinderei werden, die wir je mitgemacht haben«, sagte sie. »Ich wette, daß ständig ein Dutzend Gorillas um uns herumstehen und uns nicht aus den Augen lassen werden, aus Angst, wir könnten einen Diamanten verschlucken. Nicht mal beim Kleiderwechsel drehen sich solche Typen um. Pausenlos starren sie uns an, und es kümmert sie einen Dreck, daß man Abendkleider nicht mit einem Panzer aus Unterwäsche darunter vorführen kann. Ich bin froh, wenn die Tiffany Show vorüber ist.«

»Bis dahin dauert es noch sechs Tage«, stellte Phil fest. »Und sechs Abende. Können Sie zwei oder drei davon für uns reservieren?«

Die Mädchen wechselten einen Blick.

»Mir gefallen beide«, erklärte Florine so ungeniert, als hörten Phil und ich nicht zu. »Keine Playboys! Keine Millionäre! Normale Steuerzahler wie du und ich! Sollen wir morgen nachmittag mit ihnen zum Schwimmen an den Atlantik fahren?«

Als wir Mabel und Florine am nächsten Tag abholten, erschienen sie ungeschminkt, in Jeans, weiten Pullovern und mit zwei Flugtaschen der Pan Am, in denen sie Sandwiches und Cola-Büchsen transportierten. Wir fuhren zur Jones Beach. Es war ein verdammt aufregender Anblick, als die Mädchen in Tangas aus den Umkleidekabinen kamen.

An dem Tag herrschte eine kräftige Brandung. Sie tauchten mit uns durch die Brecher. Wir schwammen weit hinaus.

»Ihr schwimmt wie die Fische!« schrie Phil. »Ich habe immer geglaubt, Mannequins gedeihen nur bei künstlichem Licht.«

»Ich war College-Meisterin über 800 Yard Freistil«, rief Florine zurück, »und Mabel war die beste Sprinterin ihres Jahrgangs!«

Später, als wir nebeneinander im Sand lagen, wrang Florine sich das Wasser aus den Haaren.

»Der Ausflug kostet uns drei Stunden beim Friseur«, seufzte sie. »In Wahrheit hasse ich meinen Beruf, der mich zwingt, darauf zu achten, daß mir keine Sommersprossen wachsen, nach jedem Dinner meine Taille nachzumessen und dreihundert Dollar monatlich für Make-up-Utensilien auszugeben.«

»Warum macht ihr den Job?«

»Weil er schnelle Dollars bringt.«

Natürlich hatten sie längst herausgefunden, daß Phil und ich für den FBI arbeiteten.

»Warum kamt ihr zu Tiffany?« wollte Mabel wissen.

»Ein holländischer Juwelenhändler, der Tiffany beliefert, wurde ermordet aufgefunden. Wir vermuteten Zusammenhänge mit der Show. Aber anscheinend fiel er einem Straßenräuber zum Opfer.«

»Fürchtet ihr einen Überfall auf die Juwelen?«

»Innerhalb ihrer Mauern sorgt die Tiffany Company selbst für Sicherheit. Die hauseigene Truppe umfaßt zwei Dutzend Männer und gilt als erstklassig.«

»Der Chef ist Stanley Deering, nicht wahr?« fragte Florine.

»Wir finden ihn ziemlich widerlich. Er schikaniert seine Leute. Mabel und ich mußten zusehen, wie er zwei Verkäuferinnen herunterputzte, weil sie irgendwelche lächerlichen Anordnungen nicht sklavisch genau befolgt hatten.«

»Vergeßt nicht, daß alles, was eine Verkäuferin nicht wegschließt, bei Tiffany ein paar tausend Dollar wert ist.«

Mabel lächelte. »Wir kennen Männer besser als ihr. Deering hat einen schäbigen Charakter. Er unterdrückt die Mädchen, um sie sich gefügig zu machen. Erst schnauzt er sie an, droht ihnen mit Meldung bei der Direktion und Rauswurf. Dann zeigt er sich gnädig und verabredet sich mit ihnen. Natürlich wagt keine, seine Einladung auszuschlagen.«

»Woher wißt ihr so gut über ihn Bescheid? Ihr arbeitet erst seit wenigen Tagen bei Tiffany.«

»Wir haben die Mädchen getröstet, die er heruntergeputzt hatte. Sie erzählten uns erstaunliche Sachen über Mr. Deering. Sie behaupteten, er sei ein Spieler. Immer wieder flöge er für zwei Tage nach Las Vegas. Manchmal nähme er ein Mädchen mit. Er soll viel Geld an den Spieltischen verloren haben.«

»Wieviel davon ist Angestelltengeschwätz?«

Florine hob die schönen, nackten Schultern.

»Keine Ahnung! Auf jeden Fall gefällt uns Mr. Deering nicht. Mabel und ich habe seine Einladungen abgelehnt. Gleich am ersten Tag versuchte er eine Landung. Zuerst bei Mabel, dann bei mir. Wir ließen ihn abstürzen. Seitdem werden wir besonders scharf kontrolliert, wenn wir das Haus verlassen.«

»Warum beschwert ihr euch nicht bei Lewis Jackson, dem Präsidenten der Tiffany Company?«

»Nach unseren Erfahrungen hat es keinen Zweck, sich bei einem Mann über einen Mann zu beklagen. Der Bursche, bei dem du dich beklagst, kommt garantiert auf die Idee, dich tröstend in seine Arme zu nehmen und dir heimlich den Büstenhalter aufzuhaken.«

Wir brachen in Gelächter aus. »Sagt nicht solche Dinge über Mr. Jackson!« rief Phil. »Er ist ein wirklich vornehmer Mann. Außerdem hat Tiffany einen weiblichen Vize-Direktor. Wie war ihr Name, Jerry?«

»Vanessa Carty?«

»Ah, diese smarte Rothaarige! Zwischen ihr und Deering herrscht ständiger Buschkrieg. Wahrscheinlich hat auch sie ihn irgendwann abblitzen lassen. Sie ist tüchtig. Sie managt alles, was mit der Show zusammenhängt. Ich frage mich, ob sie einen Freund hat? Diese Karrierefrauen verzichten lieber auf die schönen Seiten des Lebens, als daß sie ihren Job aufgeben.«

Florine stand auf und griff nach ihrer Pan-Am-Tasche.

»Es wird kühl. Bitte, fahrt uns nach Hause!«

»He, wir sind zum Abendessen verabredet!«

»Tut uns leid, aber die Verabredung ist geplatzt. Die Kleider aus Paris wurden heute angeliefert. Unser Ballettchef befahl eine große Probe nach Geschäftsschluß. Die Probe wird bis tief in die Nacht dauern. Danach werden wir halbtot sein. Ruft uns morgen an!«

Wir lieferten sie nach einer guten Stunde Autofahrt in ihrem Hotel ab. Sie verabschiedeten sich von uns mit kühlen Küssen auf die Wangen.

»Fahren wir zu Mario!« schlug Phil vor.

Immer wenn irgendeine Sache, beruflich oder privat, nicht so gelaufen ist, wie wir es uns vorgestellt haben, ziehen wir uns auf einen Drink in Marios kleine Cafeteria dicht beim Hauptquartier zurück.

Mario kennt uns und läßt uns in Ruhe.

Meistens.

Heute sagte er, kaum daß wir die Tür geöffnet hatten: »Ruft euren Verein an!«

Er schob das Telefon über die Theke.

Ich wählte die Nummer des Hauptquartiers, meldete mich. Die Zentrale reichte mich weiter an den Chef, Mr. High.

»Bitte, kommen Sie sofort!« sagte er. »Die City Police meldet einen Mordanschlag auf ein Mitglied einer ausländischen Regierung. Washington verlangt, daß wir uns um den Fall kümmern.«

»Vertritt er sein Land bei der UN?«

»Nein«, antwortete Mr. High trocken. »Er kam nach New York, um an der Diamanten-Show teilzunehmen.«

Zwei Tage vor der großen Diamanten-Show landete eine Concorde der Air France, aus London kommend, auf Kennedy Airport. Die Maschine wurde von einem Konvoi Polizeifahrzeuge zu ihrer Abstellposition geleitet, von Polizisten umringt und von Fotoreportern mit einem Blitzlichtgewitter empfangen. Die Passagiere verließen das Flugzeug über eine Gangway und wurden in Bussen zur Abfertigung gebracht. Dann erst ging eine Gruppe von Tiffany-Angestellten unter dem Kommando von Stanley Deering an Bord.

Sie holten acht Stahlkoffer aus dem Frachtraum der Concorde und trugen sie durch ein Spalier bewaffneter Polizisten zum stahlgepanzerten Transportfahrzeug. Unterdessen verteilten attraktive Mädchen Beschreibungen und Fotos der kostbaren Schmuckstücke in den Stahlkoffern an die Journalisten. Denn selbstverständlich wollte die Werbeabteilung von Tiffany trotz aller Sicherheitsvorkehrungen auf Publicity nicht verzichten.

Durch das große Panoramafenster in der Air France Lounge beobachtete Roger Gray das Schauspiel auf dem Vorfeld. Er wußte, daß drei Stahlkoffer historisch wertvollen

Schmuck bargen, den Museen in Paris, London und Athen für die Show zur Verfügung gestellt hatten. Der Materialwert dieses Schmucks war unbedeutend. Gray interessierte sich ausschließlich für den Inhalt der übrigen fünf Stahlbehälter. In ihnen wurden die kostbaren Juwelenarrangements zur Show gebracht, die Tiffany bei den großen Modeschöpfern in Frankreich, Italien und England in Auftrag gegeben hatte.

Gray gab einer Stewardeß ein Zeichen. Sie kam sofort und übersah das heftige Winken einer ältlichen Lady, die sich schon lange bemühte, ihre Aufmerksamkeit zu erregen.

»Sie wünschen, Sir?«

Gray lächelte sie an. Er war sicher, daß die Stewardeß ihm ihre Telefonnummer genannt hätte, wenn er danach gefragt hätte. Er kannte seine Wirkung auf Frauen, ganz besonders auf solche, die auf den harten Typ fixiert waren.

»Haben Sie noch einen Drink für mich, Honey? Mit ein paar Tropfen mehr Whisky, als in diesem Glas waren.« Er gab ihr sein Glas.

Draußen formierten sich Polizeibeamte auf Motorrädern und ein halbes Dutzend Streifenwagen zur Eskorte für das gepanzerte Fahrzeug.

»Läuft dir beim Anblick von so viel Polizei nicht ein kalter Schauer den Rücken hinunter?« fragte Howard Quam, der Gray gegenübersaß.

»Ich will diesen Panzerwagen nicht erobern«, antwortete Gray und nahm den Whisky entgegen, den die Stewardeß ihm reichte.

»Honey, haben Sie meinetwegen den Hundert-Yard-Weltrekord gebrochen?« fragte er und belohnte sie mit einem Blick, unter dem das Mädchen sich nackt vorkommen mußte.

Howard Quam, der niemals Erfolg bei Frauen hatte, beobachtete Grays Spielchen mit der Stewardeß voller Mißmut.

»Du hättest für mich einen Drink mitbestellen können«, brummte er.

»Tut mir leid, How!« Grays Stimme verriet Gleichgültigkeit. Er macht keinen Versuch, die Stewardeß zurückzurufen.

Gray und Quam kannten sich seit fünf Jahren. Zum erstenmal waren sie sich in Westafrika begegnet, in einem kleinen Staat, der von einem Diktator regiert wurde. Gray sollte dem Diktator eine Luftwaffe aufbauen, während Quam versuchte, der Leibwache Disziplin und Kampfesmut beizubringen.

Sie scheiterten beide. Die Leibwache lief beim nächsten Putsch davon, und Gray gelang es nicht, seine Ausrüstungsgeschäfte, die er mit internationalen Waffenschiebern angekurbelt hatte, zum Abschluß zu bringen. Der neue Diktator suchte sich neue Freunde. Gray und Quam mußten flüchten.

Ihre Wege trennten sich, und beide schwiegen über alles, was sie in der Zwischenzeit unternommen und getan hatten. Als sie sich vor vier Monaten in Florida getroffen hatten, stieg Roger Gray aus einer Waffenschiebung aus und nahm Quam mit nach New York. Denn Gray hatte in Florida jemanden aus New York kennengelernt, mit dessen Hilfe er den ganz großen Schlag seines Lebens landen wollte. New Yorker machen oft Urlaub in Florida.

Gray und Quam waren ungefähr gleich alt; Gray 40, Quam 42 Jahre. Ähnlich waren sie sich auch in ihrer Skrupellosigkeit und Brutalität. Beide scheuten nicht davor zurück, Menschen ihren Plänen zu opfern. Längst hatten sie schmutzige Hände.

Äußerlich allerdings bestanden zwischen ihnen große Gegensätze. Gray war schwarzhaarig mit ersten, grauen Fäden an den Schläfen. Im stets sonnengebräunten Gesicht stachen die hellen Augen besonders ab. Er trug teure Anzüge, seidene Hemden, kostbare Krawatten, trieb Sport und hielt sich fit.

Quam gelang es nie, sein Übergewicht loszuwerden. Er bemühte sich auch kaum darum. Er trank zuviel und haßte es, sich schnell zu bewegen. Quam war wenig über mittelgroß, kompakt gebaut, mit rundem Kopf und einer blonden Haarbürste.

Alles in allem ein Feldwebeltyp. Tatsächlich hatte er es bei der Army bis zum Master Sergeant gebracht.

»Ah, da kommt Less«, sagte Gray und winkte einem jungen Mann, der am Eingang der Lounge stand und sich suchend umsah.

Less Rafford, 34 Jahre alt, zweimal verurteilt wegen bewaffneter Raubüberfälle, geschmeidig und bösartig wie eine Raubkatze, kam an den Tisch. Er trug eine Kamera um den Hals und eine Fototasche um die Schulter.

»Viermal haben sie meinen Presseausweis kontrolliert«, sagte er und warf eine zolldicke Hochglanzbroschüre auf den Tisch. »Zum Aussuchen!«

Das Deckblatt trug den Namen Tiffany in Golddruck.

Gray blätterte die Broschüre durch.

»Wurde uns als Informationsmaterial in die Hand gedrückt«, erklärte Rafford.

Roger Gray las einige Sätze vor:

»Niemals zuvor wurden internationale Meisterwerke der Goldschmiede- und der Brillantenschleiferkunst in solcher Fülle und in einem auch nur annähernd vergleichbaren Wert gezeigt. Die Tiffany Show verdient die Bezeichnung eines Jahrhundert-Ereignisses.«

Er blickte Quam und Rafford an.

»Wir werden dafür sorgen, daß es ein Jahrhundert-Ereignis wird.«

Er schlug die Seiten mit den Abbildungen auf und zeigte sie seinen Partnern.

»Seht euch das an! Einhundertzehn Karat wasserhelle Steine an einem einzigen Diadem! Und noch einmal dreiunddreißig Karat für die Ohrringe! Hübsche Namen geben sie ihren Sachen. Diese Kombination heißt ›Weißer Zauber‹.«

Er öffnete einen Aktenkoffer und legte das Tiffany-Magazin hinein.

»Wir treffen uns in zwei Stunden«, sagte er, stand auf und ging zum Ausgang. Die Stewardeß, die ihm den Whisky gebracht hatte, kreuzte seinen Weg. Er blieb stehen und beugte sich zu ihr.

»Geben Sie mir Ihre Telefonnummer!« flüsterte er.

Nur eine Sekunde zögerte sie, bevor sie zurückhauchte: »Park 7-04722.«

»Danke, Honey!«

Er verließ die Lounge und ging zum Parkplatz B 2. John Grenko lehnte am Heck des Buick und rauchte.

»Fahr zum Bungalow, John!« befahl Gray und stieg ein.

Grenko warf die Zigarette weg und zwängte seinen mächtigen Körper hinters Steuer. Seit Gray ihn vor drei Jahren in einer Hafenkneipe von Sao Paolo für die Aufgabe angeheuert hatte, zwei Männer krankenhausreif zu schlagen, arbeitete Grenko für ihn und betrachtete ihn als Boß. Je nach Bedarf diente er ihm als Fahrer, Leibwächter und Schläger.

Den Bungalow hatte Gray von einem Agenten gemietet. Der Bau lag in Queens, dicht am Küstenschnellweg und nur zweihundert Yards von der Küste entfernt. Die Zimmer waren mit einfachen Möbeln ausgestattet. Im Sommer vermietete die Immobiliengesellschaft das Haus an Leute, die sich mit Ferien an der Jamaica Bay begnügen mußten.

Als Quam und Rafford kamen, studierte Gray den Katalog.

»Mir läuft das Wasser im Mund zusammen.«

Er hielt den Katalog so hoch, daß die anderen die aufgeschlagene Seite sehen konnten.

»›Nacht von Paris‹. Ein Kollier aus achtunddreißig ausgesuchten Ceylon-Saphiren von insgesamt siebzig Karat und einem River-I-Diamanten mit zwölf Karat.«

»Wenn dir die Fotos genügen, wird Tiffany uns gern noch einige Kataloge überlassen«, höhnte Rafford.

Gray schlug das Heft zu und warf es auf den Tisch.

»Bei dieser Show werden, den historischen Kram nicht mitgerechnet, dreißigtausend Karat feinster Diamanten, Saphire, Smaragde und Rubine herumliegen. Ich denke, daß wir ungefähr zehntausend Karat mitnehmen können. Als Gewicht nur vier Pounds. Als Wert zum Hehlerpreis von fünftausend Dollar pro Karat runde fünfzig Millionen, und fünftausend Dollar sind ein niedriger Preis für Steine dieser

Qualität. Wir werden uns auf die Diamanten beschränken. Smaragde und Saphire sind nicht so leicht absetzbar wie ...«

»Sag uns lieber, wie wir bei Tiffany rein- und an die Juwelen herankommen sollen«, unterbrach Quam wütend.

Grays Augen verdunkelten sich. Mit einem Ruck stand er auf, ging zu einem Schrank und kam mit einem Umschlag zurück.

»Johns Presseausweis hat die Bewährungsprobe bestanden«, sagte er. »Trotzdem würde er für eine Zulassung zur Show nicht genügen. Der Umschlag enthält zwei Eintrittsausweise für Fotoreporter. Mit euren Fotos, Leute!«

Er öffnete den Umschlag und reichte die Ausweise Quam und Rafford.

»Lest die Anordnungen für Journalisten! Sie werden streng mit euch umgehen. Eure Arbeitsgeräte werden scharf kontrolliert. Filme und Batterien dürfen erst nach der Kontrolle eingelegt werden. Alle Aufnahmen müssen vor der Veröffentlichung dem Tiffany-Direktorium zur Freigabe vorgelegt werden. Für jeden mußten zehntausend Dollar Kaution eingezahlt werden.«

»Du hast zwanzigtausend Dollar gezahlt?«

»Die Zahlung wurde verbucht«, antwortete Gray undeutlich. »Ihr seht, es ist einfach, in die Räume von Tiffany zu gelangen. Den Reichen dieser Welt macht eine Show nur Vergnügen, wenn die Presse darüber berichtet.«

»Wie kommst du rein?«

»Für mich liegt eine offizielle Einladung im Waldorf Hotel. Ich treffe erst heute in New York ein. Bis zur Show werde ich ein Apartment im Waldorf bewohnen. Grenko wird mich in einem Cadillac vom Waldorf zu Tiffany fahren.«

Er entnahm dem Aktenkoffer zwei Skizzen.

»Unser Problem liegt im Rauskommen. Während der Show wird die Fifth Avenue von Polizisten wimmeln. Es gibt keinen anderen Ausgang als den zur Fifth Avenue. Wir müssen bewaffnete Cops in der Stärke einer Kompanie passieren.«

»Wenn sie uns stoppen, haben wir keine Chance. Wir können uns gegen ein solches Aufgebot den Weg nicht freischießen.«

»Wir werden nicht schießen, sondern bluffen.« Gray wies auf die größere Skizze.

»Während der Show werden sich im Obergeschoß nur die Gäste, die Mannequins und einige Angestellte von Tiffany aufhalten. Der Saal, in dem die Show stattfindet, hat nur einen Ausgang, eine Flügeltür zur Vorhalle. Ich weiß, wie wir diese Tür blockieren können. Die Juwelen werden in der Reihenfolge, in der sie vorgeführt werden, durch einen Spezial-Aufzug aus dem Tresor nach oben befördert. Personen können mit dem Aufzug nicht transportiert werden, denn die Kabine hat nur die Größe eines kleinen Koffers. Es genügt, wenn wir die Telefonverbindung zum Tresor unterbrechen. Sobald wir das Beste aus dem Show-Angebot eingesammelt haben, verlassen wir Tiffany durch den Hauptausgang.«

Er gab Grenko ein Zeichen. »Bring uns ein paar Drinks, John! Ich denke, wir sollten jetzt die Einzelheiten festlegen. Jeder muß genau wissen, was er in den entscheidenden Minuten zu tun hat.«

Vier Stunden später saßen Gray, Quam und Rafford noch immer am Tisch. Quam ließ sich sein Glas neu füllen.

»Alles scheint durchführbar, Roger. Im Haus können wir die Kontrolle behalten. Aber die kleinste Panne auf dem Weg zwischen Tiffany und dem Wagen bringt uns in Teufels Küche.«

»Du hast recht«, sagte Gray nachdenklich, nahm sein Glas und brachte den Inhalt mit leichten Handbewegungen zum Kreisen. Die Eiswürfel klirrten.

»Wir werden Geiseln nehmen«, erklärte er.

Rafford lachte. »Einen Ölscheich?«

Gray schüttelte den Kopf.

»Eine Frau! Vielleicht auch zwei!«

Vierundzwanzig Stunden vor Beginn der Tiffany Show, am Freitag um acht Uhr abends, explodierte eine Bombe unter dem Rolls-Royce eines millionenschweren Reeders, der zur Teilnahme an der Show in New York eingetroffen war.

Gleichzeitig verlangte ein Anrufer fünf Millionen Dollar. Oder die nächste Bombe würde nicht nur den Reeder, sondern den ganzen Olympia Tower, in dem der Milliardär eine riesige Wohnung besaß, in die Luft blasen.

Der Reeder zog sich sofort auf seine Jacht zurück und legte ein paar Meilen vom Ufer ab. Phil und ich kümmerten uns um den Bombenleger. Es war unser achter Einsatz im Zusammenhang mit Personen, die als Gäste der Tiffany Show nach New York gekommen waren.

Begonnen hatte es mit dem Mordanschlag auf ein ausländisches Regierungsmitglied, den Washington verschreckt als politisches Attentat eingestuft hatte. Phil und ich hatten eine Menge Arbeit investieren müssen, um am Ende nur herauszufinden, daß das angebliche ›Attentatsopfer‹ sich zu weit ins New Yorker Nachtleben gewagt und zu viele Geldscheine hatte sehen lassen. Der Messerstich in die Schulter hatte rein finanzielle, keine politischen Ursachen.

Dem Attentat auf das Regierungsmitglied war der Raubüberfall auf den Sekretär eines Ölmagnaten gefolgt. Die Aktentasche, die dabei den Besitzer gewechselt hatte, barg den Entwurf eines Regierungsvertrages, der um keinen Preis einer fremden Macht in die Hände fallen durfte. Als der FBI eingeschaltet worden war, ließ sich nichts mehr reparieren. Denn der Raubüberfall war vorgetäuscht gewesen, und der Sekretär hatte den Vertragsentwurf samt Aktentasche verkauft.

Von diesem Kaliber waren die meisten Fälle, mit denen Phil und ich und die ganze Mannschaft des FBI uns in den hektischen zehn Tagen vor der Supershow herumschlagen mußten. Die Zeitungen und TV-Stationen berichteten so lautstark und grellfarbig über die Mitglieder der High Society, die zur Tiffany Show strömten wie zu einem Mekka höchster gesellschaftlicher Anerkennung, daß einige Leute der Versuchung nicht widerstehen konnten, sich mit einem schnellen Griff die Finger zu vergolden.

Manchmal mischten sich auch Verrückte in den großen Wirbel aus Geld,

Schönheit, Publicity wie etwa der Mann, der sich in der Halle des Pierre auf einen schönen Hollywood-Star stürzte, mit einem Revolver herumfuchtelte und verlangte, auf der Stelle mit dem Star getraut zu werden.

Die Sache mit der Bombe unter dem Rolls-Royce war ernster zu nehmen. Immerhin hatte die Explosion ein 100 000-Dollar-Auto in einen 50-Dollar-Schrotthaufen verwandelt.

Phil und ich tauchten in die Slums von West-Harlem, wo Landsleute des Reeders ein bestimmtes Viertel bewohnten. Wir erhielten Informationen, die uns zu einem verräucherten Restaurant brachten.

Wir legten uns auf die Lauer. Morgens um vier Uhr stoppte ein Wagen vor dem Restaurant. Zwei Männer stiegen aus und verschwanden im Haus.

Zehn Minuten später jagten Phil und ich, die 38er in den Händen, fünf Männer aus ihren Träumen vom großen Geld. Wir überraschten sie beim Zusammenbasteln der zweiten Bombe. Sie hätte zwar bei weitem nicht die Sprengkraft gehabt, den Olympia Tower zu zerstören, wäre aber vielleicht stark genug gewesen, dem Millionär einige Dollars aus der Brieftasche zu sprengen. Natürlich sind Phil und ich nicht der Meinung, daß nur Millionäre reich sein dürfen, aber das Gesetz erlaubt keinem, sich seinen Anteil am Reichtum zusammenzubomben.

Am Sonnabend, gegen acht Uhr morgens, zwölf Stunden nach der Explosion unter dem Rolls-Royce, waren die ersten Vernehmungen beendet, die Berichte geschrieben. Die Bombenbauer lagen auf den Pritschen ihrer Zellen im Untersuchungsgefängnis, und Phil und ich hingen abgeschlafft auf unseren Stühlen im Büro. Unsere Augen brannten. Die Stunden, in denen wir zum Schlafen gekommen waren, konnten wir an den Fingern einer Hand abzählen. Ich griff zum Telefon.

»Laß das, Jerry«, sagte Phil. »Die nächste Aktion mache ich nicht mehr mit!«

Ich wählte die Nummer des Hotels, in dem unsere schönen Schmuck-Mannequins wohnten.

»Geben Sie mir das Zimmer von Miß Armor!«

Florine meldete sich sofort. Ihre Stimme klang ausgeschlafen. Seit jenem Nachmittag am Strand hatten wir zwar miteinander telefoniert, aber nie eine neue Verabredung zustande gebracht.

»Hallo, Jerry!« rief Florine. »Nicht eine Minute habe ich Zeit. In zwanzig Minuten werden wir zur Generalprobe bei Tiffany erwartet.«

»Hals- und Beinbruch für die große Show!«

»Danke! Falls ich nicht stolpere, werde ich kaum auffallen. Genau betrachtet, sind Mannequins nur wandelnde Garderobenständer.«

»Wann endet die Show?«

»Ungefähr um Mitternacht!«

»Was haltet ihr davon, wenn wir euch abholen und in eine bescheidene, italienische Cafeteria führen, damit ihr euch vom Glitzern erholen könnt?«

»Eine gute Idee, Jerry! Nach einer Show brauchen wir eine Auslaufphase, bevor wir in die Betten sinken.«

»Okay! Kein Frühstück bei Tiffany, sondern ein Mitternachtsdrink!«

Ich wollte auflegen. Phil nahm mir den Hörer ab. »Zentrale!« rief er. »Hallo, Zentrale!« Die Telefonistin des Hotels meldete sich.

»Miß Armor hat aufgelegt. Soll ich noch einmal durchstellen?«

»Bitte, geben Sie mir das Zimmer von Miß Holyhan«, antwortete Phil. »Miß Mabel Holyhan.«

Ungefähr vier Stunden vor Beginn der Diamantenshow, also am Sonnabend gegen vier Uhr nachmittags, saß Joshua Nuggey, genannt Nugget, auf einer Bank des Central Park und hielt sein verquollenes Säufergesicht in die Sonne. Im Park brodelte der große Weekend-Rummel, und ein sonniges Wochenende, an dem sich eine Million Menschen im Central Park aufhielten, versprach einem bedürfnislosen Mann wie Joshua Nuggey reiche Beute, nicht nur an Zigarettenkippen und Whiskyflaschen mit Restinhalt, sondern auch an verlorenen Sachen, die sich verkaufen ließen. Vor zwei Wochen hatte Joshua sogar fünf bare Dollar gefunden.

Noch spürte er keine Lust, sich auf die Suche zu machen. Die Wirkung einer halben Flasche Brandy von jener gepanschten Sorte, die ›Kill me quick‹ genannt wurde, wärmte seine Seele. Er kramte in dem Packen Zeitungspapier, den er sich als Zudecke für die Nacht gesichert hatte, entfaltete eine Zeitung und blätterte sie durch. Nuggey konnte durchaus lesen, aber es gab nur noch sehr wenige Dinge, die ihn wirklich interessierten, und gewöhnlich stand darüber nichts in Zeitungen.

Er betrachtete die Bilder. Sein Blick blieb auf dem Bild eines glatzköpfigen Mannes haften, der auf dem Straßenpflaster lag. Die Überschrift lautete: *Ausländischer Diamantenhändler erschlagen. Täter übersahen Diamanten für 100 000 Dollar.*

In Nuggeys Gehirn keimte die Erinnerung an die beiden gelblich glitzernden Steinsplitter, die er im Gossenschmutz der Fifth Avenue gefunden hatte. Er las den Bericht Zeile für Zeile.

Kein Zweifel, daß der Mann an der Stelle erschlagen worden war, an der Nuggey die Steine gefunden hatte. Gierig las er die Beschreibung der Steine, die der Reporter als Diamanten von ungewöhnlich gelber Farbe und damit von besonderem Wert schilderte.

»Verdammter Bastard!« fluchte Nuggey. »Gibt mir zwei Dollar für zwei echte Diamanten!«

Die ungeheure Differenz zwischen dem Wert und der lächerlichen Summe, die er erhalten hatte, wurde für Nuggey zum schwarzen Abgrund, der unüberbrückbar zwischen ihm und der vertanen großen Chance seines Lebens aufklaffte. Im nächsten Augenblick schossen aus dem Abgrund die roten Flammen besinnungsloser Wut. Joshua Nuggey sprang auf und humpelte eilig dem Ausgang des Parks zu. Über Army Plaza strebte er zur Fifth Avenue. Er murmelte Beschimpfungen vor sich hin, schüttelte die Fäuste und wedelte mit der Zeitung. Einmal umringte ihn eine Gruppe junger Neger, denen sein seltsames Verhalten aufgefallen war. Nuggey schlug giftig um sich, und die Jugendlichen machten sich lachend davon.

Vor dem Gebäude von Tiffany parkten drei Streifenwagen. Cops brachten Absperrungsständer in Stellung. Obwohl Nuggey Polizeibeamten aus dem Weg zu gehen pflegte, versuchte er heute hartnäckig die Stelle wiederzufinden, an der er die Diamanten entdeckt hatte. Mit tiefgesenktem Kopf schnüffelte er vor der Front von Tiffany den Bordstein entlang, bückte sich nach etwas, das zu glitzern schien, und kratzte im Schmutz, bis die Beine eines Cops sein Blickfeld verstellten.

»Hör zu, Alter!« sagte der Polizist. »Ich glaube nicht, daß du hier eine Goldmine entdecken kannst. Warum versuchst du es nicht eine halbe Meile straßenabwärts?«

Nuggey raffte sich auf und hinkte über die Fahrbahn.

In der 47. Straße West waren am Sonnabend die meisten Geschäfte der Diamantenhändler geschlossen. Mit Mühe fand Nuggey den Laden, in dem er die Steine für zwei Dollar verkauft hatte. Der schmale Eingang war vergittert, das Schaufenster von einer eisernen Rollade verschlossen.

Joshua Nuggey ›Nugget‹ schlug Krach. Er brüllte Beschimpfungen, stieß Drohungen aus und hämmerte mit beiden Fäusten gegen die Eisenrollade. Passanten drehten sich nach ihm um und lachten über ihn. Niemand nahm Joshua ernst. Seine Erscheinung verriet eindeutig den Tramp und Säufer. Irgendwann würde ein Cop auftauchen und den Schreihals zur Ruhe bringen.

Nuggey brüllte: »Du hast Diamanten von 'nem gekillten Mann gekauft. Dafür bring ich dich auf den elektrischen Stuhl!«

Die Tür hinter dem Eingangsgitter wurde geöffnet. Der schmächtige, schwarzbärtige Händler schrie Joshua an: »Verschwinde, Tramp! Nimm deine dreckigen Hände von meinem Geschäft, oder ich komm raus und …« Er drohte mit einem Baseballschläger.

Nuggey stürzte sich auf das Eingangsgitter wie ein Tier, das jenseits des Käfigs den verhaßten Dompteur erspäht.

»Zwei Dollar!« kreischte er. »Zwei Dollar für Diamanten, die zigtausend Dollar wert sind! Du hast mich beschissen, du Hundesohn! Ich schwör' dir, ich erzähl' den Polypen, daß du an 'nem Mord beteiligt bist.«

»Wieso Mord?« Auch die Stimme des Händlers überschlug sich. »Geh zur Hölle!« Nuggey hielt die Zeitung vor das Gitter.

»Sieh dir den Mann an! Er liegt genau an der Stelle, an der ich die Diamanten fand. Du hast ihn umlegen lassen. Mir gibst du zwei schäbige Dollar für echte Steine. Hoffentlich lassen mich die Polypen zusehen, wie du auf dem elektrischen Stuhl schmorst. Zwei Dollar!« Er riß sich den verbeulten Hut vom Kopf, warf ihn aufs Pflaster und stampfte mit beiden Füßen darauf herum.

Mit flinken Augen überflog der Händler den Text. Eine Sekunde lang schwankte er. Dann entschied er sich für eisernes Leugnen.

»Du spinnst! Ich habe nichts von dir gekauft. Ich habe dich noch nie gesehen. Verschwinde und besauf dich!«

Er ließ einen Dollarschein durch das Gitter flattern und knallte die Tür zu.

Joshua Nuggey bückte sich und hob erst den Geldschein, dann seinen Hut auf.

»Bastard!« murmelte er. »Elender Geizhals! Betrüger!«

Er schlurfte in eine irische Kneipe, kaufte sich für den Dollar billigen Whisky und kippte den Drink. Seine Wut blieb. Er schimpfte halblaut vor sich hin, bis der Keeper fragte: »Noch einen?«

Nuggey nickte und schob das Glas hoffnungsvoll über die Theke. Der Keeper hielt die Flasche in der Schwebe.

»Laß Geld sehen!«

Der Form halber wühlte ›Nugget‹ in den Taschen. Der Keeper stellte die Flasche ins Regal und wies mit dem Daumen auf den Ausgang.

Vier Häuserblöcke weiter trieb die Wut Joshua Nuggey über die Schwelle des 18. Polizeireviers. »Ich kann 'ne Aussage zu 'nem Mordfall machen«, sagte er.

Der Beamte, vor dessen Schreibtisch Nuggey sich aufgebaut hatte, lehnte sich zurück, denn Joshua roch nicht gut.

»Zu welchem Fall?«

Nuggey breitete die Zeitung aus. Er legte den Zeigefinger auf das Foto des Getöteten.

»Schieß los!«

Für den Polizisten blieb die Geschichte, die Nuggey erzählte, ein wirres Durcheinander von unzusammenhängenden Behauptungen, aus denen nur hervor ging, daß Nuggey einen schwarzbärtigen Juwelenhändler in der 47. Straße für den Abschaum der Menschheit hielt.

»Zum Teufel, sag endlich, was du ihm für die zwei Dollar geliefert hast?« blaffte er Nuggey an.

Der Tramp schluckte. »Diamanten!«

Der Polizist lächelte. »Woher weißt du, daß es Diamanten waren? Hat deine Mutter welche getragen, oder beglückst du deine Freundin damit?«

»Es waren Diamanten«, beharrte Joshua. »Ich habe sie an der Stelle gefunden, wo dieser Mann niedergeschlagen wurde. In der Zeitung steht, daß er ein Diamantenhändler war und Diamanten bei sich trug. Also waren es echte Steine, und dieser verdammte Schacherer belügt mich. Er sagt, es wäre nur ein bißchen geschliffenes Glas und speist mich mit zwei Dollar ab.«

Der Beamte wurde nachdenklich.

»Setz dich! Willst du rauchen?« Er schob ein Zigarettenpäckchen über den Tisch.

»Ein scharfer Schluck wäre mir lieber.«

»Bei uns gibt es nur Eiswasser!«

Er rief das Homicide Department an.

»Wer bearbeitet den Mordfall Joop Seldebrock?« Er buchstabierte den Namen.

»Detective Sergeant Heyer!« Der Department-Beamte prüfte seine Liste. »Dienstfrei bis Sonntagmorgen.«

»Können Sie ihn erreichen?«

»Ja, falls es dringend ist.«

»Ich weiß nicht, ob die Aussage wichtig ist oder nicht. Der Bursche, der vor mir steht, ist ein Tramp. Was er sagt, klingt zwar verworren, aber er ist nicht betrunken. Ich möchte ihn nicht bis Sonntag festhalten. Vielleicht kann euer Sergeant mich anrufen und selbst entscheiden, ob er sein Weekend abbrechen will oder nicht.«

»Ein Tramp?« wiederholte der Homicide-Beamte geringschätzig. »Meinen Sie tatsächlich, ich sollte Heyer um seinen freien Tag bringen, nur weil ein Penner irgendwelchen Unsinn faselt?«

Der Revier-Cop wurde unsicher. »Warten Sie noch ab!« sagte er. »Ich spreche mit meinem Vorgesetzten. Wir rufen noch einmal an.«

Er legte auf, ging um seinen Schreibtisch herum und faßte Nuggey vorsichtig am Mantelärmel.

»Du wirst einige Stunden warten müssen, Alter! Der Sergeant, der deinen Fall bearbeitet, wird gesucht.«

Er brachte Joshua in eine freie Verwahrzelle.

»Du bist nicht verhaftet«, sagte er freundlich. »Leg dich auf die Pritsche und schlaf eine Stunde oder zwei! Sobald sich der Sergeant gemeldet hat, hole ich dich.«

Als sich die Gittertür hinter Joshua Nuggey schloß, war es sechs Uhr. Bis zum Beginn der Tiffany Show fehlten nur noch zwei Stunden.

Ab acht Uhr war der Straßenabschnitt der Fifth Avenue vor Tiffany abgesperrt. Der Verkehr wurde umgeleitet. Nur Fahrzeuge mit einer Plakette an der Windschutzscheibe durften die Sperre passieren.

Den Zugang zu Tiffany wurde von einer Polizistenkette

freigehalten. Jenseits der Kette drängten sich dichte Trauben neugieriger Zuschauer.

Der erste Wagen, der vorfuhr, war ein schwarzer Rolls Royce Silver Shadow. Tiffany-Angestellte rissen die Schläge auf. Ein Blitzlichtgewitter empfing die Aussteigenden, einen steinalten, von der Gicht gekrümmten Herrn und eine blonde strahlende Schönheit: William G. Neffin, Konservenmillionär und Lilibeth, seine sechste Frau. Mr. Neffin hinkte über den breiten roten Teppich zum Eingang. Lilibeth, die ihn um mindestens einen Kopf überragte, lächelte nach allen Seiten und badete in den Lichtblitzen wie im Licht von Solariumlampen.

Die Eingangstür zu Tiffanys Räumen stand offen. Doch diese Tür gab nur den Weg in einen kurzen Gang aus Panzerglas frei, den Scheinwerfer in weißes Licht tauchten. Sensoren im Fußboden und in der Decke, eine unsichtbare Barriere aus Röntgenstrahlen, infrarotes und ultraviolettes Licht, das sich unmerklich mit den Scheinwerferstrahlen mischte, lieferten in Sekundenschnelle Meßdaten, Oszillationskurven und Brechungsindexe an einen Computer, der mit elektronischer Geschwindigkeit entschied, ob die Personen im Glasgang gefährlich oder ungefährlich waren, Waffen trugen oder nur eine gut gefüllte Brieftasche. Der Computer löste die elektronischen Sperren der Panzertür am Ende der Schleuse, und er setzte das Tonband in Gang, von dem eine höfliche Stimme über den Lautsprecher drang.

»Bitte, halten Sie Ihre Einladungskarte vor die Öffnung in der Türmitte!«

Mr. Neffin klemmte den Krückstock unter den Arm und suchte in seinen Smokingtaschen.

»Einladungskarten?« mümmelte er. »Soll der Quatsch? Sie vergessen, daß ich sechsmal ein Hochzeitsgeschenk bei Ihnen gekauft habe.«

Er fand die Einladungskarte und hielt sie vor die Öffnung. Ein infraroter Lichtstrahl tastete die eingeprägte Kennziffer ab. Der Computer verglich mit eingespeicherten Daten und hob die letzte Blockade auf.

Die Flügel der Panzertür glitten auseinander.

Tiffany's Pracht öffnete sich für William G. Neffin und seine schöne junge Frau, während gleichzeitig der nächste Wagen, ein riesiger Lincoln Mark IV, vorfuhr.

Dem Lincoln entstiegen zwei hochgewachsene, in weiße Umhänge gehüllte Araber. Sie wurden von bereitstehenden Sicherheitsbeamten umringt und bis zum Eingang geleitet, denn sie trugen zur Ölversorgung der USA mit einer Tageskapazität von 400 000 Barrels bei.

Den Öllieferanten folgten drei Wagen voll Mitgliedern der Barrington-Dynastie, die seit Generationen viele Zweige der US-Wirtschaft beherrscht. Nach den Barringtons kam die McCool-Familie, die nicht nur in der Wirtschaft, sondern auch in der Politik mitmischt. Das Blitzlichtfeuer der Fotografen konzentrierte sich auf Maribel McCool, deren letzte Skandalaffäre mit einem Tennischampion noch frisch war.

Sie alle unterzog der Computer einer lautlosen und blitzschnellen Überprüfung. Diese Kontrolle war gründlicher, als Menschenhände und Menschenaugen sein konnten. Für ihn zählte weder der große Name noch Reichtum oder Bekanntheitsgrad. Sein elektronisches Gehirn verwertete allein die Meldungen der Sensoren, verglich mit eingespeicherten Informationen und gab elektronische Impulse an die Sperrvorrichtungen.

Die Menge der Zuschauer schwoll noch immer an. Die meisten Gäste lösten keine andere Reaktion aus als die der Bewunderung für die kostbaren Kleider der Frauen. Die Gesichter der Wirtschaftskapitäne, Diplomaten und Ölscheichs waren für die Leute unbekannte Größen. Beifall erhielten die Showstars, zum Beispiel Alice Bann, die seit zehn Jahren die liebe, einfache amerikanische Mutti in einer endlosen Familienserie spielt und hier in einem Hunderttausend-Dollar-Chinchilla-Mantel auftrat. Beifall auch für Hatty Ritch, das Skandalgirl vom Broadway, denn Hatty erschien in einem blauen, abgetragenen Overall, zu dem sie eine pfundschwere Perlenkette trug.

Pfiffe von einigen zuschauenden Studenten erntete ein

mittelamerikanischer Diktator. Hingegen buhten die Hausfrauen die Schriftstellerin Ethel Young aus, die ein schockierend offenes Buch über weiblichen Sex geschrieben hatte.

Aber Gäste, die beklatscht oder ausgepfiffen wurden, blieben die Ausnahme. Unter den Unbekannten waren zahlreiche Juweliere aus den großen Städten der Welt, schwerreiche Grundstücksmakler und Spekulanten, die ihre Identität vor der Öffentlichkeit hinter den Namen ihrer Firmen verbargen, und selbstverständlich auch die Klatschjournalistinnen der internationalen Presse.

Einige Leute wurden nur von Spezialisten erkannt. So der schwarzhaarige, dickliche Mann, der einem Mercedes entstieg und von einer Blondine begleitet wurde. Auf dem Weg zwischen Auto und Eingang glitt ihr ein weißer Nerz von der Schulter. Der City-Police-Detective, der hinzusprang und den Nerz aufhob, gehörte zu den wenigen, die über die Bedeutung des dicklichen Mannes Bescheid wußten: Al Fiorello, Besitzer zahlreicher Nachtclubs, Chef einer bedeutenden Im- und Export-Firma, längst etabliert in der New Yorker Gesellschaft, Dauermieter einer Loge der Metropolitan Oper und trotzdem wie vor zwanzig Jahren Capo der mächtigsten Cosa-Nostra-Familie von New York.

Sie alle wurden in der Tiffany-Halle von Lewis P. Jackson und der Crew seiner Direktoren begrüßt, von Mädchen in Pagenuniformen die Treppe hinauf und im Vorführungssaal an den vorgesehenen Tisch geleitet.

Für Aufnahmen innerhalb der Räume waren ein knappes Dutzend Fotografen zugelassen worden. Sie hatten die Computerschleuse vor dem Eintreffen der Gäste passiert. Ihre Arbeitsgeräte waren von Stanley Deering einer genauen Kontrolle unterzogen worden. Jetzt bewegten sie sich zwischen den Tischen und schossen ihre Fotos.

Um neun Uhr dreißig meldete der Computer das Eintreffen des letzten Gastes durch ein grünes Lichtsignal.

Auf der ersten Etage verließen alle Angestellten den großen Saal. Die Flügeltür wurde geschlossen. Ans Mikrofon trat Bobby Fine, Amerikas bekanntester Entertainer, dessen

TV-Show ›You and me‹ kontinentweit von der gesamten Nation verfolgt wurde.

»Willkommen bei Tiffany!« rief Fine. »Willkommen bei der größten, kostbarsten, hinreißendsten Diamantenshow, die jemals in der Welt veranstaltet wurde. Immer schon war es ein Vorrecht der Männer, die Frauen mit Schmuck zu beschenken, zu bezaubern und zu verführen. Tiffany zeigt Ihnen, welche Kostbarkeiten in früheren Jahrhunderten und Jahrtausenden für diesen Zweck eingesetzt wurden. Tiffany zeigt Ihnen, was Sie hier und heute für Ihr schäbiges und schmutziges Papiergeld an ewigen Werten, an Glanz und Unvergänglichkeit erwerben können.«

Er wies mit großer Geste auf den Vorhang.

»Ägypten! Schmuck der Pharaonen!«

Die Scheinwerfer flammten auf. Musik setzte ein. Aus den Falten des Vorhangs löste sich ein Mannequin, schlank, nackt bis auf einen Lendenschurz. Hals und Brust wurden von einem Kragen aus Goldblättern, Goldketten und farbigen Edelsteinen bedeckt. Um die Arme rankten sich Reifen in Schlangenform.

Das Mannequin schritt den mittleren Gang entlang, drehte sich vor den Tischen, ging weiter.

Beifall brandete auf.

Tiffanys große Diamantenshow hatte begonnen.

Detective Sergeant Heyer kehrte mit seiner Familie gegen elf Uhr von einem Ausflug nach Coney Island zurück. Heyers zehnjähriger Sohn erwartete, daß sein Vater mit ihm noch eine Runde Teleball spielte, wie der Sergeant unterwegs versprochen hatte. Aber Heyer erkannte am Zähler des Anrufbeantworters, daß das Homicide Department ihn verlangt hatte. Er hörte die Tonmanschette ab und rief das Department an.

»Mordfall Seldebrock, Sergeant. Das 18. Revier hält einen Tramp fest, der zwei Diamanten an der Stelle des Überfalls gefunden haben will.«

»Danke!« Heyer telefonierte mit dem 18. Revier und ließ sich Joshua Nuggeys Aussage vorlesen. Er fand, daß Nuggeys Gefasel den Verdacht erweckte, der Tramp hätte sich die Story auf Grund des Zeitungsartikels zusammen gereimt. Trotzdem sagte er: »Ich komme rein und seh' mir den Mann an!«

Sein Sohn protestierte empört. »Versprochen ist versprochen, Daddy!«

»Tut mir wirklich leid, Jimmy. Zum Ausgleich werden wir morgen mit den Rädern durch Central Park fahren.«

Er verließ das Haus, stieg in seinen Wagen und machte sich auf den Weg von Queens, wo er wohnte, nach Manhattan.

In den Räumen des 18. Reviers wurde Joshua Nuggey von einem Beamten geweckt.

»Für dich kommt Besuch, Freund. Willst du 'ne Tasse Kaffee?«

Nuggey kratzte sich die Bartstoppel.

»Kaffee? Na, meinetwegen! Kannst du ein paar Tropfen Schnaps reinschütten, Officer?«

Seit einer Stunde zeigten Tiffanys Mannequins modernen Schmuck, zeigten Juwelen, die nicht nach der Show in Museen zurückgebracht werden mußten, sondern gekauft werden konnten. Im Wechselspiel der Scheinwerfer tauchten Florine Armor, Mabel Holyhan und ihre Kolleginnen aus den Falten des Vorhangs auf, gekleidet in Abendkreationen weltberühmter Modehäuser, geschmückt mit phantastischen Diademen und Colliers, mit Ringen und Armbändern. Sie durchschritten die Gänge, drehten sich vor den Tischen, nahmen hauchdünne Schleier von den nackten Schultern, damit im Scheinwerferlicht die Brillanten der Colliers aufsprühten, gingen lässig weiter, den Schleier nachschleifend, während Bobby Fine die Juwelen beschrieb, die Anzahl der verarbeiteten Brillanten und das Karatgewicht nannte, aber selbstverständlich nicht den Preis.

Am Ende des Weges durch die Gänge schritten die Mannequins eine kurze Treppe hoch und betraten ein Podest, auf dem eine lange Reihe mit Samt ausgeschlagener Vitrinen aufgestellt war. Die Mädchen lösten die Colliers von den schlanken Hälsen, nahmen tropfenförmige Diamanten von den Ohren, streiften Ringe und Armbänder ab. Dieser Strip wirkte erotischer, vielversprechender und geheimnisvoller als die Totalstrips in den Sexclubs der 42. Straße. Sie legten die Juwelen auf den Samt der Vitrinen, damit sie nach der Show von den Gästen aus der Nähe bewundert, begutachtet und ausgesucht werden konnten. Dann verschwanden sie, von den Scheinwerfern entlassen, in den Falten des Vorhangs.

Hinter dem Vorhang herrschte nackte Hysterie. Es gab keine Umkleidegarderoben, nur einige Wandschirme, hinter die sich die Mannequins stürzten, sobald sie den Vorhang passiert hatten. Schon auf halbem Weg rissen sie sich das Kleid vom Leibe, schleuderten die hochhackigen Abendschuhe von den Füßen. Zwei Garderobenfrauen standen mit dem nächsten Kleid bereit, in das das Mannequin hineinstieg wie in einen Taucheranzug. Reißverschlüsse wurden hochgezogen. Eine Garderobiere warf sich auf die Knie und hielt dem Mädchen die Schuhe hin, das sich hastig mit der Puderquaste über Gesicht und Hals fuhr. Die Juwelen wurden den Vorführmädchen von Vanessa Carty, der rothaarigen Vize-Direktorin, eigenhändig angelegt. Links und rechts von ihr standen Angestellte der Sicherheitsgruppe, die abwechselnd die Schatullen aus dem Aufzug nahmen, mit dem sie aus dem Kellertresor nach oben geschickt wurden. Vanessa Carty gab kurze, knappe Kommandos: »Ringfinger rechts! Linker Arm! Umdrehen!«

Zwanzig Minuten vor Mitternacht näherte sich die Show ihrem Höhepunkt. Der Lift brachte zwei überdimensionale Etuis nach oben. Die Sicherheitsangestellten entnahmen sie der kleinen Lastenkabine und hielten sie mit beiden Händen.

Vanessa Carty öffnete die Deckel. Das kalte Feuerwerk

großer Brillanten sprühte auf. Die Etuis bargen die Spitzenjuwelen des Tiffany-Angebotes, zwei komplette Garnituren mit Collier, Ohrschmuck, zwei Armbändern und je drei Ringen.

Ein Arrangement bestand aus lupenreinen, weißen Diamanten feinster Qualität, das andere aus blauen, besonders seltenen Steinen.

Als Mannequins, die diese Juwelen vorführen sollten, hatte der Regisseur Florine Armor und Mabel Holyhan bestimmt.

Florine trug ein schwarzes, eng anliegendes Kleid, Mabel eine weit ausschwingende Robe aus duftigem Tüll. Die Direktorin legte Florine die weißen, Mabel die blauen Juwelen um. Sie steckte ihnen die Ringe an die Finger, schloß die Sicherungen der Armbänder und prüfte den Sitz der Colliers.

»Raus!« sagte sie und blies sich eine Strähne des roten Haars aus der Stirn.

»Geschafft!«

Jenseits des Vorhangs brandete der Beifall für die Girls auf, die in diesem Augenblick den vorgeführten Schmuck in die Vitrinen legten.

Gleichzeitig rief Bob Fine: »Und nun zeigt Ihnen Tiffany die Glanzstücke der Kollektion. Dieses Mal nenne ich Ihnen keine Zahlen. Lassen Sie die unglaubliche Schönheit auserlesener, vollendet geschliffener Edelsteine, angeordnet und gefaßt von Meisterhand, auf sich wirken! Tiffany zeigt Ihnen Weißes Feuer und Blaue Sterne!«

Der Vorhang bewegte sich leicht, als sich Florine und Mabel aus ihm lösten.

»Ich wünschte, wir hätten die Kieselchen schon wieder eingesammelt, nachgezählt und eingepackt«, sagte einer der Sicherheitsclerks. Er sah, daß Vanessa Carty angestrengt und starr nach rechts blickte.

»Irgend etwas los, Miss Carty?«

Die Gestalt eines Mannes zeichnete sich vor dem Vorhang ab. Der Mann trug einen Smoking. Eine Strumpfmaske verdeckte sein Gesicht. In beiden Händen hielt er eine Maschinenpistole.

»Weg von den Telefonen«, sagte er ruhig. »Und nehmt die Hände hoch!«

Für fünf Sekunden wurden die Scheinwerfer abgeschaltet. Nur die gelblichen Lampen der Tischdekoration zeichneten kleine Lichtkreise. Dann flammten die Scheinwerfer gebündelt auf und erfaßten Florine und Mabel vor der dunklen Wand des großen Vorhangs.

Rauschender Beifall empfing sie. Eine Minute lang standen sie unbeweglich. Dann schritten sie nebeneinander an den Tischen des Hauptgangs entlang.

Der Mann, der ihren Weg kreuzte, zwang sie zum Stehenbleiben. Florine wäre um ein Haar mit ihm zusammengestoßen.

Der Mann kümmerte sich nicht um die Mannequins. Mit einem Satz sprang er auf das Podest, schob Bobby Fine zur Seite und drehte sich um.

Ein Aufraunen lief durch den Saal, als die Leute sahen, daß eine Maske das Gesicht verdeckte.

Der Mann beugte sich übers Mikrofon. Seine Stimme drang aus den Lautsprechern.

»Ich denke, Sie sehen, was ich in den Händen halte!« Er hob die Maschinenpistole. »Meine Leute und ich verfügen über mehrere Kugelspritzen. Außerdem haben wir Handgranaten und Revolver. In diesem Raum besitzen nur wir Waffen, sonst niemand. Wenn Sie nicht wollen, daß es ein Blutbad gibt, fügen Sie sich meinen Befehlen! Wir schießen rücksichtslos. Uns ist es gleichgültig, wen es erwischt. Bleiben Sie auf Ihren Plätzen! Schreien Sie nicht! Nichts wird Ihnen geschehen, wenn Sie sich vernünftig verhalten. Aber wenn jemand versucht, den Raum zu verlassen, knallt's!«

Jackson, der Tiffany-Präsident, an dessen Tisch der uralte William G. Neffin, die blonde Lilibeth und die beiden Ölmagnaten aus dem Nahen Osten saßen, stand auf.

»Was wollen Sie, zum Teufel?«

»Hinsetzen!« befahl der Maskierte.

»Ich verbitte mir, daß Sie . . .«, empörte sich Jackson. Weiter kam er nicht. Einer der Araber, die sehr genau wußten, daß Männer mit Maschinenpistolen nicht gereizt werden durften, zerrte den Präsidenten auf seinen Sitz zurück.

Die Falten des Vorhangs gerieten in Bewegung. Ein zweiter Maskierter trieb Vanessa Carty, die Garderobenfrauen, die Sicherheitsleute in den Saal. Gleichzeitig stürmte ein dritter Mann das Podest, auf dem die Vitrinen mit den ausgelegten Juwelen standen. Er trug keine Maschinenpistole, sondern zwei schwarze, flache Lederkassetten. Mit rücksichtslosen Stößen schob er die drei Mannequins aus dem Weg, die als letzte den vorgeführten Schmuck abgenommen, in die Vitrinen gelegt und auf dem Podest gewartet hatten, bis sich laut Regieanweisung Florine und Mabel zu ihnen gesellten. Ein Mädchen stolperte und fiel der Länge nach die kurze Treppe hinunter.

Der Mann öffnete die Kassetten. Schnell, zielstrebig und so wenig vorsichtig, als handele es sich um billigen Talmi, begann er Juwelen aus den Vitrinen in die Kassetten umzupacken. In der atemlosen Stille, die in diesen Sekunden im Saal herrschte, war das leise Klirren der Ketten, Colliers und Armbänder deutlich zu hören.

Links und rechts von den Vitrinen hatte Stanley Deering seine besten Leute postiert. Auch er selber stand dort oben. Niemand aus der Sicherheitscrew war bewaffnet, und Deering erkannte, daß es ein Fehler gewesen war, sich allein auf Technik und Computer zu verlassen. Er spürte den Blick seiner Leute auf sich. Er fühlte, daß sie auf Anweisungen, auf Befehle warteten.

Was konnten sie gegen Maschinenpistolen ausrichten? Welche schrecklichen Folgen mußte eine falsche Handlung haben? Wenn es nicht gelang, alle Gangster gleichzeitig und auf einen Schlag auszuschalten – und wie sollte so etwas mit nackten Händen gelingen? –, würden die Feuerstöße auch nur einer MPi zur Katastrophe führen. Deering wußte sehr genau, daß jedem der High-Society-Mitglieder im Saal das eigene Leben wichtiger war als alle aufgehäuften Tiffany-Schätze.

Dicht neben der äußersten, noch leeren Vitrine stand Charly Dunn, ein knapp dreißigjähriger Sicherheitsangestellter mit gründlicher Judoausbildung. Der maskierte Gangster wandte beim Ausräumen Dunn den Rücken zu. Der Tiffany-Angestellte sah seine Chance und griff zu.

Er bekam den Gangster an der rechten Schulter und dem rechten Handgelenk zufassen und riß ihn herum.

Der Gangster fuhr mit der linken Hand unter die Jacke, zog eine langläufige Pistole und schoß Dunn aus kürzester Entfernung zweimal in die Brust. Dunn stürzte vom Podest und riß eine leere Vitrine mit. Der Knall der Schüsse war nicht lauter als ein Händeklatschen.

Stanley Deering handelte aus dem Impuls, Dunn zu retten. Er sprang vor, aber er kam zu spät. Der Gangster wich dem verzweifelten Faustschlag aus und hieb mit der Pistole zu. Der Lauf traf Deering hart. Bewußtlos brach er zusammen.

Der ganze Ablauf hatte nur Sekunden gedauert. Im Saal schrien einige Frauen.

»Bringt sie zur Ruhe!« befahl der Anführer über die Lautsprecher. »Bringt sie zur Ruhe, oder ...!«

Männer, die Angst um ihr Leben hatten, stürzten sich auf die schreienden Frauen und hielten ihnen den Mund zu. An einem Tisch dicht vor dem Podest knockte ein breitschultriger Getreidehändler seine Frau, die sich nicht beruhigen ließ, kurzerhand aus. Der Anführer reagierte nervös. »Genug!« rief er.

Der Gangster vor den Vitrinen schloß die Kassetten. Sein Kumpan, der Vanessa Carty und ihre Helfer in den Saal getrieben hatte, zog sich langsam durch den Mittelgang zur Flügeltür zurück.

»Ihr verlaßt den Saal nicht, bis ihr rausgeholt werdet!« befahl der Maskierte am Mikrofon. »Ihr könnt ihn nicht verlassen, ohne euer Leben zu riskieren. Die Flügeltür ist der einzige Ausgang. Wir werden eine Sprengladung anbringen. Wer die Tür anrührt, fliegt in die Luft. Wartet in Ruhe ab, bis ihr rausgeholt werdet!«

Er sprang in den Gang, in dem Florine und Mabel noch immer wie versteinert standen.

»Geht vorwärts!« herrschte er sie an. Die kalte Mündung berührte Florines nackten Rücken.

Die Mädchen gehorchten. Der Gangster trieb sie durch den Mittelgang. Plötzlich befahl er: »Wartet!«

Er riß einen silbergrauen Platinnerz, den seine Besitzerin über die Sessellehne gelegt hatte, an sich und warf ihn Florine zu.

»Anziehen!«

Einer grauhaarigen, ältlichen Frau an einem Tisch auf der anderen Gangseite zog er die Zobelstola von den Schultern und reichte sie Mabel.

»Weiter! Schnell!«

Die drei Gangster und ihre Geiseln erreichten die große Flügeltür. Der Maskierte, der die Vitrinen ausgeräumt hatte, öffnete einen Flügel so weit, daß er durchschlüpfen konnte. Dann wurden Florine und Mabel durch den Spalt geschoben. Als letzter verschwand der Anführer.

Die Tür fiel ins Schloß.

Noch immer waren die Scheinwerfer auf die Stelle des Hauptganges gerichtet, an der Florine und Mabel, geschmückt mit weißen und blauen Diamanten im Gesamtwert von ungefähr sechs Millionen Dollar, stehengeblieben waren.

Der Raubüberfall hatte genau sieben Minuten gedauert.

Phil holte mich mit seinem gemieteten Camaro ab, denn für vier Leute bietet der Jaguar nicht genügend Platz. Wir wollten nicht, daß sich die Mädchen wie in einer Zwangsjacke fühlten.

Genau in der Sekunde, in der Phil die Wohnung betrat, läutete das Telefon.

Ich meldete mich. Sergeant Heyer war am Apparat.

»Abend, G-man«, sagte er fröhlich, als wäre es gerade acht Uhr: »Wie Sie wissen, kaue ich immer noch an dem Seldebrock-Mord. Es gibt eine neue Entwicklung, die die Theorie vom zufälligen Straßenraub über den Haufen wirft. Beim 18. Revier hat sich ein Tramp gemeldet, der zwei Diamanten von der Sorte, die Seldebrock bei sich trug, gefunden und verkauft haben will. Ich denke, wir sollten über den Fall noch einmal sprechen. Wann kann ich Sie morgen treffen?«

Ich blickte auf die Armbanduhr.

»Sind Sie im 18. Revier, Sergeant?«

»Genau!«

»Wir sind auf dem Wege zur Fifth Avenue und haben noch einige Minuten Zeit. Wir werden ins Revier kommen.«

Phil zeigte mit einer eindeutigen Geste, was er von dem Vorschlag hielt.

New Yorks Straßen waren in der warmen Sommernacht belebt von Menschen, Autos und Taxis. Anders als der Jaguar galt der Camaro natürlich als reines Privatfahrzeug und war nicht mit Sprechfunk und Rotlicht ausgerüstet.

Im Vernehmungszimmer des 18. Reviers fanden wir Sergeant Heyer in Gesellschaft eines mißmutigen, nach Desinfektionsmitteln riechenden Tramps.

»Er heißt Joshua Nuggey«, erklärte der Sergeant. »Er fand zwei gelbliche Brillanten am Morgen nach der Tat und an der richtigen Stelle. Er verkaufte sie an einen Händler in der 47. Straße.«

»Für zwei Dollar«, maulte der Tramp. »Der Bastard redete mir ein, sie wären aus Glas.«

»Haben Sie den Händler schon vernommen?«

»Den Händler kann ich mir erst morgen vornehmen. Es ist Mitternacht. Ohne Durchsuchungsbefehl kann der Händler mir den Zugang in seine Wohnung verweigern, und Nuggeys Aussage ist für eine Hausdurchsuchung zu dürftig.«

»Auch bei einer Haussuchung würden Sie die Steine nicht finden, Sergeant. Heiße Ware reichen die Leute von der 47. Straße sofort weiter.«

»Nehmen wir an, daß unser Freund die Wahrheit sagt! Dann müßte Seldebrock mehr Diamanten bei sich getragen haben, als wir bei ihm fanden. G-man, ich muß unbedingt erfahren, mit welcher Anzahl Steine der Mann aus Amsterdam abgeflogen ist.« Phil blickte demonstrativ auf seine Armbanduhr.

»Wir werden versuchen, die Zahl in Erfahrung zu bringen. Washington muß die Botschaft einschalten.«

»Ich will gehen«, sagte der Tramp. »Ihr verhelft mir doch nicht zu 'nem ehrlichen Anteil.«

Heyer drückte ihn auf den Stuhl zurück.

»Nur die Ruhe, Nugget! Zuerst mußt du mir den Laden zeigen, in dem du verkauft hast.«

»Brauchen Sie uns noch, Sergeant?«

»Danke, daß Sie gekommen sind.«

»Schon gut!«

Wir verließen das Revier und fuhren das kurze Stück zur Fifth Avenue.

»Heyer ist hartnäckig«, sagte Phil unterwegs.

»Ich verstehe ihn«, antwortete ich. »Er will nicht den Aktendeckel zuklappen und einfach draufschreiben: Ungeklärter Raubmord.«

Auf beiden Seite der Fifth Avenue parkten vor Tiffany und straßenabwärts bis zur 45th Luxusautos in Doppelreihen. Uniformierte Chauffeure und private Bodyguards warteten geduldig auf ihre Bosse.

Noch immer war der Bürgersteig vor dem Tiffany-Gebäude abgesperrt. Die bewaffneten Beamten hinter den Sperren hatten ihre Plätze nicht verlassen. Nur die Reporter und die Neugierigen hatten sich verlaufen.

»Sind wir zu spät?« fragte Phil.

»Zu früh.«

»Und keine Aussicht auf einen Parkplatz.«

»Fahr ein paar Runden um den Block«, schlug ich vor.

Mit fassungslosem Staunen sahen Florine und Mabel, wie sich die Männer die Strumpfmasken von den Köpfen zogen. Solange die Masken die Gesichter verdeckten, hatten sich die Gangster ununterscheidbar ähnlich gesehen in ihren schwarzen Smokings. Jetzt zeigte sich der Anführer als schwarzhaariger, sonnengebräunter Sportlertyp mit hellen, harten Augen. Der Gangster, der die Vitrinen ausgeräumt hatte, hatte ein schmales, wildes Raubtiergesicht. Unter der Strumpfmaske des dritten Mannes erschien ein runder Kopf mit blonder Haarbürste.

Zu diesem Zeitpunkt befand sich kein Tiffany-Angestellter in der Vorhalle der ersten Etage. Die drei Männer handelten schnell und mit Präzision. Die Maschinenpistolen verschwanden hinter dem großen Blumenarrangement neben der Flügeltür. Der Gangster mit dem kurzgeschnittenen Blondhaar entnahm einem Koffer eine grünblaue Masse, die aussah wie zäher, ungeformter Kunststoff, legte sie vor die Flügeltür, bohrte einen bleistiftgroßen Metallstift hinein und zog einen dünnen Draht hoch, den er um die Türknöpfe wickelte. Unterdessen schob das ›Raubtiergesicht‹ die Kassetten in Kamerataschen.

Der Anführer schlug die Jacke seines Smokings auseinander. Florine und Mabel sahen, daß er einen Revolver in der Schulterhalfter trug.

»Macht keinen Ärger, ihr Süßen!« flüsterte er leise und drohend. »Wir wollen nichts von euch. Sobald wir draußen sind, pflücken wir euch ab und lassen euch laufen. Wenn es zu einer Schießerei kommt, steht ihr dazwischen und bekommt es von beiden Seiten. Also seid vernünftig! Wir gehen jetzt nach unten und geradewegs auf den Ausgang zu wie eingeladene Gäste, die genug von der Show haben und nach Hause wollen. Verdeckt mit den Pelzen den Glitzerkram! Die Jungs am Ausgang dürfen nicht sehen, wie behängt ihr seid.«

Er starrte ihnen in die Augen.

»Los!« zischte er. »Denkt daran, daß ein falscher Wimpernschlag genügt, und für uns alle ist es aus!«

Er faßte Mabels Arm und zwang sie an seiner Seite zu bleiben. Das ›Raubtiergesicht‹ drängte sich an Florine. Der dritte Gangster folgte ihnen auf dem Fuß. Er trug eine Kamera um den Hals und die große Tasche über der linken Schulter.

Sie verließen die Vorhalle. In sanftem Bogen führte die große Marmortreppe in den Verkaufsraum des Erdgeschosses, aus dem für die Show alle Verkaufsstände geräumt worden waren, um einem überdimensionalen kalten Buffet Platz zu machen.

Drei Dutzend Serviererinnen in hübschen Kostümen standen bereit, um die Gäste mit Champagner zu versorgen, sobald die Show beendet sein würde. Für alle galt ein strenges Zutrittsverbot für die erste Etage, ja selbst für die Treppe. Auf der untersten Stufe wachten zwei Angestellte der Sicherungsgruppe darüber, daß das Verbot eingehalten wurde.

Florine sah die Rücken der beiden Männer mit jedem Schritt wie zu Felsblöcken anwachsen, die den Weg versperrten. Sie erwartete, daß die Tiffany-Männer den Weg nicht freigeben, daß sie Fragen stellen würden.

Nichts geschah! Die Angestellten traten zur Seite und sie befolgten damit korrekt ihre Anweisungen, die ausdrücklich besagten, daß sie jedem Gast mit größter Höflichkeit zu begegnen hätten. Mabel schwankte. Der Boden schien vor ihren Schritten zurückzuweichen. Ihr wurde schwindlig. Der Mann neben ihr spürte ihre Unsicherheit und faßte ihren Arm fester.

»Fall nicht aus der Rolle, Süße!« sagte er halblaut. Für Mabel klang die Warnung wie das dunkle, böse Grollen eines Tieres.

Sie schritten vorbei an den vierzig Yards des aufgebauten Buffets, vorbei an der Front der Serviererinnen.

Der Mann sagte zum zweitenmal etwas zu Mabel. Sie verstand nicht. Er mußte wiederholen: »Du sollst lächeln!«

Ihre Gesichtsmuskeln waren wie erstarrt. Sie setzte zum Lächeln an und hatte das Gefühl, ihr gelänge nur eine Grimasse.

Die Innenseite der Panzertür war, damit sie freundlicher

aussah, mit bunten Aluminiumplatten verkleidet. Zwei Sicherungsangestellte flankierten den Ausgang. Reglos wie Soldaten vor einem Generalsquartier standen sie in dunklen Anzügen, die Hände hinter dem Rücken verschränkt.

Zu dieser Stunde war die berühmte Schleuse aus Panzerglas, Stahl und Elektronik nur noch ein gewöhnlicher Ausgang. Computer, Meß- und Kontrolleinrichtungen waren nach dem letzten Gast abgeschaltet worden. Von der Straßenseite ließ sich der Zugang nicht mehr öffnen.

Geöffnet werden konnte die Panzertür nur noch von innen durch Druck auf zwei einfache Knöpfe, die so weit auseinanderlagen, daß sie von zwei Leuten gleichzeitig bedient werden mußten.

Mabel spürte, wie sich der Druck der Finger auf ihrem Arm verstärkte.

»Lassen Sie uns hinaus!« Die Stimme des Anführers verriet keine Nervosität. »Ich darf meinen Flug nicht versäumen.«

Die Angestellten zögerten nicht. Sie waren auf diesen Platz gestellt worden, um die Panzertür für Leute zu öffnen, die das Tiffany-Gebäude verlassen wollten. Niemand hatte genauere Anweisungen erteilt, etwa eine Uhrzeit genannt, von der an der Ausgang freigegeben werden durfte. Für die Männer an der Panzertür galt allein die Regel: Wer will, darf raus! Niemand darf rein!

Sie drückten die Schaltknöpfe. Lautlos glitten die Flügel der Panzertür auseinander. Ein Schwall warmer Sommernachtsluft drang in die klimatisierte Kühle der Tiffany-Halle.

»Guten Flug, Sir!«

Die Gangster und ihre Geiseln durchschritten den gläsernen Gang und betraten die Straße.

Die Cops hinter den Absperrungsbarrieren musterten die Gruppe. Die Schönheit der Mädchen fiel auf. Die Polizisten stießen sich an, machten sich gegenseitig auf die Girls aufmerksam.

Aus der Doppelreihe der wartenden Fahrzeuge löste sich ein massiger Cadillac Fleetwood und rollte vor das Ende des roten Teppichs zwischen Ausgang und Fahrbahnrand. Die Türen wurden geöffnet.

Keinem Zuschauer fiel auf, daß nicht die Mädchen zuerst einstiegen, sondern ein Mann. Niemand erkannte, daß die Frauen in den Cadillac gedrängt wurden. Kein Polizeibeamter bemerkte die plötzliche Hast, mit der die Männer in den Wagen sprangen und die Türen schlossen.

Der Cadillac löste sich vom Straßenrand majestätisch wie ein Schiff, das vom Kai ablegt, gewann die Straßenmitte und wurde schneller.

Niemand ahnte, daß in dieser Sekunde der größte Juwelenraub der Kriminalgeschichte gelungen war.

Zehn Sekunden später wurde allen mit einem krachenden Paukenschlag klargemacht, daß sich Ungewöhnliches ereignet hatte.

Ich weiß nicht, die wievielte Runde wir im Camaro um den Block zwischen Fourth und Fifth Avenue drehten. Ich denke, daß wir zum dritten- oder viertenmal aus der 56. Straße in die Fifth Avenue einbogen.

Vor dem Tiffany-Gebäude stand ein dunkelroter Cadillac, in den ein Mann und unmittelbar danach zwei Frauen in großer Abendgarderobe einstiegen.

»Na, endlich scheint Schluß zu sein«, sagte Phil. »Die ersten Gäste gehen!«

Zwei Männer in Smokings warfen sich in den Cadillac und zogen die Türen ins Schloß. Der Wagen rollte an.

»Phil, die Frauen sahen aus wie Florine und Mabel!«

»Unsinn! Sie waren schwarz und blond. Das allein ist noch keine Ähnlichkeit.«

»Fahr dem Cadillac nach!«

Die Fifth Avenue ist eine der am besten beleuchteten Straßen New Yorks. Im Rückfenster waren Kopf und Schulter der Personen im Fond des Wagens gut zu sehen. Die Frauen trugen Pelze. Als die schwarzhaarige Frau den Kopf zur Seite drehte, glaubte ich, Florines Profil zu er kennen.

»Ich wette, daß sie es sind.«

»Wenn das bedeutet, daß sie einer Millionärseinladung den Vorzug vor unserer Verabredung geben, kehre ich sofort um«, sagte Phil. »Ich spiele nicht den eifersüchtigen Othello.«

»Ich weiß nicht, was es bedeutet«, antwortete ich. »Mir scheint, daß . . .«

Das Krachen einer Explosion zerriß den Satz.

»Mein Gott!« schrie Phil, der im Rückspiegel die Fifth Avenue überblicken konnte. »Das ist bei Tiffany!«

Ich warf mich herum. Ein Feuerschein war nicht zu sehen. Einige Leute lagen auf der Straße. Die meisten rannten kreuz und quer durcheinander.

Phils Fuß war instinktiv zur Bremse gezuckt. Vor uns überfuhr der Cadillac Grand Army Plaza, und jetzt fuhr er zu schnell für einen Wagen, dessen Insassen nur von einer Show nach Hause wollen.

»Bleib dran, Phil! Was immer bei Tiffany passiert sein mag, dort sind Polizisten genug.«

Der Cadillac bog in die 60. Straße ein.

»Queensboro Bridge. Sie fahren rüber nach Queens.«

Der Cadillac beschleunigte das Tempo und glitt in die Brückenauffahrt. Das Stahlfiligran der Träger zeichnete sich gegen den Himmel ab. Der Fahrer des Cadillac versuchte offensichtlich, uns abzuhängen. Er überholte rücksichtslos. Auf der Mitte der Brücke lagen mindestens fünf Wagen zwischen uns. Wir sahen nicht, was die Explosion auslöste. Später wurde uns klar, daß sie ein paar Handgranaten zwischen sich und uns gestreut hatten. Ein grellweißer Blitz zuckte hoch, in dessen hartem Licht die Brückenpfeiler, das Geländer und die Autos sich als schwarze Schlagschatten abzeichneten. Dann brach die Hölle aus.

Die erste Handgranate explodierte unter einem Lastwagen, und das war ein glücklicher Zufall, denn der schwere Truck fing die Wucht der Explosion ab. Trotzdem schleuderte das Fahrzeug, streifte einen Pfeiler und stellte sich quer.

Phil stieg hart in die Bremse und riß das Steuer herum. Der Fahrer eines Wagens, der sich mit dem Camaro auf gleicher Höhe befand, reagierte falsch. Sein Ford Pinto rammte unser Heck. Damit verlor Phil jede Chance, den Camaro am Lastwagen vorbeizuschlenzen. Wir gerieten ins Schwimmen und rutschten mit der Breitseite gegen die mächtigen Truckräder. Phils Camaro handelte sich eine Menge Knitterfalten ein. Die Windschutzscheibe zersprang zu Glaskrümeln. Ein Reifen platzte.

Jenseits der Barriere durch den querstehenden Truck blitzten in schneller Folge zwei Explosionen auf, gefolgt vom schmetternden Zusammenprall von Autoblech, dem Aufkreischen blockierter Reifen und dem Klirren von Glas.

Wir zwängten uns aus dem Camaro. Die Türen waren blockiert. Ich mußte ein Seitenfenster zerschlagen, um rauszukommen.

Die Queensboro-Brücke bot den Anblick eines Schlachtfeldes. Kreuz und quer standen Autos. Verbeult klebten sie aneinander. Jenseits der Truck-Barrikade war der Anblick noch schlimmer. Die Explosion hatte einen Mercury voll erfaßt und auf die Seite gekippt. Rund ein Dutzend Fahrzeuge hatten sich ineinander verkeilt.

Phil und ich rannten über den Autofriedhof, in den sich die Brücke verwandelt hatte. Wir sprangen auf Motorhauben, um vorwärtszukommen, und turnten über Autodächer. Nach hundert Yards Autotrümmern war die Fahrbahn plötzlich frei und leer. Nur der Gegenverkehr staute sich und begann zu erstarren.

Vor uns glühten die Rücklichter eines Wagens, der gestoppt hatte. Der Fahrer stand neben seinem Auto.

»Eine Massenkarambolage, oder?« rief er uns an. »Mann, bin ich froh, daß es mich nicht erwischt hat.«

»Steigen Sie ein! Fahren Sie zum nächsten Polizeiposten!«

Wir rissen die Türen auf. Er protestierte: »He, Leute, mein Wagen ist kein öffentliches Verkehrsmittel!«

»FBI! Fahren Sie los, oder wir hängen Ihnen ein Verfahren wegen unterlassener Hilfeleistung an!«

Der Motor lief noch. Der Mann fuhr uns auf die Queens-Seite des East River. In der Ausfahrt kamen uns zwei Rettungswagen und eine Kolonne von Fahrzeugen der Feuerwehr unter schrillem Alarmklingeln entgegen. Sekunden später folgten drei Streifenwagen der City Police.

Ich griff an dem Fahrer vorbei zur Lichthupe und gab Blinksignale. Der letzte Streifenwagen stoppte.

»Was wollen Sie?« schrie der Fahrer. »Wenn Sie eine Aussage machen wollen, fahren Sie zum Revier!«

Phil und ich sprangen aus dem Auto.

»FBI! Wir verfolgen den Mann, der die Hölle auf der Brücke angerührt hat! Geben Sie mir das Mikrofon!«

»Sie werden nicht durchkommen, G-man! Die Zentrale ist total überlastet. Drüben in Manhattan ist 'ne Riesensache im Gange!«

»Manhattan und die Explosionen auf der Brücke hängen zusammen.«

Ich nahm das Mikrofon.

»FBI-Agent Cotton! Dringende Information der Stufe A I! Zentrale, melden Sie sich! Ich habe eine A I-Information!«

»FBI-Agent Cotton, Sie werden verstanden!« kam die Antwort.

»Täter von der Fifth Avenue sind in einem roten Cadillac Fleetwood über Queensboro Bridge geflohen. Es handelt sich um mindestens drei Männer und zwei Frauen. Die Frauen wurden wahrscheinlich als Geiseln genommen. Die Männer sind schwer bewaffnet. Sie benutzten Handgranaten, um die Verfolgung zu verhindern.«

»Verstanden! Ihre Information geht sofort an Krisenstab!«

Eine zweite Gruppe Rettungsfahrzeuge raste die Ausfahrt herauf.

»Wir müssen hier weg!« schrie der Cop am Steuer gegen Sirenenheulen und das Schrillen der Alarmglocken an. »Wenn's hier noch 'ne Karambolage gibt, kriegen wir die Verletzten nicht von der Brücke runter!«

»Können Sie uns durch den Midtown-Tunnel nach Manhattan bringen, Officer?«

»G-man, wir haben Einsatzbefehl für die Brücke!«

»Wir brauchen einen Wagen mit Funkverbindung! Informieren Sie Ihre Einsatzleitung!«

Während der Fahrer wendete, meldete der zweite Streifencop, ein junger Farbiger:

»Vier-Zwo-Zwo übernimmt FBI-Beamten mit Ziel Manhattan!«

Er drehte sich zu uns um. Seine Zähne blitzten.

»Wissen Sie, was in Manhattan passiert ist, G-man?«

»Irgend etwas bei Tiffany.«

»Glauben Sie, irgendwem wäre ein Griff in die große Diamantenkiste gelungen?«

Bevor ich antworten konnte, drang aus dem Lautsprecher das Pfeifsignal, das die Besatzungen von Streifenwagen auf besonders wichtige Meldungen aufmerksam macht.

»An alle Fahrzeuge in Queens und Brooklyn! Halten Sie Ausschau nach einem roten Cadillac! Modell Fleetwood! Der Wagen ist mit mindestens drei Männern und zwei Frauen besetzt. Alle Personen tragen große Garderobe, die Männer Smokings, die Frauen Abendkleider und Pelze. Stellen Sie dieses Fahrzeug! Äußerste Vorsicht! Die Männer sind schwer bewaffnet und handeln rücksichtslos. Möglicherweise werden die Frauen als Geiseln benutzt. Alle Meldungen unter Kennzeichen XX – 4!«

Der Streifenwagen raste über Vernon Boulevard in Richtung Midtown-Tunnel. Kurz vor der Tunneleinfahrt hörten wir eine Meldung an die Zentrale mit.

»XX – 4! Von Wagen Null-Sechs-Eins an Zentrale! Dunkelroter Cadillac Fleetwood vor Block 4060 Skillman Avenue. Wagen parkt mit eingeschalteten Lichtern und einer offenen Tür. Keine Insassen!«

Skillman Avenue war knapp zwei Meilen von unserem Standort entfernt.

»Fahren Sie uns hin!«

Als wir Skillman Avenue erreichten, waren außer den Cops, die den Cadillac entdeckt hatten, zwei Detectives eingetroffen.

»Wir haben noch nichts unternommen!« sagte der Ältere. »Glauben Sie, daß es der Wagen ist, der gesucht wird?«

Ich beugte mich durch die offene Tür in das Fahrzeug. Auf dem Beifahrersitz lag ein runder Drahtring, an dem ein knapp fingerlanges Stück Draht befestigt war: der Abzugring, mit dem eine Handgranate scharf gemacht wird.

Zwischen Rücklehnen und der Sitzbank fand ich einen platinfarbenen Nerzmantel. Ich hob ihn auf.

»Ja, es ist der Wagen!« sagte ich. »Informieren Sie die Zentrale, daß die Suche eingestellt werden kann. Die Gang ist umgestiegen.«

Der Nerzmantel verströmte den Duft eines teuren Parfums.

»Die Jungs müssen mächtig abgesahnt haben, wenn sie so einen Mantel zurücklassen wie ein löcheriges Hemd«, sagte ein Cop und schob die Mütze aus der Stirn.

Schon von der 55. Straße an war die Fifth Avenue für alle Fahrzeuge gesperrt. Überall kreisten die Rotlichter.

Es gab nur wenig Trümmer auf der Fahrbahn und den Bürgersteigen. Genau betrachtet, war nur eine Menge Glas zu Bruch gegangen. Kein Vergleich mit dem Autosalat auf der Brücke.

Im Inneren des Tiffany-Gebäudes sah es schlimmer aus. Die Druckwelle hatte zwei Kronleuchter von der Decke gerissen, Möbel von den Wänden gefegt und das ganze, kunstvoll aufgebaute kalte Buffet zum Einsturz gebracht.

Wir fanden Mr. High, Chef des FBI-Distrikts New York, in der ersten Etage. In der Vorhalle zum großen Saal war die Verwüstung am deutlichsten. Die Explosion hatte einen Türflügel herausgerissen, den anderen der Länge nach in zwei Hälften gespalten. Aus der Lederverkleidung quoll das Polstermaterial.

»Der Tür ist zu verdanken, daß es im Saal nur zwei Leichtverletzte gab«, sagte Mr. High. »Sie fing den Druck ab.« Er berichtigte sich: »Zwei Leichtverletzte durch die Explosion.

Vorher wurde ein Tiffany-Angestellter von den Gangstern niedergeschossen. Er schwebt in Lebensgefahr. Stanley Deering erhielt einen Hieb mit einem Pistolenlauf. Schädelbruch nicht ausgeschlossen. Und natürlich erlitten viele Leute einen Schock.«

Durch die zertrümmerte Flügeltür blickten wir in den Saal. Auf einem Podest vor einer Reihe Vitrinen standen eine Gruppe Männer in Abendanzügen und die rothaarige Vize-Direktorin Vanessa Carty.

»Sie addieren ihre Verluste und zählen nach, wieviel ihnen übriggeblieben ist«, sagte High.

»Wie hat es sich abgespielt?« fragte Phil.

»Noch ungeklärt. Unsere Leute bemühen sich um Aussagen der Gäste, aber wir konnten die meisten nicht zurückhalten. Sie wollten sofort in ärztliche Behandlung oder in ihre Hotels. Viele haben Diplomatenstatus.« Er lächelte. »Ich fürchte, der Gouverneur wird morgen eine große Entschuldigungsrunde antreten müssen.«

Lewis Jackson, der Präsident der Tiffany Company, kam aus dem Saal. Sein Gesicht war grau.

»Sie haben Juwelen im Wert von fünfzig bis sechzig Millionen mitgenommen«, sagte er tonlos.

»Wir brauchen eine Aufstellung mit genauen Beschreibungen.«

»Sie werden alles bekommen.«

»Wann können wir Sie befragen, Mr. Jackson? Sie und die Angestellten, die im Saal waren.«

»Noch zehn Minuten, Sir! Wir müssen die Reste in den Tresor bringen.« Mit unsicheren, schwankenden Schritten ging er in den Saal zurück.

»Wir verlieren zuviel Zeit.« Mr. High schüttelte den Kopf. »Dieser Überfall war sorgfältig vorbereitet und wurde mit kaltschnäuziger Frechheit durchgezogen. Sie hatten alles, was sie brauchten.«

Er wies auf eine Maschinenpistole, die neben einem umgestürzten Blumenarrangement lag.

»Damit hielten sie die Leute im Schach. Bis jetzt weiß niemand, wie es ihnen gelang, die Waffen ins Haus zu bringen. Irgend etwas an den Sicherungsvorkehrungen hat nicht funktioniert. Die Schuld am Gelingen dieses Überfalls liegt allein bei der Tiffany-Direktion. Sie müssen schwere Fehler gemacht haben. Trotzdem wird man der Polizei und dem FBI Versagen vorwerfen.«

Ich sah Phil an. »Ich glaube, es gibt keinen Zweifel daran, daß wir die richtigen Leute verfolgten.«

»Sie kannten die Mädchen?« fragte Mr. High.

»Ja, Sir.«

»Es wurde der Verdacht geäußert, daß die Mannequins mit den Gangstern zusammenarbeiteten.«

»Halten wir für unwahrscheinlich, Sir! Zwar haben wir nur zweimal mit ihnen gesprochen, aber als Mitglieder einer Gang können wir uns Florine Armor und Mabel Holyhan nicht vorstellen.«

»Also Geiselnahme! Dann müssen wir um das Leben der Mädchen fürchten. Die Männer, die diesen Raub verübten, schrecken vor keiner Brutalität zurück.«

In dieser Nacht kannte New York nur ein Thema: Rififi bei Tiffany. Den größten Diamantenraub während der größten Diamantenshow der Welt.

Die lokalen TV-Stationen verlängerten die Sendezeit. Reporter schwärmten aus, um die Menschen zu interviewen, die dabeigewesen waren. Sie umlauerten Privatwohnungen, drangen in Hotelhallen ein, versuchten zu bestechen oder zu überrumpeln.

Natürlich hatten sie Erfolg bei den Show-Stars. Alice Bann, Amerikas Fernseh-Mutti, gab in der Halle des Waldorf Hotels Interviews am laufenden Band. Hatty Ritch, die immer für einen Skandal gut war, simulierte vor den Kameras einen Schock. Die Sex-Schriftstellerin Ethel Young erklärte, sie hätte sich vor Angst dicht an einem Orgasmus gefühlt.

Auch Al Fiorellos weißer Mercedes war bei der Abfahrt

aus der Fifth Avenue von Reportern umringt worden. Seine Leibwächter hatten ihrem Chef mit rauhen Methoden freie Fahrt verschafft.

In seiner Wohnung schickte Fiorello seine blonde Freundin Ethel ins Bett. Ethel maulte: »Ich brauch' noch einen Drink, Al! Meine Nerven zittern.«

»Nimm dir eine Flasche mit und betrink dich im Liegen!« antwortete Fiorello grob. Er schaltete den Fernsehapparat ein und griff zum Telefon.

»Barro und Doc sollen sofort zu mir kommen!«

Er mixte sich einen Drink, warf sich in einen Sessel und starrte auf den Bildschirm. Seine seidenen Smokingaufschläge waren grau vom Staub der Explosion.

Zwanzig Minuten später kamen die beiden Männer, die Fiorello sehen wollte: Barro Bariani, ein schwerer, muskelbepackter Hüne von finsterem Aussehen, und ›Doc‹ Danny Tisbrow, studierter Chemiker, mager, mit dünnem Blondhaar und deutlicher Stirnglatze, ein Mann von schneller Intelligenz und absoluter Skrupellosigkeit.

Fiorello wies mit einer Kopfbewegung auf den Bildschirm.

»Ihr wißt, was bei Tiffany passiert ist?«

»Ja, Boß!« Tisbrow zog die fahlen Augenbrauen hoch. »Warst du dabei, Boß?«

Fiorello nickte. »Sie drehten das Ding mit nur drei Männern.«

»Jungs, die wir kennen?«

»Sie waren maskiert. Aber sie benutzten die Masken nur, um den Leuten im Saal einen Schreck einzujagen. Beim Verlassen des Hauses zeigten sie ihre Gesichter. Barro, du wirst uns die Beschreibungen verschaffen.«

»Okay, Boß«, antwortete der finstere Bariani, der als wichtigster Unterführer die harte Garde der Familie kommandierte.

»Sie besaßen Maschinenpistolen, Revolver und Sprengstoff«, fuhr Fiorello fort. »Irgendwelche Leute bei Tiffany müssen ihnen geholfen haben. Doc, finde heraus, wer bei Tiffany mit ihnen unter einer Decke steckt!«

70

Tisbrow massierte die Stirnglatze. »Dazu brauche ich Zeit, Boß!«

»Du darfst alle Mittel anwenden! Auch Daumenschrauben!«

Auf dem Bildschirm gab ein Sprecher die neuesten Informationen durch.

»Von der Tiffany-Direktion wurde eine erste Zahl über den Wert der geraubten Juwelen genannt: mindestens fünfzig Millionen. Allein die Juwelen, die beide Mannequins trugen, besaßen einen Wert von etwa sechs Millionen Dollar. Über die Rolle dieser Mädchen ist noch nichts Näheres bekannt. Die Möglichkeit, daß ihre Entführung vorgetäuscht war, wird von der Polizei nicht ausgeschlossen. Zu dieser Stunde besteht auch noch keine Klarheit darüber, auf welchem Weg die Gangster trotz aller Sicherungsvorkehrungen Waffen und Sprengstoff ins Gebäude bringen konnten. Hingegen bestätigt die Polizei, daß der große Verkehrsunfall auf der Queensboro Bridge, bei dem zwölf Personen zum Teil schwer verletzt wurden, mit dem Verbrechen bei Tiffany in Zusammenhang steht. Vermutlich verfolgten FBI-Beamte das Gangsterauto. Die Verbrecher warfen Handgranaten, deren Explosion das Chaos auf der Brücke verursachte.

Unser Sender auf Kanal vierzehn bringt weiter pausenlos Informationen, Berichte, Interviews zum Tiffany-Raid. Bleiben Sie eingeschaltet! Bleiben Sie auf unserer Frequenz!«

»Fünfzig Millionen Dollar«, wiederholte Fiorello. »Doc, die Jungs sind nicht nach Queens gefahren, um eine Maschine auf Kennedy Airport zu besteigen. Ich wette, daß sie das Land mit dem Schiff verlassen wollen.«

Er sprang auf und ging im großen Wohnraum auf und ab, die Hände in den Smokingtaschen versenkt.

»Wer einen Raub solchen Formats vorbereitet und durchführt, der hat auch den Fluchtweg geplant. Doc, welchen Weg hättest du gewählt?«

»Ich hätte einen Schiffskapitän gekauft, dessen Kahn einen südamerikanischen Hafen ansteuert. Aber ich würde nicht wagen, direkt an Bord zu gehen, sondern ein Motorboot kaufen und das Schiff jenseits der Hoheitsgrenze ansteuern. Das Motorboot würde ich nach dem Wechsel absaufen lassen. Wer fünfzig Millionen Dollar kassiert, kann ein Dreißigtausend-Dollar-Boot leicht investieren.«

»Wenn sie von Queens' Küste starten, können sie jedes Schiff treffen, das Manhattan auf dem Weg durch die Upper Bay verläßt.« Tisbrow blickte auf die Armbanduhr. »Oder schon getroffen haben.«

Fiorello schüttelte den Kopf.

»Nicht heute nacht! Das riskieren sie nicht. Auslaufende Schiffe empfangen New Yorker Sender noch hundert Meilen seewärts. Ein Kapitän, der über TV und Radio erfahren hat, was vor zwei Stunden bei Tiffany abgeräumt worden ist, könnte leicht auf den Gedanken verfallen, bei seinen illegalen Passagieren nachzusehen, wieviel davon sie bei sich tragen.« Er blieb vor Tisbrow stehen und stieß ihm den Zeigefinger gegen die Brust.

»Danny, sie werden einige Tage verstreichen lassen und sich in ihrem Unterschlupf totstellen. Sie werden versuchen, den Kapitän zu täuschen, ihm vorspiegeln, daß es sich um einen bescheidenen Deal, zum Beispiel um ein bißchen Schmuggel handelt. Macht unsere Leute im Hafen scharf! Ich brauche die Namen und die Auslaufzeiten aller Schiffe, deren Kapitäne sich für einen illegalen Transport kaufen lassen.«

Bariani und Tisbrow standen auf.

»Wenn wir früher als der FBI an die Juwelen herankommen, gibt es eine fette Belohnung für alle«, sagte Fiorello und legte Bariani und Tisbrow den Arm um die Schultern.

»Denkt daran, wieviel Dollars wir an Weihnachtsgeschenken für die Girls sparen können.«

Der Korken löste sich mit einem Knall aus der Champagnerflasche. Unter dem Beifallsgeheul seiner Kumpane füllte Roger Gray die Gläser. Der Champagner schäumte über und floß auf den Tisch.

Quam, Rafford und der mächtige John Grenko hoben ihre Gläser. Gray stieß mit ihnen an.

»Auf den dicksten Fischzug, der je gemacht wurde!« schrie er. »Und auf die Jungens, die ihn an Land holten! Auf uns, Leute!«

Sie kippten den Champagner schreiend und lachend.

Es war ihnen gleichgültig, wieviel davon übers Kinn floß und auf die Smokinghemden tropfte. Sie hatten es geschafft! Gray verteilte den Rest aus der Flasche.

»Jetzt kommt der Höhepunkt, Freunde! Jetzt ernten wir die Mädchen ab.«

»Übernehme ich freiwillig und ohne Bezahlung!« schrie Less Rafford. Quam gab ihm einen Rippenstoß.

»Kommt nicht in Frage! Eine für mich, eine für dich!«

Grenko klatschte in die mächtigen Hände. »Wir knobeln«, grölte er. »Beim Knobeln habe ich immer Glück!«

Die Blicke der vier Männer richtete sich auf Florine und Mabel, gierig und entfesselt.

Was sie erlebt hatten, war den Mädchen vorgekommen wie ein irrwitziger, mit rasender Geschwindigkeit abspulender Film. Gray hatte sie brutal in die Polster gedrückt, als Quam und Rafford die Handgranaten geworfen hatten. Minuten später waren sie von den Männern aus dem Cadillac gezerrt und in einen Lieferwagen verfrachtet worden. Man hatte sie gezwungen, sich auf die schmutzige Ladefläche zu legen. Die Fahrt hatte lange gedauert. Als der Lieferwagen sein Ziel erreicht hatte und die Ladetür geöffnet wurde, sahen sich Florine und Mabel in einer Garage, in der als zweiter Wagen ein Buick stand.

Durch eine Verbindungstür wurden sie in das Haus geführt. Dort hatten sich die Spannung und Nervosität der Männer in wildem Gebrüll, einem Freudentanz und der Champagnerrunde entladen.

In dem bescheiden eingerichteten, mit billigen Massenmöbeln ausgestatteten Wohnraum wirkten Florine und Mabel wie Wesen von einem anderen Stern. An ihren Armen, den Fingern, dem Hals funkelten und sprühten die weißen und blauen Diamanten. Die Abendkleider, jedes eine 10 000-Dollar-Kreation, waren voll Schmutz, die Säume zerrissen, das Make-up verlaufen, die Frisuren zerstört. Um Mabels Schultern lag noch die Zobelstola. Florine hatte den Nerz beim Wechseln vom Cadillac in den Lieferwagen zurückgelassen.

»John hat recht«, entschied Gray. »Wir knobeln. Howard und ich um die Schwarze, Less und John um die Blonde. Wer hat einen Nickel?«

Sie warfen die Münze. Gray gewann Florine, Rafford besiegte Grenko und gewann Mabel.

»Verdammtes Pech!« fluchte Quam und füllte Whisky in die Champagnergläser.

Florine schauderte vor Angst, als sich der Gangster mit den grauen Fäden im schwarzen Haar und den harten Augen ihr näherte.

Der andere Gewinner, das ›Raubtiergesicht‹, ging auf Mabel zu. »Die Hände zuerst!«

Sie hob die Arme und spreizte die Finger. Dicht neben ihr riß das ›Raubtiergesicht‹ die Stola von Mabels Schulter und schleuderte sie dem Riesenkerl zu, der den Cadillac gefahren hatte. Grölend legte sich der Mann den kostbaren Pelz um.

»Steht mir gut, he?«

Florine fühlte die Finger des Anführers auf ihrer Haut. Er streifte die Ringe ab und löste die Sicherheitsverschlüsse der Armbänder.

»Umdrehen, Süße!«

Sie gehorchte und wandte ihm den Rücken zu. Er legte die Hände auf ihre nackten Schultern.

Sie zitterte.

»Angst?«

Das ›Raubtiergesicht‹ stieß Mabel gegen die Wand und zerrte an ihren Gelenken.

Geschickt löste der Anführer die Verschlüsse des Halsschmucks. Der andere fluchte, und Mabel schrie auf, als er ihr weh tat.

Gray legte die Juwelen auf den Tisch. Auch Rafford schaffte es, Mabel abzupflücken.

»Macht weiter!« grölte Quam. »Seit wann endet ein Strip bei einer blöden Halskette? Legt ihre echten Schätze frei!«

Raffords Augen glitzerten. »Mach' ich!«

Gray ließ das Collier aus blauen Diamanten durch die Finger gleiten.

»John, bring die Mädchen runter!« befahl er. »Sperr sie in den Heizungskeller und bleib selbst unten!«

»Zum Teufel, warum sollen wir uns nicht etwas Spaß mit ihnen machen?« protestierte Quam und fuhr sich mit beiden Händen über den kurzgeschorenen Schädel. »Solche Prachtpüppchen habe ich noch nie in meinem Leben in die Hände bekommen.«

»Raus mit den Mädchen, John!« wiederholte Gray. »Wir haben Wichtigeres zu tun, als eine Orgie zu veranstalten.

Grenko schloß die schwere Hand um Florines Arm und faßte mit der anderen Mabel. Er bugsierte die Mädchen in die Halle, eine Treppe hinunter und in einen fensterlosen Kellerraum.

Gray schaltete den Fernsehapparat ein.

»Wir müssen damit rechnen, daß die Polizei in wenigen Stunden Phantombilder von uns veröffentlicht. Vielleicht finden sie auch heraus, wer wir sind, und graben Fotos aus den Archiven.«

Er zündete eine Zigarette an.

»Die ›Gaviota‹ verläßt die Pier in Manhattan übermorgen. Der Kapitän Juan Perez ist dafür bezahlt worden, eine kleine Ladung Waffen und vier Personen an Bord zu nehmen, die mit den Waffen in Mittelamerika ein bescheidenes Geschäft machen wollen. Selbstverständlich hat der Kapitän von dem Überfall auf Tiffany erfahren. Er darf nicht auf den Gedanken kommen, daß er es ist, der die Männer und die Tiffany-Beute an Bord nimmt. Versteht ihr?«

»Er würde der Versuchung nicht widerstehen können, uns den Haien vorzuwerfen«, sagte Quam. »Ohne Diamanten!«

»Wir müssen unser Aussehen gründlich verändern.«

»Grenkos Aussehen läßt sich nicht verändern.«

»John hat den Wagen nicht verlassen und ist von keinem gesehen worden. Wir werden uns die Haare färben und die Kleidung wechseln. Wir müssen uns in abgerissene, drittklassige Klein-Ganoven verwandeln, am besten in Army-Deserteure, die eine Kiste Waffen haben mitgehen lassen. Kapitän Perez wird ganze zehntausend Dollar für unsere Passage erhalten. Er darf nicht ahnen, daß bei uns Millionen zu holen sind.«

»Und die Mädchen?« fragte Rafford.

Gray lachte. »Wenn wir sie mitnehmen könnten, bekämen wir leicht zehntausend Dollar für jede. Leider müssen sie zurückbleiben. Der Kapitän würde bei ihrem Anblick sofort wissen, mit wem er es zu tun hat. Wir behalten sie bei uns, bis wir an Bord der ›Gaviota‹ gehen können. Wir stecken sie in Overalls und stülpen ihnen alte Hüte auf ihre schönen Haare. Dann lassen wir sie im Boot zurück. Ich denke, es wird ihnen irgendwie gelingen, die Küste zu erreichen oder aufgefischt zu werden.«

»Damit sie den Schnüfflern erzählen können, an Bord welchen Schiffes wir südwärts schippern?« knurrte Quam.

»Bis dahin sind wir längst aus dem Hoheitsbereich der USA.«

»Wer garantiert dir, daß sich die Greifer um Hoheitsrechte und solchen Kram kümmern? Sie jagen der ›Gaviota‹ Hubschrauber nach und zwingen sie zur Umkehr.«

Gray riß die Schmetterlingskrawatte ab und öffnete die Hemdknöpfe.

»Okay, über das Schicksal der Mädchen entscheiden wir später. Im schlimmsten Fall öffnen wir das Flutventil und lassen sie mit dem Boot absaufen.«

Er rieb die Handfläche gegeneinander. »Und jetzt will ich alles sehen, was wir geholt haben. Packt aus!«

Rafford holte die Lederschatullen und öffnete sie. Stück für Stück breiteten sie die Beute auf einer Decke aus. Nicht einmal auf dem groben, dunkelgrauen Stoff verloren die Tiffany-Diamanten ihre Wirkung. Jedes Stück versprühte irisierendes, kaltes Feuer. Als Rafford Smaragdcolliers und großen Saphirschmuck auspackte, mischten sich grünes und blaues Glitzern hinzu.

»Wir hätten noch mehr einpacken können«, murmelte Rafford und starrte fasziniert auf die Juwelen, als würde ihm erst jetzt bewußt, welche ungeheure Beute im Tiffany-Saal vor ihm gelegen hatte.

»Pack alles in den schwarzen Koffer!« befahl Gray. »Deck die Juwelen mit einer Lage Zeitungspapier ab!«

Howard Quam holte die Whiskyflasche, füllte zwei Gläser und reichte eines davon Gray.

»Hast du nicht noch ein Problem zu lösen, Roger?« fragte er.

»Ja«, antwortete Gray trocken.

Acht Stunden nach dem Überfall auf die Tiffany Show übermittelte uns die Zentrale in Washington drei Fotoserien und drei Lebensläufe. Der zentrale Computer hatte die Unterlagen aufgrund eines Vergleiches mit Phantombildern herausgesucht. Die Phantombilder waren nach Zeugenaussagen zusammengesetzt und nach Washington überspielt worden. Als mögliche Täter nannte der Computer:

Roger Gray, 40 Jahre alt, Ausbildung als Pilot, zeitweise Agent der CIA, verdächtig des illegalen Waffenhandels und anderer, international angelegter Schiebungen, nicht vorbestraft.

Howard Quam, 42 Jahre alt, entlassener Master Sergeant des Marinecorps, drei Strafen während seiner Dienstzeit. Keine zivilen Strafen.

Lesly Rafford, 34 Jahre, aufgewachsen in Dallas. Zweimal verurteilt wegen bewaffneter Raubüberfälle.

Alle Reviere, die Besatzungen aller Streifenwagen, Grenz- und Flughafenbeamte wurden unterrichtet und erhielten Bildkopien.

Mr. High schickte Phil und mich ins St. Catherine Hospital, in das Stanley Deering eingeliefert worden war. Deerings

Kopfverletzung hatte sich als weniger gefährlich herausgestellt, als angenommen worden war. Wir fanden Tiffanys
Sicherheitschef in seinem Krankenzimmer. Er war dabei,
sich umzuziehen und vom Krankenhauspyjama in den
schmutzigen und blutbefleckten Abendanzug umzusteigen,
in dem er eingeliefert worden war.

»Wollen Sie mich verhaften?« fragte er bissig.

»Erwarten Sie, verhaftet zu werden?«

»Was sonst? Ich hatte die Verantwortung für die Sicherheit
während der Show. Es war meine Idee, niemand zu bewaff-
nen und alle Kontrollen dem Computer zu überlassen. Es
liegt auf der Hand, daß ich von Anfang an geplant habe, ein
paar Gangster einzuschleusen, oder? Jackson denkt so! Tiffany hat mich gefeuert. Fristlos! Sie haben nicht mal gewartet, bis ich aus dem Krankenhaus kam. Sie schickten einen
Boten, der mir das Entlassungsschreiben auf die Bettdecke
knallte.«

Wir zeigten ihm die Fotos. »Kennen Sie die Männer?«

»Die Gesichter kommen mir bekannt vor, aber ich wüßte
keine Namen zu nennen.«

»Sie haben Ausweise mit den Fotos dieser Männer unterschrieben.«

»Die Einladungen trugen keine Fotos, sondern nur Kenn-
ziffern.«

»Mindestens zwei Männer gelangten als zugelassene
Fotografen ins Haus. Ihre Ausweise trugen Bilder und sind
von Ihnen unterschrieben worden.«

»Die Publicity-Abteilung hat die Presseagenturen vorgeschlagen, die wir zulassen sollten.«

»Fühlen Sie sich kräftig genug, uns zu Tiffany zu begleiten?«

»Die Direktion hat mir das Betreten des Gebäudes verboten.«

»Wenn wir Ihre Erklärungen an Ort und Stelle hören wollen, kann Lewis Jackson Sie nicht rauswerfen!«

»Wie Sie wollen!«

Vor Tiffany war ein Teil der Fifth Avenue noch abgesperrt.

Handwerker setzten neues Glas in die Schaufenster. Reporter lagen mit schußbereiter Kamera auf der Lauer.

Jackson empfing uns in seinem Büro, das kaum beschädigt worden war.

Der Präsident der Tiffany Company bemühte sich, die Haltung eines englischen Lords zu zeigen. Es gelang ihm nur schlecht. Er begrüßte uns. Stanley Deerings Hand übersah er.

»Wir müssen einige Fragen klären, Mr. Jackson«, sagte ich. »Wer hat die Explosion ausgelöst?«

»Dean Porter, einer der Sicherheitsangestellten. Er ließ die Tische in der Nähe der Tür räumen und versuchte dann, sie zu öffnen. Er wurde bei der Explosion verletzt.«

Vanessa Carty betrat das Office. Auf den ersten Blick schienen die Ereignisse der vergangenen Nacht spurlos an ihr vorübergegangen zu sein. Ihre Frisur und ihr Make-up waren makellos. Zum dunkelblauen, dezent-eleganten Kleid trug sie dieselbe bescheidene Perlenkette, die ich bei unserer ersten Begegnung an ihr gesehen hatte.

Wir legten dem Präsidenten, der Vize-Direktorin und dem gefeuerten Sicherheitschef die Fotos von Gray, Quam und Rafford vor.

»Mit großer Wahrscheinlichkeit waren es diese Männer, die den Raubüberfall durchführten'. Wer von Ihnen kann uns etwas zu diesen Männern sagen?«

»Ich«, antwortete Vanessa Carty und wies auf das Foto von Roger Gray. »Dieser Mann ließ sich vor zwei Monaten unter dem Namen Peter Belling bei mir melden. Er legte Empfehlungsschreiben der Amitex vor, einer großen Handelsfirma für Juwelen in Hongkong. Er bat um eine Einladung zur Show und deutete an, daß er Kaufaufträge für zwanzig Millionen mitbringen würde. Hongkong ist der größte Umschlagsplatz für kostbaren Schmuck im asiatischen Raum. Die Amitex hat einen erstklassigen Ruf.«

Sie sah den Präsidenten an.

»Mr. Jackson stimmte einer Einladung zu.«

»Selbstverständlich stimmte ich zu«, sagte Jackson mit

unterdrückter Wut. »Allerdings in der Erwartung, daß der Mann ausreichend überprüft worden sei.«

Alle sahen Stanley Deering an, als erwarteten sie von ihm eine Erklärung. Deering schwieg.

»Schickten Sie die Einladung nach Hongkong?« fragte Phil.

»Nein, ins Waldorf Hotel. Belling bat darum mit der Begründung, er wäre monatelang zum Einkauf von Rohware unterwegs und könnte erst kurz vor der Show in New York eintreffen. Ich erinnere mich, daß er vor drei Wochen aus Paris anrief und sich erkundigte, ob seine Einladung in Ordnung ginge.«

»Quam und Rafford gelangten als Fotografen ins Haus. Beide unter falschen Namen und als Mitarbeiter ausländischer Presseagenturen. Mr. Deering, was wurde unternommen, um die Identität zu überprüfen?«

»Wir stellten die Ausweise aus und gaben sie an die Publicity-Abteilung weiter. Als die Journalisten gestern vor Beginn der Show kamen, prüften wir sehr genau die Übereinstimmung zwischen Mann und Ausweis. Wir nahmen das Arbeitsgerät auseinander und jagten die Leute durch die Schleuse.« Bissig setzte er hinzu: »Außerdem prüften wir, ob sie fleckenlose Abendanzüge trugen.«

»Die Gangster benutzten zwei Maschinenpistolen. Keine Plastikimitationen, sondern echte, funktionstüchtige Waffen. Die Pistole, aus der die Schüsse auf Ihren Angestellten Charles Dunn abgegeben wurden, war mit einem Schalldämpfer ausgerüstet. Außerdem verfügten sie über plastischen Sprengstoff, Zünder, Revolver und Handgranaten. Dieses Arsenal war versteckt in drei schwarzen Koffern, von denen zwei innerhalb des Saales und einer in der Vorhalle gefunden wurden. Während der Vorführung, als alle Aufmerksamkeit auf die Show gerichtet war, bewaffneten sich die Gangster und griffen an. Mit dem Sprengstoff aus dem dritten Koffer sicherten sie ihren Rückzug. Die wichtigste und unbeantwortete Frage ist: Wie, wann und durch wen wurden Waffen und Sprengstoff ins Gebäude gebracht?«

»Alle Lieferungen für Tiffany wurden durch Mr. Deering und seine Leute kontrolliert«, erklärte Jackson eisig.

»Genau«, bestätigte Deering, »und ich verwette meinen Kopf, daß es keinem gelungen wäre, Maschinenpistolen und anderes Schießwerkzeug als Lieferung getarnt durch die Kontrollen zu bringen.«

»Wie sonst, Mr. Deering?« fragte Phil. »Sie müssen die schwachen Stellen am besten kennen.«

Deering hob die Schultern. »Einige Leute haben die Möglichkeit, das Gebäude außerhalb der Geschäftszeit zu betreten und zu verlassen, wie zum Beispiel Mr. Jackson.«

»Und Sie ebenfalls, als Sie noch unser Angestellter waren, Deering«, schlug Jackson zurück.

»Wer noch?«

»Die Vize-Direktoren Hoare, Beldford und Carty.«

»Also auch Sie, Miss Carty?« fragte ich.

Vanessa Carty nickte. »Die Direktoren müssen eine Möglichkeit haben, länger an ihren Schreibtischen zu bleiben, wenn es notwendig ist. Für mich war es vor der Show sehr oft notwendig.«

»Haben Sie in der Nacht länger gearbeitet, in der Joop Seldebrock umgebracht wurde?«

»Nein«, antwortete sie. »In jener Nacht ausnahmsweise nicht.«

Wie die Fäden eines riesigen Spinnennetzes überspannten Al Fiorellos Beziehungen und Verbindungen die Unterwelt von New York. Noch bis in die primitivste Hafenkaschemme hinein, in der drittklassige Mädchen auf ausgehungerte Matrosen lauerten, reichten seine Fühler.

Zehn Stunden nach der Tiffany Show kam ›Doc‹ Danny Tisbrow in Fiorellos Schlafzimmer. Fiorello, der die erste Morgenzigarre noch im Pyjama zu rauchen pflegte, blies Tabakwolken über die Fotos, die Tisbrow auf die Bettdecke gelegt hatte.

»Amateure?« fragte er. Tisbrow rieb seine Stirnglatze.

»Nicht gerade Amateure, aber auch nicht Mitglieder einer durchorganisierten, großen Gang.«

»Um so besser für uns, Danny. Ich hätte wegen der Diamanten nicht gern einen Krieg mit einer anderen ›Familie‹ riskiert.«

Er schlug die Bettdecke zurück und stand auf. Beflissen hielt Tisbrow seinem Boß den Morgenmantel hin.

»Welche Neuigkeiten hast du außerdem?«

»Tiffany feuerte den Chef der hauseigenen Sicherheitstruppe.«

»Stanley Deering? Er bekam einen Hieb über den Schädel.«

»Nichts Ernsthaftes, Boß! Er verließ am Morgen das Krankenhaus.«

»Ein vorsichtig dosierter Schlag macht einen guten Eindruck, Danny. Er beweist fast die Unschuld des Getroffenen.« Fiorello rollte die Zigarre in den anderen Mundwinkel. »Irgendwer von Tiffany hat bei dem Coup mitgespielt. Ich wette, daß es jemand aus der oberen Etage ist. Verschaff mir die Namen aller Personen, die bei Tiffany in Schlüsselstellungen sitzen!«

»Bin schon dabei, Boß. Heute abend kannst du bestimmen, wen wir uns vornehmen sollen.« Er zeigte sein schlechtes Gebiß in einem flüchtigen Lächeln. »Barro hat alle Vorkehrungen getroffen, aber vorläufig ist er noch mit den Kapitänen beschäftigt. Bis jetzt haben wir zwölf Schiffe, die in den nächsten zwei, drei Tagen mit Südkurs auslaufen und deren Kapitäne für gute Dollar alles an Bord nehmen, was Zoll- und Paßkontrolle vermeiden muß.«

Die ›Gaviota‹ (Möwe) hatte als Schiff nichts von der Eleganz des Vogels, dessen Namen sie trug. Sie war ein plumper, schwerfälliger Trampdampfer, der zwischen den Häfen Mittelamerikas und New York pendelte. Ihr Kapitän, Juan Perez, plump und schwerfällig wie sein Schiff, benutzte die Liegezeit in New York zur Abwicklung privater Geschäfte, die sein Dollarkonto bei einer New Yorker Bank aufbesserten, denn Perez hatte zur Währung seines Heimatlandes nicht das geringste Vertrauen.

Außer seiner Vorliebe für amerikanische Dollars besaß Señor Perez eine große Leidenschaft für hochgewachsene, blonde und möglichst amerikanische Mädchen, wobei das Blond der Haare nicht unbedingt echt sein mußte. Er verbrachte seine Abende in den Bars ›Pepper Nr. 1‹ und ›Lucky Look‹, wo solche Mädchen in großer Zahl vorzufinden waren.

In dieser Nacht, ungefähr vierundzwanzig Stunden nach dem Tiffany-Raub, verließ Kapitän Perez die Bar ›Pepper Nr. 1‹ in Begleitung eines weißblonden Mädchens, mit dem er sich über den Preis und die weitere Gestaltung der Nacht geeinigt hatte. Außerdem hatte er eine Anzahlung geleistet.

Als sie Arm in Arm die Unterführung des Westside Highway passierten, wurden sie von vier oder fünf Männern umringt. Der Lichtkegel einer Taschenlampe traf Perez' Gesicht. Eine Stimme erklärte: »Das ist er!«

Ein Mann, dessen Gestalt alle anderen überragte, befahl Perez' Begleiterin: »Verschwinde!«

Der Kapitän, in den finsteren Bereichen vieler Häfen zu Hause, umklammerte den Griff eines massiven Schnappmessers.

»Die letzten zwanzig Dollar, die ich besaß, habe ich ihr gegeben«, sagte er in seinem harten Englisch.«

»Gib ihm das Geld zurück, Blondie!« verlangte der Hüne.

Perez wurden von den grellrot lackierten Fingern des Mädchens zwei Zehn-Dollar-Noten in die Brusttasche gestopft. Dann hörte er, wie sich das hastige Klappern der Stöckelabsätze in der Nacht verlor.

»Keine Angst, Capitano!« Die schwere Hand des großen Mannes senkte sich auf Perez' Schulter wie ein Bleigewicht. »Einige ehrliche Auskünfte, und niemand wird dir ein Haar krümmen. Gehen wir!«

Perez wurde in die Mitte genommen. Der kurze Weg endete in einer Wellblechbaracke am Kopf der 66. Pier.

Licht wurde eingeschaltet, eine schirmlose Glühbirne dicht unter der Decke. Die Einrichtung bestand aus einem Tisch und zwei Stühlen. Eine Daumenbewegung des Hünen wies den Kapitän auf den einen Stuhl. Den anderen nahm ein magerer, bleichgesichtiger Mann ein. Der Riese und zwei Begleiter lehnten sich an die Wände.

Doc Tisbrow blätterte in einer Liste.

»Capitano, deine Gaviota verläßt den Hafen morgen nacht?«

»Si, Señor.«

»Welchen Hafen steuerst du an?«

»Port-au-Prince auf Haiti. Außerdem habe ich Ladungen für Cartagena und Maracaibo an Bord.«

»Nimmst du noch Fracht an Bord?«

»No, Señor. Die Gaviota ist komplett.«

Wieder winkte der Hüne mit dem Daumen. Ein bulliger, untersetzter Mann löste sich von der Wand, kam zu Perez und hämmerte ihm ohne Warnung die Faust so wuchtig in die Rippen, daß der Kapitän mit dem Stuhl umstürzte.

Perez sprang auf, riß das Messer aus der Tasche und ließ die Klinge herausschnellen.

»Weg mit dem Messer, Capitano!« befahl Tisbrow. Er wandte den Kopf und sah Barro Bariani mißbilligend an. »Du läßt zu schnell schlagen, Barro!«

»Wir haben keine Zeit zu verlieren, Doc«, antwortete Bariani. »Vier Kapitäne stehen noch auf der Liste. Die ersten Schiffe laufen in zwei Stunden aus.«

Der Mann, der zugeschlagen hatte, stellte den Stuhl auf die Füße.

»Setz dich, Capitano!«

Perez gehorchte.

Das Messer behielt er in der Faust.

»Wir sind keine Polizisten. Uns interessiert nicht, ob du einen Sack Marihuana einschmuggelst oder einige Zusatzdollars mit unverzolltem Schnaps machst. Wir wollen wissen, wen du bei diesem Turn illegal mitnimmst.«

»Niemand! Die Gaviota ist sauber.«

Der bullige Schläger sah Bariani erwartungsvoll an.

»Noch nicht!« sagte Tisbrow. »Hör zu, Capitano! Wenn du nicht ehrlich antwortest, wird die Gaviota vom ersten Steuermann kommandiert werden, während man versuchen wird, dich in einem Hospital zusammenzuflicken, falls noch etwas zum Flicken übergeblieben ist. Wen nimmst du illegal an Bord? Wir wissen, daß du schon oft Ware und Menschen illegal rein- und rausgebracht hast.«

Perez kapitulierte.

»Vier Männer und eine Ladung Waffen.«

»Wo kommen sie an Bord?«

»Vor Coney Island!«

»Wieviel zahlen sie?«

»Fünftausend für die Männer, fünftausend für die Waren.«

»Wieviel hast du als Anzahlung erhalten?«

»Die Hälfte! Die andere Hälfte wird fällig, sobald sie an Bord gekommen sind.«

Tisbrow legte dem Kapitän ein Exemplar der Fotos vor, mit denen New Yorks Polizisten unterwegs waren. Die Fäden von Fiorellos Spinnennetz reichten bis in einige Polizeireviere. »Wer kaufte die Passage? Einer dieser Männer?«

Perez sah sein Gegenüber überrascht an. »Diese Männer werden wegen des Tiffany-Raubs gesucht. Das Fernsehen zeigte die Bilder.«

»Du weißt Bescheid! Beantworte meine Frage!«

»Die Verabredung wurde mit einem Agenten in Maracaibo getroffen«, antwortete Perez. »Der Mann vermittelt Frachten, legale und illegale. Ich habe zweimal für ihn heiße Ware aus Miami mitgebracht.«

»Welche Sorte Ware?«

»Waffen.«

»Waffen? Das paßt.« Tisbrow zeigte auf das Foto von Roger Gray. »Der Mann betrieb Waffenschmuggel, bevor er auf ein lukrativeres Geschäft umstieg.«

Er stand auf, ging zu einem Wandtelefon, wählte einen Anschluß und führte ein langes Gespräch. Dann kam er zurück und setzte sich wieder.

»Wirst du die Leute, die du an Bord nimmst, vorher irgendwo treffen?«

»No, Señor! Ich erhielt heute gegen mittag ein Telegramm über den Hafendienst. Der Text war mit dem Agenten in Maracaibo vereinbart worden. Ein Stichwort und der Satz: Frachtübernahme New Orleans okay. Das bedeutet, daß sie an der vereinbarten Stelle an Bord kommen werden.«

Tisbrow rieb die Handflächen gegeneinander.

»Capitano, ab sofort sind wir Partner. Deine Verluste werden dir ersetzt. Falls du versuchst, uns reinzulegen, wartet auf dich ein nasses Seemannsgrab. Buenas noches, Capitano!«

Die Flut der Hinweise aus der Bevölkerung schwoll auch am zweiten Tag nach dem Diamantenraub noch an. 130 Detectives der City Police und alle abkömmlichen FBI-Beamten gingen den Hinweisen nach. Noch immer stolperten sie bei jedem Schritt über Reporter und Journalisten. Der Präsident der USA und der Generalsekretär der UdSSR-Kommunisten konnten tun, was sie wollten. Die Zeitungen nahmen von ihnen keine Notiz, statt dessen berichteten sie immer neue Einzelheiten über den Raub.

Während Phil einer Spur in der Bronx nachging, traf ich gegen Mittag Sergeant Heyer an der Kreuzung Fifth Avenue und 47th Street. Heyer brachte den Tramp mit, jenen Joshua Nuggey, der zwei Diamanten in der Straßengosse vor Tiffany gefunden haben wollte.

»Ich habe eine Haussuchungsanordnung für Wohnung und Büro des James Silverman«, erklärte Heyer. »So heißt der Händler, an den Nuggey verkauft hat. Nach dem Tiffany-Raub genügte dem Richter auch die Aussage eines Tramps für seine Entscheidung.«

In der 47th Street genauer gesagt, in dem Abschnitt zwischen Fifth und Sixth Avenue, herrschte Hochbetrieb. New Yorks ›Diamantengasse‹ mit ihren hundert kleinen Läden, den Schleifereien in Hinterzimmern und den Händlern in

Türnischen und an Häuserecken hat etwas von einem nahöstlichen Basar.

Nuggey führte uns in den handtuchschmalen Laden von James Silverman. Der Händler kam schmächtig, schwarzbärtig, mit einer starken Brille auf der Nase hinter seiner Theke hervor.

»Ich weiß, daß dieser Bursche behauptet, ich hätte Diamanten von ihm gekauft«, sagte er. »Er spinnt. Der Alkohol hat sein Gehirn zerfressen.«

Sergeant Heyer legte den Durchsuchungsbefehl auf die Ladentheke.

»Mr. Silverman, Sie haben noch drei Minuten, um zu bestätigen, daß Sie die Steine gekauft haben. Wenn Sie leugnen, lasse ich ein Kommando von Polizeibeamten Ihren Laden und Ihre Wohnung so gründlich untersuchen, daß es drei Tage dauern wird. Wir werden eine genaue Liste aller Edelsteine anlegen, die Sie besitzen. Sollten sich darunter Steine befinden, deren Herkunft Sie nicht nachweisen können, so werden diese Steine beschlagnahmt. Gleichgültig, ob es Brillanten oder Kieselsteine sind. Haben Sie begriffen?«

Mr. Silverman schluckte und zauste seinen schwarzen Bart. Sekunden vor Ablauf der Drei-Minuten-Frist flüsterte er: »Ich habe von ihm gekauft.«

Joshua Nuggey heulte auf und wollte sich auf den Händler stürzen. Ich stoppte ihn.

»Wo sind die Diamanten?«

»Längst weitergegeben! Durch viele Hände!«

»Und für viele Dollars!« brüllte Nuggey. »Gib mir sofort...«

Heyer trug einen Diamanten aus dem Besitz des ermordeten Seldebrock in einem Etui bei sich. Er holte es aus der Tasche, öffnete es und gab es dem Händler.

»War es ein Diamant dieser Sorte?«

»Ja, Sir!«

»Schließen Sie Ihr Geschäft und kommen Sie mit! Sie haben eine Anklage wegen Hehlerei zu erwarten. Benachrichtigen Sie einen Rechtsanwalt!«

Wir warteten, bis James Silverman seine Ware aus dem Schaufenster in einen Tresor gepackt hatte.

»Warum hat er sofort gestanden?« fragte ich flüsternd.

Heyer grinste. »Haben Sie nicht gehört, wie ich ihm drohte, daß wir eine genaue Liste aller Edelsteine anlegen würden?«

»Sie glauben, er besäße noch mehr gestohlene Juwelen!«

»Nein, G-man. Heiße Ware geben sie sofort weiter. Wir hätten keinen Splitter beschlagnahmen können. Aber Mr. Silverman fürchtet, daß die Liste in die Hände der Steuerbehörde gelangen könnte. Das wäre für ihn unangenehmer als eine Anklage wegen Hehlerei, bei der am Ende bestenfalls eine Geldstrafe wegen Fundunterschlagung herauskommen wird.«

Sobald der Laden geschlossen war, begleitete ich Heyer und seine Zeugen zum Wagen. Ich bat ihn, ein Exemplar des Vernehmungsprotokolls an den FBI zu schicken.

Ich hätte jetzt gern mit Phil gesprochen. Die Tatsache, daß zwei von ungefähr sechzig Diamanten, die Seldebrock in einem hermetisch verschlossenen Etui bei sich getragen hatte, auf der Straße gefunden worden waren, irritierte mich. Auf welche Weise waren die Steine in die Gosse geraten? Hatte Seldebrock die Steine irgendwem gezeigt? Auf der Straße um vier Uhr morgens?

Der Gedanke war unsinnig.

Ich ging zum Jaguar, der am Ende der 47. Straße auf einem unbebauten Grundstück parkte.

War der Gedanke, daß Seldebrock eine Probe seiner Diamanten irgendwem auf der Straße gezeigt hatte, wirklich so unsinnig? Überall auf der 47. beobachtete ich Männer, die kleine Etuis öffneten und glitzernde, funkelnde Steine im Wert von vielen tausend Dollars anderen Männern, die kaufen wollten, zeigten. Okay, es war heller Mittag, nicht vier Uhr morgens, und überall standen Polizisten. Aber vielleicht hatte Seldebrock die Person, der er seine Steine gezeigt hatte, gut gekannt?

Ich sah die Szene vor mir.

Ein gutgelaunter, ein wenig beschwipster Joop Seldebrock begegnet vor den Schaufenstern von Tiffany jemandem, den er gut kennt. Für ihn ist es eine freudige Überraschung. Er sagt: ›Hallo! Nett, Sie zu sehen! Morgen komme ich zu Ihnen und verkaufe Ihnen meine Diamanten. Schöne Steine! Soll ich Ihnen eine Probe zeigen?‹

Wie gesagt, er ist ein wenig betrunken. Er nestelt sein Etui unter dem Hemd hervor, entnimmt ihm zwei Steine, will sie zeigen und ... wird ermordet.

Warum wird er ermordet?

Warum reißt der Täter, der doch weiß, daß Seldebrock Diamanten bei sich trägt, ihm das Etui nicht vom Hals?

Die Antwort war einfach.

Ohne Seldebrocks Ermordung wäre der große Diamantenraub vorzeitig geplatzt.

Ich fuhr zur East 24th Street. Stanley Deering, der gefeuerte Sicherheitschef, bewohnte ein komfortables Junggesellenapartment im Block 330. Ich empfand das dringende Bedürfnis, ihm einige Fragen zu stellen.

Wie gewöhnlich gab es weit und breit keine Parkmöglichkeit. Erst in der Second Avenue fand ich eine Lücke.

Als ich zur 24th Street zurückkam, sah ich Deering, der das Haus verließ. Er kam eilig die Straße herauf, geradewegs auf mich zu. Auf der Stirn hatte er ein großes Pflaster, das bis in den Haaransatz reichte.

Instinktiv trat ich in die Dunkelheit einer Toreinfahrt und ließ ihn vorbeigehen. Dann folgte ich ihm. Er steuerte seinen Wagen an, einen weißen Mustang.

Alles, was er tat, verriet größte Eile. Er sprang in den Wagen und schleuste sich rücksichtslos in den Verkehrsstrom ein.

Ich sprintete zum Jaguar, sprang hinters Steuer und schaffte den Anschluß, weil die 24. eine Einbahnstraße ist.

Deering fuhr nach Norden, wählte die Fifth Avenue, passierte die gesamte Front der Luxusgeschäfte, Tiffany eingeschlossen, und steuerte den Wagen parallel zum Central Park bis zur 67th Street.

Der Bezirk der Fifth Avenue zwischen Getty Building und dem Whitney Museum gehört zu New Yorks bestem Wohnviertel. Die 20stöckigen Wohnhäuser bieten Luxusapartments vom Ein-Zimmer-Studio bis zum Penthouse mit der Grundfläche eines Baseballplatzes.

Ich mußte Abstand halten, denn der Autoverkehr in den Querstraßen war nur gering.

Ich fand den weißen Mustang vor dem Truefield-Gebäude wieder, einem Wohnsilo von einigen dreißig Etagen, der erst vor vier Monaten fertiggestellt worden war. Die Eingangshalle war so groß wie eine Hotelhalle. Sechs Aufzüge bedienten die 38 Etagen mit insgesamt über 700 Wohnungen. Ich pfiff leise durch die Zähne.

Truefield House war eine verdammt interessante Adresse.

Wir hatten uns die Privatanschriften aller Personen verschafft, die eine wichtige Rolle bei Tiffany spielten. Der Präsident, Lewis Jackson, bewohnte natürlich eine Villa auf Staten Island, Deering besaß das Junggesellenapartment in der 24. Straße.

Im Truefield House Apartment S 19 wohnte Vanessa Carty.

Ich blickte auf die Armbanduhr.

Ein Uhr und sechzehn Minuten.

Kam Miss Carty zur Mittagspause nach Hause?

Ich betrat die Liftkabine. Bis zur 24. Etage waren die einzelnen Stockwerke mit Buchstaben bezeichnet, darüber mit römischen Ziffern.

Der Fahrstuhl schoß nach oben und stoppte sanft. Die Schachttür öffnete sich.

Der Boden des Korridors war mit dickem Veloursstoff ausgelegt. Die Eingangstüren zu den Wohnungen trugen Ziffern aus poliertem Messing.

Nummer 19 lag am Ende des Seitenflügels.

Die Tür stand weit offen. Sie gab den Blick in die Garderobe und den Wohnraum frei.

Auf der Schwelle zwischen Garderobe und Wohnraum lag Stanley Deering, das Gesicht nach unten und die Arme ausgebreitet.

Ich zog den 38er, ging in die Wohnung, kniete neben Deering nieder und berührte mit dem Handrücken sein Gesicht.

Noch ging von seinem Körper Wärme aus.

Trotzdem war Stanley Deering tot.

Nicht weit von Deerings Kopf schimmerten zwei Kugelhülsen. Der Mörder hatte aus nächster Nähe und mit einer Pistole auf sein Opfer gefeuert. Etwas rechts von den Hülsen lag ein Metallring mit fünf Dietrichen.

Ich richtete mich auf. Im Wohnraum neben der weißledernen Couch stand ein Telefon. Mit zwei Fingern hob ich den Hörer ab und wählte die Nummer des Homicide Departments.

»Cotton vom FBI. Truefield Building, Apartment S 19. Mord! Wenn möglich, schicken Sie Sergeant Heyer mit!«

Vorsichtig ließ ich den Hörer in die Gabel gleiten und sah mich um.

Die Wohnung verriet, daß Vanessa Carty einen gutbezahlten Job hatte. Teure, moderne Möbel. Avantgardistische Bilder an den Wänden. Eine gewaltige Stereoanlage in modernem Design. Schwarz und weiß als vorherrschende Farben. Nur der Teppich, auf dem Deerings Kopf und Oberkörper lagen, war tiefrot.

Durch das Panoramafenster reichte der Blick über den Central Park bis zu den Wolkenkratzern der Westside.

Ich ging in den Flur zurück, öffnete die Türen, von denen eine ins Schlafzimmer, die andere in ein pompöses, chromglitzerndes Badezimmer führte.

Der Vorsprung des Mörders konnte nicht größer als drei, vier Minuten gewesen sein. Gerade genug, um in einem der sechs Fahrstühle nach unten zu fahren, während ich in einer anderen Kabine hochkam.

Hatte niemand die Schüsse gehört? Bekanntlich halten

sich New Yorker zur Mittagszeit nur selten in ihren Wohnungen auf. Die meisten Einbrüche werden zwischen Mittag und vier Uhr verübt.

Ich spürte eine Bewegung hinter mir und fuhr herum, den 38er noch in der Hand.

Im Eingang stand Vanessa Carty. Aus weit aufgerissenen Augen starrte sie mich an.

»Was tun Sie hier, G-man?« Ihre Stimme schwankte.

»Waren Sie mit Stanley Deering verabredet?«

»Mit Deering? Nein. Warum fragen Sie danach?«

Ich trat einen Schritt zur Seite und gab den Blick frei auf den reglosen Mann.

Vanessa Carty schrie nicht. Als einzige Reaktion ließ sie ihre Tasche fallen.

»Er wurde erschossen«, sagte ich. »Er ist tot.«

Sie schloß die Augen. Ihre Glieder wurden schlaff. Ich sprang hinzu und fing sie auf.

Ein paar Sekunden lang hing sie in meinen Armen. Ihr Kopf lag auf meiner Schulter. Aus ihrem Haar löste sich eine Klammer oder eine Spange. Eine dichte Strähne breitete sich über ihr Gesicht und meinen Schlips.

Ich trug sie ins Schlafzimmer und legte sie auf das breite, mit bunten Seidenkissen und einer weißen Felldecke aufgezäumte Bett, das besser zu einer Filmdiva als zu der kühlen Vize-Direktorin von Tiffany gepaßt hätte.

Ihre Lider flatterten. Sie schlug die Augen auf, während ich noch die Spuren ihres Make-up von den Jackenrevers wischte.

»Sorry«, flüsterte sie.

»Können Sie meine Fragen beantworten?«

»Ja.« Sie drehte den Kopf zur Seite. »Geben Sie mir eine Zigarette, G-man!«

Sie ließ sich die Zigarette zwischen die Lippen stecken, anzünden und rauchte, ohne ihre Haltung zu verändern.

»Warum kam Deering in Ihre Wohnung, wenn Sie nicht mit ihm verabredet waren?«

»Ich weiß es nicht.«

»Miss Carty, ich fand die Tür offen. Besaß er einen Schlüssel?«

»Selbstverständlich nicht!«

»Wer befand sich in Ihrer Wohnung? Haben Sie irgendwen anderen, wenn nicht Stanley Deering, erwartet?«

»Keinen, G-man!«

»Warum kamen Sie nach Hause? Wollten Sie jemanden treffen?«

»Ich wollte mich etwas ausruhen. Wissen Sie, wie viele Stunden ich in den letzten zwei Tagen geschlafen habe? Ich fühlte mich völlig erschöpft. Alle Leute bei Tiffany sind mit ihren Nerven am Ende. Sie schreien sich gegenseitig an und geben einander die Schuld. Ständig rasseln die Telefone! Die Reporter jagen uns gnadenlos.«

Sie strich die Haarsträhne aus der Stirn. »Alles, was ich mir wünsche, ist ein wenig Ruhe«, sagte sie tonlos.

Die Zigarettenasche fiel auf ein Seidenkissen. Sie achtete nicht darauf.

Draußen heulte eine Polizeisirene.

»Es muß einen Grund für Stanley Deering gegeben haben, der ihn veranlaßte, in Ihre Wohnung einzudringen.«

»Ich weiß nicht, welchen Grund er hatte. Deering und ich waren keine Freunde.«

»Warum nicht?«

»Er ist tot, und ich will nichts Schlechtes über ihn sagen.«

»Er hatte den Ruf eines Schürzenjägers. Haben Sie ihn abblitzen lassen?«

Sie antwortete mit einem kaum merklichen Kopfnicken.

»Glauben Sie, daß er Sie haßte?«

Sie verlor die Nerven. »Ich weiß es nicht!« schrie sie mich an. »Wie oft soll ich noch sagen, daß ich keine Ahnung habe, aus welchem Grund er herkam!«

Vom Flur drangen Männerstimmen. Ich verließ das Schlafzimmer und traf auf die Beamten der Mordkommission. Sergeant Heyer war bei ihnen.

»Wer ist es?« fragte er.

»Stanley Deering, Tiffanys Ex-Sicherheitschef.«

Der Fotograf schoß die notwendigen Bilder. Dann kniete der Arzt neben dem Toten.

»Wem gehört die Wohnung?«

»Vanessa Carty!«

»Hat sie ihn ...?«

»Nein. Als sie kam, war Deering schon tot.«

Der Arzt sprach laut ins Mikrofon des Tonbandgerätes, das ein Beamter ihm hinhielt:

»Körperwärme noch spürbar. Tod vor höchstens dreißig Minuten eingetreten. Zwei Einschüsse in der Brust. Keine Ausschußöffnungen feststellbar. Sonstige Verletzungen nicht erkennbar, abgesehen von einer ärztlich versorgten, durch Pflaster abgedeckten Platzwunde im Bereich des Haaransatzes.«

»Wo ist Vanessa Carty?« fragte Heyer.

»Im Schlafzimmer. Beim Anblick des Toten erlitt sie einen Schwächeanfall.«

»Welche Erklärung gibt sie für den Vorfall ab?«

»Keine«, antwortete ich. »Sie weiß nicht, mit wem Stanley Deering in ihrer Wohnung zusammenstieß.«

In Heyers Augen blitzte Zorn auf.

»Eine verdammt primitive Antwort. Oder soll ich sagen: eine primitive Lüge?«

»Warten wir die Untersuchung durch Ihre Leute ab, Sergeant.«

»Zuerst sollten wir glauben, irgendein Straßengangster hätte Joop Seldebrock erschlagen. Hören Sie, G-man, diesmal wird mir niemand einreden können, Deering sei von einem überraschten Einbrecher erschossen worden.«

Heyer gab seinen Leuten einen Wink.

»Fangt an, Jungs, und seid gründlich!« sagte er grimmig.

Als Florine und Mabel von Grenko zum viertenmal aus dem Heizungskeller geholt wurden, hatten sie noch nicht die zeitliche Orientierung verloren. Obwohl sie keine Uhr besaßen, wußten sie, daß sie sich jetzt den zweiten Tag in der

Gewalt der Gangster befanden. Viele Stunden hatten sie im fensterlosen Heizungskeller verbringen müssen. Später war ihnen erlaubt worden, sich in einem Badezimmer, dessen Fenster hermetisch verschlossen und mit Vorhängen geschützt waren, zu duschen. Sie hatten die teuren Modellkleider mit dunkelblauen Overalls vertauscht, die ihnen zu weit waren und in denen sie erbärmlich froren, da sie nichts darunter trugen als dünne Slips. Andere Wäsche besaßen sie nicht.

In der vergangenen Nacht hatten die Gangster sie zu einem Abendessen nach oben geholt. Beim Anblick der Männer hatten die Mannequins für einen Augenblick angenommen, es mit einer neuen Garnitur zu tun zu haben. So stark hatten alle, mit Ausnahme von Grenko, ihr Aussehen verändert. Gray, der Anführer, war erblondet, trug eine dunkle Brille und hatte den Smoking mit Jeans und einem schmutzigen Army-Parka vertauscht.

Howard Quam, vor dem sich die Mädchen am meisten fürchteten, war den umgekehrten Weg gegangen. Er hatte das Haar schwarz gefärbt und seiner Haut durch eine Spezialcreme eine dunkle Tönung verliehen.

Auch Rafford war jetzt braunhäutig, hatte die Frisur verändert und sah aus wie ein Puertoricaner oder ein Chicano. Wie Gray hatten auch die anderen ihre Kleider gewechselt und sich mit Jeans, abgewetzten Lederjacken und olivgrünen Parkas ausgerüstet.

Die Angst der beiden Mädchen vor einer gewalttätigen Orgie erwies sich als unbegründet. Während des Essens und später, als Florine und Mabel einige Drinks aufgenötigt wurden, verfolgten Gray und seine Kumpane angespannt die TV-Berichte über den Tiffany-Raub und die Maßnahmen und Nachforschungen der Polizei. Schon früh brachte Grenko sie in den Keller zurück.

Am Morgen waren sie dann noch einmal zum Waschen und zum Frühstück geholt worden. Wie gewöhnlich riß Quam ein paar zweideutige Witze. Gray, der offensichtlich nervös war, schickte sie bald wieder nach unten.

Nach dem ersten Schock verloren Florine und Mabel viel von der anfänglichen Furcht vor den Gangstern. Sie hofften, daß Gray Wort halten und sie laufenlassen würde, sobald er sich und seine Beute in Sicherheit gebracht hatte. Die Juwelen interessierten sie nicht. Es war ihnen gleichgültig, ob Tiffany den Schmuck über die samtausgeschlagene Ladentheke verkaufte oder ob die Diamanten einen Umweg durch Gangsterhände machten. Am Ende würden sie, so oder so, an Hälsen, Armen und Fingern irgendwelcher reichen Ladies glitzern.

Sie wunderten sich, daß sie nach wenigen Stunden wieder geholt wurden. Sie fanden Gray, Quam und Rafford aufbruchbereit. Gray trug den schwarzen Koffer, in dem sich die Juwelen befanden. Der Koffer war nicht größer als eine Aktentasche. Gray hatte ihn mit einem Lederriemen, den er an seinem Gürtel befestigte, gesichert.

»Wir verlassen sofort das Haus«, sagte er. »Euch beide packen wir in den Kofferraum. Ich denke, ihr seid gelenkig genug, um euch für eine Viertelstunde zusammenzufalten. Die Fahrt dauert nicht lange. Hört gut zu, ihr Süßen! Laßt euch nicht einfallen, zu schreien oder gegen das Blech zu hämmern, wenn wir von einer roten Ampel gestoppt werden! Wir haben das Rückpolster entfernt. Das dünne Zwischenblech wird mühelos von Kugeln durchschlagen. Ich schwöre euch, daß ich nicht eine Sekunde zögern werde. Begriffen?«

Sie mußten ihr Haar aufstecken und unter Schirmmützen verbergen. Die Männer gingen mit ihnen in die Garage. Grenko öffnete den Kofferraum. Florine und Mabel stiegen hinein und kauerten sich zusammen. Der Deckel wurde über ihnen geschlossen.

Sie hörten, wie die Gangster einstiegen. Der Motor sprang an. Im Rückwärtsgang wurde der Buick aus der Garage gesteuert.

Die Fahrt dauerte zwanzig Minuten und endete an einem Boots-Kai.

Gray öffnete den Kofferraum.

»Beeilt euch!«

Die Mädchen sahen vor sich Wasser und die Inseln der Jamaica-Bucht. Sie hörten das Röhren der Jets, die über ihren Köpfen den Landebahnen von Kennedy Airport zustrebten. Gray trieb sie eine kurze Steintreppe hinunter, an deren Ende ein weißes Kajütboot schaukelte. Er hievte sie über die niedrige Reling und stieß sie die steile Leiter zur Kajüte hinunter.

Quam und Rafford kamen sofort an Bord. Grenko fuhr den Buick eine knappe Meile straßenabwärts und wartete an dieser Stelle, bis das Boot ihn aufnahm.

Eine halbe Stunde lang lief das Boot. Dann wurde die Maschine abgestellt.

Gray erschien in der Kajüte.

»Kommt rauf!« sagte er. »Wir haben noch viel Zeit. Nicht notwendig, daß ihr hier unten im Halbdunkel verkümmert.«

Die Mädchen kletterten die Leiter hinauf. Gray folgte ihnen. Florine sah, wie er eine Maschinenpistole aufhob und unter ein Sitzpolster schob.

Das Boot hatte die Jamaica-Bucht noch nicht verlassen. Die Sonne stand hoch. Florine nahm an, daß es nicht später als zwei oder drei Uhr nachmittags sein konnte.

»Bis zum Einbruch der Dunkelheit spielen wir Freizeitangler«, erklärte Gray. »Beim leisesten Wink von mir, falls Hubschrauber uns überfliegen oder sich ein verdächtiges Boot nähert, werdet ihr unter Deck verschwinden, oder ich werf' euch eigenhändig die Luke hinunter.«

»Warum sagst du ihnen nicht, daß sie sich ausziehen und ein Sonnenbad nehmen sollen?« rief Quam, der dabei war, eine Angel zusammenzuschrauben. »Nichts macht einen harmloseren Eindruck als ein nacktes Mädchen. Und wir hätten auch was davon.« Rafford stellte ein tragbares TV-Gerät auf und richtete die Antenne. Grenko stand am Steuer und suchte mit einem Fernglas das Ufer ab.

»Achte auf die anderen Boote!« befahl Gray. »Laß keinen Kahn zu nah heran! Sollten wir angelaufen werden, wirf die Maschine an und wechsle den Kurs!«

Florine wagte es, ihn anzusprechen.

»Wir möchten wissen, was uns erwartet«, sagte sie und legte den Arm um Mabels Schulter. Gray lachte und setzte sich auf das Kissen, unter dem die Maschinenpistole lag.

»Sobald es dunkel geworden ist, mogeln wir uns mit der Swallow in die Lower Bay hinaus. Gegen Mitternacht treffen wir ein Schiff. Wir verabschieden uns. Ich hoffe, ihr werdet euch nicht weigern, uns alle zum Abschied zu küssen. Dann dürft ihr die Nase der Swallow aufs Land richten. Ich würde jeder als Andenken einen hochkarätigen Ring schenken, aber die Schnüffler und Tiffany würden die Ringe ja doch nur kassieren.«

Wie immer an schönen Tagen bevölkerten zahllose Boote die Bucht vor der Küste von Queens. Überall leuchteten weiße Segel. Motorboote preschten mit schäumender Bugwelle über das flache Wasser.

Sie ließen die ›Swallow‹ treiben. Quam warf tatsächlich die Angel aus. Grenko und Rafford teilten ihre Aufmerksamkeit zwischen der Küste und den Booten, die sie durch Ferngläser beobachteten. Gray sprach mit den Mädchen und ließ dabei den Bildschirm nicht aus den Augen, als warte er auf eine bestimmte Nachricht. Er hatte den Lokalsender eingeschaltet.

Florine sah, daß seine Hände zitterten, wenn er sich eine Zigarette anzündete oder nach dem Whiskyglas griff. Er beherrschte sich gut, und Quam und Rafford benahmen sich, als wären sie tatsächlich zu einem Ausflug unterwegs. In Wahrheit lag eine nervöse Spannung über den Männern, die sich entlud, als Quam und Rafford wegen einer Nichtigkeit in Streit gerieten. Sie brüllten sich an. Quam griff sogar zum Revolver, den er in einer Schulterhalfter trug.

Gray mischte sich ein, packte die Maschinenpistole und drohte, beide umzumähen. Rafford ging zähneknirschend nach vorn zum Bug. Quam zerbrach die Angel und warf sie über Bord.

Gegen sechs Uhr begann es kühl zu werden. Der Wind frischte auf. An Land flimmerten die Leuchtreklamen.

Auf Grays Befehl warf Grenko die Maschine an und steuerte die ›Swallow‹ mit halber Kraft nach Süden, bis vor ihnen die Lichter von Rockaway auftauchten. Die langgestreckte Halbinsel verriegelt die Jamaica-Bucht gegen den offenen Ozean bis auf die Durchfahrt zwischen Bennett Field und Fort Tilden.

Gray stellte sich selbst ans Steuer. Die ›Swallow‹ unterlief die Marine Parkway Bridge, die Brooklyn mit Rockaway verbindet. Zweimal meldete Quam Boote der Küstenwache. Aber die Besatzungen interessierten sich nicht für die ›Swallow‹.

Ein Leuchtfeuer kennzeichnete die Spitze von Rockaway. Als die ›Swallow‹ das Kap passiert hatte und Gray den Kurs änderte, lag vor ihnen der Atlantik.

Ein großer, weißer Passagierdampfer mit beleuchteten Decks und hellen Kajütenfenstern zog in einigen hundert Yards Entfernung vorbei. Der Wind trug ein paar Töne Musik bis zu den Mädchen. Sie konnten erkennen, daß Menschen auf dem obersten Deck tanzten.

Wenig später erreichten die Wellen die ›Swallow‹, hoben und senkten das leichte Boot.

Es war dunkel geworden.

Niemand würde ihm einreden können, Deering sei von einem überraschten Einbrecher erschossen worden, hatte Sergeant Heyer gesagt.

Nun, alles, was die Beamten des Homicide Departments an Spuren in Vanessa Cartys Wohnung fanden, sprach für die Wahrscheinlichkeit, daß es genauso gewesen war.

Sie stellten fest, daß die Wohnungstür gewaltsam geöffnet worden war, und daß der Täter dazu die Dietriche benutzt hatte. Das Schloß war so beschädigt worden, daß es nicht wieder geschlossen werden konnte. Stanley Deering hatte also die Tür offen gefunden, hatte die Wohnung betreten und war von dem Mann, auf den er unvorbereitet stieß, erschossen worden.

Das alles erklärte nicht, wen oder was Deering in Vanessa Cartys Wohnung gesucht hatte. Nichts wurde bei ihm gefunden, was über seine Absichten Aufschluß gegeben hätte. Er trug einen kurzläufigen Colt Agent, hatte aber keine Chance gehabt, die Waffe zu ziehen.

Gegen sechs Uhr ließ Heyer die Leiche abtransportieren. Er bestand darauf, noch einmal Vanessa Carty zu verhören.

Sie ließ seine Fragen wie versteinert über sich ergehen, antwortete mit Kopfschütteln und Achselzucken.

»Zum Teufel, Miss Carty, denken Sie nach!« blaffte Heyer sie an. »Sie sind eine intelligente Frau. Wenn Sie schon nicht wissen, warum Deering in Ihre Wohnung kam, dann lassen Sie wenigstens Ihre Phantasie spielen! Irgendwer aus dem Kreis der Angestellten von Tiffany muß die Gangster mit Informationen beliefert und ihnen geholfen haben, die Waffen ins Gebäude zu bringen und zu verstecken. Deering wurde gefeuert, weil die Direktion ihn verantwortlich machte. Drang er in Ihre Wohnung ein, um Beweise zu suchen, daß Sie . . .«

Vanessa Carty reagierte heftig.

»Hören Sie auf, mich mit Ihren verdammten Fragen zu quälen!« schrie sie. »Wie soll ich wissen, was Stanley glaubte? Ja, er haßte mich. Vielleicht schrieb er mir die Schuld an seiner Entlassung zu. Oft genug machte er üble Bemerkungen über mein Verhältnis zu Mr. Jackson.«

»Welche Sorte Bemerkungen, Miss Carty?«

»Er erzählte herum, ich könnte Mr. Jackson um den Finger wickeln, weil ich mit ihm schliefe«, zischte sie. »Immer fürchtete ich, Mr. Jackson könnte von diesem Geschwätz erfahren. Es hätte ihn tief getroffen. Er ist ein korrekter Mann und führt ein glückliches Familienleben.«

»Das alles liefert uns kein Motiv für Deerings Auftauchen in Ihrer Wohnung«, knurrte Sergeant Heyer. »Und schon gar nicht, warum er erschossen wurde.«

Er stand auf. »Wir sollten Deerings Wohnung durchsuchen, G-man«, schlug er vor.

»In Ordnung, Sergeant.« Ich wandte mich an Vanessa. »Es

ist möglich, daß ich mit Ihnen noch einmal sprechen muß. Wo finde ich Sie?«

»Hier oder bei Tiffany.«

»Wollen Sie in der Wohnung bleiben?«

Sie schien verwirrt. »Warum nicht? Der Hausmeister wird das Türschloß reparieren und den Teppich entfernen. Oder wollen Sie die Wohnung versiegeln?«

»Dazu besteht kein Grund. Macht es Ihnen nichts aus, in der Wohnung zu bleiben?«

Sie zögerte nicht mit der Antwort. »Nein«, sagte sie, »ich glaube, ich werde damit fertig.«

In der Liftkabine knurrte Heyer. »Die ist härter, als sie aussieht.«

Wir fuhren zur 24. Straße. Heyer ließ die Tür zu Deerings Apartment aufbrechen. Zwei Stunden lang durchsuchten wir die Wohnung. Wir fanden Kontoauszüge, die bewiesen, daß Stanley Deering bei seiner Bank mit einigen tausend Dollar in der Kreide stand. Außerdem entdeckten wir Briefe von Juwelenhändlern, aus denen hervorging, daß Deering ihnen seine Vermittlung für Geschäfte mit Tiffany angeboten hatte, selbstverständlich gegen Provision.

Das alles deutete darauf hin, daß der Sicherheitschef auf der verzweifelten Suche nach Geld gewesen war. Ein Mann, dem das Wasser bis zum Halse steht, kommt leicht auf den Gedanken, sich an einer heißen Sache zu beteiligen. Deerings schlechte finanzielle Lage verstärkte den Verdacht gegen ihn. Aber einen wirklichen Beweis dafür, daß er Informant und Helfer der Gangster gewesen war, fanden wir nicht.

Ich verabschiedete mich von Heyer gegen acht Uhr und fuhr zum Hauptquartier. In unserem gemeinsamen Büro stieß ich auf Phil, der vor zehn Minuten deprimiert von seinen Nachforschungen in der Bronx zurückgekommen war.

»Das war die 422. Niete«, sagte er. »Ich werde das scheußliche Gefühl nicht los, die Jungens verhandeln längst auf den Bahamas oder in Rio mit kapitalstarken Hehlern, während wir noch in Hinterhofwohnungen nach ihnen suchen.«

»Stanley Deering wurde in der Wohnung von Vanessa Carty erschossen!«

Die Nachricht schockte ihn. Er hatte nichts davon gewußt. Ich informierte ihn über die Einzelheiten.

»Wieder ein zufälliger Mord?« fragte er am Ende empört.

»Laß uns über den ersten Zufallsmord nachdenken, über den Mord an Joop Seldebrock! Wir wissen, daß einige wenige höhere Angestellte von Tiffany die Möglichkeit hatten, das Gebäude und die Firmenräume nach Geschäftsschluß unregistriert zu betreten und zu verlassen. Im Kreis dieser Personen müssen wir den Helfer der Gangster vermuten. Nehmen wir an, in jener Nacht wären die Waffen eingeschmuggelt worden. Nach getaner Arbeit kamen die Gangster und ihr Helfer aus dem Tiffany-Haus und stießen auf Seldebrock. Natürlich schöpfte der Niederländer keinerlei Verdacht. Er kannte den Tiffany-Angestellten gut und wußte, daß er eine Vertrauensstelle bei Tiffany bekleidete. Die Gangster hielt er für ehrsame Leute, die unter der Aufsicht seines Bekannten irgendwelche Arbeiten erledigt hatten. Der Gedanke war naheliegend. Die Diamanten-Show erforderte viele Vorbereitungen, die nicht während der Geschäftszeit durchgeführt werden konnten. Seldebrock wurde also nicht mißtrauisch. Ich denke, er freute sich über die Begegnung, schüttelte allen die Hände und redete auf den Tiffany-Angestellten ein. Du weißt, daß er sich in verschiedenen Nachtclubs einen kleinen Schwips eingehandelt hatte. Dann sagte er, daß er morgen kommen und seine Yellow-Clear-Diamanten vorlegen würde und bestand darauf, schon jetzt eine Probe zu zeigen. Er fischte zwei Steine aus seinem Lederetui. Jene Steine, die später von dem Tramp gefunden und verkauft wurden. Den Gangstern war klar, daß sie ihn verschwinden lassen mußten. Eine Bemerkung Seldebrocks über die nächtliche Begegnung hätte am anderen Tag genügt, den Raubüberfall unmöglich zu machen. Ich vermute, daß sie ihn in den Lieferwagen zu schleppen versuchten. Seldebrock wehrte sich und wurde niedergeschlagen. Bevor sie ihn abtransportieren konnten, tauchte der

Streifenwagen auf, dessen Besatzung den Niederländer fand.«

»So kann es sich abgespielt haben«, bestätigte Phil. »Nichts spricht dagegen daß es sich bei dem Tiffany-Angestellten um Stanley Deering gehandelt hat. Joop Seldebrock hat oft Diamanten an Tiffany verkauft. Zweifellos kannte er Deering und wußte über seine Funktion bei der Firma Bescheid.«

»Richtig, Phil. Nur, warum hätte Seldebrock dem Sicherheitchef von Tiffany, der nichts mit dem An- und Verkauf von Diamanten zu tun hat, eine Probe seiner Ware zeigen sollen?«

Das Läuten des Telefons enthob Phil der Notwendigkeit einer Antwort. Die Zentrale fragte, ob ein gewisser Melvin Crook uns sprechen könnte.

»Schick ihn rauf!«

Der Mann kam nach ein paar Minuten. Ich schätzte ihn auf knapp 40 Jahre. Er hatte ein kantiges, großflächiges Gesicht, das Energie und Intelligenz ausdrückte. Er legte eine Visitenkarte auf den Tisch.

»Gewöhnlich vermeide ich die Zusammenarbeit mit der Polizei«, erklärte er mit schöner Offenheit. »Es ist nicht mein Job, einen Verbrecher zu überführen, sondern die Verluste niedrig zu halten. Aber in diesem Fall fürchte ich, daß ich allein zu spät komme.«

Unter dem Namen auf der Visitenkarte stand die Firmenbezeichnung: Continent Insurance Ld.

»Ihre Versicherung hängt im Tiffany-Raub drin?«

»Und wie!« Crook zeigte ein schnelles Grinsen. »Mit zwanzig Millionen. Unsere Aufsichtsratsmitglieder raufen sich pausenlos die Haare, soweit sie noch welche haben.«

»Sie sind Detektiv der Versicherungsgesellschaft?«

»Ich leite die Nachforschungsabteilung. Meine Leute und ich überprüfen Versicherungsfälle, die nach Schwindel riechen. Aber das ist nur die eine Hälfte unserer Arbeit. Wenn unsere Kunden beraubt und bestohlen worden sind, versuchen wir erst einmal, ihnen ihr Eigentum wiederzubeschaffen, bevor wir gezwungen sind, den vollen Verlust zu ersetzen.«

»Ich verstehe. Sie suchen Kontakt zu den Tätern und verständigen sich mit ihnen über den Rückgabepreis. Das ist für die Firma billiger als die Erfüllung des Versicherungsvertrages.«

»Es muß sich lohnen«, sagte Crook. »Bei einem gestohlenen Fahrrad zahlen wir sofort.«

»Kein Zweifel, daß es sich im Tiffany-Fall lohnt.«

»Wenn wir zahlen müssen, fällt dieses Jahr die Dividende weg. Lesen Sie keine Börsenberichte? Die Aktien der Continent Ld. sind seit gestern um fünfzehn Punkte gefallen. Einige Börsenhaie haben gewittert, daß wir drinhängen.«

»Wir besitzen keine Aktien«, sagte Phil.

Der Versicherungsdetektiv preßte die Lippen zusammen.

»Ich spiele mit offenen Karten. Seit zwei Tagen rotieren meine Leute und ziehen an allen Fäden, die wir irgendwann in Zusammenhang mit Versicherungsfällen geknüpft haben. Vermutlich würden Sie einige Seiten unserer Aktivitäten für illegal und gesetzeswidrig halten. Aber bei zwanzig Millionen Dollar kann ich nicht kleinlich sein. Meine Leute bieten fette Belohnungen für jeden Tip, der uns in Kontakt zu den Tätern bringt. Sie versichern, daß keine Informationen an die Behörden weitergegeben werden und daß wir die Polizei nicht einschalten.«

»Warum kommen Sie trotzdem zu uns?«

»Bei einem Agenten meldete sich eine Frau. Sie erklärte, sie wüßte einiges über einen Kapitän, dessen Schiff heute auslaufen würde. Sie verlangte fünftausend Dollar. Ich weiß nicht, ob die Informationen der Frau das Geld wert sind. Auf jeden Fall kann ich das Auslaufen eines Schiffes nicht verhindern. Aber Sie wären dazu in der Lage. Ich möchte Sie bitten, mich zum Treffen mit der Frau zu begleiten.«

»Wie heißt sie?«

»Eve!«

»Kein Nachname?«

»Sie hat 'nen Job, bei dem Nachnamen überflüssig sind.

Als Treffpunkt nannte sie Pepper Nr. 1, eine schlimme Kaschemme in der Nähe der 64. Pier.«

Phil und ich verständigten uns mit einem Blick.

»Gehen wir!« sagte ich.

»Danke!« Crook griff nach seinem Hut, zögerte aber einen Augenblick bevor er vorsichtig fragt: »Werden Sie sich als FBI-Agenten ausweisen?«

»Nein. Ich weiß, daß ›Eve‹ nur gegen bare Dollar reden wird.«

Eine halbe Meile vor der 64. Pier ließen wir den Jaguar auf einem sicheren Parkplatz zurück und stiegen in Melvin Crooks Chevrolet um.

Kurz nach zehn Uhr betraten wir Pepper Nr. 1. Die Kneipe war relativ groß und so gemütlich eingerichtet wie eine Scheune. An wackligen Tischen und auf brüchigen Stühlen saßen Seeleute aller Nationalitäten und Hautfarben. In der Mitte konnte auf einer freien Fläche getanzt werden. Die Musik lieferte eine Juke Box.

Längs der Theke saßen die Mädchen, aufgereiht wie Papageien auf einer Stange und auch so bunt. Sie ließen sich von den Sailors zu einem Drink oder zu einem Tanz auffordern. Alles andere war Verhandlungssache.

Ein schmächtiger Mann schob sich an Crook heran.

»Sie ist nicht hier«, flüsterte er. »Auf und davon mit irgendeinem Kerl. Ich hoffe, sie kommt bald zurück.«

Wir fanden einen freien Tisch. Eine Stunde mußten wir warten, bis der schmächtige Mann ein großes, sehr blondes Mädchen an unseren Tisch dirigierte. Sie war überraschend hübsch, soviel ließ sich selbst unter der dicken Schminkschicht erkennen. Sie trug einen handtuchschmalen Minirock, kniehohe Stiefel und eine klaffende Bluse. Bei jeder Bewegung klirrte ihr Schmuck.

»Drei Kerle?« Ihre Stimme war grell und heiser zugleich.

Crook stand auf, packte ihren Arm und drückte sie auf einen freien Stuhl. Er ging nicht sanft mit ihr um.

»Du bist Eve?«

»Bin ich! Kauf mir 'nen Drink!« Sie kramte eine Zigarette aus ihrer großen Handtasche. Phil gab ihr Feuer und lächelte sie freundlich an. Überrascht lächelte sie zurück und sagte: »Danke!«

Crook kam zum Geschäft. »Du hast Informationen für mich!«

Auch Eve kam zum Geschäft. »Gegen fünftausend Dollar in bar.«

Ohne Zögern holte der Versicherungsdetektiv ein schmales Geldpäckchen aus der Tasche und warf es dem Mädchen zu. »Tausend Dollar als Anzahlung, bis ich weiß, ob deine Tips mehr Geld wert sind.«

Ich hatte den Eindruck, daß Crook großzügig mit dem Geld seiner Versicherungsfirma umging. Wahrscheinlich konnte er es sich beim drohenden Verlust von zwanzig Millionen Dollar nicht leisten, kleinlich zu sein.

Eve griff schneller zu, als eine Kobra hätte zustoßen können. Das Geldpäckchen verschwand wie weggezaubert in der großen Handtasche.

»Gestern nacht hatte ich einen Kapitän als Kunden. Chilene, Mexikaner oder etwas Ähnliches. Als wir unterwegs zu meiner Wohnung waren, wurden wir von einer Gruppe Männer abgefangen, die es auf den Capitano abgesehen hatten. Mich schickten sie zurück, bevor sie sich den Capitano vornahmen.«

»Die Story ist keine tausend Dollar wert«, sagte Crook schlechtgelaunt.

»Juan kam heute mittag in Pepper Nr. eins. Er war unbeschädigt. Sie hatten ihm kein Haar gekrümmt.«

»Ich bin glücklich darüber«, fauchte der Versicherungsdetektiv. »Aber was hast du noch anzubieten?«

»Wir gingen in meine Wohnung und hatten 'ne hübsche Stunde miteinander. Ich sagte ihm, er könne noch bleiben, und er hatte nichts dagegen. Ich schaltete den Fernsehapparat ein. Um die Zeit läuft auf Kanal neun eine Nachmittagsshow mit hübschen Mädchen und heißer Musik. Ich dachte, er ließe sich davon anturnen, aber sie hatten das Programm geändert und sendeten einen aktuellen Bericht. Von einer Sekunde auf die andere verlor der Capitano jedes Interesse an mir. Er setzte sich auf die Bettkante und starrte wie hypnotisiert auf den Bildschirm. Vierzig Minuten, so lange dauerte die Sendung, sprach er kein Wort.«

»Kanal neun brachte am Nachmittag einen zusammenfassenden Bericht über den Tiffany-Raub«, sagte Phil.

Das Mädchen nickte. »Richtig! Mein nächster Satz kostet die zweiten tausend Dollar.«

Das Spiel mit dem Geldpäckchen wiederholte sich. Crook warf es auf den Tisch, Eve ließ es verschwinden.

»Ich fragte meinen Capitano, warum er in der vergangenen Nacht von den Männern kassiert worden sei. Er wies auf den Bildschirm und antwortete: ›Hängt damit zusammen.‹ Mehr wollte er nicht sagen. Aber ich bearbeitete ihn ein bißchen, und später machte er Andeutungen. Anscheinend hatte er sich darauf eingelassen, irgendwelche Leute an Bord zu nehmen, und möglicherweise hängen diese Leute in dem Diamantenraub drin.«

»Wie heißt der Kapitän? Wie heißt das Schiff?« fragte Crook erregt.

»Der Kapitän heißt Juan. Wie sein Schiff heißt, weiß ich nicht«, antwortete Eve.

Melvin Crook warf drei Päckchen, jedes zu tausend Dollar, auf den Tisch, und jetzt versagte Eves Zugreifmechanismus. Der Anblick des Geldes, einer Summe, die sie vermutlich nie zuvor in ihrem Leben besessen hatte, lähmte sie. Sie starrte die Notenbündel an, schluckte und atmete heftig.

»Der Name des Schiffes?« wiederholte Crook.

Eve streckte die Hand nach dem Geld aus. Langsam und wie in Trance zog sie die Päckchen zu sich heran. An den nahen Tischen machten einige Typen lange Hälse.

»Die Gaviota«, sagte Eve tonlos.

»Welche Pier?«

Die Handtasche klappte ihr Maul auf und schluckte die Dollarscheine.

»Weiß ich nicht. Eine Pier in der Nähe!«

Crook sah mich an. »Genügt das?«

Wir standen auf und wandten uns zur Tür.

»Sekunde noch!« sagte Phil, beugte sich zu dem Mädchen und flüsterte ihr zu: »Hören Sie, Süße! Zu viele Leute haben gesehen, daß Sie für ein Mädchen zuviel Geld bei sich haben. Kommen Sie mit uns, suchen Sie sich ein Taxi und lassen Sie sich in eine besser beleuchtete Gegend bringen!«

Sie hatte Vertrauen zu Phil und kam mit. Jenseits des Westside Highway sprang sie in ein Taxi und verschwand aus unserem Blickfeld.

Crook befand sich in einem Erregungszustand, der einem schweren Fieberanfall gleichkam.

»Das ist eine heiße Fährte, G-man! Finden Sie die Pier, an der der Kahn liegt, und nehmen Sie sich den Kapitän vor!«

»Bringen Sie uns zu meinem Wagen!«

Über die Sprechfunkanlage des Jaguar rief ich das Hauptquartier. »Wir brauchen alle Angaben über die Gaviota, vermutlich ein Frachter mit süd- oder mittelamerikanischem Heimathafen. Fragt bei der Port Authority an!«

»Okay, Jerry! Wir melden uns!«

Die Minuten verstrichen. Immer wieder blickte Crook auf die Uhr, während er Kette rauchte.

Wenige Minuten vor Mitternacht flackerte das Ruflicht. Ich schaltete die Lautsprecheranlage ein, damit Crook mithören konnte.

»Auskunft der New York Port Authority, Jerry! Gaviota, 5000-Tonnen-Trampdampfer, Heimathafen Maracaibo, Kapitän Juan Perez, Liegeplatz Pier 61, verließ New York um 20 Uhr 15 Minuten.«

Melvin Crook schlug die Hände vors Gesicht. »O Gott«, stöhnte er. Im nächsten Augenblick schrie er uns an: »Was können wir noch unternehmen?«

»Die Coast Guard einschalten!«

»Kann ich mitkommen?«

»Legen Sie sich ins Bett, oder klammern Sie sich an ein Whiskyglas!«

Wir rasten quer durch Manhattan zur 9. Pier, dem Hauptquartier der Küstenpolizei. In vier Sätzen informierten wir den Chef vom Dienst. Der Coast Guard Captain beugte sich über den Kartentisch.

»Vier Stunden Vorsprung? Den Kahn holen wir nicht mehr innerhalb der Hoheitszone ein.«

»Leute oder Waren bei Nacht an Bord zu nehmen, kostet Zeit!«

»Ich kann drei Hubschrauber einsetzen. Mehr Maschinen habe ich nicht zur Verfügung.«

»Okay, Captain. Wir fliegen in einer Maschine mit.«

Knappe zehn Minuten später, als der Helikopter uns in eleganter Schleife in den nachtschwarzen Himmel hievte, hörte ich Phils leises Lachen über den Kopfhörer. »Warum lachst du?«

»Mir fiel eben ein, welchen tollen Stundenlohn sich die blonde Eve verdient hat.«

Wenn Florine sich umdrehte, sah sie am Horizont einen phosphoreszierenden, weißlichen Glanz, den Widerschein von New Yorks hunderttausend Lichtern, Scheinwerfern und Leuchtreklamen am nächtlichen Himmel.

Sie drückte sich enger an Mabel. »Ich friere«, flüsterte sie.

»Ich auch«, antwortete die Freundin. »Sollen wir in die Kajüte gehen? Ich glaube, sie würden uns nicht hindern.«

Seit die ›Swallow‹ offenes Wasser erreicht hatte, wurde sie von einer sanften Dünung gewiegt. Manchmal sprühte Gischt vom Bug übers Deck.

»Ich will nicht nach unten.« Florine schüttelte den Kopf. »Ich will sehen, was geschieht. Rechtzeitig! Im schlimmsten Fall springen wir über Bord.«

»Was wäre der schlimmste Fall?«

»Wenn sie versuchen, uns an Bord des anderen Schiffes zu verschleppen. Dann springen wir. Okay?«

Mabel nickte. »Wie wollen sie das Schiff in der Dunkelheit finden? Was werden sie machen, wenn sie es verfehlen?«

Die Nacht war sternklar, aber ohne Mond. Obwohl die Finsternis sie wie ein riesiges schwarzes Tuch umgab, sahen sie immer wieder Lichter auftauchen und verschwinden. Oft rot und grün. Manchmal zu leuchtenden Ketten verbunden. Oder als blitzendes, weißes Signal.

Die ›Swallow‹ fuhr ohne Positionslampen. Gray steuerte das Boot. Quam assistierte ihm. Eine Seekarte der Küste zwischen Rockaway und Sandy Hook klemmte im Kartenständer, beleuchtet von einer starken Lampe. Rafford lehnte an der Windverkleidung des Steuerstandes und beobachtete die Umgebung der ›Swallow‹, soweit die Dunkelheit es erlaubte. Grenko lag auf dem Heck in der Nähe der Mädchen. Er schlief.

»Wir müssen unsere Position ungefähr erreicht haben«, sagte Gray. »Versuch's, How! Zweimal die Uhrzeit und das Stichwort New Orleans!«

Er blickte auf die Armbanduhr. »Genau 23 Uhr und 50 Minuten!«

Quam lachte. »Fast auf die Minute genau vor 48 Stunden haben wir bei Tiffany mit dem Einsammeln begonnen.«

Er nahm ein Walkie-talkie-Gerät vom Wandhaken, zog die Antennen aus und schaltete auf Sendung.

»23 Uhr und 50 Minuten!« sagte er. »23 Uhr und 50 Minuten. New Orleans.«

Er wiederholte die Worte und ging dann auf Empfang. Störungen knatterten. Ferne undefinierbare Stimmen. Unverständliches Wortgesprudel. Aber keine Antwort.

Gray hantierte mit einem Kompaß.

»Wir sind dicht dran! Mach weiter, How!«

Der Motor der ›Swallow‹ lief mit halber Kraft. Die Schraube verlieh dem Boot gerade genug Schub, um es gegen den Wellendruck auf Kurs zu halten.

Länger als eine halbe Stunde bemühte sich Quam vergeblich um Kontakt. Gray wurde nervös.

»Bist du auf der richtigen Frequenz?«

»Selbstverständlich.«

Er riß Quam das Sprechfunkgerät aus der Hand, prüfte im

Licht der Kartenlampe die Frequenzeinstellung, gab selbst einen Kontaktruf durch und hatte ebensowenig Erfolg wie Quam.

»Okay, ich versetze unseren Kahn drei Meilen küstenwärts«, entschied er. »Mach weiter, How!«

Gray gab Gas und drehte das Steuerrad. Die ›Swallow‹ nahm Fahrt auf.

Quam sendete die Uhrzeit und das Stichwort immer eine Minute lang und schaltete jeweils für 30 Sekunden auf Empfang.

Die Antwort kam überraschend und so deutlich, daß der harte Akzent des Sprechers herauszuhören war, als Gray den Motor gerade wieder gedrosselt hatte.

»Null Uhr 36 Minuten. Miami Beach!«

Gray schrie jubelnd auf. »Da ist sie! Los, sag ihnen, daß wir sie gehört haben!«

»Roger! Miami Beach! Wir erwarten euer Signal!«

Prompt wie auf einen Knopfdruck blitzte an Steuerbord ein weißes Licht dreimal kurz und einmal lang.

»Weniger als eine Meile!« rief Gray. »Gebt zu, daß ich als Navigator Spitzenklasse bin! Grenko, hol die Waffenkisten an Deck! Hilf ihm, Less! Verdammt, Quam, warum beantwortest du das Lichtsignal nicht? Wo ist die Lampe?«

Hektische Aktivität brach an Bord der ›Swallow‹ aus. Grenko und Rafford machten sich daran, ein halbes Dutzend Kisten aus der Kajüte an Deck zu tragen. Quam gab Lichtsignale, die in kurzen Abständen beantwortet wurden. Gray blieb am Steuerstand und hielt mit dem Boot auf das andere Schiff zu.

Zehn Minuten nach dem ersten Kontakt zeichneten sich gegen den Nachthimmel Rumpf und Aufbauten eines Schiffes ab, das Florine und Mabel im Vergleich zur ›Swallow‹ riesengroß erschien. Der Geruch von Stahl und Öl, den ein großes Schiff ausströmt wie ein Mensch den Geruch seines Körpers, erreichte die Nasen der Mädchen.

Gray nahm die Geschwindigkeit weg und ließ die ›Swallow‹ auf das Schiff zutreiben, dessen Wand wie eine Mauer vor ihnen aufragte. »Hallo, Gaviota!« rief Gray. Auf der ›Gaviota‹ antwortete eine Stimme in hartem Englisch.

»Hallo, Mann! Paßt auf! Wir werfen die Leine!«

Die ›Swallow‹ schurrte an der Bordwand des Frachters entlang. Das Ende der Leine schlug auf dem Deck auf. Rafford schlang es um den Poller mittschiffs.

»Jakobsleiter kommt!«

Eine Strickleiter wurde herabgelassen, und die Männerstimme verlangte: »Steigt an Bord!«

»Hievt die Kisten hoch!« rief Gray.

»Später! Kommt rauf und bringt Geld mit! Wir verladen nicht, bevor ihr nicht gezahlt habt.«

»Okay, wir kommen! Nimm das Geld, Quam!«

»Und die Mädchen?« fragte Quam leise.

»Das Bodenventil, Howard! Ich öffne es, sobald wir verladen haben. Zuerst wollen wir dem habgierigen Geier von Kapitän die Dollars in den gierigen Schlund stopfen. Du und Less, ihr bleibt an Bord der Gaviota, damit der Kapitän nicht die Leine kappt und abdreht, sobald er die Dollars nachgezählt hat. Nimm 'ne MPi mit! Less, hast du deine Kanone? Okay, rauf mit euch! Halt die Leiter stramm, Grenko!«

Quam hängte sich die Maschinenpistole um die Schulter, packte die Stufen der Jakobsleiter und turnte nach oben. Less Rafford folgte ihm. Als letzter setzte Gray den Fuß auf die Leiter. Den schwarzen Lederkoffer trug er bei sich. Er hatte den Sicherungsriemen zu einer Schlaufe gebunden, so daß er den Koffer umhängen konnte.

Das Deck der ›Gaviota‹ war dunkel. Nur auf der Brücke brannte Licht im Kommandostand. Ein matter, gelber Schimmer fiel aus dem Niedergang zu den Kajüten. Wie Galgen ragten die Ladebäume in den nächtlichen Himmel.

Quam, Rafford und Gray erkannten die Umrisse von vier Männern.

»Quién es el capitano?« fragte Gray spanisch.

»Ich«, antwortete einer der vier Männer. »Geben Sie mir mein Geld.« Er sprach weiter Englisch.

»Zahl ihn aus, Howard!«

Quam trat vor und reichte dem Kapitän einen großen Umschlag.

»Fünftausend Dollar wie vereinbart, Capitano«, sagte Gray. »Wir zahlen korrekt, und ich hoffe, daß Sie . . .«

Der Mann nahm den Umschlag und wich zurück. Die Umrisse der drei Männer neben ihm schienen mit der Dunkelheit zu verschwimmen und sich aufzulösen, als sie dem Beispiel des Kapitäns folgten.

»Was soll das?« fragte Gray scharf.

»Willkommen an Bord!« höhnte eine Männerstimme ohne harten, spanischen Akzent, sondern im singenden Tonfall der Bronx. »Nehmt die Hände hoch und laßt uns sehen, was ihr in den Taschen tragt!«

Ein scharfer Lichtkegel traf Less Rafford, glitt nach links und erfaßte Gray.

»Gib ihnen 'ne Antwort!« brüllte Gray.

Quam riß die Maschinenpistole hoch und drückte auf den Abzug.

Gelbrotes Mündungsfeuer zerriß die Finsternis. Eine ganze Serie wollte Quam heraushämmern, gezielt in das Zentrum des weißen Lichtstrahls. Vier, fünf Kugeln spuckte seine Waffe.

Das weiße Licht zerbarst, Howard Quam, Ex-Master Sergeant des Marinecorps, Söldner und zuletzt erfolgreicher Juwelenräuber, nahm nicht mehr wahr, daß auf der anderen Seite die Hölle losbrach. Die Kugeln, die ihn trafen, löschten sein Leben so schnell aus wie ein Kurzschluß ein Licht. In derselben Sekunde, in der Quam starb, warf Less Rafford die Arme hoch und brach zusammen.

Gray sprang! Er schnellte seinen Körper herum und ließ sich in die Dunkelheit hineinfallen. Es schien ihm, als fiele er eine unendliche Zeitdauer an der Bordwand entlang, als läge die ›Swallow‹ nicht fünfzehn Fuß, sondern eine Meile tiefer.

Der Aufschlag war krachend hart. Gray stürzte aufs Gesicht. Blut schoß im dicken Schwall aus seiner Nase.

»Weg!« schrie er.

Grenko begriff. Er sprang ans Steuer. Er brauchte die Swallow nicht zu starten. Noch lief der Motor im Leerlauf. Er heulte auf, als Grenko den Gashebel hochschob und die Schraube einkuppelte.

Das Boot nahm die Nase mit einem Ruck aus dem Wasser. Sie schurrte an der Wand der ›Gaviota‹ entlang. Mit grellem Kreischen scheuerte Stahl auf Stahl. Die Strickleiter peitschte über das Deck. Die Vorleine spannte sich und gab einen sirrenden Ton von sich wie eine Bogensehne. Dann riß sie mit scharfem Knall.

Gray packte die Maschinenpistole, die unter dem Sitzpolster lag. Er wälzte sich auf den Rücken und streute mit einer langen Serie die Reling der ›Gaviota‹ ab. Ein Mann schrie.

Grenko bekam die ›Swallow‹ frei von der Bordwand des Frachters. Das Boot gewann an Fahrt. Eine Querwelle schwappte über Backbord, als er die Kurve zu scharf anschnitt.

Der Bolzen der MPi schlug leer auf. Gray riß das Magazin aus der Halterung. Er kroch nach links, wo Reservemagazine in einer Flugtasche lagen, und fiel über die Mädchen, die sich hingeworfen hatten.

An Deck der ›Gaviota‹ blitzte zweimal Mündungsfeuer auf. Zwei Revolverschüsse, deren Kugeln die ›Swallow‹ nicht trafen.

Gray zog die Flugtasche zu sich heran. Dann setzte er ein volles Magazin ein. »Diese Bastarde!« fluchte er. »Diese Hundesöhne!«

Er griff nach dem Koffer. Der Sicherheitsriemen und die Schlösser hatten gehalten. Wie eine große Kuriertasche hing der Koffer an Grays Hüfte.

Die Umrisse des Frachters verschmolzen mit der nächtlichen Dunkelheit, je mehr der Abstand zwischen ihm und der ›Swallow‹ wuchs.

Keine Schüsse fielen nach den zwei Revolverkugeln, die dem Boot hastig nachgefeuert worden waren.

Gray ließ die nachgefüllte Maschinenpistole sinken. Mit dem Fuß stieß er nach den Mädchen.

»Noch okay?« fragte er mürrisch.

Florine antwortete, und ihre Stimme verriet Angst: »Wir sind nicht verletzt, aber . . .«

»Aber was?« schnauzte Gray.

Sie duckte sich und umklammerte den Arm der Freundin.

»Nichts«, flüsterte sie. »Entschuldigen Sie!«

»Falls du dich nach den Juwelen erkundigen wolltest, sei beruhigt. Ich habe sie noch.« Er schlug mit der flachen Hand gegen den Kofferdeckel. »Jedes Karat!«

Er ging zum Steuerstand.

»Wieviel Sprit haben wir noch, John?«

»Eine halbe Tankfüllung.«

»Im Stauraum stehen vier volle Kanister. Damit schaffen wir es bis zur Küste.«

»Bis zu welcher Küste?«

»Staten Island!«

»Roger, was ist auf dem Frachter geschehen?« fragte Grenko.

»Irgendwelche Bastarde erwarteten uns.«

»Polizei?«

Gray zuckte mit den Schultern. »Laß mich ans Steuer!«

Vom Sturz aufs Deck der Swallow schmerzte sein Körper an vielen Stellen. Das Atemholen fiel ihm schwer, und bei jedem Schritt fühlte er im rechten Fußgelenk einen glühenden Stich wie von einer langen und heißen Nadel.

Grenko schluckte. »Glaubst du, daß Less und Howard . . .?«

Gray schnippte mit den Fingern.

»Tot! Erledigt! Vergiß sie! Zwei Partner weniger beim Teilen!«

Er lehnte die Maschinenpistole gegen die Windverkleidung, schaltete die Kartenlampe ein und prüfte den Kompaß.

»Zehn Meilen Nord. Danach Abdrehen nach Westen. Ich will in der Nähe von Prince's Bay an Land, weil ich die Gegend dort kenne.«

Er hob den Kopf.

Der Motor der ›Swallow‹ dröhnte laut. Das Wasser der Bugwelle klatschte gegen die Bordwand, und der Fahrtwind brauste seine auf- und abschwellende Tonfolge. Trotzdem glaubte Gray andere, fremde Geräusche zu hören.

Er stieß Grenko an. »Hörst du, John?«

Bevor Grenko antworten konnte, wischte der weiße Finger eines Scheinwerfers übers Wasser.

»Sie verfolgen uns!«

Das Boot mit dem Scheinwerfer lag in gerader Linie hinter der ›Swallow‹. Der Abstand war noch zu groß, als daß der Scheinwerfer Grays Boot erfaßt hätte.

Die ›Swallow‹ war nicht besonders schnell. Gray wußte, daß die anderen ihn einholen konnten. Er begriff, warum sie nicht auf ihn geschossen hatten, als die ›Swallow‹ noch an der Vorleine hing. Sie wollten die Juwelen. Sie gingen das Risiko nicht ein, daß er, Gray, mit einer Kugel im Kopf über Bord fiel und die Tiffany-Diamanten mitnahm, tausend Fuß abwärts bis auf den Meeresgrund. Wahrscheinlich hatte ihr Boot auf der Backbordseite der ›Gaviota‹ gelegen, bereit zur Verfolgung, falls Gray Verdacht schöpfte oder ihm, wie es geschehen war, die Flucht gelang.

Gray drehte sich um.

Wieder wischte der Leichenfinger des Scheinwerfers übers Wasser.

Gray erkannte, daß sich der Abstand verringert hatte.

Der Pilot unseres Hubschraubers hieß Kidd. Keine Ahnung, ob es sein Familienname oder die Abkürzung seines Vornamens war. Jeder nannte ihn Kidd. Auch die Piloten der beiden Maschinen, die mit uns in der Luft waren, wenn sie ihn über Funk anriefen.

Aus der Höhe betrachtet, war die Lower Bay ein riesiger schwarzer Teich, im Halbkreis umgeben von der Lichtergrenze vieler Küsten.

Die Helikopter der Coast Guard waren nicht mit Bordradar ausgerüstet. Wir waren auf unsere Augen und die

Qualität der Nachtgläser angewiesen. Wann immer wir Licht auf der schwarzen Teichfläche wahrnahmen, drückte Kidd die Maschine nach unten, bis wir erkennen konnten, was unter uns dahinglitt.

Kidd ging mit seinem Hubschrauber wie ein Jongleur mit seinen Bällen um. Nur dürfen Sie nicht vergessen, daß der Hubschrauber gewissermaßen ein Ball war, in dem wir drinsaßen. Das machte die Sache entsprechend aufregend. Kidd hängte die Maschine so dicht über auslaufende Schiffe, daß wir durch den Schornstein bis in die Feuerung sehen konnten. Zeitweise fegte er in so geringem Abstand über die Wasseroberfläche, als glaubte er sich am Steuer eines Motorbootes. Und er hatte eine Art, den Helikopter hochzuziehen, die auch routinierten Mitfliegern die Schuhe ausziehen konnte.

In den meisten Fällen war es nicht schwierig, die Schiffe, die wir anflogen, zu identifizieren. Kidd rief sie über die allgemeine Frequenz an, ließ sich Name, Heimathafen und Bestimmungsland nennen. Wenn irgend etwas an den Auskünften fragwürdig schien, fragte er bei der New York Port Authority zurück. Große Tanker und festlich beleuchtete Passagierdampfer konnten wir ohnedies ignorieren.

Nur dreimal erwischten wir Schiffe, die von der Größe her die ›Gaviota‹ hätten sein können. Sie hatten korrekt Positionslichter gesetzt. Zwei reagierten auf Kidds Anruf und gaben Auskunft. Der dritte Dampfer antwortete nicht. Sofort verwandelte Kidd den Hubschrauber in einen Sturzkampfbomber und schreckte den Kapitän so gründlich auf, daß wir postwendend sein Geschrei in den Kopfhörern vernahmen.

»Sind Sie verrückt geworden? Ich melde Sie der Coast Guard!«

»Wir sind die Coast Guard!« antwortete Kidd ungerührt. »Überwachungsflug XX Zwo. Ihren Namen! Heimathafen und Ziel!«

»Honesty. Heimathafen Norfolk. Und genau dorthin sind wir unterwegs!«

»Gute Reise, Kapitän!«

Ich klopfte Kidd auf die Schulter.

»Ich fürchte, daß die Gaviota nicht in voller Beleuchtung unterwegs ist«, sagte ich. »Kannst du sie bei abgeschalteten Positionslampen finden?«

»Ich kann sie finden, wenn sie mindestens zehn Knoten läuft. Das Kielwasser phosphoresziert. Wenn sie allerdings stilliegt, finde ich sie nur, falls ich über sie stolpere.«

»Links!« sagte Phil. »Seht mal nach links!«

Ein fingerlanger weißer Strich bewegte sich auf dem Wasser im Halbkreis. »Was ist das?«

»Scheinwerfer eines Bootes!« antwortete Kidd und zog seine Maschine in einer weiten Spirale nach links, bis der weiße Strich unter uns lag.

Sie schalteten den Scheinwerfer ab. Trotzdem sahen wir in den Nachtgläsern den hellen Streifen des Kielwassers und die Umrisse des Bootes, eines großen, weißen Kajütkreuzers. Kidd rief das fremde Boot über Funk an, ohne Antwort zu erhalten.

Wenig später wechselte das Boot den Kurs in einer abrupten Wendung.

»Sie versuchen, uns abzuschütteln«, stellte Kidd fest. Er ging vierzig Fuß tiefer, um den Leuten auf dem Kahn klarzumachen, daß sie uns nicht loswerden konnten.

Gelbrote Blitze zuckten auf. Zwei Segmente der Türverglasung wurden von Kugeln durchschlagen. Pfeifend und fauchend drang der Fahrtwind in die Kabine.

Kidd schob den Gashebel blitzschnell in Vollstellung, zog die Maschine herum und trieb sie in enger Spiralkurve hoch.

»Sie schießen auf uns!« schrie er.

Wir sahen das Mündungsfeuer einer Maschinenpistole wie das Flackern von Kaminflammen. Die Serie verfehlte uns.

»Verliert ihn nicht aus den Augen!« verlangte Kidd.

»Okay, wir haben ihn noch!«

Kidd gab eine Alarmmeldung.

»XX Zwo! Wurden bei Verfolgung eines Motorbootes beschossen. Erbitten Unterstützung! Standort Quadrat 24 mit Kurs 16.«

Die Coast-Guard-Zentrale auf der 9. Pier reagierte sofort.

»XY Vier und YZ Drei! Nehmen Sie Kurs Quadrat 16!«

Diese Anweisung galt den beiden Hubschraubern, die westlich und südlich von uns nach der ›Gaviota‹ suchten. Außerdem beorderte die Zentrale die Küstenwachboote Oak und Goose auf Südkurs.

»Wenn die Jungens da unten erst einmal vom Radar erfaßt sind, haben sie keine Chance mehr«, freute sich Kidd.

»Kurswechsel!« rief Phil. »Um ungefähr neunzig Grad!«

Die Besatzung der anderen Hubschrauber meldeten sich.

»He, Kidd, fliegt deine Krähe noch, oder müssen wir dich auffischen?«

»Voll flugtauglich, Leute. Unsere Kunstschützen steuern jetzt Quadrat 23 an.«

Ich schraubte an der Einstellung des Nachtglases. Meine Augen brannten vor Anstrengung.

»Ich fürchte, ich habe ihn verloren.«

»Auch ich seh' ihn nicht mehr!« meldete Phil.

»Dann müssen wir für bessere Beleuchtung sorgen. Der Kasten mit den Magnesiumleuchten steht unter dem rechten Sitz. Reiß den Zündungsring ab und wirf zwei Leuchten aus der Maschine. Alles andere geschieht von selbst. Warte, bis ich die Krähe eine Etage höher aufgehängt habe, damit die Leuchten länger unterwegs sind.«

Er schraubte den Helikopter nach oben und befahl: »Jetzt!« Ich löste die Kiste aus der Halterung, öffnete den Deckel und nahm zwei Leuchten, glatte, fußlange Pappzylinder, während Phil die Seitentür zurückschob. Wie Kidd erklärt hatte, riß ich die Zündungsringe ab und warf die Pappzylinder über Bord.

Fünf Sekunden später gleißte unter uns weißes Licht auf, das aus dem schwarzen Teich in weitem Umkreis eine bleifarbene, deutlich sichtbare Fläche machte, auf der sich jede Einzelheit scharf abzeichnete. Wir sahen den Kajütkreuzer mit bloßem Auge.

Die Magnesiumleuchten schwebten an kleinen Metallfallschirmen abwärts.

Kidd drehte sich zu uns um und hob den Daumen. »Jetzt wissen sie, daß sie uns nicht abschütteln können. Durch die Gläser werdet ihr die verzweifelten Gesichter sehen.«

Nicht die Gesichter, aber die Gestalten der Leute an Bord waren zu erkennen. Ich zählte vier Personen. Vergeblich bemühte ich mich herauszufinden, ob Frauen darunter waren.

Sie unternahmen keinen zweiten Versuch, uns mit MPi-Salven herunterzuholen.

Sobald die Leuchten erloschen waren, warf ich ein neues Magnesiumlicht. Kurz darauf kreisten die beiden anderen Hubschrauber in der Nähe.

Danach dauerte es knappe 20 Minuten, bis die Oak und die Goose heranfegten. Ihre mächtigen Scheinwerfer erfaßten das Kajütboot und hielten es fest.

»Wir gehen längsseits!« wurde über Sprechfunk gemeldet.

Anscheinend leistete niemand Widerstand, denn der Kommandant der Goose informierte uns nach wenigen Minuten:

»Das Boot trägt den Namen Speedstar. Vier Männer an Bord. Wir bringen es im Schlepp zur Pier.«

Ich schaltete mich in die Verbindung ein.

»FBI-Agent Cotton an Bord von Überwachungsflug XX Zwo. Können Sie die Identität der Männer feststellen?«

»Ausweispapiere auf die Namen Carlo Rassoli, Bertie Vanold, Gino . . .«

»Kapitän, ich nehme an, Sie kennen die Fotos der Männer, die als Täter im Tiffany-Raub gesucht werden. Gibt es Ähnlichkeit zwischen der Bootsbesatzung und . . .«

Die Antwort kam prompt. »Nicht die Spur, G-man!«

Phil und ich sahen uns an.

»Hört sich an, als hätten wir das falsche Boot aufgebracht«, sagte ich.

Kidd drehte sich um.

»Glaubst du?«

Ich nickte. »Hör zu, Kidd! Können wir . . .«

Er wies auf die Tankuhr.

»Wenn wir beim Landen trockene Füße behalten wollen, können wir nur noch auf dem kürzesten Weg nach Hause fliegen. Sorry, G-man!«

Gegen einen fast leeren Tank gibt es an Bord eines Flugzeugs kein Argument.

Gray, Grenko und die Mädchen hatten das Rattern der Hubschrauberflügel gehört, das lauter war als das Geräusch des eigenen Bootsmotors. Sie hatten das An- und Abschwellen registriert und instinktiv die Köpfe eingezogen, als sie annehmen mußten, die Maschine würde die ›Swallow‹ im nächsten Augenblick überfliegen.

Zu Grays und Grenkos Überraschung und zur Enttäuschung der Mädchen war der Lärm des Helikopters hinter ihnen zurückgeblieben. Auch die Scheinwerfer des Verfolgerbootes waren erloschen.

Das Aufblitzen der Schüsse sahen sie noch. Aber als die Magnesiumleuchten die Nacht erhellten, befand sich die ›Swallow‹ schon außerhalb des Lichtkreises.

Gray steuerte das Boot nach der Seekarte. Er schickte Grenko nach unten, um den Tank aus den Reservekanistern nachzufüllen. Später, als ihm das Leuchtfeuer von Prince's Bay den richtigen Kurs anzeigte, rief er nach Florine und Mabel.

»Ihr habt gemerkt, daß die Sache nicht wie geplant gelaufen ist. Verdammtes Pech für mich. Aber auf jeden Fall habe ich den Kopf aus der Schlinge gezogen und nicht einen einzigen Diamanten verloren. Noch immer bin ich der Besitzer von fünfzig Millionen Dollar, und ich gebe nicht auf. Entweder finde ich eine neue Möglichkeit, das Land zu verlassen, oder ich verwandele die Juwelen in den Staaten zu Geld.« Er grinste tückisch. »Ihr werdet noch für einige Zeit meine Gäste bleiben müssen.«

»Wir sind nur Ballast für Sie«, sagte Florine. »Warum lassen Sie uns nicht gehen?«

»Ihr seid meine Lebensversicherung. Kein Polizist wagt,

den Finger am Abzug zu krümmen, solange du und deine Freundin links und rechts von mir stehen.«

»Ich glaube nicht, daß Sie eine Chance haben, Mr. Gray«, erklärte Mabel ruhig.

»Dann hast du auch keine!« schrie Gray. »Unter Deck mit euch! Verschwindet!«

Die Mädchen wichen bis zum Kajütenniedergang zurück und kauerten sich auf die Stufen der steilen Treppe.

»Er steuert die Küste an, Mabel«, flüsterte Florine. »Noch eine knappe Stunde, und das Boot wird so nahe an der Küste sein, daß wir hinschwimmen können. Laß uns dann über Bord springen!«

»Er wird auf uns schießen!«

»Irgendwann wird er uns auf jeden Fall erschießen. Vielleicht hätte er uns wirklich freigelassen, wenn ihm die Flucht mit dem Frachter gelungen wäre. Jetzt steckt er in solchen Schwierigkeiten, daß er keine Sekunde zögern wird, uns zu beseitigen, wann immer wir ihm im Wege stehen. In der Dunkelheit haben wir eine gute Chance.«

Sie ballte die Fäuste. »Ich will nicht noch einmal mit den Typen die gleiche Luft in irgendeinem Versteck atmen müssen. Ich will ihnen nicht wehrlos ausgeliefert sein.«

Sie legte der Freundin den Arm um die Schulter. »Wir springen, Mabel! Okay?«

»Okay«, antwortete Mabel und drückte ihr Gesicht an Florines Wange.

Bis drei Uhr morgens überließ Gray das Steuer Grenko. Seit das Leuchtfeuer von Prince's Bay zu sehen war, gab es keine Kursprobleme mehr.

Gray legte sich auf zwei zusammengeschobene Sitzpolster. Bei jeder Bewegung schmerzten seine Gelenke. Er fühlte jeden Wirbel seines Rückgrates, und sein rechter Fuß schwoll von Minute zu Minute stärker an. Trotzdem fiel er erschöpft in einen Dämmerschlaf, aus dem ihn Grenkos Ruf weckte:

»Wir sind jetzt dicht dran, Roger!«

Ungefähr eine Meile trennte die ›Swallow‹ noch von der

Küste. Mühsam richtete Gray sich auf und hinkte zum Steuerstand. Er ließ das Boot parallel zur Küste nach Süden treiben und richtete dann den Bug landwärts.

Nur einige Dutzend Yards vom Ufer verlief eine beleuchtete Straße. Von Zeit zu Zeit rollte darauf ein schwerer Truck. Wenn Gray die Maschine der ›Swallow‹ drosselte, war das wuchtige Brummen der Laster zu hören.

»Wir riskieren es«, entschied Gray. »Hol die Mädchen, John!«

Florine und Mabel hörten den Befehl.

»Jetzt!« sagte Florine.

Zwischen dem Kajütniedergang und der niedrigen Backbordreling lagen nur vier Schritte. Florine rannte und schnellte im Hechtsprung über die Reling. Nur den Bruchteil einer Sekunde später sprang Mabel. Das Wasser schlug über den Mädchen zusammen.

Grenko brüllte: »Die Girls!«

Gray fuhr herum, griff zur Maschinenpistole und machte einen Satz aus dem erhöhten Steuerstand aufs Deck. Sein verletzter Fuß knickte weg. Er stürzte auf die Knie. Der Schmerz schoß so wild in ihm hoch, daß ihm schwarz vor den Augen wurde.

»Soll ich schießen?« schrie Grenko.

Die ›Swallow‹ lief aus dem Ruder und begann, sich zu drehen.

Grenko hielt den schweren Revolver in der Hand. Er glaubte, helles Haar auf der schwarzen Wasserfläche zu sehen und drückte auf den Abzug.

Gray stemmte sich hoch. »Nicht schießen, du Idiot!« Er drückte Grenkos Arm nach unten. »Willst du, daß irgendwer an Land die Schüsse hört und die Polizei alarmiert? Hol 'ne Lampe! Schnell!«

Wertvolle Sekunden vergingen, bis Grenko eine kräftige Stablampe gefunden hatte. Gray schleppte sich zum Steuer zurück und brachte den Motor auf Touren.

Grenko suchte mit dem Lichtstrahl der Stablampe die Wasserfläche ab, während Gray das Boot mit hoher

Geschwindigkeit im Zick-Zack-Kurs durch die schwachen Wellen schießen ließ.

»Da treibt was, Roger!«

Gray erkannte den dunklen, körperhaften Gegenstand und jagte die ›Swallow‹ darauf zu. Er spürte, daß das Boot irgend etwas erfaßte und unter den Kiel drückte. Er wendete. Der Zick-Zack-Kurs hatte die ›Swallow‹ näher an die Küste herangebracht. Gray sah, daß ein Truck auf der nahen Straße gestoppt hatte. Die Scheinwerfer brannten. Der Fahrer mußte seinen Laster abrupt angehalten haben.

»Licht aus!« befahl er Grenko. »Wir müssen verschwinden. Ich hoffe, die Girls saufen ab.«

Mit hoher Geschwindigkeit ließ er das Boot nach Süden laufen. Er fürchtete, daß der Truckfahrer die Polizei alarmieren würde. Am liebsten hätte er seinen Plan geändert und wäre nicht auf Staten Island, sondern in Brooklyn an Land gegangen. Aber er besaß nicht genug Benzin, die Bucht noch einmal zu überqueren. Zwanzig Minuten nach dem Sprung der Mädchen über Bord setzte er die ›Swallow‹ in der Nähe von Tottenville auf den Strand.

Nicht der Fahrer, der den Schuß gehört und seinen Truck gestoppt hatte, erlebte an diesem Morgen eine Fata Morgana besonderer Art.

Er war, als das Licht auf See erlosch und das Motorengeräusch verebbte, ins Fahrerhaus zurückgeklettert, hatte den Laster wieder in Gang gebracht und das Erlebnis mit einem Achselzucken vergessen.

Die wirkliche Überraschung traf eine gute halbe Stunde später den Fahrer eines Tankwagens, als seine Scheinwerfer zwei nasse, winkende Mädchen erfaßten, von denen die eine in einem triefenden Overall steckte und die andere nichts anhatte außer einem Slip und viel Gänsehaut.

Für den Hubschrauber war es nur ein kurzer Flug von der Lower Bay zur 9. Pier. Die Küstenwachboote mit dem aufgebrachten Kajütkreuzer im Schlepp brauchten länger. Als sie einliefen, war die Nacht dem grauen Licht des neuen Tages gewichen.

Die ›Speedstar‹ war ein luxuriöses Boot, einige zigtausend Dollar teuer, ein Prestigekahn für Millionäre. Die vier Männer, die unter der aufmerksamen Bewachung einiger Coast-Guard-Polizisten mürrisch von Bord trotteten, paßten zu dem kostbaren Schiff wie der verknautschte Hut eines Bowery-Tramps zum Frack. Sie waren bullige Typen, gekleidet in großkarierte oder kräftig gestreifte Anzüge, mit grellen Krawatten und gesteppten Schuhen. Der Mann, der sie anführte, war ein Sechs-Fuß-Hüne, dem dichtes, krauses Haar tief in die Stirn wucherte. Sein Führerschein lautete auf den Namen Barro Bariani.

»Ich will telefonieren«, erklärte er.

»Mit wem?«

»Ich habe Anspruch auf einen Rechtsanwalt.«

Bariani und seine Leute wurden in das Gebäude der Coast Guard gebracht. Wie das Gesetz vorschrieb, erhielt Bariani die Gelegenheit, sich telefonisch um einen Anwalt zu bemühen.

Unterdessen rief ich über einen anderen Apparat das Hauptquartier an.

»Wissen wir irgend etwas über Barro Bariani?«

Die Antwort kam prompt. »Ein wichtiger Untercapo der Fiorello-Familie.«

»Al Fiorello war Gast bei der Tiffany Show«, sagte Phil. »Ich erinnere mich genau, seinen Namen auf der Gästeliste gefunden zu haben.«

Wir gingen in den Vernehmungsraum. Bariani und die anderen Männer der ›Speedstar‹ lümmelten sich auf den Stühlen.

»Bis zur Ankunft des Rechtsanwalts verweigern sie jede Auskunft«, sagte der Chef der Coast Guard.

Ich zog mir einen Stuhl heran und nahm Bariani aufs Korn. »Mein Name ist Cotton. Ich bin Beamter des FBI!«

»Daß du ein Greifer bist, sieht man deiner Visage an«, antwortete er.

»Ich war an Bord des Hubschraubers, den ihr beschossen habt.«

Er verdrehte die Augen. »Wir sollen einen Hubschrauber beschossen haben?« Heuchlerisch wandte er sich an seine Kumpane. »Habt ihr gehört, Jungens? Der G-man behauptet, wir hätten auf seinen Hubschrauber geschossen wie auf 'ne Ente. Was sagt ihr dazu?«

»Womit sollen wir geschossen haben?« schrie der einzige, der nicht schwarzhaarig, sondern weitgehend kahlköpfig war. »Keiner von uns hatte auch nur 'ne Gummischleuder bei sich.«

»Das ist richtig«, bestätigte der Kommandant der Goose. »Waffen wurden weder bei den Leuten noch auf dem Schiff gefunden.«

»Sie hatten Zeit genug, alles über Bord zu werfen.«

»Eine Behauptung, die ihr beweisen müßt, G-man!« Bariani verlor weder die Ruhe noch das überlegene Grinsen.

»Mein Hubschrauber hat zwei Löcher, und ich kann beschwören, daß er sie beim Überfliegen eures Bootes erhielt«, sagte Kidd wütend.

»Wodurch? Denkst du, ich könnte Löcher in deine Maschine spucken? Schußwaffen hatten wir nicht an Bord. Dafür heben wir alle drei Finger.«

»Warum habt ihr auf Anruf nicht geantwortet? Euer Boot verfügt über eine erstklassige Funkanlage. Woher kamt ihr? Wonach habt ihr mit eurem Scheinwerfer gesucht?«

Bariani lehnte sich zurück. »Alles Fragen, die euch vielleicht der Anwalt beantworten wird.«

»Was weißt du über die Gaviota?«

Die Frage wischte ihm das Grinsen aus dem Gesicht. Eine Antwort gab er nicht.

Phil nahm mich beiseite.

»Wir können ihm dem Mädchen aus Pepper Nr. eins gegenüberstellen. Vielleicht kann sie ihn als einen der Männer identifizieren, die den Kapitän der Gaviota abfingen.«

»Er ist ein Fiorello-Gangster, Phil. Das Mädchen würde sofort in Lebensgefahr schweben.«

Über die Sprechanlage meldete sich ein Beamter der Telefonzentrale.

»Anruf des FBI-Hauptquartiers für die G-men!«

»Legen Sie das Gespräch auf meinen Apparat!« befahl der Chef der Coast Guard und hielt mir den Hörer hin.

Ich meldete mich und hörte die Stimme von Steve Dillaggio, der in dieser Nacht Bereitschaftsdienst hatte.

»Hallo, Jerry, wir bekamen eine interessante Meldung des 59. Polizeireviers auf Staten Island. Ein Truck-Fahrer las auf dem Hylan Boulevard zwei nasse Mädchen auf und lieferte sie bei den Cops ab. Die Mädchen behaupteten, sie hießen Florine Armor und Mabel Holyhan. Die Cops zeigten sich skeptisch. Sie halten die beiden für Partygirls, die an einer Bootsorgie teilnahmen.«

»Wir fliegen sofort hin. Gib mir die Nummer des 59. Reviers!«

Er nannte die Nummer des Telefonanschlusses. Ich wählte. Während ich die Scheibe drehte, bat ich Kidd: »Bitte, tank deine Maschine auf! Wir brauchen dringend einen Lift nach Staten Island.«

Im Hörer meldete sich eine Männerstimme. »59. Revier!«

»FBI-Agent Jerry Cotton. Auf Ihrem Revier befinden sich zwei Mädchen, die . . .«

»G-man, ich verbinde Sie mit Sergeant Macy!«

Sekunden später meldete sich der Revierchef.

»Wir machen uns eine Menge Gedanken über die Story der Mädchen, G-man«, sagte er. »Sie sind total erschöpft und kaum zu einer klaren Aussage fähig. Angeblich haben sie sich mit den Räubern der Tiffany-Diamanten auf einem Boot befunden. Die Gangster sollen auf Staten Island an Land gegangen sein. Ich habe zwei Streifenwagen zur Küste geschickt. Aber ich weiß nicht, ob die windigen Aussagen der Mädchen einen Großalarm rechtfertigen.«

»Zum Teufel, Sergeant, alle Zeitungen haben Fotos der Mannequins gebracht, die von den Gangstern entführt wurden. Sehen die Mädchen aus wie die Girls auf den Fotos oder nicht?«

»Eine ist blond und die andere schwarzhaarig. So weit stimmt's. Im übrigen sehen sie aus wie nasse Katzen. Die Bilder zeigen Supergirls in großer Kriegsbemalung.«

»Wo wurden sie gefunden?«

»Südlich von Prince's Bay!«

»Okay, Sergeant. Wo sind die Mädchen jetzt?«

»Noch bei uns! Der Arzt ist bei ihnen! Ich nehme an, daß er die Überführung in ein Hospital anordnen wird.«

»In zehn Minuten sind wir bei Ihnen. Sagen Sie dem Arzt, daß wir mit den Girls sprechen müssen, falls es ohne Gefahr für ihre Gesundheit möglich ist.«

Ich drückte die Gabel nieder, ließ sie hochschnellen und rief das Hauptquartier an.

»Steve, wir müssen eine Großaktion auf Staten Island starten«, erklärte ich Dillaggio. »Laß die Brücken sperren und die Anlegekais der Fähren überwachen! Sobald wir mit den Mädchen im 59. Revier gesprochen haben, rufen wir an. Bereite die Cops und unsere Leute auf eine Riesenfahndung vor!«

Die Rotoren von Kidds Maschinen drehten sich bereits.

Wir stiegen ein und schoben die Türen zu. Er gab Gas und zog die Maschine hoch. »Wohin?«

»So nahe wie möglich ans 59. Revier. Das Haus steht an der Kreuzung Amboy und Bedell Street.«

»Ich lande auf einer Wiese im Outerbridge Park. Sie sollen einen Wagen hinschicken.«

Wir flitzten über die Wolkenkratzer von Downtown Manhattan, Ellis Island und die Freiheitsstatue hinweg. Die haushohen Fährschiffe krochen in dichter Folge auf ihren Routen zwischen der Südspitze Manhattans und Staten Island. Dickbauchige Müllkähne wurden von Schleppern seewärts gezogen, um New Yorks täglichen Abfall ins Meer zu versenken.

Wenige Minuten später überflogen wir den Norden von Staten Island, New Yorks grüner Insel voller Golfplätze, Parks und Millionärsbungalows.

Kidd setzte den Hubschrauber im Outerbridge Park ab.

Der Streifenwagen wartete in hundert Yards Entfernung. Im 59. Revier fing uns der Arzt ab.

»Ich habe eine Ambulanz bestellt«, sagte er. »Die Mädchen haben eine Unterkühlung erlitten, und ich fürchte, daß ihre Nerven auf die schwere Belastung noch reagieren werden. Sprechen Sie nicht länger als drei Minuten mit ihnen!«

Florine und Mabel lagen auf Pritschen in einer Zelle, die den Cops vermutlich zur Unterbringung angetrunkener Randalierer diente. Man hatte sie bis zum Hals in Decken gepackt und ihre Köpfe mit Handtüchern abgedeckt. Nur die Gesichter lagen frei. Sie trugen deutlich die Spuren erlittener Strapazen. Mabels linke Gesichtshälfte war geschwollen. Florine hatte eine Schramme an der Stirn.

»Ihr habt es geschafft«, sagte ich leise. »Wir wollen den Kerl fassen, der euch geschunden hat. Könnt ihr sprechen?«

Mabel reagierte nicht. Sie starrte gegen die Decke. Dabei murmelte sie kaum verständlich immer wieder dieselben Worte: »Das Boot . . . so dicht . . .«

»Er hat versucht, uns mit dem Boot umzubringen«, flüsterte Florine. »Er jagte uns wie Tiere. Mabels Overall wurde erfaßt. Sie hatte ihn ausgezogen, weil es schwierig war, in dem schweren vollgesogenen Stoff zu schwimmen. Sie war ganz dicht in der Nähe. Ich hörte sie schreien.«

»Wer war der Mann? Roger Gray?«

Sie nickte, und ihre Lippen zitterten.

»Wer war noch an Bord? Howard Quam? Less Rafford?«

»Zum Schluß nicht mehr, Jerry. Sie wurden auf dem Frachtschiff erschossen.«

Ihre Stimme wurde immer leiser. Ihre Augen schlossen sich. Die Wirkung der Spritze setzte ein, die der Arzt ihr gegeben hatte.

»Sprich nicht, Florine! Kopfnicken genügt. Gray, Quam und Rafford wollten an Bord eines Frachters gehen. Dabei wurden Quam und Rafford erschossen. Gray gelang die Flucht in dem Boot, mit dem ihr rausgefahren wart. Hat es sich so abgespielt?«

Sie nickte, und ich fuhr fort: »Gray kehrte nach Staten

Island zurück. Kurz vor der Küste sprangt ihr über Bord. Besitzt Gray noch die Diamanten?«

Florine antwortete mit einem hauchleisen Ja.

Der Arzt kam zurück.

»Die Ambulanz!«

Ich beugte mich über Florine.

»Zwischen uns steht noch eine Dinnereinladung offen«, sagte ich. »Vergiß es nicht!«

Wir gingen ins Büro des Revierchefs. Ich rief Steve an.

»Start frei für die Großfahndung, Steve!«

In den ersten Stunden schien ein Erfolg der Fahndung in der Luft zu liegen. Schon um sieben Uhr entdeckte eine Hubschrauberbesatzung ein treibendes Boot vor der Küste des kleinen Orts Tottenville im Süden von Staten Island.

Das Boot wurde an Land geholt. Es trug den Namen ›Swallow‹. An Deck fanden sich mehrere Kisten, die eine Sammlung unterschiedlicher Waffen enthielten.

Vom Hauptquartier wurden Spezialisten für Fingerabdrücke eingeflogen. Sie fanden viele Prints, die bewiesen, daß sich Gray, Quam, Rafford und ein vierter Mann, der zunächst nicht identifiziert werden konnte, auf der ›Swallow‹ aufgehalten hatten.

Verstärkungen wurden aus Brooklyn und Manhattan nach Staten Island entsandt. Die New Jersey Police wurde alarmiert, denn nur der schmale Staten Island Fjord trennt die Insel von New Jersey. Fähren und die Outerbridge stellen die Verbindung her.

Vierzig Minuten nach der Entdeckung des Bootes fanden zwei Straßenarbeiter einen bewußtlosen Mann nicht weit von der Auffahrt zur Outerbridge. Der Mann hatte eine schwere Kopfverletzung. Er trug eine Versicherungskarte auf den Namen Edgar Conolly bei sich, wohnhaft in Tottenville. Die Polizei fand heraus, daß er am Steuer seines Ford Pinto auf dem Wege zur Arbeit gewesen war. Sein Pinto blieb verschwunden, bis er kurz vor Mittag verlassen in

Newark einer Polizeistreife auffiel. Eine Überprüfung der Fingerabdrücke ergab, daß Roger Gray den Wagen gefahren hatte.

Die Fahndung verlagerte sich nach Newark, East Orange und New Jersey.

Gegen drei Uhr meldete sich ein Taxifahrer bei der Polizei von New Jersey. Er berichtete, daß zwei Männer sein Taxi angehalten hätten. Er beschrieb einen der beiden Männer als ungewöhnlich groß und plump. Als ihm Fotos vorgelegt wurden, erkannte er den zweiten Mann als Roger Gray, obwohl das Haar blond gewesen war. Im letzten Augenblick hatte der Taxifahrer gesehen, daß die Männer bewaffnet waren. Instinktiv hatte er Gas gegeben.

Sofort wurde das Zentrum von New Jersey von zahlreichen Polizeibeamten durchkämmt. Es kam zu einem Verkehrschaos, das sich bis auf die andere Seite des Hudson, bis nach Manhattan auswirkte.

Längst hatten die Reporter gemerkt, was los war. Überall tauchten Kamerateams der TV-Stationen und die Fotojäger der großen Zeitungen auf. Die Flamme des öffentlichen Interesses am großen Diamantenraub, die schon nahe am Erlöschen gewesen war, wurde noch einmal kräftig geschürt.

Phil und ich beteiligten uns an der Razzia in New Jersey. Wie hundert andere Detectives und G-men kämmten wir drittklassige Hotels, Hafenkneipen und Billardsalons durch. Wir hielten den Besitzern der Absteigen und den Keepern hinter den Theken Fotos unter die Nase. Wir ernteten Kopfschütteln und gleichgültiges Achselzucken.

Im Schatten der Verladeanlagen von Hoboken Terminal gerieten wir in einem Stundenhotel an einen feisten, glatzköpfigen Mann, der hinter der Theke hockte und auf ein Transistor-TV-Gerät starrte, über dessen Schirm ein Bericht flimmerte, der sich mit der Jagd nach Gray und den Tiffany-Diamanten befaßte.

Ich hielt den FBI-Ausweis zwischen Bildschirm und die Nase des Glatzkopfs.

»Falls der Mann bei dir auftauchte, würdest du ihm ein Zimmer vermieten?«

Der Hotelbesitzer grinste.

»Ungern. Aber was könnte ich tun, wenn er mir 'ne Kanone vor den Bauch hielte?« Er klopfte sanft gegen die wuchtige Wölbung. »Mein Fett taugt nicht als kugelsichere Weste.«

»Warum springt keiner von euch auf unsere Fragen an?« wollte ich wissen. »Der Mann, den wir suchen, trägt wahrscheinlich für fünfzig Millionen Dollar Juwelen bei sich. Die Versicherungen haben eine glatte Million als Belohnung für die Wiederbeschaffung ausgesetzt. Jeder Tip, der uns hilft, Roger Gray zu fassen, kann für den Tipgeber das große Los bedeuten. Will niemand eine Million Dollar verdienen?«

Er schüttelte seinen Glatzkopf.

»Für mich und jeden anderen hängen die Millionen der Versicherung zu hoch. Nimm an, ich könnte einen Fingerzeig geben, der euch zu eurem Mann brächte! Nimm weiter an, die Versicherung würde nicht versuchen, sich um die Auszahlung der Belohnung zu drücken, sondern käme mit einem Panzerauto vorgefahren und blätterte mir die Scheine auf die Theke. Glaubst du, mir bliebe die Zeit, auch nur einen Dollar für ein bißchen Spaß auszugeben?« Er kniff ein Auge zu. »Peng! Peng! Peng!« sagte er und stieß bei jedem nachgeahmten Knall den linken Zeigefinger in das weiche Fett seines Bauches.

»Lauter Löcher! Was machst du mit einer Million Dollar, wenn die Jungens dich umlegen?«

»Unsinn! Belohnungen können geheimgehalten und auf irgendwelche Konten überwiesen werden.«

»Nicht in diesem Fall, G-man!« Er beugte sich vor und flüsterte: »Habt ihr noch nicht gemerkt, daß ein großer Boß sein Interesse an den Tiffany-Juwelen angemeldet hat? Wer 'nem Boß dieses Kalibers das Geschäft verdirbt, weil er einen Tip an die Polizei gibt, der sollte sich umgehend nach den Kosten für 'ne würdevolle Beerdigung erkundigen.«

»Meinst du Al Fiorello?«

»Ein Name, den ich noch nie gehört habe«, antwortete er, sank auf seinen Stuhl zurück und konzentrierte sich auf das TV-Gerät.

Wir verließen die Absteige. Es war sieben Uhr abends. Auf der anderen Seite des Hudson glühten in New Yorks Wolkenkratzern die geometrischen Muster der erleuchteten Fenster auf.

»Wir fassen ihn nicht«, sagte Phil. »Heute nicht! Die Razzia kann abgeblasen werden.«

»Glaubst du, daß Fiorello schneller als wir war?«

»Ich würde es fürchten, wenn Gray nicht so schwer bewaffnet wäre. Falls Fiorellos Leute an ihn herangekommen wären, hätte es eine Schießerei gegeben, und davon hätten wir erfahren müssen. Nein, Jerry, noch habe ich die Hoffnung, daß Gray nicht in die Hände der Fiorello-Gang gefallen ist, daß er einen Unterschlupf gefunden hat und sich totstellt.«

Wir besorgten uns ein Taxi und ließen uns durch den Holland Tunnel und quer durch Manhattan zur 9. Pier zurückfahren. Wir kamen gerade rechtzeitig, um zu sehen, wie Barro Bariani und die Mannschaft der ›Speedstar‹ von zwei schwarzen Limousinen abgeholt wurden.

»Nichts zu machen«, erklärte der Chef der Coast Guard. »Der Haftrichter hat die Freilassung gegen Kaution verfügt. Ihm genügten die vorgelegten Beweise nicht zur Verlängerung der Untersuchungshaft. Die Speedstar dürfen wir für eine Untersuchung noch behalten.«

Wir stiegen in den Jaguar, der seit der vergangenen Nacht zwischen den Fahrzeugen der Coast Guard stand. Klar, daß wir uns nach einer Dusche und ein paar Stunden Schlaf sehnten. Trotzdem fuhr ich die Fifth Avenue hinauf.

In Tiffanys Schaufenstern funkelte wieder ausgestellter Schmuck. Aber der Eingang war für das kauflustige oder nur neugierige Publikum gesperrt und wurde von bewaffneten Angestellten bewacht, die unsere FBI-Ausweise mißtrauisch prüften.

In den Verkaufsräumen arbeiteten Handwerker und

Dekorateure. Die Zerstörungen der Explosion waren beseitigt. Der alte Glanz war so weit wiederhergestellt, daß die Eröffnung des berühmtesten Juwelengeschäfts der Fifth Avenue in zwei Tagen stattfinden sollte. Wie bei unserem ersten Besuch führte uns ein Sicherheitsangestellter in das Büro des Präsidenten.

Lewis P. Jackson saß hinter seinem Schreibtisch, eine dunkelblaue Orchidee im Knopfloch. Neben ihm stand Vanessa Carty, wie immer mit zurückhaltender Eleganz gekleidet und der schmalen Perlenkette als einzigem Schmuck.

Jackson legte bei unserem Anblick die Stirn in Falten.

»Mir wäre es lieb, wenn Sie Ihre Besuche anmelden würden«, sagte er kühl. »Ich könnte Ihnen dann mehr Zeit widmen.«

»Nur eine Frage möchten wir beantwortet haben, Mr. Jackson. Wer kauft bei Tiffany die Diamanten ein?«

»Wenn es sich um große, teure Steine handelt, etwa von hunderttausend Dollar an aufwärts, behalte ich selber mir die Entscheidung vor. Um die Beschaffung von Besatzsteinen kümmert sich Vanessa.«

Vanessa Carty legte die Hände gegeneinander und verschränkte die Finger.

»Bestellten Sie die Diamanten bei Joop Seldebrock?« fragte ich.

»Ja«, antwortete sie. »Schriftlich.«

»Das ist alles. Danke, Miss Carty!« Ich wandte mich zum Gehen. Jackson verlor seine vornehme Zurückhaltung.

»G-man, ich erwarte von Ihnen Informationen über den Stand der Nachforschungen. Seit Stunden bringen TV und Radio Berichte über großangelegte Razzien. Ich würde verdammt gerne wissen, ob Ihr Verein den Kerl gefaßt hat und wo unsere Juwelen sind!«

»Der Mann ist noch auf freiem Fuß«, antwortete ich trocken, »und vermutlich sind auch die Tiffany-Juwelen noch in seinem Besitz.«

Jacksons Gesicht lief rot an.

»Halten Sie diese Mitteilung für eine gute Nachricht?«

134

»Durchaus nicht, aber es hätte schlechtere geben können.«

»Für mich kaum vorstellbar.«

»Nun, zum Beispiel die Nachricht, daß die Juwelen inzwischen den Besitzer gewechselt hätten und sich in den Händen einer Ihrer Kunden befänden, Mr. Jackson, der allerdings nicht im Traum daran dächte, Ihnen einen Scheck zu schicken.«

Als wir den Raum verließen, hatte Lewis P. Jackson das Gesicht eines Mannes, dem beim Kreuzworträtsel das richtige Wort nicht einfallen will.

Wenn Fiorello wütend war, pflegte er italienische Brocken in seine englischen Sätze zu mischen.

»Nome della madre, du bist der größte Idiot unter dem Himmel«, brüllte er Bariani an.

Der Untercapo krümmte sich unter dem Gebrüll vor Furcht.

»Alles wäre glattgelaufen, wenn die Schnüffler nicht gekommen wären. Gegen die Hubschrauber waren wir machtlos.«

›Doc‹ Danny Tisbrow wagte, sich einzumischen.

»Irgendwer muß uns verpfiffen haben. Ich finde heraus, wer es war und ...«

Fiorello fuhr zu ihm herum.

»Niente! Du wirst keine Zeit versäumen mit der Suche nach einem Verräter! Den Mann mit den Juwelen sollt ihr finden, maledetti scemi! Und verdammt schnell! Prestissimo! Bevor die Greifer ihn aufstöbern.«

Er stieß die Zigarre in den Aschenbecher, daß die Funken stoben.

»Erklärt den Jungens, daß Al Fiorello hunderttausend Dollar Belohnung zahlt! Capito? Worauf wartet ihr noch? Raus, cretini! Fuori!«

Weder Bariani noch Tisbrow wagten den leisesten Widerspruch. Sie hasteten aus dem Raum.

Fiorello füllte ein Glas mit mehr Whisky, als sein Arzt ihm

erlaubt hatte. Er ließ sich in den Sessel vor dem Fernsehapparat fallen. Wütend starrte er auf die Mattscheibe, über die immer neue Berichte von den Razzien, Straßensperren und Personenkontrollen flimmerten.

Ethel, seine augenblickliche Favoritin, mit der er die Tiffany Show besucht hatte, kam herein, mit Schmuck behängt und in großer Bemalung. Als sie Fiorello hemdsärmlig vor dem Fernsehgerät sah, erstarb ihr Geträller auf den Lippen.

»Darling, wir sind zum Dinner mit Harvest Loon verabredet.«

»Wer ist Harvest Loon?« knurrte Fiorello, ohne den Blick von der Mattscheibe zu lösen.

»Der Broadway-Regisseur, der mir eine Hauptrolle im nächsten Musical versprochen hat, wenn du ein paar Dollar in die Produktion steckst.«

»Geh allein!«

»Darling, ohne dich ...!«

»Basta! Verschwinde!«

Die TV-Berichte vermittelten den Eindruck, als gäbe es zwischen Staten Island, New Jersey und dem East River keine Straßenkreuzung, an der nicht Polizisten stünden, als bliebe kein Hinterhof undurchsucht, kein Kellerloch unausgeleuchtet.

Fiorello wußte es besser. Nichts bietet einem Mann mehr Möglichkeiten zum Verschwinden als der Betondschungel einer Riesenstadt.

Er griff zum Telefon, wählte Anschlüsse, deren Nummern in keinem Telefonbuch standen, und sprach in einer merkwürdig zermoniellen Form mit den Chefs anderer Familien. Er bot Unterstützung und Hilfe in bestimmten, schwierigen Geschäften an, falls ihm jetzt Hilfe geleistet würde. Er bedankte sich bei Zusagen. Er drohte bei Weigerung.

Er telefonierte. Seine Gespräche waren die Fäden der großen Spinne, die an ihrem Netz baut.

Wenn Gray durch eine ausgebrochene Öffnung in der Mauer blickte, konnte er die lichtgesprenkelten Fassaden der Wolkenkratzer von Midtown Manhattan auf der anderen Seite des Hudsons sehen. Kaum zwei Meilen Luftlinie lagen zwischen dem Schauplatz des Juwelenraubs in der Fifth Avenue und Grays schäbigem Versteck, einem halb verfallenen Bootshaus, eingekeilt zwischen aufgegebenen Docks und längst festgerosteten Verladeanlagen.

Der Boden war schlüpfrig. Faulendes Holz verbreitete dumpfen Modergeruch. Es gab weder Licht noch Wasser.

John Grenko hockte in einem Mauerwinkel, die Knie angezogen, den Kopf in die Hände gestützt. Gleichmäßig hoben und senkten sich seine Schultern. Er schlief. Auch wenn Gray ihn mit der Stablampe anleuchtete, erwachte er nicht.

In Gray brodelte die Erregung der verzweifelten Flucht nach, so daß er nicht einschlafen konnte.

Sie hatten Outerbridge noch vor der Sperrung passiert. Danach waren sie zweimal vor Polizeikontrollen in Seitenstraßen ausgewichen. In Newark hatten sie sich in vorläufiger Sicherheit geglaubt, als sie zwei Zimmer in einem Motel mieten konnten.

Ihre Erleichterung war nur von kurzer Dauer gewesen.

Als sie die Meldung gehört hatten, daß die Razzia auf Newark ausgedehnt worden war, brach Grenko einen Wagen auf, und damit gelangten sie bis New Jersey. Sie hatten nicht gewagt, den Tank auffüllen zu lassen. Der Versuch, ein Taxi zu kapern, war fehlgeschlagen. Zu Fuß hatten sie sich ins Gebiet der Hudsons Kais geschlichen. Das verlassene Bootshaus schien bis zum Einbruch der Dunkelheit Sicherheit zu bieten. Inzwischen war es längst dunkel geworden. Trotzdem konnte sich Gray nicht entschließen, die Ruine zu verlassen. Wohin hätte er gehen können?

Kein Hotel, keinen Coffeeshop konnten sie betreten, ohne Gefahr zu laufen, sofort erkannt zu werden. Schlimmer noch – sie besaßen kaum Geld. Quam hatte fünftausend Dollar zur Bezahlung des Kapitäns an Bord der ›Gaviota‹ genommen, und dort waren sie geblieben. In Grays Taschen steckten knapp vierhundert Dollar, zu wenig, um auch nur dem Besitzer einer Absteige die Augen zuzupflastern.

Vierhundert Dollar in bar, fünfzig Millionen in Juwelen. Eine Maschinenpistole mit zwei Reservemagazinen, je einen Revolver für sich und Grenko. Das war ihr Besitz.

Gray wurde von einem Gefühl der Verzweiflung befallen.

Zu wenig Bargeld und massenweise Juwelen, mit denen sich nichts anfangen ließ. Eine Menge Schießwerkzeug, aber keinen Rasierapparat. Genug Munition, aber nichts zu essen. Würde es so weit kommen, daß sie einen Lebensmittelladen überfallen mußten?

Geräusche ließen ihn auffahren und nach der Maschinenpistole greifen.

Er hörte Stimmengewirr und mißtönendes, heiseres Gelächter, unterbrochen von grölendem Gelächter.

Gary stieß Grenko an.

»Irgendwer kommt!«

Das Tor, das als Ausgang zum Ufer diente, kreischte in den Angeln. Gegen den Nachthimmel sah Gray fünf Gestalten, unförmig und zerfließend in den Umrissen. Füße schlurften über den Betonboden.

Der Sänger röhrte: »... und leb' ich auch im Rattenloch, ein freier Texaner bleib ich doch!«

Dann rülpste er und sagte: »Macht Licht, Jungens!«

Ein Streichholz flammte auf und entzündete den Docht einer Kerze.

Gray legte den Finger an den Abzug.

»Wollen wir ein Feuer machen, Leute?« fragte der Sänger. »Holz liegt genug herum.«

»Gib mir lieber einen Schluck von deinem Schnaps ab!« schrie ein Mann, dessen Stimme klang wie das Gebell eines kleinen, wütenden Hundes.

Gray erkannte, daß die Eindringlinge Tramps waren, gehüllt in weite, schmutzstarrende Mäntel, bepackt mit Plastiktüten, zerschlissenen Taschen und verbeulten Kartons. Drei, vier Kerzen wurden an der ersten entzündet und verteilt. Ein kleiner, schwarzbärtiger Mann, der auf der Suche nach Holz tiefer in den Raum vordrang, entdeckte Gray und Grenko. Er hielt die Kerze hoch.

»He, Jungens, hier sitzen feine Leute!«

Alle kamen näher. Gray sah sich von fünf Augenpaare angestarrt.

»Hallo!« sagte der Mann, der gesungen hatte. Er war größer als die anderen. An den abgelatschten, schiefgelaufenen Schuhen trug er riesige Radsporen und auf dem Kopf einen breitkrempigen, unsagbar schmutzigen Cowboy-Hut.

»Ich bin Dallas-Joe! Dallas in Texas, klar?«

Sein Blick glitt über die Maschinenpistole, tastete über den Koffer und streifte Grenko. Dann teilte sich sein Mund zu einem breiten Grinsen.

»Hast du 'n Ding gedreht, Mann? 'ne Bank ausgeraubt? Kräftig abgesahnt? Gratuliere, Mann! In Texas habe ich selbst viermal hingelangt und über hunderttausend Dollar kassiert.«

Er kam einen Schritt näher.

»Warum nimmst du nicht die Hand von der Kugelspritze? Bei uns bist du unter Freunden. Wir verpfeifen keinen, den die Cops suchen. Sollen wir den Plattfüßen helfen, die unsereinen mit Stiefeltritten durch die Stadt jagen? Außerdem geben sie einem Tramp nie die Belohnung, auch wenn sie es vorher hoch und heilig versprochen haben!«

Er ließ sich auf die Knie nieder.

»Welche Bank hast du geknackt, Freund? Oder war's ein Geldtransport? Egal, was du erwischt hast, ich weiß, du schwimmst in Geld. Hör zu, Mann! Die Jungens und ich wir haben Durst und auch Hunger: Spendier uns ein paar Scheine, damit wir deinen Erfolg feiern können!«

Gray begann, sich sicherer zu fühlen. Tramps hören kein Radio und sehen nicht fern. Sie interessieren sich für nichts, was außerhalb ihres engsten Lebenskreises geschieht. Eine gefundene Zigarettenkippe ist für sie wichtiger als das sensationellste Ereignis. Dieser halbverrückte Texaner, der dickliche Schwarzbart neben ihm und die anderen wußten wahrscheinlich nicht mal, daß vor drei Tagen die größte Juwelenshow der Welt beraubt worden war. Sie hatten nie Grays Gesicht auf dem Bildschirm gesehen, nie in einer Radiomeldung gehört, wem die Razzien galten.

Er zog eine Fünfzig-Dollar-Note aus der Tasche und reichte sie Dallas-Joe.

»Für den Anfang! Es gibt mehr, wenn ich sehe, daß ihr echte Freunde seid. Im anderen Fall . . .« Er hob die Maschinenpistole.

»Fünfzig Dollar!« Der Texaner hielt den Schein hoch. »Seht, Leute!«

Die anderen umringten ihn und grapschten nach dem Geldschein. Er barg ihn unter dem Mantel und stand auf.

»Ich geh' einkaufen. Paddy und Hank kommen mit und helfen mir beim Tragen.«

Er nahm den Hut vom Kopf und verbeugte sich tief.

»Hast du Wünsche? Welche Whisky-Marke?«

»Egal! Bring irgend etwas zu essen mit!«

»Auf die Pferde, Jungens!« röhrte Dallas. »Macht unterdessen Feuer!«

»Kein Feuer!« befahl Gray.

Dallas-Joe stülpte den Hut auf das Filzhaar.

»Angst vor den Cops? Sei unbesorgt! Sie kommen nie her!«

Gray zuckte mit den Schultern. Die Erschöpfung lähmte ihn.

Er duldete, daß die Tramps ein Feuer entfachten. Von der Müdigkeit ausgehöhlt, starrte er in die Flammen.

Als Dallas-Joe zurückkam, sang er. Seine Begleiter trugen Flaschen und Konservenbüchsen.

»Der beste Stoff für dich!«

Gray nahm die Flasche Bourbon, entkorkte sie und trank.

Er verlangte eine Büchse Beef, aß das kalte Fleisch und trank zwischen den einzelnen Bissen Bourbon Whiskey.

Die Tramps scharten sich um das Feuer, ließen die Flaschen kreisen, rauchten und stopften sich gegenseitig Fleischhappen in die aufgerissenen Münder. Dallas-Joe sang,

140

und Paddy stand auf und wackelte seinen Freunden einen grotesken Tanz vor.

Roger Gray, dem der größte Juwelenraub des Jahrhunderts gelungen war, betrank sich und klatschte den Takt zum Tanz eines kleinen, schwarzbärtigen Tramps.

Am Morgen des vierten Tages nach dem Tiffany-Raub wurde die Großfahndung in New Jersey ergebnislos abgebrochen. Ein Nachrichtensprecher nannte den Vorgang: »Die Polizei gibt auf!«

Selbstverständlich dachte niemand bei Polizei und FBI ans Aufgeben. Aber große Fahndungen mit Straßensperren, Kontrollen und den Einsatz von tausend Beamten können nur für eine begrenzte Zeit durchgeführt werden.

Seit acht Uhr saßen Phil und ich in einem Wagen, der als Taxi getarnt war und den wir so geparkt hatten, daß wir alles beobachten konnten, was bei Tiffany geschah.

Vanessa Carty kam als erste der leitenden Angestellten in einem grünen Maverick. Lewis P. Jackson wurde in seinem Rolls Silver Shadow vorgefahren.

Die Angestellten kamen zu Fuß von der nächsten Subway Station. Die Kolonnen der Handwerker erschienen auf der Bildfläche.

New Yorker auf dem Weg zur Arbeit, Trupps neugieriger Touristen begannen die Fifth Avenue zu füllen. Der Autostrom verdichtete sich von Minute zu Minute.

Ein Mann hielt uns für ein echtes Taxi. Er klopfte gegen das Fenster.

»Sind Sie frei, Driver?«

»Leider nicht, Sir!«

Kopfschüttelnd rannte er weiter.

Bei Tiffany wurde ein großes, goldfarbenes Transparent an der Fassade hochgezogen und befestigt.

»Glaubst du, daß er kommen wird?« fragte Phil.

»Er muß hoch pokern, denn er steckt in einer verzweifelten Situation. Es gibt nur einen Menschen, von dem er Hilfe erwarten kann, obwohl er genau diesen Menschen umbringen wollte.«

Das Transparent wurde entrollt. Die breite Stoffbahn bauschte sich leicht im Wind. Rote Riesenbuchstaben verkündeten: »Tiffany eröffnet morgen!«

Roger Gray erwachte aus bleischwerem Schlaf durch ein Dröhnen, von dem er sekundenlang nicht wußte, ob es das Hämmern des Blutes in seinen Schläfen oder ein Außengeräusch war.

Er öffnete die Augen, sah über sich eine Gestalt, fühlte tastende Hände auf seinem Körper, zog das rechte Bein an und trat den Mann vor die Brust.

Dallas-Joe kollerte zur Seite und verlor seinen Cowboy-Hut.

Gray packte die Maschinenpistole und richtete sich auf.

Joe preßte beide Hände vor die Brust.

»Hölle, das schmerzt!« jammerte er. »Ich glaube, du hast mir alle Rippen eingetreten.«

In Gray erwachte die Erinnerung an die vergangene Nacht, an das Saufgelage mit den Tramps, an die Gier, mit der er Whisky bis zum großen Vergessen aller Verzweiflung in sich hineingeschüttet hatte.

Er griff nach dem Koffer und fand ihn zwischen seinen Knien. »Wolltest du mich bestehlen?« fuhr er Dallas an.

Joe ließ sein Gejammer langsam auslaufen.

»Stehlen? Ich? Ein Texaner bestiehlt niemals einen Freund!«

Gray sah sich nach Grenko um, der auf dem Rücken lag, die Beine gegrätscht und die Arme ausgestreckt, als wäre er tot. Er stieß ihn mit der MPi an. Grenko reagierte mit einem unwilligen Grenzen und schlief weiter. Er hatte in der Nacht mehr getrunken als jeder andere.

Dallas-Joe angelte nach seinem Hut.

»Wie wär's mit 'nem kleinen Schmerzensgeld? Oder einem Abschiedsgeschenk?«

»Wohin gehst du?«

»Zuerst an die Verladekais. Da findet man immer 'ne Menge Sachen, die man brauchen kann. Später zum Fischmarkt oder in die City.«

Er rückte näher an Gray heran.

»Wenn du großzügig wärst, gäbe es für mich keine Probleme mit dem Nachdurst.«

Gray überlegte, ob er den Tramp für seine Zwecke einsetzen könnte. Sollte er ihn mit einer Nachricht zur Fifth Avenue schicken?

Dallas-Joe mit Radsporen und dreckstarrendem Cowboy-Hut in Tiffanys samtausgeschlagenen Räumen – der Gedanke war absurd. »Joe, wo finde ich ein Telefon?«

»Der nächste Drugstore wäre . . .«

»Kein Drugstore! Eine Telefonzelle!«

»Davon stehen zwei an der Cunnard Avenue!«

»Bring mich hin!« Grinsend kratzte Joe in den Bartstoppeln. »Keine Angst, einem Cop zu begegnen?«

Gray dachte nach. Er mußte dieses Telefongespräch führen und den einzigen Menschen anrufen, der ihm helfen konnte. Er hatte den rettenden Einfall.

»Gib mir deinen Mantel!« herrschte er Dallas-Joe an.

»Den Mantel? Freund, darauf kann ich nicht verzichten.«

»Mach schon, verdammt! Ich kauf' dir den Fetzen ab!«

Joe löste das verknotete Seil, das den Gürtel ersetzte, öffnete die zwei einzigen Knöpfe, schälte sich aus dem Mantel und reichte ihn widerwillig Gray.

Der Mantel war schwer von Schmutz, der Stoff brettsteif wie hartes Leder, und der Geruch, den er verströmte, war unbeschreiblich. Als Gray ihn anzog, fühlte er sich wie im Inneren einer Mülltonne. Sein Magen hob sich.

Er überwand die aufsteigende Übelkeit. »Jetzt den Hut!«

Dallas-Joe hielt die Kopfbedeckung mit beiden Händen fest.

»Niemals! Für einen Texaner ist der richtige Hut wie. . .«

»Quatsch nicht!« Gray schlug ihm auf die Arme und riß ihm den Cowboy-Hut vom Kopf.

»Verdammter Hundesohn!« kreischte Joe.

Gray lachte. »Die Sporen darfst du behalten!« Er holte zehn Dollar aus der Tasche und gab sie Joe. »Tröste dich damit!«

Mit Fußtritten bearbeitete er Grenko, bis dieser auf wachte.

»Kann ich mich so auf die Straße wagen, John?«

Grenko starrte ihn aus verquollenen Augen an.

»In der Kluft erkennt dich niemand.«

Joe maulte: »Zehn Dollar sind zu wenig für Hut und Mantel!«

»Mehr gibt es erst, wenn du mich zu den Telefonzellen gebracht hast.«

Gray nahm beide Revolver. Die Maschinenpistole gab er Grenko.

»Komm, Joe!« befahl er und griff nach dem Koffer, der die Tiffany-Juwelen barg.

Der Koffer war aus schwarzem Leder mit teuren Beschlägen. Gray wurde klar, daß ein Tramp mit solchem Koffer sofort auffallen mußte. Nur für einen Augenblick dachte er daran, die Juwelen bei Grenko zurückzulassen. Dann entschied er sich anders. Nein, er würde sich nicht von seiner Beute trennen.

Zu Dallas-Joes Besitz gehörte eine große, blaue Flugtasche. Gray nahm sie und ließ den Inhalt auf den Boden prasseln. Er vergewisserte sich, daß die Tasche kein Loch hatte und die Griffe hielten. Dann ging er tiefer in das Bootshaus hinein und packte den Inhalt des Koffers in die Flugtasche um. Sorgfältig deckte er die Diamanten mit Zeitungspapier ab. Er zog das Seil, das Joe als Mantelgürtel gedient hatte, durch beide Griffe und knotete es sich um die Taille.

»Also los, mein Junge!«

Arm in Arm mit Joe – zwei Tramps, die sich gegenseitig stützten – verließ er die Bootshausruine.

Noch immer erfüllte das rhythmische Dröhnen die Luft.

Gray erkannte, daß das Geräusch nicht mit seinem Kater zusammenhing, sondern echt war. Irgendwo in der Nähe arbeitete eine Ramme. Den ersten Menschen begegneten sie am Ende des Kais, zwei Arbeitern, die zur Mannschaft der Rammen gehörten. Wenig später auf der belebten Cunnard Avenue wichen die Passanten ihnen aus wie gewöhnlich bei der Begegnung mit Tramps.

»Die Telefonzellen!« sagte Joe. »Gib mir jetzt den Hut zurück!«

»Nein! Hier sind zwanzig Dollar!« Gray drückte ihm den Geldschein in die Hand. »Verschwinde!«

Er betrat die Zelle und warf eine Münze ein. Er sah Joe nach, der hut- und mantellos die Straße hinunterschlurfte.

Eine Mädchenstimme meldete sich. »Tiffany! Guten Morgen!«

Gray schluckte. Einen Augenblick lang hatte er die unsinnige Vorstellung, das Mädchen in der Telefonzentrale von Tiffany könnte sein Aussehen erraten. Dann sagte er: »Bitte, verbinden Sie mich mit . . .«

Um elf Uhr bewegten sich so viele Menschen in der Fifth Avenue, daß es schwierig wurde, die Tiffany-Eingänge im Auge zu behalten.

Phil stieg aus und nahm einen Platz vor den Schaufenstern von F.A.O. Schwarz ein, dem größten Spielzeuggeschäft der Welt. Er wechselte von Schaufenster zu Schaufenster wie ein unschlüssiger Vater, der für seinen Sohn ein Geburtstagsgeschenk sucht. Wir hatten halbstündliche Ablösung vereinbart. Kurz vor dem Ende von Phils Turn sah ich, wie er den rechten Arm hob.

Ich startete das Taxi, drängte mich in den Verkehrsfluß und stoppte am Fahrbahnrand, um Phil einsteigen zu lassen.

»Vanessa Carty geht zum Firmenparkplatz!« sagte Phil.

Drei Minuten später beobachteten wir den grünen Maverick, wie er vom Parkplatz in die 57. Straße rollte.

Vanessa Carty schien es eilig zu haben. An den Kreuzungen drängte sie sich vor, schnitt andere Fahrzeuge rücksichtslos und machte es uns schwer, sie nicht zu verlieren.

Auf der Höhe der 8. Avenue steuerte sie die Einfahrt zum Lincoln Tunnel an.

»Sie fährt nach Jersey«, sagte Phil lakonisch.

Im Tunnel schloß ich dicht auf. Als wir auf der anderen Seite des Hudson ans Tageslicht kamen, mußte ich ihr einen größeren Vorsprung lassen.

Sie lag mit ihrem Tempo am Rande der Geschwindigkeitsgrenze, und sie überholte, wann immer sich ihr eine Chance bot. Schließlich bog sie abrupt in das Sanierungsgebiet nördlich des Tunnels ein.

Der Strom der Autos verebbte. Ich ließ mein Taxi zurückfallen.

Vanessas Maverick passierte eine Baustelle, an der mächtige Rammen Stahlträger in den Boden trieben. Der Maverick verschwand zwischen den schwarzen Mauern aufgegebener Lagerhäuser und stillgelegter Werftanlagen. Als wir ihn wiedersahen, stand er in einer schmalen Gasse.

Ich stoppte. Phil setzte das Fernglas an die Augen.

»Niemand im Wagen. Sie ist ausgestiegen.«

Wir sprangen aus unserem Taxi. Die Luft war erfüllt vom Dröhnen der Rammen.

Schnell arbeiteten wir uns an den Maverick heran und weiter bis an das Ende der Gasse.

Jenseits eines gepflasterten Platzes voller Gerümpel lag ein Gebäude, dessen Schmalseite das Hudson-Ufer berührte. Die Mauern waren altersschwarz. Im Dach fehlten große Teile der Abdeckung. Kein Fenster war noch intakt.

Vanessa Carty stand am Ende des Baus zusammen mit einem Mann, der den weiten schmutzigen Mantel eines Tramps und seltsamerweise einen breitkrempigen Texanerhut trug. Eine blaue Leinentasche, wie Fluggesellschaften sie an ihre Passagiere verschenken, hing an seiner Hüfte.

Er redete auf die Tiffany-Direktorin ein, faßte ihre Arme und zog sie an sich.

Sie wehrte sich nicht. Die elegante, gepflegte Frau lag in den Armen des Tramps und ließ sich widerstandslos küssen!

Noch immer begriff Dallas-Joe nicht richtig, was mit ihm geschehen war, warum er mit zusammengebundenen Händen und Füßen seit einer Stunde im Keller von Hank Mulleys Kneipe lag und aus welchem Grund Mulley ihn mit Schlägen und Fußtritten bearbeitet hatte.

Angefangen hatte es damit, daß Dallas-Joe hut- und mantellos in Mulleys Kaschemme gekommen war und sich daran gemacht hatte, die dreißig Dollar zu versaufen. Natürlich hatte Mulley vor dem Einschenken des ersten Whiskys Geld sehen wollen. Danach hatte er versucht, von Joe zu erfahren, woher das Geld stammte. Joe hatte sich mit geheimnisvollen Andeutungen begnügt. Aber je höher der Whiskeypegel in seinem Blut stieg, desto offener sprach er von dem Mann mit der Maschinenpistole und dem vielen Geld.

Es entging ihm, daß Mulley, ein feister, schweinsäugiger Gauner, der von vielen schäbigen und schmutzigen Geschäften wie eine Ratte vom Abfall lebte, die Ohren gespitzt hatte. Später ging Mulley zum Telefonieren in ein Hinterzimmer. Als er zurückkam, zerrte er Dallas-Joe vom Stuhl, trieb ihn mit Fußtritten und Schlägen die Kellertreppe hinunter und fesselte ihn.

Da zu diesem Zeitpunkt für etwa zwölf Dollar Whisky in Joes Körper und Geist kreisten, hatte er die überraschenden Ereignisse in wohltuender Abmilderung erlebt. Nun aber war seit einer Stunde flüssiger Nachschub ausgeblieben. Joe begann sich Sorgen zu machen.

Schließlich hörte er die Schritte vieler Männer auf der Kellertreppe. Er rief: »He, hier bin ich! Laßt mich raus!«

An der Decke leuchtete eine kahle Glühlampe auf. Joe sah sich fünf Männern gegenüber, von denen er nur Mulley, den Kaschemmenbesitzer, kannte. Einer der Männer, ein spitznasiger, magerer Intelligenztyp beugte sich zu Joe und hielt ihm ein Foto vor die Augen.

»Ist das der Mann, von dem du Mulley vorgefaselt hast?«

Joe schielte angstvoll auf das Bild.

»Ich weiß nicht«, stotterte er. »Sein Haar ...«

».. . ist jetzt blond. Das wissen wir. Abgesehen davon, ist er es oder nicht?«

»Ja, vielleicht!«

Ein Fußtritt traf Joes Rippen.

»Ja oder vielleicht?«

»Doch, er ist es.«

Ein dunkler, finster blickender Hüne schob den Frager zur Seite. Seine Fäuste packten den Tramp, stellten ihn auf die Füße wie eine Kleiderpuppe.

»Wo steckt er?«

»Im alten Bootshaus!«

»Du wirst uns den Weg zeigen!«

Der Hüne schnippte mit den Fingern. Einer seiner Leute löste Joes Fessel.

Sie trieben ihn nach oben. Vor der Tür der Kaschemme standen drei schwere, schwarze Limousinen. Joe wurde in den ersten Wagen verfrachtet. Der Hüne und der Magere nahmen ihn in die Mitte.

«O Himmel, der Kerl stinkt wie ein Misthaufen«, stöhnte der Magere. »Beeilt euch, damit wir ihn rauswerfen können!«

»Wohin?« knurrte der Hüne.

Joe duckte sich und flüsterte: »Cunnard Avenue! Dann an der Baustelle vorbei zu den alten Kais!«

Irgendwo heulte eine Sirene Mittag.

Der Tramp gab die Frau frei. Vanessa Carty strich sich eine Haarsträhne aus der Stirn.

Der Mann faßte nach ihrer Hand und zog sie zu dem großen, rostroten Eisentor an der Schmalseite des Hauses. Beide verschwanden in dem düsteren Bau.

Phil und ich sahen uns an. Ich bejahte seine unausgesprochene Frage mit einem kurzen Nicken.

Wir starteten. In schnellen Sprüngen überquerten wir den Platz, erreichten die Mauer.

Ich zeigte nach oben. Phil flüsterte ein Okay. Wir sind ein

eingespieltes Team. Wir brauchen keine großen Beratungen über eine gemeinsame Aktion.

Die Mauer bot Vorsprünge genug. Ich turnte auf das flache, von Löchern und Einbrüchen übersäte Dach, das aussah wie ein Feld voller Granattrichter. Vorsichtig bewegte ich mich zur Mitte. Als ich den Kopf über den Rand eines großen Lochs schob, sah ich den Tramp und Vanessa Carty sowie einen dritten, wuchtigen Mann.

Der Tramp nahm den Cowboy-Hut ab. Sein Haar war blond. Wir wußten von Florine und Mabel, daß Gray sein Haar gefärbt hatte und daß ein gewisser John Grenko der vierte Mann der Gangstercrew war. Gray sprach nicht laut. Ich verstand nur Bruchstücke.

»... ein Boot ... hochseetüchtig ... allein durchschlagen bis ...«

»So viel Geld kann ich nicht aufbringen«, antwortete die Tiffany-Direktorin.

»Du mußt, Vanessa! Irgendeine Möglichkeit für einen Griff in die Tiffany-Kasse wirst du finden. Fälsche einen Scheck!«

»Roger, ich ...«

Ihre Schultern zuckten, und sie barg das Gesicht in den Händen.

»Heul jetzt nicht!« schrie Gray. »Wir beide werden zusammen fliehen. Ich liebe dich, Vanessa und ich ...«

Kühl und schneidend hallte Phils Stimme durch den Raum.

»FBI! Keine Bewegung!«

John Grenko riß sich die Maschinenpistole, die er um gehängt trug, von der Schulter.

»FBI!« brüllte ich, und meine Stimme traf ihn wie ein Racheruf des Himmels von oben. »Hände von den Waffen!«

Grenko warf den Kopf in den Nacken und hob die MPi. Ich jagte ihm zwei Kugeln in Schulter und Oberarm. Er brachte die Waffe nicht mehr hoch. Klirrend schlug sie auf den Boden.

Roger Gray reagierte mit unglaublicher Kaltblütigkeit. Er

riß Vanessa an sich, benutzte ihren Körper als Schutzschild, zog mit der freien Hand einen Revolver und feuerte auf Phil. Gleichzeitig zerrte er sein Opfer tiefer in das Bootshaus hinein.

»Wenn ihr näher kommt, bring' ich sie um!« schrie er.

Ich sprang auf und rannte über das Dach von Loch zu Loch. Die morschen Planken krachten unter meinem Gewicht. Bei der dritten oder vierten Öffnung sah ich Gray und Vanessa genau unter mir und sprang.

Ich riß beide zu Boden, bekam Grays Hand mit dem Revolver zu fassen und entriß ihm die Waffe. Er bäumte sich auf. Dicht an Vanessas Kopf vorbei feuerte ich einen linken Haken auf sein Kinn, der ihn zwar nicht ausknockte, aber seine Reflexe lähmte und seine Bewegungen langsam und fahrig werden ließ. Im nächsten Augenblick war Phil zur Stelle, zog die Frau weg und beförderte den Revolver mit einem Fußtritt außer Reichweite.

Ich richtete mich auf und hielt Gray den 38er an die Schläfe.

»Lieg still, Mann!«

Phil packte Grays Hände und verpaßte ihm Handschellen. Dann erst tastete er ihn ab und holte einen zweiten Revolver aus den Abgründen des Trampmantels.

»Erledigt« sagte er.

Ich steckte den 38er ein.

»Bis auf die Juwelen! Wo sind sie?«

Gray lag reglos, die Augen geschlossen, das Gesicht wie ausgelöscht.

Ich sah, daß die blaue Flugtasche mit einem Strick um seine Hüfte gesichert war Ich löste den Knoten. Der Reißverschluß der Tasche war intakt. Als ich ihn öffnete, sah ich altes Zeitungspapier. Ich schob das Papier zur Seite und da sprühte das kalte Feuer großer Diamanten auf.

»Hier sind sie!« sagte ich. »In dieser dreckigen Tasche ohne jede Samtauspolsterung!« Wir lachten.

Draußen röhrten schwere Automotoren. Blockierte Reifen kreischten. Autotüren knallten.

Unser Gelächter brach ab.

Sie rissen die Flügel des verrosteten Eisentors auf und stürmten in das Bootshaus. Neun Männer!

An ihrer Spitze Barro Bariani, wichtigster Capo der Fiorello-Familie, eine Maschinenpistole in den mächtigen Fäusten.

Ich zog Vanessa Carty in die Deckung einer Wandnische. Phil stürzte sich auf Roger Gray und schleifte ihn hinter das Wrack eines hölzernen Ruderboots, das kieloben auf einem längst räderlosen Transportgestell lag.

Bariani streute mit einer Serie den Raum ab. Seine Kugeln trafen Grenko, der wehrlos auf dem Boden hockte, eine Hand auf die Schulterwunde gepreßt.

Grenko fiel nach hinten. Vor unseren Augen hatte der Fiorello-Capo einen Mord begangen.

»FBI!« riefen Phil und ich gleichzeitig.

Für eine Sekunde erstarrten sie.

Bariani warf alle Bedenken über Bord.

»Spuck drauf!« brüllte er. »Ran, Jungens! Räuchert sie aus!«

Ein Feuerhagel aus drei, vier Maschinenpistolen zwang uns in die Deckung. Die Kugeln fetzten die Holzsplitter aus dem Bootsrumpf und schrammten lange, weiße Streifen in altersschwarze Mauern. Ich preßte Vanessa tief in die schmale Nische. Wenn die Fiorello-Gangster näher herankamen, konnten ihre Kugeln uns erreichen.

»Bleiben Sie in dieser Nische!« schrie ich ihr zu. »Bewegen Sie sich nicht! Verstanden?«

Auf der anderen Seite bellte Phils 38er zweimal. Ein Mann schrie auf. Bariani brüllte Flüche.

»Macht Schluß, oder jeder von euch hat ein Verfahren wegen Mordes am Hals!«

Mit der gleichen Wirkung hätte ich hungrigen Haifischen vorschlagen können, aufzuhören zu fressen, und ich wußte es. Ich wollte sie nur ablenken.

Phil flitzte hinter dem Bootswrack hervor und hechtete zwischen zwei alte Kisten. Als er feuerte und die Aufmerk-

samkeit damit auf sich lenkte, wechselte ich aus der Mauernische hinter einen Betonpfeiler, der das Dach stützte.

Ich lud den 38er nach, schob den Kopf vor und überprüfte
die Situation.

Im vorderen Teil des Bootshauses gab es wenige
Deckungsmöglichkeiten. Drei oder vier Gangster lagen so
offen in der Gegend herum, daß es einfach gewesen wäre,
sie abzuschießen. Bariani allerdings schien einen guten Platz
gefunden zu haben, denn von ihm war nichts zu sehen.

Für eine Handvoll Sekunden herrschte Stille, die von
Grays Stimme durchbrochen wurde.

»Die Juwelen sind hier!« schrie er. »Holt sie euch! Ihr habt
es nur mit zwei Schnüfflern zu tun! Ihr könnt sie zwingen,
die Arme hochzunehmen, wenn ihr droht, die Frau abzuschießen.«

»Wer bist du?« Barianis Stimme war unverkennbar.

»Gray! Ich bin der Mann, der den Tiffany-Raid gemacht
hat! Verliert keine Zeit! Die Frau steht in der Nische an der
rechten Zwischenwand.«

»Hol sie und bring sie ins Schußfeld!« schrie Bariani. Seine
Stimme hallte hinter einem Stapel alter Ölfässer hervor.

Phil rief: »Gray, wenn du die Deckung verläßt, schieß ich
dich nieder!«

Bariani brüllte dagegen: »Keine Sorge, Gray. Wir halten
die Schnüffler unten.«

Phil feuerte, und ich sprintete in drei langen Sätzen vorwärts und rollte mich zwischen zwei rostige Bootsaufhängungen, die nur aus ein paar Eisenstreben bestanden. Ein
Gangster sah mich und feuerte. Ich antwortete. Meine zwei
Kugeln pfiffen so dicht an seiner Nase vorbei, daß er
erschrak und mit den verzweifelten Bewegungen eines
flüchtenden Käfers wegkroch.

Ich vertauschte die Bootsaufhängungen mit dem nächsten
Stützpfeiler. Damit kam ich dicht genug an Barianis
Deckung heran. Sobald er sich bewegte, mußte ich ihn
erblicken.

»Bereit, Gray?« hörte ich ihn rufen.

»Ja, ich hol' euch die Frau!« antwortete Gray. »Hör zu! Ich
rechne darauf, daß ihr mich fair behandelt!«

»Verlaß dich drauf!« In Barianis Stimme schwang Gelächter mit. »Legt los, Jungens!«

Er tauchte hinter den Ölfässern auf, die Maschinenpistole
in den Fäusten.

»Waffe weg, Bariani!« rief ich.

Er warf den Kopf herum. Ich sah den Ansatz des
Schwungs, mit dem er Arme, Schulter und die MPi in meine
Richtung schwenken wollte.

Ich feuerte dreimal. Bariani warf die Arme hoch und
kippte zwischen die Ölfässer, die scheppernd auseinander-
flogen. Ich schnellte nach links und zielte auf einen Gangster, der seine MPi fallen ließ, die Arme hochwarf und
»Nein, nein, nein!« schrie.

Sie gaben auf. Zwei oder drei Mann schossen ziellos um
sich und flohen. Auch der Mann, der seine Waffe wegge-
worfen und sich ergeben hatte, besann sich eines Besseren
und rannte davon.

Wir versuchten nicht, sie zu stoppen. Wir duldeten, daß
sie sich in ihre Autos stürzten, denn wir wußten, daß wir
jeden Mann finden konnten. Zurückgeblieben waren nur
Bariani und der Gangster, den Phils Kugel getroffen hatte.

Bariani war schwer verletzt, aber er würde durchkommen, wenn er schnell in die Hände eines Arztes gelangte.

Phil verließ das Bootshaus, um über die Sprechfunkanlage
unseres getarnten Taxis Hilfe zu holen.

Ich ging zu Vanessa Carty und Roger Gray.

Gray hatte es nicht mehr geschafft, die Mauernische zu
erreichen. Er lag zwischen dem Bootswrack und der Trenn-
wand, von einer zufälligen Kugel getroffen. Vanessa Carty
stand gegen die Wand der Nische gepreßt, die Augen weit
aufgerissen.

Ich las in ihrem Gesicht die fürchterliche Erkenntnis, daß
sie für Gray immer nur Werkzeug, nie Geliebte gewesen
war.

Genau zwölf Tage nach dem Raub der Tiffany-Juwelen und eine Stunde nach Mitternacht schlenderten wir die Fifth Avenue hinauf. Phil und ich hatten die schönsten Mädchen am Arm, die zur Zeit in New York verfügbar waren: Mabel und Florine. Wir hatten im Waldorf-Restaurant das verpaßte Dinner nachgeholt und danach im Sky Club getanzt.

Die Nacht war mild. Mit uns waren eine Menge Leute unterwegs. Mabel und Florine, beide in großen Abendkleidern, mit Pelzcapes um die Schultern, von denen nicht ganz klar war, ob sie ihnen gehörten oder aus den Beständen einer Modenschau stammten, erregten Aufsehen. Die jungen Farbigen pfiffen ihnen nach.

Wir erreichten die Fassade von Tiffany.

Wie immer glühten die Schaufenster gleich Schatzhöhlen. Tiffanys Direktion hatte mit der Regel gebrochen, die wertvollsten Juwelen während der Nacht in den berühmten Tresor zu schließen. Seit fünf Tagen wurden die prächtigsten Geschmeide aus dem Tiffany-Raub ausgestellt, Tag und Nacht bewacht von einer Mannschaft Sicherheitsbeamter, die ihre Revolver offen zeigten. Wir blieben vor den Schaufenstern stehen.

»He, das ist die Garnitur ›Weißes Feuer‹«, sagte Florine und wies auf ein Arrangement reinweißer Diamanten im schwarzausgeschlagenen Schaufenster. »Ich trug sie, als die Gang . . .«

Trotz der späten Stunde drängten sich viele Menschen vor den Schaufenstern. Manche konnten Ausrufe der Bewunderung nicht unterdrücken. »Hört zu!« Florine zog mich vom Schaufenster fort. »Damals sind wir uns in einer kleinen italienischen Cafeteria begegnet. Warum gehen wir nicht hin und nehmen einen Drink?«

ENDE DES
ERSTEN BANDES

154

Mord nach Art des Hauses

»Mord nach Art des Hauses«, sagte Phil mit dumpfer Stimme. »Drei Schüsse, jeder tödlich – wie immer.«

Meine Kehle war trocken.

Ich spürte einen Kloß im Hals, den ich nicht herunterschlucken konnte.

Sie hatten den Mann aus dem Hafenbecken gezogen und auf die nassen Planken gelegt wie einen Gegenstand, den man nicht mehr brauchte. Über allem stand die glühende Sonne von Miami und leuchtete die Szene wie in einem Filmatelier aus.

Mit einer wütenden Handbewegung wischte ich die Fotos so heftig beiseite, daß sie vom Tisch rutschten.

Phil kam mit zwei Gläsern Whisky aus der Fensterecke des kleinen Hotelzimmers. Er stellte die Gläser auf den Tisch, warf mir einen vorwurfsvollen Blick zu und hob die Fotos wieder auf.

Ich nahm ein Glas und trank einen Schluck. Der billige Fusel brannte meine Kehle herunter und drohte mir den Magen zu verbrennen. Schweiß stand mir auf der Stirn.

Mord nach Art des Hauses!

Das war ein Fluch, der seit Jahren über dieser Stadt hing. Jetzt hatten sie meinen Freund Phil Decker und mich, G-man Jerry Cotton, nach Florida geschickt, damit wir dem Spuk ein für allemal ein Ende setzten.

»Brian Mulldown«, sagte Phil, der neben mir stand. Sein Zeigefinger deutete auf den Toten. Dann wanderte der Finger zu der kleinen Yacht im Hintergrund. »Das ist sein Schiff. Noch nicht einmal zur Hälfte bezahlt. Mulldown steckte noch vor einem halben Jahr in solchen finanziellen Schwierigkeiten, daß sie ihm das Haus unter dem Hintern weggepfändet haben. Irgendwie gelang es ihm, das Boot aus der Konkursmasse zu retten. Dann begannen seine Reisen. Immer wenn er von einer zurückkam, hatte er Geld, um die Raten für die Yacht zu zahlen und einige Tage in Saus und Braus zu leben. Als er von der letzten zurückkehrte, erzählte er etwas von Trips nach Kolumbien. Die Kollegen in Miami erfuhren davon, ließen ihn den gleichen Trip noch einmal machen und glaubten, ihn sicher unter Kontrolle zu haben. Eine für Mulldown tödliche Fehlkalkulation.«

Ich fluchte verhalten, trank den Rest des Whiskys und fühlte mich hundeelend. »Was ist schiefgegangen?«

Phil zuckte mit den Schultern. »Mulldowns Schiff hieß *Santa Ana*. Es war dunkelblau, als es die Reise antrat. Die Coast Guard war angewiesen, nach einer dunkelblauen *Santa Ana* Ausschau zu halten und sie auf der Rückreise aufzubringen.«

Phil tippte mit dem Finger auf die Fotografie. Der Namenszug *Sunshine* war so deutlich zu erkennen wie die häßliche graue Farbe der Yacht.

»Sie haben den Kahn auf der Rückreise umgespritzt und ihm einen neuen Namen gegeben, Jerry. Mit einer grauen *Sunshine* konnte die Coast Guard nichts anfangen. So kam Mulldown ohne Schwierigkeiten bis nach Miami durch und hatte keine Ahnung, daß er in den sicheren Tod fuhr. Als man ihn heute morgen fand, war die Yacht entladen und Mulldown so zugerichtet, daß auch der einfachste Cop in dieser verdammten Stadt auf den ersten Blick erkennen konnte, wer hinter dem Mord steckt.«

»Don Perroni«, sagte ich. Es klang bitter wie Galle. Genauso bitter stieß auch der Name mir auf. »Was sagen die Kollegen?«

»Sie haben keinen Zweifel daran, daß Mulldown die Reisen im Auftrag der Mafia durchführte. Sie haben keinen Zweifel daran, daß Mulldown von der Mafia ausgeschaltet wurde, nachdem sie herausbekamen, daß die Kollegen aus Miami auf ihn aufmerksam wurden. Sie haben auch keinen Zweifel daran, daß Don Perroni den Auftrag zu Mulldowns Ermordung gab.«

Ich nickte. Ich hatte nichts anderes erwartet. »Und es gibt keinen verräterischen Fleck auf Perronis weißer Weste?«

»Leider nicht«, stimmte Phil mir zu. »Niemand kommt an Perroni heran. Die Kollegen fangen immer nur kleine Fische. Leute, die nicht mal eine Ahnung haben, für wen sie arbeiten. Es sind schlechte Zeiten. Nicht nur in Miami. Wenn jemand einen einträglichen Job angeboten bekommt, greift er zu, ohne lange nach den Konsequenzen zu fragen, die ihm daraus erwachsen können. Mulldown ist das dritte Opfer innerhalb eines halben Jahres.«

Ich schob mein Glas beiseite und stand auf. Vom Fenster aus konnte ich in die schmutzigen Hinterhöfe der anderen Häuser sehen.

Hinter diesen Häßlichkeiten befand sich der Strand, hielten sich die Leute auf, die hierhergekommen waren, um Sonne und neue Energien zu tanken. Von dem, was hier im Verborgenen brodelte, hatte niemand eine Ahnung.

»Es gibt also wirklich keinen anderen Weg, an Perroni heranzukommen?« fragte ich.

Phil trat zu mir ans Fenster. »Keinen«, antwortete er. »Es gefällt mir genausowenig wie dir, Jerry. Aber vielleicht muß man das kleinere Übel in Kauf nehmen, wenn man damit ein großes Übel ausschalten kann.«

Phil war offiziell im Auftrag des FBI in Miami, wenngleich er sich noch im Hintergrund hielt. Ich hielt mich als Privatmann in Miami auf. Niemand wußte, daß ich FBI-Agent war. Niemand außer dem Mann, der das für Perroni und seine Familie tödliche Rezept in den Händen hielt. Sobald von unserer Seite aus bestimmte Garantien für ihn erbracht worden waren, wollte er es mir übergeben!

Phil hatte recht. Ich mochte solchen Kuhhandel nicht. Aber diesmal schien es der einzige Weg, das Land und die Stadt von der Plage namens Perroni zu befreien.

»Hast du schon Nachricht aus Washington?« fragte ich.

Phil schüttelte den Kopf. »Da scheint es einigen Widerstand zu geben. Man ist sich nicht darüber einig, ob man René Bastillieu nicht doch mit Perroni gleichsetzen muß. Sie wollen ganz sichergehen, daß sie mit dem Franzosen nicht einen Hai schwimmen lassen.«

Diese Frage hatte ich mir selber auch lange genug gestellt. Bastillieu war in der Tat kein kleiner Fisch. Wie sonst sollte er uns Material zuspielen können, mit dem wir Perroni und seine Familie von der Bildfläche verschwinden lassen konnten? Aber ich hatte herausgefunden, daß René Bastillieu nach seiner wilden Zeit in Marseille in kein Kapitalverbrechen mehr verwickelt gewesen war. Er war nur Organisator. Bastillieu kannte das Geschäft, ohne sich jemals in eine Gewalttat verstrickt zu haben.

»Wann hast du Bastillieu zuletzt gesprochen?«

»Vor zwei Tagen«, antwortete ich. »Wir haben auch über Brian Mulldown gesprochen. Bastillieu hatte keine Ahnung von dem Täuschungsmanöver, durch das man die heiße Ware aus Kolumbien doch noch an der Coast Guard vorbei in Miami hat landen können.«

»Daß er nicht informiert war, ist kein gutes Zeichen«, sagte Phil. »Vielleicht traut Perroni seinem Adjutanten nicht mehr. Wenn er Bastillieus Spiel durchschaut, haben wir den nächsten Mord nach Art des Hauses.«

Bislang hatte ich mir darüber nicht den Kopf zerbrochen. Jetzt jedoch erschienen mir Phils Zweifel berechtigt.

Ich ging zum Telefon und wählte René Bastillieus Nummer. Dreimal klingelte es am anderen Ende der Leitung. Dann wurde abgehoben.

»Ja?« Es war Maryline Bastillieu. Ich erkannte die Stimme seiner Frau auf den ersten Ton.

»Balmond.« Ich nannte meinen Decknamen. »Daniel Balmond.«

Für einen Moment Stille in der Leitung.

»René ist nicht da«, sagte Maryline Bastillieu schließlich.

Ich schaute auf die Uhr. »Um acht Uhr heute abend! Es ist wichtig.«

Ich hängte ein. Mehr zu sagen war nicht erforderlich. Bastillieu kannte unseren Treffpunkt. Er würde erscheinen. Es war noch niemals anders gewesen.

»Maxwell wollte einige Kollegen auf Bastillieu ansetzen«, sagte Phil. »Ich bin nicht sicher, ob ich es ihm ausreden konnte.«

Joe Maxwell war der Mann vom FBI District Miami, der seit Jahren vergeblich versuchte, den Perroni-Clan zu sprengen. Von mir wußte er nichts. Aber Phil war ihm vor die

160

Nase gesetzt worden. In allem, was Perroni anging, war Phil der Chef. Normalerweise hielten sich die Kollegen an solche von oben angeordneten Spielregeln. Aber hier lag die Sache anders. Maxwell war an Perroni gescheitert. Sein Prestige stand auf dem Spiel. Niemand gesteht gern eine Niederlage ein und läßt sich Leute aus einem anderen Distrikt vor die Nase setzen.

»Ich kann keinen Ärger mit Maxwell brauchen, Phil. Bastillieu hat sich zwar dazu entschlossen, mit uns zusammenzuarbeiten. Aber er ist sensibel, und er hat Angst.«

»Wer hätte das nicht an seiner Stelle? Selbst wenn die Sache gelaufen ist, wird er keine Ruhe vor dem langen Arm der Mafia finden.«

»Es sei denn, in Washington entschließt man sich, auf jede von Bastillieu gestellte Bedingung einzugehen.«

»Hält der Franzose solange durch?«

Ich lachte auf. »Genaugenommen hat er sich schon jetzt in unsere Hand begeben. Er will Perroni erledigen. Also kann die Staatsanwaltschaft daraus klar folgern, daß er Perronis Mann ist. Bastillieu weiß das. Er kennt die Spielregeln. Er wird nicht abspringen. Jedenfalls nicht freiwillig. Habt ihr Hinweise auf die Leute, die den Mord an Mulldown ausgeführt haben?«

»Es kommen einige Leute in Frage. Maxwell will erst etwas unternehmen, wenn ich ihm grünes Licht gebe.«

Ich überlegte. Um von Bastillieu abzulenken, war es vielleicht gut, wenn Perroni etwas Ärger mit dem FBI bekam. Es würde ihn beschäftigen.

»Einige Festnahmen könnten nicht schaden, Phil. Das wirbelt Staub auf. Setzt auch die Männer von der Narcotic Squad auf die Szene an! Perroni soll merken, daß er noch nicht in Vergessenheit geraten ist.«

Phil nickte. »Okay, Jerry. Ruf mich an, sobald du mit Bastillieu gesprochen hast!«

Ich versprach es. Viel mehr konnte ich im Moment ohnehin nicht tun. Erst wenn Washington angenommen hatte und Bastillieu auspackte, begann meine Aufgabe.

Phil verabschiedete sich. Die Fotos des Toten hatte er auf dem Tisch liegengelassen. Vielleicht wollte er mir damit begreiflich machen, daß ich selbst jetzt, wo ich nichts anderes als warten konnte, in den Fall einbezogen war.

Ich sah sie mir noch einmal an, bevor ich sie in kleine Schnipsel zerriß und die Toilette hinunterspülte.

Wenn alles nach Plan lief, wenn sich Washington schnell zu einer positiven Entscheidung durchrang, dann sollte Mulldown das letzte Opfer gewesen sein, das man nach Art des Hauses getötet hatte!

Ich ließ mich auf das Bett sinken und schloß meine Augen.

Im Radio wurde das Ostküstenwetter durchgegeben. In New York regnete es seit Tagen. Tausendmal mindestens hatte ich diesen Regen verflucht. Jetzt sehnte ich mich danach.

Noch einige Tage, Jerry! sagte ich mir. Nur noch einige Tage!

»Da gibt es eine undichte Stelle, René!«

René Bastillieu hörte kaum auf das, was Don Perroni sagte. Sein Blick war auf den halbnackten, makellosen Körper der Kubanerin gerichtet, die wie eine Nixe aus dem Pool stieg.

Dolores Ortega de Arragón! Die personifizierte Sünde. Ein dunkelhaariger Teufel in der Larve eines Engels, von dem man nur Gutes erwartete. Sie war Perronis augenblickliche Freundin. Eine Frau, bei deren Anblick einem Mann die Luft knapp wurde.

Sie war groß, hatte schulterlanges, schwarzes Haar und schier endlos erscheinende lange Beine. Als einziges Bekleidungsstück trug sie ein Bikinihöschen, dessen Stoff kaum ausreichte, um ein Kavalierstuch daraus zu fertigen.

Sanft wippten ihre kleinen, straffen Brüste, als sie sich bewegte und Bastillieu anschaute.

Wie eine Schlange eine Beute, fand René. Da lag etwas Flackerndes, Unberechenbares in ihrem Blick, das Bastillieu nicht gefiel. So ungefähr, als wollte sie ihm stumm mitteilen: *Ich weiß mehr, als du glaubst, Freundchen! Wenn du nicht richtig nett zu mir bist, werde ich damit rausrücken!*

»Es gibt eine undichte Stelle, René«, wiederholte Perroni und strich sich über die grauen, schon etwas lichten Haare. »Was ist los mit dir? Hörst du mir überhaupt zu, oder interessiert dich das Geschäft nicht mehr?«

René Bastillieu drehte den Kopf und schaute Perroni an. Er war groß, hatte breite Schultern und kein Gramm überflüssiges Fett am Körper. Dazu ein scharfgeschnittenes Gesicht mit vielleicht etwas zu schmalen Lippen. Seine Augen waren kalt wie ein Gebirgssee zur Schneeschmelze. Während Bastillieu ihn anschaute, fiel ihm ein, daß er Don Perroni noch niemals wirklich lachen gesehen hatte. Noch niemals in den fünf Jahren, die sie zusammenarbeiteten, und erst heute fiel es ihm auf!

»Was ist los?« fragte René Bastillieu mit belegter Stimme.

Die Kubanerin näherte sich ihnen. Dicht vor Perroni blieb Dolores stehen und streckte die Hand nach seinem Drink aus.

»Geh ins Haus, und zieh dich anständig an, verdammt!«

Das kam trocken und scharf wie ein Knall.

Die dunkelhaarige Schöne zuckte zusammen. Mit einem schnellen Blick streifte sie René Bastillieu. Erst als er schwieg, drehte sie sich ab und ging mit aufregend wiegenden Hüften zum Eingang des villenartigen Bungalows.

»Sie kann gefährlich werden, wenn du sie verärgerst, Don. Dolores ist kein Spielzeug wie die anderen Mädchen vor ihr.«

Don Perroni wartete, bis die Kubanerin im Haus verschwunden war. Dann winkte er mit einer ärgerlichen Handbewegung ab.

»Ich habe sie zu sehr verwöhnt«, antwortete er mit einem knurrenden Unterton in der Stimme. »Es wird Zeit, sie wieder auf den Teppich zurückzuholen und daran zu erinnern, aus welcher Gosse sie stammt. Es wird überhaupt Zeit, die Organisation mit einem eisernen Besen durchzukehren. Die

Cops waren Brian Mulldown auf den Fersen. Es ist gerade noch einmal gutgegangen.«

Bastillieu verspürte einen feinen Stich in der Brust. Er zündete sich eine Zigarette an. So brachte er seine Nerven wieder unter Kontrolle. Das Streichholz ließ er achtlos vor sich auf den Boden fallen.

»Ich sagte, es ist gerade noch einmal gutgegangen, René.«

Bastillieu straffte sich. Sein Gesicht wurde eckig. »Ich war von Anfang an dagegen, Mulldown für uns Reisen machen zu lassen«, antwortete er. »Der Mann war pleite.«

»Er hatte eine Yacht, und brauchte Geld.«

René nickte. »Er erhielt Geld, befriedigte seine Bank, die den Daumen auf der Yacht hatte, und warf mit dem anderen Geld um sich. Whisky und leichte Mädchen, das ist eine schlechte Mischung. Er wird den Mund zu weit aufgerissen haben, und so sind die Cops auf ihn aufmerksam geworden.«

Einige Sekunden verstrichen. Dann stieß Don Perroni einen Fluch aus. »Er wird den Mund niemals wieder aufreißen, René. Ich will, daß die anderen Leute es erfahren. Jeder muß wissen, daß auch der kleinste Fehler tödlich für ihn ist. Es steckt viel Geld in jeder Tour. Ich mag keine Verluste!«

René Bastillieu nickte und rauchte einen tiefen Zug. Er stieß den Rauch aus, als Dolores Ortega de Arragón wieder aus dem Haus trat.

Ein weißes Leinenkleid spannte sich um ihre Formen und klebte ihr an manchen Stellen regelrecht am Körper, weil sie sich nicht abgetrocknet hatte. Zudem standen die oberen drei Knöpfe des Kleides offen.

»Anständig genug?« fragte sie Don Perroni, während sie sich setzte und der Saum ihres Kleides in schwindelerregende Höhen rutschte.

Perroni nickte übelgelaunt. Diesmal gab er ihr sein Glas, als Dolores danach verlangte. Sie nippte daran. Über den Rand des Glases hinweg schaute sie Bastillieu herausfordernd an.

»Ärger, Franzose?« fragte sie.

»Kaum der Rede wert.« René Bastillieu ließ die Zigarette fallen, stellte den Absatz auf die Glut und schaute Perroni an. »Sonst noch etwas, Don?«

»Du willst gehen?«

»Die verdammte Hitze!«

Don Perroni grinste schief. »Ein heißer Sommer, René. Sorg dafür, daß sich niemand von uns die Finger verbrennt!«

»Du solltest in Zukunft wieder mehr auf mich hören, Don.«

Perroni nickte und legte seine Stirn in Falten. »Okay, René, werde ich tun. Bestimmt. Wenn du etwas findest, gib mir Nachricht und mach Vorschläge, wie wir die undichte Stelle stopfen! Grüß Maryline von mir! Sie macht sich rar. Bei ihr kann es nicht an der Hitze liegen. Sie ist in Florida aufgewachsen. Stimmt etwas nicht zwischen euch?«

»Alles in Ordnung«, winkte Bastillieu ab.

»Das heißt also, Maryline flirtet noch wild mit ihrem Tennislehrer«, mischte sich die Kubanerin ein, strich sich die langen Haare in den Nacken und setzte ein süßes Lächeln auf.

»Möglich«, antwortete René Bastillieu gelassen. »Mein Job läßt mir nicht viel Zeit, mich um das Privatleben meiner Frau zu kümmern.«

»Das solltest du aber tun, verdammt«, knurrte Don Perroni. »Wenn die Familie in Ordnung ist, sind es auch die Menschen. Ihr solltet Kinder haben. Eine Frau, die Kinder hat, kann nicht auf dumme Gedanken kommen. Soll ich jemand schicken, der dem Tennislehrer auf die Zehen steigt?«

René Bastillieu schüttelte den Kopf. »Dolores übertreibt wie immer. Sie mag keine Blondinen. Das weißt du doch, Don.«

»Okay, René, kümmere dich um deinen Job! Ich will keine Schwierigkeiten.«

René Bastillieu erhob sich.

»Kannst du mich mit in die Stadt nehmen, René?« fragte

Dolores, während sie Don Perroni gleichzeitig fragend anschaute. Der zuckte mit den Schultern. Es hatte den Anschein, als sei er froh darüber, Dolores für einige Zeit loszuwerden. »Von mir aus nimm sie mit, René!«

Bastillieu nickte.

»Ich rufe an, sobald ich etwas rausgefunden habe.«

Wenig später lenkte der Franzose aus Marseille den weißen Porsche über den breiten Kiesweg vom Grundstück herunter. Neben ihm rekelte sich Dolores auf dem Beifahrersitz und gab sich alle Mühe, ihre Reize ins richtige Licht zu rücken.

»Du spielst ein gefährliches Spiel, René«, sagte sie schließlich mit vibrierender Stimme. »Ich mag dich. Es täte mir leid, wenn du dich von dieser Welt verabschieden würdest, ohne daß wir beide etwas miteinander gehabt haben.«

René Bastillieu wandte den Blick und musterte seine Beifahrerin. Seine Gedanken jagten sich. Vielleicht bluffte sie. Niemand konnte etwas von dem wissen, was er vorhatte. Niemand hatte ihn mit seinem Verbindungsmann gesehen, von dem nur Maryline und er wußten. »Wann?« fragte er.

»Was meinst du?«

»Ich meine, wann willst du etwas mit mir haben, Dolores?«

Eine Sekunde zögerte die Kubanerin. Dann deutete sie mit dem ausgestreckten Zeigefinger auf das Hinweisschild eines Motels am Straßenrand.

René Bastillieu reagierte sofort. Er zog den Porsche in die kleine Zufahrtsstraße. »Wenn Don etwas davon erfährt, dann bringt er dich um, Dolores.«

»Und dich?«

»Mich braucht er. Für dich findet er jeden Tag Ersatz. Ich werde sagen, du hast mich verführt, und er wird es mir glauben.«

Bevor die Kubanerin antworten konnte, stieg Bastillieu auf die Bremse. Dolores wurde nach vorn gegen das Armaturenbrett geschleudert. Sie stieß einen erschrockenen Schrei aus.

»Steig aus und verschwinde, Dolores!« Bastillieu wollte nur herausfinden, ob sie wirklich etwas wußte. Wenn ja, dann würde sie ihren Trumpf in diesem Moment ausspielen.

»Du bist ein Narr«, fluchte Dolores. »Ein verdammter Narr. Ich kann jeden Mann . . .«

»Ich liebe Blondinen, Dolores«, antwortete René Bastillieu scharf. »Steig aus und verschwinde!«

Beleidigt schwang sich Dolores aus dem Wagen und schmetterte die Tür hinter sich ins Schloß. Ohne sich noch einmal umzudrehen, ging sie in die andere Richtung und war wenig später auf dem breiten Boulevard verschwunden.

Bastillieu sah ihr nach. Ganz sicher war er sich seiner Sache nicht. Aber woher sollte sie etwas wissen? Mit Maryline sprach sie kein Wort. Er selbst war so vorsichtig gewesen, wie ein Mann es sein mußte, wenn es um sein Leben ging.

René Bastillieu wartete einige Zeit. Dann wendete er und fuhr Dolores nach. Von der schönen Kubanerin war nichts mehr zu sehen. Wahrscheinlich hatte sie einen Wagen gestoppt und ließ sich nun von jemand anders in die Stadt bringen.

Bastillieu fuhr bis zur nächsten Telefonzelle. Von dort aus rief er Don Perroni an. Für alle Fälle. Er mußte sich gegen alle Möglichkeiten absichern.

Wenn Dolores wirklich etwas wußte, mußte er ihr den Wind aus den Segeln nehmen und sie unglaubwürdig machen.

»Sie wollte zusammen mit mir in ein Motel und einen netten Nachmittag verleben, Don«, sagte er. »Ich habe sie rausgeschmissen und bin ihr nachgefahren. Jemand nahm sie mit. Sah ganz so aus, als kannten sich die beiden. Der Kerl schien nur darauf zu warten, daß ich zusammen mit Dolores im Motel verschwinde.«

Für einen Moment Schweigen am anderen Ende der Leitung. »Was willst du damit sagen, René?«

»Paß auf sie auf! Kontrollier ihren Umgang! Oder sperr sie ein! Vielleicht ist damit die undichte Stelle schon gestopft.«

»Du bist verrückt, René.«

»Ich bin nur vorsichtig, Don. Deshalb lebe ich auch noch. Ich sagte nicht, daß Dolores uns in den Rücken fällt. Ich sage nur, du sollst besser auf sie aufpassen. Das ist deine Aufgabe, Don. Bis später.«

René Bastillieu legte auf und trat aus der Kabine wieder in die heiße Sonne hinaus.

Keiner wußte besser als er, daß Dolores nicht die undichte Stelle in der Organisation war. Aber für den Fall, daß sie wirklich etwas über ihn in Erfahrung gebracht hatte, hatte er sich nun Perroni gegenüber abgesichert.

Ich gondelte ziellos in der Stadt umher, aß in einer Snackbar ein Sandwich, trank einen Kaffee dazu und fuhr dann über den West Ocean Boulevard nach Miami Beach hinaus.

Second Street war eine schmale, stille Straße. Rechts und links dichte Palmenhaine vor den Häusern, die von der Straße versetzt lagen, so daß man sie kaum sehen konnte. Eine Wohngegend für Leute, die es geschafft hatten.

René Bastillieu gehörte dazu. Sein Bungalow stand als letzter. Mit genügend Abstand zum Nachbarn. Bastillieu hatte das Haus vor zwei Jahren gekauft und vor einem Jahr eine Menge Geld in Umbauarbeiten gesteckt. Eine Million Dollar war es selbst unter Brüdern wert. Er würde es aufgeben. Denn er hatte kaum eine Chance, einen Barkäufer zu finden, bevor er auf Nimmerwiedersehen in der Versenkung verschwand.

Ich dachte daran, als mich ein alter Sedan auf der Second Street überholte.

Drei Männer konnte ich im Inneren des Fahrzeuges erkennen. Männer, die aussahen wie Touristen. Dennoch schöpfte ich Verdacht.

Ich lenkte den alten, gemieteten Mercury an den Bordstein und hielt an. Von hier aus konnte ich die Fahrt des Sedan bis zu Bastillieus Haus verfolgen.

Einige Meter vor der Einfahrt stoppte der Sedan. Zwei

Männer sprangen aus dem Wagen. Schlanke, mittelgroße Gestalten, die Turnschuhe, Jeans und bunte Hemden trugen.

Sofort zog der Sedan wieder an und war verschwunden, als die Männer die Einfahrt erreichten, dessen Tor weit offenstand.

Ich wartete einige Sekunden. Dann startete ich den Mercury und ließ ihn langsam die Second Street hinunterrollen. Vor der Einfahrt bremste ich ab. Es war die einzige Stelle, von der aus man bis zum Eingang des Bungalows hinaufschauen konnte.

Die beiden Männer standen vor der Tür, die gerade in dieser Sekunde geöffnet wurde. Ganz kurz konnte ich die blonde Maryline sehen. Einer versetzte Bastillieus Frau einen Stoß vor die Brust und beförderte sie ins Haus zurück. Einen Atemzug später waren die beiden Männer ihr gefolgt.

Dann war ich an der Auffahrt vorbei. Meine Gedanken überschlugen sich. Das war kein Höflichkeitsbesuch! Es sah aus, als liefe etwas aus dem Gleis. Aber mein Verstand sagte mir, daß zwischen Bastillieu und mir nichts schieflaufen konnte. Bastillieu war übervorsichtig.

Dennoch mußte der überfallartige Besuch dieser Männer etwas zu bedeuten haben. Und es war mein Job, Bastillieu gegen alles abzusichern, was unser Vorhaben gefährden konnte.

Ich fuhr langsam weiter, wendete und steuerte eine hinter einer dichten Hecke gelegene Parkbucht an.

Erst jetzt sah ich den Ford, der dort parkte. Ich sah den Mann im Wagen und den, der zwischen den Büschen stand und Bastillieus Haus beobachtete. Beide Männer trugen trotz der beinahe mörderischen Temperaturen korrekte graue Straßenanzüge, weißes Hemd und Binder.

Es handelte sich um Leute von Joe Maxwell, dem Kollegen, der seit Jahren versuchte, Perroni zu Fall zu bringen. Phils Anordnung, die Finger von René Bastillieu zu lassen, war also zu spät gekommen. Oder Maxwell hielt sich nicht daran.

Ich stoppte hinter dem Ford, als der Mann aus den

Büschen heraustrat und der andere den Wagen verließ. »Drüben tut sich was, Jimmy«, sagte der Mann, der Bastillieus Bungalow beobachtet hatte.

Der Fahrer stieß sich den Hut in den Nacken, schaute seinen Kollegen an und wandte den Blick schließlich in meine Richtung.

Ich kurbelte die Scheibe herunter und zündete mir eine Zigarette an. Ein guter Geist hatte mir die Eingebung gegeben, in die Second Street hinauszufahren. Ich sah den beiden Kollegen aus Miami regelrecht an, daß sie im Begriff standen, eine Dummheit zu begehen. Sie würden Bastillieu und mir schaden, wenn sie als G-men zum Bungalow hinübergingen, um die Lage auszukundschaften.

Der Mann, der aus dem Ford gestiegen war, starrte mich noch immer mißtrauisch an, als ich den Mercury verließ und mich streckte. Er zögerte einen kurzen Moment und warf seinem Kollegen einen schnellen Blick zu. Der nickte. Sie sprachen kein Wort. Dennoch war deutlich, daß sie mich zu den Kerlen zählten, die drüben im Bungalow verschwunden waren.

Ich blieb an die Kühlerhaube gelehnt stehen und wartete auf Jimmy, den Mann mit dem Hut, ohne seinen Kollegen auch nur für den Bruchteil einer Sekunde aus den Augen zu lassen. Der schob seine Rechte langsam unter das Jackett.

Noch zwei Schritte trennten Jimmy von mir, als ich mit einem Satz auswich, den 38er zog und Jimmy in die Mündung schauen ließ.

Damit hatte er nicht gerechnet. Er blieb stehen, als wäre er gegen ein unsichtbares Hindernis gelaufen. Der andere vergaß seine Waffe und zog die Hand wieder unter dem Jackett hervor.

»Okay«, sagte ich leise. »Ich sehe, wir verstehen uns. Wir steigen jetzt in euren Wagen und warten ab.«

»FBI«, sagte der mit dem Hut und wollte in die Tasche greifen, um sich auszuweisen.

»Das macht nichts«, antwortete ich kühl. »Wenn ich an eurer Stelle wäre, würde ich nichts unternehmen, was euer

Leben abkürzen könnte. In den Wagen! Und dann die Kanonen zu mir auf den Rücksitz!«

Sie erzählten mir etwas von den Konsequenzen, die ich zu tragen hätte, befolgten meinen Befehl aber zähneknirschend. Wenig später hatte ich ihre Dienstwaffen auf dem Rücksitz.

Damit war die erste Gefahr gebannt. Jetzt konnte niemand mehr den Kerlen nachstiefeln, die Maryline Bastillieu einen Besuch abstatteten. Daß die beiden der Frau übel mitspielten, daran glaubte ich nicht. Vielleicht stellten sie ihr ein paar Fragen, auf die Maryline eine vorher abgesprochene Antwort wußte.

»Hören Sie, Mister«, sagte der Mann mit dem Hut. »Wir sind nicht allein. Das kann verdammt hart für Sie werden, Mann!«

Ich grinste ihn an und deutete auf das Funksprechgerät. »Stellt eine Verbindung zu Maxwell durch!« sagte ich.

Ungläubig starrten sie mich an.

»Verdammt, tut, was ich sage!«

Jimmy, der Hutträger, drehte an den Knöpfen. Es rauschte im Kanal. Dann meldete sich die Zentrale.

»Meyers«, sagte der Hutträger. »Gib mir Maxwell!«

»Was ist los, Meyers?«

Er warf einen Blick zurück. Ich schüttelte den Kopf.

»Du sollst mir Maxwell geben und keine Fragen stellen, Mann!«

Es knackte einige Mal. Dann befand sich Joe Maxwell am anderen Ende der Leitung. Ich nahm Meyers das Mikrofon ab.

»Hören Sie zu, Maxwell«, sagte ich scharf. »Ich habe zwei Ihrer Leute in der Second Street vor Bastillieus Bungalow erwischt. Die Anordnung aus Washington lautete: Keine Aktivitäten in Bastillieus Richtung! Ich sehe schwarz für Ihre Pension, Mann!«

Sekundenlang herrschte Stille auf allen Kanälen. Dann meldete sich Maxwell mit einem Fluch. »Eine Vorsichtsmaßnahme«, sagte Maxwell, den ich noch nie gesehen hatte. »Ich kenne die Stadt und die Leute. Ich kann am besten . . .«

»Ist Phil Decker in der Nähe?« unterbrach ich seinen Redefluß.

»Moment.« Es dauerte wirklich nur Sekunden, dann meldete sich Phil.

»Mach ihm deutlich, daß es ihn seinen Job kostet, wenn er aus der Reihe tanzt, Phil!« sagte ich, ohne meinen Namen zu nennen. »Bastillieu ist nicht im Haus, und zwei Kerle haben seiner Frau gerade einen Besuch abgestattet. Ich glaube nicht, daß es ein Grund zur Aufregung ist. Schick jemand mit einer Kamera raus! Ich will die Kerle im Foto verewigt haben. Vielleicht werden wir dann schlauer. Und sag Maxwell, er soll seine Leute abziehen! Endgültig.«

»Okay, Jerry. Wir brauchen etwas mehr als eine halbe Stunde.«

»Solange halten wir hier Wache.«

Ich wollte das Gespräch schon beenden, als Phil sagte: »Washington hat grünes Licht gegeben. Die Sache ist in den nächsten Tagen überstanden. Wenn du René triffst, nagle ihn gleich fest! Wir kümmern uns um seine Frau.«

Für mich war das ungefähr so wie für ein kleines Kind Weihnachten. Grünes Licht aus Washington! Das hieß, Bastillieu würde heute abend genau wie seine Frau von der Bildfläche verschwinden. Kurz danach würden wir zu dem entscheidenden Schlag gegen Perroni ausholen.

»Erst dann, wenn Bastillieu damit einverstanden ist, Phil«, sagte ich. »Wir haben keine Veranlassung, etwas zu überstürzen. Komm selber raus! Ich warte mit Maxwells Leuten gegenüber dem Bungalow in einer versteckten Parkbucht. Wenn die Kerle vorher verschwinden, folgen wir ihnen und halten über Funk Kontakt. Ende.«

Jetzt beendete ich das Gespräch, gab das Mikrofon an Jimmy Meyers zurück und zündete mir eine Zigarette an.

Maxwells Männer starrten mich an wie einen Geist. Im Duett strichen sie sich über die feuchtglänzende Stirn, nahmen die Waffen an sich, die ich ihnen zurückgab, und ließen sie verschwinden.

»Wir hatten unsere Anweisung«, sagte Jimmy Meyers.

Ich nickte. »Niemand macht euch einen Vorwurf«, sagte ich. »Jetzt erhaltet ihr eure Anweisungen bis auf weiteres von mir.«

»Selbstverständlich, Sir.«

Ich lehnte mich in die Polster des Wagens zurück, nachdem ich Meyers' Kollegen wieder zwischen die Büsche geschickt hatte, damit er auch weiterhin den Bungalow beobachtete.

René Bastillieu war nervös. Unentwegt überlegte er und suchte nach allen möglichen Auswegen.

Dabei war es längst zu spät. Er hatte sich festgelegt. Es gab keinen Weg zurück.

Man war an ihn mit einem konkreten Vorschlag herangetreten, und er hatte zugestimmt.

Den Kopf eines Mannes für ein neues Leben!

Den Kopf eines Mannes?

Den Kopf eines gefräßigen Ungeheuers, das auf Profit aus war und sich niemals Gedanken darüber machte, daß Leichen seinen Weg säumten!

In Gedanken war Bastillieu alles hundertmal und mehr durchgegangen. Es gab keinen Unsicherheitsfaktor in seiner Rechnung. Er brauchte nur darauf zu warten, seine Aussage zu machen, als Kronzeuge gegen Perroni aufzutreten, um dann als neuer Mensch, mit neuen, sauberen Papieren in eine neue Zukunft zu starten.

Er würde alles, die Vergangenheit und die Gegenwart auf einen Schlag hinter sich lassen.

Die Gedanken bohrten in dem Mann aus Marseille, der durch die Heirat mit Maryline einen amerikanischen Paß besaß.

»Noch einen Drink, Sir?« fragte der kubanische Barmann.

Bastillieu nickte abwesend. Auf einen Drink mehr oder weniger kam es nun auch nicht mehr an. Er hatte Dolores einen Stein in den Weg gerollt und Perroni Stoff zum Nachdenken gegeben. Und hier, in der Red Horse Bar in Miami

Beach, in der es eine Klimaanlage gab, fühlte sich Bastillieu gut aufgehoben. Es bestand für ihn nicht die geringste Veranlassung, diesen Platz mit der Hölle dort oben unter der glühenden Sonne zu tauschen.

»Pernod mit Eis und frischem Wasser!«

Bastillieu lebte seit mehr als sechs Jahren in den Staaten, aber seine Trinkgewohnheiten aus Marseille hatte er sich noch immer nicht abgewöhnt.

»Drei Pernod mit Eis und Wasser!«

Bastillieu hatte die beiden Männer in die Bar kommen sehen, aber ihnen keine Beachtung geschenkt. Er kannte sie nicht. Doch als jetzt einer der beiden die Zusatzbestellung aufgab, wußte er, daß sie nicht die harmlosen Gäste waren, für die er sie auf den ersten Blick gehalten hatte. Ein untrüglicher Instinkt, der sich in langen Jahren entwickelt hatte, sagte ihm, daß die beiden Männer ihm nichts Gutes brachten.

Bastillieu schaute sich um. Er kannte einige Leute. Aber nicht einen, der etwas für ihn tun konnte, wenn es Schwierigkeiten gab. Mit einem Ruck wollte er sich nach links drehen, um der Zange zu entgehen, in die ihn die beiden genommen hatten.

»Keine Panik, René!«

Bastillieu zuckte zusammen. Der Mann sprach französisch. Ein Dialekt, der seine Herkunft auf den ersten Ton verriet: Marseille.

»Wirklich kein Grund zur Aufregung, René.«

Der zweite Mann kam ebenfalls aus Marseille. Zumindest mußte er sich lange dort aufgehalten haben. Er war Marokkaner, Tunesier oder Algerier. So genau ließ sich das auf den ersten Blick nicht feststellen.

Bastillieu wandte sich wieder der Theke zu. Er nahm seinen Pernod, nachdem er ihn mit Wasser aufgefüllt hatte. Langsam trank er einen Schluck.

»Was wollt ihr?« fragte er auf englisch.

Wortlos griff der Mann mit dem nordafrikanischen Einschlag in die Tasche und legte ein Foto auf die Theke.

Ein Foto, das zweifelsohne in Marseille aufgenommen worden war. Es zeigte den Haupteingang des Zuchthauses. Davor einen Mann, der gegen die Sonne blinzelte und eine Ausgabe des Figaro in der Hand hielt. Man sah ihm die 15 Jahre nicht an, die er hinter Gittern verbracht hatte.

Jacques Antoil!

Das Datum auf der Ausgabe des Figaro war deutlich zu erkennen. Die Ausgabe war beinahe auf den Tag genau ein Jahr alt.

Bastillieu starrte auf das Foto, trank noch einen Schluck und zündete sich eine Zigarette an. Obgleich er sich alle Mühe gab, konnte er es nicht verhindern, daß seine Finger zitterten. Dann schob er das Foto mit einer brüsken Bewegung beiseite.

»Eine gute Montage«, sagte er, obgleich er nicht einen Moment daran zweifelte, daß es sich um ein echtes Foto handelte.

Der Nordafrikaner lachte auf. Der andere Mann deutete zum Telefon, das zwischen den Flaschen im Regal stand. »Ruf zu Hause an, René!«

Eine Aufforderung ohne jeglichen Druck und doch so zwingend, daß sich Bastillieu den Apparat auf die Theke stellen ließ.

Seine aufgescheuchten Nerven beruhigten sich. Langsam wählte er seine eigene Nummer. Mehr als zwei Sekunden verstrichen, bis am anderen Ende der Leitung der Hörer abgenommen wurde.

Der Mann hatte eine rauhe, kratzende Stimme. Er meldete sich in Bastillieus Muttersprache.

Bastillieu spürte, wie sich seine Muskeln verkrampften und ihm der Schweiß auf die Stirn schoß. »Gib mir meine Frau!« sagte er leise.

»Moment.«

Aus dem Hintergrund war die Stimme eines anderen Mannes zu hören. »Dein Mann, Maryline. Sprich mit ihm! Sag ihm, was du willst! Du hast genau eine halbe Minute.«

Zuerst hörte Bastillieu nur ein trockenes Schluchzen.

Dann hatte Maryline sich gefangen. »Ich habe Angst, René«, sagte sie mühsam beherrscht. »Wer sind diese Männer?«

Bastillieu schluckte trocken. Das Foto war wirklich keine Montage. Jacques Antoil befand sich auf freiem Fuß. 25 lange Jahre hatten vor Antoil gelegen. Eine Zeit, die in einem mörderischen Zuchthaus wie dem von Marseille kaum ein Mensch überlebte. Bastillieu hatte das Kapitel lange abgehakt. Jetzt war Antoil von den Toten auferstanden! Natürlich hatte er ihn gesucht, und natürlich hatte er ihn gefunden.

Bastillieu zerquetschte die angerauchte Zigarette im Ascher.

»Wer sind diese Männer, René?« fragte Maryline mit dünner Stimme.

»Haben sie dir etwas getan?«

»Nein. Sie sind hereingekommen und haben gesagt, sie erwarten einen Anruf von dir. Sie haben mich überrumpelt. Zu nahe getreten ist mir niemand. Noch nicht.«

Das »noch nicht« brannte wie ein höllisches Feuer in Bastillieu. »Sie werden dir auch nichts tun, Darling«, versprach er ruhig. »Halte dich genau an das, was sie sagen! Verstehst du? Es wird alles gut werden. Verlaß dich auf mich!«

Bastillieu sagte es leichthin und wunderte sich selbst darüber, wie glatt ihm die Lüge über die Zunge rutschte. Er wußte es besser. Antoil hatte ihn gefunden. Nichts würde gut werden. Alles, was er sich vorgenommen hatte, war auf einen Schlag zu Bruch gegangen. Kein neues Leben mit neuen Pässen in einem anderen Land.

Die Vergangenheit, die er längst abgestreift hatte, hatte ihn in diesem Moment wieder eingeholt und machte alle seine Pläne zunichte.

Maryline wollte noch etwas sagen. Jemand nahm ihr den Hörer aus der Hand. Bastillieu hörte den erschrockenen Schrei seiner Frau.

Dann meldete sich der Mann, der eben schon den Hörer abgehoben hatte. »Wir warten zehn Minuten, René«, sagte der Mann auf französisch. »Bis dahin haben meine Freunde mich angerufen und mir gesagt, daß alles in Ordnung ist. Sonst wird es dir und deiner Frau sehr schlecht ergehen«.

Es klickte in der Leitung. Bastillieu schob den Apparat beiseite und trank sein Glas leer. Er zündete sich eine frische Zigarette an, um die Nervosität zu überspielen, die ihn befallen hatte.

Die beiden Männer, die ihn hier abgefangen hatten, schenkten ihm kaum noch Beachtung. Auf jeden Fall sah es nicht so aus, als befürchteten sie von ihm noch irgend etwas.

»Wie soll das weitergehen?« fragte Bastillieu. Er hatte eingesehen, daß es sinnlos war, sich gegen das Unabänderliche aufzubäumen.

»Jacques erwartet dich.«

Bastillieu nickte. »Warum erledigt ihr die Sache nicht und laßt meine Frau aus dem Spiel? Sie hat keine Ahnung, was damals in Marseille gelaufen ist.«

»Niemand wird ihr ein Haar krümmen, wenn du nicht verrückt spielst, René. Und es ist nicht so, wie du denkst. Jacques hätte zwar allen Grund, dich zur Hölle zu schicken, aber er hat andere Pläne.«

»Was heißt das?«

»Du wirst es früh genug erfahren. Draußen steht ein Wagen mit einer Frau am Steuer. Ein weißer Buick. Das Mädchen heißt Yvonne. Sie wird sich um dich kümmern. Vergiß nicht, daß wir deine Frau haben! Du tust genau das, was wir dir sagen.«

»Bleibt mir eine andere Wahl?«

»Du könntest versuchen, aus der Reihe zu tanzen und den starken Mann zu spielen, René. Dann wird Maryline sterben, und dich bekommen wir doch dahin, wohin wir dich haben wollen. Du weißt, daß das kein Spaß ist.«

René Bastillieu wußte es.

Er warf einen schnellen Blick zur Uhr. Die zehn Minuten waren fast abgelaufen.

»Ruf an!« wandte er sich an den Nordafrikaner. »Sag deinen Freunden, daß ich mit allem einverstanden bin!«

»Bist du sicher?«

»Wenn ihr mir garantiert, daß Maryline aus der Sache herausgehalten wird.«

»Jacques ist nicht an deiner Frau, sondern an dir interessiert. Du verschwindest! Niemand wird wissen, wo du bist. Das ist alles.«

Bastillieu nickte. »Ruf an!« wiederholte er.

Der Nordafrikaner wählte. Das Gespräch dauerte nicht länger als zwei Sekunden. Dann legte er wieder auf.

»In einer Stunde geht das Schiff«, sagte der andere. »Yvonne hat eine Doppelkabine gebucht. Es wird eine amüsante Überfahrt für dich, René. Zwei unserer Leute bleiben in Miami. Sie werden Maryline nicht aus den Augen lassen. Zwei weitere Leute von uns sind an Bord des Kreuzfahrtschiffes. Du kannst dich zwar frei bewegen, tun und lassen, was dir Spaß macht, aber du bist ein Gefangener. Haben wir uns richtig verstanden?«

Bastillieu nickte.

»Okay, dann verschwinde! Wir bezahlen deine Rechnung.«

Wie in Trance wandte sich Bastillieu ab. Mit hölzern wirkenden Schritten verließ er die Bar. Er taumelte die Treppe hinauf und schloß geblendet die Augen, als der Tag und die Sonne ihn wieder hatten.

Für einen Moment blieb er stehen, rieb sich die Augen und schaute sich dann um.

Er sah den weißen Buick, der rechts neben dem Eingang parkte. Die Frau hinter dem Steuer war eine Eurasierin. Sie rauchte, schaute in seine Richtung und lächelte.

Bastillieu kämpfte den Wunsch nieder, einfach wegzulaufen. Es war sinnlos. Selbst wenn er Cotton, seinen Vertrauensmann vom FBI, anrief. Möglicherweise würde ihn der erste Schritt in die falsche Richtung das Leben kosten. Ihn und Maryline.

Antoil war immer ein vorsichtiger Mann gewesen. Nach den 15 Jahren, die er im Zuchthaus von Marseille geschmort hatte, würde er noch vorsichtiger geworden sein.

Langsam setzte sich René Bastillieu in Bewegung. Er erreichte den weißen Buick, öffnete die Tür und ließ sich auf den Beifahrersitz sinken. »Salut, René.«

Bastillieu schaute die Frau an. Eine enge schwarze Hose spannte sich um Schenkel und Hüften. Darüber eine weiße Bluse, die durchsichtig war, wenn die Sonne so wie jetzt auf den Stoff fiel. Eine schöne Frau. Mindestens so schön wie Dolores Ortega de Arragón.

»Salut«, sagte René Bastillieu. »Hast du eine Waffe?«

Yvonne lachte auf. Sie hob die Hände und zeichnete mit den Handflächen die Formen ihres aufregenden Körpers nach.

»Ich bin eine Waffe, René. Jacques hat gesagt, ich soll dich gut behandeln. Er braucht einen Mann, der topfit ist und den Gedanken abgelegt hat, daß man ihn umbringen will.«

»Woher kennst du Jacques Antoil?«

»Von Martinique her«, antwortete Yvonne. »Er hat in einem Jahr viel geschafft. Aber er hat größere Pläne. Du bist der Mann, mit dem er sie verwirklichen will.«

Bastillieu verstand gar nichts mehr. Er hatte immer angenommen, er werde ein toter Mann sein, falls er Jacques Antoil noch einmal über den Weg lief. Jetzt hatte es den Anschein, als sei all das vergessen, was sich vor 15 Jahren in Marseille ereignet hatte.

»Fahr los, Yvonne!« sagte René Bastillieu mit rauher Stimme. »Ich brauche einen Drink und hoffe, die Bordbar hat geöffnet.«

»Wir haben eine Bar in der Kabine«, antwortete die Eurasierin. Die Zunge tanzte über ihre Lippen, als sie René von der Seite her ansah. In ihren Augen lag das gleiche begehrliche Flackern, das Bastillieu heute schon einmal bei Dolores gesehen hatte.

Der weiße Buick ruckte an. Als Bastillieu einen schnellen Blick zurückwarf, sah er den Nordafrikaner und den Franzosen aus der Bar treten. Sie blieben am Bordstein stehen. Mißtrauisch schauten sie dem Buick nach.

Wir warteten länger als zwei Stunden. Maxwells Männer hatten wir weggeschickt. Drüben im Bungalow tat sich die ganze Zeit über nichts. Ich beobachtete die Fensterfront mit einem starken Glas. Hin und wieder ein Schatten. Mal der eines Mannes, mal der von Maryline Bastillieu.

»Vielleicht Bekannte, die auf Bastillieu warten«, vermutete Phil. Leicht möglich. Doch ich wollte auf Nummer Sicher gehen.

Phil rauchte Kette. Er verfluchte die stechende Sonne und konnte nicht verbergen, wie sehr ihn die Warterei mitnahm.

»So wie du aussiehst, könntest du rübergehen und sie um ein Stück Brot und einen Schluck Wasser bitten«, sagte Phil.

Ich schaute an mir hinunter. So unrecht hatte mein Freund gar nicht. Das T-Shirt war angegraut, die Jeans waren abgewetzt, und die Turnschuhe ausgetreten. Dazu kam, daß ich mich seit zwei Tagen nicht mehr rasiert hatte. Das alles nur, damit auch der mißtrauischste Zeitgenosse in mir keinen Polizisten erkennen konnte.

»Ich treffe Bastillieu spätestens um acht Uhr heute abend«, sagte ich. »Nachdem ich mit ihm gesprochen habe, ziehst du Maryline aus dem Verkehr, wir starten den Schlag gegen Perroni, und drei Stunden später bin ich wieder so menschlich gekleidet, daß du mich ins beste Restaurant der Stadt zum Essen einladen kannst!«

Phil ließ seine Zigarette fallen, drehte die Kippe mit dem Absatz in den weichen Rasen und zuckte zusammen, als drüben die Tür geöffnet wurde.

Die beiden Männer erschienen im Eingang. Hinter ihnen Maryline Bastillieu. Ein Bild des Friedens und der Eintracht. Nichts, was einen Menschen mißtrauisch machen konnte. Dennoch traute ich dem Frieden nicht.

Phil hatte die Kamera hochgehoben. Er stützte das lange Teleobjektiv mit einer Hand ab, stellte die richtigen Werte ein und begann ein Bild nach dem anderen zu schießen.

Der Verschluß klickte wie ein Maschinengewehr. Mindestens der halbe Film war verschossen, als die beiden Männer die Second Street erreichten und abwartend am Bordstein stehenblieben. Einige Sekunden verstrichen. Dann kam der Sedan, der die beiden vorhin abgesetzt hatte. Die beiden Männer stiegen ein, während Phil weiter fotografierte. Als der Sedan um die erste Kurve verschwand, hatte Phil sein Filmmaterial restlos aufgebraucht.

»Okay«, sagte ich. »Fahr ihnen nach und versuch etwas herauszufinden! Laß die Kamera von Maxwells Leuten abholen!«

Phil nickte und enterte den Chevy. »Um acht Uhr heute abend!« rief ich ihm nach. »Ich melde mich, sobald ich mit René Bastillieu gesprochen habe.«

Phil lenkte den Wagen aus der Parkbucht, brachte ihn mit jaulenden Reifen auf die Straße und folgte dem Sedan, von dem schon lange nichts mehr zu sehen war.

Um sieben Uhr abends dachte René Bastillieu an Bord der *Christina* an die Verabredung, die er in einer Stunde mit seinem Vertrauensmann vom FBI in Miami haben sollte. Zu diesem Zeitpunkt war Florida so weit hinter ihnen zurückgeblieben, daß man nicht einmal mehr den Schatten des Küstenstreifens sah.

Bastillieu lag auf dem breiten Doppelbett in der Luxuskabine. Neben sich eine Flasche Pernod, ein Kübel mit Eis und eine Karaffe mit frischem, klarem Wasser. Obgleich die Klimaanlage lief, schwitzte Bastillieu. Er trank und versuchte sich vorzustellen, was ihn erwartete, nachdem sich seine ursprünglichen Zukunftspläne zerschlagen hatten.

Bei seinem Rundgang durch das Schiff hatte er niemand entdecken können, der ihm besondere Beachtung schenkte. Dennoch war er sicher, daß der Nordafrikaner nicht gebluftt hatte. Er konnte sich frei bewegen, konnte tun und lassen, was er wollte, aber er war ein Gefangener. Sie hatten ihn unter Kontrolle. Sie überwachten jeden seiner Schritte und ließen ihm keine Chance.

Als die Kabinentür aufging, fuhr Bastillieu wie ein ertappter Sünder zusammen. Mit einem Ruck richtete er sich im

Bett auf. Durch den vielen Alkohol war sein Blick etwas verschwommen.

»Wovor hast du Angst?« fragte Yvonne, die die Kabine betrat. »Ich tue dir nichts, was du nicht auch willst. Wovor also hast du Angst, René?«

Bastillieu rieb sich die Augen, tastete mit zitternden Fingern nach den Zigaretten und zündete sich ein Stäbchen an. »Wo sind die anderen?« fragte er dann.

Die weiche Matratze gab nach, als sich Yvonne neben ihn auf das Bett gleiten ließ. »Wen meinst du?«

Bastillieu starrte sie an. Er war angetrunken, aber sein Gedankenapparat war in Ordnung, und er verstand etwas von Menschen. Er konnte es jemand ansehen, ob er log oder nicht. Jedenfalls hatte er das bislang immer geglaubt. Als er nun die schöne Eurasierin anschaute, war er sich seiner Sache nicht mehr so sicher.

Allem Anschein nach wußte sie wirklich nicht, was sich abgespielt hatte und was sich noch abspielen sollte. Sie sollte ihn begleiten und ihm die Reise so angenehm wie möglich gestalten. Dafür wurde sie bezahlt. Sicher kannte sie Jacques Antoil. Aber sie wußte wohl nichts von den Dingen, die sich damals in Marseille ereignet hatten.

Bastillieu stand auf. Er ging ins Bad und stellte sich unter die Dusche. Es war nicht gut, sich zu betrinken. Er mußte einen klaren Kopf bewahren. Für sich selbst und für Maryline – falls sie noch lebte.

Antoil war unberechenbar. Vielleicht hatte er es für besser gehalten, Maryline auszuschalten. Das war der sicherste Weg, seine Spur völlig zu verwischen.

Der Duschvorhang wurde beiseite geschoben. Mit einem Schritt stand Yvonne bei ihm in der Kabine, die so eng war, daß sie sich dicht an ihn pressen mußte, um neben ihm Platz zu finden.

Bastillieu hatte sich vorgenommen, sich nicht mit ihr einzulassen. Jetzt ging alles so schnell, daß ihm gar keine Chance blieb, der Eurasierin auszuweichen.

Er spürte ihren warmen, festen Körper, die Arme, die sich

um seinen Hals schlangen, und vor seinem Gesicht sah er ihre vollen roten Lippen aufspringen.

Bastillieu hielt sie fest an sich gedrückt. Er küßte sie mit einer Leidenschaft, als sei er sicher, daß sie die letzte Frau war, die er jemals im Leben besitzen würde.

Noch etwas anderes spielte unterschwellig mit: Jacques Antoil hatte ihn voll im Griff. Yvonne sollte dem ehemaligen Freund berichten, daß es mit ihm, Bastillieu, nicht die geringsten Schwierigkeiten gegeben hatte. Instinktiv ahnte René, daß er das Vertrauen der Eurasierin erringen mußte, um überhaupt noch eine Chance zu haben.

Yvonne bewegte sich in seinen Armen. Leise Laute drangen über ihre Lippen. Ihre Hände tasteten an seinem Körper hinab. Sie regten ihn so sehr auf, daß es für ihn kein Zurück mehr gab.

Er griff nach hinten, stellte die Dusche ab und drängte Yvonne aus der Kabine. Dann hob er sie auf den Arm und trug sie zum breiten, weichen Bett. Sekundenlang blieb er vor dem Bett stehen und schaute auf den nackten, aufreizenden Frauenkörper hinab.

Ich muß sie für mich gewinnen! durchschoß es René Bastillieu. *Sie wird auf Martinique die einzige Person sein, die ich neben Jacques Antoil kenne. Vielleicht ist sie mir von Nutzen. Vielleicht bietet sich mir eine Chance, und ich brauche sie!*

Wenig später, als er neben sie aufs Bett glitt, als sie sich mit den geschmeidigen Bewegungen eines Raubtieres über ihn rollte, schalteten seine Gedanken völlig ab.

Der Zeiger der Uhr tickte unbarmherzig voran. Um acht Uhr wollte ich mich mit René Bastillieu treffen. Jetzt war es halb neun.

Der Parkplatz nahe der Beach war groß wie ein Fußballfeld. Nur vereinzelt standen noch Fahrzeuge herum. Pärchen, die sonst keinen anderen Ort kannten, an dem sie ungestört zusammensein konnten. Hier hatte ich mich in letzter Zeit immer mit Bastillieu getroffen.

Ich rauchte, stellte das Radio leise an, und meine Blicke klebten förmlich auf der Einfahrt zum Parkplatz, den man nur über diese eine Zufahrt erreichen und verlassen konnte.

Drei Fahrzeuge waren in der letzten halben Stunde gekommen. Fahrzeuge, die mit je zwei Personen besetzt waren, die sich eine freie Parkbox zwischen den Büschen suchten, wo sie ungestört waren.

Meine Nerven vibrierten. Wochenlang hatten Phil und ich auf diesen Moment hingearbeitet. Wenn jetzt noch etwas dazwischenkam ...

Ich dachte unwillkürlich an die Männer, die Maryline Bastillieu einen Besuch abgestattet hatten. Leute von Perroni? Vielleicht war der Mafioso seinem Adjutanten doch auf die Schliche gekommen ...

Ich warf die angerauchte Zigarette aus dem Fenster. Sie landete direkt vor den Füßen zweier junger Burschen, die sich unbemerkt dem Wagen genähert hatten. Jetzt rissen sie die Beifahrertür mit einem Ruck auf.

Das fahle Mondlicht reflektierte in der breiten Schneide eines Messers, das einer der beiden in der Faust hielt. In der Hand des anderen sah ich eine schwere Kette baumeln, die klatschend gegen die Karosserie des alten Mercury schlug.

»Raus aus dem Wagen!«

Bevor der mit dem Messer die Worte richtig heraus brachte, stieß ich die Tür an meiner Seite auf und ließ mich aus dem Wagen fallen.

Den Schatten des dritten Burschen sah ich zu spät. Genaugenommen erst, als sich sein schwerer Motorradstiefel in meine Seite bohrte und mir die Luft aus den Lungen preßte.

»Das hier ist eine geschlossene Gesellschaft«, hörte ich eine Stimme wie aus weiter Ferne an mein Ohr klingen. »Außenstehende haben Eintritt zu zahlen. Bei 'ner Peepshow mußt du schließlich auch zahlen, Opa!«

Ich blieb liegen, obgleich die Schmerzen schon wieder wie weggewischt waren und ich frei durchatmen konnte. Sollten sie glauben, ich sei k.o.!

Inzwischen waren auch die beiden anderen um den

Wagen herumgetreten. Sie grinsten zu mir hinab. Der Messerheld begann sich mit der Spitze die Nägel zu maniküren.

Ich stöhnte auf und drehte mich zur Seite. So gelangte ich dicht genug an den mit der Kette und an den mit dem Messer heran. Sie erwarteten von mir, daß ich ihnen meine Brieftasche zur Benutzung überließ. Statt dessen jedoch sichelte mein rechtes Bein nach vorn.

Es war genau die richtige Distanz.

Mein Fuß traf den Messerhelden, schleuderte ihn beiseite und ließ ihn gegen seinen Kumpan mit der Kette taumeln.

Die zwei Sekunden Luft, die ich mir durch diese Aktion verschaffte, reichten aus, um wieder auf die Beine zu kommen.

Der Bursche, der mich eben getreten hatte, versuchte auszuweichen. Ich traf ihn mit einem wilden Schwinger am Kopf und warf ihn auf den noch warmen Asphalt des Parkplatzes. Er schlug unglücklich mit der Schulter auf und brüllte wie am Spieß.

Dann hatten auch die beiden anderen Helden wieder festen Stand gefunden. Den brauchten sie auch, denn mit weit aufgerissenen Augen starrten sie in den Lauf meines 38ers, den ich aus dem Schulterholster gezogen hatte. »Wo läuft denn jetzt die Peepshow?« fragte ich.

Das Messer fiel klirrend zu Boden. Die Kette des anderen folgte. Beide schüttelten sie gleichzeitig den Kopf. »Das war doch nur ein Witz, Sir«, stammelte der Messerheld.

Ich nickte. Ich hatte weder Zeit noch Lust, mich mit ihnen zu befassen. »Dann schnappt euch den anderen Witzbold und verschwindet! Wenn ich euch noch einmal auf diesem Parkplatz antreffe, geht's von hier aus gleich ins Bezirksgefängnis.«

Der Treter war so unglücklich auf die Schulter gefallen, daß er sich das Schlüsselbein gebrochen hatte.

Er schrie noch immer, als die anderen ihn in die Mitte nahmen und losrannten, als säße ihnen der Leibhaftige im Genick.

Ich versetzte der Kette und dem Messer einen Tritt. So

beförderte ich die Gegenstände unter den nächsten Busch, bevor ich mich wieder in den Mercury setzte.

Die Zeiger der Uhr standen auf 8.45 Uhr abends. Ich wartete noch zehn Minuten. Dann griff ich zum Sprechfunkgerät und versuchte Phil zu erreichen. Er war unterwegs. Es dauerte eine Weile, bis die Zentrale die Verbindung zu ihm hergestellt hatte.

»René Bastillieu ist nicht gekommen«, sagte ich.

»Vielleicht hat er es sich anders überlegt, Jerry.«

»Unmöglich! Es muß etwas passiert sein. Was ist mit den Männern, die bei Maryline eindrangen?«

»Zwei Franzosen. Niemand kennt sie. Der Mann, der sie gefahren hat, ist ebenfalls Franzose. Es war ein Leihwagen. Der Kerl heißt Maurice Dantone. Ich habe seine Adresse.«

Ich ließ mir die Adresse von Phil geben. »Ich warte noch eine halbe Stunde. Dann fahre ich los. Wir treffen uns bei Maurice Dantone.«

»Okay, Jerry.«

Die halbe Stunde verstrich. Bastillieu blieb aus. Also machte ich mich auf den Weg und stoppte meinen Mercury eine halbe Stunde später hinter Phils Chevy.

Es war eine schlechte Gegend, die in der Hauptsache von emigrierten Kubanern bewohnt wurde. Englisch war hier eine Fremdsprache.

»Im dritten Stock«, sagte Phil und deutete an einer Fassade hoch, von der der Putz in breiter Front abblätterte. »Ich habe nachgefragt. Dantone ist zu Haus, aber nicht allein. Zwei Frauen sind bei ihm.«

Ich zog die Stirn kraus. Zwei Frauen! Das konnte Schwierigkeiten geben, wenn wir nicht auf der Hut waren. »Ist etwas über ihn bekannt?«

»Nichts«, antwortete Phil. »Er lebt seit zwei Jahren in Miami und arbeitet als Lagerverwalter bei einer französischen Frachtfirma, die ihren Hauptsitz in Marseille hat. Sollen wir ihn wegen heute nachmittag befragen?«

Deshalb war ich hergekommen. Ich wollte schon zustimmen, als ich die Telefonzelle auf der anderen Straßenseite entdeckte. »Moment«, sagte ich zu Phil und wechselte auf die andere Seite. Ich wählte die Nummer von Maryline Bastillieu.

»René ist nicht zum Treffpunkt gekommen, Maryline«, sagte ich, nachdem ich meinen Decknamen genannt hatte.

»Mein Gott«, antwortete sie bestürzt.

»Was ist los?« fragte ich. »Wir haben die Männer gesehen, die Ihnen heute nachmittag einen Besuch abstatteten. Haben die etwas damit zu tun, daß René die Verabredung nicht eingehalten hat?«

»Ich weiß es nicht. Es waren Franzosen. Man hat mir gedroht, mich umzubringen, wenn ich auch nur ein Wort darüber verliere. René hat sich auch bei mir noch nicht gemeldet. Ich habe Angst! Es ist etwas schiefgelaufen.«

»Unmöglich, Maryline. Niemand außer uns kannte Renés Pläne.«

»Aber er ist verschwunden.«

»Haben Sie Don Perroni in dieser Sache angerufen?«

»Nein. Was soll ich tun, Jerry?«

»Abwarten!« antwortete ich. »Ich rufe in einer Stunde noch einmal an.«

»Ich bin allein im Haus, und ich habe Angst, Jerry.«

»Kennen Sie das New Maritime Hotel?«

Sie kannte das Luxushotel, in dem ich zum erstenmal mit René Bastillieu zusammengetroffen war. Die Suite 134 war noch immer vom FBI auf meinen Decknamen Daniel Balmond gemietet. Dorthin hatte ich auch mit René gehen und den Schlag gegen Perroni vorbereiten sollen.

»Nennen Sie meinen Decknamen, Maryline! Sie bekomme die Suite 134. Achten Sie darauf, ob Ihnen jemand folgt! Okay?«

Für einen Moment schwieg sie. Es schien ihr nicht zu gefallen, ins New Maritime auszuweichen. Schließlich aber erklärte sie sich doch einverstanden.

Ich hängte ein und ging zu Phil auf die andere Straßenseite zurück. »Okay«, sagte ich. »Gehen wir nach oben! Ich bin gespannt, was Maurice Dantone uns zu berichten hat.«

Er schien ein ziemlich reines Gewissen zu haben, denn er öffnete schon nach dem ersten Klingelzeichen. Aber es schien nur so, als habe er ein reines Gewissen. Geöffnet hatte er so schnell, weil er jemand anders erwartete.

Dantone starrte Phil und mich wie zwei grüne Männchen vom Mars an. Dann versuchte er, uns die Tür vor der Nase zuzuschlagen. Ich warf mich mit der Schulter dagegen. Dantone rechnete nicht damit. Das Türblatt traf ihn voll und schleuderte ihn in den schmalen Gang zurück. Mit dem fetten Hintern landete er im Garderobenspiegel, der zu Bruch ging. Dantone tauchte mitten in die Scherben.

Er verzog das Gesicht, als habe er sich an einem edlen Körperteil verletzt.

Im nächsten Moment erschien eine seiner Besucherinnen auf dem Gang, wie der liebe Gott sie erschaffen hatte. Es machte ihr nichts aus, Phil und mir nackt gegenüberzutreten.

»Endlich«, sagte sie mit einer Stimme, die sich in den Spitzen überschlug. »Wir warten schon eine ganze Weile auf euch, Mann.«

Ein verräterischer Glanz lag in ihren Pupillen. Aus dem Raum, aus dem sie gekommen war, schlug uns eine Marihuanawolke entgegen.

Dann erschien auch der zweite Nachtfalter in der gleichen Aufmachung und im gleichen berauschten Zustand im Hausgang. Sie sah Phil und mich an und kicherte albern. »Ihr seid so süß, daß ich euch beide gleichzeitig vernaschen könnte.«

Dem Umstand, daß Dantone fluchend in den Scherben seines Spiegels saß, maßen die beiden keinerlei Bedeutung bei.

Phil winkte den beiden Grazien ab.

»Okay«, sagte er. »Geht mal wieder zurück! Wir kommen gleich.«

Eine verschwand sofort. Die andere blieb in der Tür stehen.

Noch einmal tastete ihr verschwommener Blick gleichermaßen über Phil und mich. »Das mit dem Honorar geht doch in Ordnung?« fragte sie.

Phil nickte. »Geht alles in Ordnung«, versprach er, folgte ihr bis zur Tür und konnte in den angrenzenden Raum sehen

»Ein privates Filmatelier«, sagte Phil zu mir, nachdem er die Tür hinter den beiden Frauen geschlossen hatte. »Der kleine Dreckspatz betreibt eine eigene Pornoproduktion und törnt seine Superstars mit Marihuana an.«

Dantone wollte sich aus den Scherben erheben. »Sitzenbleiben!« fauchte ich ihn an.

»Wer seid ihr eigentlich?«

»Nette Freunde, wenn du uns nicht verärgerst, Maurice. Wer waren die Männer, die du am Nachmittag in die Second Street nach Miami Beach gefahren hast?«

»Keine Ahnung, verdammt. Sie riefen an und gaben mir den Auftrag, den Fremdenführer zu spielen. Franzosen! Genau wie ich. Sie sprachen vielleicht kein Englisch.«

»Und konnten sich deshalb auch kein Taxi nehmen?« fragte Phil bissig.

»Wahrscheinlich.« Der kleine, untersetzte Mann nickte. »Ist es vielleicht verboten, Franzosen zu fahren?«

Phil wollte heftig erwidern, aber ich winkte schnell genug ab.

»Natürlich nicht, Maurice«, sagte ich. »Hast du weitere Aufträge erhalten?«

Dantone schüttelte den Kopf. »Bis jetzt nicht«, antwortete er. »Wer, zum Teufel, seid ihr?«

»Wir sind von der Gewerkschaft für Taxifahrer, Maurice. Wir mögen es nicht, wenn jemand ohne Lizenz und ohne unser Mitglied zu sein, den Kollegen die Arbeit wegnimmt.«

Maurice Dantone traute seinen Ohren nicht. Um ihn abzulenken, deutete ich auf die Tür, hinter der die beiden Frauen verschwunden waren.

»Scheint eine lustige Party zu werden, Maurice. Vielleicht rufe ich mal an und frage nach, ob ich mitmachen kann. Okay?«

»Da läßt sich immer etwas arrangieren.« Dantone erhob sich und warf einen traurigen Blick auf den zerbrochenen Spiegel. »Und wer bezahlt mir den Schaden?«

«Du hast die Franzosen nicht umsonst gefahren«, sagte ich. »Bezahl's von dem Geld! Wo hast du sie abgesetzt?«

»Irgendwo in der Stadt.«

Ich nickte, gab Phil ein Zeichen und trat den Rückzug an.

Draußen vor der Tür blieb Phil stehen und sah mich an wie jemand, an dessen Verstand man zweifeln mußte. »Wir hätten ihn . . .«

»Vielleicht wegen Besitz von Rauschgift«, sagte ich. »Schlüpfrig Filme kann er in der eigenen Wohnung drehen, soviel er will. Ich glaube ihm, daß er die Leute, die er gefahren hat, nicht kannte. Vielleicht sind sie noch in der Stadt. Vielleicht nehmen sie seine Dienste noch einmal in Anspruch. Dann haben wir eine Chance, die Burschen selber zu fragen, was sie mit Bastillieu zu tun haben. Und was sie mit ihrem Auftritt bei Maryline bezweckten. Maxwell soll einige Leute abstellen und Dantone überwachen lassen. Ich habe ein komisches Gefühl. Ich kümmere mich um Maryline. Vielleicht brauche ich dich noch einmal.«

Wir gingen nach unten und trennten uns.

»Franzosen«, sagte Phil, als ich meinen Wagen schon erreicht hatte. »Bastillieu soll in Marseille einmal ein großes Tier gewesen sein. Maxwell hat Unterlagen von Interpol. Ich habe ein lausiges Gefühl, Jerry.«

Am nächsten Morgen war die Katze aus dem Sack.

Bastillieu war verschwunden. Spurlos, sang- und klanglos.

Zum erstenmal bekam ich Joe Maxwell zu Gesicht, der Perroni seit Jahren vergeblich ein Bein zu stellen versuchte. Ihm war anzusehen, daß ihm Phils und meine Niederlage wie Öl herunterging.

»Auch Leute aus New York können keine Wunderdinge vollbringen, Cotton.« Maxwell bemühte sich zwar, es nicht gehässig klingen zu lassen. Aber da gab es einen Unterton in seiner Stimme, der mir sofort quer im Magen lag. »Soll ich Ihnen etwas verraten, Cotton?«

»Nur zu, Maxwell!« Ich trank einen Schluck von dem schier ungenießbaren Kaffee, der aus dem Automaten stammte und in New York auch nicht besser war.

»In einigen Tagen werden wir René Bastillieu finden. Ermordet nach Art des Hauses: Drei Kugeln, jede tödlich. Don Perroni wird die Beerdigung arrangieren und den größten Kranz spenden. Wenn das geschieht, dann habt ihr Bastillieu auf dem Gewissen. Ich wollte ihn überwachen lassen.«

Phil drückte seine Zigarette aus. »Sie haben ihn an der falschen Stelle zu überwachen versucht, Maxwell«, sagte mein Freund. »In der Second Street. Aber dort ist er den ganzen Tag über nicht aufgetaucht.«

Maxwell lief rot an. Er erhob sich rasch hinter seinem Schreibtisch und kippte den Pappbecher mit Kaffee um. »Das war's dann wohl«, sagte er sauer. »Ich wünsche euch einen guten Flug an die Ostküste. Wenn wir Bastillieus Leiche gefunden haben, gebe ich euch Nachricht. Vielleicht will einer von euch zur Beerdigung kommen.«

Bevor ich darauf antworten konnte, läutete das Telefon. Maxwell hob ab, meldete sich ungehalten und gab den Hörer schließlich an mich weiter. »Euer Chef aus New York, Kollegen. Schlechte Nachrichten machen schnell die Runde.«

Es war wirklich Mr. High. Ich erstattete ihm Bericht, ohne etwas auszulassen.

»Sie wissen also nicht, ob Bastillieu von sich aus verschwunden ist oder ob Perroni ihn sich geschnappt hat, Jerry?« fragte Mr. High.

»Wir wissen lediglich mit Bestimmtheit, daß er nicht greifbar ist, Sir«, antwortete ich.

»Wird er wieder auftauchen, Jerry?«

»Sie meinen, daß ihm die Nerven durchgegangen sind und er sich aus Angst abgesetzt hat?«

»Immerhin ist das eine Möglichkeit.«

»Ich glaube nicht daran, Phil auch nicht. Aber wir werden es herausfinden. Maxwell will uns zwar mit aller Macht aus Miami loswerden. Aber ich denke, das ist noch etwas verfrüht.«

»Sie sind also sicher, daß Bastillieu nicht nur den Schwanz eingezogen hat?«

»Ganz sicher, Chef.«

Für einen Moment rauschte es nur noch in der Leitung.

»Ich weiß nicht, was vorgefallen ist«, sagte ich. »Aber ich weiß, daß wir Bastillieu brauchen, wenn wir Don Perroni das Handwerk legen wollen.«

»Dann findet ihn!« sagte Mr. High. »Washington ist viel daran gelegen, die Rauschgiftroute Kolumbien-Miami auszuschalten. Das liegt auch im Interesse der kolumbianischen Regierung. Man hat sich auf Botschafterebene zusammengesetzt und diesen einhelligen Beschluß gefaßt. Findet Bastillieu! Schaltet mit seiner Hilfe Perroni aus oder schafft endgültige Klarheit, was mit Bastillieu geschehen ist! Ihr habt jede nur erdenkliche Vollmacht.«

Ich atmete zweimal tief durch. Ein Stein fiel mir von der Seele. »In Miami gibt es nur unvollständige Unterlagen über Bastillieus Zeit in Marseille, Sir. Jemand soll sich darum kümmern und uns die vollständigen Dossiers zukommen lassen.«

»Ich werde das veranlassen«, antwortete Mr. High. »Warum könnte das interessant sein?«

»Es sind plötzlich einige Franzosen im Spiel, und wir wissen nicht, wohin wir sie stecken sollen.«

»Okay, Jerry. Viel Glück!«

»Das können wir brauchen«, antwortete ich. »Vielleicht sprechen Sie kurz mit Maxwell, damit die Fronten klar abgesteckt sind.«

»Es ist euer Fall. Niemand hat sich darum zu kümmern. Es sei denn, ihr fordert ausdrücklich Hilfe an. Geben Sie mir Maxwell!«

Maxwell zog ein Gesicht, als habe er in eine Zitrone gebissen. Er nahm mir den Hörer mit einem wütenden Ruck aus der Hand. Seine Augen funkelten. Er sah aus, als sei er bereit, mich zur Hölle zu schicken.

Ich zündete mir eine Zigarette an und trank den Kaffee, obgleich er bitter wie Galle war. Maxwell hatte sich auf den Schreibtisch gesetzt, mitten in die Kaffeelache hinein. Er schoß mit einem Satz wieder in die Höhe. Das Mißgeschick besserte seine Laune auch nicht gerade auf.

»Jawohl, Sir«, sagte er einigemal und senkte dabei den Blick zu Boden. »Alles verstanden, Sir. Ende.«

Fast streichelnd legte er den Hörer auf die Gabel zurück, schaute mich an und verzog das Gesicht zu einem gequälten Grinsen.

»Daß ich mir in meinem eigenen Laden noch einmal von zwei Yankees Vorschriften machen lassen muß, das wäre mir nicht mal in einem Alptraum eingefallen«, sagte Joe Maxwell dann. »Okay, Gentlemen, nur ein Wort – und alle meine Männer springen auf eure Anordnung aus dem Fenster.«

Der FBI führte in Zusammenarbeit mit der Narcotic Squad einen Schlag gegen die Rauschgiftdealer der Stadt. Seit gestern abend liefen die Razzien. In die Szene war Unruhe eingekehrt. Dealer trauten sich nicht mehr auf die Straße. Süchtige jagten dem Stoff nach und führten die Kollegen in nicht wenigen Fällen gleich zur Quelle, die sofort trockengelegt wurde. Das hieß, Perroni, der das Geschäft sicher in der Hand hielt, mußten einige graue Haare mehr wachsen. Zwar kein Weg, um Perroni festzunageln. Aber doch ein Weg, ihn erst einmal zum Stillhalten und Nachdenken zu bewegen.

Und schließlich konnte diese Aktion ein Schutz für unseren Mann Bastillieu sein. Nämlich dann, wenn Perroni ihn wirklich geschnappt hatte und ihm vorwarf, mit der Polizei zusammenzuarbeiten. Wenn das der Fall war, mußte Perroni angesichts dieser Hexenjagd in der Rauschgiftszene einsehen, daß Bastillieu nichts damit zu tun haben konnte.

Denn wie konnte ein Mann, den man auf Eis gelegt hatte, der Polizei Hinweise geben? Also mußte Perroni einlenken und Bastilllieu bald wieder auf die Menschheit loslassen.

Das alles schoß mir durch den Kopf, während ich wieder in meinem billigen Hotel wartete. Die Sache Perroni war noch nicht abgeschlossen. Also durfte ich mich in den Fall auch nicht einschalten, um nicht als FBI-Agent enttarnt zu werden. Phil und die Kollegen aus Miami hatten die Wühlarbeit zu erledigen. Ich sollte erst dann aktiv werden, wenn Bastilllieu auftauchte oder man wenigstens eine Spur des Mannes gefunden hatte, mit dessen Hilfe wir Perroni den Garaus machen wollten.

Im Moment sah es nicht rosig aus. Doch früher oder später, dessen war ich mir ganz sicher, mußte eine so große und umsichtig angelegte Aktion zu einem Ergebnis führen. Dann ging den Kollegen jemand ins Netz, der mit dem Finger in genau die Richtung zeigte, in der wir Bastilllieu zu suchen hatten.

Im New Maritime Hotel wartete Maryline Bastilllieu auf ein Lebenszeichen ihres Mannes. Für Maryline gab es für Renés Verschwinden nur eine Möglichkeit: Don Perroni hatte Renés Pläne durchschaut und die Notbremse gezogen. Maryline fürchtete, sie stehe als nächste auf der Abschußliste der Familie.

Daß René nie mit ihr über die Geschäfte gesprochen hatte, konnte Perroni nicht wissen. Selbst wenn René es ihm sagte, würde Don Perroni es nicht glauben.

Die Ungewißheit um das Schicksal ihres Mannes und die Angst vor dem, was auf sie zukam, hatten Maryline nicht schlafen lassen.

Sie ließ sich das Frühstück kurz vor Mittag aufs Zimmer bringen, trank aber nur eine Tasse Kaffee. Jetzt stand die Blondine am Fenster, rauchte eine Zigarette und schaute auf die Einfahrt zum Hotel.

Auf den ersten Blick fiel ihr der rote Camaro auf, der

gerade in der Auffahrt geparkt wurde. Es mochte tausend rote Camaros in Miami geben. Aber Maryline war sicher, daß dieser Wagen Don Perroni gehörte. Es war der rote Camaro, mit dem auch René schon einmal nach Hause gekommen war.

Nervös zog die Blondine an der Zigarette. Heiße Asche fiel zu Boden. Maryline kümmerte das nicht. Sie fragte sich: Wenn es wirklich Perronis Leute waren, wie konnten sie ihre neue Adresse so schnell herausgefunden haben?

Eine Sekunde nur wälzte sie diesen Gedanken. Dann fiel es ihr wie Schuppen von den Augen.

Die Kerle hatten sie in der Second Street in Beach gesucht und den Notizblock entdeckt, auf dem sie gestern abend die Adresse des New Maritime Hotels und die Suitenummer aufgeschrieben hatte! Bei ihrer überstürzten Abreise hatte sie vergessen, den Zettel zu vernichten.

Die Tür des Camaro wurde geöffnet. Ein Mann stieg aus. Ein zweiter blieb im Fahrzeug sitzen.

Maryline kniff die Augen zu schmalen Schlitzen zusammen. Sie kannte eine Menge Leute, die in irgendeiner Art für Perroni arbeiteten. Der Mann dort unten kam ihr bekannt vor. Aber mit letzter Sicherheit erkannte sie ihn nicht.

Panik stieg in ihr auf. Man wollte sie holen! Perroni schickte einen Killer, um sie, das letzte Hindernis, aus der Welt räumen zu lassen.

Langsam, beinahe gemächlich bewegte sich der Mann, der eine helle Popelinjacke trug, auf den Eingang des Hotels zu. Niemand in diesem großen Kasten würde auf die Idee kommen, ihn aufzuhalten.

Der Publikumsverkehr war zu groß.

Marylines Gedanken überschlugen sich. Das Hotel erschien ihr als Mausefalle. Sie kannte sich nicht aus, wußte nicht, durch welches Loch sie noch entschlüpfen konnte.

Das Telefon stand neben dem Bett. Mit hastigen Fingern wählte Maryline eine Nummer, die ihr fast schon so geläufig war wie ihre eigene.

Maryline Bastillieu schwitzte. Angst verzerrte ihre schönen Gesichtszüge. Es schien ihr eine Ewigkeit, bis jemand den Hörer abnahm.

»Daniel Balmond!«

Maryline atmete erleichtert auf. »Ich brauche Hilfe«, sagte die Blondine schnell. »Perronis Leute sind auf dem Weg ins Hotel. Einer wartet in der Auffahrt in einem roten Camaro, ein anderer, mit einer hellen Popelinjacke bekleidet, betritt gerade das Hotel. Sie waren in der Second Street im Bungalow. Dort standen die Hoteladresse und die Nummer der Suite auf dem Block neben dem Telefon. Ich habe vergessen, ihn mitzunehmen. Ich weiß nicht, was ich tun soll.«

Einige Sekunden lang lauschte Maryline den Instruktionen. Dann nickte sie und legte auf. Sekunden später verließ sie die Suite 134, ließ die Tür hinter sich auf und wartete im Schacht des Treppenhauses, von wo aus sie ihre Zimmertür beobachten konnte.

Keine zwei Minuten vergingen. Dann hielt der Aufzug in dieser Etage. Der Mann in der hellen Popelinjacke stieg aus. Er blieb stehen, schaute sich lauernd um und ging dann auf die Tür mit der Nummer 134 zu. Er läutete, probierte die Tür, fand sie offen und betrat die Suite.

Bewegung kam in die Blondine. Maryline rannte zum Fahrstuhl, betrat die Kabine, drückte den Knopf zum Erdgeschoß und hielt die Tür einen Spalt weit offen.

Wenig später kam der Mann wieder aus der Suite heraus. Sein Blick fiel auf den Aufzug, der sich der Suite genau gegenüber befand. Er entdeckte Maryline. Seine Augen weiteten sich. Das Erstaunen stand ihm im Gesicht geschrieben.

Maryline ließ die Tür des Aufzugs zufallen. Die Riegel rasteten ein. Langsam setzte sich die Kabine nach unten in Bewegung, als der Mann nach vorn stürmte und versuchte, die Tür noch im letzten Moment aufzureißen.

Bis hierher war alles gutgegangen. Das Herz schlug Maryline bis zum Hals hinauf, als sie die weite Hotelhalle erreichte und sich nach links wandte, wo sich die Badeabteilung befand. Vor der Tür mit der Aufschrift Sauna blieb sie so lange stehen, bis auch Perronis Mann in der Hotelhalle ankam, sich suchend umschaute und sie schließlich entdeckte. Dann erst betrat Maryline die Frauensaunaabteilung.

Hier konnte Perronis Mann ihr nicht mehr folgen.

Doch erst als die Tür hinter ihr ins Schloß gefallen war und sie sich eine Einzelkabine zuweisen ließ, hatte sich Maryline Bastillieu wieder beruhigt.

Ich rief Phil von meinem Hotel aus an.

»Hör zu!« sagte ich. »Vor dem Hotel steht ein roter Camaro mit einem Mann am Steuer. Ein anderer in heller Popelinjacke wartet in der Halle auf Maryline. Ich hatte nicht viel Zeit, mit ihr zu reden. Aber sie ist bereit, sich auf eine gefährliche Sache einzulassen. Das kann nur klappen, wenn du mir den zweiten Mann vom Hals hältst. Wenn eben möglich, ohne dich als FBI-Agent zu erkennen zu geben.«

»Kannst du mir sagen, wie ich das . . .«

»Dir wird schon etwas einfallen, mein Freund. Du wirst Maryline, Perronis Mann in der Popelinjacke und mich früh genug entdecken.«

»Verdammt, was hast du vor, Jerry?«

»Zuerst einmal will ich verhindern, daß unserer Freundin etwas passiert«, antwortete ich. »Und dann will ich Perronis Mann. Mach Joe Maxwell heiß! Ich brauche einen sicheren, einsamen Ort, wo ich den Knaben ausquetschen und für einige Zeit auf Eis legen kann. Ich rufe die Adresse später ab. Oder laß sie mir zukommen!«

Ich legte auf und verließ mein schäbiges Hotel.

Eine Stunde, hatte ich zu Maryline gesagt. Dann sollte sie sich wieder blicken lassen und auf alles eingehen, was der Mann von ihr verlangte. Im Gegensatz zu ihr war ich sicher, daß Perroni keinen Killer geschickt hatte, der sie auf offener Straße erschoß. Das war nicht Perronis Art. Er ließ die Leichen zwar zur Abschreckung fürchterlich zugerichtet offen herumliegen. Aber die Tötung geschah stets im verborgenen.

Ich brauchte etwas mehr als eine halbe Stunde, dann hatte ich mein Ziel erreicht.

Der rote Camaro war nicht zu übersehen. Er stand 20 Schritte links vom Eingang des Hotels entfernt. Außerhalb der Zone, die für anreisende Gäste reserviert war.

Drüben rechts neben dem Eingang wurde ein Platz frei. Ich startete, wendete den Mercury quer über die Fahrbahn und zog ihn die Hotelauffahrt hinauf. So konnte mir niemand zuvorkommen und den Platz belegen, den ich benötigte.

Ich stieg aus, ließ die Türen offen und schaute mich um.

Von Phil war nichts zu sehen. Das beunruhigte mich nicht. Ich konnte mich blind auf ihn verlassen. Wenn es soweit war, würde er einen Weg finden, um mir den Fahrer des Camaro vom Hals zu halten.

Ich betrat die große klimatisierte Halle des New Maritime Hotel, steuerte eine Sitzgruppe an, nahm mir eine Zeitung und tat so, als wolle ich lesen. In Wirklichkeit beobachtete ich den Mann in der Popelinjacke, der auf Maryline wartete. Er hielt sich unmittelbar neben dem Ausgang der Badeabteilung auf.

Knapp zehn Minuten blieben Maryline noch. Dann sollte sie die Sauna verlassen.

Ich ließ mir alles noch einmal durch den Kopf gehen. Ich hatte zwar den schwierigen Weg gewählt. Aber es konnte wichtig sein, daß ich meine Tarnung aufrechterhielt.

Ich zündete mir eine Zigarette an, rauchte einige Züge und drückte sie aus, als Maryline auftauchte und in die Halle hinaustrat. Sie kam nur zwei Schritte weit. Dann war Perronis Mann an ihrer Seite. Er redete auf sie ein. Hastig und mit Nachdruck, wie seinem Mienenspiel zu entnehmen war.

Maryline nickte einige Male und sah sich in der Halle um. Sie mußte mich entdecken, als ich aufstand und die Halle verließ. Aber sie hatte sich in der Gewalt und ließ sich ihre Erleichterung nicht anmerken.

Ich blieb im Außeneingang stehen. Das hieß, Maryline

und ihr Schatten mußten direkt an mir vorbei, wenn sie auf die Straße wollten.

In diesem Moment entdeckte ich Phil in seinem Chevy. Der Wagen stand mit laufendem Motor am Anfang der Auffahrt. Phil saß etwas geduckt hinter dem Steuer und machte ein der Lage angepaßtes ernstes Gesicht.

Für Sekunden trafen sich unsere Blicke. Dann wurde ich durch Maryline und ihren Schatten abgelenkt. Der Kerl war mittelgroß und etwas untersetzt. Er hielt sich dicht an Marylines Seite und beschrieb eine nickende Kopfbewegung zum roten Camaro, als sie die Tür passierten und mit mir fast auf einer Höhe waren.

Ich stand so, daß der Untersetzte an meiner Seite vorbei mußte. Er beachtete mich nicht. Genauso hatte ich es mir ausgemalt. Er achtete nur auf Maryline. Sie machte keinerlei Anstalten zu fliehen.

Noch ein Schritt, dann befand sich der untersetzte Mann mit mir auf einer Höhe. Ich drehte mich ihm entgegen und stieß ihn mit der Schulter an. Als er etwas sagen wollte, zog ich meine Hand ein Stück aus der Tasche. Ich ließ ihn den Knauf meines 38ers sehen. Da wußte er auf den ersten Blick, was die Stunde geschlagen hatte.

»Es macht mir nichts aus, dich hier über den Haufen zu schießen«, log ich mit dem ehrlichsten Gesicht der Welt. »Wirklich nicht die Bohne! Ob es soweit kommt, liegt ganz allein an dir. Nimm die Hände aus den Taschen und laß sie locker an deiner Seite runterhängen!«

Er zuckte zusammen, als habe ihm jemand einen Schlag mit einer Peitsche versetzt. Sein Blick hetzte förmlich an mir vorbei zum roten Camaro hin, der sich hinter mir befand. Ich sah, wie sich die Augen des Untersetzten ungläubig weiteten. Dann hörte ich den Aufprall, das unverkennbare Geräusch, wenn zwei Wagen ineinander fahren.

Ich brauchte mich nicht umzudrehen. Ich wußte auch so, daß Phil auf die einfachste Methode zurückgegriffen hatte, einen Mann aufzuhalten. Er hatte den Chevy aus dem Fuhrpark des FBI in die Seite des roten Camaro gesetzt. Im nächsten Moment hörte ich ihn fluchen und nach der Polizei schreien, als sei er es, dem man ein Unrecht zugefügt hatte.

»Dein Kollege hat Ärger und wird nichts für dich tun können«, sagte ich zu dem Untersetzten. »Wir steigen in den Mercury, der dort vorn rechts parkt. Etwas Beeilung, Mann! Die Lady kommt aus der Sauna. Sie könnte sich erkälten.«

Er zögerte. Ich gab ihm einen Stoß. Es geschah alles sehr rasch. Niemand achtete auf uns. Viele Leute, die sich draußen aufhielten, waren mehr an dem Unfall und an Phils Affentheater interessiert.

Der Untersetzte stolperte nach vorn.

Ich blieb dicht neben ihm und gab Maryline den Schlüssel für den Mercury.

»Sie fahren«, sagte ich. »Wir setzen uns nach hinten.«

Maryline Bastillieu war so aufgeregt, daß sie den Schlüssel um ein Haar fallen gelassen hätte. Als wir den Wagen erreichten, hatte sie sich wieder in der Gewalt. Sie nahm hinter dem Lenkrad Platz. Ich setzte mich neben Perronis Mann auf die hintere Sitzbank und nahm ihm seine Waffe ab.

»Und was soll das werden, wenn es fertig ist?« fragte er mich.

»Wenn das fertig ist«, antwortete ich, »dann bist du so fertig, daß du für eine Minute Ruhe deine eigene Mutter an den Teufel verkaufen wirst, Freund.«

Er biß knirschend die Zähne aufeinander und schwieg verbissen.

Phil hatte dem Portier einen Zettel gegeben. Damit kam der zu uns herüber und streckte ihn durch das offene Fenster. »Für Sie, Mr. Balmond«, sagte er. Obgleich ich die Suite 134 nur kurz bewohnt hatte, kannte mich der grauhaarige Alte, der sich als Portier sein Ruhegeld aufbesserte.

Ich gab den Zettel an Maryline weiter. »Ich weiß, wo das ist«, sagte sie.

»Okay. Dann fahren wir jetzt los, bevor noch jemand auf die Idee kommt, uns als Unfallzeugen vernehmen zu wollen.«

Maryline hatte ihre Nervosität völlig abgelegt. Sie reihte

sich in den fließenden Verkehr ein und schlug einen Weg ein, der aus der Stadt hinausführte.

»Ich weiß verdammt nicht, was du dir davon versprichst«, wandte mein sich mein Nebenmann an mich.

Ich grinste ihn an. »Und ich weiß verdammt nicht, was ihr euch davon versprecht, Maryline Bastillieu zu kidnappen«, antwortete ich. »Aber ich bin ganz sicher, daß du es mir später sagen wirst, Freund. Hast du einen Namen?«

»David Alborne«, antwortete der Untersetzte, griff in die Tasche, zog ein Päckchen Zigaretten heraus und zündete sich ein Stäbchen an. Seine Finger zitterten. Aufgeregt rauchte er einige Züge und blies den Qualm unsicher gegen den Wagenhimmel.

»Auf Kidnapping steht in diesem gesegneten Staat noch die Todesstrafe«, sagte ich nach einer ganzen Weile.

Der Schweiß schoß dem Untersetzten auf die Stirn. »Quatsch, Kidnapping«, keuchte er. »Sie ist mir freiwillig gefolgt, als ich sie darum gebeten habe.«

»Ich habe gesehen, daß du sie mit der Waffe bedroht hast, und Maryline wird das ebenfalls beschwören. Dann stehst du mit deiner Version ziemlich einsam da. Dreimal darfst du raten, wem der Staatsanwalt glaubt.«

Der Mann neben mir sackte förmlich in sich zusammen. In diesem Moment schien er zu begreifen, daß der Ausflug zum New Maritime Hotel verheerende Folgen für ihn haben konnte.

»Worum geht es eigentlich?« fragte er, als wir die Stadt schon hinter uns gelassen hatten und Maryline die Abzweigung zu einem schmalen Küstenstreifen suchte und schließlich fand.

»Um René Bastillieu!«

Er wandte den Blick und starrte mich an wie einen Irren. »Was, verdammt, habe ich mit René Bastillieu zu tun, Mann?«

»Zumindest kennst du ihn.«

»Dem Namen nach«, gab er zu. »Das ist alles.«

»Vielleicht weißt du auch, wo man René finden kann, he?«

»Zum Teufel, nein.«

Wir erreichten ein kleines, einsam stehendes Wochenendhaus an einer herrlichen Lagune. Weiß der Teufel, wem es gehörte und wieso Joe Maxwell darüber verfügen konnte. Schließlich hatte er Phil die Adresse angegeben.

Der Schlüssel lag unter einem Stein in der Nähe der Tür, genau wie es auf dem Zettel stand.

Es waren zwei Räume. Ein Wohn- und Aufenthaltsraum und ein kleines Schlafzimmer mit einem großen französischen Bett. Es gab eine Dusche. Sogar einen Fernsprechanschluß.

David Alborne sah sich unsicher um. Dann blickte er mich an, und seine Pupillen nahmen einen trüben Glanz an. »Du machst einen Fehler«, sagte er. »Ich weiß nichts von René Bastillieu. Das kann ich beschwören.«

»Gehen Sie etwas spazieren, Maryline!« sagte ich.

Alborne winkte ab. »Das ist nicht nötig, Mann. Ich weiß nichts. Du kannst mich totschlagen und wirst nichts anderes hören. Es ist die Wahrheit.«

»Vielleicht weißt du eine andere Wahrheit, David. Perroni hat dich geschickt, um Maryline Bastillieu zu schnappen.«

»Unsinn«, sagte er.

Im selben Moment versuchte er es mit einem faulen Trick, auf den ich um ein Haar hereingefallen wäre. Er tat so, als wolle er nach mir treten. Sobald ich darauf reagierte, würde er mir seine Faust in den Magen setzen.

Ich tat ihm den Gefallen nicht. Ich blieb einfach stehen, blockte seine Faust ab und erwischte ihn mit einem wilden Schwinger genau auf die Nasenwurzel.

Er stieß einen gurgelnden Schrei aus, taumelte zurück, stolperte über einen Stuhl und schlug zu Boden.

»Vielleicht sollte ich doch besser spazierengehen«, sagte Maryline.

Ohne meine Antwort abzuwarten, ging sie an dem am Boden liegenden Alborne vorbei und war wenig später draußen verschwunden.

»Verdammter Hund!« Alborne hielt sich die Stelle, an der

ihn meine Faust getroffen hatte, und richtete sich langsam wieder auf. »Verdammter Hund! Wer bist du?«

»Ein Freund von René«, antwortete ich.

Als er die Hand aus dem Gesicht nahm, sah ich, daß sich beide Augen langsam schlossen.

»Perroni hat dich geschickt, Alborne!«

Er schüttelte den Kopf. »Hör zu!« sagte er. »Ich habe Perroni vielleicht zweimal in meinem Leben gesehen. Ich weiß nicht, was er treibt. Ich weiß nur, er hat eine Menge Geld und sehr großen Einfluß. Vielleicht hat Perroni mich geschickt. Ich weiß es nicht. Alles andere wäre eine Lüge.«

»Wohin solltest du Maryline bringen?«

»Sunshine Motel«, sagte er. »Nicht weit von hier entfernt. Bungalow dreizehn. Jemand wartet dort. Wer, weiß ich nicht.«

Ich beobachtete ihn genau. Er log nicht, da war ich mir sicher. Wie, verdammt, hatte ich auch nur auf die Idee kommen können, daß Perroni persönlich jemand schickte? Der Mann hatte sich all die Jahre aus dem offiziellen Geschäft herausgehalten. Jede Aktion gegen ihn war ins Leere gelaufen, eben weil er nichts tat, für das man ihn auch nur hätte verwarnen können. Perroni gab sich keine Blöße. Er hatte seine Leute. Die wußten nicht mal, daß sie für ihn tätig waren. Vielleicht gab es wirklich nur einen Mann, der genug wußte, um Perroni kaltzustellen, und der es auch beweisen konnte.

René Bastillieu!

Ich nahm die Gardinenkordel und schnürte Alborne zusammen. Zweimal schrie er auf, denn ich tat meine Arbeit gründlich. Das war erforderlich, weil ich Maryline für einige Zeit mit Alborne allein lassen mußte. Ich schleppte ihn in den Schlafraum, überprüfte die Fesseln noch einmal und war sicher, daß er sich aus eigener Kraft unmöglich befreien konnte.

Dann ging ich ans Telefon und rief meinen besonderen Freund Maxwell an.

»Vielen Dank, Joe«, sagte ich. »Das Haus gefällt mir. Vielleicht miete ich es einmal, wenn ich Urlaub in Florida machen will.«

»Es gehört mir«, sagte er. »Ich vermiete nicht an Bullen. Erst recht nicht an Yankees. Ist alles glattgegangen?«

Ich erstattete ihm Bericht, um ihm nicht das Gefühl zu geben, daß er abseits stand.

»Sie können sich mehrere Beine ausreißen, Cotton«, sagte er. »An Perroni kommen Sie niemals heran. Wir haben es mit jedem Dreh versucht, und Sie können mir glauben, wir haben dabei manchmal die Grenze der Legalität hart gestreift. Es ist sinnlos. Er hat sich völlig abgeschottet, regiert ein Imperium und tritt nirgends in Erscheinung. Er ist der liebe Gott von Miami. Steigen Sie ihm auf die Zehen, und ich bin sicher, man hängt Ihnen einen Prozeß wegen Hochverrats an!«

»Ich kriege ihn«, sagte ich.

»Sie sind verrückt. Ehrlich! Sie sind vollkommen verrückt. Sie hatten vielleicht 'ne Chance, aber die ist dahin. Er hat den einzigen Mann, der ihm gefährlich werden kann, verschwinden lassen, Cotton. Maryline weiß nichts. Richtig?«

»Völlig richtig, Maxwell.«

»Warum geben Sie es dann nicht auf?«

»René Bastillieu«, antwortete ich. »Sie meinen, Perroni hat ihn aus dem Verkehr gezogen? Vielleicht ist das richtig, vielleicht auch nicht. Erst wenn ich Bastillieus Leiche gesehen habe, werfe ich das Handtuch und gestehe meine Niederlage ein.«

»Das wird nicht lange dauern.«

Ich zuckte mit den Schultern. »Ich versuche an Don Perroni heranzukommen, Maxwell.«

»Mit der FBI-Marke?«

»Nein. Ich muß es mit anderen Argumenten versuchen. Ich denke, das wird ihn mehr überzeugen.«

»Wenn Sie Hilfe brauchen, Jerry, leihe ich Ihnen einen zweiten 38er. Meinen.«

»Danke, Joe.«

Das Eis zwischen uns schien gebrochen. Tauwetter hatte

eingesetzt. Er hielt mich für einen verrückten Hund, aber er schien auch eine Schwäche für verrückte Hunde zu haben.

»Was kann ich tun?«

»Sobald die Interpolunterlagen aus Marseille da sind, checken Sie die durch. Behalten Sie Maurice Dantone im Auge! Durchforsten Sie in Zusammenarbeit mit der Narcotic Squad weiter die Rauschgiftszene! Und schicken Sie Ihre Leute mit René Bastillieus Bild hausieren! Es besteht immer noch die Möglichkeit, daß er von sich aus weggetaucht ist.«

»Mann, glauben Sie wirklich daran?«

»Nein.«

»Warum dann dieser Aufwand?«

»Weil ich mir später nicht sagen will, daß ich auch nur etwas vergessen habe, Joe. Und noch etwas. Der Mann, der Maryline schnappen sollte, heißt David Alborne. Vielleicht gibt es eine Akte. Okay?«

»Ich tue doch alles, was Sie wollen, Cotton. Ist schließlich von ganz oben angeordnet worden.«

»Sie sollen es tun, um Perroni zu schnappen, Maxwell. Verdammt, ich bin der letzte, der Ihnen auf die Zehen latschen will! Wann geht das endlich in Ihren verdammten Dickschädel rein, he?«

»Ganz langsam«, antwortete er. »Ganz langsam. Noch etwas?«

»Schicken Sie zwei verläßliche Leute, die das Gelände um das Wochenendhaus herum sichern! Maryline wird mit Alborne einige Zeit allein sein.«

»Schon geschehen, Jerry«, sagte Maxwell.

»Na also«, sagte ich. »Zeichnet sich doch schon kollegiale Teamarbeit ab. Danke, Joe. Wir sollten zusammen einen trinken gehen, damit wir uns besser kennenlernen.«

»Wenn Sie Perroni haben«, kam die Antwort aus dem Headquarters. »Und, verdammt, Jerry, dann lasse ich es mich ein ganzes Monatsgehalt kosten. Zusätzlich stelle ich Ihnen mein Wochenendhaus kostenlos zur Verfügung, wann immer Sie Lust haben, nach Florida zu kommen. Ist das ein Wort?«

»Das ist ein Wort, Maxwell. Ich werde es nicht vergessen. Das kann ein teurer Spaß für Sie werden.«

Ich hängte ein und ging nach draußen, wo Maryline am Strand wartete. Als sie mich fragend anschaute, schüttelte ich den Kopf. »Er weiß von nichts«, sagte ich. »Aber das ist kein Grund zur Sorge. Wir werden René finden.«

Ihre Augen wurden wäßrig. Eine ganze Weile schaute sie mich an. Dann trat sie auf mich zu und klammerte sich an mich. Ich spürte ihre Tränen durch mein Hemd hindurch.

»René hat Ihnen vertraut, Jerry«, sagte sie schluchzend. »Er hat gesagt, Sie sind 'n Bulle, auf den man sich verlassen kann. Das ist wie eine Auszeichnung. Ich weiß, daß Sie alles tun werden.«

»Darauf können Sie sich verlassen, Maryline.«

Sie löste sich von mir, rieb sich die Tränen aus dem Gesicht und versuchte ein zaghaftes Lächeln.

»Ich sehe bestimmt wie eine Hexe aus.«

»Sie sind sehr schön und sehr tapfer, Maryline. Bleiben Sie so!«

Wir gingen zum Wochenendhaus von Maxwell zurück. Ich sagte ihr, daß ich verschwinden müsse und daß es da zwei FBI-Agenten gab, die auf sie aufpaßten. Dann ließ ich mir den Weg zum Sunshine Motel beschreiben und machte mich wenig später auf den Weg.

Den Wagen von Maxwells Leuten entdeckte ich abseits des schmalen Weges, hinter einem Palmenhain versteckt. Von den beiden Männern war nichts zu sehen. Ein sicheres Zeichen dafür, daß er bessere Männer geschickt hatte als die, die gestern in der Second Street in Miami Beach auf der Lauer gelegen hatten.

Niemand war ihm zu nahe getreten. Niemand hatte bislang versucht, irgendwelchen Druck auf ihn auszuüben. Von Fort-de-France aus, wo das Kreuzfahrtschiff angelegt hatte, war es durch die Berge nach Ste. Marie hinauf gegangen. Zwei Stunden Fahrt mit einem Landrover. Das Haus, in dem man ihn untergebracht hatte, glich einer Festung. Es war im alten Kolonialstil gebaut. Dicke Mauern um einen schattigen, tropischen Innenhof. Balkone rings um das wuchtige Gebäude herum, abgetretene Steintreppen, alte Skulpturen auf den Simsen.

Bis zum nächsten Haus war es mehr als einen Kilometer: René Bastillieu hatte darauf geachtet und sich alles eingeprägt. Es war seine Art, sich mit einer neuen Umgebung gleich vertraut zu machen. Man konnte nie wissen, ob einem die Ortskenntnis später nicht nutzen würde.

Seine Unterkunft bestand aus einer geräumigen Wohnung, in der es an nichts fehlte. Hätte er es nicht besser gewußt, er hätte glauben können, er sei in das Haus eines Freundes gekommen, der sich alle Mühe gab, ihm den Aufenthalt so angenehm wie möglich zu gestalten.

René Bastillieu hatte geduscht und sich umgezogen. Die Kleider im Schrank waren seine Größe. Antoil hatte nichts vergessen.

Jetzt stand René auf dem Balkon, schaute in den Innenhof hinab, ließ den Blick über die wuchtigen, das Grundstück umgebenden Mauern wandern und fand das breite Einfahrtstor offen.

Warum auch nicht? Wenn er versuchte, sich von hier abzusetzen, würden sie ihn spätestens in den Bergen einholen.

Bastillieu zündete sich eine Zigarette an, als er ihn zum erstenmal nach mehr als 15 Jahren wiedersah.

Jacques Antoil hatte sich nicht verändert, wenn man von den grauen Schläfen absah und den tiefen Falten, die die Zeit in sein schmales Gesicht gegraben hatte. Noch immer bewegte sich der hochaufgeschossene Mann wie ein Raubtier auf Beutefang. Noch immer trug er zu jeder Tageszeit eine Garderobe, mit der er bei einem Staatsempfang auftreten konnte.

René spürte Nervosität in sich aufsteigen. Normalerweise war er nicht unsicher. Diesmal jedoch wußte er nicht, wie er dem Mann gegenübertreten sollte, der lange Jahre seines

Lebens im Zuchthaus von Marseille verbracht hatte, weil er, René Bastillieu, einen folgenschweren Fehler begangen hatte.

Bastillieu ließ die Zigarette fallen und zerquetschte die Glut unter dem Absatz, als Antoil den Balkon erreichte, vor ihm stehenblieb und ihn von oben bis unten musterte.

»Ça va, René?«

»Ça va bien«, antwortete René Bastillieu und ergriff die Hand, die Antoil ihm entgegenstreckte.

»Ich weiß.« Antoil lächelte, wobei die Furchen um den Mundwinkeln herum noch tiefer wurden.

Bastillieu fühlte sich unbehaglich. Er spürte ein feines Kribbeln, und seine Nackenhaare sträubten sich.

»Wenn es etwas zu erledigen gibt, Jacques, dann bring es gleich hinter dich! Vielen Dank für die amüsante Überfahrt, für die Begleitung und die herrliche Aussicht von den Bergen auf die See. Ich habe insgeheim gehofft, daß wir uns niemals wiedersehen, daß sie dich im Zuchthaus begraben.«

Antoil verzog keine Miene. »Ich weiß«, antwortete er. »An deiner Stelle hätte ich ebenso gedacht. Wir waren uns schon immer sehr ähnlich. Willst du über die letzten Stunden in Marseille reden?«

Bastillieu trat einen Schritt zurück. Mit einem Ruck zog er sich das Hemd aus der Hose und entblößte seinen Oberkörper. Mit dem Zeigefinger stieß er gegen zwei Narben seitlich vom Bauchnabel.

»Zwei Kugeln aus einer Polizeiwaffe«, sagte er leise. »Ich hatte zuerst Glück und fand jemand, der mich nach Korsika brachte. Dort gab es einen alten Militärarzt, der mir die Kugeln herausholte. Ich habe damals dem falschen Mann vertraut. Ich konnte nicht wissen, daß er ein Polizeispitzel war. Das ist meine einzige Schuld. Aber ich habe in der Tat nicht einen Moment damit gerechnet, daß du es jemals einsehen wirst, Jacques. Als es passierte, saß ich genauso in der Klemme wie du. Ich konnte nichts für dich tun. Das ist alles«

Mit ruhigen Bewegungen zündete sich Antoil eine Zigarette an.

»Die Polizei schnappte dich zwei Tage später auf Korsika.«

René Bastillieu nickte. »Da hatten sie dich schon festgenommen. Einige Geier machten sich über die Reste unserer Organisation her. Sollte ich vielleicht zulassen, daß sie untereinander aufteilten, was uns gehörte?«

»Also hast du gesungen und dafür gesorgt, daß der Laden endgültig aufflog.«

»Genauso ist es gewesen. Das hatte nichts mit dir zu tun. Dich hatten sie ohnehin, und dein Prozeß stand vor der Tür.«

Jacques Antoil stieß ein heiseres Lachen aus. Zum erstenmal flammte es in seinen dunklen Augen auf.

»Die Beweise, die zu meiner Verurteilung geführt haben, hast du geliefert. Ohne deine ausführliche Aussage wäre ich mit einem blauen Auge aus der Geschichte herausgekommen. Es hätte dich stutzig machen müssen, daß sie dir für deine Aussage Straffreiheit zusicherten, René.«

»Ich habe in dem Moment nicht daran gedacht«, antwortete Bastillieu. »Es ging mir ziemlich dreckig. Ich lag auf der Kippe, und das haben sie ausgenutzt. Ich mußte zu einem Spezialisten in Behandlung, mußte mich noch einmal operieren lassen. Das alles haben sie mir zugestanden. Mein Leben hing davon ab. Also habe ich ihnen erzählt, was sie hören wollten. Daß es dir das Genick brechen würde, wurde mir erst viel später bewußt.« Bastillieu hob die Hände und zuckte mit den Schultern. »Niemand zwingt dich dazu, mir das zu glauben, Jacques. Aber wir waren Freunde, und du weißt genau, ich könnte niemals einen Freund verraten.«

»Aber du hast mir den Tod gewünscht, René.«

»Weil ich wußte, du würdest mir nicht glauben, du würdest mich nicht verstehen, und du würdest mich umbringen, sobald dir der Sprung nach draußen geglückt war. Zuerst habe ich mich regelmäßig nach dir erkundigt. Im Laufe der Zeit habe ich das unterlassen. Bis gestern hatte ich dich glatt vergessen. Was hast du also vor?«

Antoil schwieg einen Moment und strich sich über die

Haare. Für einige Sekunden schweifte sein Blick zum grünen Horizont. »Ich wollte dich umbringen«, sagte er dann. »Die ganzen Jahre habe ich es mir vorgestellt. Es hat mich am Leben gehalten. Als ich rauskam, habe ich dich suchen lassen. Es war nicht besonders schwierig, dich zu finden und dich beobachten zu lassen. Ich habe eine Menge Geld sicher angelegt gehabt. Es hat Zinsen getragen. Doch ein Leben als Rentner befriedigt mich nicht, René. Ich habe es mir in den letzten Wochen lange durch den Kopf gehen lassen. Wir arbeiten wieder zusammen!«

»Du bist verrückt!«

Erneut lachte Antoil auf. »Du kannst dich entscheiden, René. Entweder werden wir wieder Partner, oder aber ich erfülle mir meinen Traum von deinem Tod. Du kannst dich wirklich entscheiden.«

In Bastillieus Kopf begann es leise zu ticken. Seine Gedanken hatten sich die ganze Zeit über in die falsche Richtung bewegt, das sah er jetzt ein. Er hatte erwartet, daß Antoil ihn nach Martinique holte, um ihn persönlich töten zu können. Und wahrscheinlich wollte Antoil das noch immer. Ein Mensch, der diesen Traum so lange geträumt hatte, erfüllte ihn sich auch, wenn sich Gelegenheit dazu bot.

Aber noch war die Zeit dazu nicht reif. Antoil hatte ihn beobachten lassen und war zu dem Schluß gelangt, daß er ihn im Moment lebend besser gebrauchen konnte.

»Weiter, Jacques!«

»Ist Don Perroni dein Freund?«

Bastillieu schüttelte den Kopf. In genau dieser Sekunde begriff er, in welche Richtung der Hase laufen sollte.

»Du kennst das Geschäft, René. Du hast es gemanagt, kennst Verbindungen, Termine und Adressen. Stimmt das?«

Bastillieu nickte.

»Wir werden das Geschäft an uns reißen und es auf eigene Rechnung betreiben. Ich habe das Geld, du die nötigen Verbindungen und Kontakte. Gibt es eine gesündere Geschäftsgrundlage?«

»Du kennst Perroni nicht. Beim ersten Zwischenfall wird

210

er wissen, von wem die Informationen stammen. Er wird mich jagen und finden. Er wird die alten Geschichten aus Marseille aufwärmen und so auch auf dich kommen.«

Jacques Antoil schnippte seine Zigarette über die Balkonbrüstung. »Nur über dich kann er auf mich kommen.«

»Anzunehmen.«

»Angenommen, du bist tot, bevor wir ihm das Geschäft abjagen. Was wird Perroni dann denken?«

»Er wird an die Kubaner denken, die sich schon seit langem bemühen, in diesem Geschäft Fuß zu fassen. Oder an eine andere Familie, die ihm dazwischenfunkt. Keine Ahnung. Es kommen zwar einige Gruppen in Frage. Aber bislang hat noch niemand den Versuch unternommen, Perroni in die Suppe zu spucken.

»Wir werden es tun, René.«

In Antoils Augen lag ein irres Leuchten. Er war von seiner Idee besessen.

»Wie hast du dir das vorgestellt?«

»In spätestens zwei Tagen wird jeder, der sich dafür interessiert, wissen, daß du tot bist, René. In Fort-de-France liegt eine Yacht, die ich gestern auf deinen Namen gekauft und registriert habe. Das ist nicht sonderlich schwer, wenn man an den richtigen Stellen einige Scheine liegenläßt. Ein Amerikaner wird die Yacht für einige Tage chartern. Offiziell. Mit Kapitän. Er nimmt seine Tochter mit. Du wirst als Eigner und Kapitän an Bord sein, der Amerikaner mit seiner Tochter und Yvonne. Es wird außerhalb der Hoheitsgewässer zu einem Piratenakt kommen. Du sendest das Notsignal *Mayday*, und die Yacht wird sinken. Sie ist gut versichert. Natürlich zu meinen Gunsten. Offiziell wird es keine Überlebenden geben.«

René Bastillieu stellten sich nun wirklich die Nackenhaare hoch. Die langen Jahre im französischen Zuchthaus mußten Antoil den Verstand geraubt haben.

»Was gefällt dir daran nicht?« fragte Antoil lauernd, als Bastillieu beharrlich schwieg.

»Der Amerikaner und seine Tochter. Ich habe noch nie bei

einem Mord mitgemacht und werde jetzt auch nicht damit anfangen.«

»Lieber würdest du sterben?«

»Lieber würde ich sterben, Jacques.«

Antoil grinste wie jemand, dem ein Lausbubenstreich gelungen war. »Der Amerikaner, seine Tochter und Yvonne werden nach einigen Tagen freigelassen und können dann bezeugen, daß du von den Piraten umgebracht worden bist, René. Solche Piraterie ereignet sich in diesem Seegebiet mehr als hundertmal im Jahr. Bis zum heutigen Tag sind fünfundvierzig Yachten von Piraten aufgebracht worden. Nicht eine hat man wiedergefunden, und keins der Besatzungsmitglieder ist wieder aufgetaucht. Das ist kein Märchen. Das weißt du genausogut wie ich.«

René Bastillieu wußte, daß es die Wahrheit war. Yachten verschwanden mitsamt der Besatzung. Kaum jemand hielt sich dafür zuständig, weil die Taten in internationalen Gewässern begangen wurden. Man schrieb die Yachten als gesunken ab, erklärte die Besatzungsmitglieder zuerst eine Zeit für vermißt und schließlich für tot.

Jacques Antoil hatte sich das alles wirklich gut durch den Kopf gehen lassen. »Du wirst der erste Tote sein, der Millionen macht, mit denen er sich später unter anderem Namen, mit anderen Papieren in ein Land seiner Wahl zurückziehen und ein neues Leben beginnen kann.«

In ein anderes Land mit anderen Papieren – und ein neues Leben! Das hatte ohnehin auf Bastillieus Plan gestanden. Deshalb hatte er sich mit dem FBI zusammengetan. Deshalb hatte er Perroni auffliegen lassen wollen. »Wieviel Zeit bleibt mir für meine Entscheidung, Jacques?«

»Zehn Sekunden«, kam es entschlossen zurück. »Von dem Moment an, in dem ich dir gesagt habe, daß es nicht nur dein Leben ist, das du vielleicht wegwirfst. Es ist auch das Leben deiner Frau. Meine Leute halten sich noch in Miami auf. Man sagt, Maryline sei viel zu schön, um sich irgendwo verstecken zu können. Ich warte auf deine Entscheidung.«

»Du bist derselbe Schweinehund wie vor fünfzehn Jahren, Jacques.«

»Das ehrt mich!«

»Wann geht es los?«

Antoils angespanntes Gesicht verzog sich zu einem erleichterten Lächeln. »Morgen früh fährst du zusammen mit Yvonne nach Fort-de-France. Um zehn Uhr geht die *Santa Teresa* in See. Der Amerikaner und seine Tochter werden an Bord sein. Ich hoffe, du hast es nicht verlernt, wie man mit einem Schiff umgeht.«

»Keine Angst, Jacques! Was ist mit Maryline?«

»Die bleibt vorläufig in Miami«, bestimmte Antoil. »Darüber unterhalten wir uns, wenn der erste Akt mit der *Santa Teresa* und deiner Todesnachricht hinter uns liegt.«

»Keine Toten, Jacques!«

»Ich mag auch keine Leichen«, antwortete Antoil, wandte sich um und war wenig später vom Balkon verschwunden.

René Bastillieu schaute ihm nach. *Keine Leichen, dachte er. Vielleicht magst du wirklich keine. Außer einer: meiner!*

Bastillieu ging ins Haus zurück, nahm sich einen Pernod und ließ sich in einen Sessel gleiten.

Yvonne betrat den Raum über dem Balkon. Seine Aufpasserin! Schön wie die Sünde und bestimmt ebenso gefährlich.

Sie blieb in der offenen Tür stehen.

Die Sonne in ihrem Rücken ließ das dünne Kleidchen durchsichtig werden.

Scharf zeichneten sich die Kurven ihres aufregenden Körpers ab.

Bastillieu schaute sie an. Er hatte sich auf das Spiel eingelassen. Nun konnte er nicht mehr aussteigen.

Der eine Tag der Überfahrt hatte ihn aus der Eurasierin nicht schlau werden lassen. Er mußte sie näher kennenlernen und herausfinden, womit man sie kaufen konnte: Mit Geld oder mit Liebe. Auf jeden Fall wollte er sie zu seiner Verbündeten machen.

Bastillieu erwiderte ihr Lächeln.

»War es schlimm?« fragte Yvonne.

»Ich lebe noch«, antwortete Bastillieu. »Antoil meint, wir beide seien das geborene Pärchen für gemeinsame Seereisen.«

»Du machst also mit?«

»Hast du etwas anderes erwartet?«

»Ich weiß nicht«, antwortete die Eurasierin schleppend. »Zum Helden muß man wohl geboren sein. Man hat mir davon nichts in die Wiege gelegt.« Sie löste sich von der Tür, ging zu Bastillieu und setzte sich auf die Sessellehne. »Wird es schlimm werden?« fragte sie leise.

René schlang einen Arm um sie und zog sie auf sich herab. »Warum fragst du mich das, Baby? Schließlich arbeitest du doch für Jacques Antoil.«

Bastillieu spürte, sie wie sich ihr Körper verkrampfte. Ihr Gesicht nahm einen undeutbaren Ausdruck an. Ein Mittelding zwischen Enttäuschung und Trauer.

Das hielt für einige Sekunden an. Dann nickte sie. »Richtig, ich arbeite für Antoil, und er zahlt nicht schlecht. Zum anderen mag ich Männer und Seereisen.«

Mit einem Ruck stand sie auf, knöpfte das Kleid bis zum Nabel auf und ließ es mit aufreizenden Bewegungen von den Schultern rutschen.

Bastillieu starrte sie an. Er wurde noch immer nicht schlau aus ihr. Aber er hatte das Gefühl, daß es nicht allein Antoils Geld war, das sie in seine Arme trieb.

Es mußte mehr sein! Das war eine zusätzliche Chance für ihn. Sie kannte die Insel, sie kannte Antoils Männer. Vielleicht kannte sie auch einen Weg, von hier zu verschwinden.

Das Sunshine Motel lag auf einer Landzunge, die auf einer Länge von 200 Metern in das glasklare Wasser der Bucht hineinragte. Es bestand aus vielleicht 20 kleinen verstreuten Bungalows, von denen jeder durch eine wildwuchernde tropische Vegetation beinahe vollkommen von der nächsten Wohneinheit abgeschlossen wurde.

Ich lenkte den Mercury auf den Hauptparkplatz, lächelte

dem Mädchen an der Rezeption durch die Glastür hindurch zu und machte mich auf den Weg, ohne daß jemand versuchte, mich aufzuhalten, mich nach meinem Namen oder meinem Ziel zu fragen.

Es gab kleine Wegweiser zu den teilweise sehr versteckten Bungalows. Ich orientierte mich an ihnen, schlug einen weiten Bogen um die Nummer 13 und näherte mich dem weißen Gebäude von hinten, wo sich eine kleine, sonnenüberflutete Terrasse befand.

Meine Schritte waren auf der Terrasse kaum zu hören. Es gab eine Flügeltür, die direkt in den Schlafraum führte. Sie war verschlossen. Dafür stand das Fenster einen Spalt breit offen. Ich brauchte es nur weiter aufzuschieben und konnte in den Schlafraum einsteigen.

Dicke Teppiche schluckten jedes Geräusch. Das Bett war unbenutzt. Die Tür des Kleiderschranks stand auf. Die Bügel waren leer.

Das erstaunte mich nicht besonders. Schließlich wußte ich, daß der Bungalow nicht zum Wohnen gemietet worden war. Maryline Bastillieu sollte hierhergebracht werden, einige Fragen beantworten und anschließend vielleicht hier sterben. Oder aber weiterbefördert werden.

Der Fernseher war eingeschaltet. Leise Musik klang bis in den Schlafraum hinein. Ich zögerte einige Sekunden, zog den 38er und überprüfte die Waffe, obgleich ich sicher war, daß sie funktionsbereit war. Sicher ist sicher.

Leise öffnete ich die Tür. Ein schmaler Gang zwischen den einzelnen Räumen. Der Salon lag unmittelbar gegenüber. Dort lief der Fernseher. Rechts das Bad. Ich warf einen schnellen Blick hinein. Auch hier keine Toilettenartikel, die darauf schließen ließen, daß der Bewohner längere Zeit bleiben wollte.

Auf leisen Sohlen schlich ich zur Tür, atmete einmal tief durch und stieß sie dann mit einem Ruck auf. Im selben Sekundenbruchteil hechtete ich in den Raum hinein.

Im Flug sah ich die junge, dunkelhaarige Frau, die auf der Couch saß und vor deren Füßen ich landete.

Blitzschnell warf sie sich nach links und versuchte in ihre Handtasche zu greifen.

»Würde ich an deiner Stelle nicht tun, Lady«, stieß ich hervor und stand mit einem Satz wieder auf den Beinen.

Ich schlug ihr die Handtasche aus der Hand. Sie fiel zu Boden. Eine Beretta rutschte heraus, schlitterte über das blanke Parkett und verschwand unter dem Sideboard neben dem Fenster.

Der dunkle Teint der aufregenden Frau, die ein weißes Leinenkleid trug, verblaßte immer mehr. Mit weit aufgerissenen Augen starrte sie mich an.

»Maryline war verhindert und schickt mich«, sagte ich.

Dolores Ortega de Arragón zuckte wie von der Tarantel gebissen zusammen. Allein schon durch ihre heftige Reaktion verriet sie, daß sie wirklich auf René Bastillieus blonde Frau wartete.

Es dauerte vielleicht zwei Sekunden, dann hatte sie sich wieder in der Gewalt. Mit einer beinahe lässigen Handbewegung strich sie sich über die schulterlangen schwarzen Haare. Ihr Lächeln wirkte aufgesetzt, war dennoch entzückend und durchaus geeignet, einen Mann aus der Ruhe zu bringen.

Bei mir zog es nicht. »Was David Alborne angeht«, sagte ich, »so mußt du dir keine Gedanken um ihn machen. Maryline ist bei ihm, und sie kann mit der Waffe mindestens genauso umgehen wie du. Es kann ihm also niemand etwas tun.«

Dolores Ortega de Arragón setzte sich zurück, schlug die langen Beine übereinander und zeigte eine Menge nacktes Bein. »Wirklich interessant«, sagte sie dann mit einer Stimme, die mir eine Gänsehaut über den Rücken jagte. »Leider kenne ich keinen der Leute, deren Namen du mir gesagt hast. Ich will hier ein paar Tage ausspannen: Fürchtest du dich eigentlich vor Frauen, Mann?« Sie deutete auf meinen 38er, den ich noch immer in der Faust hielt. »Du kannst die Waffe wegstecken. Dann unterhalten wir uns über Dinge, die wir beide verstehen. Okay?«

»Zum Beispiel darüber, daß eine Frau, die hier einige Tage ausspannen will, ganz ohne Gepäck reist?«

»Ich laufe die meiste Zeit nackt herum.«

»Aber ein Höschen zum Wechseln solltest du schon haben, Baby. Vielleicht ist es in der Handtasche, he?« Ich hob die Tasche auf und sah mir ihre Papiere an. »Dolores Ortega de Arragón«, sagte ich. »Alter spanischer Landadel?«

»Geh zum Teufel!« Ihre Augen blitzten so sehr, daß es geradezu ein Wunder war, wenn mir keine Funken entgegenschlugen.

»Wohin solltest du Maryline bringen? Welche Fragen solltest du ihr stellen? Und wo ist René Bastillieu, Baby?«

Sie stand auf und wollte einige Schritte zum Fenster gehen. Doch ich hielt sie zurück.

»Ich will nichts als einen Drink, Mann«, sagte sie gereizt. »Und dann darfst du einen Krankenwagen für dich anrufen. Du mußt mehrere Laufmaschen gleichzeitig im Hirn haben. Dabei bist du normalerweise der Typ Mann, bei dem ich meistens schwach werde. Willst du es ausprobieren?«

»Okay, hol dir den Drink!«

Ich setzte mich in einen Sessel und ließ Dolores nicht für einen Sekundenbruchteil aus den Augen. Ihr Gang allein ließ meine Kehle schon trocken werden. Jede Kurve ihres Körpers zeichnete sich naturgetreu unter dem Kleid ab.

Sie erreichte die Bar, nahm eine Flasche auf, und dann lief ein Ruck durch ihren Körper. Ihr Kopf flog in den Nacken. Die weit aufgerissenen Augen waren nach draußen gerichtet.

Ich sprang auf und sah den Mann auf dem Rasen vor dem Bungalow stehen. Er hielt eine schwere 45er Armeepistole in der Rechten.

Der Lauf zielte auf Dolores Ortega de Arragón, die unfähig war, sich auch nur einen Millimeter von der Stelle zu rühren.

»Weg vom Fenster!« schrie ich.

Mitten in meine Worte hinein fielen die Schüsse.

Der Mann dort draußen benutzte die schwere Waffe nicht

zum erstenmal. Wahnsinnig schnell hatte er den Abzug zweimal durchgerissen.

Die große Scheibe zersprang in tausend Scherben. Dolores wurde zurückgeworfen, als sei sie von einer riesigen Faust getroffen worden. Zweimal wirbelte sie um die eigene Achse, bevor sie schwer auf dem Parkettboden aufschlug.

Ich sprang ins Blickfeld des Fensters und drückte in dem Moment ab, als der Killer gerade in Deckung gehen wollte. Er reagierte nicht schnell genug. Sein Schrei machte deutlich, daß ich ihn getroffen hatte. Aber im nächsten Moment war er dann wirklich aus meinem Blickfeld verschwunden.

Um ihn wieder zu Gesicht zu bekommen, hätte ich dicht an das Fenster herantreten müssen. Vielleicht wartete er nur darauf.

Ich sprang statt dessen zurück in den toten Winkel des Fensters. Nun hatte ich die Tür im Rücken, die aus dem kleinen Salon herausführte. Im nächsten Moment stand ich im schmalen Gang.

Es gab nur eine Chance, den Killer zu stellen. Ich mußte den Bungalow auf demselben Weg verlassen, wie ich ihn betreten hatte. Wenn ich schnell genug war, erwischte ich ihn vielleicht noch, bevor er sich absetzen konnte. Zu diesem Zeitpunkt würde er mich noch im Salon vermuten.

Ich sprang über das breite Bett im Schlafzimmer, dann durch das offene Fenster auf die kleine Terrasse hinaus. Die Füße knickten mir ein. Ich strauchelte, hielt mich taumelnd auf den Beinen und rannte um das Gebäude herum. An der Hausecke blieb ich atemlos stehen.

Ich hörte es in den Büschen rascheln. Das konnte nur bedeuten, daß der Killer versuchte, sich zum Parkplatz abzusetzen.

Mit einem Satz sprang ich hinter der Hausecke hervor. Ich sah gerade noch seinen Schatten zwischen den Büschen verschwinden. Er humpelte. Überall auf dem Rasen, wo er sich bewegt hatte, war Blut. Viel Blut.

»Stehenbleiben, Mann!«

Ich feuerte so hoch über die Büsche hinweg, daß mein Blei

ihm nichts anhaben konnte. Ich wollte ihn lebend. »Stehenbleiben!«

Während ich es schrie, rannte ich weiter, schlug einen Haken zum Nachbargrundstück und versuchte dem Kerl den Fluchtweg abzuschneiden. Ich war auf jeden Fall schneller. Unter normalen Umständen hatte er keine Chance, den Parkplatz vor mir zu erreichen, in einen Wagen einzusteigen und die Flucht fortzusetzen.

Es waren keine normalen Umstände.

Das sah ich erst, als ich zwischen den Büschen des Nachbargrundstücks hindurchtauchte und die schmale Straße zum Parkplatz erreichte.

Dann sah ich den Killer wieder. Taumelnd bewegte er sich auf den Parkplatz zu. Die Waffe hatte er längst verloren. Es sah aus, als könne er sich kaum noch auf den Beinen halten.

So viel Zeit blieb ihm gar nicht mehr.

Neben meinem Mercury parkte ein dunkelblauer Dodge. Zwei Personen saßen drin. Der Motor des Dodge lief. Aus dem heruntergekurbelten Seitenfenster ragte der Lauf einer MPi.

Ich blieb stehen, warf mich in die Büsche zurück und machte mich so klein, wie es mir eben möglich war. Im nächsten Moment ratterte die automatische Schnellfeuerwaffe los.

Der Sprung in die Büsche hätte mir nichts genutzt, wenn der Schütze mich gemeint hätte. Doch zuerst hatte er es auf den verletzten Killer abgesehen, der den Weg zum Wagen nicht mehr schaffte und im Kugelhagel des ersten Feuerstoßes zusammenbrach. Das bekam ich mit, als ich mich einmal um die eigene Achse rollte und hinter einem Springbrunnen Deckung bezog.

In der nächsten Sekunde prasselten die Geschosse gegen den Springbrunnen, pfiffen daran vorbei und wühlten rechts und links vor mir den Rasen auf.

Ich hörte den Motor des Dodge aufheulen. Aber ich konnte nichts unternehmen, um die Leute aufzuhalten, die ihren eigenen Mann ins Jenseits befördert hatten.

Das Belfern der MPi verstummte nach wenigen Sekunden. Drüben auf dem Parkplatz wurde der Dodge gewendet. Noch bestand die Gefahr, daß man mich aus dem Heckfenster heraus unter Feuer nahm. Doch ich wagte es.

Ich sprang hinter dem Springbrunnen auf und durchquerte die Büsche zum drittenmal. Vom Wagen der Gangster sah ich nur noch das dunkelblaue Heck und einen Teil der Zulassungsnummer, die sich mir wie ein Foto ins Hirn fräste. Dann stürzte ich nach vorn, um meinen Mercury zu erreichen, die Verfolgung aufzunehmen und die Kollegen zu verständigen.

Ich befand mich noch zehn Schritte vom Mercury entfernt, als er durch eine fürchterliche Explosion auseinandergerissen wurde.

Glas und Blechteile pfiffen durch die Gegend. Etwas traf mit einem harten Schlag meine Schulter und schleuderte mich zu Boden. Instinktiv barg ich meinen Kopf zwischen den Armen. Augenblicklich stellte sich der Schmerz ein. Ich spürte das Blut warm und klebrig an meiner Schulter hinunterlaufen und sah den dunkelblauen Dodge verschwommen hinter der ersten Kurve der schmalen Zufahrtsstraße zum Motel verschwinden.

An eine Verfolgung war nicht mehr zu denken. Auch nicht daran, einen Funkspruch abzusetzen, damit die Fahndung nach dem Fahrzeug aufgenommen wurde.

Kurz bevor sich die beiden Burschen verabschiedet hatten, hatten sie mindestens eine Handgranate durch das offene Fenster meines Wagens geworfen.

Ich stand auf und tastete stöhnend nach meiner Schulter. Ich konnte sie bewegen. Also handelte es sich kaum um eine schwerwiegende Verletzung. Eine tiefe, schmerzhafte Fleischwunde, die ich mir durch ein herumfliegendes Karosserieteil eingefangen hatte. Die heftige Blutung mußte jedoch so schnell wie möglich gestillt werden.

Im Eingang des kleinen Verwaltungsgebäudes tauchte das junge Mädchen von der Rezeption auf. Mit weit aufgerissenen Augen starrte sie mich an, sah meinen 38er und blieb wie angewurzelt stehen, während sie langsam die Hände über den Kopf hob.

»Bitte nicht schießen!« stammelte sie mit tränenerstickter Stimme.

»Verständigen Sie die Polizei und einen Rettungswagen!« schrie ich ihr zu.

Sie zuckte zusammen, erkannte, daß von mir nichts zu befürchten war, und sprang wieder in die kleine Halle des Verwaltungsgebäudes zurück.

Ich warf einen schnellen Blick auf den Mann, der eben auf Dolores Ortega de Arragón geschossen hatte. Ihm konnte niemand mehr helfen. Von mir war er angeschossen worden. Seine eigenen Kollegen hatten ihm den letzten Schubs in die Hölle versetzt.

Er lag auf dem Rücken, und seine starren Augen blickten stumpf in den strahlendblauen Himmel über Florida.

Der Schmerz in meiner Schulter schnürte mir fast die Luft ab. Am liebsten hätte ich mich auf den satten, grünen Rasen sinken lassen und wäre liegengeblieben. Doch ich rannte zum Bungalow mit der Nummer 13 zurück.

Wirklich keine Glückszahl für Dolores Ortega de Arragón!

Sie lag auf dem blanken Parkett. Sie hielt die Augen geöffnet und beide Hände über den häßlichen Wunden in der Brust verkrampft.

Ich ging neben der schönen Frau in die Knie. Ein einziger Blick reichte aus, um mich erkennen zu lassen, daß auch für sie jede Hilfe zu spät kam. Sie stand dem Tod schon bedeutend näher als dem Leben.

»Kannst du mich verstehen?« Auch mir fiel das Reden schwer. Der Schmerz, der von der Schulter ausging, fraß sich gierig durch meinen ganzen Körper. »Kannst du mich hören, Dolores?«

Die Kubanerin nickte.

»Wo hat Perroni Bastillieu versteckt, Dolores?«

Erstaunen spiegelte sich in ihrem Gesicht. In diesem Moment sah sie friedlich aus. Wie die meisten, die nach einer schweren Verletzung kurz vor dem Sprung in die Ewigkeit stehen. Ich beugte mich dicht über sie. »Hörst du, Dolores? Wo ist René Bastillieu?«

Ein feines Lächeln spielte über ihre Lippen, die schon bleich geworden waren. »Perroni hat ihn nicht.« Ihre Stimme war schon so leise, daß ich sie kaum noch verstehen konnte. »Perroni sucht ihn fieberhaft. René ist verschwunden. Maryline weiß vielleicht, wo er ist. Deshalb sollte David Alborne sie schnappen und . . .«

Mitten im Satz brach sie ab. Dolores Ortega de Arragón hatte ausgelitten. Sie war tot. Was sie mir mit ihren letzten Worten gesagt hatte, konnte keine Lüge sein. Jemand, der genau wußte, daß seine Minuten gezählt waren, hatte keine Veranlassung mehr dazu, die Unwahrheit zu sagen.

Jetzt war klar, daß ich an der falschen Stelle nach René Bastillieu gesucht hatte. Perroni hatte mit Renés Verschwinden nichts zu tun. Aber er hatte diese Frau auf dem Gewissen. Daran konnte es keinen Zweifel geben.

Der Mann aus dem roten Camaro hatte Alarm geschlagen und vom Fehlschlag am New Maritime Hotel berichtet. Perroni wußte, daß der Kidnappingversuch schiefgelaufen war. Er vermutete die Polizei hinter der Sache und rechnete damit, daß David Alborne, unter Druck gesetzt, aus der Schule plaudern würde. Daß er vom Sunshine Motel erzählte, wo er Maryline hatte abliefern sollen. Und Perroni hatte auch Dolores nicht über den Weg getraut. Um ihr erst gar keine Gelegenheit zu geben, eine Aussage zu machen, hatte er die Männer im dunkelblauen Dodge geschickt. Ihr Auftrag lautete: Dolores zu töten, bevor die Polizei im Sunshine Motel auftauchte und die Kubanerin in die Mangel nehmen konnte.

Nur so ließ es sich erklären, daß Dolores kaltblütig durch das Fenster erschossen worden war.

Perroni hatte wieder einmal die Notbremse gezogen und allen Schwierigkeiten mit den tödlichen Schüssen des Killers den Riegel vorgeschoben.

Kalte, maßlose Wut stieg in mir auf, die mich die Schmerzen in der Schulter vergessen ließen. Ich haßte diesen Mann, den ich noch nicht einmal persönlich kennengelernt hatte. Ich wußte, daß ich ihn vor den Richter bringen mußte, wenn ich jemals wieder Ruhe finden wollte.

Ein Wolf im Schafspelz, der immer schnell und ohne jeden Kompromiß reagierte, wenn Gefahr im Verzug war! Kein Wunder, daß Joe Maxwell seit Jahren vergeblich versuchte, den Mafiaboß aus dem Verkehr zu ziehen.

Ich verließ den Unglücksbungalow, zündete mir eine Zigarette an und wartete auf das Eintreffen der Polizei und des Rettungswagens. Da der Notarzt nichts mehr für Dolores und ihren Killer tun konnte, konnte er sich meiner annehmen.

Bevor die Abordnung eintraf, telefonierte ich mit Phil. Er sollte zum Sunshine Motel kommen und dafür sorgen, daß mir kein Cop auf die Füße stieg. Ich wollte meine Tarnung nicht aufgeben.

Jasmine Kensington stand an der Reling und streckte den Kopf weit nach vorn. Ihre dunklen Haare flatterten im Wind. Sie war eine kleine, zerbrechlich wirkende Person.

»Sie ist krank«, sagte Bruce Kensington zu René Bastillieu, der die automatische Ruderanlage eingestellt hatte und sich ebenfalls an Deck der *Santa Teresa* befand. »Wie sehr, weiß ich nicht. Es war ihr Wunsch, eine Kreuzfahrt auf einer kleinen Yacht zu machen. Vielleicht die letzte Freude in ihrem Leben.«

Bastillieu strich sich über die Haare. Er sah hinüber zu dem Mädchen, das nicht älter als 20 Jahre war. Sie trug abgeschnittene Jeans, Turnschuhe und ein buntgemustertes T-Shirt. Nichts darunter. Das wurde deutlich, als Jasmine sich umdrehte, als der Wind ihr den dünnen Stoff des T-Shirts dicht an den Körper preßte und ihren wohlgerundeten, kleinen Busen scharf abhob.

Es war drei Uhr nachmittags. Die See war glatt. Seit mehr als zwei Stunden befanden sie sich in internationalen Gewässern. Santa Lucia hatten sie auf der Steuerbordseite passiert. Ihr Kurs lief in gerader Linie auf Barbados zu. Sie wollten die Insel umrunden, zwei Tage in Bridgetown ankern, anschließend Grenada ansteuern, die Windward Islands umrunden und dann wieder nach Martinique zurückkehren. Ein Trip von knapp einer Woche.

Auf ein paar Tage mehr oder weniger kam es Bruce Kensington nicht an. Er war technischer Mitarbeiter der NASA und verfügte über genügend Geld.

Das abrupte Ende der Reise schoß Bastillieu durch den Kopf, als er Jasmine Kensington ansah, als er das Leuchten in ihren hellen Augen sah und die Freude darüber, daß sie doch noch zu ihrer privaten Kreuzfahrt gekommen war.

In diesem Moment haßte sich Bastillieu, weil er sich auf Antoils verrückten Plan eingelassen hatte.

Yvonne kam mit Tee aus der kleinen Pantry. Sie trug einen weißen Bikini und ein bezauberndes Lächeln. Genau wie Bastillieu wußte sie, was sich bald abspielen sollte. Aber es war ihr nicht anzusehen. Antoil hatte alles noch einmal genau erklärt. Es bestand kein Grund, sich Sorgen zu machen. Keinem sollte ein Haar gekrümmt werden. Einige Tage Gefangenschaft würden niemanden umbringen.

Jetzt, als Bastillieu von Kensington über Jasmines Krankheit aufgeklärt worden war, war er sich nicht mehr sicher, ob einige Tage Gefangenschaft wirklich nicht schaden würden.

Aber es war zu spät, um den Kurs noch zu ändern. Bastillieu erkannte es, als sich Jasmine wieder der Reling zuwandte und aufgeregt nach Süden deutete. »Ein anderes Schiff!«

Ihre Stimme klang aufgeregt, beinahe kindlich begeistert. Ein anderes Schiff! Bastillieu zündete sich eine Zigarette an und folgte dem Fingerzeig der jungen Frau, die heftig winkend auf eine schnell näher kommende Yacht deutete.

Yvonne stellte das Tablett auf den Kabinenniedergang und warf Bastillieu einen fragenden Blick zu.

Der zuckte mit den Schultern, ging in den Ruderstand und hob das Fernglas vor die Augen.

Es war eine alte, unscheinbare Yacht, die sich ihnen

näherte. Durch eine häßliche graue Farbe schimmerten Rost-flecken. Es gab keinen Namen am Bug, keine Nationalitäten-flagge. Kein Zweifel, es handelte sich um das Schiff, das *die Santa Teresa* aufbringen, die Mannschaft gefangensetzen und die *Santa Teresa* anschließend versenken sollte, nachdem er, Bastillieu, wie abgesprochen den Notruf *Mayday* abgesetzt hatte.

Fünf Minuten verstrichen. Um es kurz zu machen, hatte Bastillieu auf Handsteuerung umgeschaltet und hielt auf die graue Yacht zu.

Vier Gestalten waren an Bord des anderen Schiffes zu sehen. Sie gaben Zeichen, die unmißverständlich auch für Kensington und seine Tochter ausdrückten, daß sie Hilfe brauchten.

»Da drüben stimmt etwas nicht, Sir!« rief Bastillieu vom Ruderstand zu Kensington hinunter. »Wir gehen längsseits, wenn Sie nichts dagegen haben.«

Bruce Kensington schüttelte den Kopf. Was sollte er dagegen haben? Es sah wirklich aus, als ob die vom anderen Schiff Hilfe brauchten.

Für Kensington war es selbstverständlich, diese Hilfe auch zu gewähren. »Okay!« rief er zurück. »Okay, Mr. Bastillieu.«

Bastillieu drosselte die Motoren. Die Fahrt wurde lang-samer. Meter um Meter näherten sich die beiden Schiffe, bis sie nach geschicktem Manöver längsseits lagen und durch schwere Taue miteinander verbunden waren.

Dann ging alles wahnsinnig schnell.

Drei Männer sprangen an Bord. Bastillieu achtete kaum auf sie. Er griff zum Funkgerät und setzte den ersten *May-day*-Ruf ab. Dann den zweiten. Schließlich gab er seine unge-fähre Position durch.

Unten auf Deck hielten die Männer plötzlich Waffen in der Hand. Sie bedrohten Kensington, seine Tochter und Yvonne. Ein bärtiger Mann mit pockennarbigem Gesicht richtete seine Waffe zum Ruderstand hinauf. »Runterkommen, Mann!«

Bastillieu zögerte nicht.

Er hob die Hände und stieg langsam an Deck zurück.

Aschfahl lehnte Jasmine an der Reling. Kensington stand mit hochrotem Gesicht am Niedergang zu den Kabinen und warf Bastillieu einen verzweifelten Blick zu.

Unternehmen Sie doch etwas! drückte dieser Blick aus. Doch Bastillieu hätte selbst dann nichts unternommen, wenn er eine Chance dazu gehabt hätte. Alles lief programmgemäß. Antoil schien sich an die Abmachung zu halten. Keine Leichen! Kensington und seine Tochter sollten nach einigen Tagen zusammen mit Yvonne freigelassen werden, um bezeugen zu können, daß die Piraten ihn, Bastillieu, umgebracht hatten.

»Alles rüber auf unser Schiff!« schrie der Bärtige mit den Pockennarben, während er mit der Waffe gefährlich in der Luft herumfuchtelte. »Schnell, schnell!«

Zwei seiner Männer kamen mit Kanistern und schütteten den Inhalt in den Kabinenniedergang. Durch eine Luke stieg ein anderer in den Schiffsrumpf hinab. Bastillieu wußte, er würde die Flutventile öffnen.

Von diesem Moment an noch eine halbe Stunde, dann war die *Santa Teresa* gesunken.

»Rüber auf das andere Schiff!« wiederholte der bärtige Anführer der Männer, die wirklich wie Piraten aussahen.

Weiß der Teufel, wo Antoil die Bande aufgetan hat! dachte Bastillieu, während er über Deck ging und sich neben Jasmin stellte.

Das Mädchen zitterte wie Espenlaub. Sie war blaß und konnte sich kaum auf den Beinen halten.

»Keine Angst!« sagte Bastillieu leise. »Es wird schon nichts passieren. Die wollen nur Geld und . . .«

Ein Mann kam mit dem Gepäck aus dem Kabinenniedergang herauf, als Kensington etwas tat, was alles über den Haufen warf und den Ablauf dieses Unternehmens in Frage stellte.

Sein Blick war auf die Signalpistole gerichtet gewesen, die neben dem Niedergang in einer Federhalterung steckte. Die Waffe war mit einer Leuchtkugel geladen. Kensington konnte die große Patrone deutlich sehen. Sekunden hatte er gezögert. Jetzt handelte er.

In diesem Moment achtete niemand auf ihn. Mit einem Ruck hielt er die Leuchtkugelpistole in der Hand, spannte den Hahn, richtete die Waffe auf den Bärtigen mit dem Pockennarbengesicht und drückte ohne Übergang ab.

Der Rückschlag der Waffe war so gewaltig, daß sie Bruce Kensington aus der Hand geschleudert wurde. Er wich zurück. Er hatte den zweiten Mann angreifen wollen. Aber jetzt starrte er auf den Bärtigen. Der wälzte sich schreiend auf den Planken, preßte sich die Hände gegen den Bauch, und die Augen traten ihm unnatürlich weit aus dem Kopf heraus.

In seinem ganzen Leben hatte Kensington noch niemals einen Menschen in diesen Tönen schreien hören.

Bastillieu riß Jasmine in seinen Arm, drückte den zitternden schlanken Körper an sich und drehte sich so vor das Mädchen, daß sie nicht mehr mit ansehen mußte, was vor ihr geschah.

»Mein Gott, nein!« schrie Yvonne und wich voller Entsetzen zurück.

Der Mann, der eben die Benzinkanister in den Niedergang geleert hatte, hob die Waffe. Zweimal drückte er sie auf Kensington ab. Dann noch einmal, als der NASA-Mann schon lange regungslos auf den Planken lag. Nicht weit entfernt von dem Bärtigen, der brüllend auf die Beine kam, gegen den Niedergang taumelte und wieder zusammenbrach.

»Schieß, verdammt!« brüllte er. »Schieß! Bitte!«

Der Mann, der Kensington erschossen hatte, zögerte nur einen Atemzug. Dann hob er die Waffe, richtete sie auf den Bärtigen und feuerte.

Das Schreien verstummte.

Jasmine Kensington verlor das Bewußtsein. Sie war schlaff in Bastillieus Armen. Er konnte sie kaum noch halten.

»Mein Gott«, sagte Yvonne erneut. Diesmal etwas leiser. In stiller Verzweiflung schlug sie die Hände vors Gesicht. »Mein Gott!«

»Dieser verdammte Idiot«, keuchte der Mann, der Kensington und den Bärtigen erschossen hatte. »Dieser verdammte Idiot! Warum hat niemand auf ihn aufgepaßt? Warum, verdammt?«

»Es ist nicht zu ändern«, sagte der andere, der noch mit den Sachen der Kensingtons bepackt war. »Wir müssen verschwinden. Der *Mayday*-Ruf ist draußen, die ungefähre Position bekanntgegeben. Wir müssen verschwinden!«

Er wandte sich herum, griff nach Yvonnes Arm und zog die Eurasierin hinter sich her zum anderen Schiff.

»Was ist mit dem Mädchen?« fragte Yvonne, als sie auf die andere Yacht übergesetzt war. »Was ist mit dem Mädchen, Bastillieu?«

»Bewußtlos.«

»Dann bring sie rüber, verdammt!«

»Sie ist krank!«

»Das ist uns egal!« schrie Kensingtons Mörder. »Wir haben einen Job durchzuführen und werden dafür nicht so gut bezahlt, daß ich auch noch meinen Arsch riskieren will.«

Wut und Trauer schnürten Bastillieu die Kehle zu. Wie, verdammt, hatte er auch nur einen Moment daran glauben können, daß alles glattlaufen würde?

Der Mörder Kensingtons entzündete ein Streichholz und warf es in den Kabinenniedergang. Mit einem Satz sprang er zurück. Gerade rechtzeitig genug, um nicht von der Stichflamme erfaßt zu werden, die aus dem Schiffsinneren schlug.

»Beeil dich, René!« Yvonne streckte die Arme nach vorn, um ihm die bewußtlose Jasmine abzunehmen.

Bastillieu blieb keine andere Wahl. Spätestens in diesem Moment wurde ihm bewußt, daß alles Kommende auch anders als geplant ablaufen würde.

Jeff Gordon war mit seiner Chessna Beechcraft nach Barbados unterwegs, als er den Notruf der *Santa Teresa* auffing. Ein schneller Blick auf die Karte, und er wußte, daß sich die

Santa Teresa unweit seiner augenblicklichen Position befinden mußte. Der nächste Blick galt der Tankanzeige. Mehr als 100 Meilen Kursabweichung konnte sich der ehemalige amerikanische Marineflieger nicht leisten.

Er drehte die Maschine vom alten Kurs ab und steuerte das Planquadrat an, aus dem die *Santa Teresa* Mayday gefunkt hatte.

Knapp zehn Minuten war Gordon unterwegs, als er die Rauchsäule am Horizont sah. Er drückte den Gashebel weiter nach vorn und gab mehr Kraft auf die beiden Motoren der Maschine. Weitere fünf Minuten verstrichen. Dann erblickte Jeff Gordon die brennende Yacht mit gefährlicher Schlagseite in der sanften Dünung.

Da war nichts mehr zu machen. Der Kahn würde in spätestens 15 Minuten abgesoffen sein. Das erkannte er auf den ersten Blick. Und allem Anschein nach brauchte die Besatzung der *Santa Teresa* ohnehin keine Hilfe mehr.

Eine zweite Yacht schien diese Hilfe schon geleistet zu haben. Sie hatte inzwischen abgedreht und entfernte sich mit voller Fahrt von der brennenden *Santa Teresa*.

Gordon zögerte einen Moment. Dann flog er der abgedrehten Yacht nach, holte sie schnell ein und drückte die Maschine tief nach unten. Er flog eine kurze Schleife und näherte sich von vorn.

Der ehemalige Marineflieger sah einige Leute an Deck der schmutziggrauen Yacht, die weder einen Namen noch Nationalitätskennzeichnen trug, aufgrund derer Gordon die Yacht hätte anfunken können. Drei Männer erkannte der Flieger deutlich. Er sah ihre Gesten. Sie konnten nur bedeuten, daß alles in Ordnung war und man keine weitere Hilfe mehr benötigte.

Jeff Gordons Funkgerät stand auf Empfang. Nach der zweiten Schleife über die graue, verrottete Yacht, funkte man ihn an.

»Delta 157, bitte melden!« Delta 157 war die Seitenruderbeschriftung der Chessna.

Jeff Gordon meldete sich. »Braucht ihr Hilfe?«

»Keine Hilfe mehr erforderlich. Haben die Besatzung der *Santa Teresa* unversehrt an Bord genommen und werden Grenada anlaufen. Vielen Dank und guten Weiterflug! Ende.«

»Ende«, sagte Jeff Gordon. Er drehte ab und flog seinen alten Kurs in Richtung Barbados.

Erst eine halbe Stunde später, als er den Zwischenfall noch einmal überdachte, stieg ein ungutes Gefühl in ihm auf. Nicht wegen der brennenden und sinkenden *Santa Teresa*, sondern wegen der zweiten Yacht ohne Namen und Nationalitätskennzeichen, die angeblich Hilfe geleistet und die Besatzung des sinkenden Boots an Bord genommen haben wollte.

Da fielen ihm auch die Berichte über Piraterie in diesem Seegebiet ein. Er dachte an Yachten, die ohne ersichtlichen Grund mit Mann und Maus verschwanden und niemals wieder auftauchten.

Grenada, dachte Gordon. Sie hatten ihm durchgegeben, daß sie Grenada anlaufen wollten. Das mochte stimmen oder auch nicht. Auf jeden Fall konnte sich Jeff Gordon nicht darum kümmern, da er mit seinem Spritvorrat noch Barbados erreichen mußte. Er konnte nur die Küstenwache von Grenada verständigen, den Namen der sinkenden *Santa Teresa* und deren Heimathafen Fort-de-France auf Martinique durchgeben.

Genau das erledigte der ehemalige Marinepilot, bevor er sich entspannt zurücksetzte und eine Zigarette anzündete.

Damit war der Zwischenfall für ihn endgültig vergessen.

Der Notarzt hatte meine Schulter untersucht, sie notdürftig versorgt und mich in das nächste Krankenhaus verwiesen. Dank Phil, der früh genug am Motel aufgetaucht war, hatte es keine Komplikationen mit den Cops gegeben. Im Krankenhaus entfernten sie mir Metallsplitter und Stoffetzen aus der Wunde, nähten sie mir mit ein paar Stichen und gaben mir eine Spritze gegen die Schmerzen. Den Vorschlag, einige

Tage dazubleiben, lehnte ich ab. Die Schmerzen ließen nach. Die Verletzung hinderte mich nicht sonderlich, solange ich mich nicht an einem Footballmatch beteiligte. Und das hatte ich nicht vor.

Phil erwartete mich in dem Café, das sich gegenüber dem Krankenhaus in der Passage eines Blumengeschäftes befand. Er war nicht allein. Joe Maxwell hatte die Gelegenheit benutzt, mir zu meinem Glück zu gratulieren.

Diesmal war es weder ironisch noch böse gemeint. Auch ohne besondere Menschenkenntnis konnte man dem Kollegen aus Miami die Erleichterung darüber ansehen, daß für mich alles so glimpflich abgelaufen war.

»Eindeutig Perronis Handschrift«, sagte Maxwell. »Vor drei Jahren erwischte es zwei Cops durch eine in ihren Wagen geworfene Handgranate, nachdem sie zwei Mafiosi so gut wie festgenagelt hatten.«

Ich nickte und ließ mir von Phil eine Zigarette geben. »Auf jeden Fall wissen wir nun ziemlich sicher, daß sich Perroni nicht den Mann geschnappt hat, der bereit ist, ihn ans Messer zu liefern. Dolores Ortega de Arragón, Joe. Sagt Ihnen der Name etwas? Und haben Sie inzwischen schon etwas über den Killer herausgefunden, den seine Kollegen höchstpersönlich zur Hölle geschickt haben?«

»Johnny Meadock«, nannte Maxwell den Namen des toten Killers. »Er kam aus Houston, Texas, und scheint genau wie seine beiden Kollegen die Leihgabe einer anderen Familie an Perroni gewesen zu sein. Mordaufträge werden in der Regel immer von ortsfremden Personen ausgeführt, Jerry. In der Regel kennen die nicht mal ihren Auftraggeber. Sie kommen, erledigen ihren Job und sind wenig später wieder aus der Stadt verschwunden, noch bevor sich die schwerfällige Fahndungsmaschinerie in Bewegung gesetzt hat. Das wird in New York nicht anders sein.«

Maxwell hatte recht. Es war in New York keinen Deut anders.

»Was ist mit dem Mädchen?«

Sie war Don Perronis Freundin!«

Das hob mich um ein Haar vom Stuhl. Ich verschluckte mich am Kaffee und hustete mir die Seele aus dem Leib.

»Perroni hat schnell gehandelt, Jerry«, fuhr Joe Maxwell fort. »Er hat sich sofort mit der Staatsanwaltschaft in Verbindung gesetzt und den Leuten dort nicht nur Feuer unter dem Hintern gemacht, sondern gleichzeitig auch eine Belohnung von fünfzigtausend Dollar auf die beiden flüchtigen Killer ausgelobt.«

Phil lachte bitter auf. »Kein Risiko für ihn. Diese Belohnung wird sich niemand verdienen können.«

»Zum anderen hat er die Presse eingeschaltet. Die Reporter treten sich bei uns gegenseitig auf die Zehen.«

»Wie lautet Perronis Version?« wollte ich wissen.

»Er war mit Dolores im Sunshine Motel verabredet und befand sich gerade im Aufbruch, als ihn die ›fürchterliche‹ Nachricht erreichte. Wir haben das inzwischen nachgeprüft, Jerry. Er hat wirklich im Sunshine Motel angerufen und sich nach Dolores erkundigt.«

»Wann?«

»Eine halbe Stunde, bevor es zu dem Zwischenfall kam.«

»Da befand sich das Killerkommando schon auf dem Weg«, stellte ich fest. »Er scheint wirklich niemals ohne Netz und doppelten Boden zu arbeiten.«

»Niemals«, pflichtete Joe Maxwell mir bei. »Oder glauben Sie vielleicht, wir hätten ihn aus lauter Unfähigkeit seit Jahren nicht festnageln können?«

Phil und ich schüttelten gleichzeitig den Kopf. »Aber jeder macht mal einen Fehler, Maxwell.«

»Perroni nicht. Darüber bekommen Sie graue Haare, Cotton.«

»Er hat schon einen begangen«, erinnerte ich den Kollegen aus Miami. »Er hat einem Mann zu sehr vertraut und ihm Material in die Hand gegeben, mit dem der ihn vernichten kann. Bastillieu.«

»Aber Bastillieu ist verschwunden, Cotton.«

»Richtig«, antwortete Phil für mich. »Völlig richtig. Aber Perroni ist darüber so nervös wie ein Galopper, den man zum erstenmal in die Startmaschine führt. Er hat die Finger nach Maryline ausgestreckt und ist auf die Nase gefallen.«

Maxwell trank einen Schluck Kaffee. Dann winkte er ab. »Zugegeben«, sagte er. »Aber Perroni selbst ist nicht in Erscheinung getreten, und es gibt niemanden, der mit dem Finger in seine Richtung weisen kann. Sollen wir David Alborne ausquetschen?«

Ich schüttelte den Kopf. »Den behalte ich und benutze ihn als Sprungbrett zu Perroni. Solange wir keine Spur von Bastillieu haben, müssen wir auf eigene Faust versuchen, etwas gegen Perroni auszugraben.«

Phil legte die Stirn in Falten. Aber ich winkte ab, bevor er einen Einwand geltend machen konnte.

»Kümmert ihr euch weiter um die Szene und um die Franzosen! Wir brauchen eine Spur von Bastillieu, oder wir können unseren Traum, Perroni und seine Rauschgiftroute Kolumbien-Miami auszuschalten, sang- und klanglos zu Grabe tragen.«

»Was hast du vor?« wollte Phil wissen.

»Ich werde Perroni besuchen und ihm klarmachen, daß es ihm an den Kragen geht, wenn Maryline etwas zustößt. Ich will sie nicht unter Polizeischutz stellen. Das gibt ein schlechtes Bild. Perroni wollte sie haben. Jetzt soll er auch auf sie aufpassen.«

»Das geht ins Auge, Cotton!«

»Vielleicht, Maxwell, vielleicht auch nicht.«

Ich stand auf und legte einen Zehner für die Getränke auf den kleinen Tisch. Dann verließ ich das Café.

Ich war gekleidet wie ein Dandy. Nur wer ein scharfes Auge dafür hatte, konnte mit geübtem Blick die Ausbuchtung unter meiner linken Achsel feststellen.

Der Portier des Carlton Club hatte kein Auge dafür. Er war es gewohnt, daß die Damen Colliers und die Herren eine Rolex und teure Siegelringe statt einer Waffe trugen. Er kannte mich nicht. Aber er kannte Maryline Bastillieu, die sich bei mir untergehakt hatte und sich eng an mich drängte. Ich spürte ihr feines Zittern und drückte ihre Hand, um sie zu beruhigen. Daß ihr dieser Besuch schwerfiel, war zu verstehen. Schließlich sollte sie dem Mann gegenübertreten, der noch vor wenigen Stunden versucht hatte, sie entführen zu lassen. Ich mußte den Grund herausfinden und dafür sorgen, daß sich Maryline fortan nicht vor Perroni und seinen Mafiosi verstecken mußte.

Wir passierten den Eingang und betraten eine von blankem Chrom und Plüsch überladene Halle. Alles war so pompös, wie man es von einem Club erwarten durfte, in dem nur der Geldadel der Stadt verkehrte.

»Mrs. Bastillieu!« Der Mann, der sich mit flatterndem Schwalbenschwanz näherte, war beim Anblick der reizenden Blondine etwas blaß geworden. »Tut mir leid, aber gerade heute . . .«

Ich schaute den Mann an und setzte ein so häßliches Grinsen auf, daß er mitten im Satz verstummte. »Madame wünscht keine Konversation mit Angestellten, Mister«, sagte ich und tat etwas, was vorher wahrscheinlich noch niemand mit ihm getan hatte. Ich schob ihn beiseite wie einen lästigen Gegenstand.

Er wurde rot bis hinter die Ohren und konnte vor lauter Empörung kein Wort mehr hervorbringen. Dann waren wir an ihm vorbei, erreichten den Aufzug und ließen uns in den 3. Stock hinauffahren. Hier befanden sich die Räumlichkeiten für die Prominenten der Stadt. In Verbindung mit dem ›Ehrenmann‹ Don Perroni hatten René Bastillieu und seine Frau auch einmal dazugehört.

Vor dem Blauen Salon saß ein Angestellter des Carlton Club schläfrig auf einem Barockstuhl. Eine Art Schildwache. Seine Aufgabe bestand einzig und allein darin, nur die Leute vorzulassen, deren Besuch Don Perroni vorher angekündigt hatte.

Maryline und mich erwartete er mit Sicherheit nicht. Das war auch der Grund, der den livrierten Angestellten aufspringen ließ.

»Du kannst dich wieder setzen«, herrschte ich ihn an. »Ich kann mir die Tür allein öffnen.«

Er setzte sich wieder. So einen Ton war er in diesen heiligen Hallen nicht gewohnt. Wer so redete, mußte einen besonderen Status genießen, das stand für ihn fest.

Maryline Bastillieu lächelte gequält, aber sie hielt sich ausgezeichnet.

Ich öffnete die Tür zum Blauen Salon, schob Maryline hinein und folgte ihr mit einem schnellen Schritt. Hinter mir schmetterte ich die Tür ins Schloß.

Drei Männer, genau wie ich erwartet hatte. Don Perroni und seine beiden Leibgardisten, ohne die er in diesen Zeiten angeblich nicht mal auf die Toilette ging.

Perroni drehte sich mit einem Ruck herum. Der Suppenlöffel fiel ihm um ein Haar aus der Hand. Sein Röntgenblick durchlöcherte Maryline und mich.

Seine Leibwächter griffen gleichzeitig unter die maßgeschneiderten Dinnerjackets.

Ich hielt Maryline im Arm und grinste Perroni an. »Sag den Dummköpfen, sie sollen die Kanonen stecken lassen, Don! Eine Schießerei in Gegenwart einer Lady ist eine Sache, die man dir niemals verzeihen wird.«

Seine breitschultrige, durchtrainierte Gestalt straffte sich. Ein knapper Wink genügte. Die Hände der Leibwächter tauchten nackt wieder unter den Jacketts hervor.

»Hallo, Maryline«, sagte er dann mit erstaunlich gefaßter Stimme. Mich übersah er einfach.

Maryline Bastillieu spielte ihre Rolle ausgezeichnet. Sie setzte das bezauberndste Lächeln der Welt auf. »Hallo, Don«, antwortete sie. »Ich komme etwas später und etwas anders als geplant. Aber ich hoffe, ich bin dennoch willkommen.«

Don Perronis Gelassenheit begann zu bröckeln. Unruhig drehte er den goldenen Löffel in der Hand.

»Wenn du ihn einsteckst, sag' ich's dem Geschäftsführer, Don«, mahnte ich.

Es hielt ihn nicht mehr auf seinem Platz. Mit einem Ruck

stand er auf und stieß den Stuhl nach hinten um. Er änderte seine Taktik. »Was soll das Affentheater?« fragte er scharf.

»Dolores ist tot«, sagte ich. »Ihren Killer habe ich angeschossen. Den Rest haben seine Freunde erledigt. Die hielten mich für einen Bullen und wollten nicht, daß er mir lebend in die Hände fiel. Es war unnötig, ein Mordkommando ins Sunshine Motel zu schicken. Dolores spielte ihre Rolle als Unschuldslamm ausgezeichnet. Was sie mir hätte sagen können, wußte ich ohnehin schon von David Alborne. Er taugt nicht viel. Wenn deine anderen Leute ebensolche Flaschen sind, dann gute Nacht!«

»Ich kenne keinen Alborne, und ich habe niemand ins Sunshine Motel geschickt!«

»Ich weiß.« Ich nickte, griff in die Tasche und warf einem der beiden Leibgardisten den Wagenschlüssel zu. »Es ist ein Porsche 928. Er steht auf dem Parkplatz. Der Kofferraum eines Sportwagens ist nicht sehr geräumig. Alborne wird sich darin nicht wohl fühlen. Schafft ihn mir aus dem Kofferraum und aus den Augen! Sonst lasse ich ihn von den Cops entfernen.«

Perroni sah krank aus. Mein Plan ging auf. Mit meinem selbstbewußten Auftreten hatte ich ihn an die Wand gedrückt. Er wurde aus mir nicht schlau. Aber er ahnte, daß ich ihm gefährlich werden konnte.

»Tu, was er sagt, Don!« verlangte Maryline.

Perroni wandte sich an den Mann, der den Wagenschlüssel aufgefangen hatte. »Verschwinde, und laß diesen Alborne frei, wer er auch sein mag!« Dann wandte er sich an mich. »Wir tun's aus reiner Menschenliebe, Mann!«

»Ich habe nichts anderes erwartet, Don«, antwortete ich. »Deine Spenden für Methodistentempel, Waisenhäuser und Krankenanstalten sind weltberühmt.«

Ein Leibwächter verschwand aus dem Blauen Salon.

»Okay«, sagte Perroni. »Was noch?«

Ich ging zu ihm an den Tisch. Der zweite Mann versperrte mir den Weg. Er achtete auf meine Hände, nicht auf meine Füße. Sein Fehler! Mit aller Kraft trat ich ihm gegen das

Schienbein und ließ ihn einen neuen, amüsanten Gesellschaftstanz probieren.

Perronis Kinnlade klappte nach unten. Ohne Zweifel mußte er mich für verrückt oder für total todessüchtig oder für alles beides gleichzeitig halten.

»Ich bin Daniel Balmond«, sagte ich, als Perroni mit einem zischenden Geräusch die Luft durch die Zähne zog. »René ist ein alter Freund von mir, Don. Er hat mir gesagt, wenn's mir in Rio mal zu heiß ist oder zu ungemütlich wird, soll ich nach Miami kommen. Er nannte mir deinen Namen, sagte, daß du sein bester Freund seist und wir beide uns schon verstehen würden. Jetzt komme ich nach Miami, René ist verschwunden, und du, angeblich sein bester Freund, schickst einen hirnlosen Halbprimaten, um Maryline aus dem New Maritime in eine üble Absteige wie das Sunshine Motel bringen zu lassen. Obendrein noch zu einer Frau, die zwar sehr schön, aber doch so halbseiden ist, daß sich eine Lady wie Maryline niemals mit ihr abgeben würde. Anschließend erscheinen drei Killer, legen Dolores um, wollen mich durchlöchern und jagen auch noch meinen Zweitwagen in die Luft. Ich weiß verdammt nicht, was ich davon halten soll, Don!«

Perroni setzte sich wieder. Auf einen anderen Stuhl. Rechts neben dem Tisch kniete sein Leibwächter. Der Lauf der Luger, die er in der Hand hielt, zielte auf meinen Bauch.

»Er soll das Ding wegstecken, oder du mußt dich nach einem neuen Mann umsehen, Don!«

Perroni grinste.

Da trat Maryline Bastillieu in die Schußlinie. Ich sprang mit einem Satz hinter Perronis Stuhl und drückte ihm den Lauf meines 38ers gegen den Schädel.

Auf mich hätte der Kerl wahrscheinlich geschossen. Auf Maryline feuerte er nicht.

Perroni versteifte sich und stieß einen Fluch aus, mit dem er seinen Leibwächter in Grund und Boden verdammte.

Ich nahm den Lauf des 38ers zurück und steckte die Waffe wieder ein.

Der andere ließ seine Luger ebenfalls verschwinden und zog ein betretenes Gesicht.

Maryline Bastillieu stand da. Ich sah sie zittern. Wahrscheinlich wunderte sie sich selber am meisten darüber, daß sie im entscheidenden Moment genau das Richtige getan hatte.

»Der Kerl ist verrückt, Maryline«, wandte sich Don an Bastillieus Frau. »Er weiß nicht, wen er vor sich hat und daß er mit einem Bein schon im Grab steht.«

»Du bist ebenfalls verrückt, Don«, antwortete Maryline kühl. »René ist verschwunden. Ich weiß nicht, wohin. Ich kenne eure Geschäfte nicht. René hat niemals mit mir darüber gesprochen. Dennoch läßt du Jagd auf mich machen, nachdem jemand in Renés Bungalow eingestiegen ist und neben dem Telefon meine genaue Adresse, die für René bestimmt war, gefunden hat. Warum beschwerst du dich darüber, wenn nun jemand auf mich aufpaßt?«

Perroni rieb über seine feuchtglänzende Stirn. »Warum hast du den Bungalow verlassen?«

»Weil ich es ihr geraten habe«, mischte ich mich schnell ein. »René war immer in heißen Geschäften tätig. Ich denke, er ist es auch diesmal. Wenn er plötzlich untertaucht, hat er einen Grund. Ich wollte nicht, daß dieser Grund sich an Maryline hält, Perroni. Was ist falsch daran?«

Ich hatte ihn genau in der Ecke, in der ich ihn mir wünschte. Alles, was ich sagte, klang einleuchtend. Mein wütender Auftritt im Blauen Salon des Carlton Club paßte dazu genau ins Bild.

»Deutete René an, daß er Schwierigkeiten habe?« fragte Perroni.

»Mit keinem Wort«, antwortete Maryline. »Und wenn er welche gehabt hätte, wäre ich der letzte Mensch gewesen, zu dem er damit gekommen wäre. Er hat mich immer aus allem herausgehalten.«

Perroni stieß einen Fluch aus. »Was denkst du, Maryline?«

Die Blondine zuckte mit den Schultern. »Vielleicht eine andere Frau«, antwortete sie schließlich. »Vielleicht ist jemand in der Stadt aufgetaucht, dem er nicht über den Weg laufen will. Ich weiß es nicht, Don.«

»Er ist noch niemals verschwunden, ohne mich vorher zu benachrichtigen.«

Ich lachte auf. »Vielleicht hatte er es satt, sich wie ein Rekrut abzumelden. Kann auch sein, daß er untertauchte, um seinen Marktpreis in die Höhe zu treiben. Das heißt, er will dir begreiflich machen, daß du ihn brauchst. Manchen Menschen muß das hin und wieder gesagt werden. Sie wollen gelobt werden. Vielleicht hast du mit Lob gespart. Wenn er nicht tot ist, wird er bald wieder auftauchen oder sich wenigstens melden.«

Perroni zündete sich eine Zigarette an. Er belauerte mich wie ein wildes Tier.

»Welche Rolle willst du spielen, Balmond?« fragte er schließlich.

»Keine, solange René nicht wieder aufgetaucht ist«, antwortete ich. »Ich bin hier, um dir begreiflich zu machen, daß du für Maryline die Verantwortung trägst, solange René nicht da ist. Ich weiß nicht, welche Rolle du in Miami spielst. Es interessiert mich auch nicht. Ich weiß nur, es wird dich deinen Kopf kosten, wenn Maryline etwas zustößt.«

»Ich mag Leute nicht, die sich überschätzen«, blaffte er in meine Richtung.

»Ich auch nicht, Perroni. Du hast dich schon einmal verrannt, weil du Gefahr aus Renés Richtung vermutet hast. Das hat Dolores und einen Killer das Leben gekostet. Begeh keinen zweiten Fehler, und paß auf Maryline auf! Sie wohnt weiter in der Suite 134 im New Maritime Hotel. Laß sie ins Hotel bringen, und quartiere einen deiner Männer dort ein! Vielleicht den Tänzer mit der Luger.«

Der Bursche, dem ich das Nachsehen gegeben hatte, knirschte mit den Zähnen.

»Laß das!« sagte ich. »Davon bekomme ich eine Gänsehaut, und 'ne Gänsehaut macht mich wütend.«

Sofort hörte das Knirschen auf. Er warf Perroni einen fragenden Blick zu.

»Okay«, erklärte der sich einverstanden. »Kümmere dich um Mrs. Bastillieu, Theo!«

»Okay. Ich will sonst keinen Streit. Es ging mir lediglich um Marylines Sicherheit. Möglicherweise turnen noch einige andere Leute in Miami herum, die etwas von ihr wissen wollen.« Ich nickte Maryline zu. »Ich rufe dich später an, Baby. Kann man sich auf Don verlassen?«

»Bestimmt«, antwortete die Blondine.

»Okay, Theo, dann verschwinde mit ihr!«

Wenig später hatten die beiden den Blauen Salon verlassen. Ich zündete mir eine Zigarette an und schaute Perroni an. »Weißt du wirklich nicht, warum René untergetaucht ist?« fragte ich ihn.

»Nein.«

»Vielleicht hat er einen Unfall gehabt. Ich meine, außerhalb der Stadt. Vielleicht hat es ihn schwer erwischt, und niemand weiß, wer er ist, weil er keine Papiere bei sich getragen hat.«

»Möglich!« Perroni biß auf den Köder an, denn an diese Möglichkeit hatte er noch keinen Gedanken verschwendet.

»Hast du einen Grund, dir wegen Renés Verschwinden Sorgen zu machen, Perroni?«

»Bestimmt nicht.«

»Ich habe ihn seit Jahren nicht mehr gesehen«, sagte ich. »Aber ich glaube nicht daran, daß er sich geändert hat.«

»Was soll das heißen?«

»Das soll heißen: Selbst wenn die Konkurrenz ihn erwischt hat, wird er sich eher die Zunge abbeißen, als etwas sagen.«

»Ich kenne keine Konkurrenz, und ich wüßte auch nicht, was René sagen könnte!«

Perroni gab sich wirklich nicht die geringste Blöße.

Es ging mir auch nur darum, daß er Maryline beschützte.

Es ging mir darum, seine Sorgen etwas zu zerstreuen, damit er sein Programm nicht änderte und möglicherweise Unterlagen vernichtete, aufgrund derer wir ihn später mit Hilfe von René Bastillieu eindeutig überführen konnten.

»Ich melde mich wieder, Perroni«, sagte ich. »Sobald René wieder aufgetaucht ist und mit dir gesprochen hat. Vielleicht hast du dann einen Job für mich.«

»In welcher Branche willst du tätig sein?«

»In der gleichen wie du und René. Rauschgift!«

Ich wandte mich ab und ging zur Tür. Ich erwartete, daß Perroni mich zurückpfiff, um mir noch etwas mit auf den Weg zu geben, aber nichts geschah.

Von unterwegs rief ich Maryline im New Maritime Hotel an.

Als ich die Telefonkabine verließ, stellte ich fest, daß Perroni mich überwachen ließ.

Ein Mann war aus dem parkenden Oldsmobile gegenüber ausgestiegen und hatte sich an die Kabine herangeschlichen, in der Hoffnung, die Nummer mitzubekommen, die ich wählte. Damit hatte er kein Glück gehabt. Jetzt stand er seitlich der Kabine im Schatten einer Fassade und zündete sich mit unbeteiligtem Gesicht eine Zigarette an.

Ich tat, als bemerkte ich ihn nicht, ging auf die andere Straßenseite und schlenderte zum Oldsmobile. Zehn Schritte vom Wagen entfernt befand sich eine kleine Snackbar. Es mußte so aussehen, als wollte ich dorthin. Doch als ich mich auf der Höhe des Oldsmobile befand, blieb ich stehen. Das Seitenfenster war heruntergekurbelt. Ich ließ den Lauf meines 38ers ins Wageninnere schwingen. »Den Zündschlüssel und deine Waffe!«

Der Kerl war klein und gedrungen. Auf einen Schlag rann ihm der Schweiß in Strömen über das Gesicht.

»Bist du etwa schwerhörig?«

Er war es nicht, denn er zuckte zusammen, als ich den Hammer meiner Waffe einrasten ließ. Vorsichtig tastete er nach dem Zündschlüssel, zog ihn heraus und streckte ihn mir entgegen. Mit der Waffe ging er genauso vorsichtig um. Nicht einmal wandte er seinen Blick zu seinem Kumpan auf der anderen Straßenseite.

Ich hatte ihn an der Kühlerhaube des Porsche in Deckung

gehen sehen, und in diesem Moment wußte ich, womit er beschäftigt war. Er versuchte mir eine Wanze an die Karosserie zu kleben. Perroni wollte zu jedem Zeitpunkt wissen, wo ich zu finden sei.

»Okay«, sagte ich zu dem Untersetzten. »Du bleibst still sitzen und rührst dich nicht von der Stelle!«

Er sagte zwar nichts, aber sein Gesicht drückte aus, daß er auf Wunsch tausende Eide darauf geschworen hätte.

Als ich die Straße überquerte, grinste mich der andere, der am Porsche herumgebastelt hatte, an. Was mit seinem Partner geschehen war, hatte er nicht gesehen.

Ich grinste zurück und blieb einen halben Meter von ihm entfernt plötzlich stehen. Er lief genau in mein Knie. Stöhnend krümmte er sich.

Dann schnappte er nach Luft wie ein Fisch auf dem Trockenen. Bevor er sich wieder erholt hatte, hielt ich auch seine Waffe in meiner Hand.

»Stell dich nicht so an!« sagte ich. »Rüber zum Porsche!«

Er zierte sich so lange, bis ich ihm den Lauf der Waffe in den Magen stieß und ihm zum zweitenmal Atemschwierigkeiten verursachte. Dann marschierte er los.

»Was willst du?« fragte er etwas weinerlich.

»Mach das Ding wieder ab!« verlangte ich.

Er grinste etwas gequält, als er vor der Kühlerhaube des Porsche in die Knie ging. Als er sich wieder aufrichtete, hielt er die Wanze auf der flachen Hand.

»Laß sie fallen!«

Er tat es. Ich stellte den Absatz drauf. Es knirschte. Falls jemand schon auf Empfang geschaltet hatte, dann war es ein Geräusch, von dem er mit Sicherheit Zahnschmerzen bekam.

»Sag dem, der euch geschickt hat: Wenn ich das Bedürfnis habe, einen von euch zu sehen, dann melde ich mich von selbst. Ich bin zur Erholung in Miami.«

Er nickte verdattert. Aber seine Augen drückten unmißverständlich aus, daß er mir kein Wort glaubte.

»Okay, dann verschwinde jetzt, Freund!«

Ich wartete, bis er den Wagen auf der anderen Straßenseite erreichte, schwang mich in den Mietporsche und fuhr los.

Diesmal ohne Schatten.

»Keine Toten – war ausgemacht«, sagte René Bastillieu erbittert. »Es war ein verdammt schlechter Einstand, Jacques.«

Jacques Antoil trug einen weißen Anzug mit silbernen Lurexfäden. Sein Gesicht war unbeweglich. Die Backenknochen traten hart hervor.

»Du bist zu empfindlich, René«, knurrte er schließlich. »Die Yacht ist gesunken. In Fort-de-France steht dein Name auf der Vermißtenliste. Genau wie der von Kensington, von seiner Tochter und Yvonne. Was willst du mehr? Es ist doch alles nach Plan gelaufen. In spätestens einem Monat wird man dich vergessen haben.«

Bastillieu fröstelte. Das hörte sich genau so an wie: *In einem Monat bist du tot!*

Zwei Tage waren seit dem Zwischenfall verstrichen. Man hatte Jasmine, Yvonne und ihn an einer einsamen Bucht an Land gebracht. Drei Leute nahmen sie dort in Empfang und brachten sie durch die Berge wieder in das alte Herrenhaus. Zwei Tage lang ließ sich Antoil nicht sehen. Heute erst hielt er die Zeit für reif, auf das Angebot zurückzukommen, mit dem er Bastillieu überrascht hatte. Während der vergangenen beiden Tage hatte Bastillieu getrunken, geschlafen, weitergetrunken, und seine Gedanken waren die ganze Zeit über in Miami gewesen. Er fragte sich, warum noch niemand vom FBI seine Spur aufgenommen hatte. Die Ungewißheit machte ihn beinahe krank.

»Kommen wir zum Geschäft, René!«

»Wie stellst du dir das vor?«

»Ich will Einzelheiten.«

Bastillieus Gedanken überschlugen sich. Er war sicher, jede Information, die er Antoil mitteilte, brachte ihn einen Schritt näher ans Grab.

»Was ist mit Yvonne und dem Mädchen?«

»Keine Sorge, René.«

Bastillieu schüttelte den Kopf. »Versuch nicht, mich wie einen dummen Jungen abzuspeisen, Jacques! Du brauchst mich. Ich will Garantien dafür, daß die kleine Jasmine Kensington freigelassen wird.«

Antoils Gesicht verzog sich zu einer Fratze. »Ich kann warten, René. Aber du spielst mit dem Leben der Kleinen. Sie ist krank. Sie braucht Medikamente, und die sind teuer. Kannst du sie bezahlen?«

Bastillieu handelte ohne jede Überlegung. Er ballte die Fäuste, sog die Luft mit einem zischenden Geräusch durch die Zähne und schlug zu.

Die Faust traf ins Leere.

Die langen Jahre im Zuchthaus hatten Antoils Reaktionen nicht verlangsamt. Blitzschnell wich er dem Schlag aus. Wie er das Messer so schnell herzauberte, wußte Bastillieu nicht. Er sah es erst, als die blanke Klinge nach vorn schnellte. Dann verspürte er einen rasenden Schmerz, der von seiner Schulter ausging und seine ganze rechte Seite lähmte. Stöhnend lehnte er an der Wand neben dem Fenster, preßte die linke Hand auf die Wunde und sah das Blut, das ihm durch die Finger sickerte.

»Du hast dich entscheiden können, René, und du hast dich für dieses Geschäft entschieden«, sagte Antoil. »Ein Mann sollte wissen, was er will, wenn so viel für ihn auf dem Spiel steht.«

Bastillieu schluckte den Schmerz. Er lachte schallend auf.

»Du kannst es dir nicht leisten, mich umzubringen, Jacques«, preßte er durch die Zähne. »Verdammt, nein! Du willst Perronis Geschäft und kannst es nur durch mich bekommen.«

»Richtig.« Antoil nickte, während er das Messer wieder unter dem Jackett verschwinden ließ. »Völlig richtig. Komm mit! Ich will dir etwas zeigen, René.«

Ohne die Antwort abzuwarten, drehte sich Antoil um und verließ den Raum. Bastillieu folgte ihm. Über den Hof zu einem Nebengebäude. Dann eine Treppe hinab in den Keller. Der Weg führte durch einen langen, schmalen Gang und endete an einer nachträglich eingebauten Eisentür.

Antoil schloß auf und ließ den Riegel zurückschnappen.

»Schau sie dir an, René!«

Bastillieu schob sich an Antoil vorbei. Im nächsten Moment erhielt er einen Stoß, der ihn in den Kellerraum hineinbeförderte. Krachend schlug die Tür hinter ihm ins Schloß. Der Raum war halbdunkel. Bastillieus Augen mußten sich erst an die veränderten Lichtverhältnisse gewöhnen. Dann sah er sie.

Jasmine Kensington saß zusammengekauert in der äußersten Ecke des öden Raums. Sie hielt die Beine angezogen und den Kopf auf ihre Knie gestützt. Die hellen Augen lagen tief in den Höhlen. Ihr Gesicht war aufgedunsen. Mit der Zunge benetzte sie hin und wieder die spröden Lippen. Für einen kurzen Moment flammte Erkennen in ihren Augen auf. Sie wollte etwas sagen. Aber sie brachte keinen Ton über die Lippen.

Bastillieu vergaß die eigenen Schmerzen und ließ sich neben dem Mädchen in die Knie nieder. Er hob die Hand und streichelte Jasmine über die Haare. »Wie geht es dir, Baby?«

Seine Stimme krächzte. Er war kaum zu verstehen. Jetzt spielte das keine Rolle. Jasmine starrte ihn an. Aber es schien, als nehme sie ihn nicht einmal wahr.

Bastillieu stand auf, ging zur Eisentür und trat mit dem Fuß dagegen. Sekunden verstrichen. Dann wurde die Tür geöffnet. Antoil stand draußen, von zwei Männern flankiert.

»Es geht der Kleinen nicht gut, René«, sagte er mit dumpfer Stimme. »Sie wird sterben. Willst du sie auf dem Gewissen haben?«

»Hast du die Medizin für sie?«

»Genug, um wieder einen fröhlichen Menschen aus ihr zu machen.«

»Dann gib sie ihr und bring sie zu mir! Ich brauche Verbandszeug für meinen Arm.«

»Es gibt einen Arzt. Er hat zwar keine ordentliche Lizenz mehr, aber er versteht sein Handwerk.«

»Um so besser.«

»Du hättest dir das ersparen können, René.«

»Wenn sich mir eine Gelegenheit bietet, Antoil, dann werde ich das nachholen, was das Zuchthaus nicht geschafft hat. Dann werde ich dich töten!«

Ein flüchtiges Lächeln huschte über Antoils schmales Gesicht und ließ die Furchen rechts und links der Nasenwurzel noch tiefer werden. »Ich weiß, René«, antwortete er. Dann deutete er auf Jasmine Kensington, die regungslos in der Ecke saß und stumpf auf die gegenüberliegende Wand starrte. »Willst du wirklich, daß wir sie unter die Lebenden zurückholen?«

Bastillieu nickte.

»Dann höre ich, René. Was hast du mir zu sagen?«

»Heute ist Montag?«

»Ja.«

»Eine Yacht namens *Gloria* wird sich heute auf den Weg nach Miami machen, Jacques. Der Mann an Bord heißt Jenkins. Er fährt die Tour seit zwei Jahren. Er wird keinen Widerstand leisten, wenn ihr euch das holt, was er an Bord hat.«

»Wo?« fragte Antoil.

»In den Ballasttanks«, antwortete Bastillieu. »Jenkins hat keine Veranlassung, den Helden zu spielen. Nach zwei erfolgreichen Jahren kann er es sich leisten, eine Ladung zu verlieren, ohne daß ihm Perroni deswegen auf die Zehen tritt.«

»Ist das schon alles?« fragte Jacques Antoil mit lauernder Stimme.

»Das reicht, um die Kleine nach oben zu bringen und ihr die lebensnotwendige Medizin zu geben.«

Antoil lachte. »Du willst dein Wissen ratenweise ausspucken und hoffst auf ein Wunder, he? Aber verlaß dich nicht darauf, Wunder geschehen auf dieser Welt schon lange nicht mehr!«

»Du lebst, das ist ein Wunder!«

»Das ist die Ausnahme, René. Nichts als die Ausnahme.«

Antoil gab den beiden Männern einen Wink. Sie hoben Jasmine auf und brachten sie nach oben an die Sonne und dann in Bastillieus Wohnung. Ohne sich aufzulehnen, ließ das Mädchen alles mit sich geschehen.

»Yvonne soll auf sie aufpassen, Jacques.«

»Das ist eine gute Idee.« Antoil grinste. »Yvonne scheint dich zu mögen, und sie ist verdammt eifersüchtig. Sie wird schon aufpassen, daß es der Kleinen nicht zu wohl wird. In den Ballasttanks, hast du gesagt?«

Bastillieu nickte.

»Die Coast Guard wird sich freuen, René.«

Bastillieu verstand nichts.«Warum die Coast Guard?«

Antoil zuckte mit Schultern. »Um ehrlich zu sein, Freund, ich traue dir nicht. Also wird Jenkins, wenn wirklich etwas an deinen Informationen dran ist, ein Fressen für die Coast Guard. Ich werde aus Miami erfahren, was dein Tip wert war. Bis dahin kannst du Krankenschwester spielen. Du bist ziemlich weich für dieses Geschäft. Warten wir ab, was dein erster Tip wert war. Danach sehen wir weiter. Vielleicht holen wir Maryline nach Martinique.«

Bastillieu schwieg. So hatte er es sich nicht vorgestellt. Aber sofort erkannte er die Chance, die sich aus Antoils neuem Verhalten ergab.

Der FBI würde es sofort erfahren, wenn die Coast Guard eins der Rauschgiftschiffe aufgebracht hatte. Cotton würde sich dann an den Fingern einer Hand abzählen können, von wem der Tip in Wirklichkeit stammte. Das würde seine Wachsamkeit schärfen, würde ihn noch besser auf Maryline aufpassen lassen. Und sobald Antoil sie wirklich nach Martinique holte, legte er damit für den FBI eine breite Spur.

Antoil verschwand. Ein kleiner, fetter Kreole erschien und kümmerte sich um Bastillieus Wunde. Er tat seine Arbeit schweigend und mit einem solchen Geschick, daß kein Zweifel seiner ärztlichen Erfahrung aufkommen konnte. Anschließend kümmerte er sich um Jasmine Kensington, die bewußtlos war oder sehr tief schlief. Der Kreole untersuchte sie, gab ihr eine Spritze, packte seine Geräte wieder ein und wandte sich ab.

»Nur eine Frage«, sagte Bastillieu.

Unter der Tür blieb der einheimische Arzt stehen und drehte sich zu Bastillieu herum. »Ich weiß nicht, was geschehen ist, und ich will es auch nicht wissen, Mister«, sagte er mit stockender Stimme. »Das Mädchen hat einen schweren Schock erlitten. Vielleicht erinnert sie sich an gar nichts mehr. Vielleicht aber bricht alles wieder auf, wenn sie aus der Bewußtlosigkeit erwacht. Auf jeden Fall wird sie sterben, wenn sie nicht bald in eine Klinik gebracht wird.«

Bastillieu wollte noch etwas sagen. Doch da fiel die Tür schon ins Schloß.

Sie wird sterben, dachte er. *Wenn es dazu kommt, wird es meine Schuld sein. Ich hätte mich unter keinen Umständen auf das Spiel einlassen dürfen!*

Er setzte sich neben Jasmine Kensington auf das Bett und streichelte ihre langen, dunklen Haare. Er kannte sie nicht einmal, und doch ging ihm ihr Schicksal näher als das Marylines.

»Wir werden Glück haben, Baby«, sagte er leise. »Wir werden Glück haben und es beide überstehen. Mindestens zwei Tage haben wir gewonnen. Bitte, halt durch, Baby! Wir werden es schaffen!«

Auf Joe Maxwells Schreibtisch sah es aus wie auf einem Schlachtfeld. Interpol hatte den ganzen Aktenvorgang an Washington geschickt. Von dort brachte eine Kuriermaschine die Aufzeichnungen aller Ergebnisse in Marseille nach Miami.

»Bastillieus Aussage hat einem Partner von ihm fünfundzwanzig Jahre eingebracht«, berichtete Maxwell, der sich durch den Papierwulst gearbeitet hatte. »Fünfzehn Jahre hat er abgesessen. Vor einem Jahr wurde er im Zuge einer Amnestie entlassen. Jacques Antoil aus Marseille. Seitdem hat sich niemand mehr um ihn gekümmert. Nur der Computer vergaß ihn nicht.«

»Antoil«, sagte ich und trank den Kaffee, an dessen Geschmack ich mich mittlerweile schon gewöhnt hatte. »In welcher Branche waren Bastillieu und Antoil tätig?«

»Sie leiteten eine Rauschgiftverbindung. Genau wie heute Perroni. Bastillieu hat die Branche nicht gewechselt. Und auch nicht die Art, sich aus einem Geschäft zu verabschieden, wenn es brenzlig wird. Damals hat er Antoil in die Pfanne gehauen.«

Ich lehnte mich auf meinem Platz zurück und schlug die Beine übereinander.

Phil saß auf der Fensterbank, ließ die Füße baumeln und starrte zu Boden, als gäbe es dort etwas, was ihn besonders interessierte.

»In die Pfanne gehauen«, wiederholte ich Maxwells Worte.

»Nicht direkt«, schwächte der seine erste Aussage ab. »Die französische Polizei erwischte ihn auf Korsika. Er kassierte zwei Kugeln in den Bauch. Es steht nicht im Bericht, aber ich kann mir vorstellen, wie sie ihn zu einer Aussage gebracht haben. Er brauchte einen Doc, und sein Leben hing an einem seidenen Faden. Zum anderen hatte man Antoil schon aus dem Verkehr gezogen. Ich denke, sie haben ihm Himmel und Hölle versprochen und ihm eingeredet, das alles sei nur eine Formsache, und wer den Mund zuerst aufmache, komme aus der Geschichte heraus. Mit dem Blei im Bauch und dem sicheren Tod vor Augen fühlte sich Bastillieu ungemütlich und redete. Das kostete Antoil fünfundzwanzig Jahre und brachte Bastillieu Freiheit und Gesundheit.«

»Also nicht in die Pfanne gehauen«, stellte Phil vom Fenster her fest.

Ich winkte ab. Mich interessierte etwas anderes. Antoil war entlassen, und Bastillieu war verschwunden. Da konnte es sehr wohl einen Zusammenhang geben. Vor allem, wenn man an die Franzosen dachte, die plötzlich in Miami auftauchten und die Maryline gerade an dem Tag einen Besuch abstatteten, als René Bastillieu von der Bildfläche verschwand.

»Ist Jacques Antoil jemals in die Staaten eingereist?« fragte ich.

»Nicht offiziell«, antwortete Maxwell mit krauser Stirn.

»Und kann man Maurice Dantone mit Antoil in Verbindung bringen?«

»Weitläufig«, sagte Maxwell. »Dantone kommt ebenfalls aus Marseille. Er arbeitet für eine Firma, die ihren Stammsitz in Marseille hat. Eine Art Import-Export-Leitstelle.«

»Was soll ich darunter verstehen?«

»Es werden Waren umgeschlagen«, erklärte Maxwell. »Aus dem karibischen Raum über Miami nach Europa und umgekehrt.«

Ich stellte den Becher Kaffee aus der Hand, und Phil schwang sich vom Fensterbrett.

Wir dachten beide an das gleiche. »Ihr seid Maurice Dantone auf den Hacken«, sagte ich. »Habt ihr irgend etwas gefunden?«

»Er ist sauber.«

»Wie Perroni!« Es rutschte mir nur so heraus, brachte aber Maxwell gleich auf die Palme.

»Zum Teufel . . .«

Ich winkte ab. »Keine Aufregung, Joe. Sehen wir das Ganze im Zusammenhang! Die Franzosen tauchen auf, und Bastillieu taucht unter. Wir denken, Perroni hat ihn von der Bildfläche gefischt, weil er herausfand, daß Bastillieu ihn erledigen will. Ist aber nicht so. Perroni selbst ist mindestens so unglücklich über Bastillieus Verschwinden wie wir. Und ich glaube nicht daran, daß Bastillieu von sich aus untertauchte. Dann nämlich hätte er sich in den letzten drei Tagen zumindest einmal gemeldet. Bei Perroni, bei mir oder bei seiner Frau.«

Phil nickte und strich sich über die Haare. »Bleibt Antoil«, sagte mein Freund. »Bastillieu hat ihn ins Zuchthaus gebracht. Er kommt wieder raus und läßt nach Bastillieu suchen. Er findet ihn in Miami und erfährt auch, daß der alte

Freund noch immer im selben Geschäft tätig ist. Was also liegt näher ...«

»Bei soviel Theorie dreht sich mir der Magen um«, knurrte Maxwell.

»Haben Sie etwas Besseres anzubieten, Joe?«

Das hatte er nicht. Woher auch?

»Wir haben die Bilder der Franzosen, die Maryline einen Besuch abgestattet haben«, sagte ich nachdenklich. »Raus damit an die Einreisebehörde und raus damit an Interpol! Ich will wissen, wer die Kerle sind, woher sie kommen und mit wem man sie zusammenbringen kann.«

»Das dauert lange«, stöhnte Maxwell.

»Ich spreche mit Mr. High in New York. Der wird sich mit der Bundesbehörde in Washington in Verbindung setzen, und wir haben das Ergebnis auf unsere Anfrage noch heute auf dem Schreibtisch.«

Maxwell gab seine Anweisungen. Phil ging in einen anderen Raum, um von dort aus mit Mr. High zu telefonieren. Ich holte mir noch einen Kaffee und erhielt eins von Maxwells Sandwichs.

Ich kaute verbissen auf dem zähen Schinken herum, während sich meine Gedanken gezielt in eine Richtung bewegten. »Wir brauchen die Schiffe, die von Miami am Tag des Verschwindens von Bastillieu ausliefen«, sagte ich zu Maxwell.

Er stellte keine Fragen, sondern klemmte sich ans Telefon. Als er wenige Minuten später wieder auflegte, zündete er sich eine Zigarette an. »Die Overseas Travel hat einen Musikdampfer auf eine Kreuzfahrt durch die Karibik geschickt«, sagte er. »Im Moment kreuzt er bei Trinidad.«

»Sonst nichts?«

Maxwell schüttelte den Kopf.

»Rufen Sie die Reederei an! Sie sollen ihr Schiff anfunken und nachfragen, ob noch alle Passagiere an Bord sind.«

Maxwells Mundwinkel fielen ab. Er brauchte nichts zu sagen. Man sah ihm auch so an, was er von meinen Gedankensprüngen hielt. Gar nichts!

Es dauerte zehn Minuten, der Anruf und der Rückruf der Reederei. Ich hatte das Schinkensandwich gerade heruntergewürgt, und Phil kehrte wieder ins Büro zurück, als Maxwell den Hörer auf die Gabel zurücklegte und nervös zu seinen Zigaretten tastete. »In Fort-de-France haben zwei Personen das Schiff verlassen«, sagte er mit erstickter Stimme. »Eine Eurasierin, Yvonne Balantou, und ein Mann, auf den Bastillieus Beschreibung paßt. Jeder Zweifel ist ausgeschlossen. Verdammt, Cotton . . .«

»Martinique«, sagte ich leise. »Liegt ziemlich weit außerhalb unseres Machtbereichs.«

Bevor Maxwell oder Phil etwas dazu sagen konnten, erschien ein anderer Kollege mit einem Fernschreiben.

»Was ist los?« fragte Maxwell ziemlich ungehalten.

»René Bastillieu«, sagte der junge, schlanke Kollege und legte das Fernschreiben auf Maxwells Schreibtisch. »Er hatte eine Yacht in Fort-de-France. Die *Santa Teresa*. Vor zwei Tagen fuhr er mit einem Amerikaner, Bruce Kensington, und dessen Tochter Jasmine zu einer Kreuzfahrt raus. Neben diesen beiden befand sich noch eine andere Frau an Bord, deren Name mit Yvonne Balantou angegeben wird. Drei Stunden nach Auslaufen funkte die *Santa Teresa* SOS.« Ganz langsam sträubten sich mir die Nackenhaare. Ich fischte mir eine Zigarette aus Maxwells Schachtel und zündete sie an.

»Ein amerikanischer Pilot wurde Zeuge des Untergangs der *Santa Teresa*. Aber es befand sich ein anderes Schiff in der Nähe, das die Besatzung der *Santa Teresa* angeblich aufgenommen hat und nach Grenada bringen wollte. Dort ist niemand angekommen. Für die Behörden steht fest, daß es sich um einen Piratenakt handelt, wie er dort oben oft vorkommt. Das heißt, die Besatzung der *Santa Teresa* ist tot.«

»Vielleicht ein Täuschungsmanöver«, sagte ich. »Wir sollen annehmen, Bastillieu sei tot. Wäre doch immerhin möglich, oder?«

Ich nickte. Maxwell schickte den Kollegen wieder raus. »Ziemlich viel auf einmal«, sagte er, griff in seinen Schreibtisch, holte eine Flasche und drei Gläser heraus.

Eine gute Tat! Einen Schluck konnten wir alle brauchen.

»Wir werden nachhaken und herausfinden, daß sich Jaques Antoil auf Martinique aufhält«, sagte ich. »Ich würde meine rechte Hand darauf verwetten. Aber damit sind wir nicht einen Schritt weiter. Da gibt es nichts, was wir den französischen Behörden zuspielen können. Nichts, was gegen Antoil spricht. Es ist kein Verbrechen, auf Martinique zu leben.«

»Sie glauben, Antoil hat sich seinen alten Freund René an Land gezogen und will mit dessen Hilfe Perronis Laden übernehmen, Cotton?«

»Was ich glaube, spielt in diesem Fall keine Rolle, Maxwell«, antwortete ich. »Wir wollen Perronis Clan zerschlagen und brauchen Bastillieu. Das ist das einzige, was zählt.«

»Und wenn er sich inzwischen mit seinem alten Freund verbrüdert hat?«

Phil lachte auf. »Glauben Sie wirklich daran, daß er um den Preis des Geldes seine Frau in Miami sterben läßt? Denn wenn es wirklich so ist, wie Sie annehmen, dann wird sich Perroni an Maryline halten und versuchen, über sie an Bastillieu heranzukommen.«

»Mir geht es wie Cotton«, antwortete Maxwell. »Ich weiß nicht mehr, was ich glauben soll. Wir müssen etwas unternehmen.«

Ich hegte keinen Zweifel mehr daran, daß Jacques Antoil und wir das gleiche Ziel hatten: Wir wollten Don Perronis Untergang. Doch dann trennten sich unsere Interessen. Antoil beabsichtigte, das Rauschgiftimperium an sich zu reißen. Wir aber wollten es für alle Zeiten zerschlagen. Antoil hatte sich Bastillieu geschnappt, kurz bevor wir zum Schlag gegen Perroni ausholen konnten. Antoil war uns um einige Stunden zuvorgekommen.

»Wir konzentrieren uns auf Maurice Dantone«, erklärte ich. »Bestimmt ist er nicht ganz so ahnungslos, wie er vorgibt. Das ist deine Sache, Phil! Nimm dir auch die Firma vor, für die Dantone tätig ist! Vielleicht ist Antoil an ihr beteiligt, und vielleicht will er sie als Umschlagplatz für die heiße

Ware benutzen, sobald es ihm gelungen ist, Perroni aus dem Geschäft zu drängen.«

»Das kann er nur mit Bastillieus Hilfe, denn der verfügt über alle Informationen«, sagte Maxwell.

Ich nickte ihm zu. »Das heißt, man wird ihn unter Druck setzen. Bislang scheint er standgehalten zu haben. Möglicherweise steigt er zum Schein auf alles ein, um seine Frau zu schützen und uns eine Chance zu geben. Das heißt, in Marylines Nähe muß sich neben Perronis Mann noch jemand aufhalten, der ein wachsames Auge auf die Blondine hat. Logisch?«

Maxwell und Phil stimmten mir zu. »Sollen wir sie zusätzlich absichern?«

»Unnötig«, lehnte ich ab. »Das soll Perroni machen. Schließlich habe ich einen heißen Draht zu ihm. Ich werde ihm sagen, wo sich Bastillieu aufhält. Wir haben keine Möglichkeit, auf Martinique aktiv zu werden. Perroni wird sich um territoriale Gegebenheiten wenig kümmern.«

Während ich es sagte, wußte ich, daß es ein gefährliches Spiel war, Perroni an die Sache heranzulassen. Es bestand die Gefahr, daß er die Notbremse zog, daß er Leute schickte, um Bastillieu auszuschalten. Für Perroni war das die einfachste Möglichkeit, sich seiner Haut zu wehren. Davor mußte ich ihn warnen.

»Sollen wir die Franzosen festsetzen, wenn wir auf sie stoßen?« fragte Phil.

»Vielleicht«, antwortete ich. »Aber weder Perroni noch Antoil dürfen jemals den Verdacht hegen, daß der FBI die Hände im Spiel hat. Wir hetzen die beiden Parteien gegeneinander und versuchen, als lachender Dritter Kapital daraus zu schlagen. Unser Kapital heißt in diesem Fall eindeutig René Bastillieu.«

Es ging so schnell, daß Jenkins keine Chance hatte, noch zu entkommen. Der Hubschrauber der Coast Guard tauchte wie ein Geier am Horizont auf. Bevor Jenkins überhaupt einen Gedanken daran verschwendete, daß die ihn meinten, befand sich der Helikopter dicht über seiner Yacht *Gloria*.

Die rechte Seitenluke schwang auf. Drei Beamte der Coast Guard erschienen in der Öffnung . Sie hielten schußbereite MPis in den Fäusten. Jenkins stand im offenen Ruderstand und traute seinen eigenen Augen nicht. Jetzt gab es auch für ihn keinen Zweifel mehr daran, daß sie ihn haben wollten. Ihn und die *Gloria*.

»Kapitän *Gloria*«, klang es Jenkins aus den Lautsprechern des Helikopters entgegen. »Kapitän *Gloria*. Schalten Sie die Maschinen ab, und kommen Sie mit erhobenen Händen zur Backbordseite!«

Im selben Moment senkte sich der Helikopter noch tiefer auf die alte *Gloria* hinab. Die Leute, die in der Luke standen, begannen zu schießen. Die Projektile peitschten um den Ruderstand herum in die hölzernen Planken des Schiffes.

Jenkins' Gedanken überschlugen sich. Seit mehr als zwei Jahren machte er die Fahrten zwischen Kolumbien und Miami. Niemals war etwas schiefgegangen. Aber das alles hatte den alten Fuchs, der inzwischen ein Vermögen verdient hatte, nicht leichtsinnig werden lassen.

Für einen Fall wie diesen hatte Jenkins' vorgesorgt, auch wenn er ihn persönlich kaum für möglich gehalten hatte.

Es gab zwei kleine Schalter neben dem Ruder aus Teakholz. Man hatte ihn vom Helikopter aus zwar unter Kontrolle. Aber wenn er die Maschinen abstellen sollte, mußte er sich an den Armaturen zu schaffen machen.

Jenkins legte die beiden kleinen Schalter gleichzeitig um. Mit dem einen wurden die Flutventile geöffnet, mit dem anderen eine Ladung gezündet, die die *Gloria* in genau fünf Minuten regelrecht in Stücke reißen würde. Die Stärke der Ladung war so bemessen, daß nach der Explosion nichts mehr übrigblieb, mit dem die Polizei etwas anfangen konnte.

Dann erst schaltete Jenkins die beiden schweren Motoren ab, hob weisungsgemäß die Hände, kletterte aus dem Ruderstand und begab sich an die Reling der Backbordseite.

Von hier aus konnte er in die offene Luke des Helikopters schauen und in die Mündungen der automatischen Schnellfeuerwaffen. Eine Rettungshose wurde abgeseilt.

»Sie kommen an Bord des Helikopters, Kapitän *Gloria*!«

Jenkins nickte. Er tat es erleichtert und gelassen. Mit dieser Entscheidung bewahrten ihn die Leute der Coast Guard davor, über Bord zu springen und sich schwimmend von dem Explosionsherd zu entfernen.

Was sie vorhatten, war Jenkins klar, als er am Horizont zwei weitere Boote entdeckte. Schiffe der Coast Guard! Sie sollten die *Gloria* aufbringen und nach Miami begleiten.

Jenkins legte sich die Rettungshose an und ließ sich in den Helikopter hieven. Kräftige Hände griffen nach ihm und zerrten ihn in den Bauch des Hubschraubers.

Ein Offizier der Coast Guard trat ihm entgegen. »Sie sind vorläufig festgenommen. Ihr Schiff ist sichergestellt.«

Jenkins nickte gelassen und zündete sich eine Zigarette an. Dabei warf er einen schnellen Blick auf die Uhr.

»Sie haben noch genau zwei Minuten Zeit, Gentlemen«, sagte er dann höflich. »Dann wird es dort unten einen lauten Knall geben und von der *Gloria* wird nichts mehr übrigbleiben. Auch nicht von uns, wenn wir uns zu diesem Zeitpunkt noch über der Yacht befinden. Das gleiche gilt für das Prisenkommando, das sich der Yacht nähert. Jetzt sind es noch anderthalb Minuten, Gentlemen.«

Die Männer, die ihn eben noch mit ihren MPi bedroht hatten, erbleichten. »Sie können uns nicht . . .«

Jenkins winkte ab. »Ich habe keine Familie, und ich bin ein alter Mann«, sagte er. »Ich weiß nicht, wie das bei Ihnen und Ihren Leuten ist, Lieutenant. Ich habe Sie gewarnt. Warten Sie die kurze Zeit ab! Wenn dann nichts geschehen ist, können Sie noch immer an Bord der *Gloria* gehen und sie nach Miami schleppen.«

Der Lieutenant brüllte dem Piloten zu, sich von der Yacht zu entfernen. Über Funk ließ er eine Warnung an die beiden sich der *Gloria* nähernden Schiffe geben. Dann wandte er sich mit schweißglänzendem Gesicht wieder an den alten

Jenkins. »Das wird Sie noch teuer zu stehen kommen, Mann!«

Jenkins lächelte. »Die Yacht gehört mir«, antwortete er. »Ich kann mit meinem Besitz machen, was ich will. Versenken oder in die Luft sprengen. Ich habe Sie früh genug gewarnt, und ich bringe keine Dritten in Gefahr, Lieutenant.«

Bevor der Lieutenant der Coast Guard antworten konnte, erhob sich eine halbe Meile abseits ein Feuerball über dem grün-blauen Wasser, stieg in den Himmel und fiel anschließend wieder in sich zusammen. Die Druckwelle der Explosion erreichte den Helikopter und schüttelte ihn. Dann herrschte, vom Rattern der Rotorblätter abgesehen, jene Ruhe, in der man eine Stecknadel zu Boden fallen hören konnte.

Befriedigt schaute Jenkins auf die kurz aufgewühlte See, wo die *Gloria* eben noch geschwommen war. Einige Planken und anderes Zeug tanzten in der Gischt. Das war alles, was von dem Kahn übriggeblieben war, der Jenkins ein Vermögen eingefahren hatte.

»Ich wollte mir schon lange ein anderes Schiff kaufen«, sagte Jenkins zu dem Lieutenant. »Nur habe ich niemals den richtigen Zeitpunkt gefunden, mich von der *Gloria* zu trennen. Sie haben es mir leichtgemacht. Falls Kosten für meine Beförderung nach Miami entstehen, werde ich für sie aufkommen. Was hat Sie eigentlich an meinem alten Kahn interessiert, Gentlemen?«

Eine Antwort erhielt Jenkins nicht. Der Lieutenant der Coast Guard wandte sich mit hochrotem Gesicht ab und verschwand in der Kanzel.

Mit zufriedenem Grinsen ließ sich der alte Jenkins auf einem vertäuten Kistenstapel nieder.

Vor einer halben Stunde hatte ich die Sache mit der *Gloria* erfahren. Der zweite dicke Fisch, der den Kollegen von der Coast Guard trotz der enggeknüpften Netze entgangen war, nachdem man ihnen einen überdeutlichen Hinweis auf die *Gloria*, den Besitzer und die Yacht zugespielt hatte. Auch auf die Fracht und auf den Mann, in dessen Auftrag die *Gloria* die Reisen von Miami nach Kolumbien und zurück unternahm. Phil erwischte mich telefonisch, gerade als ich mein kleines Hotel verließ, um ins New Maritime zu fahren, wo mich Maryline erwartete.

»Der Tip wurde der Coast Guard von einem Mann gegeben, der französisch sprach, Jerry«, sagte er. »Man mußte erst jemanden suchen, der französisch verstand. Sinngemäß wurde gesagt, die *Gloria* mit ihrem Kapitän Jenkins sei im Auftrag von Perroni von Kolumbien nach Miami unterwegs. Das Rauschgift sollte sich in den Ballasttanks befinden.«

»Dort befand es sich wahrscheinlich auch«, sagte ich. »Nur hat der, von dem die Franzosen den Tip haben, nichts von der Selbstzerstörungsanlage erzählt. Und nichts davon, daß Jenkins ein Mann ist, der lieber seinen Kahn in die Luft bläst, als sich von der Polizei schnappen zu lassen. Das kann nur ein Mann gewußt haben: René Bastillieu.«

Phil stimmte mir nach einer Sekunde andächtigen Schweigens zu. »Fragt sich nur, warum die Franzosen den Transport an die Coast Guard verraten haben, anstatt den Kahn selber aufzubringen«, sagte Phil nachdenklich.

«Entweder sie trauten Bastillieu nicht, oder sie versuchen Perroni weichzukneten«, vermutete ich. »Jedenfalls haben wir keine Zeit zu verlieren, Phil!«

»Maxwells Leute sind ausgeschwärmt. Wir haben Maurice Dantone und die Firma aus Marseille im Auge. Angaben über die beiden Franzosen müssen bald eintreffen. Das heißt, wenn es über die beiden etwas zu berichten gibt.«

»Ich glaube nicht, daß die beiden unbeschriebene Blätter sind, Phil. Haltet euch vom New Maritime und von Maryline fern! Das erledige ich allein. Was auch immer geschieht, niemand greift ohne meinen ausdrücklichen Befehl ein!«

»Okay, Sir.«

Phil legte auf. Ich verließ mein Hotel und machte mich auf den Weg.

»Eine undichte Stelle, habe ich vor einigen Tagen zu René gesagt«, knurrte Don Perroni.

Diesmal war Alan Plumber sein Gesprächspartner. Ein Mann, der innerhalb der Organisation die harte Linie vertrat. Man hatte ihn bislang nie zu besonders großen Taten herangezogen. Plumber strebte danach, sich richtig ins Licht zu setzen.

»René wollte nach der undichten Stelle suchen, bevor er verschwand. Er verdächtigte Dolores. Aber sie ist tot.«

Während er Dolores sagte, schaute Don Perroni zum Pool, in dem jetzt eine rothaarige Kurvenfee ihre Runden drehte. Ein Mädchen aus dem Club, den Plumber im Auftrag der Familie leitete.

»Vielleicht ist Bastillieu selber die undichte Stelle, Sir«, sagte Plumber, der groß und mager wie eine Bohnenstange war. In ihm steckte mehr Energie, als man ihm auf den ersten Blick zutraute.

Perroni richtete sich steil auf. Er verlor etwas von seiner gesunden Gesichtsfarbe. Mit kalten Augen schaute er Alan Plumber an. »Bastillieu ist mein Freund, Plumber«, zischte er wie eine Kobra. »Ich habe mich immer auf ihn verlassen können. Was er auch angepackt hat, ist glattgegangen. Aber du hast die Gefahr mit Mulldown zu spät erkannt, obgleich René auf die Gefahr aufmerksam gemacht hat, die dieser schwatzhafte Mann für uns sein kann. Du hast Renés Verschwinden falsch eingeschätzt, hast mit Alborne einen unfähigen Mann auf Maryline angesetzt. Und anschließend hast du dich mit Dolores und dem Killertrio, das du auf sie angesetzt hast, ebenfalls verrechnet. Du hast keine Ahnung davon gehabt, daß Daniel Balmond in Miami aufgetaucht ist und seine Hände schützend über Maryline hält. Verdammt viele Fehler, Plumber! Begeh jetzt nicht den größten Fehler deines Lebens! Nenne René Bastillieu niemals wieder einen Verräter! Stell Jenkins einen anständigen Anwalt, damit der Mann wieder aus dem Käfig kommt! Anschließend sorg dafür, daß er das Land für einige Monate verläßt! Schließlich steht er auf deiner Gehaltsliste.«

Alan Plumber duckte sich. Seit Renés Verschwinden war Perroni unberechenbar geworden. Nicht einmal die Rothaarige, die aus dem Pool stieg und ihre aufregenden Kurven gekonnt auf den grünen Rasen drapierte, heiterte Plumber auf. Das lag nicht zuletzt daran, daß er sie schon zu oft ohne alles in seinem Club gesehen hatte.

»Daniel Balmond«, sagte er nach einer ganzen Weile, weil Perroni ihn so anschaute, als wolle er etwas von ihm hören. »Ich traue ihm nicht über den Weg, Sir. Vielleicht sollte ich ihn mir mal vornehmen.«

Damit rannte Plumber bei Perroni offene Türen ein. Auch Perroni konnte nicht ohne Gänsehaut an den Mann denken, der ihn mit seinem Auftritt im Blauen Salon des Carlton Club bis aufs Blut blamiert hatte. »Was habt ihr über ihn herausgefunden?«

»Er kommt aus Rio«, antwortete Plumber. »Man kennt seinen Namen dort in der Szene, und man hat uns bestätigt, daß sich Balmond aus Rio abgesetzt habe! Niemand weiß wohin – und niemand scheint damit zu rechnen, daß Balmond bald wieder in Rio auftaucht. Ob René ihn kennt, haben wir nicht herausfinden können.«

Perroni nickte. »Ich habe nichts dagegen, wenn deine Leute ihn sich schnappen«, sagte er schließlich. »Ich will nichts damit zu tun haben, und ich möchte nicht, daß ihm etwas passiert, Plumber. Wenn sich negative Punkte ergeben, will ich benachrichtigt werden.«

Plumber nickte und stand auf.

Perroni war mit dem dünnen Mann fertig, der zusammen mit seinen Leuten die Todesurteile der Organisation vollstreckte. Er schaute dem langen, dürren Mann nach und stieß einen Fluch aus. Dann stand Perroni ebenfalls auf und gab dem rothaarigen Mädchen einen Wink.

»Komm ins Haus!« sagte er, bevor er dem Eingang entgegenstiefelte.

Der grauhaarige Alte, der sich seine Pension als Portier im New Maritime aufbesserte, nahm den Schein mit ausdruckslosem Gesicht in Empfang, den ich ihm in die Tasche seiner lila Uniformjacke steckte.

»Alles in Ordnung?« fragte ich ihn.

Seinen Augen war anzusehen, daß nicht alles in Ordnung war. »Neben dem einen Mann, der auf Mrs. Bastillieu aufpaßt, sind drei weitere gekommen, Mr. Balmond«, sagte er. »Sie halten sich in der Nebensuite von Nummer 134 auf.«

Ich nickte ihm zu und sah ihm an, daß es da noch etwas anderes gab. »Was noch?« fragte ich.

»Es hat wahrscheinlich nichts zu bedeuten«, sagte der Alte.

»Sagen Sie es mir dennoch!« forderte ich ihn auf.

Er nickte zum Eingang der Bar. »Es sind zwei Männer«, sagte der grauhaarige Portier. »Sie wechseln sich seit drei Tagen regelmäßig ab. Immer wenn Mrs. Bastillieu das Hotel verläßt, hat sie neben ihrem Beschützer noch einen Schatten. Mal ist es ein Nordafrikaner, mal ein großer Blonder. Untereinander sprechen sie französisch.«

Das wirkte auf mich gerade so, als würde ich nackt in einen Eisregen gestellt. »Haben die beiden Kontakt zu Maryline Bastillieu aufgenommen?

Der Alte zuckte mit den Schultern. Woher sollte er das auch wissen, wenn es seine Hauptaufgabe war, Gästen die Tür zu öffnen und ihnen Taxis herbeizurufen?

»Gesehen habe ich die beiden nie zusammen mit Mrs Bastillieu.«

Ich nickte ihm zu. »Und hat der Mann, der auf Mrs. Bastillieu aufpaßt, jemals mit einem der beiden gesprochen?«

Der grauhaarige Portier grinste. »Der hat noch nicht einmal bemerkt, daß es neben ihm noch welche gibt, die ein Auge auf die Frau haben, Sir.«

Ich steckte dem Alten noch einen Schein zu. Auf einen mehr oder weniger kam es wirklich nicht an. Mein Spesenkonto würde es aushalten.

Ich ging zur Bar und warf einen kurzen Blick hinein. Niemand schaute in meine Richtung. Auch der Nordafrikaner nicht, von dem der Portier gesprochen hatte. Er saß so, daß er von seinem Platz aus die Aufzüge beobachten konnte, und wenn er den Kopf drehte, auch den Eingang. Doch in diesem Moment hatte er nur Augen für eine angetrunkene Blondine, der der Keeper nichts mehr ausschenken wollte.

Der Nordafrikaner war keiner der Männer, die Maryline in der Second Street einen Besuch abgestattet hatten. Auch der große Blonde nicht, der sich mit ihm angeblich regelmäßig ablöste.

Ich ging in eine der Telefonzellen neben der Rezeption. Ich bekam Maxwell an die Strippe.

»Zwei Franzosen wechseln sich bei der Beschattung von Maryline ab, Joe«, sagte ich. »Ein Nordafrikaner. Algerier, nehme ich an. Und ein großer Blonder. Ziehen Sie Ihre Leute ab, die das Hotel überwachen! Sie sind auf die beiden Franzosen nicht aufmerksam geworden. Sie sind für diesen Job nicht gut genug.«

Maxwell nahm seine Männer in Schutz, wie es seine Pflicht war, aber ich blieb bei meiner Forderung.

»Es sind nicht die, die wir in der Second Street fotografiert haben. Sobald die beiden Schichtwechsel haben, hängt euch an einen ran! Vielleicht bekommen wir so die anderen. Unternehmt nichts gegen sie, solange ich es nicht ausdrücklich anordne!«

»Brauchen Sie wieder einen Köder für Perroni, Cotton?«

»Möglich, Joe.«

Ich hängte ein, nahm den Aufzug und fuhr nach oben. Perroni hatte zusätzliche Leute einquartiert! Das beunruhigte mich. Es konnte nichts Gutes bedeuten.

Ich verließ den Aufzug eine Etage tiefer und benutzte das Treppenhaus. Ich hatte es im Gefühl, daß sie mich erwarteten. Perroni wurde nervös. Vielleicht wollte er mir auf den Zahn fühlen. Dazu verspürte ich keine Lust. Ich kannte die Methoden und wußte, daß sie äußerst schmerzhaft sein konnten.

Ich hatte mich nicht verrechnet.

Hinter dem Treppenknick stand der erste und schaute wie hypnotisiert auf den Fahrstuhl. Wahrscheinlich war ein weiterer Mann in der Halle gewesen und hatte mein Kommen nach oben durchgegeben.

Der Bursche, der hier im Treppenhaus wartete, konnte mich normalerweise leicht abfangen, bevor ich die Suite 134 erreichte. Aber nur dann, wenn ich den Aufzug bis oben benutzte. Er setzte auf meine Bequemlichkeit und zog damit den kürzeren.

»Ruhig stehenbleiben, Freund!« sagte ich in seinem Rücken.

Er zuckte zusammen. Bei einem schwachen Herzen hätte ihn die Überraschung glatt dahingerafft.

»Nicht umdrehen, Freund! Du weißt, wer ich bin. Also keine unnötige Energieverschwendung. Okay?«

Er antwortete mit einem knappen Nicken. Ich trat hinter ihn und fischte ihm die Waffe aus dem Jackett.

»Wie viele sind drin?« fragte ich.

»Drei«, antwortete er.

»Um was geht es?«

»Alan Plumber will dich kennenlernen.«

»Das hätte er auch mit weniger Aufwand haben können.«

»Er traut dir nicht.«

Natürlich nicht. Aber rausgefunden konnten sie selbst dann nichts haben, wenn sie über einen heißen Draht nach Rio verfügten. Von dort nämlich war Daniel Balmond gekommen, bevor man ihn in New York auf dem Kennedy International Airport aus dem Verkehr gezogen hatte. Es liefen mehrere alte Sachen gegen ihn, und die Polizei in Brasilien suchte ihn ebenfalls wegen einiger Drogengeschichten mit tödlichem Ausgang. Seinen Namen hatte ich angenommen, und seine Akte hatte ich studiert. Aus dem Stegreif heraus konnte ich die Namen von mindestens zehn Männern nennen, mit denen Balmond aus Rio zusammengearbeitet hatte. Vielleicht war ihnen mein Alibi zu perfekt. Oder Perroni war nachtragend und wollte mich wegen meines Auftritts im Carlton Club ein wenig zurechtstutzen lassen.

Doch sie hatten ihre Rechnung ohne mich und mein gutes Verhältnis zu einem alten, grauhaarigen Portier gemacht. »Haben sich alle in der Suite 134 versammelt?«

Der Mann vor mir schüttelte den Kopf. »Nur einer, wie üblich. Zwei warten nebenan.«

»Ist Alan Plumber dabei?«

»In der Suite nebenan.«

»Okay, dann gehen wir zuerst dorthin.«

Er sträubte sich etwas. Er überlegte wahrscheinlich, was ich gegen ihn unternehmen konnte, wenn er sich nicht auf mein Spiel einließ.

»Wenn du nicht mitkommen willst, muß ich Gewalt anwenden, Freund«, sagte ich.

Mehr war nicht notwendig, um ihn in Bewegung zu setzen. Ich ließ ihm einen halben Meter Luft. Erst an der Tür stand ich wieder unmittelbar hinter ihm.

Ein kurzer Wink mit dem 38er, dann läutete er ein verabredetes Zeichen.

Sekunden verstrichen. Die Tür wurde geöffnet.

Ich hielt den 38er so hoch über die Schulter meines Vordermanns, daß der andere genau in die Mündung blicken mußte. Seine Kinnlade klappte nach unten. Seine Augen weiteten sich. Als er etwas sagen wollte, schüttelte ich den Kopf.

»Was ist los, verdammt?« fragte jemand aus dem Hintergrund. »Ist der Hund noch nicht nach oben gekommen?«

Ich drängte meine beiden Freunde in den Vorraum und schloß die Tür hinter mir. Von hier aus konnte ich den Mann sehen, der am Fenster stand und mir den Rücken zudrehte. Ein wandelndes Skelett. Einer von jener Sorte, die niemals Fett ansetzte, egal, was man auch immer in ihn hineinstopfte.

»Der Hund ist hier und wird dich gleich beißen, Plumber!« sagte ich. Denn da sich sonst keiner im Raum befand, konnte es nur Plumber sein.

Mit einem Satz fuhr der Dürre zu mir herum. Er starrte mich sekundenlang an und stieß einen Fluch aus, der auf die beiden Unglücksraben gemünzt war, denen ich das Nachsehen gegeben hatte.

»Die können nichts dafür«, sagte ich, nachdem ich auch die Waffe des zweiten Mannes eingesammelt hatte. »Pleiten liegen immer am Management, selten am Personal. Ich habe Perroni zweimal gewarnt, und ich habe ihm versprochen, dem nächsten Kerl, der mir auf die Zehen treten will, ein Loch in den Kopf zu schießen. Pech für dich, daß du dieser nächste Kerl bist, Plumber!«

Ich hob den 38er und zog den Hammer knackend zurück. Es tat mir gut zu sehen, wie klein und häßlich ein Mafioso werden konnte, wenn er um sein Leben fürchtete.

»Mach keinen Unsinn, Mann!« keuchte Plumber und krümmte sich. Angst flammte in seinen Augen auf. Seine Hände zitterten so sehr, daß er sie in die Tischkante krallen mußte, damit sich das Zittern nicht auf den ganzen Körper übertrug. »Verdammt, mach keinen Unsinn, Mann!«

»Was soll der Zirkus hier?« fragte ich. »Ihr solltet lediglich auf Maryline aufpassen, Plumber. Wirklich keine große Aufgabe! Aber selbst die erledigt ihr schlecht. Da gibt es einige andere Leute, die sich ebenfalls für Renés Frau interessieren. Auf die ist keiner von euch aufmerksam geworden.«

Plumbers Gesichtsausdruck entspannte sich. Inzwischen hatte er eingesehen, daß er keine Kugel in den Kopf bekommen würde. Er ließ die Tischkante los und sank in einen Sessel.

Ich hatte ihn mir genau angesehen. Er trug zwar Maßkleidung, aber mit einem geschulten Blick konnte man auch darunter eine Waffe erkennen. Plumber schleppte kein Schießeisen mit sich herum.

»Wer sind die Kerle?« fragte er.

Ich schüttelte den Kopf. »Zu Anfang wollen wir eins klarstellen, Plumber«, sagte ich scharf. »Ich bin nach Miami gekommen, um René zu treffen und mir von ihm einen Job vermitteln zu lassen. Jemand mit den richtigen Verbindungen kann das leicht überprüfen. Ich denke, ihr habt die notwendigen Verbindungen. Also braucht ihr mich nicht in die

Mangel zu nehmen. Das gibt nur blaue Flecken, und zum Schluß kommt doch nichts anderes dabei heraus. Ich mag keine blaue Flecken. Wer mir welche beibringt, überlebt es nicht lange. Haben wir uns da richtig verstanden, Plumber?«

Das wandelnde Skelett nickte. »Okay, Balmond, okay.«

Ich deutete auf das Telefon. »Ruf Don Perroni an!« verlangte ich. »Sag ihm, daß ich weiß, wo sich René aufhält und wer da im verborgenen etwas gegen ihn plant. Sag ihm, der Zwischenfall mit der *Gloria* hat mich darauf gebracht. Das war ein eindeutiges Zeichen von René.«

Plumbers Augen wurden schmal. »Du bist verdammt gut im Bilde, Balmond.«

»Davon lebe ich«, antwortete ich zweideutig. Plumber war viel zu aufgeregt, als daß es ihm in diesem Moment auffallen konnte. Er mochte mich für alles halten, nur nicht für einen FBI-Agenten.

»Was, glaubst du, hat Perroni mit der *Gloria* zu tun, Balmond?«

»Nichts.« Ich grinste. »Perroni hat mit nichts zu tun, Plumber. Er ist ein Ehrenmann und läßt sein Geld arbeiten, von dem niemand so recht weiß, wie er es sich verdient hat. Von den Zinsen bestreitet er sein kärgliches Dasein. Perroni ist mir egal, Plumber! Aber René und er sind Freunde. Also soll er seinen Arsch in Bewegung setzen und etwas für seinen Freund tun, nachdem er ihm schon ein unmißverständliches Zeichen gegeben hat. Verstanden?«

Plumber nickte. Die beiden anderen hielten sich aus allem heraus und standen wie begossene Pudel herum.

»Können die verschwinden?« wollte Plumber wissen.

»Das müssen sie sogar«, antwortete ich. »Und sie sollen auch den Mann aus der Halle mitnehmen.«

Plumber gab ihnen ein Zeichen.

»Wollt ihr euch die Kanonen nicht wieder abholen?« fragte ich. Sie wollten, steckten die Schießeisen ein und verschwanden. Als die Tür hinter ihnen ins Schloß gefallen war, begann Plumber zu wählen, ohne sich dabei über die Schulter sehen zu lassen.

»Balmond hat Neuigkeiten über René«, sagte er.

Bevor Perroni antworten konnte, nahm ich Plumber den Hörer aus der Hand. »Du bist Renés Freund, Perroni«, sagte ich. »Er ist auf Martinique. Die Vergangenheit hat ihn eingeholt. Jacques Antoil, sein Partner aus Marseille, ist vor einem Jahr aus dem Zuchthaus entlassen worden und hat ihn geschnappt. Er will deinen Laden übernehmen, und René soll ihm die notwendigen Informationen liefern.«

Am anderen Ende der Leitung schnaufte Perroni wie ein Meilenläufer auf der Zielgeraden. »Wer hat dir das gesungen, Balmond?«

»Ich bin durch die Sache mit der *Gloria* darauf gestoßen«, antwortete ich. »Antoil wollte wohl einen Beweis für Renés Loyalität und dir gleichzeitig einen ersten Schlag versetzen. René hat ihm die *Gloria* genannt, weil er wußte, daß sich Jenkins für alle Fälle abgesichert hatte und die Polizei ihm niemals nachweisen konnte, welche Fracht er von Kolumbien nach Miami brachte. Ich kann es nicht beweisen, Perroni. Ich habe es mir aber lange durch den Kopf gehen lassen und keine andere Erklärung gefunden. Ich meine, darauf hättet ihr auch selber kommen können.«

Perroni fluchte nach einer knappen Bedenksekunde. »Was geht mich das alles an?« fragte er dann.

»Nichts«, antwortete ich. »Überhaupt nichts. Ich wollte es nur loswerden, und mir ist kein besserer Beichtvater eingefallen.«

»Jacques Antoil, sagst du?«

»Jacques Antoil«, wiederholte ich. »Er war damals Renés Partner. Niemand konnte damit rechnen, daß er das Zuchthaus überleben und wieder freikommen würde. Er hat mir von Antoil erzählt und ich habe ihn auch einige Male gesehen.«

»Aber Antoil kennt dich nicht.«

»Vielleicht dem Namen nach«, schränkte ich ein. »Mein Gesicht wird er vergessen haben.«

Wieder einige Sekunden Schweigen am anderen Ende der Leitung.

»René ist auch dein Freund«, sagte Perroni dann. »Warum nimmst du die Sache nicht selber in die Hand?«

»Jemand muß auf Maryline aufpassen, Perroni.«

»Ich denke, die Sache ist geregelt.«

»Nichts ist geregelt, und nichts ist im Lot, verdammt. Antoils Leute sind in Miami und kleben Maryline an den Hacken, ohne daß deine Männer bislang auf sie aufmerksam wurden. Also bleibe ich auch in Miami. Schick ein paar Leute nach Martinique, Perroni! Sie sollen sich umhören und Bericht erstatten. Vielleicht fliege ich danach rüber und regle die Sache mit René. Das ist alles.«

Ich hängte ein und setzte mich. Plumber starrte mich an wie einen Wunderknaben. Ungefähr so kam ich mir auch vor. Ich hatte nicht nur Kontakt zu Perroni, ich konnte ihm auch sagen, was er zu tun und was er zu lassen hatte. Das brachte ihn zwar nicht in die Zelle, in der ich ihn haben wollte. Aber es garantierte doch, daß er nicht auf den Gedanken kam, etwas gegen René Bastillieu zu unternehmen. Perroni selber sollte den Mann in die Staaten zurückholen, der ihm anschließend den Garaus machen würde.

»Du verschwindest am besten auch«, sagte ich zu Plumber.

Er nickte verdattert. »Es tut mir leid«, sagte er. »Ich habe dir nicht getraut.«

»Das macht nichts«, antwortete ich. »Ich traue auch niemandem, außer René und Maryline. Deswegen wäre es dumm von euch, gegen einen der beiden etwas zu unternehmen. Wenn ihr das vorhabt, müßt ihr mich vorher in eine Schublade im Gerichtsmedizinischen Institut legen. Und das wird euch verdammt schwerfallen.«

Plumber wandte sich wie ein getretener Hund ab. Er verschwand aus der Suite, die neben der vom FBI lag und im Moment von Maryline bewohnt wurde.

Ich folgte Plumber wenig später.

Theo hielt sich bei Maryline auf. Perroni schien ihn ins Bild gesetzt zu haben. Er verabschiedete sich formlos, nachdem ich die Suite betreten hatte.

»Was ist passiert?« fragte die Blondine aufgeregt.

Ich bedeutete ihr zu schweigen, denn es war anzunehmen, daß Perroni den Raum mit einigen Wanzen ausgestattet hatte. Zuerst öffnete ich die Balkontür. Dann überlegte ich es mir anders und ging mit Maryline nach unten in die Bar.

Dort hatte inzwischen der Wachwechsel stattgefunden. Auf dem Platz des Nordafrikaners saß nun ein breitschultriger Mann und gab sich alle Mühe, Maryline nicht länger anzuschauen, als man in der Regel eine schöne Frau ansieht.

Wir nahmen einen Ecktisch. Ich berichtete ihr offen, was ich herausgefunden hatte. Es war sinnlos, ihr etwas vorzumachen. Wenn Perronis Aktion auf Martinique ins Auge ging, bestand die Möglichkeit, daß Antoil Maryline auf die Insel holte.

»Antoil wird René so lange nichts tun, bis er völlig ausgepackt hat. Ich nehme an, René tut es ratenweise, um Zeit zu gewinnen und uns eine Chance zu geben.«

Maryline nickte. Allein die Gewißheit, daß René noch lebte und wir wußten, wo er sich aufhielt, verlieh ihr neuen Lebensmut.

»Ich verlasse mich auf Sie, Jerry«, sagte die Blondine. »Ich werde alles tun, was Sie für richtig halten. Sie werden René zurückholen, die Ära Perroni wird beendet sein, und René und ich fangen in einem anderen Land noch einmal neu an. Er hat in einem schmutzigen Geschäft mitgespielt, aber er ist nicht schlecht, Jerry. Das müssen Sie mir glauben.«

Ich nickte zwar, aber überzeugt war ich nicht davon.

Phil klebte an dem Nordafrikaner. Maxwell hatte ihn benachrichtigt. Daraufhin fuhr Phil zum New Maritime und bekam die Wachablösung zwischen dem Blonden und dem Nordafrikaner gerade noch mit.

Es war unser Fall. Also übernahm Phil auch die Beschattung des Nordafrikaners.

Es war nicht besonders schwierig um diese Zeit. Eine schier endlose Blechlawine rollte durch die Stadt. Ein Mann, der nicht damit rechnete, daß man ihn beschattete, orientierte sich nach vorn und war damit voll ausgelastet.

Phil folgte dem Wagen bis zum Jericho Club. Dort hielt der Nordafrikaner an, stieg aus und betrat den Club.

Phil setzte ihm nach und sah gerade noch, wie der Mann mit einer Wasserstoffblondine aus dem dämmrigen Schankraum verschwand.

Dem Keeper fiel Phils langes Gesicht auf. Er grinste ihn an. »Keine Sorge, Mister«, sagte er. »Peggy Malone hat sich noch niemals bei einem Freier totgearbeitet, und so besonders sollen die Franzosen ihrer Aussage nach auch nicht sein.«

»Da kann man nichts machen«, antwortete Phil. »Wieso Franzose? Er sah aus wie ein Nordafrikaner.«

Als der Keeper ihn forschend ansah, bestellte Phil zwei Doppelstöckige. Einen für sich, den zweiten für den Barmann.

Das lockerte die Stimmung wieder auf.

»Scheißfranzosen!« sagte eine Frau hinter Phil.

Er drehte sich langsam um und erkannte in ihr eine der Grazien, die ihm schon bei Maurice Dantone über den Weg gelaufen waren. Sie erkannte ihn dagegen nicht. Vor einigen Tagen war die Frau high gewesen.

»Hol's der Teufel, die kochen auch nur mit Wasser und wollen sich eine goldene Nase verdienen.«

Phil tat, als interessiere ihn das alles nicht. Er ließ die Frau unbeachtet, trank seinen Whisky und verschwand in der Telefonzelle, die sich neben der Tür zu den Toiletten befand.

Er bekam Joe Maxwell an die Strippe, gab ihm den Namen des Clubs durch und ordnete eine Razzia an, bei der zumindest die beiden Frauen Peggy Malone und die andere, die er von Maurice her kannte, aus dem Verkehr gezogen wurden, um von ihr mehr über die Franzosen zu erfahren.

In zehn Minuten, versprach Maxwell. So lange dauerte es nicht.

Phil war noch immer beim ersten Drink und unterhielt sich mit dem Barmann darüber, daß für ihn die Pferde in

Miami schlecht liefen, als sie mit mindestens zehn Leuten das Lokal stürmten.

»Razzia!« brüllte einer der Cops. »Alle an die Wand und die Hände über den Kopf!«

»Scheiße«, sagte Phil inbrünstig. »Warum muß ich gerade in einem Laden landen, der bei den Cops auf der schwarzen Liste steht?«

»Verstehe ich auch nicht«, murmelte der Keeper zurück. »Wir waren gerade vor einem Monat dran. Damals haben die Brüder nichts gefunden. Vielleicht hat es sie wütend gemacht.«

»Was gibt es da zu sprechen?« fauchte Maxwell, der die Truppe anführte.

»Weißt du, was du mich kannst?« fragte Phil. »Du kannst mich . . .«

Maxwell trat ihm in die Beine und schickte ihn genau in dem Moment zu Boden, als zwei Beamte zusammen mit der wasserstoffblonden Peggy Malone und dem Nordafrikaner das Lokal durch den Eingang neben der Theke betraten.

Drei Heroinbriefchen landeten auf der Theke. »Habe ich bei den beiden gefunden«, sagte der Beamte. »Die wollten wohl zusammen auf die Reise gehen.«

Maxwell grinste dreckig.

»Verdammt luftig angezogen für eine lange Reise. Stellt euch zu den anderen an die Wand!«

Die beiden befolgten den Befehl.

Phil rappelte sich auf. Maxwell stand ihm so nahe, daß Phil ihm etwas zuflüstern konnte. »Ich verschwinde gleich mit dem Nordafrikaner«, sagte er. »Daß mich keiner aus Versehen über den Haufen schießt, Maxwell!«

»Du sollst die verdammte Schnauze halten!« brüllte Maxwell zurück. »An die Wand!«

Phil stellte sich neben den Nordafrikaner. »Ich habe keine Lust, mich von den Cops durch die Mangel drehen zu lassen«, sagte er leise zu seinem Nebenmann. »Kann man sich auf dich verlassen?«

Der Mann schaute Phil an. »Sicher«, antwortete er. »Es

gibt 'n Ausgang durch den Keller. Den haben sie bestimmt nicht gesichert. Wie willst du es anstellen?«

»Mal sehen.«

Phil musterte die Tür, die sich nur zwei Schritte von ihm entfernt befand. Dann drehte er sich um. Sofort war Maxwell wieder an seiner Seite.

»Hör zu, Freund, ich . . .«

Weiter kam Maxwell nicht. Phil zahlte ihm den Tritt gegen die Beine zurück, griff mit beiden Händen zu und hielt im nächsten Moment Maxwells Waffe zwischen den Fingern. Selbst wenn er es gewollt hätte, hätte Maxwell es nicht verhindern können.

»Alles ruhig bleiben!« schrie Phil und jagte einen Schuß in die Decke. »Mein Freund und ich haben schon eine andere Verabredung. Falls jemand von euch auf den Gedanken kommt . . .«

»Keiner unternimmt etwas!« rief Maxwell seinen Leuten zu. »Die Sache hier lohnt sich nicht, um einen Mann dafür zu opfern. Das ist ein Befehl!« Maxwells Ton ließ keinen Zweifel daran aufkommen, daß er es auch genauso meinte.

»Los!« wandte sich Phil an den Nordafrikaner.

Der setzte sich wie ein Roboter in Bewegung. Er war noch immer verblüfft darüber, daß es Phil gelungen war, einem Cop die Kanone abzunehmen!

Der Nordafrikaner erreichte die Tür und hielt sie für Phil auf. Die beiden hatten sich noch nie im Leben gesehen, aber von diesem Moment an waren sie Kumpane.

Phil passierte die Tür im Rückwärtsgang. Er ließ sie hinter sich ins Schloß fallen und drehte den Schlüssel, der von außen steckte. Im nächsten Moment feuerte er zwei Schüsse so hoch durch die geschlossene Tür, daß die Projektile im Schankraum niemandem gefährlich werden konnten.

Dann erst setzte er dem Nordafrikaner nach, der eine Treppe hinunterstürmte. Es ging durch einen schmalen Gang. Die Tür am anderen Ende stand auf und führte ins Freie. Sie wurde wirklich von keinem bewacht.

Zwei Minuten später hatten Phil und der Nordafrikaner

einige Mauern überwunden, mehrere Hauseingänge gekreuzt und landeten mitten im Verkehrsgewühl.

Sie blieben stehen, rieben sich den Schweiß von der Stirn, schauten sich an und grinsten wie zwei Verschwörer.

»Ich bin Ali ben Sure«, sagte der Nordafrikaner.

Phil ergriff die Hand, die der Mann ihm entgegenstreckte. »Phil Decker«, sagte er.

»Gehen wir einen trinken auf den Schreck«, schlug Ali ben Sure vor. Phil deutete auf die kleine Bar, die sich ihnen gegenüber befand. Ali ben Sure hatte nichts dagegen. Wenig später saßen der G-man und der Gangster gemeinsam an der Theke und tranken darauf, daß sie den Cops das Nachsehen gegeben hatten.

»Du bist verdammt fix und gerissen«, sagte ben Sure. »Ich hätte jede Wette darauf gehalten, daß du es nicht schaffst.«

»Und verloren.« Phil grinste. »Dafür zahlst du die Getränke. Im bin im Moment etwas klamm, verstehst du?«

»Nein«, antwortete Ali ben Sure.

»Ich bin aus Dallas rübergekommen. Gerade vor einigen Stunden. Ich habe einen alten Freund gesucht. Aber den scheint es nicht mehr zu geben. Sieht so aus, als hätten die Cops ihn schon von der Szene gefischt.«

»Was machte dein alter Freund?«

»Das gleiche wie du«, antwortete Phil. »Kleine Briefchen mit weißem Pulver.« Phil trank den schlechten Whisky auf einen Zug und schüttelte sich.

»Und jetzt?« fragte Ali ben Sure.

»Jetzt stehe ich im Regen, wie man so schön sagt. Vielleicht kennst du ein billiges Hotel für mich und jemanden, der einen Mann wie mich brauchen kann.«

Phil stellte das Glas auf die Theke zurück und schaute Ali ben Sure an. Dessen Gesicht war verschlossen wie ein Buch mit sieben Siegeln.

»Paddington House«, sagte Ali ben Sure nach einer ganzen Weile. Er griff in die Tasche, holte einen Bündel Scheine heraus und schob Phil zwei Hunderter zu. »Warte da! Ich melde mich bei dir! Wird nicht lange dauern, Freund.«

Ali ben Sure stand auf, nannte Phil die Adresse vom Paddington House und war wenig später verschwunden. Phil schaute ihm nach. Für einen Moment kamen ihm Zweifel, ob er den richtigen Weg gewählt hatte. Dann zerstreute er sie mit einem weiteren Whisky.

Er hatte den Nordafrikaner davor bewahrt, in einem amerikanischen Gefängnis zu landen. So undankbar, daß er sich nicht revanchierte, konnte niemand sein. Also bestand die Chance, über den Nordafrikaner auch an die anderen Franzosen heranzukommen und sie zu gegebener Zeit gemeinsam aus dem Verkehr zu ziehen.

Die kleinen Zweifel, die in Phil aufkamen, schob er beiseite.

Zwei Männer holten Bastillieu ab. Sie taten es in einer Art, die nichts Gutes verhieß. Vor allen Dingen behandelten sie ihn nicht wie jemand, der Antoils Partner werden sollte.

Bastillieu folgte ihnen hinunter ins Nebenhaus. Antoil erwartete ihn in einem kleinen Salon. Der Mann, der 15 Jahre im Zuchthaus von Marseille gesessen hatte, stand neben der Bar und hielt sein Glas in der Hand.

Hinter Bastillieu fiel die Tür ins Schloß. Langsam wandte sich Antoil um, schaute René an und trank einen Schluck. »Wie geht es der Kleinen, René?«

»Sie wird sterben, Jacques.«

Antoil zuckte mit den Schultern. »Das müssen wir alle.«

»Sie brauchte nicht zu sterben, wenn sie in ein Krankenhaus käme.«

»In ein amerikanisches Krankenhaus, meinst du?«

»Das wäre am besten für Jasmine.«

Antoil lachte auf. »Du tust wenig dafür«, sagte er in einem gefährlich singenden Tonfall. »Die Coast Guard hat die *Gloria* aufgebracht, und Perroni befindet sich in Schwierigkeiten. Vielleicht wird er mit mir zusammenarbeiten. Was sagst du dazu, René?«

»Du meinst, dann bin ich überflüssig?«

»So kann man es ausdrücken.«

Bastillieu nahm einen Drink. Er trank einen Schluck. Dann schaute er Antoil in die Augen. »Die Coast Guard hat versucht, die *Gloria* aufzubringen«, sagte er. »Doch wie ich Jenkins kenne, hat er den alten Kahn samt der Ladung vorher in die Luft geblasen!«

Antoils Bewegung kam schnell. Bastillieu versuchte noch im letzten Moment auszuweichen. Doch da traf ihn das Glas schon am Kopf. Taumelnd wich er einige Schritte zurück. Er tastete mit der Hand an seine Stirn und zog sie blutig zurück. Seine Zähne mahlten aufeinander. Er befand sich mit Antoil allein im Raum und war dem ehemaligen Partner körperlich überlegen. Und doch hatte er keine Chance. Draußen standen Antoils Männer. Drüben im anderen Flügel des Hauses war Jasmine, und in Miami war Maryline. Jeder Versuch, gegen Antoil vorzugehen, konnte die beiden Frauen das Leben kosten.

»Du hast versucht, mich reinzulegen, René!«

»Du hast mich nach einem Schiff gefragt, das für Perroni unterwegs ist. Zu diesem Zeitpunkt war es nur die *Gloria*.«

Antoil nickte. »Wann geht der nächste Transport?«

»In zwei Tagen, wenn Perroni nicht inzwischen umdisponiert hat.«

»Wieder ein Kahn mit einem Verrückten, der alles in die Luft sprengt?«

Bastillieu schüttelte den Kopf. »Jenkins ist der einzige, der eine solche Sicherheitsvorkehrung eingebaut hat. Aber du wirst kein Glück haben, wenn du den nächsten Transport wieder an die Coast Guard verrätst. Die Leute wissen nicht, für wen sie unterwegs sind. Sie bekommen Auftrag und Vorschuß und fragen nicht, was sie von Kolumbien nach Miami bringen sollen. Wenn sie geschnappt werden, tragen sie das Risiko allein. Perroni tritt niemals in Aktion. Der FBI ist seit fünf Jahren hinter ihm her und hat noch kein Haar in der Suppe gefunden. So zwingst du Perroni nie in die Knie.«

»Das heißt, um ins Geschäft zu kommen, muß man an die Lieferanten in Kolumbien herantreten und sie davon überzeugen, daß Perroni für sie nicht mehr der richtige Partner ist, he?«

»Das wäre ein Weg«, gestand Bastillieu ein.

»Und der andere Weg?«

»Bring Perroni und die paar Leute um, die wissen, wie der Hase läuft!«

»Ich denke, es warten schon eine Menge anderer Geier auf diesen Moment.«

»Mit denen mußt du auch fertig werden.«

»Ich kenne nicht mal einen Mann, René.«

Bastillieu lachte auf. »Vielleicht hast du es dir etwas zu einfach vorgestellt, Jacques. Wir sind hier nicht in Frankreich.«

Mit einem Satz kam Antoil nach vorn. Es sah aus, als wolle er auf Bastillieu losgehen. Dann überlegte er es sich anders, blieb vor Bastillieu stehen und grinste. »Perroni weiß inzwischen, von wem der Tip mit der *Gloria* gekommen ist. Stimmt's, René?«

»Das nehme ich an.«

»Dann hat er auch die Nachricht von deinem Tod nicht geschluckt.«

»Bestimmt nicht.«

»Also wird er einige Leute auf die Insel schicken. Entweder um dich in die Staaten zurückzubringen oder um dich umzulegen, bevor du dich wirklich mit mir verbrüdern kannst.«

»Das ist völlig richtig.«

Jacques Antoil nickte so hinterhältig, daß Bastillieu einen weiteren Schritt zurückwich. Es lag etwas in der Luft. Nach der Sache mit der *Gloria* und den Schwierigkeiten, die sich abzeichneten, konnte Antoil nicht so siegessicher grinsen.

»Du kennst Perronis Männer, nicht wahr?«

»Alle«, René Bastillieu nickte.

»Heute morgen sind zwei Amerikaner in Fort-de-France eingetroffen und haben eine Menge dummer Fragen gestellt.« Antoil zog ein Bild aus der Tasche und reichte es René. »Gehören diese Männer zu Perroni?«

Bastillieu schaute auf das Foto und schwieg verbissen. Er kannte die Männer.

»Ich bekomme es so oder so heraus, René. Jasmine braucht eine Spritze. Der Doc ist im Anmarsch. Ich kann ihn wieder wegschicken.«

René Bastillieu duckte sich. Er ballte in ohnmächtiger Wut die Hände. Es waren Perronis Männer. Er sprach ihr Todesurteil aus, wenn er es Antoil gegenüber eingestand. Zwei Banditen gegen das Leben von Jasmine!

Bastillieu nickte.

»Dir scheint eine Menge an der Kleinen gelegen zu sein, René«, sagte Antoil abfällig. »Okay, sie wird ihre Spritze bekommen. Sie wird so lange leben, wie du mir sagst, was ich wissen will.«

»Du bist ein verdammtes . . .«

Hinter Bastillieu flog die Tür auf. Zwei Männer wurden in den Raum gestoßen. Die Männer, deren Fotos man ihm eben gezeigt hatte. Ihrem Zustand nach mußten sie schon eine Menge hinter sich haben. Ihre Gesichter waren von Schlägen und Mißhandlungen gezeichnet. Sie taumelten einige Schritte an Bastillieu vorbei. Dann drehten sie sich herum. Bastillieu sah den Haß in ihren Augen aufblitzen.

»Sie hatten den Auftrag, dich zu töten, René.«

»Verräter!« sagte einer der beiden, deren Namen Bastillieu nicht einmal kannte. Sie arbeiteten offiziell für Alan Plumber. Alle Leute, die mit Mord zu tun hatten, standen auf Plumbers Liste.

Antoil lachte. »Noch ist René nicht so weit«, sagte er. »Aber es wird nicht mehr lange dauern. Er haßt Gewalt und Leichen. Wenn wir ihm genügend davon servieren, wird er weich werden!«

»Verräter!« wiederholte der schwergezeichnete Mann.

Einer von Antoils Leuten schlug ihm die Faust in die Nieren und schickte ihn zu Boden. Stöhnend wälzte er sich auf die Seite. Seine blutunterlaufenen Augen waren auf René Bastillieu gerichtet. Er versuchte noch etwas zu sagen. Ein Tritt brachte ihn zum Schweigen.

Antoil wandte sich an seine Männer. »Bringt sie raus!« sagte er. »Ihr wißt, wie Perroni tötet. Mord nach Art des Hauses. Wir werden die Methode übernehmen. Verdammt, bringt sie raus und macht sie fertig!«

Sekunden später waren Antoil und Bastillieu wieder allein.

»Wenn man das Geschäft eines Mannes übernehmen will, muß man auch seine Methoden übernehmen.« Antoil wandte sich scharf an Bastillieu. Dann schenkte er sich einen Whisky ein und schlürfte ihn mit Genuß.

»Glaubst du, Perroni wird noch mehr Männer schicken?«

Bastillieu spürte Übelkeit in sich aufsteigen. Er mußte ebenfalls einen Schluck trinken. »Das wird Perroni nicht beeindrucken«, sagte er dann. »Er wird weitere Männer schicken und diesmal vorsichtiger zu Werke gehen.«

Antoil nickte nachdenklich. »Also werden wir Perroni zuvorkommen und die Leute in Kolumbien davon überzeugen, daß es für sie besser ist, ihre Geschäfte mit mir abzuwickeln. Ich will deinen Bericht über diese Leute. Und über die Orte, an denen das Zeug gelagert wird. Haben wir uns verstanden?«

Bastillieus Gedanken überschlugen sich. »Und wenn ich nicht mitspiele, Jacques?«

»Du wirst, René«, versprach Antoil. »Denk an Jasmine und an Maryline! Wir werden Maryline nach Martinique kommen lassen, und du wirst mitspielen. Was ich mir in den Kopf gesetzt habe, erreiche ich auch.«

»Was wird aus mir?«

»Ich werde mir den Traum erfüllen, den ich in den einsamen Nächten im Zuchthaus von Marseille geträumt habe, René. Ich werde dich umbringen. Aber auf eins kannst du dich verlassen. Maryline und der kleinen Jasmine wird nichts geschehen. Sie werden die Insel verlassen, sobald das Geschäft angelaufen ist. Darauf gebe ich dir mein Wort.«

Bastillieu zündete sich eine Zigarette an. Er rauchte einen tiefen Zug. »Du hast das Leben zweier Menschen in der Hand, René. Es ist deine Entscheidung.«

»Ich will Maryline sehen.«

»Natürlich.« Antoil nickte. »Du wirst sie sehen. Und du wirst sehen, was meine Männer alles mit ihr anstellen, wenn du aus der Reihe tanzt. Du wirst Jasmine eigenhändig begraben dürfen, René. Es ist deine Entscheidung. Jetzt kannst du wieder gehen!«

Bastillieu drehte sich um. Wie in Trance verließ er das Nebengebäude, ging über den Hof und spürte etwas warm und feucht an seiner Wange hinunterlaufen. Er würde sterben. Das saß ihm wie ein Dorn im Fleisch. Aber er konnte die beiden Frauen retten!

In dieser Hinsicht vertraute er Antoil. Weiß der Teufel, warum, aber er war sicher, daß Antoil sein Wort hielt.

Als er die Tür öffnete und in die Wohnung ging, saß der kreolische Arzt bei Jasmine auf dem Bett. Yvonne stand daneben. Nicht teilnahmslos, wie Antoil es sich vorstellte. Es war auch keine Eifersucht in ihr.

Sie löste sich vom Bett, ging René entgegen und blieb dicht vor ihm stehen.

»Willst du sie sterben lassen?« fragte sie leise.

Bastillieu schüttelte den Kopf. Mit einer verstohlenen Geste wischte er sich die Tränen aus dem Gesicht.

Der Arzt richtete sich auf und sah die Platzwunde an Bastillieus Stirn. Doch René winkte ab, als sich der Mann darum kümmern wollte.

»Wie lange wird sie es noch durchhalten?« fragte er statt dessen.

»Einige Tage«, antwortete der Kreole.

René wollte ihn fragen, warum er zusah, wie Jasmine starb, und nichts dagegen unternahm. Er ließ es bleiben. Irgendwie war er sicher, daß Antoil diesen Mann genau wie ihn in der Hand hatte.

Jasmine schlief. Ihre Wangen waren eingefallen. Tief lagen die Augen in den Höhlen. Ihre Haut schien durchsichtig wie Pergament. Aber sie atmete ruhig und wirkte entspannt.

Bastillieu setzte sich. Yvonne kauerte sich vor ihm auf den Boden und schaute ihn mit großen, fragenden Augen an.

»Du weißt, was er will?« fragte René.

»Du sollst ihm helfen, ein Geschäft zu übernehmen. Das ist alles, was ich weiß.«

»Ich soll ihm helfen.« Bastillieu nickte. »Es ist ein schmutziges Geschäft, das viele Menschen das Leben kostet und aus dem ich aussteigen wollte, bevor Antoils Männer mich gefunden haben. Er wird meine Frau hierherbringen lassen, und er hat Jasmine und dich, mit denen er mich erpressen kann. Er sagt, er wird mich töten und euch freilassen. Ich traue ihm nicht, Yvonne.«

Während er redete, ließ er die Eurasierin nicht für eine Sekunde aus den Augen. Bislang hatte er ihr niemals das Gefühl gegeben, daß er sie brauchte, um hier lebend herauszukommen.

Kein Wort hatten sie jemals darüber gewechselt. Jetzt war der Zeitpunkt gekommen. Er mußte erfahren, ob er sich auf sie verlassen konnte.

»Wir können Jasmine nicht mitnehmen, René«, antwortete Yvonne leise. »Und wenn wir es allein versuchen, kommen wir nicht mal durch die Berge. Es ist sinnlos.«

Sinnlos! Das Wort hallte in René Bastillieu nach. Er akzeptierte es nicht. Er hatte die ganze Sinnlosigkeit seines Lebens durch die Zusammenarbeit mit Cotton beenden wollen. Antoil war ihm dazwischengekommen. Die Situation hatte sich grundlegend gewandelt. Das alles war richtig. Aber es war nichts so sinnlos, daß man nicht dafür kämpfen konnte.

»Wie viele Leute sind im Haus?«

»Zehn«, antwortete Yvonne. »Manchmal mehr, manchmal weniger. Leute, die Antoil zum Teil aus Frankreich mitgebracht hat. Bevor er dich fand, betrieb er ein Bergungsunternehmen, gab sich mit Schatzsuche ab und sprengte alte, gesunkene Schiffe, die die Fahrtrinne verengten.«

»Von Fort-de-France aus?«

»Von hier aus. Unten an der Bucht gibt es einen kleinen Hafen, der Jacques gehört.«

Bastillieus Gedanken arbeiteten. »Was ist mit dem Arbeitsmaterial, Yvonne? Befindet sich das auf den Schiffen?«

Sie deutete zum Fenster auf ein Gebäude, das abseits stand.

»Ich muß rein«, sagte er. »Verdammt, ich muß rein!«

»Es sind zwei Leute, die es bewachen.«

»Und du bist eine Frau«, antwortete er.

Ihre Augen weiteten sich. Mit einer langsamen Bewegung strich sie sich die Haare aus dem Gesicht. »Was hast du vor, René?«

»Ich weiß es nicht«, antwortete er. »Ich muß einfach rein.«

»Jacques verschwindet heute abend«, sagte sie nach einer Weile. Es hörte sich an, als ringe sie sich jedes Wort ab. »Aber es sind genügend Leute im Haus und draußen in den Bergen. Es gibt keine Chance zu entkommen, René.«

Bastillieu deutete auf das Bett. »Ich würde sie nicht zurücklassen«, antwortete er leise. »Ich könnte es nicht, Yvonne. Wir müssen versuchen, in das Haus reinzukommen. Ich brauche deine Hilfe.«

»Mein Gott, was versprichst du dir davon, René?«

Sie hätte es ihn hundertmal fragen können, ohne daß er ihr eine plausible Antwort darauf geben konnte.

Bergungsunternehmen – Sprengung von alten Wracks – Schatzsuche ...

Das ging Bastillieu im Kopf herum. Er dachte an Maryline, an die beiden Männer von Perroni, die Antoil umbringen ließ. Er dachte an den FBI und tausend andere Dinge.

»Ich muß in das Haus, Yvonne, und ich brauche deine Hilfe. Allein schaffe ich es nicht. Antoil hat zwar nichts davon gesagt, daß er dich ebenfalls umbringen will. Aber kannst du dich frei bewegen?«

»Seit dem Zwischenfall mit der *Santa Teresa* nicht mehr.«

»Du bist gefährlich für ihn, Yvonne. Antoil ist noch niemals ein Risiko eingegangen, wenn er nicht mußte. So war es früher. Ich glaube nicht, daß er sich geändert hat. Selbst wenn du in die Stadt kommst, selbst wenn es gelingt, die Behörden zu verständigen, wird er es schnell herausfinden und uns alle beseitigen oder an einen anderen Ort schaffen. Verdammt, wir sind ohnehin schon tot. Gesunken mit der

Santa Teresa. Niemand hat etwas gegen Antoil in der Hand. Wir müssen einen anderen Weg finden. Verstehst du?«

Er wunderte sich darüber, wie ruhig und sachlich er in dieser Situation blieb. Er vertraute sich einer Frau an, von der er nicht viel mehr wußte, als daß Antoil sie dafür bezahlte, mit ihm zu leben.

»Heute abend, Yvonne«, sagte Bastillieu. »Entweder wir schaffen es zusammen oder keiner von uns.«

Während er es sagte, strich er über die langen, dunklen Haare der Frau, die vor ihm auf dem Boden kniete und ihren Kopf in seinen Schoß legte.

Kurz vor Mittag traf ich Joe Maxwell in einer kleinen Raststätte. Er legte mir die Fotos auf den Tisch, die man ihm von Martinique gefunkt hatte. Die Fotos zweier ermordeter Amerikaner.

Ich schaute sie mir an, und in mir war das gleiche Gefühl wie vor einigen Tagen, als Phil mir das Foto des ermordeten Mulldown vorgelegt hatte.

Ich schob sie beiseite und zündete mir eine Zigarette an.

»Wir wissen, daß diese Männer für Alan Plumber arbeiteten, Cotton«, sagte Maxwell mit rauher Stimme. »Man fand sie etwa zwanzig Kilometer von Fort-de-France entfernt. Mord nach Art des Hauses. Jetzt auch auf Martinique! Antoil will nicht nur Perronis Geschäft übernehmen, er eignet sich auch seine Methoden an.«

»Ich hatte Perroni heiß gemacht und ihn aufgefordert, einige Leute auf die Insel zu schicken, damit sie sich umhörten, um eine Spur von Bastillieu zu finden.«

Maxwell zuckte mit den Schultern.

»Sie haben sich etwas zu auffällig umgehört. Niemand konnte damit rechnen, daß Antoil so schnell auf sie aufmerksam wurde.«

»Er macht jetzt ernst.« Ich nickte. »Und wir haben keine Chance, an ihn heranzukommen. Auf Martinique ist er ein unbeschriebenes Blatt. Er hat seine Strafe in Marseille abgesessen, und niemand kümmert sich um ihn. Wenn wir die einheimischen Behörden in Alarm versetzen, gefährden wir René Bastillieus Leben.«

»Und das Leben von Bruce Kensington, Jasmine Kensington und Yvonne«, fügte Maxwell hinzu.

Durch Phil, der sich das Vertrauen der Franzosen erworben hatte, würden wir mit aller Wahrscheinlichkeit erfahren, wenn etwas gegen Renés Frau geplant wurde. Wir wußten auch, daß die Franzosen in Miami mit Heroin handelten und alle Vorbereitungen getroffen wurden, über die Firma Beziehungen aufzubauen, damit man sie später als Umschlagplatz für heiße Waren benutzen konnte.

Genügend Material, um in Miami zuzuschlagen. Aber unser Mann steckte auf Martinique in der Klemme! Wir mußten ihn zurückholen.

Ich beauftragte Maxwell, alle Vorbereitungen zur gleichzeitigen Festnahme der Franzosen zu treffen. Dann nahm ich Kontakt zu Phil auf, der noch immer im Kensington House wohnte.

»Hast du etwas über Antoil erfahren?«

»Nichts«, antwortete Phil. »Der Nordafrikaner hält hier die Fäden in der Hand. Wenn jemand etwas weiß, dann er.«

»Kommst du an ihn heran?«

»Nicht, wie es notwendig wäre, Jerry.«

»Dann muß Plumber das erledigen!«

»Er wird den Burschen umbringen, und wir sind Pate eines Mordes.«

»Ich werde dabeisein«, antwortete ich. »Es wird ihm nichts geschehen, was ihn gleich in die Hölle befördert. Was ist mit den anderen?«

»Sie bewohnen zusammen eine alte Villa. Gegen Abend sind sie meist alle da. Ich kann es darauf anlegen, mit ihnen zusammenzusein. Aber da gibt es noch Maurice Dantone, der sich an mich erinnern wird.«

»Den kann Maxwell kaltstellen, Phil. Wie kommen wir an deinen Freund, den Nordafrikaner, heran?«

»In zwei Stunden verhandelt er im Yachthafen wegen

eines Bootes. Der Mann, der verkaufen will, heißt Will Erkins. Die beiden sind verabredet.«

»Bleib im Kensington House, Phil! Ich melde mich noch einmal.«

Ich beendete das Gespräch und rief Maryline an. Schon an ihrer aufgeregten Stimme erkannte ich, daß etwas vorgefallen war.

»Wann sollen Sie sich auf den Weg nach Martinique machen?« fragte ich.

»Die Maschine geht morgen früh.«

»Hat René mit Ihnen gesprochen?«

»Nein. Aber den Leuten ist es ernst. Sie werden ihn umbringen, wenn ich nicht auf Martinique erscheine.«

Natürlich war es Antoil ernst. René redete nicht so, wie er sollte. Jetzt brauchte man Maryline als allerletztes Druckmittel, unter dem René zusammenbrechen sollte und wahrscheinlich auch zusammenbrechen würde. Wenn es dazu kam, dann war der Mann für uns verloren, der uns Perroni ans Messer liefern sollte.

»Was soll ich tun, Jerry?«

»Warten«, antwortete ich. »Gehen Sie auf alles ein! Uns bleibt Zeit bis morgen früh. Keine Sorge! Wenn Sie fliegen, werden Sie nicht allein sein.«

Ich trank einen Kaffee und ließ mir alles durch den Kopf gehen. Es blieb uns gar keine andere Wahl, als in Miami zuzuschlagen. Wir mußten Antoils Verbindung mit den Staaten abreißen lassen.

Ich rief Maxwell an. Ich nannte ihm die Namen Maurice Dantone und Will Erkins.

»Egal, unter welchem Vorwand auch immer, Joe«, sagte ich. »Die beiden müssen sofort kaltgestellt werden. Dabei ist Will Erkins mit Sicherheit ein ehrenwerter Bürger. Wenn Sie sich Läuse in den Pelz setzen, geben Sie sie an mich weiter.«

Ich erklärte ihm, daß ich mir zusammen mit Plumber den Nordafrikaner schnappen wolle, um herauszufinden, wo man nach René suchen mußte.

»Das heißt, Sie wollen nach Martinique rüber, Cotton?«

»Ich erfülle mir damit einen Jugendtraum, Maxwell«, witzelte ich. »Bisher konnte ich mir Martinique von meinem Gehalt nicht leisten. Jetzt bekomme ich die Reise umsonst. Man hat sich mit Maryline in Verbindung gesetzt. Sie nimmt die gleiche Maschine.«

»Okay, Sie sind der Boß. Ich sage nichts.«

»Nachdem Sie die Sache mit Erkins und Dantone erledigt haben, Joe, lassen Sie die Villa umstellen, aus der wir die restlichen Franzosen fischen können! Phil wird drin sein. Aber vorher melde ich mich noch einmal.«

»Was ist, wenn Sie mit dem Nordafrikaner fertig sind?«

Daran hatte ich nicht gedacht. Ich überlegte einen kurzen Moment. »Ihre Leute fangen uns ab, wenn wir den Yachthafen verlassen, Maxwell. Nur mich lassen Sie entkommen. Ich werde noch gebraucht.«

Plumber war dabei. Und zwei seiner Männer. Auf Plumber hatte ich verzichten wollen. Aber er bestand darauf, mit von der Partie zu sein. Seit der Sache im New Maritime Hotel schien er eine besondere Schwäche für mich entwickelt zu haben.

Erkins war nicht erschienen. Joe Maxwell hatte schnell genug zugepackt. So warteten Plumber und ich auf Erkins' Yacht. Die beiden Leute hielten sich draußen auf der Pier auf und erwarteten den Nordafrikaner.

»Er wird reden«, sagte Plumber überzeugt. »Er wird froh sein, auspacken zu können.«

Dabei wurde er spitz im Gesicht, und ich dachte an seine beiden Männer, die Antoil auf Martinique nach Art des Hauses ausgeschaltet hatte.

»Vor allen Dingen wirst du ihn nicht umlegen, Plumber«, sagte ich. »Er wird diese Yacht zusammen mit uns lebend verlassen. Über sein weiteres Schicksal können Perroni und du später entscheiden. Das hier ist meine Sache. Haben wir uns richtig verstanden?«

Plumber nickte. Aber es gefiel ihm nicht besonders, daß

ich ihm keine freie Hand ließ. Ich hatte ihm die Bilder gezeigt, die man uns von Martinique überspielt hatte und behauptet, Maryline habe sie zusammen mit einem Flugticket nach Fort-de-France erhalten

Zehn Minuten verstrichen über die Zeit. Dann sah ich den Nordafrikaner kommen. In einem silbergrauen Buick fuhr er bis vor das angelehnte Gittertor, durch das man hindurchmußte, um auf die Pier zu gelangen. Hier in dieser Ecke des Yachthafens war es wie auf dem Friedhof. Hier hatte man die Schiffe vertäut, die ausgemustert waren.

Ali ben Sure stieg aus, sah sich vorsichtig um, zuckte mit den Schultern, nachdem er einen schnellen Blick auf die Uhr geworfen hatte, und passierte das Gittertor.

Langsam und geschmeidig wie ein Raubtier bewegte er sich auf die Yacht zu, die er von Erkins kaufen wollte. Er konnte uns nicht sehen und auch nicht Plumbers Männer, die sich hinter einigen alten Kisten verborgen hielten.

Erst als er an denen vorbei war, tauchten sie hinter ihm auf.

Ali ben Sure wirbelte herum. Ich sah seinen Griff unter das Jackett. Im nächsten Moment zuckte er zusammen. Er ging in die Knie und preßte sich die Hand auf die Schulter, in die ihm ein Projektil gefahren war.

Plumbers Leute benutzten einen Schalldämpfer. Das Schußgeräusch war nicht mal bis zur Yacht zu hören.

Dann waren die beiden hinter Ali ben Sure. Sie rissen ihn in die Höhe und trieben ihn zur Yacht. Nur eine Minute später tauchte der Nordafrikaner in der geräumigen Eignerkabine auf. Sein dunkles Gesicht war schmerzverzerrt. Schweiß perlte ihm über die Stirn. Kraftlos hingen die rechte Schulter und der Arm nach unten.

Er ließ den Blick kreisen und richtete ihn schließlich auf mich. Wohl deshalb, weil ich im Gegensatz zu Plumber meinen 38er offen in der Hand hielt.

»Was soll das . . .«

»Komm her, Ali!« schnauzte ich ihn an. »Komm her!«

Er trat an den Tisch. Ich schob ihm die Fotos der Männer

zu, die auf Martinique nach Art des Hauses ermordet worden waren.

»Antoils Arbeit«, sagte ich. »Wir hatten die Leute rübergeschickt, um nach René Bastillieu Ausschau zu halten. Antoil schickt sie uns als Leichen zurück.«

Er schwitzte noch mehr. »Was habe ich . . .«

Ich mußte die Zähne zusammenbeißen, als einer von Plumbers Leuten nach Ali ben Sure schlug, ihn hart traf und zu Boden schleuderte. Er schrie, als er auf die verletzte Schulter fiel. Nichts war mir mehr zuwider, als einen Mann mit diesen Methoden zum Reden zu bringen.

Ali ben Sure richtete sich auf und schaffte es bis in die Hocke. Dann spürte er den Lauf einer Waffe im Genick.

»Die anderen schnappen wir heute abend in der Villa, Ali«, sagte ich. »Sie werden nicht soviel Glück haben. Du kennst das Geschäft.«

»Was wollt ihr von mir?«

»Wir geben dir eine Chance, die Seiten zu wechseln«, fuhr ich fort, während sich Plumber weisungsgemäß aus allem heraushielt. »Von jetzt an arbeitest du mit uns zusammen gegen Antoil. Hast du geglaubt, da kann jemand aus dem Zuchthaus von Marseille aufkreuzen und uns ein Geschäft abnehmen?«

Ali ben Sures Zähne knirschten übereinander.

»Wo hat er René festgesetzt, Mann?«

Ali ben Sure schwieg. Das war der Moment, vor dem ich mich gefürchtet hatte. Einer von Plumbers Männern holte zum nächsten Schlag aus. Ich konnte ihn gerade noch stoppen.

»Sieh dir die Fotos noch einmal an, Ali«, sagte ich. »Mord nach Art des Hauses. Drei Schüsse, jeder tödlich. So werdet ihr alle enden, bis auf einen. Bis auf den, der mit uns zusammenarbeitet. Einer wird es sein. Du hast als erster die Wahl. Sei nicht dumm!«

»Wer garantiert mir . . .«

»Warum machen wir mit dem Bastard so viele Umstände?« fragte Plumber. »Wir haben noch ein paar zur

Auswahl. Die werden die Zähne viel schneller auseinanderbringen, wenn sie diesen Hund hier tot sehen.«

Ali Ben Sure zuckte zusammen. Ein langer, klagender Ton drang über seine Lippen. Jetzt hatte die Angst ihn gepackt, griff mit kalter Hand nach seinem Herzen und preßte es schmerzhaft zusammen.

»Drei Sekunden, Ali«, sagte ich. »Dann ist deine Chance vertan!«

Er konnte nicht reden, er jaulte nur seine Bereitschaft. Dann brauchte er zwei Minuten, um seine Zunge wieder gebrauchen zu können.

Es sprudelte aus ihm heraus wie aus einer Quelle. Er bestätigte alles, was ich ohnehin schon wußte. Und dann nannte er den Aufenthaltsort von René Bastillieu. Der war neu für mich, und auf den war es mir angekommen! Als ich nach zehn Minuten aufstand und den 38er ins Holster zurückschob, kannte ich mich in dem Haus, in dem René gefangengehalten wurde, so aus, als wäre ich schon seit einer Ewigkeit dort ein- und ausgegangen.

Ich verließ die Yacht als erster. So sah ich auch als erster Maxwells Männer, die mir nicht die geringste Aufmerksamkeit schenkten. Ich passierte sie und befand mich schon auf dem Weg zum silbergrauen Buick, mit dem Ali ben Sure gekommen war, als die Kollegen aus ihren Verstecken brachen, um Plumber und seine Männer in Empfang zu nehmen.

Ich rannte. Man schoß hinter mir her. Aus Versehen wahrscheinlich klatschte eine Kugel ins Heck des Wagens, in den ich mich schwang. Ich startete und verschwand aus dem Yachthafen.

Joe Maxwell erwartete mich an der nächsten Straßenkreuzung. Ich folgte seinem Wagen. Wir gingen in ein kleines Café.

Als er mich gespannt anschaute, nickte ich. »Bruce Kensington ist tot«, sagte ich. »Bei der Versenkung der *Santa Teresa* hat es einen Zwischenfall gegeben. René Bastillieu wird zusammen mit Jasmine Kensington und der Eurasierin gefangengehalten. Er hat noch nicht geplaudert. Ali ben Sure und seine Freunde sollten dafür sorgen, daß Maryline die Maschine nach Fort-de-France nimmt. Zum anderen hatten sie den Auftrag, hier in Miami alles für den Zeitpunkt vorzubereiten, in dem Antoil die Geschäfte von Perroni übernimmt.«

Maxwell atmete einmal kräftig durch, trank einen Cognac und einen Schluck Kaffee hinterher. »Weiter, Cotton!« sagte er dann.

Ich zuckte mit den Schultern. »Ich muß erst mit meinem Chef in New York sprechen.«

Maxwell deutete auf das Telefon.

Ich rief in New York an und hatte Mr. High sofort am Apparat. Knapp erstattete ich meinen Bericht. Mr. High unterbrach mich keinmal. »Gute Arbeit, Jerry«, sagte er schließlich.

Ich lachte auf. »Wir müssen René Bastillieu von der Insel holen«, sagte ich. »Für die Behörden gilt er genau wie die anderen Besatzungsmitglieder der *Santa Teresa* als tot. Das Haus liegt so in den Bergen, daß man jede Aktivität der Behörden lange vorher erkennen kann. Antoil und seine Leute werden also immer noch genügend Zeit haben, um René und die anderen wirklich verschwinden zu lassen.«

»Das weiß ich, Jerry. Wie haben Sie es sich vorgestellt?«

»Ich fliege rüber«, sagte ich leise, klemmte mir den Hörer zwischen Hals und Schulter ein und zündete mir eine Zigarette an. »Ich versuche es allein. Phil begleitet Maryline nach Fort-de-France. Wegen der beiden sollten wir die französischen Behörden einschalten. Man wird versuchen, Phil und Maryline festzusetzen. Die französischen Kollegen können das verhindern und einen guten Fang machen. Wahrscheinlich wird jemand unter den Leuten sein, die schließlich Antoil belasten.«

Schweigen am anderen Ende der Leitung. »Das ist mir für Sie nicht Sicherheit genug, Jerry«, sagte Mr. High dann.

»Haben Sie einen anderen Vorschlag, Sir?«

»Wir setzen die französischen Kollegen ins Bild. Sie versuchen, in das Haus einzudringen und René Bastillieu und die beiden Frauen abzusichern. Dann sollen sich die Franzosen ihren Landsmann schnappen.«

»Wir brauchen Bastillieu in Miami, um Perroni zu überführen.«

»Das wird nicht schwierig sein, Jerry. Er ist Amerikaner, wird seine Aussage machen und anschließend zusammen mit Ihnen und den anderen die Insel wieder verlassen können. So was läßt sich regeln.«

»Okay.« Ich erklärte mich einverstanden. »Leiten Sie es in die Wege, Sir! Ich melde mich von Martinique.« Ich ging zu Maxwell an den Tisch zurück und berichtete ihm.

»Das ist die einzige Chance«, sagte er.

Ich nickte, dachte an Phil und an Perroni. Mit Phils Hilfe würde es keine Schwierigkeiten geben. Maxwells Männer arbeiteten gut.

Blieb Perroni, der durch die Verhaftung von Plumber und seiner Männern zumindest aufgescheucht wurde.

Ich kannte die schwarze Liste, die der FBI von den Leuten angefertigt hatte, die man der Tätigkeit im Solde Perronis verdächtigte.

»Ich werde mit Perroni sprechen«, sagte ich. »Ich sage ihm, daß ich René zurückhole. Vielleicht ist er mißtrauisch geworden. Er darf die Stadt nicht verlassen. Wenn sich Schwierigkeiten abzeichnen, lassen Sie ihn auffliegen! Mit oder ohne Grund, das ist egal. Wenn ich mit René Bastillieu zurück bin, erledigt sich alles von ganz allein. Aber wirklich nur dann festnehmen, wenn er aus der Reihe tanzt!«

»Glauben Sie daran, Cotton?«

»Eigentlich nicht«, antwortete ich. »Es ist nur eine Vorsichtsmaßregel.«

Ich stand auf und ergriff die Hand, die Maxwell mir entgegenstreckte.

»Obgleich es mich eine Stange Geld kosten wird, Cotton, wünsche ich, daß alles so läuft, wie Sie es sich ausrechnen. Viel Glück!«

Ich verließ das Lokal und benutzte den Buick von Ali ben

Sure. Ich telefonierte mit Perroni. In seiner Villa wollte er mich nicht treffen. Er schlug das Motel vor, in dem es Dolores und den Killer erwischt hatte.

Ich fuhr hinaus und traf ihn in einem der kleinen Bungalows. Er war allein gekommen. Ein gutes Zeichen!

Zehn Minuten unterhielten wir uns über Renés Rückkehr in die Staaten. Das war das einzige, was ihn wirklich interessierte. Wegen Plumber machte er sich nicht die geringsten Sorgen.

»Sein Rechtsanwalt holt ihn raus«, sagte Perroni. »Es liegt nichts gegen Plumber vor.«

»Gegen mich auch nicht«, sagte ich. »Zur Not kann ich beschwören, daß Plumber dem Nordafrikaner kein Haar gekrümmt hat.«

Perroni grinste. »Ich habe nichts anderes erwartet«, sagte er. »Ich bin die ganze Zeit nicht schlau aus dir geworden, Balmond. Jetzt weiß ich, daß du das alles nur tust, um einem alten Freund zu helfen.«

»Und um einen anständigen Job zu bekommen, Perroni«, fügte ich hinzu. »Die Cops werden dich nach Plumbers Verhaftung scharf im Auge behalten. Vergiß das Geschäft, bis René wieder in den Staaten ist! Kümmere dich um nichts, spann aus und warte!«

»Du meinst, Plumber . . .«

»Ich glaube nicht daran, daß er zu singen anfängt«, unterbrach ich ihn. »Selbst wenn – kann er dir gefährlich werden?«

Perroni wuchs um einen halben Kopf. »Niemand kann mir gefährlich werden, Balmond«, sagte er im Brustton der Überzeugung. »Niemand!«

»Das ist gut.« Ich nickte ihm zu. »Zieh deine Leute von Maryline ab! Sie wird die Morgenmaschine benutzen. Wahrscheinlich hängen ihr einige Cops an den Fersen. Wahrscheinlich sind auch die Behörden auf Martinique verständigt. Sie reist also nicht ohne Schutz und zieht einige von Antoils Männern auf sich, die man drüben auf der Insel festnehmen wird.«

»Du denkst an alles, he?«

»Ich lebe gern, Perroni.«

Als ich mich von ihm trennte, wußte ich, daß er Maxwell keinen Grund zum Eingreifen liefern würde. Perroni wartete auf die Rückkehr von René Bastillieu, und er war sicher, daß ich es schaffte, ihn zurückzuholen.

Bastillieu hörte Yvonnes Kichern, als er sich über die Balkonbrüstung schwang und federnd auf dem weichen Rasen landete.

Jasmine schlief tief und fest. Yvonne war seit zehn Minuten verschwunden. Das ganze Gebäude war hell erleuchtet. Aber Antoil befand sich nicht im Haus. Vor einer Stunde hatte er das Anwesen verlassen. Vom Fenster aus hatte Bastillieu beobachtet, wie Antoil seine Männer einteilte. Mindestens vier Leute hatten das Grundstück verlassen und hielten draußen Wache. Es war wirklich unmöglich zu entkommen.

Allein, vielleicht auch zusammen mit Yvonne, hätte er eine kleine Chance gehabt. Aber da gab es Jasmine, und die wollte er auf keinen Fall zurücklassen.

Bastillieu richtete sich auf, drückte sich in den Schatten der Fassade und lauschte den Geräuschen, die ihm vom abseits stehenden Haus entgegenklangen.

Yvonne hatte die beiden Wachen weggelockt. Jetzt hielt sie sich vielleicht zehn Schritte abseits zwischen den Büschen auf. Von dort aus war der Haupteingang zwar noch zu sehen. Aber an der Seitenfront gab es eine zweite kleine Tür.

Bastillieu erreichte sie, ohne daß jemand auf ihn aufmerksam wurde. Es dauerte nicht länger als zwei Minuten. Dann hatte er das Schloß mit einem primitiven Dietrich geöffnet. Knackend sprang es auf. Die Tür kreischte etwas in den Angeln, als er sie aufschob.

Er hielt den Atem an, zögerte einige Sekunden und lauschte auf die Geräusche, die von Yvonne und den beiden Männern zu ihm drangen. Er biß die Zähne zusammen, als er daran dachte, was die schöne Eurasierin alles anstellen mußte, um die Kerle von diesem Haus fernzuhalten.

Bastillieu schob die Tür hinter sich ins Schloß. Die Taschenlampe flammte auf. Der schwache Lichtkegel, den er mit der Hand abschirmte, huschte über die Gegenstände, die hier gelagert waren.

Leichtes Bergungsgerät, Taue. Schiffsersatzteile und ganz hinten, an der Wand gesondert stehend, drei Kisten. Der Lichtkegel der Lampe huschte über den Totenkopf mit den gekreuzten Knochen.

DYNAMIT EXPLOSIVE!

Bastillieus Herz übersprang einige Schläge. Er huschte durch den Raum, stieß in der Eile mit dem Schienbein gegen einen alten Anker und unterdrückte den Schmerzensschrei. Vorsichtig humpelte er weiter, erreichte die Kisten und blieb schwer atmend neben ihnen stehen.

Die drei Kisten enthielten Dynamitpatronen. Sie waren vollgepackt bis zum Rand. Daneben kleinere Kisten, die Bastillieu mit zitternden Händen öffnete.

Zündschnüre, etwas Plastiksprengstoff, drei Zeitzünder und eine Vorrichtung für Fernzündung.

Der Schweiß rann Bastillieu in Strömen vom Gesicht. Es war lange her, seit er zum letztenmal mit Sprengstoff gebastelt hatte. Die Zeit saß ihm im Nacken. Lange konnte Yvonne die beiden Kerle dort draußen nicht beschäftigen. Es sei denn, sie ging bis zum letzten. Dann aber fand einer Zeit, sich um das Objekt zu kümmern, das er zu sichern hatte.

Länger als fünf Minuten bastelte Bastillieu an dem Mechanismus der Fernzündung. Dann richtete er sich auf und rieb sich die Feuchtigkeit aus dem Gesicht. Den kleinen Transistor, über den er die Explosionen auslösen konnte, steckte er ein. Auf demselben Weg, wie er das Haus betreten hatte, verließ er es wieder. Er vergaß auch nicht, die Tür hinter sich abzuschließen.

Schwer atmend blieb er stehen.

Er drückte sich in den Schatten der schmutziggrauen Fassade und, spürte das Verlangen nach einer Zigarette in sich aufsteigen. Nach einer Zigarette, einer Flasche Pernod und dem Bett.

Die Geräusche zwischen den Büschen waren lauter geworden. Yvonnes Stimme war anzuhören, daß sie sich ihrer Haut wehren mußte.

Bastillieu löste sich vom Haus, duckte sich und hastete wie ein Schatten über die freie Fläche zum Haupthaus, in dem er und die beiden Frauen untergebracht waren. Dabei kreuzte er den Lichtschein aus einigen Fenstern. Aber er erreichte die Treppe zum Außenbalkon, ohne daß jemand auf ihn aufmerksam geworden war.

Er hatte es geschafft. Aber wie ihm das von Nutzen sein konnte, davon hatte er keine Ahnung. Er konnte das Haus in die Luft jagen, aber sich damit nicht den Weg in die Freiheit sprengen.

Bastillieu zündete sich eine Zigarette an. »Yvonne!« rief er dann.

Zwischen den Büschen dort hinten am Haus entstand Bewegung. Yvonne tauchte ins Licht, das aus den er leuchteten Fenstern fiel.

»Es ist etwas mit Jasmine!«

Zwei Männer waren hinter ihr. Sie hoben den Blick und starrten feindselig zu Bastillieu hinauf. Yvonne hob die Hand, winkte ihnen zu, wechselte noch einige flüchtige Worte mit den Kerlen und kam dann herübergelaufen. Wenig später stand sie neben Bastillieu auf dem Balkon. Er spürte das Zittern ihres Körpers, als sie sich dicht an ihn drängte.

»Und?« fragte sie.

»Ich weiß nicht«, antwortete Bastillieu leise. »Ich bin drin gewesen. Vielleicht nutzt es uns etwas. Sind die Kerle dir zu nahegetreten?«

»Ich kann mich wehren«, antwortete die Eurasierin. »Gehen wir rein! Es wird kühl hier draußen.«

Bastillieu schloß sich ihr an. Jasmine lag noch im tiefen

Schlaf auf dem Bett. Hätte sich beim Atmen ihr Busen nicht sanft gehoben, hätte man sie für tot halten können.

Bastillieu nahm den Pernod und trank einen Schluck Yvonne stand am Fenster. Langsam drehte sie sich zu ihm herum.

»Er wird uns alle umbringen«, sagte sie dann, und Tränen schossen ihr in die Augen. »Er wird uns alle umbringen, René.«

Bastillieu breitete die Arme aus und zog sie an sich. Er spürte die Tränen der Eurasierin durch sein Hemd hindurch auf der nackten Haut.

»Noch ist es nicht soweit«, antwortete er leise. »Wenigstens einen Tag haben wir Zeit. Maryline wird erst morgen früh eintreffen. Das heißt, Antoil rechnet gar nicht damit, daß er die Liste, die er braucht, vor morgen abend erhält. Noch haben wir einen Tag Zeit.«

»Perroni«, sagte Yvonne. »Warum hilft dir Perroni nicht?«

»Er hat zwei Leute geschickt. Sie sind aufgefallen, und Antoil hat sie umbringen lassen. Vielleicht kommen andere Leute. Wir müssen warten, Yvonne.«

Ich nahm die Nachtmaschine nach Fort-de-France und erreichte die Insel zwei Stunden später. In einem kleinen Hotel am Flughafen bezog ich Quartier. An Schlafen war nicht zu denken. Ich fühlte mich müde und zerschlagen, aber mein Gehirn war wach. Es gab eine Kaffeemaschine auf dem Zimmer. Ich benutzte sie in dieser Nacht mehr als zehnmal. Als es Tag wurde, quollen die Zigarettenkippen aus dem kleinen Aschenbecher.

Mit der ersten Sonne war die Müdigkeit aus meinem Körper wie weggeblasen.

Hundertmal in dieser Nacht hatte ich mir alles durch den Kopf gehen lassen. Im Frühstücksraum des kleinen Hotels überlegte ich es noch einmal.

Ich war auf mich allein gestellt. Denn ich glaubte nicht daran, daß Bastillieu überhaupt dazu in der Lage war, mir zu helfen. Der Weg, der vor mir lag, führte auf geradem Weg in die Hölle. Ein Kamikazeunternehmen! Denn es gab keine Absicherung.

Es mußte so laufen, wie Mr. High es vorgeschlagen hatte: Ich mußte an René Bastillieu herankommen, Kontakt mit den Behörden aufnehmen, die alarmiert waren, und versuchen, mich mit Bastillieu und den beiden Frauen so lange zu halten, bis Hilfe von außen eintraf. Das hieß, bis Phil zusammen mit der französischen Polizei anrückte.

Die Maschine mit Phil und Maryline landete in einer knappen Stunde.

Ich wartete sie nicht ab. Ich mietete mir einen Geländewagen und machte mich auf den Weg von einem Ende der Insel zum anderen.

Zwei Stunden Fahrt waren vorgesehen für die Fahrt von Fort-de-France bis Sainte Marie, an dessen Ortsausgang sich Antoils Haus befand. Während der Fahrt durch die Berge dachte ich daran, daß auf dem Flughafen in zwischen alles vorbei sein mußte. Die Leute von Antoil, die Maryline in Empfang nehmen wollten, waren inzwischen von der einheimischen Polizei festgenommen. Wenigstens Phil und Maryline befanden sich also in Sicherheit.

Ich ließ Trinité hinter mir und sah den Mont Pelée als höchsten Berg der Insel links von mir aufragen, nahm aber die Schönheiten dieser Insel nicht in mir auf. Meine Gedanken waren vorausgerichtet.

Sainte Marie tauchte vor mir auf. Ich durchfuhr den malerischen kleinen Ort und lenkte den Geländewagen wieder in die Berge hinauf. Von hier aus waren es noch etwas mehr als zwei Meilen. Ich konnte mich nicht mehr verfahren, nachdem ich die von Ali ben Sure erwähnte Kreuzung gefunden hatte. Ein gewundener Serpentinenpfad führte zu dem Haus hinauf, das von hier unten wie eine Burg aussah.

Zu diesem Zeitpunkt hatten sie mich von oben längst entdeckt. Zu diesem Zeitpunkt hatten sich auch die französischen Beamten und Phil längst auf den Weg gemacht. Wahrscheinlich befanden sie sich nicht mehr als eine halbe Stunde hinter mir und warteten auf das Kommando zum Eingreifen.

Aber soweit war es noch lange nicht.

Zwei Männer standen vor dem großen, schmiedeeisernen Tor, das in eine hohe Quadersteinmauer eingelassen war.

Ich stoppte den Jeep und stieg aus. Schmalhüftige, geschmeidige Burschen kamen mir entgegen. »Verfahren?«

»Glaube ich nicht«, antwortete ich und deutete zum Haus. »Wenn man es kennt, kann man es nicht verfehlen. Es wird nur eins davon auf der Insel geben.«

»Und gerade dieses eine kann man nicht besichtigen!«

Ich zog mit einer schnellen Bewegung meinen 38er und ließ ihn in die Mündung glotzen.

»Ich steige hinten ein«, sagte ich. »Ihr beide vorn. Einer fährt mich genau bis vor Jacques' Haustür.«

Sie starrten mich an wie einen Irren. Aber sie trauten mir durchaus zu, daß ich von der Waffe Gebrauch machen würde.

»Noch kannst du es dir überlegen«, sagte einer der Männer, die beide blond waren und sich ähnlich sahen. Wie Brüder. »Wenn du da mal drin bist, kommst du so leicht nicht wieder hinaus.«

»Darauf lasse ich es ankommen. Los jetzt!«

Sie fuhren den Jeep bis vor eine sanft geschwungene Freitreppe. Ich ließ den Blick kreisen. Es war alles genau so, wie Ali ben Sure es beschrieben hatte. Eine Festung mit verschiedenen aneinandergebauten Häusern.

Das Haus, wo sich René aufhalten sollte, befand sich links. Eine schmale Treppe führte zu einem Balkon hin auf. Dort befand sich der Eingang.

Der Jeep hielt. Die Gestalten, die sich hinter uns versammelten, jagten mir eine Gänsehaut über den Rücken. Zwei von ihnen hielten Maschinenpistolen in den Fäusten, die beiden anderen 48er Armeerevolver.

Vor mir flog die breite Eingangstür auf.

Der Mann sah aus wie ein Angeber. Er trug einen weißen Anzug, ein lila Hemd und dazu eine weiße Fliege. Seine

Füße steckten in spitzen Lackschuhen. Unter der linken Achsel wölbte das Jackett sich nach außen.

Jacques Antoil!

Das letzte Foto, das ich von ihm gesehen hatte, war 15 Jahre alt. Er war etwas schmaler geworden und hatte tiefere Furchen im gebräunten Gesicht. Sonst war er kaum verändert.

»Er hat uns ...«, begann der Mann, der den Jeep gefahren hatte.

Antoil winkte mit einer herrischen Handbewegung ab.

Mit lockeren Schritten stieg er die Treppe hinunter, blieb vor der Kühlerhaube des Wagens stehen und musterte mich beinahe belustigt. »Besuch aus Miami, nehme ich an.«

Ich nickte und schwang mich aus dem Wagen. Die Waffe wurde mir abgenommen, bevor ich sie ins Holster stecken konnte. Jemand trat nach mir, erwischte mich aber nicht voll, weil ich geistesgegenwärtig nach vorn sprang. Dann wirbelte ich ungeachtet der Waffen, die auf mich gerichtet waren, herum. Der Mann, der getreten hatte, war nicht so schnell wie ich. Als er versuchte, den Kopf beiseite zu drehen, erwischte meine Faust ihn seitlich am Kinn und warf ihn auf den Rasen.

Dann drehte ich mich wieder zu Antoil herum. »Ja, Besuch aus Miami, Jacques«, sagte ich. »Nachdem du das Fußvolk zur Hölle geschickt hast, sollten wir uns auf höherer Ebene unterhalten.«

»Hat Perroni kalte Füße bekommen?«

»Im Gegenteil«, antwortete ich. »Ich soll dir Fußwärmer bringen, damit du keine kalten Füße bekommst. Ich hoffe, René geht es gut.«

»Er kann nicht klagen. Er lebt mit zwei Frauen zusammen, und seine Frau wird auch nicht lange auf sich warten lassen.«

»Sie traf nach mir ein«, sagte ich. »Ich habe die Nacht schon auf der Insel verbracht. Ich denke, du wirst noch etwas auf sie warten müssen.«

Zum erstenmal verriet Antoil, daß er doch nicht der Felsblock war, für den er sich ausgab. »Was heißt das, Mann?«

»Balmond«, sagte ich. »Daniel Balmond, Jacques. Das heißt, deine Leute, die Maryline abholen sollten, haben etwas Pech gehabt. Die französische Polizei erhielt einen Hinweis. Gerade auf einer Insel wie dieser mag man es nicht, wenn Touristinnen gekidnappt werden.«

Antoil trat mir einen Schritt entgegen. Von hinten rückten zwei seiner Leute nach. Die Mundwinkel des Franzosen zuckten. In seinen dunklen Augen loderte ein unheilvolles Feuer. Man sah ihm an, daß er mich am liebsten gleich über den Haufen geschossen hätte.

»Keine Angst, Jacques!« sagte ich. »Wir werden uns einigen.«

Sein Lachen kam stoßweise und bewies seine innere Unsicherheit. »Was du nicht sagst! Du scheinst nicht zu begreifen . . .«

»Das Eisen in meinem Rücken stört mich nicht, Jacques. Du willst in das Geschäft einsteigen. Ich habe dir einen Vorschlag zu machen. Bevor du den nicht gehört hast, wird keiner der Männer den Finger krümmen.«

Mir war alles andere als wohl in der Haut. Es kostete mich viel Nervenkraft, um sein dreckiges Grinsen scheinbar unbefangen zu erwidern.

»Ich höre, Balmond.«

»Ich will René sehen, und er soll bei unserer Unterhaltung dabeisein, Jacques Antoil.«

Antoil zögerte nur einen ganz kurzen Moment. Dann deutete er nach links zur Fensterfront.

Da sah ich René Bastillieu! Er stand hinter dem Fenster. Seine Augen waren auf mich gerichtet. Sein Gesicht spiegelte wider, daß er die Situation nicht begriff.

Antoil wandte sich an seine Männer. »Ihr bleibt hier. Einer wartet unten auf der Treppe. Wenn es kritisch wird, stürmt das Haus!«

So ungefähr hatte ich es mir vorgestellt. Er traute mir nicht. Warum sollte er auch? Er kannte mich nicht mal.

Dann lag plötzlich wie angewachsen eine Luger in seiner

Hand. Mit einem knackenden Geräusch entsicherte der Franzose die Waffe und nickte zur Treppe. Ich setzte mich in Marsch.

Antoil blieb mir dicht auf den Fersen. »Die Tür ist offen«, sagte er, als ich vor ihr stehenblieb.

Ich öffnete und trat ein. Mein erster Blick fiel auf das Bett mit dem Mädchen. Es sah mehr tot als lebendig aus. Dann schaute ich René Bastillieu an und schließlich die Eurasierin, die sich neben dem Fenster aufhielt.

Hinter mir fiel die Tür ins Schloß. Ich spürte den Lauf der Luger, den Antoil mir gegen die Rippen drückte. »Ein Freund von dir, René«, wandte er sich an Bastillieu.

Ich wollte Bastillieu zuvorkommen, schaffte es aber nicht. Bevor ich auch nur einen Ton über die Lippen brachte, sagte Bastillieu etwas sehr Dummes. Er nannte mich bei meinem richtigen Namen. »Cotton«, keuchte er. »Verdammt, Cotton!«

Der Stoß, den Antoil mir von hinten versetzte, warf mich auf den Teppich. Breitbeinig stand er über mir. Der Lauf seiner Waffe zielte auf meinen Kopf. »Cotton«, wiederholte er meinen Namen. »Eben noch hast du dich Balmond genannt und bist angeblich von Perroni geschickt worden. Wer, zum Teufel, bist du wirklich?«

»Jerry Cotton«, antwortete ich. »FBI.«

Antoil lachte und versprühte dabei einen feinen Speichelregen. »FBI!« Die drei Buchstaben schlug er mir regelrecht um die Ohren. »Ihr habt Perroni, jetzt wollt ihr Bastillieu, he? Und die Story von Maryline und den Leuten, die sie abholen sollen, hast du dir aus den Fingern gesogen, wie?«

Die Situation war angebrannt. René hatte unbewußt alles verdorben.

»Was ist mit Maryline?« fragte er jetzt leise.

»Es geht ihr gut«, sagte ich. »Wirklich. Sie ist in Fort-de-France und erwartet uns.«

Bastillieu strich sich die Haare zurück. Antoil brach in schallendes Gelächter aus. Die Luger in seiner Faust beschrieb einen großen Bogen.

»Das sind von Amts wegen lauter Tote, Cotton«, keuchte er. »Untergegangen mit der *Santa Teresa*! Niemand wird sich darüber wundern, wenn er hier keinen findet. Ihr mögt den Franzosen einiges geflüstert haben, doch die halten euch später für Spinner! Wen soll ich zuerst umlegen? René, Yvonne oder die Kranke im Bett?« Bastillieu schritt nach vorn. »Du bleibst, wo du bist, René!« fauchte Antoil.

Der Schweiß rann mir über die Stirn in die Augen. Ich rieb mir mit dem Handrücken darüber und konnte Antoil nur verschwommen erkennen. Dennoch war deutlich, daß er sein Programm umgestellt hatte. Irgendwie sah er ein, daß er Perroni weder ausbooten noch sein Erbe antreten konnte. Jetzt ging es dem Mann, der vor einem Jahr aus dem Zuchthaus von Marseille entlassen worden war, nur noch darum, sich zu retten. Und mit dem, was er gesagt hatte, lag er völlig richtig. Alle Personen, mich ausgeschlossen, die sich in diesem Raum befanden, waren angeblich schon tot. Wenn er sie beseitigte und man sie nicht mehr fand, wer sollte ihm einen Strick daraus drehen? Vorausgesetzt, er konnte sich auf seine Leute auf Martinique verlassen.

Bastillieu stand rechts von mir. Er starrte mich an. Da lag etwas in seinen Augen, was mir zu sagen schien, daß noch nicht aller Tage Abend war. Ich hatte keine Ahnung, was er vorhatte. Aber ich stellte mich darauf ein, daß etwas geschah.

»Du bringst niemanden um, Jacques!« sagte er mit einer Ruhe, die mir eine Gänsehaut über den Rücken jagte.

»Verdammter Narr!« Antoils Stimme überschlug sich. Ich blickte an ihm vorbei auf die Eurasierin, die neben dem Fenster stand. Und dann sah ich den kleinen Transistor, den sie auf die Fensterbank gestellt hatte.

»Okay, Yvonne«, sagte Bastillieu.

Im nächsten Sekundenbruchteil zerriß eine ohrenbetäubende Explosion die Stille.

Antoil wirbelte herum.

Ich zog das linke Bein an, ließ es nach vorn schnellen und traf den Franzosen, der uns eben noch allesamt zur Hölle schicken wollte. Er strauchelte, versuchte sich auf den Beinen zu halten und stürzte.

Bastillieu sprang zur Seite. Yvonne lag mitten im Raum. Die Druckwelle hatte das Fenster aus der Verankerung gerissen. Die Scherben waren ihr ins Gesicht geflogen.

Ich stand wieder auf den Beinen, warf mich nach vorn und landete auf Antoil, bevor er sich zur Seite drehen konnte. Er versuchte mit der Waffe nach mir zu schlagen. Ich wehrte seine Hand ab. Ein Schuß löste sich und peitschte in die Decke. Dann hatte ich sein Handgelenk ergriffen, drehte es mit einem Ruck herum und schnappte nach der Luger, die er mit einem spitzen Schrei losließ.

Die Tür flog auf. Es waren zwei Männer mit schußbereiten Waffen. Ich ließ mich von Antoil herunterrollen, riß die Luger hoch und drückte zweimal ab. So schnell hintereinander, daß es sich fast wie ein einziger Schuß anhörte.

Einer der Männer taumelte zurück. Der andere stürzte in den Raum hinein.

Antoil kniete wimmernd auf dem Boden. Seine rechte Hand stand in einem so unnatürlichen Winkel von seinem Unterarm ab, daß sie nur gebrochen sein konnte.

Bastillieu wollte sich um Yvonne kümmern. Ich warf ihm die Luger zu. »Zum Fenster!« brüllte ich. »Verdammt, zum Fenster, René!«

Er begriff und stand mit der Waffe am Fenster, als ich mir den 38er des Mannes geschnappt hatte, der in den Raum gestürzt war. Dann hetzte ich zu Antoil, riß ihn in die Höhe und stieß ihn zur offenen Tür. Rechts und links neben ihm klatschten Projektile in die Fassade des Hauses, ließen den Mörtel spritzen und jagten als jaulende Querschläger weiter, bis sie sich irgendwo verloren.

»Okay, Antoil!« brüllte ich den Franzosen an. »Laß sie das Haus stürmen! Eine bessere Deckung als dich kann ich mir gar nicht vorstellen!«

Er war kurz vor dem Zusammenbrechen. Mit der Linken riß ich ihn wieder in die Höhe und drückte ihn gegen die Brüstung des Balkons.

Unten auf dem Hof sprangen zwischen den Büschen einige Personen ziel- und planlos herum. Niemand sagte ihnen, wie sie sich verhalten sollten.

»Was ist, Antoil?« schrie ich. »Sag ihnen, sie sollen endlich kommen, damit wir es hinter uns bringen!«

Antoil lehnte mit dem halben Oberkörper über der Balkonbrüstung. »Verschwindet!« brüllte er. »Verdammt, verschwindet!«

Einige jagten davon. Aber andere Leute blieben verletzt auf dem Rasen liegen. Die wahnsinnige Explosion hatte das gegenüberliegende kleine Haus regelrecht vom Erdboden radiert.

»War das deine Idee mit der Sprengladung, René?« fragte ich.

»Ich hatte nichts Besseres zu tun. Der Abend war lau und dunkel. Yvonne hat die Wachen abgelenkt. Wofür es gut sein sollte, habe ich bis eben auch nicht gewußt.«

»Alles ist für irgend etwas gut«, antwortete ich, als aus der Ferne das grelle Sirenengeräusch der anrückenden Polizeifahrzeuge zu hören war. Ich ließ Antoil los. Er brach in sich zusammen, krümmte sich am Boden und hielt die gebrochene Hand zwischen seinen Beinen versteckt, als schäme er sich deswegen.

»Zu große Träume haben schon manchem das Genick gebrochen, Franzose«, sagte ich leise.

Dann sah ich Phil aus einem der ersten Fahrzeuge springen und ließ den 38er sinken. Langsam ging ich in die Wohnung zurück.

Bastillieu kniete neben Yvonne. Auf dem Bett hatte sich Jasmine Kensington aufgerichtet. Die Explosion schien sie aus dem todesähnlichen Schlaf gerissen zu haben. Mit großen, verwunderten Augen schaute sie mich an. Sie schlang mir ihre dünnen Arme um den Nacken, drückte sich an mich und sagte »Daddy« zu mir.

Immer wieder »Daddy«! Bis ich sie auf das Bett zurück gleiten ließ, bis sie die Augen schloß und sofort wieder einschlief.

Phil stand in der Tür. Er strahlte über das ganze Gesicht. Die Erleichterung, mich lebend wiederzusehen, konnte auch sein Grinsen nicht verbergen.

»Habe ich gar nicht gewußt, daß du schon eine so große Tochter hast«, sagte er.

Idiot! wollte ich sagen, als zwei Offiziere der französischen Polizei den Raum betraten, nachdem man Antoil hatte abführen lassen.

»Mr. Cotton«, sagte einer, der die Captainuniform trug. Er trat auf mich zu und streckte mir die Hand entgegen. »Ich habe es für Wahnsinn gehalten, als ich die Nachricht direkt aus dem Justizministerium aus Paris erhielt. Herzlichen Glückwunsch!«

Ich deutete auf Bastillieu und die Eurasierin, die sich gerade aufrichtete und sich von René das Blut aus dem Gesicht wischen ließ.

»Ohne die beiden hätten Sie hier nur noch Leichen vorgefunden«, sagte ich und nahm die Zigarette, die Phil mir entgegenstreckte. »Wir brauchen einen Krankenwagen für Jasmine.«

»Ist unterwegs«, sagte der Captain der französischen Polizei. »Auch die Fahrzeuge, die Sie nach Fort-de-France bringen. Es wird einigen Papierkrieg geben.«

Es sollte eine Party im engsten Freundeskreis werden. René war geladen. Dazu Maryline, einig Honoratioren der Stadt Miami und ich. Perroni hatte mich nach der Sache auf Martinique wie einen Bruder ins Herz geschlossen.

Die Party fand in Wilton Manor statt, einem kleinen Nest zwischen Fort Lauderdale und Pompano Beach.

René Bastillieu, Maryline und ich kamen in einem weißen Chevy, der gut zu den anderen Luxuskarossen paßte, die vor dem Eingang der kleinen Villa standen.

Hier pflegte Perroni die Arbeit zu erledigen, die ihm heute abend das Genick brechen sollte. Ich wußte, mit ihm würden viele Leute aus dieser Stadt ins Verderben stürzen. Leute, die er geschmiert hatte, die für ihn arbeiteten, die für ihn gemordet hatten. Nach Art des Hauses ...

Perroni erwartete uns in der Tür. Er schloß erst René in die Arme, dann Maryline. Mir reichte er die Hand.

»Der schönste Tag in meinem Leben«, sagte er. »Mann, René, ohne dich lief gar nichts mehr! Ich habe Blut und Wasser geschwitzt.«

René nickte, faßte seine Frau fester und zog sie in den großen Salon. Das kalte Büfett stammte ebenso aus einem Hotel in Fort Lauderdale wie die livrierten Kellner. Eine Kapelle spielte.

Don Perroni, der Miami fünf Jahre lang in Atem gehalten hatte, feierte seinen eigenen Untergang! »Champagner?« fragte er mich, griff zwei Schalen von einem Tablett und streckte sie mir entgegen.

Ich trank und schaute auf die Uhr. In einer Minute würde hier der Teufel los sein! Draußen warteten Phil, Maxwell und eine Heerschar von FBI-Agenten.

»Du wolltest einen Job, Balmond«, sagte Perroni, und nahm mich beiseite. »Ich werde mich von Plumber trennen. Einen besseren Einstieg kann dir niemand bieten.«

»Trennen«, sagte ich.

Perroni grinste über das ganze Gesicht. Ich mußte an mich halten, um nicht mitten in seine grinsende Visage hineinzuschlagen. Was trennen hieß und wie diese Trennung aussah, das wußte ich inzwischen.

Trennung, das war Mord nach Art des Hauses. Drei Schüsse, jeder tödlich. Und der Mann, den es erwischen sollte, stand in diesem Moment noch drüben am kalten Büfett und stopfte sich mit Gänseleber voll.

»Was ist, Balmond?« fragte Perroni. »Ist dir das vielleicht zu wenig?«

Ich nickte. Er starrte mich entgeistert an. »Das kann doch nicht dein Ernst sein?«

»Ich will alles, Perroni«, gab ich ihm zur Antwort. »Dich und deinen ganzen Verein.«

»Balmond, du mußt ...«

»Nicht Balmond, Perroni. Ich bin Cotton! Jerry Cotton vom FBI!«

Er spürte meine Waffe in der Seite. Ein Gefühl, das er mit Sicherheit lange nicht mehr erlebt hatte. Es stellte ihn auf die Zehenspitzen. Seine Augen wurden zu schmalen Schlitzen. Er hatte das Schimpfwort schon auf der Zunge, als sie durch sämtliche Türen und Fenster gleichzeitig kamen.

»FBI!« hörte ich Phil brüllen. Es war herauszuhören, daß es ihm Freude bereitete. »Die Hände auf den Kopf, dann langsam an die nächstliegende Wand! Beim geringsten Widerstand machen wir sofort von der Waffe Gebrauch!«

Bewegung kam in die Menge.

In Sekundenschnelle hatten sich Perronis Gäste an der Wand aufgereiht.

Nur Perroni stand wie ein Denkmal mitten in seinem Luxus, den er sich mit Blut und Tränen erkauft hatte. Er schaute sich um, rieþ über seine Augen, und dann begann er laut zu lachen.

»Ein Witz!« brüllte er. »Ein verdammter Witz, der euch teuer zu stehen kommt.« Sein Zeigefinger deutete auf Maxwell. »Das Spiel hast du schon mehr als einmal verloren.«

»Heute haben wir einen Joker, Perroni«, antwortete Maxwell leise.

René Bastillieu, der neben dem Podest für die Kapelle gestanden hatte, trat langsam auf uns zu.

Perroni starrte ihn an. Seine Mundwinkel fielen herab. Die Hände ballten sich zu Fäusten. Er schaffte nur einen Schritt in René Bastillieus Richtung. Dann hielt ich den Mafioso am weißen Dinnerjacket zurück. Der Ärmel riß aus. Perronis Augen waren blutunterlaufen. Er versuchte nach mir zu schlagen. Ich wich ihm aus, und es gelang mir, ihn zu überwältigen.

Ich dachte dabei an die Fotos, die ich von Perronis Opfern gesehen hatte, dachte an den sinnlosen Tod von Dolores Ortega de Arragón, und ich dachte an Martinique.

»Im Keller«, sagte René Bastillieu. »Den Schlüssel für den

Tresor trägt er um den Hals. Ich kenne die Kombination. Sein Vater war ein kleiner Krämer. Von ihm hat er es übernommen, über alle Ausgaben und Einnahmen genau Buch zu führen. Es sind dicke Bände, Jerry. Jedes seiner Geschäfte ist eingetragen. Jeder, der jemals von ihm Geld erhalten hat. Und es ist auch vermerkt, wofür er das Geld bezahlt hat.«

Perroni rappelte sich auf. Er war grün im Gesicht, und ich konnte es nicht verhindern, daß er in René Bastillieus Richtung spuckte.

»Du wirst enden, wie alle geendet sind, die mir in den Rücken gefallen sind, René«, schnappte Perroni wie ein bissiger Köter.

Bastillieu schüttelte den Kopf. »Irrtum, Don«, sagte er gelassen. »Du hast zu gründlich Buch geführt. In wenigen Stunden wird es niemanden mehr geben, der sich auf freiem Fuß befindet und deinen Mord nach Art des Hauses vollstrecken kann. Niemand mehr, Don!«

René Bastillieu, seine Frau und Maxwell waren vorausgefahren. Mannschaftswagen brachten Perronis Gäste zum Headquarters. In Miami lief eine Säuberungswelle, wie es sie schon seit einer Ewigkeit nicht mehr gegeben hatte.

Von einer Motorradstreife eskortiert, fuhr der Wagen, in dem sich Perronis Geschäftsbücher befanden, die seiner Organisation und dem Rauschgiftschmuggel zwischen Kolumbien und Miami einen tödlichen Schlag versetzen würden. Die Bücher, die auch einige andere Familien in anderen Städten, die sich hin und wieder an dem Geschäft beteiligt hatten, in Schwierigkeiten bringen würden.

Ein Mann, René Bastillieu, war ausgestiegen.

Perronis Kopf für seine Freiheit! Washington hatte den Preis akzeptiert und eine weise Entscheidung getroffen.

»Er ist nicht wirklich schlecht«, hatte Maryline mir gesagt. Ich hatte es nicht wahrhaben wollen. Jetzt wußte ich es besser. René Bastillieu war nicht wirklich schlecht. Wie konnte ein Mann schlecht sein, der wegen eines todkranken

Mädchens auf Martinique geblieben war, obgleich sich ihm durchaus die Chance zur Flucht geboten hatte?

»Die Sache wird Maxwell verdammt teuer zu stehen kommen«, sagte Phil, der mich an Maxwells Versprechen erinnerte, das er dann einlösen wollte, wenn es uns gelang, Perroni von der Bildfläche verschwinden zu lassen.

Ich nickte meinem Freund zu und deutete auf das kleine Hinweisschild auf ein ruhiges Motel abseits von Fort Lauderdale.

»Dort werden wir etwas zu trinken bekommen und ein Bett«, sagte ich. »Ich weiß nicht, wie es dir geht, Phil, aber ich bin froh, wenn ich Miami wenigstens für eine Nacht nicht mehr sehen muß.«

Phil drehte den Kopf und grinste mich an. »Komisch«, sagte er. »Genau das gleiche wollte ich gerade sagen, Jerry.«

ENDE DES
ZWEITEN BANDES

Tödliches Dreieck

Wut und Angst erfüllten Johnnie McDougan. Ganz hinten im Kopf saß der kleine Teufel, der ihm sagte, daß alles in eine Katastrophe münden würde.

Seit drei Tagen spielte er im Rainbow-Casino in Atlantic City. Seit drei Tagen war das Pech sein ständiger Begleiter. Obgleich das Ende abzusehen war, die Chips vor seinem Platz immer weniger wurden und ein Angestellter des Casinos mit seinem letzten gedeckten Scheck unterwegs war, um neue Chips zu holen, konnte er nicht aufhören. Ein unglückseliger Zwang trieb ihn zum Weiterspielen. Und eine innere Stimme redete ihm beharrlich ein, daß er auch dieses Casino zum Schluß als Gewinner verlassen würde.

Jede Pechsträhne mußte einmal reißen. Nicht ewig konnte sich der kalte Mechanismus des Roulettkessels gegen ihn drehen.

Johnnie McDougan schwitzte. Vor einer halben Stunde noch hatten die Leute ihn gestört, die um den Tisch versammelt waren, an dem er als einziger mit großen Einsätzen spielte. Jetzt nahm er sie kaum noch wahr. Jetzt sah er nur noch die Berge von Chips, die sich auf der 17 türmten und die Nummer einkreisten. Er hörte das Raunen um sich herum nicht mehr. Er hörte nur noch das Rollen der weißen Kugel, das Klicken, wenn sie gegen einen Raster schlug, und das Klacken, wenn sie schließlich in ein Nummernfach kippte.

»Nichts geht mehr, Sir.«

Das blonde Mädchen, das den Kessel drehte, sprach mit monotoner Stimme. Auf ihrem feingeschnittenen, hübschen Gesicht gab es nichts als das einstudierte ständige Lächeln. Keine Spur von Gefühl oder Anteilnahme. McDougan haßte das Unbeteiligtsein. Selbst ein mitleidiges Lächeln, mit dem sie ihn zum Idioten gestempelt hätte, hätte er in Kauf genommen. Aber da gab es wirklich nichts, das etwas Abwechslung in die Monotonie des Spiels brachte.

»34 – Rot – pair – passe. Nichts auf der Nummer!«

Die Stimme hatte sich etwas erhoben. Ganz kurz huschte der Blick der blauen Augen zu McDougan. Dann griff der

Rechen, den die schlanken Hände mit den gepflegten roten Nägeln hielten, nach den Chips, die die 17 einkreisten, und zogen sie vom grünen Filz.

McDougan starrte in den kreisenden Kessel. Er spürte Übelkeit in sich aufsteigen. Die Zahlen verschwammen vor seinen Augen.

»Sir.«

Die Stimme des Saaldieners riß ihn wieder hoch.

Mit gleicher Teilnahmslosigkeit, mit der die Blondine den Kessel drehte und die Kugel warf, schob der Mann ihm die letzten zweihunderttausend Dollar in Chips zu, für die McDougan den Scheck ausgestellt hatte.

McDougan blickte kurz auf.

»Das Limit ist aufgehoben«, sagte der Mann in der lila Livree. Stille um McDougan herum. Der hochgewachsene blonde Mann spürte die Blicke der Leute auf sich, die den Tisch umlagerten und jedesmal den Atem anhielten, wenn die Kugel rollte.

McDougan starrte auf die vier Plastikchips. Jede hatte einen Wert von fünfzigtausend. Und jetzt ging es ohne Limit. Die Gedanken drehten sich in seinem Kopf. Ohne Limit. Er konnte den Verlust der letzten Tage mit einem Coup wettmachen und dazu noch einen Riesengewinn einstreichen. Alles war möglich – auch die totale Niederlage.

»Ihr Einsatz, Sir.«

Alles oder nichts! hämmerte es in McDougan. Er nahm die vier Chips und schob sie auf die 17.

Zum erstenmal zeichnete sich etwas wie eine menschliche Regung auf dem Gesicht des blonden Girls ab. Erstaunen, mit Mitleid gemischt, und ein leichter Anflug von Zweifel.

»Zweihunderttausend Dollar?«

»Auf die Siebzehn!« McDougan nickte. Er lächelte. Ein warmes Gefühl erfüllte ihn. In diesem Moment wußte er genau, daß er gewinnen würde. Eintausend Zahlen hätte dieser verdammte Kessel haben können. McDougan war bereit, seine Seele darauf zu verwetten, daß keine andere Zahl als die 17 kommen konnte.

»Alle Stücke, so, wie ich sie placiert habe. Zweihunderttausend Dollar auf die Siebzehn.«

McDougan sah das blonde Mädchen an. Ihre Hände zitterten, als sie zum Drehkreuz des Kessels griffen und ihm neuen Schwung verliehen. Sie hat Angst! dachte McDougan. Sie weiß genau wie ich, daß keine andere Zahl als die 17 kommen kann. Sie hat Angst!

McDougan zündete sich eine Zigarette an. In Gedanken überschlug er den Gewinn, der um das dreifache über den zwei Millionen lag, die er in den vergangenen drei Tagen im Rainbow-Casino verspielt hatte.

Nur am Ende des langen, schmalen Gangs brannte eine Notbeleuchtung. Phil hielt sich hinter mir. Ich spürte seinen heißen Atem im Nacken und wußte, daß die Handfläche der Rechten, in der er die Dienstwaffe hielt, feucht war.

Drei Meter standen wir von der Tür entfernt, hinter der sich Lindsay in Sicherheit wiegte. Er konnte nicht ahnen, daß gleich zwei G-men in seinem Heiligtum auftauchen würden.

Langsam drehte ich mich zu Phil herum. Mein Freund verzog das Gesicht zu einem verkrampften Lächeln. Er nickte mir zu. »Okay«, sagte er dumpf. »Guten Rutsch ins Jenseits, wenn Lindsay sofort schießt!«

Ich erwiderte sein Grinsen. Fröhlicher als Phils fiel es nicht aus.

Daß Lindsay schoß, befürchtete ich nicht. Der Kerl hatte noch nie zur Waffe gegriffen. Aber Lindsay war nicht allein. Wir kannten nicht alle Anwesenden und wußten nicht, wie es um ihre Nerven bestellt war. Es war ein Risikounternehmen, doch wir mußten es durchziehen. Um überhaupt eine Chance zu haben, mußten wir Lindsay und die anderen bei einer ungesetzlichen Handlung überraschen.

Mir war alles andere als wohl in der Haut, als ich noch einmal tief durchatmete.

»Okay, Phil!«

Ich visierte die nicht sehr stabil wirkende Tür an, rannte los und rammte sie mit der linken Schulter. Es knirschte. Die Verankerung des Riegels brach aus dem Rahmen. Die Tür gab nach, wurde durch mein Gewicht aufgeschleudert, und ich stürzte in den angrenzenden Raum.

Grelles Licht um mich herum. Dazwischen überscharf die Umrisse von vielleicht zehn Männern und die fast kalt wirkende, helle Haut einiger nackter Mädchen.

Mehr konnte ich nicht sehen, denn schon landete ich auf dem Teppichboden. Mädchen kreischten, Männerflüche prasselten auf mich herab.

Dazwischen Phils sich überschlagende Stimme: »FBI! Macht keinen Unsinn!«

Ich drehte mich nach rechts und brachte die Hand mit der Waffe hoch, die eben noch unter meinem Körper eingeklemmt gewesen war.

Ein Schuß peitschte auf. Ich sah den Mündungsblitz rechts neben der Studioleuchte. Darüber das verkniffene Gesicht eines kompakten kleinen Mannes. Klatschend grub sich das Projektil in die Wand neben der Tür, vor der Phil geistesgegenwärtig in die Knie gegangen war. Ganz sicher hatte diese Reaktion meinem Freund das Leben gerettet.

Mein Finger krümmte sich um den Abzug, als Phils Dienstwaffe schon aufbrüllte. Der Mann, der eben geschossen hatte, ruderte wild mit den Armen. Er versuchte Halt an der Leuchte zu finden und riß sie mit sich zu Boden. Mit einem lauten Knall zerplatzte die starke Birne.

»Keiner rührt sich von der Stelle!«

Ich stand wieder auf den Beinen. Der Lauf meiner Waffe strich an den Personen vorbei, die wie versteinert dastanden und fragend zu Lindsay schauten. Er stand am offenen Fenster, und es sah so aus, als überlege er, ob er hinausspringen solle oder nicht.

»Das sind sieben Stockwerke, Lindsay«, sagte ich mit kalter Stimme. »Das reicht sicherlich zum Sterben. Der Sturz dauert aber nicht lange genug, um ein letztes Gebet zu sprechen.«

Matt Lindsay war aschfahl im Gesicht. Seine Augen traten unnatürlich weit aus den Höhlen. Die wulstigen Lippen waren zu einem Strich zusammengezogen.

»Alles umdrehen! Mit dem Gesicht zur Wand! Und dann streichelt die Tapeten!«

Phil trat weiter ins Zimmer herein. Er bewegte sich so, daß er meine Schußlinie nicht kreuzte. Ich deckte ihn. Aber im Moment machte keiner der Anwesenden Anstalten, zur Waffe zu greifen.

Dabei war ich sicher, daß einige der Partygäste schwer gerüstet waren.

Sie stammten aus allen Gesellschaftsschichten. Geschäftsleute, Gangster, Zuhälter und Dealer waren hier versammelt. Lindsays Partys waren bis über die Landesgrenzen bekannt. Bei ihm konnte man Girls ersteigern, um sie in einer anderen Stadt als New York auf die Straße zu schicken. Es gab Rauschgift jeder Art. Und Vergnügen, bei denen es einem Normalverbraucher die Schamröte ins Gesicht trieb.

Bewegung kam in die Leute. Ich ließ sie nicht für den Bruchteil einer Sekunde aus den Augen. Niemand beging eine Dummheit. Die meisten kannten das Spiel. Sie reihten sich an der Wand auf, starrten auf das etwas verwischte Blumenmuster der Tapete und warteten. Phil ging die Reihe entlang, fischte vier Kanonen aus den Taschen der Leute und warf sie auf das riesige Bett, das in der Mitte des Raumes stand. Drei Girls lagen noch drauf. Jung. Viel zu jung für die Dinge, die man mit ihnen vorgehabt hatte. Allesamt süchtig oder mit Problemen beladen, denen sie zu entfliehen versuchten. Keins von ihnen rührte sich. Dicht aneinandergedrängt verharrten sie auf dem Bett und schauten uns aus großen Augen an.

»Okay, Jerry.« Phils Stimme war anzuhören, daß ihm mehr als nur ein Stein von der Seele gefallen war. »Okay, ich verständige die Kollegen mit dem großen Wagen.«

Während sich Phil zum Telefon begab, trat ich dichter an den Mann, der bewegungslos auf dem Teppich lag. Vorsichtig drehte ich ihn auf die Seite. Ich sah die häßliche Wunde in seiner Brust. Das weiße Hemd war blutgetränkt sein rundes Gesicht wirkte eingefallen und grau.

»Den Notarztwagen, Phil!«

Phil hatte die City Police schon an der Strippe. Er forderte den Notarztwagen, den Mannschaftswagen und eine Hand voll Leute an. Als er auflegte, rieb er sich den Schweiß aus dem Gesicht und griff nach den Zigaretten.

Matt Lindsay wollte etwas sagen. Der überschlanke Mann mit den viel zu langen Beinen wollte sich von der Wand abstoßen, als Phil ihm einen Stoß versetzte und ihn gegen die Wand zurückschleuderte.

»Keinen Ton, Lindsay!« knurrte Phil.

»Ich habe das verdammte Recht, meinen Anwalt zu verständigen!«

»Das kannst du vom Office aus tun«, sagte ich. »Ist aber rausgeschmissenes Geld. Diesmal hilft dir niemand mehr, Matt.«

»Das war ein Überfall«, sagte ein anderer. Ein fetter kleiner Typ, der sicherlich eine Menge Geld dafür bezahlt hatte, um an dieser Party teilzunehmen. »Ich werde mich beschweren.«

»Halt's Maul!« sagte Phil bedeutend heftiger, als er normalerweise reagiert. Er schaute auf den regungslos auf dem Teppich liegenden Mann, und seine Backenknochen zuckten.

Stille trat ein, bis ein Mädchen zu weinen begann. »Ich will nach Haus, Mister.«

Ich sah sie an. Siebzehn Jahre vielleicht. Für dieses Alter war sie körperlich sehr entwickelt, aber ihr Gesicht war noch das eines Kindes, das mit Puppen spielt. Tränen rannen ihr über die Wangen. Die Schultern hoben und senkten sich unter einem trockenen Schluchzen. »Ich will nach Haus, Mister!«

Ich nickte und nahm mir ebenfalls eine Zigarette. »Es wird nicht lange dauern«, sagte ich. »Bestimmt nicht.«

»Ich brauchte Geld, um nach New Orleans zu kommen«, sagte das Mädchen. »Ich stamme aus New Orleans. Niemand hat mir gesagt, was hier läuft. Einige Bilder, hat er gesagt, keine unanständigen, nur einige Modeaufnahmen. Er hat mir etwas gegeben ...«

Sie brach ab, ließ sich auf das Polster des Bettes fallen und barg ihr Gesicht in der Armbeuge.

»Verdammte Schlampe!« fluchte Matt Lindsay. »Das glaubt dir doch niemand.«

»Ich glaube ihr, Lindsay«, sagte ich scharf. »Ich kenne einen Staatsanwalt, der ihr auch glauben wird. Ich kenne überhaupt eine Menge Leute, die lange Zeit darauf gewartet haben, daß ein Mädchen mit dem Finger auf dich zeigt. Gib dich nur keinen falschen Hoffnungen hin, Lindsay!«

Ich rauchte einen tiefen Zug, und in mir breitete sich etwas Ähnliches wie Zufriedenheit aus. Wir hatten Matt Lindsay. Diesmal steckte er so tief im Dreck, daß ihm niemand mehr da heraushelfen konnte. Und Lindsays Festnahme sollte der Anfang einer Kettenreaktion sein.

Einige Minuten verstrichen. Dann waren aus der Ferne die Sirenen der anrückenden Patrolcars und des Notarztwagens zu hören.

»Nichts geht mehr«, sagte die Blondine am Roulettkessel, nahm die Kugel zwischen Daumen und Zeigefinger und warf sie schwungvoll gegen die geneigte Fläche des Kessels.

McDougan richtete sich auf. Nervös zerbiß er den Filter seiner Zigarette. Er reckte den Hals, um von seinem Platz aus den Lauf der Kugel besser verfolgen zu können.

Langsam drehte sie sich. Verteufelt langsam. Noch niemals hatte McDougan eine Kugel so träge über die Neigung des Kessels trudeln sehen. Er schwitzte. Schweiß rann ihm in die Augen und löste einen teuflischen, brennenden Schmerz aus.

Die 17! redete er sich ein. Dann sprach er laut zu dem Kessel und sah dabei so überzeugt aus, als glaube er wirklich daran, den Lauf der Kugel durch irgendwelche Beschwörungsformeln beeinflussen zu können.

»Die Siebzehn! Komm, Baby!«

Das Klacken und Klicken dröhnte McDougan in den Ohren. In diesem Moment begriff er, daß der Lauf sein Schicksal bestimmte. Sein letztes Geld stand auf der 17. Wenn er verlor ...

McDougan brachte den Gedanken nicht zu Ende. Mitten aus der kreisenden Bewegung heraus stürzte die Kugel ab, schlug gegen das Drehkreuz, sprang nach oben weg und kippte in die Null.

»Zero! Nichts auf der Nummer!«

Diesmal klang es wie Hohn. McDougan staunte die Blondine an, die ihm kein Glück gebracht hatte. Er begann sie zu hassen. Sie und die anderen Leute, die den Tisch umstanden und nun in Diskussionen darüber verfielen, warum die verdammte Kugel gerade Zero getroffen hatte.

Er stand auf, nahm seine Zigaretten mit und wandte sich lächelnd vom Tisch ab. Seine Schritte wirkten schwer. Die Schultern fielen leicht nach vorn ab. Aber man sah ihm nicht an, daß er sich als ein gebrochener Mann auf die Bar zubewegte.

Es war aus mit ihm. McDougan gab sich keinen Illusionen hin. Zwei Millionen in drei Tagen verloren! Und keine Möglichkeit mehr, an anderer Stelle, in einem anderen Casino den Verlust wieder auszugleichen. Er war erledigt.

McDougan setzte sich auf einen Hocker. Im Spiegel der Bar konnte er die Leute beobachten, die seine Niederlage miterlebt hatten und ihn mit mitleidigen Blicken musterten.

»Whisky«, bestellte er, zündete sich eine frische Zigarette an und drehte das Päckchen unruhig zwischen den Fingern. Er nahm einen Schluck und versuchte die Gedanken an die Zukunft abzustellen. Das gelang ihm erst, als sich jemand hinter ihn stellte und ihm die Hand auf die Schulter legte.

»Mal so, mal so, McDougan.«

McDougan drehte sich um. Er sah in das eingefallene Gesicht von Alan Dyburg, dem Casinobesitzer, und er entdeckte einen teuflischen Glanz in den kleinen Augen.

»Ein letztes Spiel, McDougan?« fragte Dyburg.

McDougan lauschte der Stimme. Vergeblich suchte er nach einen Anflug von Hohn oder Schadenfreude. Er lachte auf, schob sein Glas beiseite und wollte aufstehen.

»Ein letztes Spiel, McDougan!«

Das war eine Aufforderung. McDougan starrte den kleinen, eleganten Mann aus zusammengezogenen Augen an. Dyburg scherzte nicht. Dyburg meinte es ernst.

»Eine Million, McDougan. Ein Blatt Black Jack. Das Casino stellt Ihnen die Summe zur Verfügung.«

»Sie sind verrückt, Dyburg.«

»Eine Million, McDougan.«

Er meinte es wirklich ernst, daran konnte es keinen Zweifel geben. McDougan schaute sich um. Sie waren die einzigen Gäste an der Bar. Irgendwann in den letzten Minuten mußte Dyburg der Thekenmannschaft ein Zeichen gegeben haben.

»Zu welchen Bedingungen, Dyburg?«

»Wenn Sie gewinnen, verlassen Sie Atlantic City mit einer Million und können wieder neu anfangen.«

»Und wenn ich verliere?«

Dyburg zögerte einen Sekundenbruchteil. Dann griff er in die Innentasche seines Dinnerjackets und legte die Fotos von drei Männern auf den Tresen.

»Wenn Sie verlieren, McDougan, dann schulden Sie mir die Leichen dieser Männer!«

»Sie sind wirklich verrückt«, antwortete McDougan mit leiser Stimme und schob die Fotos zurück. Selbst er war über dieses menschenverachtende Spiel empört.

Dyburg schüttelte den Kopf. »Ich kenne Sie«, antwortete er ebenso leise. »Drei Tage waren ausreichend, Erkundigungen über Sie einzuholen. Glauben Sie mir, ich kenne Sie wie einen eigenen Bruder. Es hat einmal eine Zeit gegeben, da hat man von Ihnen behauptet, daß Sie ein Killer seien. Vielleicht entspricht das nicht ganz der Wahrheit, McDougan. Aber Sie verstehen sich aufs Töten. Und Sie sind am Ende. Ich biete Ihnen, wenn Sie den Auftrag hinter sich gebracht haben, noch einmal eine Million.«

Vor McDougans Augen drehte sich das Flaschenregal. Sein Mund war trocken.

Er griff nach dem Whisky und kippte ihn auf einen Zug hinunter.

»Ich könnte Sie betrügen, Dyburg.«

»Das werden Sie nicht tun.« Dyburg schüttelte den Kopf. »Wenn Sie sich mit mir an einen Tisch setzen, werden Sie sich an die abgesprochenen Regeln halten, genau wie ich mich daran halten werde. Eine Million Dollar. Wenn Sie gewinnen, vergessen Sie das Gespräch und verschwinden mit dem Geld. Wenn Sie verlieren, schulden Sie mir die Leichen von drei Männern. Und sobald Sie diesen Auftrag erledigt haben, bekommen Sie auf jeden Fall eine Million. Kein Killer hat jemals mehr eingesackt. Sie sind ein Mann, der gegen jede Norm lebt, der immer mehr will als die anderen. Keiner wird jemals wieder einen solchen Preis erhalten, McDougan. Allein das müßte Sie schon reizen, den Job zu übernehmen.«

»Warum?« fragte McDougan.

»Das ist meine Sache.«

»Wenn ich darauf einsteige, ist es auch meine.«

»Die Männer haben es verdient. Es sind Mörder. Reicht das?« McDougan schüttelte den Kopf.

»Dann vergessen Sie unser Gespräch!«

»Warum erledigen Sie es nicht selbst?«

»Ich bin krank. Ich werde sterben.«

McDougan sah in das schmale Gesicht, sah die eingefallenen Wangen, die etwas zu graue Gesichtsfarbe und die Augen, die wie Irrlichter blitzten.

»Sie können jeden anderen engagieren und billiger bekommen.«

Alan Dyburg nickte und strich sich über die feuchtglänzende Stirn. »Ich kenne niemanden so gut wie Sie. Ich weiß, man kann sich blind auf Sie verlassen. Sie sind ein verdammter Spieler, aber Sie haben noch niemals betrogen, und Sie sind noch niemals jemandem etwas schuldig geblieben. Ich will Sie, oder vergessen Sie es!«

Er hat dich schon! dachte Johnnie McDougan. Aber noch nicht ganz. Ein einziges Spiel. Ein Blatt Black Jack. Eine Million und frei – oder ein Killer und ebenfalls eine Million. Drei Tage Pech! Ein Mann kann nicht immer verlieren.

»Ein Blatt!« McDougan nickte. Das feine Lächeln von Alan Dyburg trieb ihm eine Gänsehaut über den Rücken. Der Mann war ihm an Skrupellosigkeit, an Mißachtung von Geld und Menschenleben überlegen. »Ein Blatt, Dyburg. Hier an der Bar und sofort. Sie bringen zehn verschweißte Päckchen Karten. Ich suche eins aus.«

»Sie trauen mir nicht, McDougan?«

McDougan lachte auf. »Ich traue mir selbst nicht, Dyburg. Warum sollte ich ausgerechnet Ihnen trauen? Wenn ich es mir richtig überlege, dann hasse ich Sie. Versuchen Sie ein schmutziges Spiel mit mir, und Sie werden mit Sicherheit die vierte Leiche sein! Ich kenne jeden Trick. Vielleicht haben Ihre Informanten Sie nicht angelogen. Vielleicht bin ich ein Killer! Und noch etwas: Dies hier ist Ihr Spiel und geht nach Ihren Regeln. Das andere ist mein Spiel. Das spiele ich ganz für mich allein, nach meinen Regeln.«

Dyburg schüttelte den Kopf. »Eine Bedingung.«

»Welche?«

»Sie haben nicht länger als sechs Wochen, McDougan. Sie bekommen alles, was Sie brauchen. Geld spielt keine Rolle, aber Sie haben nicht länger als sechs Wochen.«

McDougan sah sein Gegenüber forschend an. »Mehr Zeit hat man Ihnen nicht gegeben? Sechs Wochen Leben, und Sie wollen sich nicht allein davonschleichen, sondern drei liebe Freunde mitnehmen?«

»Reden wir nicht darüber, McDougan! Machen wir unser Spiel!«

Stundenlang schwieg Matt Lindsay. Phil Decker, Joe Brandenburg, Zeerookah, Dillaggio und ich wechselten uns bei der Vernehmung ab. Er war ein härterer Brocken, als wir ihn uns vorgestellt hatten. Aber nach sechs Stunden gab er auf.

Da sah er endlich ein, daß es für ihn nur noch einen Weg aus dem Dilemma gab: Er mußte mit uns zusammenarbeiten.

Die Aussage des Mädchens aus New Orleans lag vor, die Aussagen der anderen Mädchen und die einiger Geschäftsleute, die an der wilden Party teilnehmen wollten und denen man dafür eine Menge Geld abgenommen hatte. Es war gespritzt und geschnupft worden. Man hatte eine große Menge Rauschgift in den Räumen gefunden. Dazu eine Kartei mit Mädchen, die seit einiger Zeit in der Stadt als vermißt gemeldet waren.

Lindsay hatte sie aus der Stadt geschleust und an Callgirlringe verkauft.

Als wir ihn nach sechs Stunden wieder in die Zelle bringen ließen, hatten wir, was wir wollten. Den Namen Joe Randlaw, seinen Aufenthaltsort und eine Liste von Stationen, die Randlaw in nächster Zeit im Auftrag der Mafia und anderer Organisationen anlaufen würde.

Ich zündete mir eine Zigarette an und trank den Rest des kalten, schwarzen Kaffees aus dem Pappbecher.

»Wenn wir Randlaw schnappen«, sagte Phil, »und wenn es uns gelingt, auch diesen Mann zum Reden zu bringen, dann wackeln die Stühle einiger ganz großer Bosse.«

Genau das war unser Ziel: Ein großer Schlag gegen das organisierte Verbrechertum, dem man in keinem Land der Erde richtig beikommen konnte.

Lindsay war der Anfang. Randlaw sollte die zweite Station sein. Danach würden die Kollegen in verschiedenen Städten Überstunden machen müssen. Aber noch hatten wir Randlaw nicht.

McDougan mischte das Blatt, Dyburg hob ab und strich noch einmal wie beschwörend mit den Fingern über die obere Karte, als McDougan den Packen mitten auf die Theke legte. McDougan starrte die Karten an. Seine Finger zitterten, als er die ersten fünf Karten blind vom Stapel nahm und beiseite schob.

»Okay, Dyburg«, sagte er dann mit betont fester Stimme.
»Okay.«

Erneut tasteten seine Finger an die Karten heran. Vorsichtig hob er die erste ab und legte sie vor Dyburg auf die Bar.

»Kreuz drei«, sagte er, nahm sich selbst eine Karte und deckte das Herz As auf. Seine Augen leuchteten, als er Dyburg einen schnellen Blick zuwarf. Aber im Gesicht des schmalen Mannes gab es nichts zu entdecken, was dessen inneren Zustand widerspiegelte. Dyburgs Gesicht war wie eine starre Maske.

»Karte, McDougan.«

Zu der Kreuz drei kam die Pik sechs.

McDougans Hände begannen wieder zu zittern, Dyburg lächelte. Er strich sich eine Haarsträhne aus dem Gesicht.

»Karte, McDougan.«

Kreuz As für Dyburg.

McDougan schwitzte. Einige Tropfen rannen in seine Augen und brannten höllisch. Er selbst mußte nur ein lausiges Bild zum As kaufen, um einen Black Jack zu bekommen und Dyburgs Karte zu schlagen. Ein einziges Bild, dann war er um eine Million reicher, dann mußte er nicht in tödlicher Mission reisen.

Ein einziges Bild!

McDougan deckte auf. Herz acht! Das waren 19 auf seiner Seite. McDougan legte die nächste Karte um.

Herz König! Genau die Bildkarte, die ihm zu seinem As gefehlt hatte, um als Sieger aus der Partie hervorzugehen.

Zusammen mit Dyburg stand er von der Bar auf. Diesmal erwiderte er das feine Lächeln des Casinobesitzers.

»Sie haben Glück«, sagte McDougan mit einem schneidenden Unterton. »Treiben Sie es nicht auf die Spitze, Dyburg! Das Glück ist wie eine launische Frau und kann einen Mann schnell verlassen.«

Dyburg nickte. »Sechs Wochen, McDougan«, sagte er, wandte sich ab und verschwand zwischen den Spieltischen.

Joe Randlaw stand an dem langen Pult mit den unzähligen Formularen. Das hohlwangige Gesicht spiegelte das stete Mißtrauen des immer etwas geduckt gehenden kleinen Mannes, der auf den ersten Blick so vertrauenerweckend aussah, daß Mütter ihm ihre Lieblingskinder anvertraut hätten.

Ein Umstand, der ihm zu einer Karriere als Spezialkurier verholfen hatte.

Spezialkurier! Es war ein schönes Wort für eine überaus häßliche Tätigkeit.

Phil und ich hatten mit allem gerechnet, nur nicht mit einem Besuch Randlaws in der Chase Manhattan Bank. Drei Tage waren wir ihm auf den Fersen gewesen. Es hatte hundert Möglichkeiten gegeben, ihn festzunehmen. Aber nachdem er uns so sicher war, hatten wir ihn an der langen Leine laufen lassen. Immerhin war es möglich, daß er uns zu Leuten führte, die wir noch nicht kannten. Nichts dergleichen war passiert.

Bis vor drei Stunden. Da übernahm Randlaw an der Grand Central Station eine Ladung, verschwand damit im Waschraum und tauchte wenig später wieder auf. Mit einem Aktenkoffer in der Hand und mit mindestens zehn Kilo Heroin am Körper. Eine Ladung, die wahrscheinlich aus Miami nach New York gekommen war. Randlaw sollte sie hier an die Großdealer verteilen.

Bei solchen gefährlichen Aufträgen pflegte Randlaw zu humpeln. Dann schob er die linke Schulter so weit nach vorn, daß er wie ein Krüppel aussah und man Mitleid mit ihm hatte.

Ich kannte ihn inzwischen genau. Phil und ich hatten ihn studiert. Seit Lindsays Verhaftung waren wir hinter ihm her und warteten auf unsere große Chance.

Jetzt hatten wir ihn! Mit einem Koffer voll heißem Geld und mindestens zehn Kilo Heroin am Körper stand er in der Chase Manhattan Bank.

Das Zeug würde ihm mindestens zwanzig Jahre Zuchthaus einbringen. Bei seiner Konstitution konnte er eine solche Knastperiode niemals durchstehen. Er würde alles tun, um die zu erwartende Strafe zu drücken und einen Handel mit der Staatsanwaltschaft abzuschließen. Er würde genauso singen, wie Lindsay gesungen hatte. Dann konnten wir endlich zum ganz großen Schlag gegen das organisierte Verbrechen ausholen.

Ich dachte daran, als ich den mageren kleinen Mann aus den Augenwinkeln beobachtete. Er stand etwas gelangweilt da. Die Schlange vor dem Schalter schien ihn nicht aufzuregen.

Zweimal hatte er in meine Richtung geschaut. Aber ich war sicher, daß er mich nicht kannte und nicht wußte, daß ich hinter ihm her war.

Phil stand mit einigen anderen Kollegen draußen. Die City Police war ebenfalls eingeschaltet, Sie hatte einige Fahrzeuge auf der Straße postiert. Eine reine Sicherheitsmaßnahme für den Fall, daß hier in der Bank etwas schiefging und Randlaw sein Heil in der Flucht suchte. Auf ein Feuergefecht mit ihm konnten wir uns nicht einlassen. Wir brauchten ihn lebend. Er mußte uns die Informationen liefern, die uns noch fehlten, um mit der Hexenjagd auf die großen Bosse beginnen zu können.

Wir hatten alles getan. Es war ein gutes Gefühl in mir. Beinahe schon der Anflug von Triumph, der sich immer dann einstellt, wenn man besser ist als jemand, der bislang verächtlich auf einen herabgesehen hat.

Joe Randlaw war so gut wie erledigt.

Johnnie McDougan betrachtete seine Erscheinung in der spiegelnden Scheibe der Hauptkasse. Wenn er nicht selber gewußt hätte, wer er war, hätte er sich nicht wiedererkannt.

Berufsoffizier, reicher Ehemann, Spieler und zwischendurch Maskenbildner – das waren die Stationen seines Lebens gewesen. Die Ausbildung als Maskenbildner kam ihm nun zugute.

Die schwarze Perücke saß genauso einwandfrei wie der

elegant kurzgeschnittene Backenbart, der die scharfen Linien seines Gesichts noch unterstrich. Der graue Anzug war auswattiert. Er gab ihm optisch mehr Umfang, als er in Wirklichkeit hatte. Seine kräftigen, immer etwas nervigen Finger steckten in hellbraunen Schweinslederhandschuhen. Die Dunhill-Pfeife, die er lässig im rechten Mundwinkel trug, verlieh ihm das Aussehen eines blasierten Engländers, der sich zum Geschäftemachen in der Bank aufhält.

Niemand konnte diesem Mann ansehen, daß sein Geschäft Mord war.

Der hochgewachsene Mann wandte sich vom Kassenschalter ab. Es standen noch viele Leute vor ihm in der Schlange. Es würde eine Zeitlang dauern, bis er einige der großen Banknoten wechseln konnte, die Dyburg ihm mit auf die Reise gegeben hatte.

McDougan begab sich in die Mitte der Halle, lehnte sich an einen Stützpfeiler und schaute sich um. Seine blauen Augen waren durch farbige Kontaktlinsen nun dunkelbraun. An die Dinger hatte er sich erst gewöhnen müssen.

Mit dem ekelhaft brennenden Schmerz, die sie ihm zu Anfang bereiteten, hatte er sich schnell abgefunden. Schneller als mit dem Mordauftrag, der ihn nach Manhattan rief.

Drei Männer standen auf seiner Todesliste. Geschäftsleute, die weit über die Staatsgrenzen New Yorks hinaus einen guten Namen hatten. Angehörige einer Gesellschaftsschicht, der er bis vor vier Wochen angehört hatte. Bis zu jener Nacht im Rainbow-Casino, die er niemals wieder aus seinem Gedächtnis würde streichen können. Er hatte seinen Meister gefunden. Jemand, der es geschafft hatte, aus dem Spieler Johnnie McDougan einen Killer zu machen.

Noch war es nicht soweit, aber an diesem Nachmittag sollten die Würfel fallen.

McDougan sah sich unter den Bankkunden um. Er erwiderte das Lächeln einer Blondine, die schon eine ganze Weile in seine Richtung schaute. Mit ihren Blicken gab sie ihm unmißverständlich zu verstehen, daß sie nichts gegen eine nähere Bekanntschaft mit ihm einzuwenden hatte.

McDougan sah sie an. Er schätzte sie auf dreißig Jahre. Sie war mit allem ausgestattet, was einem Mann an einer Frau gefiel. Ein enger Rock spannte sich um ihre Hüften. Die Linien der festen Schenkel zeichneten sich unter dem Stoff ab, als sie provozierend ein Bein nach vorn schob. Der Pullover war leicht und umschmeichelte ihre beachtliche Oberweite. Zudem nahm sie die Schultern weit zurück, so daß die Straffheit ihres Busens richtig zur Geltung kam.

McDougan schob die Pfeife in den anderen Mundwinkel. Er unterdrückte das Verlangen nach dieser Frau, die ihm auf den ersten Blick gefiel. Er schickte ein letztes Lächeln zu ihr hinüber. Dann wandte er sich ab und nahm einen Platz rechts neben der Tür des Haupteingangs ein.

Zum erstenmal wieder spürte er bewußt das Gewicht der 45er Automatic, die er in einem Spezialschulterhalfter trug.

Seit einigen Sekunden erschien mir Randlaw verändert. Er war unruhig geworden. Ich konnte mich des Eindrucks nicht erwehren, als habe er eine innere Antenne, die ihm die Gefahr funkte, in der er sich befand.

Er stieß sich von dem langen Formularpult ab. Sekunden lang war sein Blick zum Haupteingang gerichtet. Dann ruckte sein Kopf herum. Seine schmächtige Gestalt spannte sich, während die kleinen Augen beinahe bedächtig über die Bankkunden strichen. Nervös trat er von einem Bein auf das andere. Er hielt die Rechte in der Manteltasche vergraben. Seine Wangenknochen traten hart hervor, als er die Zähne zusammenbiß.

Ganz kurz folgte ich seinem Blick zum Hauptausgang. Die Straße war zu sehen, auf der weniger Betrieb herrschte als sonst. Auf der gegenüberliegenden Straßenseite waren einige Passanten. Wenn man ein geschultes Auge hatte, konnte man feststellen, daß die Gesichter dieser Passanten besonders angespannt wirkten. Ihre suchenden Augen drückten aus, daß sie jemand erwarteten.

Links und rechts neben der breiten Eingangstür standen

zwei Patrolcars. Das war normal bei der Chase Manhattan Bank. Auffällig hingegen waren die anderen parkenden Fahrzeuge, von denen viele eine Funkantenne aufwiesen. Das mußte einen erfahrenen Mann wie Randlaw mißtrauisch stimmen.

Er ging einen Schritt weiter nach vorn und blieb stehen. Wieder trafen sich unsere Blicke.

Ich gab ihm nicht den geringsten Anlaß dazu, einen Feind in mir zu sehen. Aber es wurde deutlich, daß er mir mißtraute.

Er war ein Profi. Einer von der Sorte, die das Gras wachsen hören.

In dieser Sekunde ahnte ich bereits, daß es schiefgehen würde. Wir hatten unsere beste Chance vertan, weil wir zu vorsichtig gewesen waren. Weil wir ihn erst seine Geschäfte machen lassen wollten, bevor wir ihn festnahmen.

Randlaw kam noch weiter in meine Richtung. Drei Schritte trennten uns. Als er mich diesmal anschaute, grinste er.

»Bulle!« sagte er. Gleichzeitig bewegte sich die Hand in seiner Tasche. Der 38er zeichnete sich scharf unter dem dünnen Stoff ab. »Du hast mir schon die ganze Zeit zu harmlos in der Gegend herumgeschaut.«

»Kennen wir uns vielleicht?« fragte ich. Es klang überzeugend harmlos, aber er fiel nicht darauf herein. Er hatte sich inzwischen seine eigene Meinung über mich gebildet.

»Komm langsam auf mich zu, Bulle!« Es klang wie das Zischen einer Schlange. Seine Lippen waren zu einem einzigen Strich zusammengepreßt. »Halte die Hände still, und schau in keine andere Richtung!«

Ich bekam eine Gänsehaut. Ich ging langsam vor und fragte mich, ob Phil die neue Lage von draußen erkennen konnte. Aber selbst dann konnte er kaum eingreifen.

Verzweifelt suchte ich nach einer Möglichkeit, dem Kleinen doch noch das Nachsehen zu geben, ohne einen Bankkunden zu gefährden.

Ich mußte ihn über den Haufen rennen, solange er die

Hand noch in der Tasche hielt. Ich mußte ihn von den kurzen Beinen holen und am Boden ausschalten.

Ich starrte ihn an. In seinen bernsteinfarbenen Augen blitzte es auf. Der zynische Gesichtsausdruck, der durch die heruntergezogenen Mundwinkel noch verstärkt wurde, machte deutlich, daß er diese Möglichkeit einkalkuliert hatte. Ich mußte einen anderen Weg finden.

Noch etwas mehr als zwei Schritte trennten mich von Randlaw, als die Frau mit dem kleinen Mädchen zwischen uns hindurchwollte.

Randlaw erkannte die drohende Gefahr und griff zu. Er bekam das Kind zu packen und zog es mit einem Ruck an sich heran. Im selben Sekundenbruchteil flog seine Hand mit dem 38er aus der Manteltasche.

Das Mädchen schrie gellend auf. Die junge Frau, die für einen Wimpernschlag lang entsetzt stehengeblieben war, sprang Randlaw entgegen.

Mir blieb gar nicht die Zeit, einen warnenden Ruf auszustoßen.

Randlaw schoß, ohne daß sich eine Regung auf seinem eingefallenen Gesicht abzeichnete.

Die Frau prallte zurück, warf die Arme in die Luft und brach zusammen, ohne einen Ton von sich zu geben. Randlaw drückte die Mündung der Waffe gegen den Kopf des schreienden Kindes, das vergeblich versuchte, sich von ihm loszureißen.

»Niemand rührt sich vom Fleck!« Seine Stimme klang schrill. »Niemand, oder ich erschieße das Kind!«

Ich hatte verstanden. Ich wußte, daß er nicht bluffte. Ich sah zu der Frau, auf die er gerade geschossen hatte. Sie lag auf der Seite. Ihre gebrochenen Augen starrten stumpf zur Decke des Kassenraumes.

Randlaw hatte seinen ersten Mord begangen. Nun hatte er nichts mehr zu verlieren.

Niemand rührte sich. Eine Frau brach lautlos zusammen. Zwei Männer, die sich um sie kümmern wollten, blieben auf der Stelle stehen, als Randlaw sie drohend anschaute.

»Sag den verdammten Leuten, sie sollen nichts unternehmen, was mich nervös macht, Bulle!«

»FBI!« rief ich. »Bleiben Sie ruhig! Es wird Ihnen nichts passieren.«

Ob das der Wahrheit entsprach, wußte ich nicht. Ich hatte keinen Einfluß auf das Geschehen. Randlaw hielt das Ruder fest in der Hand. Er diktierte den Fortgang der Handlung. Solange er das kleine Mädchen als Geisel benutzte, war ich Statist.

Tränen rannen dem Kind über das Gesicht. Die großen dunklen Augen blickten mich angstvoll an.

Ich versuchte ein aufmunterndes Lächeln. Aber ich spürte, daß es mißlang.

»Deine Waffe, Bulle! Alle Türen werden weit geöffnet! Deine Freunde, die draußen stehen, haben dafür zu sorgen, daß niemand mehr die Halle betritt. Haben wir uns verstanden? Deine Waffe!«

Ich gab die verlangte Anweisung, auch nach draußen. Dann schlug ich das Jackett auseinander. Meine Gedanken jagten sich, aber ich fand keinen Ausweg. Randlaw führte die Regie in diesem Horrorstück. Wie skrupellos er war, hatte er mit dem sinnlosen Mord an der jungen Frau gerade bewiesen.

Mit spitzen Fingern zog ich die Waffe aus dem Schulterholster, hielt sie am Lauf und streckte sie dem Killer entgegen.

Der Schweiß brach mir aus. Ich versuchte ruhig zu bleiben und mir nicht anmerken zu lassen, daß ich doch noch einen Weg gefunden hatte, dem Geschehen vielleicht eine Wende zu geben.

Sobald er nach meiner Waffe griff, wollte ich sie fallen lassen. Die natürliche Reaktion eines Menschen ist die, daß er automatisch versucht, einen fallenden Gegenstand aufzufangen. Wenn Randlaw genau so reagierte, dann war er verwundbar. Dann konnte ich mich zwischen ihn und das Kind werfen und die beiden trennen. Randlaw mußte sich dann allein mit mir auseinandersetzen. Meine Chancen standen zwar nicht günstig, aber seine Überlegenheit durch die Waffe konnte ich vielleicht durch Können und körperliche Fitneß ausgleichen.

Ich hielt die Waffe ruhig am Lauf und starrte ihm in die Augen. Ich hatte mich unter Kontrolle. Ich war nicht aufgeregt. Mein Gesichtsausdruck konnte ihm nichts verraten.

Doch es klappte nicht.

Randlaw grinste mich an. Er schüttelte den Kopf. »Willst du die Kanone fallen lassen?«

Er grinste noch, als ich die Waffe wirklich fallen ließ. Damit hatte er nun nicht mehr gerechnet. Er zuckte zusammen. Mit den Augen folgte er dem Fall der Waffe, bis sie auf dem Marmorboden der Kassenhalle aufschlug. Dann hob er mit einem Ruck den Kopf, und genau in diesem Sekundenbruchteil wurde ihm sein Fehler bewußt.

Er sah mich nach vorn stürmen. Er versuchte nach links auszuweichen, aber das Kind störte ihn.

Als er die Waffe abfeuerte, hatte ich mich mit der Seite voll in den Arm geworfen, mit dem er das Kind umschlang. Er taumelte. Um das Gleichgewicht nicht zu verlieren, mußte er das Kind loslassen.

Ich spürte einen heißen Schmerz, als das Projektil über meine Hüfte streifte und klatschend in den Sessel einer Garnitur neben dem Ausgang schlug.

Während ich an Randlaw vorbeitaumelte, sah ich das Kind zwischen den anderen Bankkunden verschwinden.

Ich bremste den Schwung meines Körpers ab, drehte mich auf der Stelle und ließ mich einfach fallen. Mit dem Fuß versuchte ich Randlaw die Beine unter dem Körper wegzureißen. Ich traf nur seine Fersen. Damit war nichts gewonnen. Er taumelte zwar, fing sich aber schnell wieder und wirbelte zu mir herum.

Mein Blick ging zum 38er, den ich eben hatte fallen lassen. Die Waffe lag nur einen Meter von mir entfernt. Nur einen lausigen Meter! Aber das war weiter als bis zum Mond und zurück.

Ich hätte mich nach vorn werfen, nach der Waffe angeln,

sie hochreißen und abdrücken müssen. Sicherlich hätte das nicht länger als eine Sekunde gedauert. Aber selbst das war zu lange gegen einen Mann, der seine Waffe auf mich gerichtet hielt und auf dessen Gesicht sich der unbändige Wille zum Töten abzeichnete.

Ich starrte in den schwarzen Krater der Waffenmündung und wußte, daß meine Zeit gekommen war.

Randlaw stieß ein heiseres Lachen aus. »Verdammter Idiot!« brüllte er. »Verdammter . . .«

Ich starrte gebannt auf den Zeigefinger, der sich bei jedem Wort etwas mehr krümmte. Dann entdeckte ich aus den Augenwinkeln heraus den Mann im grauen Anzug, der etwas abseits in der Mitte der Halle stand. Zwischen den Zähnen hielt er eine Dunhill-Pfeife. Seine großen braunen Augen waren die eines Jägers, der seine Beute anvisiert und sie ausrechnet. In der Rechten hielt er eine schwere 45er Colt-Pistole, die langsam nach oben schwang.

Das Herz schlug mir bis zum Hals hinauf. Ich war sicher, daß der Mann im grauen Anzug schießen würde. Aus welchem Grund auch immer und wer immer er auch sein mochte. Als einziger Bankkunde hatte er die Nerven behalten.

Blitzschnell rollte ich mich auf die Seite, drehte mich von dem 38er weg anstatt auf ihn zu, wie Randlaw es erwartete Als er abdrückte, prallte das Geschoß dort gegen den Boden, wo ich gerade eben noch gelegen hatte.

Nur einen Sekundenbruchteil später brüllte der zweite Schuß auf.

Der Mann im grauen Anzug hatte die 45er abgedrückt.

Ich schenkte ihm keinen Blick. Ich sah nur Randlaw. Er prallte zurück, als sei er von einer unsichtbaren, riesigen Faust getroffen worden. Mit dem Rücken krachte er gegen einen Stützpfeiler. Die Beine wurden ihm unter dem Körper weggerissen. Er stürzte.

In der nächsten Sekunde brach ein Tumult aus.

Alles rannte gleichzeitig auf die sperrangelweit geöffneten Ausgänge los. Leute stürzten zu Boden. Andere trampelten darüber hinweg. Jeder wollte diese verdammte Bankhalle verlassen haben, bevor noch mehr Unheil geschah.

Ich sprang auf. Das Mädchen, das Randlaw als Geisel benutzt hatte, kauerte auf dem kalten Marmor. Niemand kümmerte sich um die Kleine. Tränen rannen über ihr eingefallenes Gesicht. Die schmalen Schultern zuckten. Ihr ganzer Körper wurde von einem Weinkrampf geschüttelt.

Von dem Mädchen aus jagten meine Blicke zu den in Panik geratenen Bankkunden, die sich draußen auch nicht von der City Police oder den Kollegen des FBI aufhalten ließen.

Ich hielt Ausschau nach dem Mann im grauen Anzug. Er war verschwunden. Untergetaucht in der Masse der Leute, die sich langsam auf der Straße verteilten und in alle Himmelsrichtungen davonstürmten.

Phil Decker arbeitete sich in die Halle vor und stand wenig später neben mir, als ich bei dem weinenden Mädchen in die Hocke gegangen war, ihr den Arm um die Schultern legte und sie behutsam an mich zog. Beruhigend strich ich ihr über die langen dunklen Haare.

»Ist sie tot?«

Mehr war durch ihr Schluchzen hindurch nicht zu verstehen. Sie meinte ihre Mutter. Vielleicht hatte sie bereits begriffen, daß für ihre Mutter jede Hilfe zu spät kam. Aber sie klammerte sich an die winzige Hoffnung, daß sie sich vielleicht getäuscht hätte.

Ich hielt sie fest an mich gedrückt, starrte in ihr tränenüberströmtes Gesicht und haßte meinen Job wie die Pest.

»Ist sie tot, Mister?«

Ich nickte, während meine Finger über ihr schmales Gesicht strichen, und spürte ein ekelhaftes Würgen in der Kehle.

Phil streckte der Kleinen die Hand entgegen. Sie griff danach, ließ sich in die Höhe ziehen und wehrte sich auch nicht dagegen, als ein Beamter der City Police sie auf den Arm nahm und aus der Halle trug.

Ich stand auf und folgte Phil an die Stelle, an der Randlaw

lag. Er war tot. Die Kugel aus einer 45er war ihm oberhalb der Nasenwurzel in den Kopf gedrungen. Ein häßlicher Anblick. Obgleich ich schon viele Tote gesehen hatte, lief mir ein kalter Schauer über den Rücken.

»Verdammt«, sagte Phil und strich sich über die schweißglänzende Stirn. Dann kramte er Zigaretten aus der Tasche und zündete zwei an. Eine gab er mir. Ich griff gierig danach, rauchte einen tiefen Zug und spürte, wie sich meine Nerven langsam wieder beruhigten.

»Das ist unsere Schuld«, sagte ich dumpf. »Meine«, fügte ich hinzu. »Ich hätte Randlaw schon in der Grand Central Station schnappen sollen. Ich hätte ganz einfach damit rechnen müssen . . .«

Phil legte mir die Hand auf die Schulter. Er schüttelte den Kopf. »Niemand hat damit rechnen können, Jerry. Wir haben das Unternehmen mit Mr. High abgesprochen. Auch der Chef hat in unserem Vorgehen den sichersten Weg gesehen.«

Ich rauchte noch einen Zug und schaute mich um. Es war wieder Ruhe in der Schalterhalle eingekehrt. Nur das Personal und einige Kollegen der City Police hielten sich hier auf. Draußen auf der Straße floß der Verkehr wieder regelmäßig. Alle Umleitungen waren aufgehoben worden.

»Hast du ihn gesehen?« wandte ich mich an Phil.

Phil nickte. »Kurz bevor er schoß. Danach habe ich ihn aus den Augen verloren. Hast du ihn gekannt?«

Ich schloß für einen Moment die Augen und vergegenwärtigte ihn mir, wie ich ihn kaum länger als eine Sekunde in der Halle hatte stehen sehen.

Großgewachsen, dunkle Haare, einen kurzgeschnittenen Backenbart, scharfer Gesichtsschnitt. Er hatte einen Anzug getragen. Wenn der nicht übermäßig auswattiert gewesen war, war der Mann von sehr kräftiger Statur. Ich sah die teure Dunhill-Pfeife zwischen seinen Zähnen, die dunklen Augen und die hellen Schweinslederhandschuhe, in denen seine Hände gesteckt hatten.

»Hast du ihn gekannt?« wiederholte Phil seine Frage.

Ich schüttelte den Kopf. »Komisch«, sagte ich. »Er hat

Handschuhe getragen, und er benutzte eine 45er Colt-Pistole. Eine Waffe, die kaum jemand mit sich herumschleppt ...«

»... außer einem Profi, willst du sagen?«

Ich schaute meinen Freund an und nickte. »Außer einem Profi.«

»Aus welchem Grund hat er sich dann in die Sache eingemischt?«

»Ich weiß es nicht. Vielleicht war es ein Bekannter von Randlaw, der nur verhindern wollte, daß er uns in die Hände fiel.«

Phil schaute mich zweifelnd an. »Der hätte uns in den letzten Wochen auffallen müssen, Jerry.«

Damit hatte Phil recht. Wir hatten Randlaws Umfeld und seine Bekannten eingehend studiert und überwacht. Auf eine so markante Persönlichkeit wie den Mann im grauen Anzug hätten wir aufmerksam werden müssen.

Ich war nicht sicher, aber wahrscheinlich hatte mir der Unbekannte das Leben gerettet.

Die Mordkommission rückte an. Der Buick hielt genau vor dem inzwischen gesperrten Haupteingang. Als erstes sah ich den blonden Bürstenhaarschnitt Harry Eastons, der von seinen Kollegen »Cleary« genannt wurde, weil er bislang fast jeden Mordfall aufgeklärt hatte. Lieutenant Harry Easton war in der Tat ein Mann, den man so leicht nicht abhängen konnte.

Etwas schwerfällig betrat er die riesige Schalterhalle, blieb neben Phil stehen, ließ den Blick über die tote Frau streichen und schüttelte schließlich den Kopf.

»Man hat mir gesagt, daß eigentlich du hier liegen müßtest, Jerry«, wandte er sich an mich. »Wo ist dein Schutzengel, der den Kleinen erledigt hat?«

»Weg, Harry!«

»Weg?« Easton starrte mich ungläubig an. »Was heißt das, G-man?«

»Weg«, sagte Phil. »Er hat Randlaw erschossen und es vorgezogen zu verschwinden, anstatt deine Bekanntschaft zu machen. Vielleicht hat jemand schlecht über dich gesprochen, und das ist ihm zu Ohren gekommen.«

Easton fuhr sich mit allen zehn Fingern durch die kurzgeschnittenen Haare. »Keine Angst«, gab er dann grimmig von sich, »den Vogel finde ich schon.«

Ich antwortete nichts darauf. Harry war wirklich ein guter Mann, aber irgendwie war ich mir sicher, daß er sich diesmal die Zähne ausbeißen würde.

»Wir werden dir eine genaue Beschreibung des Schützen und einen ausführlichen Bericht über die Vorfälle zukommen lassen, Harry«, sagte Phil, griff nach meiner Schulter und lotste mich aus der Bankhalle hinaus.

Hier gab es für uns nichts mehr zu tun. Joe Randlaw war tot. Unsere Hoffnung, durch ihn an die ganz großen Fische heranzukommen, war mit ihm gestorben.

Alan Dyburg wurde durch das schrille Geräusch des anschlagenden Telefons aufgeschreckt. Mit etwas schwerfälligen Bewegungen stand der leichtgewichtige Mann von der Couch auf, die zusammen mit zwei schwarzen Ledersesseln eine imposante Sitzgarnitur in seinem riesigen Büro bildeten. Eine Garnitur, auf der schon eine Menge Leute geschwitzt hatten, wenn Dyburg sie bestellt hatte, weil irgendwo die Geschäfte nicht so liefen, wie er sich das ausgerechnet hatte.

Dyburg strich sich durch die vollen dunklen Haare, die schon von silbergrauen Strähnen durchsetzt waren. Er reckte sich, griff automatisch nach der silbernen Zigarettendose, die auf einem weißen Marmortisch stand. Mitten in der Bewegung blieb seine Hand stehen.

»Keine Zigaretten, keinen Alkohol, keine Aufregung, keinen Streß!« Die Worte seines Arztes klangen noch in ihm nach, und er sah das sorgenvolle Gesicht vor sich, das der Arzt nach der Untersuchung aufgesetzt hatte.

»Keine Aufregung mehr, Alan! Das ist Gift für dich. Du hast schon alles erreicht, was ein Mensch in seinem Leben

erreichen kann. Mach endlich Schluß. Laß andere deine
Geschäfte weiterführen!«

Dyburg starrte auf den bimmelnden Kasten. Es war das
mittlere von drei verschiedenfarbenen Geräten. Wenn dieses
Telefon, dessen Nummer nur wenige Leute kannten, läutete,
dann gab es meistens Ärger. Dyburg ließ sich in den tiefen
Sessel hinter den Schreibtisch sinken und hob ab. »Ja«, meldete er sich.

»McDougan hier.«

Dyburg zuckte zusammen. Jetzt griff er doch zu den Zigaretten, die auf dem Schreibtisch standen, und schob sich ein
Stäbchen zwischen die Lippen, ohne es anzuzünden.

»Was ist los?« fragte er. Seine Stimme klang wie das
wütende Bellen eines Kettenhundes. Jedem anderen hätte
allein dieser Tonfall eine Gänsehaut über den Rücken gejagt.
Aber McDougan blieb ruhig.

»Schwierigkeiten«, antwortete der Mann am anderen
Ende der Leitung.

»Mit Blyd?«

»Vielleicht mit der Polizei«, antwortete McDougan. »Ich
weiß es noch nicht. Ich muß abwarten.«

Während McDougan von dem Zwischenfall in der Bank
berichtete, zündete sich Alan Dyburg die Zigarette an,
rauchte einen tiefen Zug und stellte fest, daß das Nikotin ihn
ruhiger machte. »Es war abgesprochen . . .«

». . . ich weiß, was abgesprochen war. Ich habe den Job
übernommen, und ich werde ihn zu Ende bringen.«

»Das habe ich auch nicht anders erwartet.« Dyburg nickte.
Ein feines Lächeln zeichnete sich auf seinem angespannten
Gesicht ab. »Ich habe wirklich nichts anderes von Ihnen
erwartet, McDougan.«

»Aber ich werde ihn so ausführen, wie ich es für richtig
halte. Sie mischen sich da nicht ein.«

»In Ordnung.« Dyburg hatte wirklich nicht vor, sich einzumischen. »Wann?«

»Morgen«, antwortete McDougan. »Ich bin am Abend
wieder in Atlantic City. Das war's.«

Alan Dyburg wollte noch etwas antworten, aber da hatte McDougan schon wieder aufgelegt. Dyburg drückte die Zigarette aus, von der er nur einige Züge geraucht hatte, und lehnte sich entspannt in seinem Sessel zurück.

Zehn Jahre! dachte er. Zehn verdammte Jahre ist das schon her, und ihr habt es wahrscheinlich schon lange vergessen. Ich nicht! Ich habe es niemals vergessen, ihr Hunde! Niemals auch nur für eine lausige Sekunde.

Jetzt ist es soweit. Jetzt werdet ihr euch wieder daran erinnern müssen!

Dyburg stand auf, verließ das Büro und nahm den Fahrstuhl ins Casino.

»Guten Tag Sir.«

Dyburg schaute den Mann am Fahrstuhl an, der eine lila Uniform trug und einen gepflegten, vertrauenswürdigen Eindruck machte. Er konnte sich an den Namen des Mannes nicht erinnern, aber er wußte, daß er sich eingehend mit ihm und seiner Vergangenheit beschäftigt hatte. Mit jeder Person, die für ihn arbeitete, hatte er sich ausgiebig auseinandergesetzt. Es gab in diesem Betrieb nicht eine Einstellung, die er nicht persönlich abgesegnet hatte. Alles Leute, auf die er sich verlassen konnte und die er so gut bezahlte, daß sie auch nicht für eine Sekunde auf die Idee kamen, die Stellung zu wechseln. Einmal in seinem Leben hatte er leichtfertig Menschen vertraut, und es war zu einer Katastrophe gekommen. Zehn Jahre lag das zurück.

Dyburg strich sich durch die Haare und nickte dem Mann neben dem Fahrstuhl freundlich zu. »Alles in Ordnung?«

»Alles in Ordnung, Sir.«

Dyburg legte ihm die Hand auf die Schulter. »Wenn's mal Schwierigkeiten geben sollte, kommen Sie direkt zu mir! Sie wissen ja, wo mein Büro ist.«

»Danke, Sir.«

Dyburg ging weiter bis zu der Tür, die ins Restaurant führte, dem eine riesige Bühne angeschlossen war. Für einen kurzen Moment blieb er vor dem Eingang stehen. Er hörte Musik und Stimmen. Die Stimme einer jungen Frau hob sich besonders hervor. Dyburg lauschte ihr und verspürte einen feinen Stich in der Herzgegend.

Es war die gleiche Stimme. Man hätte sie von der Maggies kaum unterscheiden können.

Schweiß brach Dyburg aus. Sein Atem ging schneller. Er haßte die Vergangenheit, aber es gab Momente, in denen kam alles wieder zurück; an das er sich nicht mehr erinnern wollte.

Dann stand er bei den Docks in South Brooklyn, spürte den Regen und die Kälte der Nacht auf seiner Haut, spürte das Gewicht des 38ers an seiner Seite, und eine ungeheure Spannung schnürte ihm die Luft ab. Dann wartete er auf die Frau, die er liebte und die man als Druckmittel gegen ihn benutzte. Wartete auf Maggie, die Nachtclubsängerin, die ihn liebte und niemals mehr von ihm verlangt hatte, als er freiwillig zu geben bereit gewesen war.

Dann sah er die grellen Scheinwerfer, die den Nebel zerschnitten, sah die Schatten von drei Personen hinter der Windschutzscheibe. Er sah Maggie, die neben dem Fahrer saß, sah ihre schreckensweit aufgerissenen Augen, die ihm verrieten, daß es ein Fehler gewesen war, zu der Pier hinauszukommen. Aber er war gekommen, weil er darin die einzige Chance gesehen hatte, wenigstens ihr Leben zu retten. Daß sie es auf ihn abgesehen hatten, daran hatte niemals ein Zweifel bestanden.

Aber sie hatten ihm versprochen, wenigstens Maggie freizulassen. Maggie sollte leben, das war sein einziges Ziel gewesen. Sie hatte mit nichts zu tun, sie kannte und liebte ihn nur, hatte sich aber niemals um die Geschäfte gekümmert. Maggie sollte leben ...

Die Musik, die scharfen Kommandos, diese Stimme, die der von Maggie so sehr glich, das riß Dyburg aus den Gedanken an die Vergangenheit. Er rieb sich den Schweiß von der Stirn, öffnete die Tür und betrat das weitflächige Restaurant. Die Bühne befand sich am Kopfende. Jeden Abend wurde ein internationales Showprogramm geboten. Eine Sache, die viel Geld kostete, sich aber auszahlte, weil das Programm Leute ins Casino brachte, die normalerweise nicht gekommen wären. Und wenn sie erst einmal da waren, dann spielten sie auch. Spielten – und verloren.

Dyburg schaute den langen Gang zwischen den Tischen entlang und sah sie in unmittelbarer Nähe der Bühne stehen.

Großgewachsen, schlank und aufrecht – wie Maggie. Ein enges, hautnah anliegendes Trikot umspannte ihren Körper. Die langen blonden Haare fielen lockig bis weit über die Schultern hinab, wenn sie sie nicht wie heute zu einem Pferdeschwanz gebunden hatte.

Dyburg schloß für einen kurzen Moment die Augen und sah Maggie vor sich. Die gleiche Schönheit, die gleiche Grazie, der gleiche geschmeidige Gang und der gleiche unbeugsame Wille, sich durchzusetzen, es aus eigener Kraft zu schaffen, sich nicht helfen zu lassen, damit man sich später auch bei niemand bedanken mußte.

So war Nancy Porthman, die uneheliche Tochter von Maggie Hollins.

Seine Tochter!

Dyburg ging weiter. Er haßte die Gedanken an die Vergangenheit, aber er konnte sie nicht verdrängen. Sie flammten in ihm auf, quälten ihn und erinnerten ihn immer wieder daran, daß es noch eine offene Rechnung gab. In solchen Momenten spürte er genau, wo ihn die beiden Kugeln getroffen hatten. Dann spürte er den teuflischen Schmerz, der damals in seinem Leib gewütet hatte, und dann wußte er, daß es dieser Schmerz gewesen war, der ihn am Leben gehalten hatte.

Nancy Porthman drehte sich herum. Ihr Gesicht war von der Anstrengung des Jobs und dem täglich damit verbundenen Ärger gerötet.

»So geht das nicht«, sagte sie. »Erwing kommt, wann er will, und er macht mir die Mädchen verrückt!«

Auf der Bühne trat ein Mann an die Rampe heran. Wenig freundlich schaute er erst Nancy Porthman, dann Alan Dyburg an.

»Ich habe geglaubt, daß ich hier mit einem Profi zusammenarbeiten kann, Dyburg«, sagte Erwing. »Nicht mit jemand, der experimentiert und es sich in den Kopf gesetzt hat, etwas Neues zu bringen, was doch niemand sehen will.«

Dyburg schwieg. Er sah Nancy Porthman zusammenzucken, und er wartete auf den Ausbruch, der einfach nicht ausbleiben konnte, denn sie war Maggies und seine Tochter.

Mit einem Ruck wandte sich Nancy der Bühne zu. »Hat Ihnen schon mal jemand gesagt, daß Sie ein Idiot sind, Erwing?« fragte sie mit betont leiser Stimme. »Mit dem, was Sie hier bieten wollen, reißen Sie nicht mal mehr Ihre alten Verehrer von den Stühlen. Vielleicht waren Sie einmal gut, vielleicht sogar sehr gut, wenn ich an die Gagen denke, die man Ihnen gezahlt hat, aber Sie haben die letzten Jahre glatt verschlafen.«

James Erwing sprang trotz seiner fünfzig Jahre geschmeidig von der Bühne. Er schob zwei Tanzmädchen beiseite, und mit dem geduckten geschmeidigen Gang eines jagenden Raubtiers glitt er nach vorn. Sein Blick pendelte zwischen Alan Dyburg und Nancy Porthman, von der er wußte, daß sie bislang erst einige bedeutungslose Shows in Chicago gemacht hatte. Lauernd sah er Dyburg an, mit dem er seinen Vertrag ausgehandelt hatte. Einen schlechten Vertrag, wie er noch immer glaubte. Er fühlte sich unterbezahlt. »Hören Sie, Dyburg . . .«

»Nicht mein Job, Erwing«, blockte Dyburg den Mann ab, der einmal die Glanznummer einer jeden Ausstattungsrevue gewesen war.

»Aber, verdammt, Sie haben die Kleine aus der Provinz geholt. Sie können doch nicht ruhig zuschauen, wie die Ihnen hier binnen weniger Wochen alles durcheinanderbringt.«

»Haben Sie die Kritiken der letzten Woche gelesen, Erwing?« fragte Nancy Porthman.

»Scheiß-Kritiken«, brauste der ehemalige Star auf. »Haben Sie vielleicht schon mal einen Kritiker erlebt, der etwas von dem versteht, über das er schreibt? Zum anderen kann man Kritiken kaufen. Bei Ihren . . .«

Mit einem schnellen Schritt trat Nancy nach vorn. »Sie sind gefeuert, Erwing!« sagte sie mit schneidender Stimme. »Ab sofort! Wenn Sie die Bühne noch einmal betreten, werde ich Sie von den Arbeitern entfernen lassen. Verstanden?«

Erwing wurde bleich wie die Dekoration in seinem Rücken. Er schluckte trocken, sah sich um, schaute in meist schadenfrohe Gesichter und wandte sich schließlich an Alan Dyburg.

»Was sagen Sie . . .«

»Nicht mein Job, Erwing«, wiederholte Dyburg.

»Verdammt, das Mädchen macht aus diesem Laden doch einen Affenstall!«

»Möglich, Erwing. Ich verstehe nicht viel davon. Aber das Mädchen hält ihren Kopf dafür hin. Sie sitzt auf dem gleichen Schleuderstuhl wie alle anderen auch. Kein Erfolg, und der Mechanismus setzt sich automatisch in Bewegung. Und wenn Sie meine persönliche Meinung hören wollen, Erwing: Ich finde Sie und ihr schwules Gehabe auch zum Kotzen!«

Dyburg wandte sich ab. Niemand konnte das feine, zufriedene Lächeln sehen, das sein faltenreiches Gesicht überzog.

Sie ist genau wie du, Maggie! sagte er leise in sich hinein. *Sie weiß, was sie will, und sie duckt sich nicht. Sie ist eben unsere Tochter!*

»Dyburg, ich habe . . .«

»Sie sind gefeuert, Mann!« brüllte Alan Dyburg, ohne sich zu Erwing umzudrehen. »Holen Sie sich die Restgage für den Monat von der Hauptkasse ab! Wenn Sie glauben, noch weitere Ansprüche an dieses Casino zu haben, bemühen Sie einen Rechtsanwalt! Ich werde dann die Presseabteilung auf Sie ansetzen. Und verlassen Sie sich darauf, Erwing, ich habe einige Schreiber an der Hand, die drehen Sie so durch den Wolf, daß nicht mal mehr der Direktor einer Kleinstadtbühne mit einem Feuerhaken nach Ihnen angelt! Das ist alles. Machen Sie weiter, Miss Porthman!«

Dyburg erreichte den Ausgang zu den Spielsälen und bewegte sich seit langem wieder einmal zufrieden durch sein Imperium.

Er würde sterben, das stand fest, aber er hatte eine Erbin, die das Unternehmen in seinem Sinn weiterführen würde. Ein gutes Gefühl für einen Mann, der seit einiger Zeit mit allem abgeschlossen hatte.

Johnnie McDougan trank. Er lag auf der Couch des Hotelapartments. Verschwommen sah er das Mädchen, das aus dem Badezimmer kam.

»Hallo!«

McDougan richtete sich auf, schob das leere Glas mit dem Handrücken beiseite und rieb sich die Augen. Sein Blick wurde klarer.

Höchstens zwanzig Jahre alt mochte das schwarzhaarige Mädchen sein, das sich nun von der Badezimmertür löste und langsam in den Raum hineintrat. Bis auf ein weißes Badetuch um die Hüften war sie nackt. McDougan starrte sie an. Es dauerte einige Sekunden, bis er sich daran erinnerte, sie aus einer Bar mitgenommen zu haben. Was er ihr versprochen hatte oder ob sie einfach so mitgekommen war, daran konnte er sich nicht mehr erinnern.

Auf jeden Fall war sie schön. Die schweren Brüste wippten im Takt ihrer Schritte. Hinter den leichtgeöffneten roten Lippen glänzten die Zähne wie Perlmutt. Bei jedem Schritt schwang das Badetuch auseinander und gab McDougan den Blick auf die langen Beine frei.

»Du hast ganz schön geladen«, sagte die Schwarzhaarige. »Geht es dir nicht gut?«

Es ging ihm wirklich nicht gut. Der Zwischenfall in der Bank steckte ihm noch immer in den Knochen. Er hatte sich wie ein Idiot benommen. Ein Mann, der wie er in tödlicher Mission unterwegs war, durfte sich nicht in Angelegenheiten anderer mischen. Schon lange nicht in die der Polizei, wie er es getan hatte.

McDougan strich sich über die Augen. Die Kontaktlinsen hatte er abgelegt, aber die Augen brannten noch immer. Auch die dunkle Kurzhaarperücke und der Backenbart waren verschwunden. In dieser Aufmachung hatte man ihn in der Bank gesehen. So würde seine Beschreibung in den Polizeiakten, vielleicht auch in der Presse auftauchen.

»Soll ich wieder verschwinden?«

McDougan schüttelte den Kopf, obgleich er sicher war, daß es besser gewesen wäre. Einige Scheine in die Hand drücken, dann höflich, aber bestimmt wegschicken! Je länger er sie ansah, um so mehr war er überzeugt davon, daß sie es verstehen und kein Wort darüber verlieren würde. Aber er schüttelte den Kopf und streckte die Hände nach ihr aus.

»Wie heißt du?« fragte er mit rauher Stimme, als sie in seine Arme glitt.

»Jenny Laroy«, antwortete die Schwarzhaarige. »Das habe ich dir aber schon gesagt.«

McDougan nickte, während seine Finger über die glatte Haut ihres Körpers strichen. Er spürte das feine Zittern, das sich auf seine Fingerspitzen übertrug.

»Und was habe ich dir gesagt?« wollte er wissen.

»Daß du allein bist«, antwortete das Mädchen. »Und daß du in diesem Leben noch eine Frau brauchst.« Sie hob den Kopf und lächelte ihn an wie einen Irren, dem man neuen Mut machen mußte. »In diesem Leben«, wiederholte sie. »Wie sich das anhört! Fast so, als würde es dich morgen nicht mehr geben. Wirklich, ich habe richtig Angst davor gehabt, daß du Unsinn machst.«

»Bist du deshalb mitgekommen?«

Als er es in ihren fast schwarzen Augen aufblitzen sah, wußte McDougan, daß es ungefährlich für ihn war, sie bei sich zu behalten. Sie würde ihm über die Nacht helfen, seine trüben Gedanken an die Zukunft vertreiben, das Geld nehmen, das er ihr morgen gab, und ihn vergessen, sobald sie die Tür von außen schloß.

Langsam stand Johnnie McDougan auf, preßte den jungen Körper an sich und verspürte den Wunsch, diese Jugend in sich hineinzusaugen. »Das ist gut«, sagte er leise. »Das ist sehr gut, Jenny Laroy.«

Seine Hände glitten zum weißen Badetuch hinab. Mit einer einzigen Bewegung löste er es. »Komm her, Jenny!«

Er legte ihr den Arm um die schmale Taille, und während er zusammen mit ihr in den Schlafraum ging, verflüchtigte sich die betäubende Wirkung des Alkohols.

Seine letzte Frau in diesem Leben!

Johnnie McDougan sah sie von der Seite her an. Er fand, daß er sich wenigstens seinen guten Geschmack bewahrt hatte.

Jenny Laroy war wie geschaffen dafür, einen Mann von einem Leben in das andere zu geleiten.

Ich hatte ausgesprochen schlecht geschlafen und fühlte mich an diesem Morgen müde und zerschlagen. Vor mir auf dem Schreibtisch lag die Akte von Joe Randlaw, die ich zusammen mit Phil gestern noch Punkt für Punkt durchgegangen war. Wir hatten nach einem Mann gesucht, der ein Interesse daran haben konnte, Randlaw lieber zu erschießen, als ihn in unsere Hände fallen zu lassen. Wir waren über mindestens zehn Personen gestolpert. Aber nicht eine war darunter, die dem Mann im grauen Anzug ähnlich war, der Randlaw gestern in der Bank erschossen hatte.

Ich hatte ihn die halbe Nacht lang vor mir gesehen, und wahrscheinlich war er auch noch durch meine Träume gegeistert. Ich war sicher, daß ich ihn nicht kannte. Seine Erscheinung war viel zu einprägsam, als daß ich ihn vergessen hätte, wenn er mir einmal über den Weg gelaufen wäre.

Mehr und mehr kam ich davon ab, daß Randlaw und er etwas miteinander zu tun hatten.

Phil trat ins Office und riß mich aus meinen Gedanken. Auch mein Freund sah an diesem Morgen alles andere als taufrisch aus. Da gab es dunkle Ränder unter seinen Augen, die auf eine mehr oder weniger durchwachte Nacht hindeuteten. »Schon gelesen?« fragte er und warf mir die Morgenausgaben der New Yorker Zeitungen auf den Schreibtisch.

Ich kannte sie nicht und nahm sie mir vor, während Phil sich auf den Weg machte, um Kaffee aus dem Automaten zu holen.

Die meisten Ausgaben brachten den Zwischenfall in der Chase Manhattan Bank auf der ersten Seite. Es gab Fotos von Randlaw und eins der erschossenen jungen Frau, das aus einem alten Familienalbum stammen mußte. Auf dem Bild hielt die Frau das kleine Mädchen auf dem Arm, das Randlaw als Geisel genommen hatte.

Es waren Artikel, in denen die meisten Journalisten ihre schlechte Meinung über den FBI austobten. Ich kam nicht gut dabei weg. Unterschwellig klang durch, daß die Frau noch leben könnte, wenn ich die Sache anders angepackt hätte. Die Leute von der schreibenden Zunft wußten eine ganze Menge. Jemand mußte aus der Schule geplaudert haben. Sie wußten, daß wir Randlaw lange auf den Fersen gewesen waren und ihn viel früher hätten aus dem Verkehr ziehen können.

Der FBI als Versager. Das war nicht neu. Es regte mich auch nicht sonderlich auf. Es war etwas ganz anderes, das mir nicht gefiel. Es war die Art und Weise, wie sie den Mann, der Randlaw erschossen hatte, zum Helden stilisierten, weil er Randlaw mit einem einzigen Kopfschuß den Garaus gemacht hatte. Sie hoben ihn auf einen imaginären Thron, weil er nicht nur einen Gangster erledigt, sondern mir, dem kleinen Mädchen und einigen anderen Personen angeblich das Leben gerettet hatte.

Phil kam zurück und stellte die beiden vollen Pappbecher mit Kaffee auf den Schreibtisch. Ich nahm die Morgenausgabe der Presse und beförderte sie mit einem kurzen Schwung in den Papierkorb.

»Scheiß-Journalisten«, sagte ich, trank einen Schluck und verbrannte mir die Lippen an der heißen schwarzen Brühe, die den Namen Kaffee nicht verdiente.

»Ich war bei Joe Brandenburg«, sagte Phil. »Er hat den Computer mit den uns bekannten Daten des Unbekannten gefüttert. Hoffnungslos! Wenn er wirklich ein Profi ist, dann ist er wenigstens in New York noch nie in Erscheinung getreten.«

Ich hatte nichts anderes erwartet. Auch der Bericht, den Harry Easton wenig später durchgab, brachte nichts Neues über den Mann. Die Ballistiker hatten sich das Projektil vorgenommen. Es war aus einer Waffe abgefeuert worden, die nicht registriert war.

Alles jungfräulich. Der Mann, die Waffe, alles.

Gegen Mittag kam die Einladung in Mr. Highs Büro. Auf dem Schreibtisch des Chefs lagen die Morgenausgaben neben dem Bericht von Harry Easton.

»Habt ihr inzwischen etwas Neues über den Mann erfahren?«

Phil und ich schüttelten den Kopf. »Der Mann ist unbekannt, die Waffe ebenfalls«, sagte ich, was der Chef ohnehin schon wußte.

»Welchen Eindruck haben Sie von dem Mann gewonnen, Jerry?«

Ich zuckte mit den Schultern und beschrieb ihn schließlich als überaus sympathisch. Als einen Menschen, der allein durch seine gepflegte Erscheinung eine gehobene Lebenskultur hatte erkennen lassen.

»Kein Profikiller, Jerry?«

»Auf den ersten Blick, nein«, antwortete ich. »Dagegen spricht die Waffe, die er benutzte, und die Kaltblütigkeit, mit der er Randlaw erschoß, um anschließend in der Menge zu verschwinden. Auf jeden Fall ist er in New York noch nie in Erscheinung getreten.«

»Dann vergessen Sie ihn, Jerry!« verlangte Mr. High. »Ich habe mir Ihren Bericht vorgenommen, mit Beamten der City Police gesprochen und die Augenzeugenaussagen gelesen. Der FBI hat sich nichts vorzuwerfen. Das alles wird noch einige Zeit durch die Presse geistern und dann anderen Schlagzeilen Platz machen. Kein Fall für den FBI! Falls Lieutenant Harry Easton den Mann wider Erwarten doch schnappt, werden wir uns noch einmal mit ihm beschäftigen.«

»Die Frau«, sagte ich müde . »Ich weiß wirklich nicht . . .«

Mr. High schaute mich durchdringend an. Seine Stirn legte sich in Falten. Mit einer müden Handbewegung strich er sich über die Haare. »Ich weiß, wie nahe Ihnen das geht, Jerry«, sagte er. »Ich kenne die Fragen, die Sie sich selbst stellen. Aber glauben Sie mir, weder Sie noch jemand anderen trifft eine Schuld! Es ist sinnlos, sich Selbstvorwürfe zu machen. Niemand konnte die Reaktion eines Mannes wie Randlaw vorausberechnen. Mit Zwischenfällen wie dem in der Bank müssen wir leben.«

Natürlich hatte der Chef recht. Hinterher war es müßig, Spekulationen darüber anzustellen, wie alles gekommen wäre, wenn wir Randlaw vorher verhaftet hätten. Auch dabei hätte es einen tödlichen Zwischenfall geben können.

»Versuchen Sie mehr aus den Informationen herauszuholen, die wir von Lindsay erhielten«, sagte Mr. High. »Vielleicht kommen wir auch ohne Randlaw an einige dicke Fische heran. Das ist im Moment alles.«

Phil und ich verließen Mr. Highs Büro. Viel wohler war mir nicht zumute. Unsere Presseabteilung würde alles tun, um die Vorfälle in der Bank aus den Schlagzeilen zu bringen. Im übrigen konnten wir nur darauf hoffen, daß Harry Easton seinem Namen Cleary gerecht wurde und den Unbekannten fand. Ich brauchte einfach die Gewißheit, daß Randlaw und der Mann im grauen Anzug nicht zusammengehört hatten.

Emely Blyd schaute dem Pontiac ihres Mannes mit gemischten Gefühlen nach. Harry hatte sich in der letzten Zeit ihr gegenüber merkwürdig benommen. Er war anders gewesen als sonst. Seine Aufmerksamkeit und Fürsorge hatten nachgelassen. Sie hatte versucht, mit ihm darüber zu reden; aber jedesmal blockte Harry sie ab und lenkte das Gespräch auf ein anderes Thema.

Eine andere Frau, dachte Emely, als das Heck des silbergrauen Pontiac um die letzte Kurve der Straße verschwand.

Eine andere Frau! Sie kannte das aus Ehen ihrer Bekannten. Die Männer hatten sich ähnlich benommen. Zuerst Unaufmerksamkeit, dann plötzlich Geschenke außerhalb der Reihe. Unaufmerksamkeit gab es schon, doch zu außergewöhnlichen Geschenken war es noch nicht gekommen.

Noch nicht . . .

Emely Blyd wandte sich wieder dem Eingang der Villa zu und spielte mit dem Gedanken, einen Detektiv auf ihren Mann anzusetzen. Sie konnte dieses schwebende Gefühl zwischen Vermutung und Wissen nicht länger ertragen. Sie wollte sich Gewißheit verschaffen, um nicht wie andere Frauen plötzlich vor vollendete Tatsachen gestellt zu werden.

Sie war fünfundvierzig Jahre alt, äußerst attraktiv und stammte zudem aus einer sehr wohlhabenden Familie, so daß sie ohne Schwierigkeiten auch auf eigenen Füßen stehen konnte.

»Mrs. Blyd?«

Emely drehte sich herum.

Sie hatten den Boten auf dem Fahrrad nicht kommen hören. Er schwang sich neben der Einfahrt aus dem Sattel und sah sie fragend an.

Emely Blyd nickte und ging die wenigen Schritte zurück.

»Für Ihren Mann, Mrs. Blyd!«

Der Junge streckte ihr ein schmales Paket entgegen. Emely nahm es an sich und betrachtete es mißtrauisch von allen Seiten.

Ein Lächeln überflog das Gesicht des sommersprossigen Jungen. »Sprengstoff ist sicherlich nicht drin, Mrs. Blyd.«

Emely spürte, wie ihr die Röte ins Gesicht schoß. »Danke«, sagte sie und wandte sich ab, obgleich sie genau wußte, daß der Junge auf ein Trinkgeld wartete. Mit raumgreifenden Schritten ging sie zum Haus zurück. Als sie sich in der Tür noch einmal umdrehte, sah sie, daß der Junge ihr giftige Blicke nachschickte, bevor er sich auf sein Fahrrad schwang und wieder abfuhr.

Emely betrat die weite Eingangshalle, ließ die Tür hinter

sich ins Schloß fallen und drehte das längliche Paket unschlüssig zwischen den Fingern.

Mr. Harry Blyd. Die Anschrift war mit der Hand geschrieben. Eine feine, kunstvolle Schrift, die von einer Frau stammen konnte.

Mr. Harry Blyd.

Emely zögerte einige Sekunden. Dann löste sie das graue Packpapier, ließ es einfach zu Boden fallen und starrte fassungslos auf die Klarsichtverpackung.

Eine schwarze Rose. Sonst nichts. Keine Karte. Nichts, was auf den Absender schließen ließ.

Also doch eine Frau, schoß es Emely durch den Kopf. Er will mich umbringen. Er weiß, daß ich mich nicht aufregen darf. Er und dieses Weib, das ihm die Rose geschickt hat, wollen freie Bahn!

Tränen stiegen ihr in die Augen. Sie spürte, wie sich ihr Herz zusammenkrampfte, hielt die Luft an und redete sich ein, daß sie sich nicht aufregen durfte. Alles andere, nur nicht aufregen!

Emely ging weiter, wollte nach oben in ihr Schlafzimmer und allein sein, als Angela auf der Treppe erschien.

»Etwas für mich?« fragte das dunkelhaarige Mädchen, das Harry wie aus dem Gesicht geschnitten war. »Ich habe den Boten gesehen.«

»Etwas für deinen Vater!« Emelys Stimme klang spitz. Der Ärger war deutlich herauszuhören. Auch die Wut und die Verzweiflung darüber, daß es ihr nach all den glücklichen Ehejahren nun genauso gehen sollte wie vielen anderen Frauen auch, die von ihren Männern verlassen wurden.

»Für Dad?« Angela kam die Treppe herunter, blieb neben ihrer Mutter stehen und schaute verdutzt auf die schwarze Rose. »Eine Rose für Dad? Sehr romantisch und sehr geschmacklos.«

»Du weißt also, daß dein Vater mich betrügt?«

Angela Blyd schüttelte den Kopf. Sie wußte nichts darüber, aber sie hatte es angenommen, denn auch ihr war die Veränderung in der letzten Zeit nicht entgangen. Bevor sie etwas antworten konnte, läutete das Telefon. Mit zwei schnellen Schritten ging sie zu der kleinen Anrichte, die neben dem Fenster stand, und hob ab. »Moment, Alfred, ich gebe dir Ma.« Angela gab den Hörer an ihre Mutter weiter.

»Ja?«

»Ist Harry noch im Haus?« fragte Alfred Renncourt, der sich am anderen Ende der Leitung befand.

»Gerade abgefahren«, antwortete Emely. Sie mochte Renncourt nicht. Er war im Showgeschäft und besaß eine der bestgehenden Modellagenturen in New York. Ihr Mann und Renncourt waren vor Jahren schon einmal Geschäftspartner gewesen. Sehr erfolgreiche. Aber schon damals hatte sie Renncourt nicht ausstehen können und befürchtete, daß der mit seinen ewigen Frauengeschichten einen schlechten Einfluß auf ihren Mann ausübte.

»Kannst du ihn telefonisch erreichen?«

»Ich glaube nicht«, sagte Emely zurückhaltend. »Etwas Wichtiges?«

»Ich bin nicht sicher«, sagte Renncourt gedehnt. »Eben war ein Bote bei mir und hat mir ein Geschenk gebracht. Ich habe Wellington angerufen und erfahren, daß er ebenfalls ein Geschenk bekommen hat. Jetzt wollte ich wissen, ob . . .«

». . . eine schwarze Rose?«

»Also doch!«

»Was hat das zu bedeuten, Alfred?«

»Ich weiß es nicht«, antwortete Renncourt zögernd. »Ich habe gedacht, Harry wisse mehr darüber. Ich werde ihn später fragen. Wann kommt er zurück?«

»Nicht vor dem Abend. Da sind einige Leute aus Europa, mit denen er sich treffen und den Tag verbringen muß.«

»Macht nichts, Emely.« Renncourt hustete. »Falls er sich vorher bei dir meldet, sag ihm, er soll mich anrufen!«

»Also ist es doch wichtig.«

»Vielleicht. Aber es besteht kein Grund, sich Sorgen zu machen. Vielleicht sehen wir uns später. Bis dann.«

»Bis dann«, murmelte Emely Blyd in Gedanken und legte auf.

Angela sah sie fragend an. »Etwas Schlimmes?«

»Renncourt und Wellington haben die gleiche schwarze Rose bekommen. Niemand scheint zu wissen, was das zu bedeuten hat. Sie meinen, dein Vater weiß es vielleicht.«

»Also doch keine andere Frau.«

Emely Blyd schüttelte den Kopf. Keine andere Frau. Sie hatte ihrem Mann unrecht getan. Harry war immer ein vorbildlicher Familienvater gewesen.

»Schwarze Rose«, sagte Angela nach einer Weile überlegend und zündete sich eine Zigarette an. »Hat das nicht etwas mit der Mafia zu tun?«

Emely Blyd zuckte zusammen. Ihre Augen und Lippen wurden schmal. Sie wollte etwas Heftiges erwidern, aber sie schluckte es herunter. Harry und etwas mit der Mafia zu tun! Das erschien ihr genauso unwahrscheinlich, als daß man ihn zum nächsten Astronauten bestimmt hätte.

»Ich kann Dick fragen, Ma«, sagte Angela. »Wozu hat man einen Bekannten, der G-man ist?«

»Glaubst du nicht, daß das lächerlich ist?«

Angela schüttelte den Kopf. »Immerhin haben Dads Freunde die gleiche schwarze Rose erhalten. Mach dir keine Sorgen! Ich frage Dick. Wenn er etwas weiß, dann rufe ich dich an.« Emely Blyd nickte nachdenklich und zustimmend. Ihre schmalen Hände zitterten, als sie sich über die Haare strich. Besorgt sah sie ihrer Tochter nach, die wenig später die Villa verließ.

Der alte Neville sah an diesem Vormittag beinahe genauso verstaubt aus wie die alten Folianten, zwischen denen er im Archiv lebte. Im Laufe von Jahrzehnten hatte er alles zusammengetragen, was ihm irgendwie wichtig erschienen war. Er war der dienstälteste G-man New Yorks, und wahrscheinlich würde er sich wie ein Indianer mit einer Decke zum Sterben in die Berge zurückziehen, wenn man ihn eines Tages aus seinem Archiv herausholte, um ihn in den Ruhestand zu versetzen. Ganz einfach darum, weil wir im Zeitalter des Computers lebten und ein solches umfangreiches, raumkostendes Archiv im Grunde gar nicht mehr nötig war.

Aber noch war es nicht soweit. Noch hatten die Computer den Alten nicht verdrängen können.

Ich hatte ihm die Beschreibung des Mannes im grauen Anzug durchgegeben und ihm alles gesagt, was mir an dem Mann aufgefallen war.

Jetzt schaute Neville mich an und schüttelte den Kopf. »Nichts, Jerry«, sagte er. »Ich habe mir den Kopf darüber zerbrochen, aber ein solcher Kerl ist mir noch nirgends untergekommen. Wahrscheinlich gibt es ihn gar nicht.«

Ich schaute ihn zweifelnd an. »Was soll das heißen?«

»Ich meine, wahrscheinlich gibt es ihn nicht in der Ausfertigung, die du mir beschrieben hast. Ein englischer Gentleman mit einer 45er Automatic!« Neville schüttelte erneut den Kopf. »Maske, nehme ich an.«

»Maske!« Ich nickte und fragte mich, warum ich nicht selbst auch schon darauf gekommen war. »Hast du wenigstens etwas über einen Mann herausgefunden, dessen Lieblingsspielzeug eine 45er Automatic ist und der etwas von Maskenbildnerei versteht? Denn wenn es wirklich Maske war, dann muß er ein Meister seines Faches sein. Das war alles echt wie im Leben.«

Neville zuckte mit den Schultern.

»Jemand kann ihn zurechtgemacht haben, Jerry«, sagte der Alte. »Was hast du gegen ihn, verdammt? Er hat einen Killer erschossen und dir vielleicht das Leben gerettet. Oder ist das nicht richtig?«

»Ich würde mich gern bei ihm bedanken, Neville«, sagte ich und grinste sauer.

»Und deshalb soll ich meine kostbare Zeit opfern?« knurrte der Alte, ohne daß es auch nur die Spur mißmutig klang.

»Tu's für einen Freund! Okay?«

»Verdammt, da war heute schon ein anderer Freund da, der sich für einen Geheimbund mit einer schwarzen Rose im Wappen interessiert.«

»Eine schwarze Rose?«

»Dick Wonder wollte es wissen, Jerry. Dem Vater seiner Freundin hat jemand eine schwarze Rose ins Haus geschickt. Der gleiche freundliche Gruß ist auch an die Freunde des Mannes ergangen.«

»Und?« fragte ich. »Gibt es einen Geheimbund, der eine schwarze Rose im Wappen führt?«

»Mindestens hundert auf der Welt«, grunzte der alte Neville. »Aber keinen in New York. Und es ist auch woanders keiner darunter, vor dem man sich fürchten müßte. Alles harmlose Spinner.«

»Dann kümmere dich weiter um meinen Freund, damit ich mich bei ihm bedanken kann!«

»Frag nächste Woche noch einmal an!« antwortete der Alte. »Und wenn's dir nicht schnell genug geht, dann frag den verdammten Computer! Der soll ja ohnehin besser sein als ich.«

»Nicht aufregen, Neville!« sagte ich im Hinausgehen. »Denk an deine Pension, die dem Staat verfällt, wenn dich ein Herzanfall dahinrafft!«

Johnnie McDougan beobachtete ihn seit mehr als zwei Stunden. Solange hielt sich Harry Blyd im Restaurant *Le Petit Coin de Française* in Greenwich Village auf.

McDougan parkte seinen Mercury, ein Fahrzeug, das er sich unter einem falschen Namen mit einer falschen Kreditkarte gemietet hatte, gegenüber dem Eingang. Eine schmale Treppe führte hinauf, die nur immer von einer Person benutzt werden konnte.

Die anfängliche Nervosität war von ihm abgefallen. Er fraß die Zigaretten nicht mehr so in sich hinein. Es gab auch nicht mehr den feinen Schweißfilm auf seinen Handflächen, die er bis vor einer Stunde noch regelmäßig hatte trocken reiben müssen.

McDougan war so ruhig wie damals in Vietnam, wenn er einen jener gefährlichen Aufträge übernommen hatte, für den sich sonst niemand freiwillig gemeldet hatte. Schon damals redete er sich immer ein, daß ihm nichts passieren konnte. Es half! Nachdem zweimal wirklich nichts passiert war, glaubte er an diese Beschwörungsformel. Seitdem ging immer alles glatt. Wo es andere erwischte, kehrte er stets mit heilen Knochen zurück.

Diesmal würde es nicht anders sein. McDougan glaubte daran. Einige Tage schlechter Schlaf, einige Tage das beinahe angenehm prickelnde Gefühl der Gefahr, der er sich aussetzte. Dann würde er es hinter sich gebracht haben. Dann würde er um eine Million reicher sein!

Er zündete sich eine frische Zigarette an und warf einen schnellen Blick in den Innenspiegel. Mit den kurzen blonden Haaren, der spiegelnden Sonnenbrille und dem Hawaii-ihemd sah er aus wie ein Urlauber. Einige Leute hatten wegen seiner auffälligen Aufmachung schon neugierig in den Wagen geschaut und waren anschließend kopfschüttelnd und mitleidig lächelnd weitergegangen.

Jetzt lächelte McDougan, als er daran dachte, welche Beschreibung die Polizei später von ihm erhalten würde. Er hatte wirklich nichts von seinem Job als Maskenbildner verlernt, den er für kurze Zeit in Frisco ausgeübt hatte, bevor er sich freiwillig zur Army meldete.

McDougan schnippte die halbgerauchte Zigarette aus dem offenen Fenster. Durch die große Panoramascheibe des Restaurants sah er Harry Blyd aufstehen. Zusammen mit Blyd die anderen Männer, mit denen sich Blyd angeregt unterhalten hatte.

McDougan richtete sich auf. Vorsichtig tastete er mit der Hand unter die Zeitung, die er auf dem Nebensitz ausgebreitet hatte. Seine nervigen Finger umschlossen den kühlen Griff der 45er Automatic, auf die ein daumendicker Schalldämpfer geschraubt war. Das Beste, was man zur Zeit für Geld kaufen konnte. Aus zusammengezogenen Augen beobachtete er Harry Blyd, der dem Kellner etwas zusteckte und sich dann als erster dem Ausgang näherte.

Vorsichtig zog McDougan die schwere Waffe unter der

Zeitung hervor und barg sie zwischen den Beinen. Er schaute nach rechts und nach links. Der Betrieb war gerade richtig für sein Vorhaben. Kaum Verkehr, kaum Menschen auf der Straße, die ihm hinderlich sein konnten. McDougan lächelte zufrieden. Er hatte nichts verlernt. Er hatte sich den richtigen Platz und die richtige Zeit ausgesucht.

Blyd würde ihm keine Schwierigkeiten bereiten. Und für die anderen beiden Männer, die noch auf seiner Liste standen, konnte er sich noch zwei Wochen lang Zeit lassen.

McDougans Gestalt straffte sich, als die Tür des exklusiven kleinen Restaurants geöffnet wurde. Im Rahmen erschien ein Angestellter. Dahinter Harry Blyd. Dann folgten in einigem Abstand die Männer, mit denen Blyd die Stunden im Lokal verbracht hatte.

Die Straße war frei, als Blyd die erste Stufe der schmalen Treppe betrat. Auf der gegenüberliegenden Seite näherten sich von rechts zwei Passanten. Sie waren noch weit entfernt. Bevor sie den Eingang des Restaurants erreichten, würde es geschehen sein.

Blyd hatte die zweite Stufe betreten, als McDougan die Waffe zwischen den Schenkeln hervorzog und sie langsam hob.

Blyd blieb stehen. Der Angestellte des Restaurants rief ihm etwas zu. McDougan fluchte still in sich hinein und ließ die Waffe wieder sinken. Mißtrauisch beobachtete er die beiden Passanten auf der gegenüberliegenden Straßenseite, die dem Restaurant immer näher kamen.

Ruhig bleiben! redete McDougan sich ein. Ruhig bleiben! Es kann nichts passieren!

Blyd wechselte einige Worte mit dem Angestellten. Dann drehte er sich um und ging weiter.

Von links kam ein Fahrzeug. McDougan kniff die Augen zusammen und schätzte die Entfernung. Zwanzig Meter vielleicht. Es konnte klappen. Er wartete und ließ den Wagen vorbei. Dann riß er mit einem Ruck die schwere Waffe hoch, zielte auf Blyd, der die vierte Stufe der schmalen Treppe erreicht hatte, und drückte ab.

Im nächsten Sekundenbruchteil ließ McDougan die 45er einfach auf den Wagenboden fallen, startete den Mercury und zog ihn langsam auf die Fahrbahn hinaus.

Im Vorbeifahren sah er Blyd, der quer über den Treppenstufen lag.

In die Personen, mit denen Blyd zusammengewesen war, kam Bewegung. McDougan sah sie in seine Richtung starren. Sicherlich hatten einige Leute auch beobachtet, daß aus diesem Mercury auf Blyd geschossen worden war. Blyd war tot, daran konnte es keinen Zweifel geben. Er, McDougan, hatte noch nie vorbeigeschossen. Schon gar nicht aus dieser geringen Entfernung. Er gab Gas, beschleunigte und schlug den Weg zu einem kleinen Parkplatz ein, auf dem er sein eigenes Fahrzeug abgestellt hatte.

Alles war einfacher, als er angenommen hatte. Es gab nicht die Spur von Gewissensbissen in ihm. Er verschwendete keinen Gedanken daran, daß er einen Menschen erschossen hatte. Er dachte nur daran, daß er den Wagen so schnell wie möglich wechseln und sein Aussehen wieder verändern mußte.

Das alles würde kaum mehr als zehn Minuten in Anspruch nehmen. Danach würde ihn niemand wiedererkennen. Anstatt nach einem Porsche, mit dem er dann unterwegs war, würde die Polizei nach einem silbergrauen Mercury mit einem auffälligen Mann am Steuer suchen.

Die Zeichen standen auf Sturm! Alarmstufe 1 beim FBI New York City! Der Mann, der vor einer halben Stunde im Greenwich Village erschossen worden war, hieß Harry Blyd. Blyd war Inhaber einiger elektronischer Betriebe, die unter anderem auch geheime Entwicklungsarbeiten für die NASA leisteten.

Als Phil und ich uns auf den Weg machten, wußten wir von Mr. High, daß das Pentagon inzwischen die CIA eingeschaltet hatte, während wir uns ganz offiziell um den Mord kümmern sollten.

Wir und die Mordabteilung Manhattan-Nord, deren Leiter der Mordkommission II Harry Easton war.

Easton war mit seinen Leuten schon lange am Tatort eingetroffen, als ich den Jaguar in einer Halteverbotszone neben einem Patrolcar abstellte und nach Phil den Wagen verließ.

Die Straße war gesperrt. Das Aufgebot an Uniformierten war dem Namen des Opfers angemessen. Einige Beamte, die Phil und mich nicht kannten, wollten sich uns in den Weg stellen, als Easton die wenigen Stufen des Restaurants hinunterkam und ihnen durch ein knappes Zeichen zu verstehen gab, daß alles in Ordnung sei.

»Ich habe mir gedacht, daß man euch schickt«, sagte Lieutenant Harry Easton.

»Was ist geschehen, Harry?« fragte ich.

»Blyd kam zusammen mit einigen bekannten Europäern aus dem Restaurant. Drüben, auf der anderen Straßenseite stand ein silberfarbener Mercury. Am Steuer ein blonder Kerl mit ungefähr meinem Bürstenhaarschnitt, aber einem saumäßigen Geschmack, was die Kleidung anging. Er trug ein schreiend buntes Hawaiihemd und eine spiegelnde Sonnenbrille. Er hat geschossen, Jerry, daran kann es keinen Zweifel geben. Und er ist natürlich sofort verschwunden.«

Ich schaute zur anderen Straßenseite. Die Entfernung betrug etwa zwanzig Meter.

»Willst du etwas Bestimmtes damit sagen, daß er ›natürlich‹ sofort verschwunden ist, Harry?« fragte Phil.

Easton zuckte mit den Schultern und deutete nach dort, wo der Mercury gestanden haben sollte. »Eine schöne Entfernung«, sagte er.

»Zwanzig Meter vielleicht«, antwortete ich.

»Ein einziger Schuß, Jerry! Laut Zeugenaussagen ist der Mann augenblicklich verschwunden. Augenblicklich, das heißt, er hat nicht einen Sekundenbruchteil daran gezweifelt, sein Opfer tödlich getroffen zu haben.«

Ich hatte im Grunde auch nichts anderes erwartet. Wenn es so war, wie das Pentagon befürchtete, und Spionage dahintersteckte, dann schickte die Gegenseite natürlich einen Mann, der sein Handwerk beherrschte. Jemand, der dazu in der Lage war, seinen Auftrag mit einem einzigen schnellen Schuß zu erledigen.

»Weiter, Harry!« verlangte ich dennoch.

»Ein einziger Schuß, zweifelsfrei aus einer 45er«, sagte Easton und zog jedes Wort wie einen alten Kaugummi. »Die Kugel traf Blyd millimetergenau oberhalb der Nasenwurzel.« Easton schaute mich durchdringend an.

»Zwanzig Meter«, wiederholte er, als ich schwieg. »Mit einer 45er zwischen die Augen. Sagt dir das vielleicht nichts?«

Es sagte mir eine ganze Menge, und Phil war nach Harry Eastons letzten Ausführungen genauso wie ich zusammengezuckt.

»Der Kerl aus der Chase Manhattan Bank«, sagte Phil.

Ich dachte an das gleiche. Aber das konnte einfach nicht stimmen! Der Kerl in der Bank war dunkelhaarig gewesen und hatte einen Backenbart getragen.

»Das ist nicht möglich«, sagte ich und schüttelte den Kopf.

»Deiner Beschreibung nach ganz sicher nicht, Jerry«, stimmte Easton mir zu. »Aber ich bin schon viel zu lange in diesem Job, um noch an Wunder zu glauben. Ein verdammtes Wunder wäre es für mich, wenn sich in der Stadt zwei Killer mit einer 45er herumtreiben, die beide so ausgezeichnete Schützen sind, daß sie ihre Opfer immer genau oberhalb der Nasenwurzel treffen.«

Ich griff nach den Zigaretten, die Phil mir reichte, und rauchte einen tiefen Zug. Zwei Männer, die die gleiche Waffe benutzten und auf den Kopf schossen! Das war in der Tat ungewöhnlich. Wenn einer einen Auftrag auszuführen hatte, ging er auf Nummer Sicher. Mit einer 45er konnte man auf die Brust schießen oder in den Leib. Die Waffe war tödlich. Unser Mann aber suchte sich das kleinste Ziel aus und war sich seiner Sache so sicher, daß er verschwand, ohne sich zu vergewissern, ob er sein Opfer auch tödlich getroffen hatte.

»Vielleicht haben sich die Zeugen geirrt, als sie dir den Mann beschrieben, Harry«, sagte Phil.

Easton starrte ihn entgeistert an. »Das meinst du doch nicht wirklich ernst, G-man!« keuchte der Lieutenant. »Ein Mann mit auffällig kurzen blonden Haaren und einem schreiend bunten Hawaiihemd . . .«

»Schon in Ordnung, Harry«, winkte ich ab. »Schon in Ordnung. Warten wir ab, was die Obduktion und das ballistische Gutachten ergeben.«

Easton wandte sich um und verschwand im Restaurant. Ich schaute ihm nach. Meine Gedanken überschlugen sich. Wenn es sich wirklich um denselben Mann handelte, der Randlaw in der Bank erledigt hatte, dann war er so leicht nicht zu greifen. Jemand, der nicht nur unwahrscheinlich gut mit einer Waffe umgehen konnte, der nicht nur auf erschreckende Art und Weise kaltblütig, sondern zudem auch noch ein Chamäleon auf zwei Beinen war! An zwei verschiedenen Orten war er in verschiedener Aufmachung aufgetaucht, hatte zwei Opfer zurückgelassen . . .

»Wenn er ein Killer ist, warum hat er dir in der Bank geholfen?« unterbrach Phil mich in meinen Gedanken. »Ich meine, der Kerl, der Blyd erschossen hat, ist zweifelsohne ein eiskalter Killer. Aber mir will einfach nicht in den Kopf, daß er mit dem Mann in der Bank identisch ist. Da hatte er den Mord an Blyd noch vor sich, Jerry. Und ein Profi mit einem brandheißen Auftrag begibt sich nicht unnötig in Gefahr. Aber der Mann aus der Bank hat sich in Gefahr begeben. Er überlegte nicht mal, ob er die Bank zusammen mit den anderen Kunden auch schnell genug und unerkannt wieder verlassen könnte.«

Ich nickte nachdenklich. »Wir müssen ihn finden«, sagte ich. »Ich habe das merkwürdige Gefühl, daß noch mehr auf uns zukommt.«

Ich wandte mich ab und ging zum Jaguar. Phil folgte mir.

»Wir fahren zu Blyds Wohnung«, sagte ich.

Als ich startete, kam über Funk die Nachricht, daß man den silbergrauen Mercury des Killers ganz in der Nähe auf einem kaum benutzten Parkplatz gefunden hatte.

Ich schlug den Weg zum Parkplatz ein. Der Mercury stand

in einer uneinsichtigen Parktasche, die von Büschen umsäumt war. Zwei Streifenwagen sicherten das Fahrzeug und warteten auf die Leute von der Spurensicherung.

»Wir haben die Nummer durchgegeben«, sagte einer der Cops. »Ein Wagen von AVIS aus der Zentrale in der Fifth Avenue. Er wurde heute morgen gemietet und mit einer Kreditkarte bezahlt.«

»Ich fahre raus«, sagte ich. »Wir treffen uns im Office.«

Phil blieb auf dem Parkplatz. Ich setzte mich wieder in den Jaguar und fuhr zu Blyds Privatwohnung.

Eine junge dunkelhaarige Frau öffnete mir, warf einen schnellen Blick auf meinen Ausweis und rieb sich die rotgeränderten Augen. »Ich bin Angela Blyd, Mr. Cotton.«

Ich sprach ihr mein Beileid aus und betrat die weite Empfangshalle, der pompösen Villa in Queens. Der Mann, der am Aufgang der Treppe stand, war mir bekannt. Es handelte sich um meinen Kollegen Dick Wonder. Er löste sich von der Treppe und trat langsam auf mich zu.

»Niemand hat mich geschickt«, sagte Wonder, ein großer, schmaler Mann, der die Haare glatt zurückgekämmt trug und dadurch den Eindruck erweckte, er sei noch ein Relikt der 50er Jahre. »Angela und ich sind Freunde. Sie hat mich heute morgen schon verständigt.«

Der alte Neville fiel mir ein. »Die Sache mit der Rose?« fragte ich.

Wonder nickte. »Blyd und seine Freunde bekamen eine schwarze Rose zugeschickt. Ich habe bei Neville nachgefragt.«

Ich nickte, griff nach den Zigaretten, schaute Angela an, und als sie keinen Einspruch erhob, zündete ich mir ein Stäbchen an.

Jemand schickte Blyd eine schwarze Rose, und wenige Stunden später erschoß man ihn! Es war also durchaus möglich, daß die Rose und der Mord in Zusammenhang standen.

»Haben Sie die Rose noch, und wissen Sie, welche Blumenhandlung sie geliefert hat?« wandte ich mich an die junge Freundin meines Kollegen.

»Meine Mutter hat den Karton im Schlafzimmer.«

»Mrs. Blyd bekam einen Herzanfall, als sie die Nachricht vom Tod ihres Mannes hörte«, sagte Dick Wonder. »Man hat sie ins Krankenhaus bringen müssen.«

Ich nickte und wartete, bis sich Angela aus der Empfangshalle entfernte und mit schweren, müde wirkenden Schritten die Treppe hinaufging.

»Haben Sie etwas in Erfahrung bringen können, das mit dem Mord im Zusammenhang stehen könnte, Dick?« fragte ich Wonder.

Er hob die Schultern und ließ sie resigniert wieder fallen. »Mr. Blyd war ein bekannter und ein reicher Mann. Natürlich hatte er Feinde. Er arbeitete in einer Branche, die für ausländische Geheimdienste interessant ist.«

»Ist vorher jemand an ihn herangetreten? Ich meine, wegen seiner Arbeit für die NASA?«

»Das weiß ich nicht. Auf jeden Fall behauptet Angela, daß ihr Vater seit einiger Zeit irgendwie verändert war.«

»Was heißt das?«

»Er widmete seiner Familie nicht mehr die gleiche Aufmerksamkeit wie noch vor einiger Zeit. Mrs. Blyd vermutete eine andere Frau dahinter.«

»Und?«

»Mr. Blyd ist tot«, sagte Dick Wonder. »Scheint wohl doch keine andere Frau gewesen zu sein.«

Angela kam zurück und streckte mir das längliche Päckchen mit der schwarzen Rose entgegen. Auch das Packpapier hatte sie mitgebracht.

Auf dem stand der Name der Blumenhandlung, die geliefert hatte.

Ich fragte Angela, ob sie wisse, daß es Schwierigkeiten in der Firma gegeben habe, ob jemand, der mit den NASA-Aufträgen zu tun hatte, an ihren Vater herangetreten sei. Sie hatte keine Ahnung.

»Renncourt und Wellington haben die gleiche Rose bekommen«, sagte sie statt dessen. »Freunde von Dad.«

»Geschäftspartner?«

»Freunde. Mit Dads Geschäften hatten die beiden nichts zu tun.«

Ich erhielt die Adressen und verließ die Villa, nachdem Wonder versprochen hatte, sich eingehend mit dem Bekanntenkreis der Blyds zu beschäftigen.

Die Sache mit der Rose ging mir nicht aus dem Kopf. *Alles harmlose Irre*, hatte der alte Neville gesagt. Im allgemeinen kannte er sich aus. Diesmal jedoch mußte er sich geirrt haben. Blyd war tot.

Renncourt und Wellington. Prominente dieser Stadt. Leute der oberen Gesellschaftsschicht, denen man wenigstens einmal in der Woche in irgendeinem Klatschjournal begegnete. Blyd hatte ebenfalls einmal zu diesen Leuten gehört. Aber um ihn war es bedeutend ruhiger geworden, seit er für die NASA tätig geworden war.

Renncourt und Wellington. Wir würden uns mit diesen Leuten beschäftigen müssen.

»Dieselbe Waffe«, sagte Mr. High, schaute von den Unterlagen auf seinem Schreibtisch auf und schüttelte den Kopf. »Der Obduktionsbericht bestätigt, daß die Lage des Einschußlochs bei Randlaw und Blyd beinahe auf den Millimeter identisch ist.«

Ich kannte den Bericht. Mir war auch nicht besonders wohl gewesen, als ich ihn gelesen hatte. Im Grunde konnte es keinen Zweifel daran geben, daß beide Tote auf das gleiche Konto gingen.

Auf das des Mannes, der in der Bank einen grauen Anzug getragen hatte und wie ein englischer Gentleman ausgesehen hatte.

Mr. High blätterte weiter im Bericht. »Größe und Gewicht könnten stimmen. Etwa 1,80 m und 80 Kilo. Das trifft so wohl auf den Mann in der Bank als auch auf den im Mercury zu. Richtig?«

Ich strich mir über die Haare.

»Wenn es derselbe Mann ist, können wir die Möglichkeit,

daß er zu Randlaws Umfeld gehört, streichen«, fuhr der Chef fort. »Es erscheint mir zumindest unwahrscheinlich, daß Leute, die mit Randlaw und seinen Geschäften zu tun hatten, auch mit Blyd bekannt waren.«

Erneut nickte ich.

»Die ersten Nachforschungen der CIA haben nichts ergeben, Jerry. Spionageverdacht besteht bei Aufträgen, wie Blyd sie auszuführen hatte, zwar immer, aber im Moment weist nichts darauf hin.«

»Also eine private Sache«, sagte ich.

»Davon müssen wir ausgehen, Jerry. Und auch davon, daß es einen Zusammenhang gibt zwischen dem Mord und der schwarzen Rose, die vorher durch einen Boten gebracht worden war.«

»Wir kümmern uns inzwischen um Renncourt und Wellington, Sir.«

»Renncourt hat eine der bekanntesten Modellagenturen in der Stadt, und Wellington hat sein Vermögen als Versicherungsmakler und Anlageberater gemacht. In welchem Zusammenhang stehen sie mit Blyd?«

»Fest steht im Moment nur, daß die Männer sich kannten. Wahrscheinlich besuchten sie dieselben Gesellschaften und feierten auf denselben Partys. So lernt man sich kennen, und so macht man in diesen Kreisen Geschäfte.«

»Krumme Geschäfte?«

Ich zuckte mit den Schultern. »Wenn man Blyds Tod mit der schwarzen Rose in Verbindung bringt, sieht es so aus.«

»Dann sind auch Renncourt und Wellington gefährdet. Vielleicht springt ein verrückter Killer in New York herum, vielleicht aber arbeitet er auch mit Methode. Es ist Ihr Fall. Schnappen Sie den Kerl, bevor er noch mehr Unheil anrichten kann! Ich weiß, in den Kreisen, in denen Sie ermitteln müssen, werden Sie auf Widerstand stoßen. Aber Sie haben jede Unterstützung und jede Vollmacht. Schnappen Sie den Kerl, Jerry!«

Ich verließ das Büro des Chefs, zog mir einen Kaffee aus dem Automaten und ging in mein Office zurück.

Phil war damit beschäftigt, den Namen zu überprüfen, unter dem unser Unbekannter den Mercury bei AVIS gemietet hatte. Als er eine halbe Stunde später zurückkam, berichtete er, daß es weder den Namen gab, den der Mann benutzt hatte, noch jemals eine Kreditkarte auf diesen Namen ausgestellt worden war.

Der Bericht der Spurensicherung erbrachte auch nichts Neues. Abdrücke gab es jede Menge in dem Mercury, aber keine, mit denen wir etwas anfangen konnten.

Wir hatten nichts in der Hand als zwei Tote und die Gewißheit, es mit einem Mann zu tun zu haben, der uns immer um einen Schritt voraus war.

»Im Grunde können wir gar nichts tun«, sagte Phil und schob den Pappbecher mit Kaffee, den er sich inzwischen geholt hatte, von einer Schreibtischecke in die andere.

»Renncourt und Wellington«, sagte ich. »Ich bin sicher, daß die beiden etwas wissen.«

»Aber von denen wird keiner den Mund aufmachen. Wir haben nichts in der Hand, sie zum Reden zu bringen.«

»Dann müssen wir etwas finden«, gab ich entschlossen zurück.

»Wie stellst du dir das vor?«

Im Moment hatte ich keine Ahnung. Aber ich nahm an, daß Männer wie Renncourt und Wellington, um ihr riesiges Vermögen aufzuhängen, nicht immer den geraden Weg gegangen waren. Wir mußten in der Vergangenheit dieser Männer stochern. Einen schwarzen Fleck gab es immer. Und Männer der feinen Gesellschaft haßten schwarze Flecken. Das konnte sie vielleicht zum Reden bringen.

Johnnie McDougan verschloß die Tür seines Apartments im Rainbow Hotel. Erst jetzt, nachdem er Atlantic City ohne Schwierigkeiten erreicht hatte, wurde ihm richtig bewußt, daß er von einem Mordauftrag zurückkam. Blyd war tot, und aller Wahrscheinlichkeit nach hatte die Kugel auch noch einen zweiten Mann erwischt.

McDougan strich sich über die brennenden Augen, stellte den Koffer in den kleinen Vorraum und betrat den Livingroom.

Rosen standen auf dem Tisch. Daneben eine Flasche Champagner, und an der Vase mit den Blumen lehnte ein Briefumschlag. McDougan nahm ihn an sich und öffnete ihn.

Banknoten im Wert von 20000 Dollar. Spielkapital für ihn. Alles konnte man Alan Dyburg nachsagen, nur nicht, daß er geizig war.

McDougan lachte böse, warf das Geld auf den Tisch und ließ sich in einen weichen, tiefen Sessel sinken. Er zündete sich eine Zigarette an, spürte Müdigkeit in sich aufkommen und schloß die Augen. Er schreckte auf, als die Glut der Zigarette so weit heruntergebrannt war, daß sie ihm die Finger versengte. Mit einem Fluch zerquetschte er sie im Ascher, stand auf, zog sich aus und ging ins Bad. Er ließ Wasser in die riesige Wanne, so heiß er es ertragen konnte. Dann stieg er hinein.

Er dachte an Dyburg, an dieses verdammte Teufelsspiel, auf das er sich eingelassen hatte. Drei Tote, das war seine Schuld an Dyburg. Die erste Rate hatte er eingelöst. Er hatte einen Mann erschossen, von dem er nicht mehr wußte, als daß der reich gewesen war und einige elektronische Betriebe besessen hatte.

Was hatte ein Spielcasinobesitzer wie Dyburg mit einem solchen Mann zu tun? Warum haßte er ihn und die beiden anderen so sehr, daß er sich ihren Tod eine Million Dollar kosten ließ?

Das Telefon schrillte und schreckte McDougan aus seinen Gedanken auf. Er spürte, daß ihm der Schweiß in Strömen über das Gesicht rann, und er fühlte sich nicht gut. Er hatte mit dem Teufel gespielt, und der Teufel hatte ihn besiegt.

McDougan mußte sich weit aus der Wanne beugen, um den Hörer des Apparats abheben zu können, der auf einem kleinen Regal neben dem Waschbecken stand.

»Erledigt, McDougan?« hörte er die Stimme Dyburgs.

»Erledigt«, antwortete McDougan. »Lassen Sie mich in Ruhe! Wir sprechen erst dann wieder miteinander, wenn ich vom dritten Auftrag zurückkomme.«

McDougan legte auf, ohne die Antwort des Anrufers abzuwarten. Er stieg aus der Wanne. Im Livingroom nahm er sich einen Drink, und nachdem er sich auch noch eine Zigarette angezündet hatte, fühlte er sich besser.

Sein Blick fiel in den Spiegel. Er sah die dunklen Ringe unter seinen Augen und stellte fest, daß die Kerben, die auf die Mundwinkel zuliefen, tiefer geworden waren. Er wurde alt und zollte dem wilden Leben, das er bislang geführt hatte, Tribut.

Ein alter Killer, der ums Überleben kämpfte! Um eine Million Dollar, mit denen er wieder neu anfangen konnte.

Er hätte sich niemals auf dieses Spiel einlassen dürfen, aber er hatte es getan und verloren. Er hatte Schulden zu begleichen. Noch niemals war er jemandem etwas schuldig geblieben. Daran würde sich auch diesmal nichts ändern.

Noch zwei Menschenleben, dann war er wieder frei.

McDougan wandte sich vom Spiegel ab und schüttelte den Kopf.

Nicht zwei Menschenleben – drei Menschenleben.

»Du wirst der letzte sein, Dyburg«, sagte McDougan leise, als er wieder in den Schlafraum zurückging, um sich anzuziehen.

Als er wenig später das Apartment verließ, um ins Casino hinunterzugehen, dachte er an Nancy Porthman, das junge Girl aus Chicago, das von Dyburg als künstlerischer Manager verpflichtet worden war.

Vor einigen Tagen hatte er sie kennengelernt. Alan Dyburg war deutlich anzusehen gewesen, daß ihm das nicht behagte, was sich zwischen Nancy Porthman und Johnnie McDougan anbahnte.

»Du willst sie für dich, Dyburg«, sagte Johnnie McDougan grimmig, als er den Fahrstuhl betrat. »Sie ist hübsch. Du willst dich mit ihrer Jugend schmücken. Ich werde sie dir wegnehmen, und ich hoffe, du wirst leiden. Du sollst leiden, bevor ich dich erledige, Dyburg. Durch die Hölle sollst du gehen – genau wie ich!«

McDougan verließ den Fahrstuhl bei den Spielsälen und schlenderte zwischen den Slotmaschinen hindurch zum Restaurant. Er kam an den Roulettischen vorbei, blieb stehen, entdeckte das Mädchen wieder, das in jener denkwürdigen Nacht die Kugel geworfen hatte, wechselte einiges Geld in Chips und setzte.

Die 17!

Das Mädchen hob den Kopf, blickte ihn an und lächelte plötzlich.

»Hallo«, sagte McDougan und schaute zum Restaurant, während die Kugel rollte.

Rechts neben der Bühne entdeckte er Nancy Porthman. Sie sah in seine Richtung und hob die Hand.

McDougan wollte sich abwenden und zu ihr hinübergehen, als die Ansage kam.

»Die Siebzehn!«

Er blieb stehen und starrte in den Kessel, sah die weiße Kugel im Fach der 17 liegen und spürte ein feines Zittern in sich aufkommen.

»Tausend Dollar auf der Siebzehn. Sie haben gewonnen, Sir.«

McDougan strich den Gewinn ohne die geringste Gefühlsregung ein. Natürlich werde ich gewinnen! dachte er. Du hast keine Chance gegen mich, Dyburg. Ich nehme dir dein Mädchen, und ich werde dich töten!

Das junge Mädchen am Empfang sah mich mißtrauisch an. Ich wußte nicht, was ihr an mir nicht gefiel. Mir gefiel die Rothaarige ausgezeichnet. Sie war mit Kurven ausgestattet, für die man in manchen Staaten einen Waffenschein benötigt hätte. Wahrscheinlich war diese Tätigkeit am Empfang nur vorübergehend. So wie die Kleine aussah, würde Renncourt sie früher oder später über seine Agentur in einschlägige Magazine oder vielleicht auch zum Film bringen.

Mißtrauisch, wie sie mich gemustert hatte, schaute sie nun auf den Ausweis, den ich auf den Desk legte, hinter dem sie wie eine Königin thronte.

»FBI«, sagte sie. Die sorgsam gezupften Brauen hoben sich leicht und blieben eine ganze Weile in dieser Stellung.

»Es wird nicht lange dauern«, sagte ich und versuchte es mit einem charmanten Lächeln. Aber es klappte nicht. Ihr strenger, abweisender Blick blieb. Auch während sie eine Nummer eintastete, ließ sie mich nicht aus den Augen.

»Jemand vom FBI, Sir«, sagte sie, nickte einige Male und legte wieder auf. Dann hob sie mir den Blick entgegen und nickte gnädig. »Nur wenn es wirklich nicht lange dauert.«

»Mein Wort darauf, Lady.«

»Den Gang entlang, die Tür mit Mr. Renncourts Namen. In einer halben Stunde hat er eine wichtig Besprechung.«

Bevor ich überhaupt eine Chance hatte, sie zum Kaffee einzuladen, stand sie auf, drehte mir den bezaubernden Rücken entgegen und machte sich an der rückwärtigen Aktenwand zu schaffen.

Ich ging durch den langen Gang. Bevor ich die Tür erreichte, sah ich ihn. Er kam aus einem anderen Zimmer und blieb stehen.

Little Joe nannten sie ihn. Er war an die zwei Meter hoch und so breit wie anderthalb Männer zusammen. Seine Maßkleidung saß wie immer ausgezeichnet. Ich war sicher, daß er eine Kanone unter der Achsel trug. Aber der Schneider hatte erstklassige Arbeit geleistet. Von dem Eisen war nichts zu sehen.

Er starrte mich noch etwas unfreundlicher an, als es die rothaarige Sexbombe am Empfang getan hatte. Seine Augen waren zu schmalen Schlitzen zusammengezogen. Ich konnte sehen, wie sich seine Muskeln spannten. Die Nähte seines Anzuges krachten leicht.

Little Joe!

Mit richtigem Namen hieß er Jesse Ortuna. Spanisch-italienischer Herkunft. Vor vielleicht zehn Jahren die weiße Hoffnung im Schwergewicht. Dann eine Phase von Drogenabhängigkeit. Als ihn schon jeder aufgegeben hatte, tauchte er wieder auf wie ein Phönix aus der Asche. Da hatte ihn David Couly unter die Fittiche genommen. Der gleiche Mafiaboß, den man vorher mit Ortunas Rauschgiftabhängigkeit in Verbindung gebracht hatte, der auch Geschäfte im Boxgeschäft machte und von dem Jesse Ortuna vor den Schranken des Gerichtes gesagt hatte, daß er den Namen Couly niemals vorher im Leben gehört hätte. Seit vier Jahren gehörte er dem Couly-Clan an. Leute, die sich auskannten, behaupteten, mindestens vier Tote, die es in den letzten Jahren gegeben hatte, gingen auf Ortunas Konto. Zweimal hatte der riesige Mann wegen Mordverdacht vor Gericht gestanden. Beidemal hatten wir ihn dorthin gebracht. Und jedesmal hatte man ihn mangels Beweisen wieder ziehen lassen müssen.

Wir kannten uns also gut, Little Joe und ich.

Eine ganze Weile war es still um ihn geworden. Angeblich hatte Couly ihn inzwischen zu seinem Stellvertreter befördert. Und nun begegneten wir uns auf dem Korridor einer Modellagentur! Bei einem Mann, dem man eine schwarze Rose geschickt und der gestern einen lieben Freund verloren hatte.

Ich war nicht naiv genug, um an einen Zufall zu glauben. Ich konnte mir auch nicht vorstellen, daß Little Joe hier vorsprach, weil er eine bürgerliche Karriere als Dreßman anstrebte. Ich war sicher, Little Joe machte hier wegen des gestrigen Vorfalls seine Aufwartung.

Langsam kam er mir entgegen. Er ließ mich keinen Sekundenbruchteil aus den Augen. Dann tat er etwas, was in zivilisierten Kreisen nicht üblich ist. Er blieb einen Schritt vor mir stehen und spuckte mir genau vor die Füße.

»Scheißbulle!« sagte er mit einer dünnen, gar nicht zu seiner Gestalt passenden Stimme. »Warum kannst du mir nicht einmal nachts im Central Park begegnen?«

»Wann?« fragte ich zurück.

Er zuckte zusammen, zog den Kopf tiefer zwischen die breiten Schultern und wollte an mir vorbei.

»Hast du den Job als Dreßman bekommen?« fragte ich.

Er blieb stehen und wandte sich mit einer heftigen Bewegung zu mir herum. Ich drehte im selben Moment in die andere Richtung und ließ meinen Ellenbogen zur Seite schwingen. Der Zusammenstoß zwischen meinem Ellenbogen und Little Joes Magen war unvermeidbar.

Der Stoß traf ihn unvorbereitet. Zum anderen hatte das faule Leben seine Bauchmuskeln etwas schlaff werden lassen. Jesse Ortuna stieß die Luft aus und knickte in sich zusammen. Die Augen traten ihm aus dem Kopf. In sinnloser Wut ballte er die Fäuste.

»Den Gefallen willst du mir doch nicht wirklich tun, Ortuna?«

Ortuna zuckte zurück. Seine Gestalt entspannte sich. Er setzte ein breites Grinsen auf. Ich erwartete einige unfreundliche Worte. Aber diesmal wandte er sich wirklich ab und verschwand schweigend in die andere Richtung. Ich wartete, bis er um den Gangknick verschwunden war. Dann setzte ich mich wieder in Bewegung.

David Coulys Mann bei Renncourt! Das konnte einem schon zu denken geben. Vor allem, nachdem wir bislang keinen trüben Punkt in Renncourts Leben gefunden hatten. Aber jetzt stellte sich heraus, daß er oder jemand aus seinem Betrieb etwas mit Coulys Clan zu tun hatte.

Ich ging weiter und stand wenig später in einem überaus eleganten Salon. Vor dem Schreibtisch, hinter dem Renncourt saß, stand noch eine zierliche Blondine mit einem Stenogrammblock. Renncourt schaute an der Blondine vorbei auf mich und gab ihr dann mit einer knappen Handbewegung zu verstehen, daß ihre Arbeit beendet sei.

»FBI?« fragte er, nachdem das Mädchen in einem anderen Zimmer verschwunden war und er mich eine ganze Weile skeptisch gemustert hatte.

»Jerry Cotton«, stellte ich mich vor.

»Und was kann ich für Sie tun, Jerry?«

Er lächelte ironisch und erwartete wahrscheinlich, daß ich mich über seine lockere Anrede aufregte. Er zündete sich eine Zigarette an und sah mich fragend an. Ich regte mich nicht auf. Ich nahm mir ebenfalls eine Zigarette und blieb dicht vor seinem Schreibtisch stehen.

»Blyd«, sagte ich. »Harry Blyd war ein Freund von Ihnen, Renncourt. Ich habe mir sagen lassen, Sie, Blyd und Wellington haben denselben Freund, der schwarze Rosen verschickt. Stimmt das?«

Renncourt zeigte nicht die kleinste Spur von Unsicherheit. Er rauchte einen tiefen Zug, schaute an mir vorbei zur Tür, und sein Blick kehrte zu mir zurück. »Sieht ganz danach aus, Mr. Cotton«, sagte er schließlich. »Ich nehme an, Sie wollen diesen Freund kennenlernen, der die schwarzen Rosen verschickt.«

»Das ist richtig.«

»Würden Sie mir glauben, wenn ich Ihnen sage, daß ich den Absender nicht kenne, Mr. Cotton?«

»Im Moment würde mir wohl nichts anderes übrigbleiben.«

»Mit anderen Worten: Sie beabsichtigen, in meinem Leben herumzuwühlen, mich zu belästigen und mich bei meiner Arbeit zu stören, an der der Staat New York nicht zu knapp an Steuern verdient.«

Ich grinste. Das hatte er wirklich fein formuliert. »Blyd ist tot«, sagte ich dann. »Er empfing genau wie Sie eine schwarze Rose.«

Renncourt stand auf. Seine schlanke Gestalt straffte sich. »Hören Sie«, sagte er leise. »Blyd ist tot, das ist traurig, und es geht mir sehr nahe. Nur sehe ich keine Veranlassung, daran zu glauben, daß Blyd sterben mußte, weil er vorher eine schwarze Rose erhielt. Die haben Wellington und ich auch bekommen, und wir leben noch. Ich weiß natürlich nicht, wie Wellington darüber denkt. Aber was mich angeht, ich kann allein auf mich aufpassen. Ich brauche keinen Polizeischutz, und ich will die G-men auch nicht im Haus haben. Das ist alles. Meine Zeit ist sehr begrenzt.«

»Sie können wirklich allein auf sich aufpassen, Renncourt?« fragte ich, während ich die Zigarette in seinem

Ascher zerquetschte. Sein Blick nahm einen geierhaften Ausdruck an, als seine Augen von meinen Fußspitzen aus über meinen ganzen Körper strichen und sich schließlich mit meinen trafen.

»Ich kenne die Rechtslage nicht genau. Klären sie mich auf, Mr. Cotton! Gibt es ein Gesetz, das vorschreibt, daß ich meine kostbare Zeit mit Ihnen vertun muß?«

Ich schüttelte den Kopf. »Aber Sie können vielleicht helfen, Licht in den Mord an Blyd zu bringen, Renncourt. Und dazu verpflichtet Sie das Gesetz.«

»Nur wenn ich etwas weiß.«

Ich nickte.

»Ich weiß nichts, Mr. Cotton. Ich werde das durch meine Anwälte formulieren und Ihnen zuschicken lassen. Ich hoffe, anschließend kann ich weiterhin in aller Ruhe meiner Beschäftigung nachgehen.«

Es war nichts anderes als ein eleganter Rausschmiß. Viel mehr hatte ich mir ohnehin nicht ausgerechnet. Daß man Blyd erschossen hatte, bedeutete für mich, daß er in gefährliche Geschäfte verwickelt gewesen war. Da Renncourt und Wellington ebenfalls eine schwarze Rose bekommen hatten, war anzunehmen, daß sie in den gleichen Geschäften tätig waren. Und natürlich würde Renncourt uns nicht auf die Sprünge helfen wollen.

»Was haben Sie mit David Couly zu tun?« fragte ich, als ich schon in der Tür stand.

Ich sah ihn zusammenzucken. Die gesunde Gesichtsfarbe wich einer vornehmen Blässe. Es knirschte, als er die Zähne zusammenbiß.

»Wer, verdammt, ist Couly?«

»Ein Bekannter von uns. Ein Mafiamann. Genau wie Little Joe, der in Wirklichkeit Jesse Ortuna heißt.«

Die Verkrampfung fiel von ihm ab. Die Bahamabräune kehrte in sein Gesicht zurück. »Dann wenden Sie sich doch an Couly oder Little Joe! Auf Wiedersehen, Mr. Cotton!«

Als er sich demonstrativ hinter seinen Schreibtisch setzte und nach dem Telefon griff, verließ ich das Büro. Es wäre sinnlos gewesen, weitere Fragen zu stellen. Renncourt hatte es vorgezogen, sich in sein Schneckenhaus zurückzuziehen. Etwas mit ihm und seinen Geschäften stimmte nicht. Wenn ich herausfand, was da schieflief, dann gab es vielleicht eine Chance, den Mord an Blyd aufzuklären und den Mann im grauen Anzug wiederzusehen.

David Couly, die Mafia und Renncourt!

Das ging mir nicht mehr aus dem Kopf. Blyd bekam eine schwarze Rose, und die Mafia tauchte bei ihm auf.

Keine harmlosen Spinner, die die schwarzen Rosen im Wappen führten! Neville mußte sich getäuscht haben. Couly und sein Clan verschickten die Rosen. Couly versuchte Fuß in legalen, gutgehenden Geschäften zu fassen und ließ Harry Blyd erledigen, um Renncourt und Wellington weich zu klopfen.

Das hörte sich ausgezeichnet an, aber ich hatte nicht den Hauch eines Beweises für diese Theorie.

Ich rief Joe Brandenburg ,an, der Captain bei der City Police gewesen war, bevor er beim FBI angeheuert hatte.

»David Couly, Joe«, sagte ich. »Einer seiner Männer ist bei Renncort aufgetaucht. Du hast dich einmal ausführlich mit Couly beschäftigt. Gibt es einen Zusammenhang zwischen Blyd, Renncourt, Wellington und Couly?«

»Daran kann ich mich aus dem Stand nicht erinnern.«

»Prüf es nach! Laß alles andere liegen und stehen oder drücke es anderen Kollegen auf die Augen! Couly hat Vorrang. Ich vermute, daß er etwas mit dem Mord an Blyd zu tun hat. Okay?«

»Okay«, antwortete Joe. »Du könntest bei Jeff Greene anklopfen, Jerry. Die beiden haben einmal zusammengearbeitet, als Couly noch ein kleiner Fisch war. Couly soll ihn betrogen haben. Das war einer der Gründe, weshalb die beiden sich damals getrennt haben. Greene ist also nicht besonders gut auf Couly zu sprechen.«

Ich lachte auf. »Möglich«, sagte ich. »Aber Couly ist inzwischen ein zu großer Fisch, als daß Greene ihn in den Schwanz beißen kann.«

»Er hat keine Angst vor Couly, und Couly hat auch niemals versucht, ihm zu nahe zu treten. Vielleicht hat Greene etwas gegen Couly in der Hand. Ich weiß es nicht.

»Was macht Greene?«

»Er betreibt einige Bars, hat etwas mit illegalem Glücksspiel zu tun, und man bringt ihn auch mit einem Callgirlring zusammen. Eine wirklich schillernde Persönlichkeit.«

»Liegt etwas gegen ihn vor?«

Diesmal lachte Joe Brandenburg auf. »Mann, Jerry, das sind Leute der ersten Stunde. Die verstehen ihr Geschäft. Die sind immer so abgesichert, daß niemand mit dem Finger auf sie zeigen kann.«

»Hast du eine Adresse, wo ich Greene treffen kann?«

»Jockey Club im East Village. Einer seiner renommiertesten Läden. Dort werden auch die höchsten Wetten abgeschlossen. Greene betreut die besten Kunden noch persönlich. Ist aber schwierig, ohne Eintrittskarte reinzukommen.«

»Ich werd's mal versuchen«, sagte ich. »Kümmere dich in zwischen um Couly! Phil und Zeerookah sollen ebenfalls damit anfangen, Informationen zu sammeln.«

Ich legte auf, verließ die Telefonkabine und ging zum Jaguar zurück.

Ich zündete mir eine Zigarette an und startete in Richtung East Village.

Mir fiel ein, daß, wenn Couly etwas mit dem Mord an Blyd zu tun hatte, wir auch in seiner Umgebung nach dem Mann mit der 45er Automatic suchen mußten.

An diesem Tag sah Dyburg sie mit anderen Augen als sonst. Sorge spiegelte sich auf seinem Gesicht. Bitternis hatte seine Mundwinkel nach unten gezogen.

Nancy Porthman, seine Tochter, saß neben Johnnie McDougan, seinem Killer, an der Frühstücksbar.

Obgleich Dyburg es nicht mit Bestimmtheit behaupten

konnte, war er doch sicher, daß es zwischen den beiden heute nacht etwas gegeben hatte.

Zweimal hatte Dyburg versucht, seinen Killer von Nancy fernzuhalten. Zweimal hatte McDougan ihm die kalte Schulter gezeigt und ihn behandelt, als seien sie Fremde.

Dyburg hatte zweifelsohne den besten Mann für sein Unternehmen eingekauft, gleichzeitig aber auch eine Persönlichkeit, die sich von niemandem lenken ließ.

Dyburg beobachtete die beiden aus einiger Entfernung. McDougan hielt seinen Arm um die zierliche Taille von Nancy geschlungen, und Nancy schmiegte sich verliebt an ihn. Ein Killer und seine Tochter, die einmal den Betrieb übernehmen sollte!

In Alan Dyburg zog sich etwas zusammen. Er hatte sein Testament gemacht. Alles, was er sich in den vergangenen zehn Jahren aufgebaut hatte, sollte nach seinem Tod Nancy Porthman gehören. Dann sollte sie auch erfahren, daß er ihr Vater war. Es gab sonst niemanden, dem er seinen Reichtum überschreiben konnte. Er hatte unter seinem ehemaligen Namen keine Verwandten. Als er Dyburgs Namen annahm, hatte er herausgefunden, daß dieser Mann aus dem Mittelwesten auch allein auf der Welt gestanden hatte.

Nancy, seine und Maggies Tochter, sollte erben! Es wäre auch in Maggies Sinn gewesen.

Und Nancy sollte nicht die Geliebte und schon gar nicht die Frau eines Killers sein! Das war damals bei Maggie und ihm schon nicht gutgegangen.

Dyburg zündete sich eine Zigarette an. Er hatte wieder mit dem Rauchen angefangen und die Feststellung machen müssen, daß ihm das Nikotin nicht in dem Maße schadete, wie Dr. Watson behauptet hatte. Er fühlte sich überhaupt gut. Ausgezeichnet sogar. Das lag wohl daran, daß er endlich begonnen hatte, eine alte Rechnung zu begleichen.

Dyburgs Blick huschte wieder zu den beiden jungen Leuten an der Frühstücksbar. Das durfte nicht sein! Nancy und McDougan, das würde genauso enden, wie es damals mit ihm und Maggie geendet hatte.

Dyburg ließ das Streichholz fallen, beobachtete zufrieden, wie einer der Angestellten es augenblicklich aufhob und in einen Aschenbecher warf.

Als er sich Nancy und McDougan zuwandte, erkannte er, daß der Killer ihn inzwischen über die Spiegelwand der Frühstücksbar entdeckt hatte und ihn mit einem zynischen, triumphierenden Lächeln bedachte. Dyburg fühlte sich unbehaglich in seiner Haut, als er sich den beiden näherte.

McDougan drehte sich herum, ohne Nancy loszulassen. Seine Hand rutschte immer höher und blieb schließlich unmittelbar unter Nancys Busen liegen. »Hallo«, sagte McDougan.

Dyburg nickte, und als Nancy sich zu ihm umdrehte, versuchte er ein Lächeln. Unverfänglich sollte es sein. Doch wer nur etwas im Gesicht eines Menschen lesen konnte, dem entgingen die haßerfüllten Augen des alten Mannes nicht. »Feierabend, Miss Porthman?«

Nancy nickte. »Seit Erwings Rausschmiß gibt es keine Schwierigkeiten mehr.«

»Zwei Minuten Ihrer freien Zeit, Miß Porthman«, sagte Dyburg. »Sollte der Kaffee inzwischen kalt geworden sein, spendiere ich einen frischen. Okay?«

»Sie sind der Boß«, antwortete Nancy.

»Aber doch nicht, wenn du Feierabend hast, Darling«, mischte McDougan sich ein.

Darling!

Dyburg erbleichte, und Nancy Porthman errötete leicht. Also hatte es doch eine gemeinsame Nacht der beiden gegeben. Zumindest aber waren sie sich sehr nahegekommen, der Killer und das Mädchen, das seine Tochter war.

»Wir können uns auch später unterhalten«, sagte Dyburg. Er wollte keine Auseinandersetzung. Jetzt noch nicht. Er mußte nur wissen, was zwischen den beiden lief, und einen Weg finden, die ganze Sache im Keim zu ersticken.

McDougan grinste noch immer herausfordernd, als Nancy aufstand.

»Oder haben Sie etwas dagegen, Sir?« fragte Dyburg spitz.

»Nicht für zwei Minuten, und nicht, solange es sich wirklich nur um Geschäfte dreht, Dyburg.«

Der Casinobesitzer zuckte zusammen, starrte McDougan an und erkannte auf den ersten Blick, daß der Mann ihn ebenfalls haßte. McDougan war ein Spieler. Er hatte verloren, und Spieler hassen Niederlagen. Noch mehr die Menschen, die ihnen eine Niederlage beigebracht haben.

Drei Schritte weit entfernten sich Nancy und Dyburg von der Bar.

»Etwas Grundsätzliches, Nancy«, sagte Dyburg leise. »Sie machen Ihren Job ausgezeichnet, und ich bin mehr als zufrieden. Es besteht die Möglichkeit, sie an ein größeres, exklusiveres Casino nach Las Vegas zu bringen. Mehr Geld für die Show, eine bessere Gage für Sie. Ich habe mit einigen Leuten gesprochen . . .« Dyburg sprach nicht weiter.

Es lag etwas Lauerndes in ihrem Blick, das ihn zum Schweigen brachte. »Warum tun Sie soviel für mich?«

»Weil Sie gut sind und . . .«

Nancy schüttelte entschieden den Kopf.

»Okay«, sagte Dyburg. »Okay, weil ich Sie mag, Nancy. Ich habe Ihre Mutter gekannt. Maggie hätte eine große Karriere vor sich gehabt, wenn diese Sache damals nicht . . .«

Sie stellte sich auf die Zehenspitzen und überragte ihn so beinahe um einen halben Kopf. »Was wissen Sie von meiner Mutter, Sir?«

»Nennen Sie mich Alan!«

»Wer sind Sie, Alan, und was wissen Sie von damals?«

Dyburg zuckte mit den Schultern. Er hatte es einfach falsch angefangen. Er hätte diese verdammte Vergangenheit aus dem Spiel lassen sollen. Nancy war ein Mädchen, das sich nicht so einfach abspeisen ließ. Sie pflegte den Sachen auf den Grund zu gehen – genau wie Maggie und er selbst.

»Was wissen Sie von damals, Sir?«

»Vielleicht später«, wich er aus und nickte in McDougans Richtung. »Ein interessanter Mann, Nancy, aber jemand ohne Zukunft für ein Mädchen wie Sie. Ein Verlierer!«

Tiefe Falten furchten ihre Stirn.

»Außerdem ist es nicht üblich, daß meine Angestellten sich mit den Gästen abgeben. Es sei denn, geschäftlich.«

Die Falten wurden tiefer. »Vielleicht gehöre ich nicht mehr lange zu Ihren Angestellten, Alan. Sie sagen selbst, Las Vegas sei auf mich aufmerksam geworden. Johnnie und ich wollen in einer oder zwei Wochen ohnehin für einige Zeit nach Vegas. Ich habe mit Ihnen darüber sprechen wollen. Und noch etwas, Alan. Sie haben mich für ein halbes Jahr engagiert, und der Vertrag läuft in der nächsten Woche aus. Vielleicht können wir uns über eine Verlängerung einigen. Nur versuchen Sie niemals wieder, sich in meine Privatangelegenheiten zu mischen! Ich habe Sie immer gemocht, weil Sie ausgesprochen fair sind, Alan. Bleiben Sie es!«

Nancy Porthman wandte sich ab. Anstatt zu McDougan an die Frühstücksbar zu gehen, begab sie sich zu den Waschräumen. Sekundenlang starrte Dyburg ihr nach. Wut brandete in ihm auf.

Er hatte es wirklich falsch angefangen. Er hätte wissen müssen, daß sie wie Maggie war und sich nicht einfach unter Druck setzen ließ!

Langsam ging Dyburg zu McDougan, der sein Gesicht zu einem breiten Grinsen verzog.

»Das Spiel um das Mädchen werden Sie verlieren, Dyburg. Ich werde meinen Auftrag erledigen, kassieren und die Kleine mitnehmen.«

Dyburg lief rot an. »Sie werden den Auftrag erledigen, kassieren und verschwinden, McDougan. Sehr schnell, sehr weit und für immer. Lassen Sie die Finger von dem Mädchen! Sie ist anständig und taugt nicht zur Geliebten eines Killers.«

Mit einem Satz schwang McDougan sich vom Hocker. Groß und wuchtig baute er sich vor Dyburg auf. »Achtung«, sagte er leise. »Achtung, Dyburg!«

»Was soll das heißen, McDougan?«

»Angeblich kennen Sie mich, Dyburg. Dann müßten Sie auch wissen, daß ich mir niemals etwas wegnehmen lasse.«

»Ich mir auch nicht, McDougan«, antwortete Dyburg

scharf. »Und ich habe zumindest die besseren Beziehungen.«

McDougan lachte auf. »Vielleicht habe ich die bessere Waffe. Und wahrscheinlich kann ich auch besser damit umgehen als die Leute, zu denen Sie die besseren Beziehungen haben.« Bevor Dyburg etwas antworten konnte, wandte sich McDougan schroff ab und schlug den Weg zu den Spielsälen ein.

Alan Dyburg starrte ihm nach. Er hatte sich einen guten und überaus gefährlichen Mann ausgesucht. In diesem Moment war ihm klar, daß er McDougan erledigen mußte, sobald er seinen Auftrag erfüllt hatte.

Der Jockey Club war als Wettbüro eine ausgezeichnete Adresse. Angelegt wie ein Fuchsbau mit mehreren Ausgängen.

Greene hatte seine eigene Karriere gemacht. Couly trat ihm nicht auf die Füße, obgleich die Mafia, die im gleichen Geschäft tätig war, sonst kein solches Konkurrenzunternehmen neben sich duldete ...

Das ließ tief blicken.

Zwei Männer waren rechts und links neben dem Eingang aufgestellt. Männer, denen man schon auf den ersten Blick ansah, daß sie es verstanden, ihre Fäuste zu gebrauchen. Ihre Augen waren wachsam und schienen in jeder Sekunde überall zu sein.

Diesmal ruhten sie auf mir. Der links neben dem Eingang stand, hatte feuerrote Haare und verfügte über einen ausgesprochenen Röntgenblick. Ich war sicher, er hatte längst die Waffe bemerkt, die ich im Schulterholster trug. Er wechselte einen schnellen Blick mit seinem Nebenmann und schüttelte den Kopf.

»Geschlossene Gesellschaft, Sir«, sagte der Kubaner, der seinen rothaarigen Kollegen um mehr als einen halben Kopf überragte und auch kräftiger gebaut war.

Er sagte es ausgesprochen freundlich. Es war ihm anzusehen, daß er noch nicht sicher war, wie er mich einschätzen solle.

Ich nickte und strich mir übers Haar. »Ich komme privat«, sagte ich. »Ich habe kein Interesse an eurer Gesellschaft. Ich will nur mit Greene sprechen. Okay?«

Der Rothaarige trat einen schnellen Schritt vor. Seine ohnehin schmalen Augen hatten sich noch mehr zusammengezogen. Die Fäuste waren geballt.

»Ich sagte, ich komme privat, Mann«, wiederholte ich.

»Verschwinde!«

Ich wandte mich an den Kubaner, der etwas besonnener schien. »Fragt wenigstens nach, ob Greene an einem Gespräch interessiert ist!«

»Ist er nicht«, antwortete der Rothaarige für seinen Partner.

»Von welcher Partei kommst du?« wollte der Kubaner wissen.

Bevor ich ihm antworten konnte, flog der Rothaarige mir regelrecht entgegen. Die Rechte schwang nach hinten, um augenblicklich in meine Richtung vorzustoßen. Daß ich etwas gegen solch rüde Behandlung haben konnte, damit schien er keinen Augenblick zu rechnen.

Geistesgegenwärtig nahm ich den Kopf beiseite und duckte ab. Mit einem zischenden Geräusch sauste die Faust an meinem Kopf vorbei. Am Luftzug konnte ich ermessen, welche Kraft der Bursche entwickelt hatte.

Er stolperte, versuchte den Schwung seines Körpers abzufangen und gleichzeitig die Linke gegen mich einzusetzen.

Ich sah sie herankommen, schoß einen Haken unter der Faust hindurch ab und traf meinen Gegner in die Magengrube. Er knickte ein und landete mit dem Gesicht auf meiner Schulter. Ich stieß ihn von mir weg und machte mich frei. Die Beine knickten dem Rothaarigen ein. Haltsuchend ruderte er mit den Armen in der Luft herum und stürzte schließlich genau vor den Eingang des Clubs, dessen Tür just in diesem Augenblick geöffnet wurde.

Der Mann, der heraustrat, war vielleicht fünfzig Jahre alt.

Er hatte langes, gepflegtes graues Haar. Die tiefen Falten in seinem Gesicht deuteten darauf hin, daß er sich nicht immer auf der Butterseite des Lebens bewegt hatte.

Als der Kubaner zusammenzuckte und der Rothaarige verzweifelt versuchte, wieder auf die Beine zu kommen, wußte ich, wen ich vor mir hatte.

Jeff Greene!

Ich grinste ihn an. Er warf mir einen vorwurfsvollen Blick zu. »Etwas nervös der Mann«, sagte ich und deutete auf den Rothaarigen. »Durch solche Leute kann man leicht in Schwierigkeiten geraten.«

Greene hob die buschigen Brauen und schaute erst den Kubaner an und dann mich. »Worum geht es?« fragte er.

»Ich wollte rein.«

»Geschlossene Gesellschaft«, antwortete Greene. »Wenn Sie es dennoch versucht haben, können Sie niemand einen Vorwurf machen.«

»Mache ich auch nicht. Aber ich will immer noch rein, um mit Ihnen zu sprechen.«

»Haben Sie eine Waffe?«

»Dazu einen Waffenschein und eine Marke.« Ich nickte. »Wäre ich Ihnen ohne Waffe und Marke angenehmer?«

»Worum geht es?«

»Privat.«

Greene schaute sich um und suchte nach einer Begleitung, die ich mitgebracht haben könnte.

»Er ist allein gekommen«, sagte der Kubaner. »Mit dem roten Jaguar.«

Greenes faltenreiches Gesicht verzog sich zu einem Grinsen. »Die Bezüge scheinen sich gebessert zu haben, wenn Polizisten sich einen Jaguar leisten können.«

»Es geht«, antwortete ich. »Bei Ihnen scheint der Rubel auch zu rollen, wie man sieht.«

»Es geht.«

»Aber er kann leicht zu rollen aufhören, Greene.«

Das Grinsen fror auf seinen Zügen ein. Eine Sekunde zögerte er noch. Dann deutete er mit einer wenig einladenden Kopfbewegung auf die geöffnete Tür in seinem Rücken. »Nicht länger als zehn Minuten«, sagte er. Ich folgte ihm durch einen schmalen, etwas verwinkelten Gang in ein luxuriös ausgestattetes Büro, nahm vor seinem Schreibtisch Platz und wartete, bis er sich eine Zigarre angezündet hatte.

»Jerry Cotton, FBI«, sagte ich dann.

»Was habe ich mit einem G-man zu tun?«

»Noch nichts. Kann sich aber schnell ändern. Spielen wir mit offenen Karten, Greene?«

»Dafür bin ich immer.«

Ich zündete mir eine Zigarette an und lehnte auch den Drink nicht ab, den er mir anbot.

»Worum geht es?« fragte er zum drittenmal.

»Um Couly. Ich weiß, Sie beide waren einmal Partner. Das liegt eine kleine Ewigkeit zurück. Sie haben auch keine Beziehungen zur Mafia. Aber ich weiß auch, daß Sie Couly nicht mögen. Wir brauchen Ihre Hilfe, um an ihn heranzukommen.«

Er nickte bedächtig. »Welchen Grund sollte ich haben, Ihnen zu helfen?«

»Zwei Gründe, Greene. Zum ersten den eines jeden anständigen Bürgers, der für Recht und Ordnung ist. Und zum zweiten den Grund, daß wir Ihnen einen Haufen Schwierigkeiten machen, wenn Sie auf stur schalten. Einleuchtend?«

Das Grinsen wuchs wieder auf seinem Gesicht.

»Illegales Glücksspiel, Wettbüros, Callgirlringe, Greene«, sagte ich und warf einen schnellen Blick auf die Uhr. »Drei Minuten, Greene. Wenn ich bis dahin nicht angerufen habe und durchgebe, daß wir auf Sie rechnen können, wird in jedem Ihrer Betriebe gleichzeitig eine Razzia durchgeführt. Vielleicht finden wir nichts. Aber es wird Unruhe bringen und dem Geschäft schaden. Richtig?«

Er war etwas bleich geworden. Ich wunderte mich darüber, mit welcher Selbstverständlichkeit ich über Dinge sprach, die wir gar nicht durchführen konnten. Aber Greene schien es zu schlucken.

»Sie schießen mit einem verdammt großen Kaliber, junger Mann«, keuchte er. »Dabei sind schon eine Menge Leute auf die Nase gefallen.«

Ich nickte. »Ich bin ganz gut auf den Beinen, Greene«, antwortete ich. »Wenn Sie wollen, können Sie Ihren Rechtsanwalt anrufen und ihn fragen, wie Sie sich verhalten sollen. Aber beeilen Sie sich!«

»Ich mag Couly nicht, Cotton«, sagte er, ohne auf meinen Vorschlag einzugehen. »Aber das ist für mich noch lange kein Grund . . .«

»Couly wird nichts davon erfahren, von welcher Seite wir unsere Informationen haben.« Ich schaute ihn durchdringend an und drückte die gerade angerauchte Zigarette wieder aus.

»Okay«, sagte er und deutete auf das Telefon. »Rufen Sie an!«

Ich wählte die Zentrale und ließ mich mit Joe Brandenburg verbinden. »Ich bin bei Greene«, sagte ich. »Alles in Ordnung, Joe. Ich melde mich später wieder.«

Bevor mein Kollege am anderen Ende der Leitung eine Frage loswerden konnte, legte ich wieder auf. »Renncourt, Wellington und Blyd«, begann ich. »Wie kann man Couly mit dieser Geldprominenz in Zusammenhang bringen?«

Greene wuchs um einen glatten halben Kopf. Mit jeder anderen Frage schien er gerechnet zu haben, nur nicht mit dieser. »Und Blyd hat es erwischt«, sagte er.

»Das hat sich schnell herumgesprochen.«

Greene grinste. »Auch daß Sie eine Pechsträhne haben, G-man. In der Bank lief nicht alles nach Plan, habe ich gelesen.«

»Es wird viel Unsinn geschrieben, Greene, das wissen Sie doch am besten. Ich brauche eine Antwort auf meine Frage. In welchem Zusammenhang steht Couly mit dem New Yorker Geldadel?«

Greene hob die Achseln und strich sich mit einer müden Handbewegung über die Augen. »Keine Ahnung«, versicherte er. Es klang nicht besonders überzeugend, obgleich er dabei versuchte, das ehrlichste Gesicht der Welt zu machen.

Ich nahm es ihm nicht ab. »Da liegt kein Privatgeschäft drin, Greene«, warnte ich ihn.

Greene zündete sich eine frische Zigarre an, nachdem ihm die andere ausgegangen war. »Das liegt alles schon verdammt lange zurück«, sagte er dann. »Da kann es keinen Zusammenhang mehr geben, Cotton, nein. Über zehn Jahre sind vergangen, und in der Zwischenzeit hat sich nichts getan.«

Ich nahm mir ebenfalls eine seiner Zigarren und machte es mir auf dem Sessel vor dem Schreibtisch bequem. Es hatte den Anschein, als sei ich bei Greene auf eine Goldader gestoßen. Ich wollte alles wissen, wie lange es auch immer zurückliegen mochte.

Phil Decker nahm den Anruf entgegen, den die Zentrale durchstellte.

»Susanne Wellington hier«, sagte eine etwas piepsige Mädchenstimme. »Ist dort der FBI?«

Phil stimmte zu.

»Die Nummer lag neben dem Telefon von Ma. Da ist jemand im Haus. Es gibt Krach, und Dad ist nicht da. Können Sie kommen?«

»Sehr gefährlich?« fragte Phil.

»Ich glaube ja. Ich muß auflegen! Der Mann kommt die Treppe rauf und sucht mich!«

Es klickte in der Leitung.

Wellingtons gab es mehr als genug in der großen Stadt, aber nur einen, an dem wir interessiert waren. Genau auf den tippte Phil, als er sich seinen Dienstrevolver aus der Schublade holte, die Waffe überprüfte und sie einsteckte.

Zwei Minuten später hatte er sich die Adresse herausgesucht und machte sich auf den Weg. Über Funk versuchte er, Jerry Cotton zu erreichen. Als es nicht auf Anhieb klappte, gab er der Zentrale den Befehl, es alle zwei Minuten zu versuchen und ihm mitzuteilen, wohin er sich zu begeben habe.

Jaqueline Wellington stand die nackte Angst im Gesicht geschrieben. Sie starrte den hünenhaften Mann an, der sich gewaltsam und unter Vorspiegelung falscher Tatsachen Einlaß in die riesige Penthousewohnung verschafft hatte.

»Mit wem hast du gerade telefoniert?« schnauzte Little Joe die zwölfjährige Susanne Wellington an.

»Mit einer Freundin«, log das Mädchen geistesgegenwärtig. »Ich werde in einer halben Stunde abgeholt.«

Little Joe strich sich die Haare aus der Stirn. »Verschwinde in dein Zimmer und schließ es hinter dir ab! Wenn ich dich noch einmal in der Wohnung sehe, passiert ein Unglück.«

Die Kleine wechselte einen schnellen Blick mit ihrer Mutter. Erst als die zustimmend nickte, drehte Susanne sich vom Telefon weg. Little Joe bemerkte es nicht. Aber Jaqueline Wellington sah sehr genau, daß ihre Tochter den Zettel mit der Nummer des FBI in der kleinen Hand zerknüllte bevor sie das Zimmer verließ.

»Mach dir keine Sorgen, Kleines!« rief Jaqueline ihrer Tochter nach. Dann wandte sie sich an den hünenhaften Mann, der sie mißtrauisch belauerte. Sie kannte ihn nicht und konnte sich auch nicht daran erinnern, ihn jemals mit ihrem Mann gesehen zu haben. Dennoch schien der Kerl mit ihm gut bekannt zu sein.

»Ich bin nicht sehr geduldig und nicht sehr feinfühlend, Lady«, knurrte Little Joe. »Eine besonders gute Erziehung habe ich auch nicht genossen. Entweder du erzählst mir die Wahrheit, oder wir drehen eine Runde durch sämtliche Betten.«

»Ich weiß wirklich nichts.« Jaqueline Wellington schüttelte den Kopf.

»Aber dein Alter hätte dir davon erzählt, wenn er in Schwierigkeiten stecken würde?«

»Das ist anzunehmen. Es kommt vielleicht auf die Art der Schwierigkeiten an.«

Little Joe grinste dreckig. »Seine Weibergeschichten bindet er dir nicht auf die Nase, wie?«

Jaqueline wurde rot. Sicher, ihr Mann war viel unterwegs,

das brachte der Job mit sich. Aber daran, daß es neben ihr noch andere Frauen in seinem Leben geben könnte, hatte sie noch nie einen Gedanken verschwendet.

»Er steckt in Schwierigkeiten, Lady« sagte Little Joe. »Und die können leicht so tödlich enden wie die von Blyd. Verstehst du?«

Jaqueline nickte. Sie wünschte nichts sehnlicher, als daß dieser Mann endlich verschwand. »Er kommt morgen aus Denver zurück«, sagte sie mit gepreßter Stimme. »Dann können Sie selbst mit ihm reden. Und wenn . . .«

Little Joe schüttelte den Kopf. »Dann kann es längst zu spät sein, Lady. Die Leute, die mich schicken, machen sich Sorgen. Vielleicht steckt dein Mann hinter Blyds Ableben und vielleicht . . .«

Jaqueline Wellington wußte selbst nicht, wie sie dazu kam. Blitzschnell hob sie die Hand und schlug sie klatschend in Little Joes erstauntes Gesicht.

Little Joe wich überrascht zurück. Mit der rechten Hand tastete er nach seiner getroffenen Wange. Ein gefährliches Glitzern trat in seine Augen.

»Verschwinden Sie, und lassen Sie mich endlich in Ruhe!« schrie Jaqueline Wellington. Sie zitterte am ganzen Körper. Seit Blyds Tod lebte sie in ständiger Angst. Sie hatte mit ihrem Mann telefoniert, aber der schien dem Mord an Blyd keine Bedeutung beizumessen. Morgen wollten sie sich darüber unterhalten. Und heute tauchte hier jemand auf, der behauptete, ihr Mann habe vielleicht etwas mit dem Mord an Blyd zu tun!

»Verschwinden Sie, oder ich rufe die Polizei!« Little Joe grinste dreckig.

»Ich weiß nicht, wer Sie schickt, aber ich weiß, daß es vor Jahren Sachen gegeben hat, in die die Mafia verwickelt gewesen ist. Ich werde darüber sprechen, Mister, wenn Sie mich nicht in Ruhe lassen.«

»Mit wem? Mit der Polizei?«

Jaqueline nickte. Im nächsten Sekundenbruchteil sah sie ein, daß sie einen schweren Fehler begangen hatte. Mit einem Schritt zurück versuchte sie auszuweichen, als Little Joe nach ihr griff. Sie reagierte nicht schnell genug. Little Joe bekam den Ausschnitt ihrer Bluse zu fassen. Der dünne Stoff gab mit einem ratschenden Geräusch nach. Little Joe hielt einen breiten Streifen in der Hand, starrte erst darauf und dann auf Jaqueline, die plötzlich halbnackt vor ihm stand.

»Verdammt«, keuchte der ehemalige Boxer und leckte sich genießerisch die Lippen. »Verdammt, du hast eine ganze Menge zu bieten.«

Jaqueline wich zurück, bis sie die Wand im Rücken hatte. Dann hob sie schützend die Hände vor ihre Blößen.

»Bleib, wo du bist, und rühr dich nicht vom Fleck!« drohte Little Joe, ging zum Telefon und hob ab.

Die Frau wollte reden. Sie hatte es angedroht, und wahrscheinlich würde sie es spätestens dann tun, wenn ihrem Mann etwas passierte. Darauf sollte es hinauslaufen. Couly hatte ausdrücklich verlangt, nicht wieder in die alten Geschichten hineingezogen zu werden. Es gab nur einen sicheren Weg, das zu verhindern. Jaqueline mußte als Druckmittel gegen Wellington eingesetzt werden, bis man ihn an einen sicheren Ort geschafft hatte. Dann mußten beide verschwinden. Aber das konnte Little Joe nicht selbst entscheiden. Couly sollte ihm die Anweisung dazu geben.

Es dauerte nur einige Sekunden, dann war die Verbindung hergestellt. Es dauerte auch nicht länger als eine weitere Minute, bis Little Joe genau die Anweisungen erhalten hatte, die er selbst vorschlug. Jaqueline sollte aus der Wohnung weggeschafft werden. Wenn Wellington in die Stadt kam, würde er alles tun, um mit seiner Frau zusammenzutreffen.

»Zieh dir etwas über!« verlangte Little Joe mit barscher Stimme. »Wir machen einen kleinen Ausflug.«

»Wohin?«

»Jemand will sich mit dir unterhalten.«

»Couly?«

Little Joe nickte und bemühte sich, sich nicht von den Reizen der jungen Frau durcheinanderbringen zu lassen. »Es geht um deinen Mann und um eure persönliche Sicherheit«, log er. »Also beeil dich! Die Kleine kann so lange im Haus bleiben, sie ist alt genug.«

Jaquelines Gedanken überschlugen sich. Blyd war tot, und ihr Mann befand sich vielleicht ebenfalls in Gefahr. Vielleicht war es Couly möglich, für die Sicherheit ihrer Familie zu garantieren. »Moment!«

Little Joe deutete auf eine Strickjacke. »Die reicht aus.«

»Ich muß meiner Tochter ...«

»Wir verschwinden sofort.«

Jaqueline wollte etwas sagen. Aber dann sah sie die großkalibrige Waffe, die Little Joe plötzlich in der Faust hielt. In diesem Moment erst begriff Jaqueline, daß es für sie ein Abschied ohne Wiederkehr werden würde. Sie hätte niemals auch nur andeuten dürfen, daß sie der Polizei gegenüber die alten Geschichten aufwärmen würde. Sie zögerte.

»Wenn du jetzt Schwierigkeiten machst, lege ich die Kleine um!«

Jaqueline zuckte zusammen. Schweiß rann ihr von der Stirn. Es war kein Spaß!

Sie nickte, zog sich die Strickjacke über die nackten Schultern und knöpfte sie zu. Verzweifelt suchte sie dabei nach einer Möglichkeit, dem Mann zu entwischen.

E gab keine, nicht hier in der Wohnung. Vielleicht draußen auf der Straße. Das war die einzige Hoffnung, die Jaqueline Wellington noch hatte.

Ich hatte die Meldung über die Zentrale bekommen und mich sofort auf den Weg gemacht. Nach dem, was ich von Greene erfahren hatte, war es durchaus möglich, daß Wellington und Renncourt als nächste Opfer auf der Liste des Killers standen. Vielleicht war es ausgerechnet der Mann mit der präzisen 45er, der sich in der Wohnung der Wellingtons befand. Phil und ich trafen beinahe gleichzeitig ein.

Ich sah meinen Freund aus dem dunklen Dodge steigen. Er drehte sich um, entdeckte meinen Jaguar und wollte sich gerade in meine Richtung begeben, als die beiden aus dem Ausgang heraus auf die Straße traten.

Little Joe und eine dunkelhaarige Frau, die sich rechts neben ihm bewegte. Er hatte den Arm um ihre Taille gelegt. Deutlich war zu erkennen, daß die Frau sich gegen den Griff des Mannes stemmte, der für Couly arbeitete.

Ich nickte in die Richtung des ungleichen Pärchens. Phil verstand und wandte sich der anderen Straßenseite entgegen, während ich meinen Jaguar verließ.

Ich hatte keine Ahnung, was gespielt wurde. Aber ich erkannte auf den ersten Blick, daß etwas faul war. Coulys Mann mit Wellingtons Frau, und die kleine Tochter hatte einen verzweifelten Hilferuf an den FBI geschickt.

Ich ließ die beiden nicht aus den Augen.

Little Joe blieb für einen kurzen Moment am Rinnstein stehen und blickte sich lauernd um. Die Frau an seiner Seite versuchte sich loszureißen. Ortuna schnappte sie im letzten Moment und riß sie an sich.

In diesem Augenblick hätte er Phil oder mich sehen müssen. Aber er war zu beschäftigt.

Wild redete er auf die junge Frau ein. Ich konnte kein einziges Wort verstehen. Aber Mrs. Wellington war blaß. Es konnten also kaum freundliche Worte gewesen sein, die er an sie richtete.

Aus den Augenwinkeln beobachtete ich Phil. Er hatte in zwischen die Straßenseite erreicht, auf der sich Little Joe und Mrs. Wellington aufhielten. Im Schutz der hochaufragenden Fassaden arbeitete er sich langsam, aber sicher auf die beiden zu. Zehn Schritte trennten meinen Freund noch von dem ungleichen Pärchen, als Ortunas Blick in meine Richtung fiel. Seine Gestalt spannte sich. Ein Ruck lief durch seinen Körper. Haßerfüllt starrte er in meine Richtung.

Meine Schritte wurden im gleichen Maß schneller, wie Phil sich dem Pärchen von der Seite her näherte.

Irgendwie glich die Situation der in der Bank. Der Mann hatte eine Geisel. Wieder lag es an Phil und mir, dafür Sorge zu tragen, daß keinem etwas passierte. Und diesmal würde kein unbekannter Mann im grauen Anzug mit einem gezielten Schuß alle Probleme lösen.

Schweiß brach mir aus. Ich bemühte mich, nicht in Phils Richtung zu blicken, um Ortuna nicht zu warnen. Mrs. Wellington kannte mich nicht. Aber instinktiv ahnte sie doch, daß ich jemand war, der ihr helfen konnte.

Erneut wandte sich Little Joe an die junge Frau. Wieder konnte ich nicht verstehen, was er ihr sagte. Mrs. Wellington zuckte zusammen und schaute flehend in meine Richtung.

Little Joe grinste. »Alles in Ordnung, G-man«, sagte er. »Wenn du mit der Frau sprechen willst, kannst du später wiederkommen.«

Im nächsten Augenblick geschah etwas, mit dem niemand hatte rechnen können. Die Tür des Apartmenthauses wurde aufgestoßen. Ein Mädchen trat heraus. Sie mochte an die zwölf Jahre alt sein. Tränen rannen über ihr angespanntes Gesicht. Ihre dünnen Arme zitterten unter der Last der doppelläufigen Schrotflinte.

Mein Herz übersprang einige Schläge. Phil blieb stehen.

Mrs. Wellington stieß einen erschreckten Schrei aus. »Nicht, Susanne!«

Little Joes Blick huschte für einen Sekundenbruchteil zum Eingang. Ich sah die Farbe aus seinem Gesicht weichen. »Sag dem Biest, sie soll mit der verdammten Waffe verschwinden!« herrschte er Mrs. Wellington an. »Verdammt, sag der Kleinen . . .«

Mrs. Wellington schüttelte den Kopf. »Susanne kann mit der Waffe umgehen«, sagte sie so laut, daß auch ich es verstehen konnte. »Entweder Sie lassen mich los, oder aber ich sage ihr, daß sie schießen soll. Sie ist erst zwölf, und sie handelt in Notwehr. Niemand würde sie verantwortlich machen können.«

»Sie hat recht, Little Joe«, sagte ich. »Dem Kind wird nichts passieren, wenn es schießt.«

»Das Zeug bringt uns alle um!«

»Dich«, sagte ich und versuchte, meine Stimme nicht aufgeregt klingen zu lassen. »Die Läufe sind genau auf deinen

Rücken gerichtet. Auf diese geringe Entfernung streut die Waffe kaum.«

Der Schweiß rann ihm über das Gesicht in die Augen. Mit dem Handrücken wischte er darüber hinweg. »Dann fährt die Frau zusammen mit mir zur Hölle!« stieß er wild hervor.

Er meinte es ernst. Ich unterschätzte ihn nicht. Ein Mann in seiner Lage blufft nicht.

»Das ist mir egal!« rief Mrs. Wellington. »Dann werden es meine Tochter und mein Mann überleben. Ich glaube, die Leute, die diesen Kerl geschickt haben, wollen meinen Mann umbringen.«

Ich sah sie an. Ich hatte selten zuvor in ein entschlosseneres Gesicht gesehen.

Nur in einem täuschte sie sich. Warum sollte gerade Couly ein Interesse daran haben, Wellington umzubringen? Dann ginge Blyd auch auf sein Konto, und darauf deutete wirklich nichts hin.

«Weg mit der Waffe, Little Joe!« forderte ich scharf und trat zwei Schritte näher an die beiden heran.

Little Joe zog die Waffe aus der Tasche. Diesmal richtete er sie auf mich. »Vielleicht hängst du mehr am Leben als diese Verrückte«, sagte er grinsend. »Und für dich wird die Kleine den Finger ganz sicher nicht krümmen.«

Wahrscheinlich hatte er recht. Aber es gab noch Phil, und der würde sehr wohl schießen, wenn mein Leben in Gefahr war.

»Lassen Sie Mom laufen!« Sie sprach sehr ernst, die Kleine, die sich die Waffe ihres Vaters geholt hatte und ihrer Mutter und dem Mann gefolgt war. »Lassen Sie Mom laufen!«

Little Joe ließ die Frau los. Mit einem schnellen Schritt setzte sich Mrs. Wellington zur Seite hin ab. Der Schock, unter dem sie gestanden hatte, löste sich. Ihr schlanker Körper zitterte, und sie begann zu schreien.

Little Joe ließ sich dadurch nicht ablenken. Langsam kam er mir entgegen. »Du wirst mir keine Schwierigkeiten machen, Cotton«, sagte er mit zitternder Stimme. »Frag die

Frau! Es ist nichts vorgefallen. Es ging einzig und allein um die Sicherheit ihres Mannes. Wir wollten uns nur darüber unterhalten, wie wir ihn am besten schützen können. Stimmt's, Lady?«

Ich sah an Little Joes Waffe vorbei auf die Frau. Dann auf das Kind, das die Schrotflinte noch immer krampfhaft umklammerte. Und ich sah Phil, der inzwischen so nahe gekommen war, daß ihn noch drei Schritte von Coulys Gorilla trennten.

»Verdammt, frag sie doch endlich, Cotton!«

Little Joes Stimme überschlug sich. Der Mann, der als Boxer einmal eine glänzende Karriere vor sich gehabt hatte, war nicht nur nervös, er hatte auch Angst.

»Er lügt«, sagte Mrs. Wellington mit kühler, beherrschter Stimme.

Little Joe wirbelte herum. In diesem Moment entdeckte er Phil, der zu einem riesigen Satz ansetzte.

Little Joe riß die Waffe hoch. Ich stieß mich vom Asphalt ab und flog ihm regelrecht entgegen. Ich bekam seine Beine zu fassen und riß ihn in genau dem Sekundenbruchteil um, als er seine Waffe gegen Phil abdrückte.

Hoch zischte das Projektil über Phil hinweg und bohrte sich mit einem klatschenden Geräusch in die Wand neben der Glastür.

Little Joe brüllte wie ein wildes Tier, drehte sich mit der Gewandtheit einer Katze in meine Richtung und versuchte, mir seine Waffe ins Gesicht zu schlagen.

Im letzten Augenblick drehte ich den Kopf zur Seite. Das Eisen schrammte dicht an meiner Stirn vorbei. Dann knallte es auf den Asphalt, und ein weiterer Schuß löste sich. Das Projektil prallte in den linken Vorderreifen eines Buick, aus dem mit einem pfeifenden Ton die Luft entwich.

Ich befand mich in einer denkbar ungünstigen Stellung. Ich lag zu Füßen des Mannes, der inzwischen begriffen hatte, daß für ihn eine Menge auf dem Spiel stand, wenn es ihm nicht gelang zu entwischen.

Little Joe riß die Waffe wieder hoch, als Phil, der sich

inzwischen wieder aufgerappelt hatte und nicht weiter als zwei Schritte von ihm entfernt kniete, seinen 38er in beiden Händen hielt.

»Ortuna!« brüllte er so laut, daß es auch mir in den Trommelfellen dröhnte. »Ortuna!«

Mrs. Wellington stand wie mit dem Asphalt verwachsen da. Über den Lauf der Waffe hinweg, die Ortuna auf mich gerichtet hatte, sah ich das kleine Mädchen mit dem Gewehr zusammenzucken.

Ortuna zögerte. Ich rollte mich beiseite. Dann hatte sich der ehemalige Boxer wieder gefangen. Mit einer schnellen Bewegung riß er die Waffe herum und folgte mit dem Lauf meinen Bewegungen.

Phil schoß. Meinem Freund blieb keine andere Wahl. Ortuna war zu allem entschlossen. Einen solchen Mann konnte man nur durch ein gezieltes Stück Blei stoppen.

Ein Ruck lief durch den riesigen Körper des Mannes, den sie Little Joe nannten. Es schleuderte ihn nach vorn. Seine Finger öffneten sich. Er stürzte. Die Waffe schlug scheppernd auf den Asphalt. Zwei Sekunden blieb er regungslos liegen. Dann wälzte er sich stöhnend auf die Seite und versuchte, mit der Linken nach der Waffe zu angeln.

Aber Phil war längst heran und stieß das Eisen mit der Fußspitze beiseite. Ortunas Hand griff ins Leere. Seine Augen weiteten sich. Sie waren blutunterlaufen. Aller Haß dieser Welt lag in seinem Blick vereint.

»Warum hast du mich nicht gleich umgebracht, du Hund von einem Bullen?« brüllte er, während er Phil sein Gesicht zudrehte. Er versuchte sich aufzurichten. Halb gelang es ihm. Dann brach er bewußtlos zusammen.

Phil beugte sich über ihn. Ich ging zu Mrs. Wellington und ihrer Tochter. Die Frau stand neben dem schluchzenden Kind und hielt den Arm schützend um ihre schmalen Schultern geschlungen. Aus tränenumflorten Augen schaute die Kleine mich an.

»Okay, Baby«, sagte ich leise. »Wirklich alles okay. Ohne dich hätten wir es wahrscheinlich nicht geschafft. Aber du mußt mir versprechen, niemals wieder ein Gewehr in die Hand zu nehmen und auf einen Menschen zu zielen. Okay?«

»Ich hatte Angst, er würde Mom ...«

Ich nickte und strich ihr über das halblange Haar. »Wir unterhalten uns später im Office. Die City Police und der Krankenwagen müssen bald hier sein.«

Mrs. Wellington nickte. »Kann ich so lange nach oben?« fragte sie und rieb sich über die geröteten Augen.

Ich nickte.

»Sie und ihr Freund haben mir wahrscheinlich das Leben gerettet«, sagte sie leise. »Wie heißen Sie?«

»Jerry Cotton«, antwortete ich. »Mein Kollege ist Phil Decker. Wir hatten eine ganze Menge Glück. Wenn die Kleine nicht bei uns angerufen hätte, wäre alles ganz anders gekommen.«

»Ich hatte die Nummer des FBI rausgesucht und sie neben das Telefon gelegt. Ich wollte mit Ihnen über meinen Mann und über den Mord an Harry Blyd reden. Ich hatte Angst, daß meinem Mann ...«

Ich winkte ab und sah den beiden nach, als sie ins Haus zurückgingen. Noch immer hielt die Kleine die Schrotflinte wie eine kostbare Trophäe unter dem Arm.

Phil hatte sich neben Ortuna aufgerichtet. »Daran wird er nicht sterben«, sagte mein Freund, und seine Stimme klang erleichtert. »Glatter Schulterdurchschuß. Man sollte von einem Kerl wie ihm eigentlich annehmen, daß er mehr aushalten kann. Verdammter Hund! Er wollte dich umlegen, Jerry. Das wird ihm noch sauer aufstoßen.«

Wenig später erschienen die ersten Streifenwagen der City Police. Die Beamten vertrieben die Passanten, die in zwischen zu einer dichten Traube zusammengedrängt um Phil und Ortuna herumstanden.

Der Notarztwagen war ebenfalls unterwegs. Ich war sicher, daß wir Coulys Gorilla, der als sein Stellvertreter galt, in wenigen Stunden verhören konnten.

Alan Dyburg betrachtete die beiden Männer eine ganze Weile schweigend. Was er plante, hatte er sich tausendmal durch den Kopf gehen lassen. Es war der einzige Weg, um das Verhältnis zwischen seiner Tochter und dem Mann, der als Killer für ihn tätig war, zu unterbinden.

Nancy durfte nicht so enden wie Maggie! Aber an der Seite von Johnnie McDougan war ein solches Schicksal programmiert. Also mußte Nancy für einige Zeit verschwinden. McDougan mußte sterben, sobald er seinen Auftrag erledigt hatte.

Der Mann war gefährlicher, als er ihn eingestuft hatte. Außerdem hatte Dyburg nicht im Traum damit gerechnet, daß es ausgerechnet zwischen seiner Tochter und McDougan zu einer Liebesbeziehung kommen konnte.

»Du hast vier Jahre wegen schweren Diebstahls und Körperverletzung gesessen, Jefferson.« Dyburg wandte sich an einen hochgewachsenen, pockennarbigen Mann. »Nur vier Jahre, weil man dir nicht mehr nachweisen konnte. Ich kenne Leute, die die alte Geschichte von damals wieder so aufwärmen können, daß noch einmal einige Jährchen für dich dabei rausspringen.«

Jefferson, der als Parkwächter für das Casino arbeitete, zuckte zusammen.

»Bei dir waren es sieben Jahre, Brown«, sagte Dyburg zu dem anderen, einen kleinen, untersetzten Mann. »Was ich eben über Jefferson gesagt habe, trifft auch auf dich zu. Trotzdem habe ich euch eingestellt, weil man sich auf euch verlassen kann. Eure Vergangenheit interessiert mich nicht. Haben wir uns verstanden?«

Jefferson und Brown nickten.

»Ich habe einen Job für euch, der für jeden von euch zehntausend Dollar ohne Risiko bringt.«

Erneut nickten die beiden.

»Alles, was Sie wollen, Sir«, versicherte Jefferson. Brown stimmte zu.

Alan Dyburg musterte die beiden noch eine ganze Weile. Er war sicher, daß man sich auf sie verlassen konnte. Es waren Leute, die die Chance, die er ihnen gegeben hatte, mit bedingungsloser Treue belohnten.

»Nancy Porthman«, sagte er. »Sie muß für einige Zeit verschwinden. Ihr beide sorgt dafür, daß sie erst dann wieder auftaucht, wenn ich es will.«

Jefferson und Brown warfen sich einen schnellen Blick zu »Sie kennt uns und wird Schwierigkeiten machen«, sagte Jefferson.

Dyburg winkte ab. »Keine Sorge! Wenn alles vorbei ist, wird sie schweigen.«

»Wann?«

Dyburg warf einen schnellen Blick auf die Uhr. »In einer Stunde schicke ich sie zusammen mit euch beiden nach New York. Ihr verschwindet mit ihr in einem Wochenendhaus, das ich gerade gekauft habe. Es ist alles vorhanden. Sollte dennoch etwas fehlen, kann einer von euch es besorgen.«

»Wie ist sie zu behandeln?« fragte wieder Jefferson, der sich zum Wortführer aufgeschwungen hatte.

»Als Gefangene«, antwortete Dyburg. »Sollte sie wirklich ernsthafte Schwierigkeiten machen, liegt es an euch, damit fertig zu werden. Noch Fragen?«

Weder Jefferson noch Brown stellten weitere Fragen. 10000 Dollar für jeden, das war eine Menge Geld. Dafür hätten sie mehr getan, als eine Frau zu entführen und sie zu bewachen.

»Erwartet sie in einer Stunde auf dem Parkplatz hinter dem Casino! Sie wird kommen und keine Fragen stellen.«

Jefferson und Brown standen auf und verließen das Büro. Dyburg schaute auf die zuschlagende Tür. Er hatte sich diesen Entschluß lange durch den Kopf gehen lassen und keine bessere Lösung gefunden. Später würde er ihr alles begreiflich machen. Er würde ihr sagen, wer er war und daß sie sein Imperium übernehmen würde. Und er würde ihr über Johnnie McDougan reinen Wein einschenken. Sie würde es verstehen und seinen Schritt gutheißen.

Mit einem scheuen Blick streifte Dyburg die Krankenakte mit dem letzten Untersuchungsbericht seines Arztes. Nur noch zwei bis drei Wochen hatte er zu leben. Er spürte die

Krankheit zwar kaum noch, brauchte auch nicht mehr auf die zum Teil betäubenden Schmerzmittel zurückzugreifen, aber das Ende war abgezeichnet. Es war wahrscheinlich wie bei vielen tödlich verlaufenden Krankheiten. Kurz vor dem Ende fühlte sich der Patient pudelwohl.

Es war aus mit ihm. Und es war aus mit den Männern, die Maggie auf dem Gewissen hatten und sich einbildeten, daß auch er vor zehn Jahren unter den Kugeln der Mafiakiller gestorben war, als er noch unter seinem richtigen Namen Lancaster gelebt hatte.

Blyd hatte es schon erwischt. Und Wellington würde morgen mittag auf dem Kennedy International Airport in New York landen. Auf seine Informanten konnte er sich verlassen.

Dyburg griff zum Telefon. Es dauerte eine ganze Weile, bis sich McDougan am anderen Ende der Leitung meldete.

»Wellington«, sagte Dyburg. »Seine Maschine landet morgen gegen zwei auf dem Kennedy Airport in New York. Es ist eine ausgezeichnete Möglichkeit, ihn zu erwischen. Einwände?«

»Okay«, sagte der Killer am anderen Ende der Leitung. »Okay. Dann bleibt nur noch Renncourt. Halte das Geld bereit!«

»Keine Sorge.«

»Und noch etwas, Dyburg.«

»Was?«

»Misch dich nicht in meine Angelegenheiten!«

»In welche?«

»Nancy Porthman. Sie und ich werden Atlantic City gemeinsam verlassen. Das ist abgesprochen. Ich weiß nicht, welches Interesse du an dem Mädchen hast. Aber vergiß sie, Dyburg, oder wer du auch sonst immer sein magst! Nancy gehört mir. Was sollte sie auch mit einem alten Mann, der nur noch wenige Wochen zu leben hat?«

Alan Dyburg spürte Wut in sich aufsteigen. Aber er unterdrückte seine Gefühle. »Sie kann gehen, wann und mit wem sie auch immer will, McDougan. Aber tu dir und ihr einen Gefallen und warte, bis du deinen Auftrag erledigt hast!

Mach ihr jetzt noch nicht zu viele Hoffnungen! Du weißt genau wie ich, der Job ist gefährlich, und es kann einiges passieren. Keine Feindschaft zwischen uns, okay?«

Für einen kurzen Moment herrschte Schweigen in der Leitung. »Okay«, antwortete McDougan dann. »Morgen mittag auf dem Kennedy International Airport. Du wirst inzwischen auf das Mädchen aufpassen, Dyburg. Ich liebe Nancy.«

Bevor Dyburg antworten konnte, hatte McDougan aufgelegt. Dyburg schmetterte den Hörer auf die Gabel zurück.

»Verdammter Narr!« fluchte er. »Du verdammter Narr wirst noch vor mir sterben!«

Mr. High schaute mich an. Zweifel spiegelten sich in seinem strengen Gesicht. »Das ist alles so verdammt lange her, Jerry.«

»Blyd, Wellington, Renncourt und ein Mann namens Lancaster«, sagte ich. »Sie machten allerlei schiefe Geschäfte und bauten sich ein wahres Imperium auf. Bars, illegales Glücksspiel, Prostitution, Wettbüros, alles, was man sich denken kann und was schnelle Dollars abwirft. Sie wurden reich damit, aber sie hatten die Mafia im Nacken. Couly setzte sie unter Druck. Er konnte sie nicht mit Gewalt vom Markt drängen. Dazu waren sie schon zu groß. Aber er zwang sie, an die Mafia zu verkaufen. Zu einem ausgezeichneten Preis, den die Männer sich teilten. Das ist die Verbindung zu Couly und der Mafia.«

»Und inzwischen?«

»Gab es keine weiteren Kontakte. Es war eine einmalige geschäftliche Transaktion«, sagte Phil, der dem Gespräch beiwohnte. »Jeder der Männer baute sich mit dem Mafiageld eine eigene Existenz auf und wurde mehr als nur reich.«

»Renncourt, Blyd und Wellington.« Mr. High nickte nachdenklich. »Aber was ist mit Lancaster?«

»Tot«, antwortete ich.

»Tot?«

»Ich habe von Greene erfahren, daß Lancaster sich dem Verkauf an die Mafia widersetzte. Ich denke, Couly erledigte das Problem nach bewährter Methode.«

»Couly?«

»Wahrscheinlich seine Leute.«

»Gibt es über die Sache einen Vorgang?«

Phil schüttelte den Kopf. »Lancaster verschwand von der Bildfläche. Niemand schien ihn zu vermissen. Niemand erstattete Anzeige.«

»Und die anderen wußten davon, daß die Mafia ihren Partner erledigte?«

»Anzunehmen, Sir«, sagte ich und war wirklich davon überzeugt.

»Beweise?«

»Bislang keine. Blyd ist tot, und Renncourt wird nicht reden, nachdem er Besuch von Little Joe hatte. Bleibt uns noch Wellington. Couly hatte etwas mit ihm vor. Little Joe sollte die Frau schnappen. Vielleicht wollte Couly Wellington unter Druck setzen, um ihm begreiflich zu machen, daß es für ihn und seine Familie besser sei, wenn er nicht über die alten Zeiten plaudert.«

»Das hört sich verständlich an«, sagte der Chef. »Aber warum mußte Blyd sterben?«

»Vielleicht wollte er reden«, sagte Phil. »Vielleicht hat er versucht, Couly wegen der alten Geschichte von damals unter Druck zu setzen.«

Das stand auf denkbar schwachen Füßen. Mr. High schüttelte auch sofort den Kopf.

»Blyds Killer kam unmöglich von der Mafia, Phil«, sagte der Chef. »Ein solcher Mann kümmert sich nur um seinen Auftrag und wird sich nicht in fremde Angelegenheiten wie die in der Bank einmischen. Hinter der Geschichte steckt mehr, als wir vermuten. Wenn Coulys Gorilla bei Renncourt war, dann bestimmt nur, weil Renncourt um Schutz gebeten hat. Renncourt hat Angst, und Couly muß etwas tun, damit die alten Geschichten nicht wieder aufgewärmt werden. Schließlich hat er nach unserer Ansicht Lancaster auf dem

Gewissen. Mord verjährt nicht. Da steckt mehr dahinter. Renncourt und Wellington schweben in Lebensgefahr, wenn es mit der alten Sache zu tun hat. Kümmert euch darum! Vielleicht redet Wellington, wenn er erfährt, daß Couly etwas gegen seine Frau plante. Was ist mit der Frau?«

»Was sie weiß, wird sie sagen. Joe Brandenburg unterhält sich mit ihr. Sie hatte ohnehin vor, uns um Schutz für ihren Mann zu bitten.«

Mr. High drückte seine Zigarette aus. »Und Mrs. Blyd?«

»Sie hat keine Ahnung vom Vorleben ihres Mannes.«

»Was ist mit Little Joe?«

»Er spielt den Unschuldsengel. Aber damit wird er wenig Glück haben. Zeerookah hat ihn im Gebet. Unser Indianer wird ihn weich kochen. Vor allem dann, wenn Little Joe erfährt, daß Couly keinen Finger für ihn rührt. Vielleicht weiß Little Joe, was damals mit Lancaster geschehen ist.«

»Vielleicht weiß er auch etwas über unseren Unbekannten mit der 45er«, fügte Mr. High hinzu. »Wir brauchen den Mann, um Renncourt und Wellington zu schützen. Ein Bekannter von Lancaster vielleicht, der sich mit seiner Rache beinahe zehn Jahre lang Zeit gelassen hat. Findet den Mann!«

Nichts anderes wäre uns lieber gewesen, aber wir wußten nichts über ihn. Zweimal war er in Erscheinung getreten, zweimal hatte er Tote zurückgelassen. Ich war sicher, auch bei seinem nächsten Auftritt würde jemand auf der Strecke bleiben, wenn wir ihm nicht zuvorkamen.

Zuvorkommen! Das war unmöglich. Sowohl Phil als auch mir war klar, daß wir es mit einem Gegner zu tun hatten, gegen den kein Kraut gewachsen schien. Der Mann mußte schon einen Fehler begehen und selbst einen Hinweis auf seine Identität liefern. Das war unsere einzige Chance.

Vor Minuten hatte Johnnie McDougan den Anruf erhalten. Jetzt konnte er vom Fenster seines Apartments aus beobachten, daß Nancy Porthman den Parkplatz hinter dem Casino betrat. Angeblich fuhr sie in Dyburgs Auftrag geschäftlich nach New York, um sich am Broadway einige Künstler anzuschauen, die man eventuell verpflichten wollte.

Johnnie McDougan hatte sich für morgen nach zwei Uhr in einem kleinen Cafe im Greenwich Village mit ihr verabredet. Der Mann, der durch seine Spielleidenschaft zum Killer geworden war, hatte beschlossen, zusammen mit Nancy ein neues Leben anzufangen, wenn alles überstanden war. Eine Million, das reichte für den Rest des Lebens, wenn man etwas vorsichtig mit dem Geld umging. Zum anderen war McDougan felsenfest davon überzeugt, niemals wieder in eine Pechsträhne zu geraten, die ihn ausgerechnet im Rainbow-Casino in Atlantic City bei einem Mann wie Dyburg eingeholt hatte.

Er schaute dem Girl nach. Zusammen mit zwei anderen Angestellten des Casinos stieg sie in einen silbergrauen Buick und verschwand wenig später aus seinem Blickfeld.

McDougan wandte sich ab, ging zum Schrank und holte den Requisitenkoffer eines Maskenbildners hervor. Auch bei seinem dritten Auftritt in tödlicher Mission sollte ihn wenigstens vom Aussehen her niemand als den Killer Blyds erkennen. Nur von einem mochte McDougan sich nicht trennen: Von der 45er Colt-Pistole. Um sie nach seinem Ausscheiden aus dem aktiven Dienst bei den Marines behalten zu können, hatte er sie damals als verloren gemeldet.

Little Joe plauderte nichts aus. Couly hatte ihm wider Erwarten einen Anwalt besorgt. Nun stand die Aussage des ehemaligen Boxers gegen die von Mrs. Wellington. Zeerookahs Bericht über die Vernehmung Little Joes brachte uns nicht weiter. Dafür aber erfuhren wir von Jaqueline Wellington etwas mehr über Lancaster. Über den Mann, der vor zehn Jahren allem Anschein nach getötet worden war, weil er sich dem Verkauf der Geschäfte an Couly widersetzt hatte. Doch es genügte nicht. Wir sahen nicht klarer.

Es waren noch etwas mehr als drei Stunden bis zu Wellingtons Ankunft in New York. Phil Decker und Joe Brandenburg bezogen zusammen mit anderen Kollegen Stellung auf dem Kennedy International Airport. Die Chance, auf den Killer mit der 45er zu stoßen, war zwar gering, aber in diesem Fall konnten wir uns keine Nachlässigkeit leisten. Wellington Leben war in Gefahr. Und ein Flughafen war wie geschaffen dafür, jemanden aus dem Hinterhalt zu erledigen.

Alles hatte sich gegen uns verbündet. Wir hatten nicht einmal einen Schimmer, nach wem wir besonders Ausschau halten mußten. Zweimal hatte sich der Killer offensichtlich maskiert. Es war anzunehmen, daß er wieder ganz anders aussehen würde.

Wenn er überhaupt hier auftauchte...

Ich dachte daran, als ich meinen Jaguar vor einer kleinen Künstlerkneipe im Greenwich Village stoppte und ausstieg.

Das Starlet war ein äußerlich heruntergekommener Laden, der vor zehn Jahren noch erstklassig gewesen war. Einige Künstler, aus denen etwas geworden war, hatten ihre Karriere hier begonnen.

Obgleich ein von Wind und Wetter gebleichtes Pappschild an der Tür eindeutig darauf hinwies, daß der Laden noch geschlossen hatte, stand die Tür offen. Zwei Putzfrauen waren damit beschäftigt, den Dreck der letzten Nacht zu beseitigen. Hinter der mit rosa Samt beschlagenen Bar stand eine Frau um die Fünfzig. Früher vielleicht einmal eine Schönheit, war sie im Laufe der Jahre unförmig in die Breite gegangen.

Ihr gepudertes Gesicht spiegelte lange, durchwachte Nächte, zu wenig Schlaf und zuviel Alkohol.

Sie schaute von ihrem Rechnungsbuch auf. Ihr Gesicht verzog sich zu einem Lächeln. Allen Anschein nach war ich ungefähr der Typ, für den sie früher einmal eine Schwäche gehabt hatte.

»Hallo, Darling«, sagte sie mit kratzender Stimme. »Du kommst um einige Stunden zu früh, um etwas zu erleben.«

Ich erwiderte das Lächeln und setzte mich auf einen nicht

sehr stabil wirkenden Barhocker. »Denise Malway?« fragte ich.

Die Alte nickte, und ihr Blick wurde skeptisch. »Das hört sich ziemlich amtlich an«, sagte sie reserviert.

Ich winkte ab. »Ich mag Lokale wie diese und Menschen wie Sie, Denise, die anderen geholfen haben, etwas aus sich zu machen.«

»Welche Fakultät?« fragte sie, griff blind hinter sich, fischte eine Flasche Pernod aus dem Regal, stellte sie auf die Bar und zwei Gläser daneben.

»FBI.«

Sie verzog den breiten, grellgeschminkten Mund. »Darfst du denn im Dienst was trinken, Darling?«

Ich nickte, ließ sie den Pernod einschenken und mit einem Schuß klaren Wasser verdünnen. Dann prostete ich ihr zu.

»Was kann ich für dich tun?« fragte sie, nachdem sie ihr Glas auf einen Zug geleert hatte.

»Lancaster«, sagte ich. »Dave Lancaster. Es liegt an die zehn Jahre zurück. Er soll eine Freundin gehabt haben . . .«

Sie schaute mich an, und ihre Augen wurden wäßrig. »Dave und Maggie«, sagte sie leise. »Natürlich kann ich mich erinnern. Ich habe niemals wieder zwei Menschen erlebt, die sich ähnlich abgöttisch geliebt haben. Er war ein feiner, eleganter Mann und sie eine wunderschöne, talentierte Frau .«

Ohne sich um mich zu kümmern, wandte sie sich ab und verließ den Schankraum. Ich zündete mir eine Zigarette an. Neville war die Geschäfte von Lancaster, Renncourt und Wellington durchgegangen und darauf gestoßen, daß Lancaster gerade hier im Greenwich Village im Starlet eines Mädchens wegen verkehrt hatte.

Einige Minuten verstrichen. Dann kam die alte Denise zurück und legte ein abgegriffenes Album auf die Theke. Mit zitternden Fingern schlug sie es auf. »Lancaster hat sich niemals fotografieren lassen«, sagte sie. »Maggie hat mir sein Bild gegeben, weil ich sie darum gebeten habe. Er war ein sehr schöner Mann.«

Das war er in der Tat. Genau wie die zierliche Blondine auf dem Bild eine bezaubernd schöne Frau war. Sie schmiegte sich zärtlich in die Arme des nicht sehr großen, dunkelhaarigen Mannes. Er hatte ein feingeschnittenes, offenes Gesicht, das Tatkraft und Durchsetzungsvermögen ausdrückte.

»Was ist aus Maggie geworden?«

Denise sah mich aus ihren großen Augen forschend an. »FBI?« fragte sie.

Ich nickte.

»Aber Sie haben den Fall niemals bearbeitet, nicht wahr?«

»Nein .«

»South Brooklyn«, sagte die Alte. »Ich sehe die Uniformierten noch reinkommen, die mich mitnahmen, damit ich Maggie identifiziere. Man hatte sie erschossen und wie einen toten Hund auf der Pier liegenlassen.«

Sie stockte und zündete eine Zigarette an, nachdem sie sich einen frischen Pernod eingeschenkt hatte. »Lancaster kam hierher, und jemand rief ihn an, Darling«, fuhr die alte Denise dann fort. »Als er auflegte, sah er aus wie jemand, der genau wußte, daß er bald sterben würde. Ich beschwor ihn, sich an die Polizei zu wenden. Er wollte nicht. Er sagte, wenn er sich nicht allein auf den Weg mache, werde man Maggie töten. Man hatte sie aus seiner Wohnung entführt, um ihn unter Druck zu setzen. Eine schlimme Geschichte.«

Denise trank einen Schluck. Die Vergangenheit, die ich in ihr wachgerufen hatte, schmerzte sie. Sie litt regelrecht. Die Falten in ihrem Gesicht wurden tiefer. Verstohlen wischte sie sich über die Augen.

»Er fuhr nach Brooklyn ...« Sie stockte, trank ihr Glas leer und winkte mit einer müden Handbewegung ab. »Ich glaube, ich möchte nicht mehr darüber reden, Darling.«

Ich verstand sie. Sie mußte Maggie geliebt haben wie eine eigene Tochter, und zweifelsohne hatte sie auch Lancaster nahegestanden.

»Es ist wichtig«, sagte ich leise.

»Er ging nach Brooklyn, weil sie versprochen hatten, Maggie freizulassen. Ich weiß nicht, ob er wirklich daran geglaubt hat. Wahrscheinlich nicht, aber er ist dennoch gefahren. Vielleicht wollte er zusammen mit Maggie sterben. Ich weiß es wirklich nicht. Ich habe ihn damals nicht gefragt.«

»Maggie starb«, sagte ich.

Denise nickte. »Sie erwischten auch Lancaster. Es gab jemanden auf dem Fluß, der es beobachtet hat. Sie schossen zweimal auf ihn. Er stürzte tot ins Wasser. Seine Leiche hat man niemals gefunden. Die Strömung dort unten, verstehst du?«

Ich nickte.

»Warum interessiert sich der FBI nach all den Jahren dafür, Darling?«

»Ein ehemaliger Partner Lancasters wurde erschossen«, sagte ich, denn wahrscheinlich hatte sie ohnehin schon vom Tod Blyds gehört.

»Lancaster wollte nicht wie die anderen«, sagte sie. »Er war überhaupt anders als seine Freunde. Ich will nicht sagen, daß er ein Musterbürger war, aber er hatte einen guten Kern. Maggie und Lancaster hatten eine Tochter, die bei Verwandten in Denver lebte. Sie wollten heiraten und das Mädchen zu sich holen. Nancy Hollins.«

»Was ist aus ihr geworden?«

»Ich weiß es nicht, Darling. Vielleicht lebt die Kleine noch in Denver. Ich weiß es nicht. Noch einen Drink?«

Ich schüttelte dankend den Kopf. »Sie haben mir sehr geholfen, Denise«, sagte ich. »Gibt es ein Foto von Nancy Hollins?«

Es gab eins. Es zeigte ein junges blondes Mädchen, das Maggie sehr ähnlich war. Auf den ersten Blick hätte man die beiden für ein und dieselbe Person oder wenigstens für Schwestern halten können.

»Couly«, sagte ich dann. »Sagt Ihnen der Name etwas?«

»Ich kann mich nicht an ihn erinnern. Was ist mit ihm?«

»Er kaufte die Geschäfte. Vielleicht schickte er auch den Killer für Maggie und Lancaster.«

Sie überlegte eine ganze Weile. Dann schüttelte sie den Kopf. »Ich habe Couly sicher nie kennengelernt, Darling.«

»Renncourt, Wellington und Blyd«, nannte ich die anderen Namen. »Haben Sie diese Leute jemals kennengelernt?«

»Flüchtig«, antwortete die Alte. »Sie waren mir nicht besonders sympathisch. Sie waren auch nicht gut für Dave Lancaster. Ich habe Dave das gesagt.«

»Hat er jemals darüber gesprochen, daß diese Leute eine Gefahr für ihn darstellten?«

»Er sprach niemals über Geschäfte.« Das Telefon läutete. Denise hob ab und meldete sich mit müder Stimme. Sie legte wieder auf und wandte sich an mich. »Ich muß weg, Darling.«

Ich legte einen Geldschein auf die Bar und stand auf. Kurz vor der Tür, als ich die beiden Putzfrauen schon umrundet hatte, blieb ich stehen. »Können Sie sich an Freunde von Dave Lancaster erinnern, Denise? Ist jemals jemand hier gewesen, der nach seinem Tod nach ihm gefragt hat?«

»Niemand«, bekam ich zur Antwort. »Die Bilder möchte ich zurückhaben, Darling.«

Ich versprach, sie zurückzubringen, und ging hinaus. Vom Jaguar aus setzte ich mich mit Steve Dillaggio in Verbindung. Ich sagte ihm, was sich vor mehr als zehn Jahren in South Brooklyn ereignet hatte, und gab ihm Lancasters Beschreibung durch.

»Okay, Jerry«, sagte er. »Ich kümmere mich darum.«

»Setz einige Leute auf Couly an! Laß ihn und seine Leute durchleuchten! Vielleicht können wir ihn über die Sache von damals schnappen. Ich fahre jetzt zum Kennedy Airport raus. Wellington kommt bald an. Ende.«

Ich startete und reihte mich in den fließenden Verkehr ein.

Lancaster!

Der Name hatte sich in mein Hirn eingebrannt. Er hatte sich dem Verkauf der gemeinsamen Geschäfte an die Mafia widersetzt und versucht, seine Freundin zu retten. Dann war er, so schien es, mit offenen Armen in den Tod gelaufen.

Es war damals keine FBI-Sache gewesen. Niemand schien

auch nur auf die Idee gekommen zu sein, daß die Mafia ihre Hände im Spiel haben könne. Blyd, Renncourt und Wellington hatten geschwiegen. Jetzt starb Blyd, und alles deutete darauf hin, daß es auch Wellington und Renncourt an den Kragen gehen sollte.

Da lief ein Mann mit einer 45er herum. Jemand, der dem Anschein nach wegen der alten Geschichte Abrechnung hielt.

Zehn Jahre lag das zurück. Zehn Jahre lang hatte jemand den Haß in sich wachsen lassen, bevor er handelte. Ein alter Freund von Lancaster oder ein Bekannter von Lancasters und Maggies Tochter Nancy Hollins, die die wahren Zusammenhänge vom Tod ihrer Mutter erst später erfahren und dann den Mann mit der 45er engagiert haben mochte.

Alles Vermutungen, die sich mit nichts untermauern ließen. Wir brauchten eine klare Aussage. Vielleicht von Wellington.

Der Verkehr wurde dichter und nahm meine Aufmerksamkeit in Anspruch. Meine Gedanken an Lancaster schalteten sich automatisch ab. Ich dachte nur noch an den Mann, der gleich New York erreichte und auf den vielleicht der Killer mit der 45er wartete.

Wellingtons Wagen stand auf dem Südparkplatz, der von den Fluggesellschaften für die sogenannten VIPs reserviert war. In einer Stunde sollte die Maschine landen. In Boston hatte es einen Zwischenstopp gegeben. Phil hatte erfahren, daß Wellington dort einen Anruf erhalten hatte. Das Flugpersonal hatte sich gut daran erinnern können, weil man ihn erst suchen mußte.

»Natürlich hat niemand eine Ahnung, woher der Anruf kam und worum es ging«, sagte Phil.

Mrs. Wellington kam zum Airport heraus. Ich sprach mit ihr. Nach einiger Zeit konnte ich sie davon überzeugen, daß wir alles getan hatten, um ihren Mann zu schützen. Wir schickten sie in ein nahes Hotel und gaben ihr einen Kollegen mit. Ihre Tochter hatte sie inzwischen zu Verwandten aufs Land gebracht.

In der Snackbar gingen Phil und ich noch einmal alles durch. Am sichersten wäre es, ihn in der Maschine zu verhaften und in einem gepanzerten Wagen wegzubringen. Doch dazu hatten wir kein Recht, zumal es nur eine vage Vermutung von uns war, daß ihm der Unbekannte mit der 45er am Flughafen auflauerte.

Ich hielt den Killer für intelligent. Er mußte sich sagen, daß wir nach dem Mord an Blyd nicht geschlafen, sondern alle nur denkbaren Möglichkeiten erwogen hatten. Daß wir Wellington und Renncourt unter steter Bewachung hielten. Das hieß, eigentlich durfte der Unbekannte mit der 45er gar nicht in Aktion treten. Bei dem Aufwand, den wir betrieben hatten, war das Risiko für ihn zu groß.

Phil rauchte schweigend und ließ den Blick durch die riesige Abfertigungshalle schweifen, in der es von Menschen nur so wimmelte. »Jeder von denen dort draußen kann es sein«, sagte mein Freund dumpf.

Ich nickte. »Wellington verläßt die Maschine, geht an den VIP-Schalter, und wir können ihn nicht aus den Augen verlieren. Anschließend geht er zum Südparkplatz. Dort steht ein Wagen von uns, zu dem wir über Walkie-talkie stets Verbindung haben. An der Ausfahrt steht der nächste Wagen. Egal, was Wellington auch immer unternimmt, wir haben ihn unter Kontrolle. In der Stadt wird er in einen harmlosen Unfall verwickelt werden. Die City Police wird ihn mit aufs Revier nehmen, ohne daß jemand Argwohn schöpfen kann. Dort tauchen wir mit seiner Frau auf. Wir können uns mit ihm, wenn er will, in aller Ruhe unterhalten. Also mach dir keine unnötigen Gedanken, Phil!« Phil drückte seine Zigarette aus und winkte der Bedienung.

Johnnie McDougan hielt sich seit Stunden auf dem Airport auf. Er trug die Uniform eines hochdekorierten Colonels der Luftwaffe und bewegte sich auch wie ein Offizier. Zweimal war er mit anderen Offizieren zusammengetroffen, hatte sich mit ihnen unterhalten und einen schnellen Drink mit ihnen eingenommen. Niemandem war aufgefallen, daß seine Uniform nur Maske war und er die Army schon vor vielen Jahren verlassen hatte. Er beherrschte seine Rolle. Sein Benehmen und sein Auftreten war das eines Offiziers, der im aktiven Dienst stand.

Nichts entging dem Killer, der nach New York gekommen war, um den zweiten Mann auf der Liste zu töten. Er hatte den Plan des Flughafens studiert, und es war ihm nicht schwergefallen herauszufinden, daß es für besondere Fluggäste auch einen besonderem Parkplatz gab.

Genau den beobachtete er seit geraumer Zeit.

Wellingtons Wagen stand etwa zwanzig Schritte vom Eingang entfernt in einer Parktasche. Rechts und links in einigem Abstand noch weitere Fahrzeuge, denen McDougan keine besondere Aufmerksamkeit schenkte. Ihn interessierte nur der Mercury, der rechts neben der Abfahrt stand, und der Mann, der gespielt gelangweilt hinter dem Steuer saß.

Polizei!

McDougan genügte ein einziger Blick, um das zu er kennen. Nachdem es Blyd erwischt hatte, standen Renncourt und Wellington natürlich unter besonderer Aufsicht. Schließlich handelte es sich nicht um irgendwelche kleine Leute, sondern um Angehörige der Oberschicht.

McDougan grinste und schob sich die Uniformmütze etwas weiter in den Nacken. Die ersten Schwierigkeiten stellten sich ein. Für den Vietnamveteranen waren sie eine zusätzliche Herausforderung. Es würde schwieriger werden, sicherlich. Aber Wellington würde das Gelände des Kennedy Airport trotzdem nicht lebend verlassen.

Er hatte einen Auftrag zu erledigen, und er würde ihn ausführen, wie man es von ihm erwartete. Das war noch nie anders gewesen.

Wellington ging schwerfällig hinter zwei anderen Passagieren, die ebenfalls am VIP-Schalter abgefertigt wurden. Unruhig huschte sein Blick hin und her. Ich war sicher, er wußte, wer Phil und ich waren, noch bevor ihm Phil den Dienstausweis direkt unter die Augen hielt.

Wellington schaute uns forschend an. Seine Augen wirkten müde, und die Gesichtsfarbe war krankhaft grau. »Ich habe Sie nicht gerufen, und ich ...

»Man hat versucht, Ihre Frau zu entführen, und Blyd wurde erschossen, Sir«, sagte Phil ruhig. »Wir haben allen Grund zu der Annahme, daß man ...«

Mit einer unwilligen Handbewegung winkte Wellington ab. Seine Gestalt spannte sich. »Unsinn!« sagte er schroff. »Lassen Sie mich in Ruhe! Wenn Sie Fragen an mich haben, schicken Sie mir über meinen Rechtsanwalt eine Vorladung!«

»Sir, wir versuchen doch nur ...«, setzte Phil nach und wurde augenblicklich wieder abgeblockt.

Wellington schob ihn mit der Schulter beiseite wie einen lästigen Vertreter. »Verschwinden Sie!«

Phil wollte noch etwas sagen, aber ich hielt meinen Freund an der Schulter zurück. Phil fluchte unterdrückt. Dann folgte er mir, als ich mich vom VIP-Schalter entfernte.

»Es ist seine Sache, Schutz abzulehnen, Phil«, sagte ich. »Wir haben nichts gegen ihn in der Hand und können ihn nicht zwingen, wenn er nicht will. Aber wir verlieren ihn nicht aus den Augen. Spätestens in einer halben Stunde wird er den Unfall gehabt haben und wird uns in einem Polizeirevier gegenübersitzen. Vielleicht glaubt er sich von jemandem beobachtet und weist uns deshalb so schroff zurück.«

Phil nickte. Dann griff er zum Walkie-talkie, um sich mit unserem Kollegen in Verbindung zu setzen, der in einem Mercury auf dem Südparkplatz wartete.

»Keine besonderen Vorkommnisse«, sagte John Loring, nachdem er Phils Anfrage erhalten hatte. Dabei schaute Loring mit flackernden Augen in den Lauf einer 45er, die ihm ein Colonel der Luftwaffe entgegenstreckte.

»Sie werden Wellington folgen, genau wie es abgesprochen ist!«

Loring bestätigte und schaltete das Walkie-talkie ab. Mit dem Handrücken wischte er sich den Schweiß von der Stirn. »Ich weiß nicht, was Sie wollen, Sir«, wandte er sich an Johnnie McDougan. »Aber wenn es um Wellington geht, dann haben Sie keine Chance. Der wird zur Zeit besser bewacht als der Präsident.«

McDougan grinste. Sein Blick huschte zu dem Gang, der hier auf dem Parkplatz mündete. »Wo steht der nächste Wagen?« fragte er.

»Gleich hinter der Abfahrt«, antwortete Loring mit gepreßter Stimme.

McDougans Gedanken überschlugen sich. Er mußte es hier draußen erledigen und dann in die Abfertigungshalle zurück. Dort befand sich sein Koffer in einem Schließfach. Binnen weniger Minuten würde dann aus dem Colonel wieder ein normaler Zivilist werden. Während man noch nach einem Offizier der Luftwaffe suchte, konnte er das Gelände des Flughafens in aller Ruhe mit den anderen Passagieren verlassen. Ungefähr wie damals in der Chase Manhattan Bank. Niemand war wirklich in der Lage, einen solchen Komplex hermetisch abzuriegeln. Wegen eines Toten, auch wenn er Wellington hieß und ein bekannter Mann war, würde man den Betrieb auf dem Kennedy Airport nicht lahmlegen.

»Wie viele Leute halten sich in der Halle auf?«

Loring zuckte mit den Schultern. »Einige«, antwortete er. »Weiß es nicht genau.«

»Wer leitet das Unternehmen?«

»Cotton und Decker, zwei G-men.«

McDougan nickte und ließ sich die beiden beschreiben. Ein Lächeln huschte über sein Gesicht. Für einen Augenblick wandte er den Blick wieder zum Eingang auf den Parkplatz. Diese Unachtsamkeit versuchte John Loring auszunutzen.

Seine Hand ruckte vor. Die Finger umschlossen schon den Lauf der 45er mit dem dickbäuchigen Schalldämpfer, als McDougan abdrückte, ohne eine Sekunde zu zögern.

Es warf Loring in die Polster zurück. Für einige Sekunden waren seine Augen weit aufgerissen, bevor sie brachen.

McDougan fluchte. Er beugte sich tief in das Innere des Wagens und überzeugte sich davon, daß Loring auch wirklich tot war. Dann richtete er sich auf und entfernte sich einige Schritte vom Mercury.

Die Eingangstür auf den Parkplatz wurde geöffnet. Eisige Ruhe kehrte in McDougan ein. Der Mann, der den Parkplatz betrat, war Wellington. Er sah verschwitzt und aufgeregt aus. Unstet strichen seine Augen über den großen Platz, der im gleißenden Sonnenlicht lag. Für eine Sekunde trafen sich Wellingtons und McDougans Blick. Kein Mißtrauen bei Wellington, als er den Mann in der Uniform des Colonels kurz musterte.

Wellington ging weiter, und McDougan kam ihm entgegen, gespannt und lauernd wie ein Raubtier. Er hatte es außerhalb des Flughafengeländes erledigen wollen. Jetzt mußte es hier unter erschwerten Bedingungen geschehen.

McDougans Finger umklammerten den Knauf der 45er, die er die ganze Zeit hinter seinem Rücken versteckt gehalten hatte. Mit einem Ruck riß er die Waffe nach vorn.

Wellington stand drei Schritte von ihm entfernt. Angst und Schrecken zeichneten sich auf dem Gesicht des reichen Mannes ab.

»He, Loring! Alles in Ordnung?«

Phil hielt sich das Walkie-talkie dicht an die Lippen. Wir hatten Wellington auf den Parkplatz gehen sehen und ihn so zum erstenmal aus den Augen verloren.

»He, Loring!«

Stille im Kanal. Loring meldete sich nicht.

»Verdammt!« keuchte Phil. »Entweder er schläft, oder . . .«

Weiter gelangte mein Freund nicht. Die Tür zum Parkplatz wurde aufgestoßen. Ein Luftwaffenoffizier betrat die Halle und schaute sich suchend um.

»Polizei!« brüllte er dann mit typisch militärischer Befehlsstimme. »Polizei! Dort draußen wird geschossen!«

Ich stürmte vor, während Phil die Meldung an die an deren Kollegen weitergab.

»Wo?« fragte ich und blieb neben dem Colonel stehen.

»Parkplatz«, war die knappe Antwort. »Sieht so aus, als hätte es schon jemanden erwischt. Verdammt knapp an mir vorbei. Was ist da los?«

Ich ließ ihn stehen, hörte noch, wie Phil dem Colonel sagte, er solle sich zur Verfügung halten, dann war ich draußen.

Ich fand Wellington nicht weiter als zehn Schritte vom Eingang entfernt. Erwischt hatte es ihn wahrscheinlich drei Schritte vorher. Er lag halb auf der Seite. Trotz der fürchterlichen Verletzung war es ganz deutlich zu sehen: Der tödliche Schuß hatte ihn beinahe millimetergenau oberhalb der Nasenwurzel getroffen. Während ich mich zusammenduckte und Ausschau nach der Stelle hielt, von der aus der Unbekannte geschossen haben konnte, rannte Phil an mir vorbei zu John Lorings Mercury.

»Tot«, hörte ich meinen Freund sagen.

Da fiel mir der Colonel wieder ein, der sich zur Zeit der tödlichen Schüsse hier draußen aufgehalten hatte.

Phil benutzte Lorings Walkie-talkie, um die Kollegen von der Mordkommission zu bestellen, während ich in die Abfertigungshalle zurücklief. Von dem Luftwaffenoffizier war weit und breit nichts zu sehen.

Ich ordnete an, jeden Angehörigen der Air Force, der sich auf dem Flugplatz aufhielt, vorläufig festzusetzen, aber ich gab mich keinen großen Hoffnungen hin. Irgendwie war ich zu diesem Zeitpunkt sicher, dem Mann gegenübergestanden zu haben, dem ich schon in der Schalterhalle der Chase Manhattan Bank begegnet war.

Während der Nacht versuchte Nancy Porthman es mit Schreien und Toben. Danach sah sie ein. daß es sinnlos war. Das Haus lag sechs Meilen von der Hauptstraße entfernt in einem einsamen Waldgebiet. Es hatte eine private Zufahrt und einen kleinen See mit einem Bootssteg.

Der Raum, in dem Jefferson und Brown sie eingesperrt hatten, war ein kleines Studio, mit allem ausgestattet, was man brauchte, um sich wohl zu fühlen. Die Fenster waren von außen vergittert und die Tür so stabil, daß man sie ohne entsprechendes Werkzeug nicht öffnen konnte.

Brown und Jefferson hatten sie laut Dyburg nach New York begleiten sollen. Dann war es zu dem Abstecher zum Haus und zum Kidnapping gekommen. Eine Zeit lang hatte Nancy geglaubt, daß die beiden Kerle auf eigene Faust arbeiteten, um ein Lösegeld für sie zu erpressen. Inzwischen jedoch war ihr klar, daß die Männer nur im Auftrag gehandelt hatten. Im Auftrag Alan Dyburgs.

Nancy setzte sich auf das Bett und zündete eine Zigarette an. Sie versuchte, ihre aufgescheuchten Nerven zu beruhigen und einen klaren Gedanken zu fassen.

Warum tat der alte Mann so etwas?

Es konnte nur mit Johnnie McDougan zusammenhängen. Dyburg wollte verhindern, daß sie mit Johnnie zusammen Atlantic City verließ. Aber, verdammt, Dyburg konnte sie nicht ewig festhalten! Sobald sie wieder frei war, würde sie dennoch mit McDougan gehen.

Nancy drückte die angerauchte Zigarette aus. Sie strich sich über das lange Haar, während ein beunruhigender Gedanke in ihr aufstieg. Es gab nur einen Weg, sie und Johnnie auseinanderzubringen. Er mußte Johnnie McDougan töten!

Nancy stand auf, als sie draußen Schritte hörte. Sie wich bis an das vergitterte Fenster zurück. Brown betrat den Raum. Über das runde Gesicht des untersetzten kleinen Mannes huschte ein verlegenes Lächeln.

»Alles in Ordnung, Miss?« Seine Stimme kratzte. Begehrlich strichen seine schmalen Augen über Nancys Körper.

»Ich will hier raus!«

»Sicherlich.« Brown nickte. »Das wird nicht mehr sehr lange dauern, Miss. Es geht Ihnen gut, wie ich sehe.«

»Was soll das? Was wird hier gespielt?«

Brown zuckte mit den Schultern. »Keine Ahnung. Wir haben nur einen Auftrag durchzuführen. Behalten Sie die Nerven, Miss! Sie haben es bald geschafft.«

Brown stellte das Tablett mit dem Essen auf dem Tisch ab. Erst jetzt bemerkte Nancy Porthman, daß Brown nicht allein gekommen war. In der offenen Tür stand Jefferson. Der Mann hielt eine Waffe in der Hand.

Nancy zuckte zusammen. »Was ihr hier macht, ist Kidnapping! Da stehen mindestens zwanzig Jahre drauf. Laßt mich gehen, und ich verliere kein Wort darüber! Das verspreche ich.«

Brown und Jefferson wechselten einen schnellen Blick und grinsten.

»Sie werden auch so kein Wort über den kleinen Zwischenfall verlieren«, sagte Jefferson.

Nancy zog fröstelnd die Schultern zusammen. »Wollt ihr mich vielleicht umbringen?«

»Leicht möglich.« Jefferson nickte und schlug die Tür hinter sich ins Schloß, nachdem Brown den Raum schon verlassen hatte.

Nancy Porthman ließ sich wieder auf das Bett zurücksinken.

Alan Dyburg, dachte sie. Der Alte ist verrückt! Er hat eingesehen, daß er mich nicht bekommen kann. Nun soll Johnnie mich auch nicht bekommen. Er kidnappt mich, lockt Johnnie in eine Falle, erschießt erst ihn und anschließend mich.

Eine andere Theorie fiel ihr nicht ein. Es ging auf Leben und Tod! Sie mußte von hier verschwinden und Alarm schlagen.

Aber da gab es Jefferson und Brown. Irgendwie mußte sie die beiden überlisten. Und das mußte bald geschehen.

»Wirklich kein Grund zur Aufregung, Alan.«

Alan Dyburg preßte den Telefonhörer so hart gegen das Ohr, daß es schon weh tat. Er zitterte am ganzen Körper. Mit weit aufgerissenen Augen starrte er auf die Renoir-Reproduktion, die ihm gegenüber an der Wand hing. »Ist das sicher?« fragte er mit tonloser Stimme.

»Du kannst dich darauf verlassen, Alan«, antwortete der Arzt am anderen Ende der Leitung. »Die Untersuchungsergebnisse wurden in der Klinik verwechselt. Der Mann, dem man deine Werte untergeschoben hat, ist heute nacht gestorben. Dabei hatten die Untersuchungsergebnisse ergeben, daß er mindestens hundert Jahre werden könnte. Weißt du, was das heißt, Alan?«

»Daß ich hundert Jahre alt werden kann und gesund bin wie ein Fisch im Wasser. Wie, verdammt, konnte das passieren?«

»Weiß ich nicht. Wird wahrscheinlich auch niemals rauskommen. Auf jeden Fall brauchst du dir keine Gedanken mehr zu machen. Deine Beschwerden waren harmloser Natur. Komm in den nächsten Tagen in meine Praxis! Dann werden wir deine Wiedergeburt feiern.«

»Verdammter Idiot von einem Medizinmann!« fluchte Alan Dyburg, schmetterte den Hörer auf die Gabel und sank kraftlos in seinem Sessel zusammen.

Er schaute zur Uhr. 2.30 Uhr. McDougan war in New York. Wenn alles nach Plan gelaufen war, dann war Wellington um diese Zeit schon tot. Nancy befand sich zusammen mit Jefferson und Brown im Wochenendhaus. Und er würde leben! Das war etwas, was er sich während der letzten Zeit immer gewünscht hatte. Doch nun erschien es ihm fast wie ein Fluch.

McDougan saß ihm im Nacken. Wenn bei McDougan etwas schieflief, wenn der Mann redete, dann war er, Alan Dyburg, nicht mehr der Todgeweihte, den keine Strafe treffen konnte, weil seine Tage ohnehin gezählt waren. Dann war alles umsonst gewesen. All die langen, harten Jahre der Schufterei, die aus ihm nicht nur einen neuen, sondern auch einen reichen Menschen gemacht hatten.

McDougan konnte beseitigt werden. Aber was geschah mit Nancy, seiner Tochter? Sie wußte, daß er sie hatte entführen lassen. Wenn sie wie Maggie war, würde sie darüber nicht kommentarlos hinweggehen. Vielleicht bekam sie auch heraus, daß er McDougan als Killer angeheuert hatte. Dann würde sie ihn hassen. Wegen McDougan und darum, weil er indirekt ebenfalls ein Mörder war.

Die Gedanken drehten sich in Dyburgs Kopf. Er lehnte sich auf seinem Platz zurück und schloß die Augen. Alles lief anders, als er es sich ausgerechnet hatte.

Er würde leben, und er wollte leben. Als freier, reicher Mann. Genau wie bisher.

Er mußte sich alles noch einmal gründlich durch den Kopf gehen lassen und dann eine Entscheidung fällen. Eine Entscheidung, die Nancy und McDougan anging. Nur aus dieser Richtung drohte ihm Gefahr. Daran, daß ihn jemand mit den Morden an Blyd und Wellington in Zusammenhang bringen konnte, verwandte Alan Dyburg keinen Gedanken.

Es gab ihn nicht mehr. Vor zehn Jahren hatte es Dave Lancaster in South Brooklyn bei den Docks erwischt. Von seiner Auferstehung als Alan Dyburg wußte niemand außer ihm selbst. Die Leute, die ihm damals behilflich gewesen waren, sein Aussehen zu verändern, hatten sich nur für das Geld interessiert. Für den plastischen Chirurgen war er ein Kunde unter vielen gewesen.

Damals hatte alles gut geklappt. Aber jetzt lief alles durcheinander. Er mußte es wieder in Ordnung bringen.

Verdammte Idioten, die im Krankenhaus die Untersuchungsergebnisse vertauscht hatten!

Nach zwei Stunden gaben wir es auf.

Sofort nachdem die Leiche von Wellington und die unseres Kollegen gefunden worden war, hatte die Jagd nach dem falschen Colonel der amerikanischen Luftwaffe begonnen, der niemand anderer gewesen sein konnte als der Mann aus der Bank, der auch Blyd ermordet hatte. Blyd, Wellington und meinen Kollegen John Loring, der sich gewehrt haben mußte, denn ihn hatte die tödliche Kugel in der Brust getroffen. Ein Ziel, das der unheimliche Unbekannte mit der 45er niemals anvisierte.

Wir hatten den Flughafen nicht sperren und den Flugbetrieb nicht lahmlegen können. Zwei Luftwaffenoffiziere waren vorübergehend festgenommen worden, aber bei keinem hatte es sich um unseren Mann gehandelt. Sämtliche Schließfächer waren geöffnet und durchsucht worden. Uns war klar, daß der Mann seine Uniform angelegt hatte und sich als normaler Reisender, wahrscheinlich sogar mit einem gültigen Ticket, noch einige Zeit in der Abfertigungshalle aufgehalten hatte und anschließend im Strom der ankommenden Passagiere verschwunden war. Genauso wie er es damals in der Bank schon einmal getan hatte.

Wir machten Stichproben und ließen Passagiere und Besucher des Kennedy Airport von unseren Computern überprüfen. Die Hoffnung, daß sich gerade unser Killer in diesen Maschen verfing, war gering. Bislang hatte es unter den überprüften Leuten nicht einen gesuchten Verbrecher gegeben.

Mr. High kam heraus und nahm sich Mrs. Wellingtons an. Der Staatsanwalt befand sich auf dem Flughafen, und niemand konnte die Reporter daran hindern, zu recherchieren und ihre Fotos zu schießen.

Jedem von uns war klar, daß die Zeitungen kein gutes Haar am FBI lassen würden.

Phil und ich wollten den Airport gerade verlassen, als man die Uniform des Killers fand. Ein Sergeant der City Police trug sie über dem Arm und streckte mir seine geöffnete rechte Hand entgegen.

»Das haben wir in der Tasche gefunden, Sir.«

Phil und ich schauten gleichermaßen gebannt auf den 50-Dollar-Chip aus dem Rainbow-Casino in Atlantic City.

»Ich habe das Ding selber aus der Tasche geholt, Sir«, versicherte der Sergeant.

»Natürlich.« Ich nahm den Chip entgegen.

»Was ist mit der Uniform, Sir?«

»Zur Spurensicherung«, antwortete Phil. »Die Leute sollen sich besonders um das Fach kümmern, in dem die Uniform gefunden wurde.« Der Sergeant nickte und entfernte sich.

»Die erste Spur«, sagte Phil leise und strich sich durchs Haar. »Ein Casino in Atlantic City! Unser Unbekannter muß sich zumindest dort aufgehalten haben, Jerry.«

Das war die eine Möglichkeit. Die andere war die, daß sich der Chip schon in der Uniformtasche befunden hatte, als der Unbekannte sie übernommen hatte. Oder aber er hatte den Chip hineingetan, um bewußt eine falsche Spur zu legen.

Rainbow-Casino, Atlantic City!

»Er hatte es nach den Morden an Wellington und Loring besonders eilig«, überlegte Phil laut. »Er hatte also keine Zeit mehr, die Taschen der Uniform zu räumen. Oder aber er übersah den Chip einfach.«

Ich war etwas skeptisch. Aber je länger ich es mir durch den Kopf gehen ließ, um so mehr schloß ich mich Phils Meinung an. In der Eile mußte der Killer die Spielmarke des Casinos übersehen haben!

Mr. High kam zu uns in die VIP-Lounge, die wir kurzerhand zum vorläufigen Hauptquartier erklärt hatten. »Wie konnte das geschehen, Jerry?«

Natürlich wandte er sich mit dieser Frage an mich. Ich hatte das Unternehmen geleitet. Genau wie damals die Sache in der Bank. Ich versuchte zu erklären und hörte mitten in den Ausführungen auf. Es hatte keinen Sinn.

»Wellington lehnte jeden Schutz ab«, sagte Phil. »Vielleicht hat ihm jemand verboten, sich mit der Polizei zu unterhalten. Von Boston aus hat er ein Telefongespräch geführt.«

»Couly?«

»Möglich, Sir«, antwortete ich. »Auf jeden Fall hat Couly einiges zu verlieren, wenn die damalige Geschichte mit Lancaster wiederaufgerollt wird. So wie es augenblicklich aussieht, geht Lancaster auf sein Konto.«

»Dann ist anzunehmen, daß sich einer seiner Leute noch auf dem Airport befindet. Es hilft uns sicherlich nicht viel, aber es ist ein Mosaiksteinchen gegen Couly, wenn wir den Mann finden und von ihm die Aussage bekommen, daß er den Auftrag hatte, Wellington einzuschüchtern.«

Mr. High wandte sich an den Staatsanwalt, der alles mitgehört hatte. Minuten später wurden weitere Polizisten angefordert. Von nun an würde jeder, der sich auf dem Gelände aufhielt, der es betrat oder verlassen wollte, besonders überprüft.

»Atlantic City«, sagte der Chef schließlich und wiegte nachdenklich den Kopf, nachdem ich ihm die Geschichte mit dem Chip noch einmal in Erinnerung gerufen hatte. »Jemand sollte Nachforschungen in Atlantic City anstellen. Der Mann kennt Sie, Jerry. Es ist ein Risiko.«

Ich verstand. Es war in der Tat ein Risiko, weil der Unbekannte versuchen würde, mich auszuschalten, wenn er mich so dicht auf seiner Fährte entdeckte. Aber es war die einzige Chance, die wir augenblicklich hatten, dem unbekannten Killer auf die Spur zu kommen.

»Ich nehme die Abendmaschine oder den Wagen, Sir.«

Mr. High nickte. Dann wandte er sich an Phil. »Sie versuchen mit anderen Kollegen zusammen, Couly etwas nachzuweisen. Tatsache ist, daß vor nunmehr zehn Jahren ein Mann und eine Frau in South Brooklyn ermordet wurden, daß die Morde noch nicht aufgeklärt sind und daß man die Mafia damit in Zusammenhang bringen kann. Und die Mafia, das war damals Couly.«

McDougan wartete bis fünf Uhr im Greenwich Village. Dann war er sicher, daß Nancy nicht mehr zum vereinbarten Treffpunkt kommen würde. McDougan trank sein Glas leer, stand auf und betrat die Telefonkabine, die sich rechts neben dem Ausgang befand. Erst jetzt wurde ihm bewußt, daß er während der letzten Stunden kaum an die Vorfälle auf dem Flughafen gedacht hatte, sondern nur an Nancy. Und daran, daß nur noch ein Name auf seiner Liste stand.

Renncourt.

Während McDougan die Nummer in Atlantic City in den Apparat tastete, fragte er sich, in welcher Beziehung Dyburg zu den Leuten stand, die er ermorden sollte.

Ein fürchterlicher Haß mußte in dem kleinen Mann brennen, der behauptete, nur noch wenige Wochen zu leben zu haben.

»Dyburg.«

»McDougan. Die Sache ist erledigt.«

McDougan hörte den Mann am anderen Ende der Leitung erleichtert aufatmen. »Hat es Schwierigkeiten gegeben?«

»Es hat einen Polizisten erwischt. Man schirmte Wellington ab. Bei Renncourt wird das nicht anders sein.«

Kurzes Schweigen. »Wann sind Sie zurück?«

»Am Abend«, antwortete McDougan. »Ich war mit Nancy im Greenwich Village verabredet. Sie ist nicht gekommen.«

Wieder Schweigen.

»Was ist los, Dyburg?«

»Wir sprechen darüber, sobald Sie zurück sind.«

»Nein, jetzt, Dyburg!«

»Nancy ist verschwunden. Mit Brown und Jefferson, die ich zusammen mit ihr losgeschickt habe.«

McDougan schluckte trocken, klemmte sich den Hörer zwischen Hals und Schulter und zündete eine Zigarette an. »Was heißt das, verschwunden?«

»Verschwunden«, wiederholte Dyburg. »Sie hat sich nicht aus New York gemeldet. Ich habe überall angerufen, wo man sie erwartete. Sie ist an keiner Stelle erschienen. Scheint fast so, als sei sie niemals in New York angekommen.«

»Haben Sie die Polizei eingeschaltet?«

»Noch nicht. Ich wollte erst wissen, was Sie von der Sache halten. Nancy ist meine Angestellte, aber Ihre Freundin.

Angestellte verschwinden manchmal, ohne sich abzumelden.«

»Zusammen mit zwei anderen Angestellten?« fragte McDougan fluchend. »Versuchen Sie nicht, mir etwas vorzumachen. Dyburg! Da muß etwas vorgefallen sein, und ich werde es herausfinden. Ich will mehr über Brown und Jeferson wissen, wenn ich zurück bin.«

Johnnie McDougan legte auf. Seine Hand zitterte. Er rauchte noch einen Zug und warf die nächste Münze in den Schlitz.

»Verdammt, ich habe gesagt, keine Anrufe durchstellen!« Renncourt rieb sich den Schweiß von der Stirn.

»Der Mann sagt, es gehe um Blyd und Wellington, Sir«, sagte das Mädchen aus der Zentrale. »Er meinte, Ihr Leben könne von diesem Anruf abhängen. Ich dachte . . .«

»Okay, stellen Sie durch!«

Es knackte einigemal in der Leitung. Dann stand die Verbindung. Renncourt meldete sich und setzte sich steil auf.

»Du stehst als letzter auf meiner Liste, Renncourt.«

Renncourt rieb sich über die Augen und spürte die Angst, die kalt in ihm aufstieg. »Wer bist du, verdammt?«

»Ein Killer, und dein Name steht als letzter auf meiner Liste.«

Renncourt hörte, wie sich der Mann am anderen Ende der Leitung eine Zigarette anzündete.

»Vielleicht können wir ein Geschäft machen, Renncourt.«

Renncourt zuckte zusammen. Er haßte sich dafür, daß er seine Nerven nicht unter Kontrolle halten konnte.

»Was ist dir dein Leben wert?«

Von Blyd wußte Renncourt. Aber daß es auch Wellington erwischt hatte, hatte sich noch nicht bis zu ihm durchgesprochen. »Was verlangst du?« fragte Renncourt.

»Vielleicht eine Million. Natürlich in bar und in nicht registrierten mittleren Scheinen.«

»Du bist verrückt!« Renncourts Stimme kratzte. Er hatte

einen Kloß im Hals, den er nicht herunterschlucken konnte. »Ich weiß nicht mal ...«

»Du kannst beim FBI anrufen, Renncourt. Frag nach einem G-man Jerry Cotton! Du kannst ihm einen schönen Gruß von dem Colonel der Air Force bestellen. Ich melde mich später wieder bei dir. Wahrscheinlich erscheint dir dann eine Million nicht zu viel für dein Leben. Mein Auftraggeber zahlt mir die gleiche Summe für deinen Tod. Er muß dich verdammt liebhaben, Mann! Was hast du ihm angetan?«

Bevor Renncourt antworten konnte, riß die Verbindung ab. Renncourt sank auf seinem Platz zusammen. Mit zitternden Fingern griff er nach den Zigaretten und zündete sich ein Stäbchen an.

Eine Million!

Seine Gedanken überschlugen sich. Er kannte niemanden, dem sein Tod eine Million wert sein konnte. Und wenn es doch einen solchen Verrückten gab, dann hätten Blyd und Wellington ihn ebenfalls kennen müssen.

Die Sache vor zehn Jahren! Dave Lancaster!

Renncourt richtete sich wieder auf.

Lancaster war tot. Auch Lancasters Geliebte war damals auf den Piers in South Brooklyn gestorben. Tote kehren nicht zurück.

Vielleicht ein Bekannter, ein Verwandter, ein Freund von Lancaster, der sich mit seiner Rache zehn lange Jahre Zeit gelassen hatte?

Renncourt massierte sich die Schläfen. Er vermochte keinen klaren Gedanken zu fassen. Aber er war sicher, daß alles mit Lancaster zusammenhing. Schon die schwarze Rose, die er vor einiger Zeit bekommen hatte, deutete darauf hin. Lancaster hatte alle Blumen gehaßt, bis auf eine. Schwarze Rosen waren für ihn der Inbegriff von Schönheit gewesen.

Renncourt drückte die Zigarette aus und griff zum Telefon. »Couly!« schrie er in die Muschel, als sich endlich jemand meldete. »Ich will Couly an den Apparat bekommen. Sofort! Renncourt spricht. Es geht um Wellington.«

»Moment.«

Es dauert drei Minuten, die Renncourt wie eine Ewigkeit erschienen. Dann meldete sich Couly.

»Wellington hat es erwischt«, sagte Renncourt. »Du wolltest auf ihn aufpassen, Couly.«

»Da war nichts zu machen. Auf dem Airport wimmelte es von Polizisten und FBI-Agenten. Mein Mann hatte keine Chance, an Wellington ranzukommen.«

»Der Killer hat sich gerade bei mir gemeldet, Couly. Er schlug mir ein Geschäft vor. Ich stehe als letzter auf seiner Abschußliste. Für eine Million kann ich mich freikaufen.«

»Wenn ich an deiner Stelle wäre, würde ich zahlen.«

Renncourt glaubte, nicht richtig zu hören. »Die Sache von damals war deine Angelegenheit, Couly. Du wolltest das Problem Lancaster aus der Welt schaffen. Wenn es jetzt nach zehn Jahren wegen Lancaster wieder Schwierigkeiten gibt, dann ist das auch deine Sache. Vielleicht habt ihr Lancaster nicht richtig erwischt.«

Couly lachte schallend auf. »Der Zeuge sprach von zwei Kugeln, die Lancaster trafen, bevor er in den Strom kippte.«

Renncourt schwieg einige Sekunden lang. »Ich lasse mich nicht einfach umlegen, Mann«, sagte er dann. »Wenn mir etwas passiert, dann geht es auch dir an den Kragen.«

»Du weißt nicht, was du sagst, Renncourt, deshalb will ich es auch nicht gehört haben.«

»Ich meine es ernst, Couly. Ich versuche mich mit dem Killer zu arrangieren, und du zahlst die Hälfte des verlangten Geldes. Ich rufe wieder bei dir an.«

Renncourt schmetterte den Hörer auf die Gabel und strich sich über das Haar. Erst in diesem Moment wurde ihm wirklich bewußt, auf welch dünnem Eis er sich bewegte. Couly war nicht mehr der kleine Mann von vor zehn Jahren, der mit Macht nach oben strebte. Couly war inzwischen zu seiner Institution geworden, an der man besser nicht kratzte, wenn man nicht in der Hölle landen wollte.

Er hatte einen Fehler begangen, das wurde ihm klar. Von nun an drohte ihm von zwei Seiten Gefahr. Von dem unbekannten Killer, der in irgendeinem Zusammenhang mit Lancaster stand. Und von Couly, der die Schwierigkeiten von damals aus der Welt schaffen wollte.

Vorübergehend dachte Renncourt daran, sich mit dem FBI in Verbindung zu setzen und die ganze Sache den G-men zu überlassen. Schließlich verwarf er den Gedanken. Wahrscheinlich konnte er Couly damit nicht schaden, und dann hätte er sein eigenes Todesurteil unterschrieben.

Der Mann hieß Jesse Owner. Er schleppte einen 38er mit sich herum und lief der City Police vier Stunden nach den tödlichen Schüssen auf Wellington und Loring in die Arme. Der Computer spuckte in wenigen Sekunden Owners Sündenregister aus. Das hatte es in sich.

Eine Verurteilung wegen Totschlags in Detroit. Zwei schwere Körperverletzungen in New York. Dazu den eindeutigen Hinweis, daß Owner seine Straftaten im Auftrag der Mafia begangen hatte.

Nun saß er Zeerookah und mir im Vernehmungszimmer gegenüber. 56 Jahre alt, im Laufe seines Gangsterdaseins körperlich verbraucht und ohne Zukunft.

Ein Mann, für den eine Organisation keinen Finger mehr krümmte, wenn er einen Fehler beging und deshalb in Schwierigkeiten geriet.

Owner wußte das alles. Dennoch versuchte er den starken Mann zu spielen. »Ich habe die Kanone gefunden und wollte sie gerade bei den Bullen abliefern, als sie mich verhafteten«, sagte er so überzeugend, daß man leicht darauf hereinfallen konnte.

Zeerookah zog ein furchterregendes Gesicht wie weiland seine roten Vorfahren, wenn sie einen weißen Mann an den Marterpfahl gebunden hatten. »Du solltest auf Wellington aufpassen, und es war deine Aufgabe, dafür zu sorgen, daß er mit uns keinen Kontakt aufnahm«, sagte er.

Ich bot Owner eine Zigarette an und gab ihm Feuer. Dann ließ ich ihm einige Sekunden zum Nachdenken. »Couly hat

Wellington telefonisch in Boston erreicht und ihn vorgewarnt«, sagte ich. »Als Druckmittel benutzte er Wellingtons Familie. Aber Little Joe hatte Pech, das verschwieg Couly. Little Joe ist ebenfalls unser Gast.«

Owner zuckte zusammen, rauchte einen Zug und hustete sich um ein Haar die verdammte Seele aus dem Leib, als er sich am Rauch verschluckte.

»Es ist sinnlos, uns mit Märchen zu kommen«, sagte Zeerookah und trat einen Schritt näher an Owner heran. »Du kannst mit uns arbeiten oder gegen uns. Besser für dich ist es, wenn du mit uns arbeitest.«

»Warum?«

»Unerlaubter Waffenbesitz wird an dir hängenbleiben«, sagte ich. »Aber das ist keine Affäre. Vor allem dann nicht, wenn der Staatsanwalt erfährt, daß du uns keinerlei Schwierigkeiten bereitet hast.«

Owner schaute erst mich, dann Zeerookah zweifelnd an. »Für einen wie mich ist es noch niemals gut gewesen, mit den Bullen zusammenzuarbeiten«, sagte er, und seine Stimme klang nicht sehr entschlossen.

Zeery grinste. »Vielleicht solltest du einmal den Versuch machen. Dann denkst du anschließend anders darüber.«

»Was wollt ihr mir sonst noch anhängen?«

»Da kommt einiges zusammen, Owner«, sagte ich ausweichend, denn ich wußte wirklich nicht, was wir ihm anhängen sollten, wenn er sich auf die Hinterbeine stellte.

»So an die zehn Jahre«, sagte Zeery. »Aber das ist deine Entscheidung. Wir zwingen dich zu nichts.«

Owner schwitzte, rauchte noch einen Zug und drückte die Zigarette aus. »Was wollt ihr wissen?«

»Hat Couly dich geschickt?«

»Ja.«

»Wie lautet dein Auftrag?«

»Mit Wellington Verbindung aufnehmen und ihm deutlich die Schwierigkeiten klarmachen, die ihn erwarten, wenn er sich an euch wendet.«

Genau, wie ich es mir gedacht hatte.

»Warum sollte sich Wellington eigentlich an uns wenden, Owner?« fragte Zeerookah.

»Wegen der alten Geschichte«, antwortete der Gangster. »Liegt schon lange zurück, ist aber noch immer verdammt heiß.«

»Bist du damals auch darin verwickelt gewesen?«

»Und wenn?«

»Dann wäre es verjährt«, antwortete ich ruhig. »Es sei denn, du hast geschossen.«

Owner zuckte zusammen. »Auf wen?«

»Auf Lancaster oder die Frau.«

Owner setzte sich steil auf und strich sich über die feucht glänzende Stirn. Langsam schüttelte er den Kopf. »Ich war nicht dabei«, sagte er dann.

»Aber du weißt, was damals vor sich gegangen ist, nicht wahr?«

Er nickte. Er war ein alter Mann. 56 Jahre waren in seinem Job beinahe schon greisenhaft. Er war am Ende, wenn man ihn für zehn Jahre einsperrte. Und er glaubte, daß wir etwas gegen ihn in der Hand hätten, was ihm diese Zeit einbrachte. Ich schaute ihn eine ganze Weile zweifelnd an und war sicher, er würde uns alles erzählen, auch ohne daß wir Druck auf ihn ausübten.

Ich warf einen schnellen Blick zur Uhr. Es wurde Zeit, mich auf den Weg nach Atlantic City zu machen. Ich stand auf, nickte Zeery zu und verließ den Vernehmungsraum, nachdem der Indianer seine nächsten Fragen an Owner abgefeuert hatte. Zeerookah, der auf den ersten Blick aussah, als könne er nicht einmal eine Fliege an der Wand zerdrücken, war von uns beiden der bessere Vernehmungsspezialist.

Er hatte Renncourt erneut angerufen. Der versicherte ihm, die Million binnen 24 Stunden besorgen zu können. McDougan ließ es fürs erste dabei bewenden und versprach, sich wieder zu melden.

McDougan dachte daran, als er sich auf seinem Bett im Hotelapartment in Atlantic City ausstreckte und auf Dyburgs Anruf wartete.

Nancy hatte sich inzwischen noch nicht im Casino gemeldet. Seit einem Tag lief die Show ohne sie, und es gab keine Schwierigkeiten. Sie war wie vom Erdboden verschwunden. Irgendwie war McDougan sicher, daß Nancys Verschwinden in Zusammenhang mit Dyburg stand. Nur, welchen Grund sollte der alte Mann haben, das Mädchen verschwinden zu lassen, die seine Angestellte war?

McDougan hatte in den letzten Tagen den Eindruck gewonnen, daß Dyburg in Nancy verliebt war, aber daran wollte er jetzt nicht mehr glauben. Ein Mann, der jeden Tag mit seinem Tod zu rechnen hatte, verliebte sich nicht mehr in ein junges Mädchen und ließ sie vor allen Dingen nicht verschwinden. Dyburg war reich. Er konnte jedes Mädchen dieser Stadt bekommen, um ein schnelles Abenteuer zu erleben.

McDougan zündete sich eine Zigarette an und stand vom Bett auf. Er nahm die 20000 Dollar vom Tisch, die auch diesmal wieder neben die Vase mit den Rosen gelegt worden waren, zog sich um und verließ das Hotel. Er wollte spielen, um auf andere Gedanken zu kommen. Dyburg würde ihn unten schon bemerken und sich mit ihm in Verbindung setzen.

Eine halbe Stunde später betrat McDougan den Spielsaal, setzte an zwei Tischen, verlor und wechselte an die Bar, um sich einen Drink zu holen.

Auf halbem Weg blieb er stehen, als sei er gegen ein unsichtbares Hindernis gelaufen. Der Mann, der sich gerade in seine Richtung umwandte, war kein Fremder für ihn. Zweimal war er ihm schon begegnet. Einmal in der Schalterhalle der Chase Manhattan Bank und einmal vor einigen Stunden auf dem Kennedy International Airport in New York City.

Jerry Cotton!

Nur für einige Sekunden flatterten seine Nerven. Dann hatte sich McDougan wieder unter Kontrolle. Er kannte Cotton, aber der G-man kannte ihn nicht. Bei beiden Begegnungen hatte er sein Aussehen verändert. So wie heute hatte Cotton ihn nie zuvor gesehen.

McDougan nahm den Platz neben dem G-man und bestellte einen Whisky.

»Hallo, Mr. McDougan«, sagte das Mädchen. »Eine gute Reise gehabt?«

McDougan nickte abwesend.

»Nancy ist verschwunden«, sagte das Mädchen. »Weiß der Teufel, was in sie gefahren ist. Dyburg macht sich Sorgen. Brown und Jefferson, die Nancy begleitet haben, waren vorbestraft. Vielleicht . . .«

McDougan winkte ab und trank einen Schluck. Aus den Augenwinkeln beobachtete er den G-man. Er fragte sich, warum Cotton gerade hier im Casino aufgetaucht war.

Das Mädchen wandte sich anderen Gästen zu, als McDougan kein Interesse für eine Unterhaltung mit ihr zeigte. In diesem Augenblick fiel McDougan der Chip ein. Er trug immer einen Chip des Casinos bei sich, in dem er gerade spielte. Jemand hatte ihm einmal vor Jahren gesagt, daß es Glück bringe. Er hielt sich daran, und bis vor wenigen Wochen hatte er auch immer Glück gehabt. Dieser verdammte Chip hatte sich noch in der abgelegten Uniform befunden! Er hatte ihn vergessen.

Sein erster Fehler hatte die Bundespolizei ins Casino gelockt. Bevor er weiter darüber nachdenken konnte, welche Schwierigkeiten er sich damit einhandeln konnte, erschien Alan Dyburg im Eingang der Bar.

McDougan warf ihm einen beschwörenden Blick zu, stand auf und ging ihm entgegen, um wenig später zusammen mit ihm aus der Bar zu verschwinden

Ich war sicher, daß ich ihn nie zuvor im Leben gesehen hatte. Er war auf den ersten Blick sehr sympathisch, und dennoch sträubte sich etwas in mir gegen ihn. Seine Augen gefielen mir nicht. Er sah gehetzt aus. Ich konnte mich getäuscht haben, war aber sicher, daß dieser Ausdruck erst in seine Augen getreten war, nachdem er mich entdeckt hatte. Auch das kurze Zögern auf dem Weg zur Bar war mir nicht entgangen.

Er kannte mich! Das war mein erster Gedanke. Dann verwarf ich ihn wieder und wandte mich dem Mädchen hinter der Bar zu. »Ich bin nicht sicher«, sagte ich. »Aber irgendwie kam der Mann mir bekannt vor.«

»Johnnie McDougan«, sagte sie, nachdem sie mich eine ganze Weile gemustert hatte.

Ich schüttelte den Kopf. »Ich habe mich getäuscht. Den Namen habe ich noch nicht gehört. Mein Freund hat auch keine Freundin, die Nancy heißt.«

Ich hatte die rothaarige kleine Barmaus richtig eingeschätzt. Es war nicht viel Betrieb. Sie suchte Unterhaltung und war mitteilsam, ohne daß ich ihr etwas aus den Rippen kitzeln mußte. Zehn Minuten später wußte ich, wer Nancy Porthman war, wer Jefferson und Brown waren und daß Nancy Porthman seit einiger Zeit die Freundin Johnnie McDougans war.

Das Mädchen war verschwunden. Sie hatte nach New York fahren sollen und war dort nicht aufgetaucht. Sicherlich machte man sich Sorgen. Aber bislang war niemand auf die Idee gekommen, Vermißtenanzeige zu erstatten.

Etwas stimmte nicht! Nicht mit McDougan, nicht mit der verschwundenen Nancy Porthman und nicht mit Alan Dyburg, dem Casinobesitzer, den es allem Anschein nach nicht störte, wenn seine Angestellten spurlos verschwanden.

Ich trank mein Glas leer und verließ die Bar, um eine Runde durch die Spielsäle zu drehen.

Von McDougan und Dyburg keine Spur. Wenn ich mir den Abgang der beiden ins Gedächtnis zurückrief, so fiel mir erst jetzt auf, daß sich McDougan alle Mühe gegeben hatte, Dyburg aus der Bar zu lotsen, bevor er in meine Nähe geriet.

Warum? Der Mann kannte mich. Er hatte einen Grund, meine Gesellschaft zu meiden! Eine bessere Erklärung fiel mir nicht ein.

Rechts neben dem letzten Spieltisch gab es eine kleine Tür, die aus dem Spielsaal in den Verwaltungstrakt führte. Warum ich mich auf den Weg machte, wußte ich nicht genau. Es war ein innerer Zwang, eine innere Stimme in mir, die mir sagte, ich würde etwas verpassen, wenn ich nicht ging.

Ein schmaler Gang führte nach rechts. Nach zehn Schritten machte er einen scharfen Knick und mündete an einer breiten Treppe, die nach oben führte.

Die Gänge waren mit blauen Teppichen ausgelegt. Die Büros, die sich hier oben befanden, waren längst geschlossen, sofern sie mit der Verwaltung des Casinos oder des angeschlossenen Hotels zu tun hatten.

Ganz hinten, wo sich der Gang gabelte, tauchte ein Wachmann auf. Mit einem schnellen Schritt wich ich zurück und drückte mich in eine Türnische, als der Mann den Blick in meine Richtung wandte. Ich hielt die Luft an und lauschte in den Gang. Ich wußte nicht, ob er mich gesehen hatte. Falls ja, würde ich seine Schritte hören, wenn er sich näherte. Ein großer, schwerer Mann wie er bewegte sich nicht wie eine Katze.

Sekunden verstrichen. Nichts geschah. Langsam ließ ich die angehaltene Luft entweichen und trat wieder in den Gang: Der Wachmann war verschwunden.

Ich ging weiter. Es war nicht nötig, nach Dyburgs Büro zu suchen. Erregte Stimmen klangen nach draußen. Sie verrieten mir, wohin sich McDougan und der Casinobesitzer zurückgezogen hatten.

»So geht das nicht, Dyburg!«

Ein etwas heiseres Lachen. Es hörte sich an, als würde ein Stuhl umgestoßen. Dann ein unterdrückter Fluch.

»Versuchen Sie nicht, den wilden Mann zu spielen, McDougan!«

»Verdammt, was haben Sie vor, Dyburg? Sie haben Nancy nach New York geschickt, und sie haben die beiden vorbestraften Männer zu ihrer Begleitung ausgesucht. Ich traue Ihnen nicht. Sie wissen genau ...«

»Wir können die Polizei einschalten, McDougan. Ich habe nichts dagegen. Aber es kann zu Komplikationen kommen, nachdem wir den FBI schon im Haus haben. Sind Sie sicher, daß der Kerl ein G-man ist?«

»Verdammt sicher.«

Ich schob mich etwas dichter an die Tür heran.

»Was machen Sie da, Mann?«

Ich wirbelte herum und sah ihn wieder. Er schien nur eine kurze Runde gedreht zu haben. Er tauchte an derselben Stelle auf, an der ich ihn zum erstenmal gesehen hatte. Er stand breitbeinig da, hielt die Linke auf der Hüfte aufgestützt, und in der Rechten lag der 38er, der auf mich zielte. Mit einigen schnellen Schritten hatte er mich erreicht.

Bevor ich etwas sagen konnte, flog die Tür zu Dyburgs Büro auf. McDougan erschien, hinter ihm der Casinobesitzer.

»Hallo.« Ich grinste McDougan an und strich mir übers Haar.

»Was ist los?« Dyburgs Stimme klang schrill. Seine Augen waren zusammengekniffen. Sein Gesicht wirkte noch schmaler, als es ohnehin schon war.

»Ich habe ihn genau vor der Tür erwischt, Sir«, sagte der Wachmann. »Ich kenne ihn nicht, und niemand hat mir gesagt, daß hier noch jemand erwartet wird.«

Ich hörte kaum auf das, was der Wachmann sagte. Ich beachtete auch Dyburg nicht. Meine Augen waren starr auf McDougan gerichtet. Ich versuchte mich zu erinnern. Ich stellte ihn mir einmal als den Mann aus der Bank und einmal als den Mann in der Uniform eines Colonels vor. Größe und Gewicht mochten zutreffen. Aber sie trafen auf Millionen anderer Männer auch zu. Da gab es nichts an ihm, was mir an dem Killer aufgefallen war.

»Wer sind Sie?« fragte Dyburg.

»Jerry Cotton«, antwortete ich. »FBI.«

Dyburgs Gestalt entspannte sich, während sich auf McDougans Gesicht gelangweilter Gleichmut abzeichnete. Es brachte ihn nicht aus der Ruhe. Wenn er seine Rolle nur spielte, dann war er ein begnadeter Schauspieler. So viel Gleichmut, so viel Selbstbeherrschung dem Mann gegenüber, der hinter einem her war, das war geradezu genial. Ich mußte mich täuschen. Er konnte nicht der Mann sein, der drei Menschen auf die gleiche brutale, präzise Art und Weise getötet und meinen Kollegen Loring auf dem Gewissen hatte. Oft stand ich Gangstern gegenüber, die in mir ihren Jäger erkannt hatten. Keiner war so gelassen geblieben wie Johnnie McDougan. Ich mußte mich täuschen …

»Und?« fragte Dyburg. Gleichzeitig gab er dem Wachmann einen Wink. Der Mann steckte seine Waffe wieder ein, nickte, drehte sich um und begab sich auf die nächste Runde.

»Ich muß mit Ihnen sprechen, Sir.«

»Dienstlich?«

»Noch nicht.«

»Was soll das heißen?«

»Ein Mädchen machte sich auf den Weg nach New York und kam dort nicht an. Eine Angestellte des Casinos. Nancy Porthman.«

Dyburg legte die Stirn in Falten. Zum erstenmal zeichnete sich auf Johnnie McDougans Gesicht etwas Ähnliches wie Interesse ab.

»Miss Porthman hatte eine Verabredung mit einer Bekannten von mir und erschien nicht«, sagte ich. »Da ich ohnehin für einige Tage nach Atlantic City wollte, habe ich versprochen, mich darum zu kümmern.«

»Also privat«, stellte Dyburg fest, während sich McDougans Gesicht zu einem Lächeln verzog.

»Mehr oder weniger, Sir.«

Dyburg nickte. »Wohnen Sie im Hotel?«

»Ja.«

Wieder nickte Dyburg. »Sobald ich etwas von Miss Porthman höre, werde ich Sie unterrichten. Sie ist eine junge Frau. Vielleicht hatte sie plötzlich etwas Besseres vor. Sie verstehen?«

»Natürlich«, antwortete ich. »Das soll vorkommen.«

Dyburg atmete schon erleichtert auf, als sich McDougan zum erstenmal einmischte.

»Möglich, daß eine junge Frau plötzlich etwas Besseres als Geschäfte vorhat«, sagte er ruhig. »Aber daß zwei Vorbestrafte plötzlich auch etwas Besseres vorhaben und zusammen mit der Frau verschwinden, das erscheint mir doch ziemlich bedenklich, Mister ...«

»Cotton«, sagte ich. »Jerry Cotton.«

»Oder sind Sie vielleicht anderer Meinung, Mr. Cotton?«

Ich zündete mir eine Zigarette an und schüttelte den Kopf. »Sie können eine Vermißtenanzeige aufgeben, wenn Sie mit der jungen Dame etwas zu tun haben«, sagte ich. »Die Polizei wird sich dann darum kümmern und vielleicht schnell etwas herausfinden, was alle beruhigt.«

»Oder auch nicht«, sagte McDougan.

»Ich verstehe nicht.« Ich stellte mich dumm, obgleich ich beinahe ganz sicher war, daß er mich durchschaute.

»Ich meine, die Polizei könnte herausfinden, daß ein Verbrechen vorliegt«, erklärte McDougan.

Ich hob die Schultern und versuchte den Eindruck zu erwecken, als hätte ich noch keine Sekunde lang an diese Möglichkeit gedacht. »Das wäre natürlich auch möglich«, antwortete ich.

»Vielleicht sollten wir wenigstens bis morgen warten«, sagte Dyburg und griff ebenfalls nach den Zigaretten. Seine Finger zitterten, als er sich ein Stäbchen anzündete. »Was meinen Sie, Mr. Cotton?«

»Ich meine, man sollte wirklich bis morgen warten, Sir.«

Dyburg nickte, während McDougan mich wie seinen Todfeind belauerte. Schließlich nickte er auch.

»Dann bis später, Dyburg«, wandte er sich an den Casinobesitzer. In seiner Stimme schwang ein drohender Unterton mit. »Wir unterhalten uns noch einmal.«

Bevor er abdrehte und über den Gang marschierte, blieben seine Augen kurz auf mir haften. Diesmal schauspielerte er nicht.

Diesmal drückte sein Blick klar und deutlich aus, daß ich

zu den Leuten gehörte, die er nicht mochte. »Kann ich sonst noch etwas für Sie tun, Mr. Cotton?«

»Benachrichtigen Sie mich, sobald Sie etwas von Nancy Porthman hören! Wahrscheinlich machen wir uns unnötige Sorgen. Meine Bekannte ließ anklingen, daß ein bestimmter Männertyp Nancy schnell aus dem Takt bringt. Sie ist schon mehr als einmal wegen eines Kerls verschwunden.«

Dyburgs Brauen huschten ärgerlich in die Höhe. Er wollte dazu ansetzen, mir etwas zu antworten, aber schließlich verkniff er sich jeden Kommentar.

Ich nahm den gleichen Weg zurück, den ich gekommen war. Als ich die Treppe erreichte, klatschte die Tür von Dyburgs Büro ins Schloß.

Johnnie McDougan spielte unkonzentriert und verlor. Er spielte mit kleinen Einsätzen, schaute kaum auf den Tisch, und seine Gedanken arbeiteten.

Cotton war hier. Bestimmt nicht so zufällig und so privat, wie der G-man es eben noch hatte anklingen lassen. Der FBI hatte seine Spur aufgenommen. Aber sie konnten ihm nichts beweisen. Niemand konnte ihm etwas beweisen. Außer Dyburg.

Und Dyburg würde den Mund halten. Der hatte etwas zu verbergen. Irgendwie war McDougan sicher, daß der Casinobesitzer nicht der Mann war, für den er sich ausgab. McDougan glaubte auch nicht mehr daran, daß Dyburg nur noch kurze Zeit zu leben hatte.

Dyburg spielte ein falsches Spiel, bei dem er, McDougan, auf der Strecke bleiben sollte.

Einmal hatte er gegen diesen Mann verloren, und McDougan haßte nichts mehr als Verlierer und den Verräter. Ein Mann mußte zu seinem Wort stehen. Wenn er es brach, dann mußte er bestraft werden.

Nancy war verschwunden. Dyburg steckte dahinter.

Nancy war der Joker. Wenn er, McDougan, seinen Auftrag erledigt hatte, wollte Dyburg ihn nicht etwa ausbezahlen, wie es abgesprochen war, sondern ihn aus dem Verkehr ziehen. Das war nicht einfach. Also nahm Dyburg sich Nancy als Lockvogel.

»Sie hätten bei der Siebzehn bleiben sollen«, sagte ich.

McDougan wirbelte zu mir herum. Er hatte mich nicht kommen sehen. Wütend und voller Haß starrte er mich an. Ich deutete in den Roulettkessel.

»Die Siebzehn ist zweimal hintereinander gekommen«, sagte ich. »Sie haben die Nummer zu Anfang beharrlich gespielt und genau im falschen Moment gewechselt.«

McDougans Augen wurden schmal.

Er biß die Zähne zusammen, und seine Wangenknochen traten hart hervor.

»Was wollen Sie von mir?« fragte er.

»Nichts«, antwortete ich.

»Sie schleichen mir nach, Mann. Ich habe ein feines Gespür dafür. Sie schleichen mir nach wie der Kater einer heißen Katze. Ich mag das nicht. Ich bevorzuge das Spiel mit offenen Karten. Na los, was wollen Sie von mir?«

»Nancy Porthman ist Ihr Mädchen, nicht wahr?«

McDougan nickte.

Ich deutete mit dem Daumen gegen die Decke des Spielsaals. »Und Sie glauben, Dyburg hat etwas mit dem Verschwinden des Mädchens zu tun?«

Seine breiten Schultern strafften sich. Dann fielen sie wieder nach vorn, und die Spannung wich aus seinem Gesicht.

»Den Gefallen tue ich Ihnen nicht, Mr. Cotton«, sagte er und nannte mich zum erstenmal bei meinem Namen. »Es liegt mir nicht, mit dem Finger auf jemanden zu zeigen, wenn ich meiner Sache nicht sicher bin.«

»Und wenn Sie Ihrer Sache sicher wären, würden Sie auch nicht mit dem Finger auf jemand deuten, sondern es allein erledigen, nehme ich an.«

»Sie sind FBI-Agent. Sie haben sich den richtigen Beruf ausgesucht. Sie verstehen es, Menschen einzuschätzen.«

Ich blieb stehen und starrte ihn an. Ich wollte ihn unsicher machen, aber es gelang mir nicht.

Er ertrug meinen Blick, ohne auch nur etwas schneller mit den Wimpern zu schlagen. »Was noch, Mr. Cotton?«

»Versuchen Sie nichts auf eigene Faust zu unternehmen! Sie würden sich einen Haufen Ärger einhandeln. Verstanden?«

»Gehen Sie zum Teufel, Mann!«

McDougan wandte sich wieder dem Spieltisch zu und setzte seine Chips auf die 17. Zweimal war die Zahl hintereinander gekommen. Er hoffte auf ein drittesmal. Das hieß, er hatte starke Nerven und liebte das Risiko.

Ich blieb stehen und wartete den Lauf der Kugel ab. Klickend sprang sie wenig später in das Fach der 17.

McDougan drehte sich kurz zu mir um. Triumph leuchtete in seinen Augen. »Es klappt alles, wenn man nur will und sich nicht beirren läßt, Mr. Cotton.«

Ich nickte und wandte mich ab. Es war gegen Mitternacht. Die Kollegen aus Atlantic City hatten sich mit Dyburg beschäftigt. Es wurde Zeit, die Informationen abzurufen. Sie mußten sich auch noch mit McDougan auseinandersetzen. Es war die einfachste Möglichkeit, mehr über diesen Mann zu erfahren. Außerdem brauchte ich Informationen über Nancy Porthman.

Phil befand sich am anderen Ende der Leitung.

»Wir haben Couly eingekreist«, sagte er. »Owner hat seine Aussage unterschrieben. Es steht so gut wie fest, daß Couly damals seine Leute nach South Brooklyn schickte und Maggie Hollins und Dave Lancaster erschießen ließ. Little Joe soll dabeigewesen sein. Owner ist sich nicht ganz sicher. Im Moment nehmen wir uns Little Joe vor. Vielleicht kommt etwas dabei heraus. Der Junge hat zwar einige harte Jahre im Ring verbracht, aber er hat keinen Schaden genommen. Er wird wissen, daß er nach der Aussage seinen Hals nur dann noch retten kann, wenn er singt.«

»Und jemand anders als den Todesschützen benennt«, vollendete ich. »Am besten jemand, der sich die Kartoffeln schon von unten anschaut und sich nicht mehr wehren kann.«

»So ähnlich wird es sicherlich kommen«, sagte Phil. »Aber auch das kann Couly nicht retten. Außerdem gibt es noch Renncourt. Vielleicht wird der weich, nachdem es einen seiner Freunde nach dem anderen erwischt.«

Ich nickte und zündete mir eine Zigarette an.

»Wir haben Nachricht aus Denver erhalten«, fuhr Phil mit seinem Bericht fort. »Nancy Hollins lebte dort bei Verwandten. Inzwischen hat sie den Namen gewechselt. Ich weiß nicht, aus welchem Grund. Vielleicht wegen des gewaltsamen Todes ihrer Mutter. Sie nennt sich jetzt Nancy Porthman.«

Das hatte auf mich die gleiche Wirkung wie ein unvorhergesehener Haken in die Magengrube. »Bist du sicher?«

»Nancy Porthman«, wiederholte Phil. »Das ist amtlich. Jeder Zweifel ist ausgeschlossen. Was gefällt dir daran nicht?«

»Ein Mädchen namens Nancy Porthman arbeitete im Rainbow-Casino und ist seit zwei Tagen verschwunden.«

Schweigen in der Leitung. Dann stieß Phil die angehaltene Luft aus. »Es könnte . . .«

»Könnte«, unterbrach ich ihn, »aber ich glaube nicht daran. Wir nehmen an, daß alles mit Lancaster zusammenhängt. Die Spur des unbekannten Killers führt uns in ein Casino nach Atlantic City, und Lancasters uneheliche Tochter ist hier beschäftigt und verschwindet. Viele Zufälle auf einmal, wie?«

»Verdammt, ja«, gab mein Freund zu. »Was hat das alles zu bedeuten, Jerry?«

»Keine Ahnung«, gab ich zu. »Aber ich werde es herausfinden. Versucht mit Couly klarzukommen! Und verliert Renncourt nicht aus den Augen! Er müßte als nächster auf der Liste des Killers stehen.«

»Keine Sorge, Jerry!«

Ich legte auf und lehnte mich zurück. Keine Sorge, hatte Phil gesagt.

Ich dachte an McDougan, an Dyburg und an Lancasters Tochter, die den Namen gewechselt hatte und zusammen mit zwei vorbestraften Angestellten des Casinos spurlos verschwunden war.

Und ich sollte mir keine Sorgen machen? Verdammt, ich machte mir einen ganzen Haufen Sorgen. Es gab bestimmt einen Zusammenhang zwischen diesem Casino und dem Geschehen vor zehn Jahren in South Brooklyn, als Maggie Hollins und Dave Lancaster starben.

Aber welchen Zusammenhang?

Ich verließ mein Zimmer. In einer Stunde würde ich mich mit einem Kollegen aus Atlantic City treffen. Dann hatten sie alle Informationen gesammelt, die ich brauchte. Mir blieb also Zeit, mich um Nancy Porthman und McDougan zu kümmern.

Das rothaarige Mädchen stand noch hinter der Bar. Sie sah mich mißtrauisch an. Es war deutlich, daß ihr jemand wegen ihrer Redseligkeit auf die Zehen gestiegen war.

»Whisky!« sagte ich. »Dieselbe Marke wie vorhin.«

Schweigend machte sich die Rothaarige am Flaschenregal zu schaffen. Ich zog das Foto von Maggie Hollins aus der Tasche und legte es so auf die Bar, daß ihr Blick automatisch darauf fallen mußte, wenn sie mir den Whisky brachte. Sie ließ sich Zeit. Dann kam sie zurück und stellte das Glas um ein Haar auf das Foto. Sie schaute es sich an. Ich sah sie zusammenzucken. Sie hob den Blick, und unsere Augen trafen sich.

»Verblüffende Ähnlichkeit, nicht wahr?« fragte ich.

Sie wollte sich schweigend abwenden. Ich packte ihren Arm und hielt sie zurück. In ihren Augen lag die flehende Bitte, sie endlich in Ruhe zu lassen.

»Sie sehen sich wirklich sehr ähnlich, oder?« fragte ich eindringlich.

»Wer ist das auf dem Bild?«

»Nancys Mutter«, antwortete ich.

»Verblüffend ähnlich«, bestätigte die Rothaarige. »Ich muß mich jetzt um die anderen Gäste kümmern.«

Ich ließ sie los und steckte das Foto wieder ein. Dann fragte ich sie nach Johnnie McDougan, den ich vergeblich in den Spielsälen gesucht hatte.

»Abgereist«, sagte sie.

»Ziemlich überraschend, wie?«

Sie zuckte mit den Schultern. »Spieler!« antwortete sie. »Sie tauchen auf und verschwinden wieder.«

McDougan hatte das Hotel wirklich verlassen, das wurde mir wenig später an der Reception bestätigt.

»Ist das Zimmer schon gemacht?«

Der Mann hinter dem Desk sah mich staunend an. »Mitten in der Nacht?« fragte er zurück.

»Könnte doch sein.«

Der Clerk schüttelte den Kopf. »Um diese Zeit fragt niemand mehr nach einem Zimmer. Außerdem sind wir nicht ausgebucht.«

»Dann sorgen Sie dafür, daß sich niemand in McDougans Zimmer verirrt!«

Er wollte etwas sagen. Ich zeigte ihm meinen Ausweis, und er schwieg. Dann griff ich zum Telefon und verständigte die Spurensicherung.

Noch hatte ich keine nachteiligen Informationen über Johnnie McDougan, aber ich traute ihm nicht. Ich mußte Vorsorge treffen. Wenn die Kollegen von der City Police auch nichts anderes fanden, so bekamen wir doch wenigstens die Prints des Mannes, der nach meinem Auftauchen so schnell verschwunden war.

»Ich bin's, Renncourt, dein Killer!«

Johnnie McDougan lachte lauthals auf, lehnte sich an die Kabinenwand und versuchte sich das Gesicht seines Gesprächspartners vorzustellen. »Willst du noch zu Wellingtons Beerdigung, oder sollen sie dich gleich neben ihn in die Grube schicken?«

»Ich kann darüber nicht lachen, Mann.«

»Recht hast du, Renncourt. Es ist wirklich nicht lustig für dich. Weißt du, was mich wundert?«

»Nein.«

»Warum verkriechst du dich nicht ein einfach vor mir?«

Schweigen am anderen Ende der Leitung.

Wieder lachte McDougan. »Du denkst, der FBI paßt auf dich auf, und die G-men geben dir Sicherheit, wie? Die haben schon auf Wellington aufgepaßt, und ich habe ihn dennoch erwischt. An deiner Stelle würde ich . . .«

»Was hast du mit Lancaster zu tun, Mann?« fragte Renncourt.

»Lancaster?«

»Dave Lancaster.«

»Wer ist das?«

»Wer ist dein Auftraggeber, Killer?«

»Jemand, der dich bis auf den Tod haßt, Renncourt. Vielleicht ist es Lancaster.«

»Der ist tot.«

»Man hat schon davon gehört, daß Tote plötzlich wieder auferstehen.«

»Zwei Schüsse in den Körper . . .«

». . . reichen manchmal nicht aus. Glaub mir das, ich kenne mich da aus!«

»Es war nicht meine Angelegenheit, damals. Lancaster boykottierte eine Sache, die inzwischen Mafiaangelegenheit geworden ist. Er hätte wissen müssen, daß man sich mit solchen Leuten nicht anlegen darf. Es ist nicht meine Schuld. Ebensowenig Blyds oder Wellingtons. Es war Lancasters Entscheidung.«

Johnnie McDougan schaute auf den nahen Highway, der durch den fließenden Verkehr noch immer hell erleuchtet war. Mit langsamen Bewegungen zündete er sich eine Zigarette an. »Beschreib mir Lancaster!« sagte er dann.

»Versuch nicht, mir etwas vorzuspinnen, Mann! Du kennst ihn besser als ich, oder aber du hast ihn gut gekannt. Oder hat Nancy dich engagiert?«

»Nancy?«

»Nancy Hollins. Maggies und Lancasters Tochter. Sie hat inzwischen den Namen gewechselt und nennt sich Porthman. Hat sie dich engagiert?«

Die Gedanken drehten sich in McDougans Kopf. Dave Lancaster, Maggie Hollins und Nancy Porthman!

»Beschreib mir Lancaster!« wiederholte er.

»Warum?«

»Weil ich es will, Renncourt. Du tust alles, was ich will, weil ich es in der Hand habe, ob du stirbst oder weiterlebst. Beschreibe ihn mir!«

Zwei Minuten lang lauschte McDougan den Ausführungen Renncourts. Danach war er auch nicht schlauer. Lancaster und Dyburg, so hatte er kombiniert, konnten eine Person sein. Doch außer Alter, Größe und Gewicht stimmte nichts überein. Aber was hatte das schon zu bedeuten? Zehn Jahre waren eine lange Zeit. Ein Mensch veränderte sich, und ein Mensch konnte sein Aussehen verändern lassen. Es gab Möglichkeiten genug.

»Was ist mit dem Geld?« wollte McDougan wissen.

»Ich kann es auftreiben.«

»Natürlich kannst du, Renncourt. Es ist vernünftig, daß du zahlen willst. Wann?«

»Morgen.«

»Bestimmt morgen. Wo hat es Lancaster erwischt?«

»In South Brooklyn bei den Docks.«

»Okay, ich melde mich wieder bei dir. Du kannst ganz ruhig schlafen. Es wird dir nichts passieren. Bis morgen.«

McDougan hängte ein, noch bevor Renncourt etwas sagen konnte. Er öffnete die Kabinentür und schnippte die Kippe nach draußen. Dann überlegte er und warf schließlich den nächsten Nickel in den Schlitz. Seine Finger zitterten, als er die Nummer wählte. Es dauerte nur einen kurzen Moment, bis sich Alan Dyburg meldete.

»Hallo, Dave Lancaster«, sagte McDougan. »Warum bist du nicht vor zehn Jahren gestorben, Lancaster? Du hättest dir dadurch eine Menge Ärger erspart.«

Der hastige Atem Dyburgs klang schnaufend durch die Leitung.

»Vier Geschäftspartner, und einer tanzt beim Verkauf aus der Reihe, Lancaster. Verdammt, du hättest wissen müssen, daß man sich mit der Mafia nicht anlegt. Eine Frau ist gestorben, und du hast sie auf dem Gewissen. Nancy wird dir niemals verzeihen, wenn sie die Wahrheit erfährt.«

McDougan zündete sich eine frische Zigarette an und stieß den Rauch wütend gegen die Decke der schmalen Telefonkabine.

»Du hast sie geholt, nachdem dein Arzt dir gesagt hat, daß du nur noch wenige Wochen zu leben hast. Sie soll deinen Betrieb übernehmen. Und jetzt hast du sie verschwinden lassen. Jetzt hoffst du darauf, daß es mich erwischt. Oder hast du mir schon einen Killer nachgeschickt, Lancaster?«

»Wo bist du, McDougan?«

»Auf dem Weg nach New York. Ich habe noch einen Auftrag zu erledigen. Oder hast du das inzwischen vergessen?«

»Renncourt hat geredet. Er hat dir einige Dinge berichtet, und den Rest hast du dir zusammenfantasiert, nicht wahr?«

»So ungefähr, Lancaster. Oder soll ich dich weiterhin Dyburg nennen?«

»Natürlich Dyburg, denn Lancaster ist tot!«

»Lancaster wird wirklich tot sein, wenn ich zurückkomme und Nancy nicht vorfinde, Mann. Dann wird Lancaster ein Loch mitten in der Stirn haben. Und gegen eine Kugel in den Kopf ist kein Kraut gewachsen.«

»Wann kommst du zurück?«

»Am Abend«, antwortete McDougan. »Völlig überraschend und so, daß mich niemand erwischt, wenn jemand auf mich warten sollte. Versuch also keinen Trick! Du würdest es nicht überleben. Haben wir uns verstanden?«

»Natürlich. «

»Und noch etwas, Dyburg. Du hast bei Nancys Entführung gegen die Regeln verstoßen. Jetzt schuldest du mir zwei Millionen.«

»Du bist verrückt, McDougan. Der FBI ist im Haus. Man

stellt gerade dein verlassenes Zimmer auf den Kopf. Ich weiß nicht, was die Leute suchen oder ob sie eine Ahnung haben, wer du bist, aber du wirst mit Sicherheit einen Haufen Schwierigkeiten bekommen. Erledige die Sache und verschwinde! Nenne mir später deine Adresse, und ich schicke dir dein Honorar.«

»Ich will Nancy, Dyburg. Sie wird mich begleiten.«

»Ich glaube kaum, daß sie an der Seite eines Killers leben will.«

»Sie wird es nie erfahren, Dyburg, auch nicht von dir. Du hast gesagt, du wirst sterben. Also stirb in Ruhe und Würde, alter Mann! Deine Rache hast du gehabt. Morgen abend, Dyburg. Nancy wird dasein, oder du sagst mir, wo ich sie holen kann. Wenn nicht, dann wird dein Tod anders sein, als du ihn dir vorgestellt hast.« McDougan legte auf. Schweiß rann ihm über das Gesicht. Er rauchte noch einen tiefen Zug und verließ dann die enge Telefonkabine. Dunkle, tiefhängende Wolken zogen in Richtung New York.

Harry Langton, mein Kollege aus Atlantic City, war ein großer, etwas schwerfällig wirkender Mann mit beginnender Stirnglatze. Er saß neben mir am Tisch eines kleinen Cafés, die Schultern weit nach vorn gezogen, und seine dunklen Augen schienen mich zu durchbohren.

»Alan Dyburg«, sagte er und blätterte in einem abgegriffenen kleinen Notizbuch. »Vor ungefähr fünf Jahren tauchte er in der Stadt auf, hatte einen Haufen Geld und machte sich daran, das Rainbow-Casino zu übernehmen.«

»Und vorher?«

Langton zuckte mit den breiten Schultern. »Der Name ist nirgends sonst aufgetaucht. Nicht mit den dazugehörenden Daten, Jerry. Er ist ein Mann, der aus dem Nichts kam, verstehen Sie?«

Ich verstand nichts.

»Sie glauben, mit Dyburg sei einiges nicht in Ordnung, nicht wahr?«

»Ich weiß nicht, was ich glauben soll, Harry.«

»Mit ihm stimmt etwas nicht«, sagte Langton. »Als er das Casino übernahm, haben wir uns mit ihm beschäftigt. Ich habe niemals einen Mann erlebt, der eine so kurze Vergangenheit hat. Es gibt keinerlei Unterlagen über ihn. Nicht einmal bei der zentralen Erfassungsstelle für die Army ist er bekannt. Aber wir hatten nichts gegen ihn auszugraben. Darum haben wir ihn in Ruhe gelassen.«

Ich nickte nachdenklich. Ich dachte an McDougan und an Nancy Porthman, die in Wirklichkeit Hollins hieß und die Tochter zweier Menschen war, die vor zehn Jahren gemeinsam bei den Docks in South Brooklyn gestorben waren.

»Wir könnten ihn gründlich überprüfen, Jerry. Aber das erfordert viel Zeit bei einem Mann ohne Vergangenheit.«

Das wußte ich, und außerdem versprach ich mir auch nichts davon. »McDougan«, sagte ich.

Langton hatte inzwischen alles erfahren, was über den Mann im Umlauf war. »Ebenfalls ein unbeschriebenes Blatt«, berichtete er. »Keine Vorstrafen. Hat Vietnam als Offizier mit höchsten Auszeichnungen hinter sich gebracht, reich geheiratet und anschließend vom Vermögen seiner Frau gelebt. Sie ist eines natürlichen Todes gestorben. Ein Spieler, Jerry. Man kennt seinen Namen in jedem legalen und illegalen Casino der Welt.«

Ich lehnte mich zurück. Langton war deutlich anzusehen, daß das noch nicht alles war.

»Hier, in Atlantic City, im Rainbow-Casino ist er auf die Nase gefallen. Er soll zwei oder drei Millionen verloren haben. Das waren seine letzten Reserven, haben wir herausgefunden.«

Ich setzte mich wieder auf. »Aber er spielt weiter«, sagte ich. »Und er macht auf mich nicht den Eindruck, als habe er alles verloren.«

Langton verzog sein Gesicht zu einem breiten Grinsen. »Sie wollen sagen, er lebt und spielt so, als erwarte er noch eine große Summe, he?«

Ich nickte und fuhr mir durch die Haare. »Unser Killer

steht in irgendeinem Zusammenhang mit dem Casino, Harry«, sagte ich. »Ich habe ihm zweimal gegenübergestanden, und jedesmal war er eine ganz andere Person. Ein Chamäleon auf zwei Beinen!«

Langton nickte. In seinen großen dunklen Augen flackerte es auf. »McDougan hat eine Ausbildung als Maskenbildner«, sagte er leise. »Vor Vietnam hat er an einigen Bühnen erfolgreich gearbeitet.«

Ich drückte die Zigarette aus und zündete mir sofort eine frische an. Langsam beruhigten sich meine aufgescheuchten Nerven. »Er hat mich erkannt und ist sofort verschwunden«, sagte ich. »Vermutlich nach New York.«

»Vielleicht haben wir eine Chance, wenn . . .«

Ich schüttelte den Kopf. Ich hatte ebenfalls schon daran gedacht, die Polizei nach McDougan suchen zu lassen. Es war sinnlos, denn es gab viele Wege nach New York. Wenn McDougan wirklich der unbekannte Killer war, dann war er auch clever genug, die Stadt zu erreichen, ohne einer Streife in die Arme zu laufen. Und wenn McDougan unser Mann war, dann gab es für ihn nur einen Grund, sich auf den Weg nach New York zu machen: Er wollte Renncourt.

Falls er unser Mann war!

Vietnam, Maskenbildner, das konnte passen. Zumindest verstand er es, mit einer Waffe umzugehen und sein Aussehen so zu verändern, daß ihn niemand identifizieren konnte. Wir hatten nichts gegen ihn in der Hand als einen bösen Verdacht. Keinen schlüssigen Beweis. Niemand würde ihn wiedererkennen. Niemand außer dem, der ihn für die Morde an Blyd, Wellington und Renncourt engagiert hatte. Jemand, der mit Dave Lancaster in Zusammenhang stand oder der selber Lancaster war. Man hatte seine Leiche niemals gefunden. Lancaster konnte noch leben. Alan Dyburg konnte Lancaster sein! Ein Mann ohne Vergangenheit und mit viel Geld. Mit Geld konnte man sein Aussehen verändern lassen. Mit Geld konnte man auch einen ausgezeichneten Killer einkaufen.

Einen ausgezeichneten Killer!

Verdammt, McDougan war ein Killer gewesen und nie mit dem Gesetz in Konflikt geraten. Ein unbeschriebenes Blatt, aber ein Spieler, der alles verloren hatte. Konnte man aus einem solchen Mann einen Killer machen? Um einen hohen Preis? Ich war sicher, unserem Mann dicht auf der Spur zu sein, aber ich brauchte einen Beweis.

Renncourt in New York! Phil hatte die Sache in die Hand genommen. Renncourt wurde bewacht wie der Präsident. Die Leute, die auf ihn angesetzt waren, waren die besten, die wir hatten. Wenn McDougan unser Mann war und wenn er sich auf den Weg gemacht hatte, um Renncourt zu erschießen, dann mußte er Phil in die Arme laufen.

Was mich anging, so konnte ich McDougan vergessen. Ich mußte mich auf das verschwundene Mädchen konzentrieren, das die Tochter von Dave Lancaster und Maggie Hollins war.

Dyburg hatte das Mädchen für eine führende Stellung in sein Casino verpflichtet. Eine Chance, die man eigentlich nur jemandem gab, den man ausgezeichnet kannte, dem man verpflichtet war oder der schon Großes zuwegegebracht hatte.

»McDougan«, wandte ich mich wieder an Harry Langton. »Gibt es besondere Vorkommnisse, die seine Militärzeit betreffen?«

»Darum habe ich mich nicht gekümmert, Jerry. Gegen Mittag könnten wir es wissen.«

»Versuchen Sie etwas herauszufinden!» sagte ich.

Er nickte. »Was sollen wir in der Sache des verschwundenen Mädchens unternehmen?«

»Haben Sie eine Ahnung, was man tun könnte?»

Langton schüttelte den Kopf. »Jefferson und Brown, die zusammen mit dem Mädchen verschwunden sind, kamen nicht aus Atlantic City. Es besteht die Möglichkeit, daß man etwas gegen das Mädchen unternimmt, wenn man erkennt, daß wir in der Sache tätig werden.«

Genauso sah ich es auch. »Was besitzt Dyburg?« fragte ich.

Langton schaute mich erstaunt an. »Eine ganze Menge, nehme ich an. Ich habe mich nicht darum gekümmert. Auf was wollen Sie hinaus, Jerry?«

»Nehmen wir mal an, McDougan ist unser Killer. Nancy Porthman verliebt sich in ihn und will bei ihm bleiben. Wer hätte einen Grund, so etwas zu unterbinden?«

»Natürlich jemand, der dem Mädchen nahesteht.«

»Zum Beispiel Lancaster, der den Mordanschlag vor zehn Jahren überlebte. Nehmen wir an, dieser Mann ist Alan Dyburg, Harry. Also wird Dyburg seine Tochter aus dem Verkehr gezogen haben, damit sie nicht an den Killer gerät, den er selbst engagierte. Er mußte sie sicher verstecken. Finden Sie heraus, was Dyburg besitzt! Vielleicht entdecken wir so, wo das Mädchen gefangengehalten wird. Okay?«

»Okay«, antwortete Langton und trank seinen inzwischen kalt gewordenen Kaffee aus. »Verdammt gewagte Spekulationen, Jerry. Wenn Sie meine Meinung hören wollen, ich glaube nicht an diese Theorien. Aber das spielt keine Rolle. Ich werde mich um alles kümmern. Bis morgen mittag!«

Langton stand auf und verließ das kleine Cafe, nachdem er mir noch einen mitleidigen Blick zugeworfen hatte. Er mußte mich für einen Verrückten halten.

Dyburg konnte nicht schlafen. Er rauchte. Neben ihm stand auf dem Nachttisch eine halbvolle Flasche Bourbon. Nachdem er so lange keinen Tropfen Alkohol mehr zu sich genommen hatte, hätte er jetzt eigentlich betrunken sein müssen. Aber Dyburg spürte den Alkohol nicht.

Er dachte nur daran, daß er leben würde. Aber damit er leben konnte wie bisher, mußte Johnnie McDougan sterben.

Zwei Millionen verlangte McDougan, der inzwischen seine Vergangenheit kannte. McDougan war ein Mann, der keinen Schritt zurückwich. Wenn er nicht zahlte und sich seiner Neigung zu Nancy widersetzte, würde McDougan ihn töten.

Aber auch Nancy war schwierig. Sie würde auf keinen

Fall schweigen, wie er es zu Anfang angenommen hatte. Vor allem dann nicht, wenn sie erfuhr, daß auf seinen Befehl hin mehrere Menschen ermordet worden waren. Sie durfte es nicht erfahren.

Die Zeit drängte! Der FBI befand sich im Haus. McDougan hatte einen Fehler begangen, und Cotton wußte inzwischen auch von Nancys Verschwinden. Dyburg traute dem G-man nicht. Der hatte sich harmloser gegeben, als er in Wirklichkeit war. Cotton würde Erkundigungen einholen und über McDougan stolpern, auch wenn der sich durch seine Maskerade sehr sicher fühlte.

Dyburg trank noch einen Schluck aus der Flasche. Dann griff er nach den Zigaretten. Das Telefon neben dem Bett schlug an. Einige Sekunden zögerte der Casinobesitzer. Dann hob er ab.

»Hallo, Lancaster!«

Dyburgs Augen zogen sich zusammen. Steile Falten furchten seine Stirn. »Verdammt, McDougan!« fluchte er. »Wenn du glaubst, du kannst mich nervös machen. . . .«

Es klickte. Die Leitung war tot. Dyburg starrte entgeistert auf den Hörer in seiner Hand. Erst in diesem Moment wurde ihm bewußt, daß es gar nicht McDougans Stimme gewesen war. Er hatte sich reinlegen lassen!

Aber wer, verdammt, konnte zu diesem Zeitpunkt sonst noch wissen, daß aus Dave Lancaster Alan Dyburg geworden war?

Dyburg schmetterte den Hörer auf die Gabel, legte sich lang und kam sich vor wie eine Spinne, die sich im eigenen Netz verfangen hatte. Jetzt mußte er handeln!

Er hatte auf Lancaster reagiert und angenommen, daß sich McDougan am anderen Ende der Leitung befand. Was ein Schuß ins Blaue hatte werden sollen, war zu einem Volltreffer geworden.

Ich legte auf, nahm mir eine Zigarette und trat ans Hotelfenster. Draußen herrschte noch viel Betrieb. Neonreklame machte die Nacht zum Tage. Atlantic City schlief nicht. Das Leben pulsierte rund um die Uhr.

Dyburg war Lancaster, daran konnte es keinen Zweifel mehr geben. Und Johnnie McDougan war der Mann, der Lancasters Rache an seinen ehemaligen Freunden und Geschäftspartnern vollzog. Ich war mir meiner Sache sicher, doch das half mir im Moment auch nicht weiter. Der letzte Beweis fehlte. Ich konnte Dyburg nicht einmal festnehmen, solange ich nicht wußte, wo sich Nancy befand. Vielleicht hatte er Anweisungen gegeben, das Mädchen zu töten, wenn etwas Unvorhergesehenes mit ihm geschah. Eine Festnahme, nach der er sich nicht mehr melden konnte, das war etwas Unvorhergesehenes.

Ich hatte Verbindung zu Phil aufgenommen. Er wußte, daß sich McDougan auf dem Anmarsch befand. Die Überwachungsmaßnahmen für Renncourt wurden verschärft. Im Grunde konnte nichts passieren, aber ich traute dem Frieden noch immer nicht. Es schwelte im Untergrund. Eine Katastrophe bahnte sich an . . .

Nancy Porthman hörte die Schritte auf dem Gang. Mit einem Satz sprang sie vom Bett und stellte sich an die Tür, neben die sie einen Stuhl plaziert hatte.

Die ganze Nacht über hatte sie sich Gedanken gemacht. Hilfe von außen erwartete sie nicht mehr. McDougan hatte wahrscheinlich nicht einmal eine Ahnung davon, daß sie entführt worden war. Und wenn er es erfuhr, dann war es zu spät für ihn. Dann würde man ihn in eine tödliche Falle locken. Sie mußte sich also selbst helfen.

Nancy wußte, daß ihre Chancen schlecht gegen die beiden Männer standen, die Alan Dyburg engagiert hatte. Jefferson und Brown waren bewaffnet. Für sie gab es nur einen Weg. Sie mußte eine Waffe in ihren Besitz bringen, vielleicht auch einen der beiden Männer, um sich einen Weg nach draußen freipressen zu können.

Die Schritte verhielten vor der Tür. Nancy war aufgeregt.

Das Herz schlug ihr bis zum Hals hinauf. Ihre Hände umschlossen die Stuhllehne. Langsam hob sie den Stuhl in die Höhe, biß die Zähne zusammen und wartete. Wie es ablaufen sollte, darüber hatte sie sich noch keine Gedanken gemacht. Sie wußte nur, es mußte klappen. Denn sowohl Jefferson als auch Brown hatten deutlich gezeigt, daß sie keinesfalls den Befehl hatten, sie mit Samthandschuhen anzufassen.

Der Schlüssel drehte sich im Schloß. Langsam schwang die Tür auf. Nancy hielt die Luft an. Ihre Nerven waren bis zum Zerreißen gespannt.

Nicht mehr als eine Sekunde verstrich. Dann tauchte die kleine, etwas untersetzte Gestalt von Brown im Raum auf.

Nancy sah noch sein verblüfftes Gesicht, als er sich herumdrehte, in ihre Richtung schaute und den Stuhl wahrnahm, der mit großer Wucht auf ihn niedersauste.

Brown stieß einen gellenden Schrei aus, der abrupt abriß, als das Möbelstück ihn traf und er bewußtlos zu Boden geworfen wurde.

Im gleichen Sekundenbruchteil ließ Nancy Porthman den Stuhl fallen, sprang über den am Boden liegenden Mann hinweg und warf die Tür ins Schloß. Es gab einen schwachen Riegel, mit der man sie von innen sichern konnte. Bislang hatte sie diesen Riegel nicht gebraucht. Jetzt aber legte sie ihn vor, ehe sie neben Brown in die Knie ging und seine Taschen abtastete. Sie fand, was sie suchte. In Browns rechter Jackettasche befand sich eine Beretta. Mit einem Ruck riß Nancy die Waffe heraus und wirbelte zur Tür herum, als sie die Schritte von Jefferson hörte, den Browns Schrei angelockt hatte. »Komm nicht an die Tür! Ich schieße!«

Nancys Stimme überschlug sich. Sie richtete die Waffe gegen die Tür und legte den Sicherungsbügel herum. »Ich will hier raus, Jefferson!«

Dumpfes Lachen klang zu ihr. Jefferson schien sie nicht ernst zu nehmen. Der Türgriff wurde nach unten gedrückt.

»Ich schieße, Jefferson!«

»Mach doch keinen Unsinn!«

Nancy hielt die Waffe so hoch, daß sie Jefferson unmöglich treffen konnte. Dann drückte sie ab. Klatschend durch schlug das Projektil das Holz. Jefferson brüllte auf. Ein wüster Fluch klang in das Zimmer. Dann herrschte Ruhe.

»Bist du noch da, Jefferson?«

»Verdammt, ja.«

»Ich will hier raus. Ich habe Brown. Ich werde ihn erschießen. Hast du mich verstanden? Ich werde ihn erschießen.«

Erneut das schallende Lachen des Gangsters, der seinen ersten Schrecken überwunden hatte. »Dann erschieß ihn doch, Nancy! Dadurch kommst du auch nicht raus!«

Das hörte sich ernst an. Nancy zuckte zusammen. Sie hatte es nicht richtig angefangen. Sie hatte zwar Brown und eine Waffe, aber beides führte sie nicht in die Freiheit.

Wieder trat Stille ein. Dann wurde blitzschnell von außen der Schlüssel gedreht und der Riegel vorgeworfen. Nancy Porthman hob die Waffe und ließ sie wieder sinken. Selbst wenn sie Jefferson traf, so half ihr das nichts. Sie konnte die Tür von innen nicht öffnen.

»Du hörst wieder von mir, Baby!« schrie Jefferson. »Vertreib dir inzwischen die Zeit mit Brown! Er ist ohnehin schon immer scharf auf dich gewesen.«

Während sich draußen die Schritte entfernten und schließlich verklangen, bemerkte Nancy Porthman, daß ihr Tränen über das Gesicht rannten. Langsam ging sie zum Bett, setzte sich und rieb sich die Feuchtigkeit von den Wangen.

Brown regte sich, wälzte sich auf die Seite, griff stöhnend nach seinem Kopf und starrte sie aus blutunterlaufenen Augen an. »Verdammtes Biest!«

Mit einem Satz stand er wieder auf den Beinen. Nancy richtete die Waffe gegen den untersetzten Mann.

»Noch einen Schritt weiter, und ich erschieße dich, Brown!«

Sie wunderte sich selber, wie überzeugend sie es herausbrachte. Denn wenn es wirklich hart auf hart kam, würde sie die Waffe kaum auf einen Menschen abfeuern können.

Brown blieb stehen. In seinen Augen blitzte es auf. »Das hilft dir nichts, Nancy«, sagte er. »Niemand wollte dir etwas tun. So bringst du dich nur in Schwierigkeiten. Gib mir die Waffe und belasse alles dabei, wie es war.«

Nancy Porthman schüttelte den Kopf. »Dyburg hat euch den Auftrag erteilt, mich zu entführen«, sagte sie leise. »Ich will, daß Dyburg herkommt. Zusammen mit Johnnie McDougan.«

»Warum mit Johnnie McDougan?«

Brown starrte sie fassungslos an. Da kamen der Blondine die ersten Zweifel, daß sie entführt worden war, um mit ihr Johnnie McDougan in eine Falle zu locken.

»Warum hat Dyburg mich entführen lassen?«

»Wahrscheinlich warst du ihm bei irgend etwas im Weg. Er versprach uns, daß Jefferson und ich keine Schwierigkeiten bekommen. Er meinte, wenn er erst mit dir gesprochen habe, würdest du über diesen kleinen Zwischenfall keinen Ton mehr verlieren.«

»Das verstehe ich nicht.«

»Ich auch nicht.« Brown schüttelte den Kopf. »Komm, mach keinen Unsinn! Gib mir die verdammte Waffe!«

Einen Moment war Nancy wirklich versucht, ihm die Beretta auszuhändigen. Dann aber überlegte sie es sich doch anders. Solange sie den Grund für ihre Entführung nicht kannte und nicht wußte, was mit Johnnie McDougan war, fühlte sie sich mit der Beretta sicherer. Sie deutete mit dem Waffenlauf zur Badezimmertür.

»Verschwinde ins Bad, Brown!« verlangte sie mit scharfer Stimme.

Brown zuckte zusammen. Er versuchte es und trat einen schnellen Schritt in ihre Richtung, als die Beretta aufbrüllte. Siedend heiß streifte das Projektil Browns Hüfte, bevor es sich mit einem klatschenden Geräusch in die Zimmerwand bohrte.

»Verschwinde ins Bad und trau dich so lange nicht wieder raus, bis ich dich rufe!«

Brown wandte sich mit hängenden Schultern ab. »Wir

reden später noch einmal über diese Sache«, sagte er, während er mit den Fingern nach der Beule an seinem Kopf tastete. »Dann wird es dir leid tun, was du mir jetzt angetan hast.«

Wenige Minuten vor ein Uhr verließ er das Casino, ging zum Privatparkplatz und bestieg einen schwarzen Chevy. Harry Langton war von mir alarmiert worden, und einige andere Kollegen aus Atlantic City standen bereit, Dyburg nicht für eine Sekunde aus den Augen zu verlieren.

Dyburg verließ das Casinogelände und reihte sich in den fließenden Verkehr der Main Street ein. Ich hängte mich an seine Stoßstange.

Etwas mehr als eine halbe Stunde verstrich, dann kannte ich sein Ziel. Harry Langton hatte herausgefunden, daß Dyburg sich erst vor kurzer Zeit ein Wochenendhaus gekauft hatte. Es lag abseits der Straße und bot sich als Versteck für einen Entführten geradezu an.

»Es ist genau das Haus, Langton«, wandte ich mich über Funk an meine Kollegen.

»Was haben Sie vor, Jerry?«

»Ich fahre voraus und werde vor ihm dort sein. Er fährt nicht besonders schnell.«

»Glauben Sie vielleicht, er hat das Mädchen allein im Haus gelassen?«

»Ich denke, Brown und Jefferson werden bei Nancy sein.«

»Und?«

»Falls ich die beiden nicht schaffe, Harry, verlasse ich mich darauf, daß Sie mich wieder rausholen.«

Langton lachte. »Hoffentlich ist das so einfach, wie Sie sich das vorstellen, Jerry.«

Ich glaubte keinesfalls daran, daß es so einfach war. Aber es blieb gar keine Zeit, einen anderen Plan auszuarbeiten, nach dem man vorgehen konnte. Ich mußte improvisieren und kannte sehr wohl das Risiko, das ich einging.

»Ende, Harry«, sagte ich.

Ich gab Gas. An der nächsten Kreuzung fuhr ich eine andere Straße, beschleunigte noch mehr und setzte mich wenig später vor Dyburg. Es waren etwas mehr als 30 Meilen. Im besten Fall konnte ich vielleicht eine halbe Stunde Vorsprung herausfahren, wenn alles glatt lief.

Nicht besonders viel Zeit, aber sie mußte ausreichen.

Renncourt riß den Hörer regelrecht von der Gabel, kaum daß das Telefon richtig angeschlagen hatte.

»Renncourt.«

»Ich bin's, dein Killer!«

Renncourt setzte sich. Er hatte nicht geschlafen. Die Angst saß ihm wie ein Raubtier im Nacken. Die Waffe, die er während der vergangenen Nacht unter seinem Kopfkissen liegen gehabt hatte, trug er nun bei sich.

»Ich habe das Geld«, sagte er schnell. »Eine Million. Die Scheine sind nicht registriert. Was soll ich tun?«

»Wer bewacht dich?«

»Niemand.«

McDougan lachte auf. »Ich meine, wer beschattet dich, Renncourt?«

»FBI, nehme ich an. Bemerkt habe ich noch keinen.«

»Dann sind sie gefährlich und gut, Renncourt.«

Schweiß brach Renncourt aus. Mit dem Handrücken wischte er sich den Feuchtigkeitsfilm von der Stirn. »Ich werde sie abhängen, Mann. Darauf kannst du dich verlassen.«

Schweigen am anderen Ende der Leitung. Dann: »Fahr etwas in der Stadt herum, geh irgendwo etwas trinken und merk dir die Leute, die dir an verschiedenen Orten begegnen! Die mußt du später abhängen.«

»In Ordnung«, antwortete Renncourt. »Das schaffe ich schon.«

»Natürlich schaffst du das, ich bin sicher. Schließlich hängt dein Leben davon ab.«

Es klickte. McDougan hatte aufgelegt. Renncourt setzte

sich auf seinen Platz zurück und zündete sich eine Zigarette an. Er mußte zahlen, oder man legte ihn um wie Blyd und Wellington. Er würde zahlen, aber er wollte Couly später einen Hinweis auf den Killer geben. Renncourt wählte die Nummer des Mafiamannes. Wenig später war er verbunden.

»Der Kerl hat sich gemeldet«, sagte er. »Ich werde zahlen, Couly. Aber ich glaube nicht, daß es damit getan ist. Ich will, daß du den Burschen erledigst und ihm mein Geld wieder abnimmst. Das kann doch auch nur in deinem Interesse liegen, oder?«

Renncourt hatte es sich lange durch den Kopf gehen lassen, was er Couly sagte. Gestern hatte er einen Fehler begangen, den er mit seinem heutigen Vorschlag wieder ausbügeln wollte.

»Oder etwa nicht, Couly?« setzte er nach.

»Sicher, Renncourt. Wann und wo?«

»Ich weiß es noch nicht. Er ruft mich wieder an. Ich werde dir Bescheid geben, und du kannst einige Leute schicken. Okay?«

»Okay, das ist der sicherste Weg. Was du gestern gesagt hast, habe ich inzwischen wieder vergessen. Benachrichtige mich früh genug! Sieh zu, daß die Übergabe des Geldes an einer Stelle stattfindet, an der wir den Burschen erwischen können!«

»Ich sorge dafür«, versprach Renncourt, obgleich er genau wußte, daß er keinen Einfluß darauf haben würde. »Bis später.«

Er legte auf und ließ sich alles noch einmal durch den Kopf gehen. Er war sicher, daß er als einziger überleben würde und Couly alles daransetzte, dem Unbekannten das Geld wieder abzunehmen. Couly würde seine Prozente kassieren. Aber auf jeden Fall kam er mit einem blauen Auge aus der Sache heraus. Im Grunde konnte er zufrieden sein.

Renncourt stand auf und verließ das Büro, in das er sich zurückgezogen hatte, weil er sich in dem großen Haus am sichersten fühlte.

Ein schmaler Weg zweigte von der Hauptstraße ab. Es war der einzige Weg, der zum Wochenendhaus führte. Ich fluchte still in mich hinein. Damit hatte ich nicht gerechnet, und Langton hatte mir auch nichts von einer gesonderten Zufahrt berichtet.

Ich zog den Wagen auf die schmale, kurvenreiche Strecke und nahm das Gas zurück. Drei Meilen ging es ohne Schwierigkeiten voran. Dann, als der Wagen um die letzte Kurve bog, sah ich den Wald vor mir auftauchen. Vom Haus keine Spur. Es mußte sich im Wald oder dahinter befinden.

Ich mußte den Wagen also verlassen und ihn verschwinden lassen, um Dyburg nicht frühzeitig zu warnen. Leider konnte mir Langton dann im Notfall nicht die schnelle Hilfe bringen, die ich eigentlich erwartete.

Ich war auf mich allein gestellt.

Ein schmaler Feldweg führte rechts zum Waldrand. Der Boden war aufgeweicht. Die Reifen hinterließen tiefe Spuren im Morast. Wenn Dyburg aufmerksam war, würde er sie entdecken und daraus vielleicht die richtigen Schlüsse ziehen. Ich fuhr den Weg dennoch, brachte den Wagen schlingernd zwischen den engstehenden Bäumen hindurch und lenkte ihn in dichtes Unterholz. Beim Aussteigen überzeugte ich mich davon, daß der Wagen von der Straße aus nicht zu sehen war.

Ich machte mich zu Fuß auf den Weg. Zweige schlugen mir ins Gesicht. Viel Zeit blieb mir nicht. Mein Vorsprung war gering.

Nach einer halben Meile teilte sich der Wald. Eine Lichtung tat sich vor mir auf, und ich sah das Wochenendhaus. Es stand am Rande der Lichtung an einem kleinen See. Ein schmaler Steg führte ans Ufer. Einige Stufen ging es hinab zu einer Badeplattform. Daran vertäut lag ein kleines Motorboot.

Der Eingang des Hauses befand sich zur Straßenseite. Rechts und links daneben eine breite Fensterfront. Von dieser Seite her konnte ich mich dem Haus unmöglich ungesehen nähern. Ich mußte zurück in den Wald, einen Bogen schlagen und es von der Seeseite her versuchen. Zehn Minuten verstrichen, bis ich wieder aus dem Wald auftauchte und die Rückseite des Gebäudes vor mir hatte. Auch hier gab es Fenster, aber ich glaubte nicht daran, daß man die Rückfront besonders bewachte.

Zwanzig Meter führten über freies Gelände. Ich duckte mich zusammen, hielt die Luft an und ließ die Fenster der Rückfront nicht aus den Augen, als ich losrannte. Zwanzig Meter können so lang sein wie die Strecke zum Mond und wieder zurück. Als ich die Fassade des Hauses endlich erreichte, schien mir eine Ewigkeit vergangen. Keuchend lehnte ich mich an die Mauer und wartete, daß mein Herzschlag sich wieder beruhigte.

Stille um mich herum. Niemand schien mich bemerkt zu haben. Ich schaute zu den Fenstern auf, die sich in Kopfhöhe befanden. Solange ich mich ganz dicht an der Fassade entlangbewegte, konnte man mich vom Fenster aus nicht sehen.

Alle Fenster an dieser Hausfront waren verschlossen. Keins bot mir einen Einstieg. Ich mußte es an anderer Stelle versuchen. Vorsichtig schob ich mich um den Hauswinkel und fand ein Fenster, das beinahe ebenerdig war. Ich ließ mich zu Boden gleiten und robbte langsam an das Viereck heran. Geräusche klangen nach draußen. Es hörte sich an, als drehe sich jemand im Bett von einer Seite auf die andere. Ich wartete einige Sekunden, dann setzte ich meinen Weg fort. Und dann sah ich sie.

Nancy Porthman! Daran gab es keinen Zweifel. Die Tochter von Maggie Hollins und Dave Lancaster. Sie lag auf dem Bett. Neben ihr auf dem Kopfkissen eine Beretta. Ihr Augen waren auf eine kleine Tür gerichtet, die in einen an deren Raum führte.

»Nancy«, rief ich leise.

Sie zuckte zusammen, kam mit einem Satz in die Höhe und griff nach der Waffe. »Nancy!«

Ihr Blick fiel zum vergitterten Fenster. Sie sah mich und wich zurück.

Der Lauf der Beretta war auf mich gerichtet. Angst spiegelte sich auf dem schönen Gesicht. Ihre blauen Augen waren weit aufgerissen.

»FBI, Nancy«, flüsterte ich. »Wir sind gekommen, um Sie hier herauszuholen. Wo sind Jefferson und Brown?«

Sekundenlang flammte Mißtrauen in ihren Augen auf. Dann schien sie mir zu glauben. Der Lauf der Waffe schwang zur Tür herum, die sie nicht aus den Augen gelassen hatte.

»Brown ist da drin«, sagte sie. »Ich habe ihm die Waffe abnehmen können. Jefferson ist irgendwo im Haus. Ich glaube, er hat Alan Dyburg benachrichtigt. Was haben Sie vor?«

»Sie hier rausholen, Nancy«, antwortete ich ruhig. »Behalten Sie die Nerven, auch wenn Dyburg erscheint! Es kann Ihnen nichts passieren.«

»Was ist mit Johnnie?«

»McDougan?«

Sie nickte.

»Ich weiß nicht«, antwortete ich ausweichend. »Ich glaube, er ist auf dem Weg nach New York. Ich verschwinde jetzt wieder, Nancy. Keine Angst, es kann Ihnen wirklich nichts mehr passieren.«

Ich wich vom Fenster zurück, richtete mich auf und klopfte mir den Dreck aus der Kleidung. Ich mußte ins Haus und Jefferson außer Gefecht setzen.

Es war zu spät. In dem Moment, als ich nach einem geeigneten Einstieg Ausschau hielt, sah ich Dyburgs schwarzen Chevy aus dem Waldstück kommen. Die Eingangstür flog auf, und Jefferson trat aus dem Haus. Ich konnte mich gerade noch um die Hausecke drehen, bevor Dyburg nahe genug heran war, um mich zu entdecken.

Ich dachte an Nancy dort unten in dem kleinen Studio und an Brown, der sich im Nebenraum befand. Ich fragte mich, ob er etwas von meiner Unterhaltung mit Nancy gehört hatte. . .

Dyburg erreichte den Eingang. Ich hörte ihn mit Jefferson reden und einen Fluch ausstoßen. Ich ließ mich zu Boden gleiten und kroch zum zweitenmal an das Fenster. Diesmal bemerkte Nancy mich sofort und warf einen fragenden Blick zu mir herauf.

»Dyburg kommt«, sagte ich leise. »Sprechen Sie mit ihm, und unternehmen Sie nichts, was ihn in Wut versetzen könnte!«

Ich zog mich vom Fenster zurück, nachdem Nancy verstehend genickt hatte. Irgendwie war ich sicher, daß sie die Nerven nicht verlor. Die Tochter eines Gangsters und einer Nachtclubsängerin! Eine besondere Mischung. Sie würde es durchstehen, daran gab es für mich keinen Zweifel.

Von Jefferson und Dyburg war nichts mehr zu hören. Sie waren ins Haus gegangen. Ich drückte mich dicht an die Fassade und wartete. Etwas mehr als zwei Minuten verstrichen, dann hörte ich wieder Stimmen.

»Ich bin's, Nancy«, sagte Dyburg durch die geschlossene Tür. Ich bin gekommen, um mit dir zu reden. Ich öffne jetzt die Tür und komme zu dir rein.«

»Auf keinen Fall!«

»Mach keinen Unsinn, Mädchen!« sagte Dyburg beschwörend. »Ich muß mit dir reden. Es geht nicht anders.«

»Über Johnnie McDougan?«

»Auch über Johnnie. Ich komme jetzt rein.«

»Allein, ohne Jefferson!«

»Okay, allein ohne Jefferson.«

Ich sah Nancy Porthman an die Tür gehen, den Riegel zurückschieben, den sie von innen vorgelegt hatte. Dann wich sie wieder zurück. Bis zum Bett. Dort blieb sie stehen.

Ich konnte Dyburg vom Fenster aus nicht sehen, aber auf Nancys Gesicht zeichnete sich deutlich ab, daß er den Raum inzwischen betreten hatte.

»Was willst du mit der Waffe?« fragte Dyburg. »Mich erschießen?«

»Warum nicht?«

Dyburg lachte. Es klang ziemlich müde. Das Lachen eines Mannes, der eine einsame Entscheidung gefällt hatte, an der er fast zerbrach.

»Du weißt nicht, wer ich bin, Nancy. Ich bin dein Vater.«

Unglauben spiegelte sich auf ihrem feingeschnittenen Gesicht. Langsam schüttelte sie den Kopf. »Dave Lancaster . . .«

». . . Dave Lancaster . . .«, wiederholte Dyburg. »Ich bin Dave Lancaster. Sie haben mich vor zehn Jahren in South Brooklyn zweimal getroffen, aber ich habe es überlebt, Nancy. Verstehst du?«

»Das glaube ich nicht.«

Ich glaubte ihm jedes Wort. Dyburg war Lancaster.

»Zwei Schüsse, Nancy. Ich hatte Geld beiseite geschafft. Ich habe mein Aussehen verändern lassen und einen neuen Namen angenommen, bevor ich nach Las Vegas ging. Ich wollte Maggie, deine Mutter, damals retten, aber sie haben mir keine Chance gelassen. Sie haben sofort geschossen, Nancy. Blyd, Renncourt und Wellington haben deine Mutter auf dem Gewissen. Sie ließen einem Mann namens Couly freie Hand. Ich habe sie niemals aus den Augen verloren, ebensowenig wie dich.«

»Das ist nicht wahr.«

Nancys Stimme wurde immer leiser.

Die Hand mit der Waffe senkte sich. Dann sah ich den Schatten Dyburgs. Langsam trat er in die Mitte des Raums. Er verhielt den Schritt für einen Moment, bevor er weiter auf das Bett zuging, auf dem Nancy Porthman sich niedergelassen hatte.

»Es ist wahr, Nancy«, sagte er leise. »Aber die Leute haben nichts mehr von dem Verrat, den sie damals begingen. Ich habe zehn Jahre lang gewartet. Sie hatten es schon lange vergessen, Blyd, Renncourt und Wellington. Sie sind bestimmt nicht leichter gestorben als damals deine Mutter.«

»Nein!«

Es klang wie ein Hilfeschrei. Mit einem Ruck richtete sich Nancy auf. Sie starrte Dyburg an, der mit einem Satz an sie herantrat und ihr die Waffe aus der Hand nahm. Im letzten Moment versuchte sie zwar, die Hand beiseite zu nehmen, doch es gelang ihr nicht. Dyburg wechselte die Beretta in die andere Hand und stieß Nancy Porthman brutal aufs Bett zurück.

»Es ist wahr«, wiederholte er mit eisiger Stimme. »Blyd und Wellington sind tot. McDougan hat sie erschossen. Jetzt ist er auf dem Weg nach New York, um Renncourt zu erledigen. Er hat viel Geld in meinem Casino verloren, und ich bot ihm eine Million Dollar für das tödliche Dreieck. Sollte ich vielleicht zulassen, daß du dich an einen solchen Mann wegwirfst, Nancy? Ich mußte dich von ihm trennen. Schließlich bist du meine Tochter«

Langsam richtete sich Nancy Porthman auf und strich sich die langen Haare in den Nacken, die ihr ins Gesicht gefallen waren. »Du willst ihn umbringen?« fragte sie leise.

Dyburg nickte. »Ich konnte es nicht voraussehen,« sagte er. »Der Arzt gab mir nur noch einige Wochen zu leben. Ich glaubte daran und bereitete alles vor. Ich holte dich und wartete auf einen Mann wie McDougan, der meine Rache vollstrecken konnte. Du solltest alles erben, Nancy, aber der Arzt hat sich geirrt. Ich werde nicht sterben. Man hat die Untersuchungsberichte im Krankenhaus vertauscht. Ich werde leben, Nancy, und ich will leben! Deshalb muß Johnnie McDougan sterben.«

»Und ich?«

»Ich kenne dich nicht gut genug. Ich weiß nicht, ob ich mich auf dich verlassen kann, wie ich mich damals auf deine Mutter verlassen konnte. Ich glaube nicht, daß du wie Maggie bist, Nancy, und ich kann kein Risiko eingehen. Vielleicht wirst du alles ausplaudern . . .«

Sie schüttelte den Kopf, und ich sah die Angst auf ihrem schönen Gesicht wachsen, als Dyburg langsam die Waffe hob, die er ihr gerade abgenommen hatte.

»Es ist alles anders gekommen, als ich es mir vorgestellt habe«, sagte er. Eine Spur ehrlichen Bedauerns schwang in seiner dünnen Stimme.

Ich wollte mich dichter an das Fenster heranschieben und von hier oben eingreifen, als ich das Geräusch hinter mir hörte.

Jefferson! An den Mann hatte ich die ganze Zeitlang nicht einen Gedanken verschwendet. Aber es gab ihn noch! Er befand sich dicht hinter mir.

Ich stieß mich von der Fassade ab und rollte mich beiseite, während ich mich gleichzeitig zu ihm herumdrehte. Ich sah ihn nur zwei Meter von mir entfernt stehen. Die Waffe in seiner Hand bäumte sich auf. Jefferson schoß, ohne auch nur eine Sekunde zu zögern.

Dicht neben mir, an der Stelle, an der ich gerade noch gelegen hatte, bohrte sich das erste Projektil in den weichen Boden.

Ich wußte, daß ich zu langsam war, ihn an einem zweiten Schuß zu hindern. Und er machte auf mich nicht den Eindruck, als würde er mich bei einem zweiten Versuch verfehlen.

Verzweifelt riß ich den 38er hoch und gab meinem Körper einen Dreh, der mich wieder dem vergitterten Fenster entgegentrieb.

Ein zweiter Schuß peitschte auf. Sekundenbruchteile, nachdem der erste gefallen war, mit dem er mich verfehlt hatte.

Jefferson taumelte, stürzte nach vorn, und unsagbares Erstaunen spiegelte sich auf seinem Gesicht. Im selben Moment sah ich Harry Langton, der aus dem Waldstück heraustrat und mit riesigen Schritten dem Haus entgegeneilte.

Ich hatte keine Zeit, mich um ihn zu kümmern oder mich gar bei ihm zu bedanken. Unter mir im Zimmer schrie Nancy Porthman gellend auf. Dazwischen fluchte Dyburg, der mich am Fenster auftauchen sah.

»Keine falsche Bewegung, Cotton, oder ich erschieße das Mädchen!« Ich wußte, er meinte es ernst. Dennoch schüttelte ich den Kopf, um Zeit zu gewinnen. Ich dachte an Harry Langton, der sich auf dem Weg zum Haus befand. Vielleicht war er schnell genug. Vielleicht konnte er Dyburg ablenken.

»Sie ist Maggies Tochter«, sagte ich leise. »Sie haben Maggie geliebt, Lancaster. Ich habe mit der alten Denise gesprochen. Sie sagte, es habe niemals zuvor zwei Menschen gegeben, die sich so geliebt haben wie Sie und Maggie. Und sie ist Ihre Tochter. Sie ist ein Stück von Maggie. Sie werden nicht auf Maggie schießen können!«

Er würde schießen, das wußte ich. Er war in Panik. Er hatte alles verloren, was er sich nach seiner Auferstehung als Alan Dyburg aufgebaut hatte. Eine falsche Diagnose, eine Verwechslung von Krankenberichten hatte ihn aus der Bahn geworfen und ihn an eine alte Rechnung erinnert, die er noch vor seinem Tod beglichen sehen wollte. Ich war ihm auf die Spur gekommen, und was er eben zu Nancy gesagt hatte, war ein umfassendes Geständnis. Er würde Nancy erschießen, bevor er selbst ins Gras biß.

Ich mußte Zeit gewinnen und ihn von dem Mädchen ablenken. Das war die einzige Chance.

Dyburg lachte schrill auf und schüttelte den Kopf. Er riß die Waffe hoch und ließ sie langsam in meine Richtung herumschwingen.

Obgleich ich wußte, daß er abdrücken würde, blieb ich am Fenster. Es war wie ein Zwang. Ich konnte mich nicht von der Stelle rühren. Ich dachte an Harry Langton, der eine Chance hatte, ihn zu erwischen, wenn Dyburg sich auf mich und nicht auf das Mädchen konzentrierte.

Ich blieb am Fernster und starrte auf den Lauf der Waffe.

In diesem Moment meldete sich Brown zum erstenmal aus dem Badezimmer. »Verdammt, warum holt mich hier niemand heraus?«

Dyburg zuckte zusammen. Sein Kopf ruckte herum. Harry Langton hatte sich von außen gegen die Tür geworfen. Holz splitterte. Mein Kollege aus Atlantic City segelte förmlich in den Raum hinein. Er schlug der Länge nach zu Boden und drehte sich über die Schulter ab.

Ich hatte die Waffe nach vorn gebracht und zögerte nicht. Ich zielte auf Dyburgs Schulter und drückte ab.

Es wirbelte den schmalen Mann im Kreis herum. Die Waffe trudelte durch den Raum, schlug klatschend gegen die Seitenwand und fiel beinahe gleichzeitig mit Dyburg zu Boden.

Langton stand wieder auf den Beinen. »Okay, Jerry«, sagte er. »Okay.«

Ich stand vom Fenster auf und ging ins Haus. Über das Telefon im ersten Stock rief ich nach einem Krankenwagen. Erst dann ging ich nach unten.

Nancy Porthman kam mir im Gang entgegen. Sie war leichenblaß. Tränen rannen ihr über das Gesicht. Ich blieb stehen und wartete, bis sie heran war, mich umklammerte und ihren Kopf an meine Brust gebettet hatte.

»Mein Gott«, stammelte sie immer wieder. »Mein Gott.«

Ich streichelte ihre Haare und führte sie nach draußen. Sie blieb an der Wand neben der Tür stehen, und es schien, als ginge ihr Blick für Minuten einfach ins Leere. So lange brauchte sie, um alles zu begreifen.

»Mein Vater«, sagte sie leise. »Er hat einen Mann zum Killer gemacht! Die drei Toten gehen also auch auf sein Konto. Ich dachte immer, ein Mensch könnte vergessen, Jerry. Es liegt alles zehn Jahre zurück. Maggie, meine Mutter, hätte diese Rache nicht gewollt. Niemals, Jerry!«

Ich antwortete ihr nichts darauf. Ich hatte Maggie nicht kennengelernt. Aber ich wußte, daß Haß- und Rachegefühle länger als zehn Jahre lang in einem Menschen fressen konnten. Ich sagte es ihr nicht.

»Er wollte mich erschießen«, sagte sie und schaute mich fragend an. »Glauben Sie, daß er auf mich geschossen hätte, Jerry?«

Ich war fest davon überzeugt, aber ich schüttelte den Kopf. Ich hatte Mitleid mit ihr. Sie war nicht so stark, wie ich angenommen hatte. Es war besser, sie zu schonen. Die ganze Wahrheit würde sie zerstören.

»Was wird mit ihm passieren?«

»Ich weiß es nicht«, antwortete ich. »Das liegt an Johnnie McDougan, glaube ich. Wenn McDougan wirklich aussagt, daß Dyburg ihn angestiftet und bezahlt hat . . .«

»Danke, Jerry«, unterbrach mich Nancy. »Danke für alles.«

Sie wandte sich ab und ging schweigend über den schmalen Weg zum Wald. Sie wollte allein sein.

Ich ließ sie gehen und machte mich wieder auf den Weg nach unten.

Brown trug Handschellen und lehnte an der Wand unter dem Fenster. Er deutete auf Alan Dyburg, der wieder bei Bewußtsein war und sich auf das Bett gelegt hatte.

»Er gab den Auftrag. Er sagte uns, es werde keine Schwierigkeiten geben. Wir waren bei ihm angestellt. Er hätte uns entlassen. Wir ...«

»Halt's Maul!« schnaufte Harry Langton.

Brown schwieg.

Ich wandte mich an Dyburg. »Wissen Sie, wie McDougan diesmal vorgehen wird?« fragte ich.

Dyburg verzog das Gesicht zu einem Grinsen. »Niemand weiß das, Cotton«, antwortete er. »McDougan ist ein Killer ohne jedes Gewissen. Das war er in Vietnam schon. Es hat nicht einen Offizier gegeben, der so viele Himmelfahrtskommandos freiwillig ausgeführt hat. Es war lange Zeit ruhig um ihn gewesen. Aber ich wußte, daß es wieder aus ihm herausbrechen würde, wenn man ihn motivierte. Er wird Renncourt töten. Dann hat es alle Verräter erwischt.«

Dyburg richtete sich auf. Er preßte die Linke auf die blutende Schulterwunde und biß die Zähne zusammen.

»Sie hätten sich mit Ihrer Rache an Couly halten müssen, Dyburg. Weder Blyd noch Wellington oder Renncourt haben damals in South Brooklyn geschossen. Es waren Killer der Mafia.«

»Es war der Verrat meiner Geschäftsfreunde«, antwortete Dyburg. »Sie und niemand anders hatten es zu verantworten.« Ich versuchte mit ihm über McDougan zu sprechen, bis der Krankenwagen eintraf. Entweder hatte er wirklich keine Ahnung, wie McDougan diesmal vorgehen würde. Oder er legte es darauf an, daß auch der letzte seiner damaligen Freunde das Zeitliche segnete.

»Ich brauche eine Privatmaschine nach New York zurück«, wandte ich mich an meinen Kollegen aus Atlantic City, als man Dyburg abtransportiert hatte. »Können Sie das sofort in die Wege leiten, Harry?«

»Wo ist die Sache mit Lancaster damals gelaufen, Renncourt?« fragte Johnnie McDougan am Telefon.

»Bei den Docks in South Brooklyn.«

»Kennst du die Stelle?«

»Ich war einige Male draußen, nachdem es Lancaster erwischt hatte.«

McDougan wechselte den Telefonhörer in die andere Hand. »Okay, beschreib mir die Stelle!«

Aufmerksam lauschte McDougan der Beschreibung und machte sich Notizen.

»Warum willst du es so genau wissen?« fragte Renncourt.

»Genau dort werden wir uns treffen, Renncourt«, antwortete McDougan. »Um acht, auf die Minute genau. Du brauchst nicht nach mir zu suchen. Ich werde dich ansprechen. Und dann hoffe ich für dich, du hast das Geld dabei.«

»Welche Garantien habe ich?«

»Mein Wort«, antwortete McDougan.

»Dein Wort«, keuchte Renncourt. »Verdammt, ich kenne dich nicht mal. Woher soll ich wissen, was das Wort eines Killers wert ist?«

McDougan stellte es auf die Zehenspitzen. »Ich war Offizier, Mann!« brüllte er. »Außerdem zwingt dich niemand dazu, nach South Brooklyn herauszukommen. Wenn du lieber sterben willst, bleib zu Haus!«

McDougan legte auf. Er dachte an Dyburgs Gesicht, wenn der erfuhr, daß der letzte Mann genau an der Stelle gestorben war, an der es auch ihn um ein Haar erwischt hätte. McDougan verließ die Telefonkabine und mischte sich unter die Passanten.

Diesmal hatte er sein Aussehen nicht verändert. Es war sein letzter Auftritt. Für Renncourt würde der Tod genauso schnell kommen wie für die anderen. Und dort draußen bei den Docks würde es keine Zeugen geben.

Eine Million von Renncourt und zwei Millionen von Dyburg. Es hatte in der Tat noch keinen Killer gegeben, der besser bezahlt worden war.

»Renncourt hat das Haus noch nicht verlassen«, sagte Phil, nachdem ich wieder in New York gelandet war. »Aber Couly hat seine Leute nach South Brooklyn hinausgeschickt. Sie halten sich auf der Pier versteckt, auf der es vor zehn Jahren Maggie Hollins und Dave Lancaster erwischt hat.«

Ich trank den heißen Kaffee, verbrannte mir die Zunge und stieß einen Fluch aus.

»Mit anderen Worten: Renncourt hat sich an Couly gewandt, und der schickte seine Leute, um unserem Killer das Genick zu brechen. Demnach sind McDougan und Renncourt in South Brooklyn verabredet.«

Phil nickte. Er warf einen schnellen Blick auf die Karte und deutete auf eine markierte Pier.

»Coulys Männer sitzen drin, und unsere sind rundherum verteilt. Das heißt, wir schnappen Coulys Männer und wahrscheinlich auch McDougan, wenn er versucht, die Pier zu erreichen.«

Das hörte sich einfach an, aber ich glaubte nicht, daß es so einfach werden würde.

Coulys Männer auf der Pier, unsere rundherum . . .

Ans Wasser hatte niemand gedacht. Dieser Weg fiel mir auch erst in dem Moment ein, als wir Meldung erhielten, daß Renncourt sein Haus mit einem Aktenkoffer verlassen hatte und sich auf dem geraden Weg nach South Brooklyn befand.

»Er kommt vom Red Hook Channel ins Columbiabecken, Phil«, sagte ich. »McDougan ist mit allen Wassern gewaschen. Er wird die gestellte Falle einkalkulieren.«

»Verdammt!«

Ich startete den Wagen und fuhr los. Eine halbe Stunde später übernahmen wir an der Walcott Pier das Boot von den Kollegen der Flußpolizei, das wir angefordert hatten. Ein schwacher Außenborder trieb es fast geräuschlos an.

Nebel lag über dem Red Hook Channel. Vor uns die Positionslaternen einiger anderer kleiner Boote. Es herrschte starker Betrieb hier oben. Von McDougan, von dem ich annahm, er werde den gleichen Weg wählen, war nichts zu sehen. Noch nicht. Mit den Leuten, die die Pier von außen bewachten, standen wir in stetem Funkkontakt. Niemand hatte die Sperren passiert, und Renncourt war auch noch nicht eingetroffen. Aber das konnte nicht mehr lange dauern.

»Warum hat er es nicht schon an anderer Stelle versucht?« fragte Phil.

Ich dachte daran, daß Renncourt sein Haus mit einem Aktenkoffer verlassen hatte. Vielleicht hatte McDougan inzwischen von den Vorfällen in Atlantic City erfahren. Dann konnte er sich ausrechnen, daß er von Dyburg kein Geld mehr zu erwarten hatte. In diesem Fall mußte er versuchen, Geld aus Renncourt herauszupressen. Mit dem Versprechen, ihn am Leben zu lassen, wenn er zahlte. Renncourt hatte Angst, und Coulys Schutz hatte sich schon bei Wellington als wirkungslos herausgestellt. Also brachte Renncourt das Geld persönlich. Er rechnete sich aus, daß Coulys Leute den Killer erwischen würden, bevor der kassieren konnte.

Ich legte Phil meine Gedanken dar.

»Möglich, daß es so ist«, meinte mein Freund. »Aber McDougan könnte versuchen, Renncourt auf dem Weg nach Brooklyn abzufangen. Wenn er ...«

Weiter kam Phil nicht. Renncourt hatte die Pier erreicht und war von unseren Leuten, wie abgesprochen, durchgelassen worden. Die Meldung erreichte uns in diesem Augenblick.

Ich drehte den fast lautlosen Außenborder noch einmal auf, um genügend Fahrt für den Rest der Strecke zu bekommen. Dann schaltete ich ihn aus.

Leise glitt das kleine Boot durch den Nebel auf das Columbiabecken zu. Der Nebel riß, und die Kaimauern wurden als Schatten sichtbar. Der Kai war verlassen und dunkel. Genau der richtige Ort und die richtige Zeit, um eine blutige Sache zu erledigen.

Das Boot wurde langsamer. Die Fahrt würde bis zur Pier auf keinen Fall ausreichen. Phil und ich lagen zusammengeduckt auf den Planken und starrten über die hochgezogene Reling nach vorn.

»Dort drüben«, wisperte Phil.

Ich hatte den schmalen Schatten an der Kaimauer schon entdeckt, der sich aber erst jetzt als Boot herausstellte.

Ich sah auch den Schatten des Mannes, der aufrecht in dem kleinen Kahn stand und zur Pier hinaufschaute. Johnnie McDougan!

Wir hatten Fahrt verloren, und noch mehr als fünfzig Meter trennten uns von dem Killer.

»Ich schwimm rüber, Phil«, sagte ich leise. »Alles andere ist sinnlos. Er würde uns kommen hören, und wir müßten uns auf eine Schießerei einlassen, wenn wir den Motor noch einmal anwerfen.«

»Jerry . . .«

Bevor Phil Einwände erheben konnte, ließ ich mich ins kalte Wasser gleiten. Die eisige Kälte krampfte mir für einen Moment die Brust zusammen. Ich schnappte nach Luft und hatte das Gefühl, mein Herzschlag setze aus. Dann ging es. Ich gewöhnte mich an das kühle Naß.

Ich schwamm vorsichtig und langsam, ohne McDougan auch nur für den Bruchteil einer Sekunde aus den Augen zu verlieren. Jedesmal wenn ich das Gefühl hatte, er schaue in meine Richtung, tauchte ich und legte eine Strecke unter Wasser zurück.

Er hatte mich nicht entdeckt, davon war ich überzeugt. Vielleicht drei Minuten waren nach meinem Eintauchen ins Wasser vergangen, als ich Renncourt oben auf der Pier auftauchen sah.

»Komm näher, Freund!«

McDougans Stimme klang heiser. Er hatte nur Augen für den Mann auf der Pier. Nicht einmal im Traum hätte er damit gerechnet, daß ihm Gefahr von der Wasserseite her drohte.

»Komm näher ran, Renncourt!«

Renncourt kam näher, genau wie ich. Drei Meter trennten mich noch von dem kleinen Boot, in dem Johnnie McDougan stand, der diesmal keine Maske gemacht hatte. Wozu auch? Er hatte sicher nicht vor, noch einmal als Killer in Erscheinung zu treten, wenn er diesen letzten Gang hinter sich gebracht hatte.

Renncourt trat dichter an die Pier heran.

»Wirf den Koffer runter, Renncourt! Aber nicht am Boot vorbei. Wenn er nicht genau vor meinen Füßen landet, dann schieße ich.«

Ich sah die Waffe, die drohend auf den Mann auf der Pier gerichtet war. Eine 45er Colt Automatic.

»Beeil dich, Renncourt! Ich will hier nicht übernachten!«

Renncourt hob den Koffer über das Wasser, richtete ihn aus und ließ ihn fallen.

In diesem Augenblick war ich dem schlanken Boot so nahe, daß ich nur noch die Hände auszustrecken brauchte.

Der Aktenkoffer polterte an Deck. Für einen kurzen Sekundenbruchteil senkte McDougan den Blick. Dann hob er die Hand mit der 45er Automatic.

»He, McDougan!« rief ich. Gleichzeitig packte ich die Bordwand des kleinen Bootes und drückte sie zum Wasser nieder.

McDougan schoß. Auch ohne mich davon überzeugen zu müssen, wußte ich, daß er sein Ziel diesmal verfehlt hatte. Als er den Abzug betätigte, befand er sich schon halb im Wasser. Er hatte das Gleichgewicht verloren.

»Achtung, Phil!«

Mein Schrei hallte über das Wasser. Dann tauchte ich weg. McDougan hatte seine 45er. Sie funktionierte auch dann noch, wenn sie sich kurz unter Wasser befunden hatte.

Ich blieb getaucht, solange es mir möglich war. Als ich die Wasseroberfläche wieder durchbrach, war auf der Pier die Hölle los. Die Kollegen hatten gestürmt. Rings um mich war das Wasser durch starke Handscheinwerfer erleuchtet. Aus der Ferne klang der helle, klagende Ton der Sirene eines Flußpolizeiboots. Scheinwerfer suchten tanzend nach Johnnie McDougan.

Phil hatte den Außenborder wieder gestartet. Langsam

tuckerte das kleine Boot auf die Pier zu. Von Phil war nichts zu sehen. Er lag flach auf den Planken, aber seinen Funkverkehr über Walkie-talkie mit den Kollegen auf der Pier hörte ich deutlich.

»Cotton!«

Es war McDougan.

Ich wandte den Blick nach rechts. Zwei starke Scheinwerfer hatten den Mann eingefangen, der die Rechte mit der 45er über Wasser hielt und Ausschau nach mir hielt.

»Alles klar, McDougan«, antwortete ich.

Er feuerte blind in meine Richtung. Selbst ein Kunstschütze wie er mußte sein Ziel zumindest sehen. Ihn aber blendeten die Handscheinwerfer.

»Nicht auf den Mann schießen!« schrie ich den Kollegen auf der Pier zu.

»Verdammt, Cotton!«

»Es ist aus, McDougan«, antwortete ich. »Wir haben Dyburg alias Lancaster festgenommen. Er hat gestanden. Und wir haben Nancy gefunden. Es ist ihr nichts passiert. Mach also keinen Unsinn!«

Ich sah sein von vielen Scheinwerfern angestrahltes Gesicht deutlich, Befriedigung zeichnete sich darauf ab. Dann, ganz plötzlich, hob er die Hand mit der 45er, richtete den Lauf gegen seine Stirn und drückte im nächsten Sekundenbruchteil ab.

Ein Spieler, der seine letzte Partie verloren hatte und keinen Ausweg mehr sah!

Das Polizeiboot glitt heran. Phil steuerte den kleinen Kahn in meine Richtung. Ich zog mich an Bord, schüttelte mir die Nässe ab, so gut es ging, und nahm die Zigarette, die Phil mir entgegenstreckte.

»Ich habe gewußt, daß er so handeln wird, wenn er verliert«, sagte ich. »Oder ich habe es wenigstens geahnt.«

Die Zigarette zerbröselte vor Nässe zwischen meinen Fingern. Ich ließ sie ins Columbiabecken fallen.

Ich dachte an Couly, fragte Phil und erfuhr, daß Couly verhaftet worden war, nachdem man seine Männer auf der

Pier ausgeschaltet hatte. Little Joe hatte ausgesagt und unterschrieben, daß Couly vor zehn Jahren das Hinrichtungskommando für Maggie Hollins und Dave Lancaster zur Pier geschickt hatte.

Ich dachte an Dyburg alias Lancaster und an Nancy Porthman, die ihrer Mutter wie aus dem Gesicht geschnitten war. Und ich dachte daran, daß ein Killer sich selbst gerichtet hatte, der mir in der Chase Manhattan Bank wahrscheinlich das Leben gerettet hatte.

»Dreh ab!« wandte ich mich an Phil. »Ich brauche frische Sachen und einen großen Whisky. Möglichst in einem Lokal weit vom Wasser entfernt.«

Während ich mich fröstelnd auf dem Deck zusammenkauerte, steuerte Phil das kleine Boot zum Hafenkreuzer der Flußpolizei.

Auf der Pier herrschte Ruhe. Niemand hatte Widerstand geleistet. Renncourt befand sich schon auf dem Weg zur nächsten Polizeistation.

Müdigkeit stieg in mir auf, als ich über die Jakobsleiter an Deck des Polizeikreuzers stieg und die Flasche nahm, die mir jemand entgegenstreckte. Das Zeug wärmte mich auf, nahm mir aber nicht den schalen Geschmack, den der Fall in mir hinterlassen hatte. Er saß ganz tief in mir. Es brauchte mehr als einen kleinen Schluck Whisky, um ihn zu bekämpfen.

ENDE DES
DRITTEN BANDES

Band 31 909
Jerry Cotton
Der lange Arm der Mafia

Mitternachts-Lady

Seine erste Henkersmahlzeit

Der lange Arm der Mafia
Verbittert lebt der von den USA ausgewiesene Mafioso in Italien. Doch dann erfährt er, daß die Tochter des Mannes, der ihn verriet, Italien besucht. Und die junge Olivia muß schmerzlich erfahren, daß er überall hinreicht - der lange Arm der Mafia...

Mitternachts-Lady
Der Kampf der Geheimdienste war unerbittlich. Doch dann griff eine Frau ein, die alle fürchteten. Sie war schön wie die Sünde und kalt wie der Tod: die Mitternachts-Lady...

Seine erste Henkersmahlzeit
Der Mann in der Todeszelle verfolgte einen genialen Plan. Es würde einige Tote geben – aber danach wäre er mit zehn Millionen Dollar in der Freiheit. Und wir vom FBI hatten keine Möglichkeit, ihn zu stoppen...

Sie erhalten diesen Band im Buchhandel, bei Ihrem Zeitschriftenhändler sowie im Bahnhofsbuchhandel.

Band 31 906
Jerry Cotton

**Bomben zur
Champagner-Party**

Höllenfeuer

**Der Liebling der
Nation**

Bomben zur Champagner-Party

Stahlkönig Cole Nicholson feiert eine rauschende Party. Phil und ich waren dabei, um einen arabischen Millionär zu bewachen. Wir erkannten, daß Kellner und Köche Terroristen waren. Sie hatten Bomben zu Champagner-Party mitgebracht...

Höllenfeuer

Das Syndikat streckte die Finger nach den Ölquellen der USA aus. Plötzlich standen Pipelines und Bohrinseln in Flammen. Phil und mir blieb nicht anderes übrig, als mitten ins Höllenfeuer zu marschieren.

Der Liebling der Nation

Rocky Roon war der gefeiertste Fernseh-Star der USA. Aber wer für ihn arbeitete, riskierte den Hals. Als es die ersten Toten bei den Dreharbeiten gab, wurde es Zeit, uns um den Liebling der Nation zu kümmern..,

Sie erhalten diesen Band
im Buchhandel, bei Ihrem
Zeitschriftenhändler sowie
im Bahnhofsbuchhandel.

Band 31 432

Jerry Cotton
Die Mörderbrut
Deutsche
Erstveröffentlichung

Alarmstimmung beim FBI! Die Ereignisse überschlagen sich: Militante Abtreibungsgegner töten Ärzte und richten in einer Klinik ein Massaker an.
Ein paar Blocks weiter erklärt der Boß der Bosse auf einem Geheimtreffen, wie er die Mafia umkrempeln will…
Da sind seine Todesengel bereits aktiv…

BASTEI LÜBBE

Sie erhalten diesen Band im Buchhandel, bei Ihrem Zeitschriftenhändler sowie im Bahnhofsbuchhandel.

Band 31 433

Jerry Cotton
Inferno über den Wolken
Deutsche
Erstveröffentlichung

Gründe für Flugzeugabstürze gibt es viele: Unwetter, menschliches Versagen, Anschläge, Materialfehler. Beim letzten Punkt häufen sich in letzter Zeit die Unglücke durch sogenannte Bogus Parts, minderwertige Ersatzteile, wie sie von der Mafia auf den lukrativen Markt geschleust werden. Cotton und Decker vom FBI werden eingeschaltet – und stürzen kurz darauf über dem Atlantik ab…

Band 13 872
Ed McBain
Eis

Wo ist die Verbindung zwischen einer Tänzerin, die in einem erfolgreichen Musical auftritt, und einem puertorikanischen Kleindealer? Es muß einen geben, denn beide wurden kaltblütig mit derselben Waffe erschossen. Im kältesten Winter seit Jahren sind Steve Carella und Bert Kling, die Detectives vom 87. Revier, angesetzt auf einen Mörder, dessen Kälte ihnen grausamer erscheint als der klirrende Frost. Schwarzhandel mit Musicalkarten, Drogen und Diamanten im Wert von Millionen Dollar – an Motiven fehlt es nicht, wohl aber an Spuren. Und vor allem an Beweisen.

Band 13 878

W. E. B. Griffin
**Operation
Outline Blue**
Deutsche
Erstveröffentlichung

April 1943. Marineflieger Cletus Frade, Sprengstoff-experte Anthony Pelosi und Fernmeldefachmann David Ettinger, das OSS-Team, stecken mitten in einem neuen, brandheißen Auftrag in Buenos Aires, als Cletes' Vater von Attentätern ermordet wird. Im Safe seines Vaters findet Clete ›Outline Blue‹, den Operationsplan zum Sturz von Präsident Castillo – mit den Namen aller am Staats-streich beteiligten Offiziere. Alle sind hinter ›Outline Blue‹ her: Deutsche, Amerikaner und Argentinier. Und das OSS-Team hat ihre Geheimdienste und Killer im Nacken...

Sie erhalten diesen Band
im Buchhandel, bei Ihrem
Zeitschriftenhändler sowie
im Bahnhofsbuchhandel.